MW01227638

Ilaxición

La Leyenda de los antiguos Ixirenes

1

La venganza de Mefisto

Autores:

Lelouch Belmont

Alfonso Lucassen

"Cuando todo en la vida pierde sentido,
lo único que queda es la imaginación"

Prólogo

Las historias que en estos textos se relatan son vastas y maravillosamente fantásticas. Cuando el autor tiene un profundo y auténtico anhelo por dar vida a sus personajes no es de menos esperar que dedique gran parte de su tiempo a expandir el universo que para sus libros crea; es como una comezón en la imaginación del escritor que no puede rascar. El lector tal vez pensará que tal empresa es una simple vanidad por parte del que imagina la historia, pero sin duda son aquellos que sueñan y soñarán con mundos extraordinarios los que se verán inspirados por lo que ese deja más allá de "el fin". No solo se trata de llenar los huecos, se trata de instruir sobre un nuevo lenguaje, sobre las historias folclóricas y las leyendas de antaño que le dieron forma a la luz de este mundo y a los que le preceden.

Claroscuro

Para mí es importante que toda aquella persona que explore los textos conozca un poco del mundo al que me referiré a continuación pues aquí cuento la historia antes de la historia, lo que hay que saber de los héroes y villanos que moldearon el mundo. Aquí también las sombras del pasado influyen profundamente en el presente y presagian el futuro. Prometo al lector ser breve.

Hasta donde se sabe, los textos antiguos hablan de una gran guerra librada a todo lo largo del mundo de *Ixcandar,* el mundo donde ángeles y demonios habrían de convivir en paz, uno lleno de magia y poderes grandiosos al alcance de la voluntad y no ocultos detrás de formas misteriosas. Por desgracia la paz nunca existió. En cambio, un odio surgió y creció entre ambas razas y más pronto que tarde las guerras azotaron el mundo. Guerras terribles que parecían no terminar, una detrás de otra, pero hablaré de una de las más importantes. Para ese momento ya existían las criaturas conocidas como humanos, una especie joven entre tantas otras, inteligentes y salvajes, mágicas y no mágicas que poblaban el mundo. De un lado estaban los ángeles, quienes poseían la *Cadena del Juicio*, una reliquia con la que se expulsó a Lilith del paraíso, perteneciente a los tres arcángeles legendarios: Rizhiel, Luminel y Daniel, los guardianes de la paz en *Ixcandar* junto con su alto consejero Iridiel, el ángel más antiguo vivo.

Los demonios eran el contrapeso de los ángeles; seres viles y egoístas que aprecian el poder sobre las demás cosas quienes poseían el *Báculo de las Siete Sombras*, la reliquia de los demonios. Sin embargo, la realidad no siempre se divide en bueno o malo, ya que, a pesar de su naturaleza caótica y malvada, y el hecho de que siempre han estado en contra de los designios de los ángeles, ellos no desean destruir el mundo, sino imponer su propio orden.

El choque de ambos poderes había permanecido igual y ninguno había logrado establecer definitivamente un orden hasta que *Mefisto*, el archidemonio encargado de guiar las almas mortales al infierno, y uno de los seis más poderosos junto con *Legión, Lilith, Belzebuth,* el canciller *Belial* y su rey *Baal,* en su anhelo por obtener la reliquia de los ángeles, reunió y organizó un ejército que luchó cruentamente contra sus enemigos hasta casi obtener la victoria. Pero no todos los demonios estaban de acuerdo con Mefisto, y no todos los ángeles lo desafiaban, razón por la cual la línea que separaba a ambas razas comenzó a desdibujarse y a romperse. Así, ángeles se unían al ejército de los demonios, a lo cual eran llamados *ángeles caídos*, y demonios se unían a los ángeles guardianes por lo que eran llamados *demonios iluminados*. Y la guerra continuó.

Los dos que son uno

Ahora bien, en las eras antiguas las criaturas mágicas y no mágicas no venían al mundo por sí solas, al menos no la mayoría. Inclusive ángeles y demonios debían pasar por un proceso para obtener un cuerpo físico. Para esta tarea existían los *forjadores de almas*, una tribu enigmática y mística que instruía a los suyos en el antiguo arte de dar vida usando lo que ellos conocían como *Selivix*, rocas sagradas con el potencial de transformarse en vida. Para los tiempos de la guerra, forjar almas era prácticamente un arte perdido, aunque en ese entonces había aún unos pocos *forjadores de almas* en el mundo. Ellos fueron los encargados de crear un alma como no se había visto antes, mitad ángel mitad demonio, el perfecto equilibrio entre luz y oscuridad. Y llamaron a su creación *Íxiren*. Felices por su creación decidieron forjar otra alma igual de hermosa y perfecta. Solo se hicieron dos.

Sin duda los *forjadores de almas* pretendían crear más, un ejército completo de ser posible, pero no tardó mucho para que los descubrieran y fueran considerados una amenaza, y luego perseguidos y asesinados por los demonios insurgentes que veían a los *ixírenes* como un posible obstáculo a sus deseos. Y así quedaron las dos nuevas almas sin cuerpo físico y sin esperanza de nacer. Fue en consecuencia de este crimen que el arcángel *Rizhiel* decidiera estudiar más de ese antiguo arte.

Y así los ángeles veían segura su derrota a manos de sus despiadados enemigos, quienes ahora portaban la reliquia legendaria de los demonios, empuñada por *Mefisto* en persona. La fuerza de los ángeles se debilitaba, su número disminuía y sus ánimos decaían. No tenían esperanza. Pero otros no se daban por vencidos; los líderes deben inspirar fortaleza a los suyos en los momentos más difíciles. De esta forma llegó de pronto el arcángel Daniel, portando la legendaria *Cadena del Juicio*, arriesgándolo todo en una última carga contra los demonios por alcanzar la victoria. La batalla fue ardua y terrible, la tierra retumbó tan estrepitosamente con el choque de ambos ejércitos que se dice que las grandes montañas y los profundos acantilados se formaron como resultado. El nuevo mundo nació de las heridas abiertas del viejo mundo. Y *Mefisto* fue derrotado y su ejército eliminado. Los ángeles lograron al fin dictar la dirección del mundo y de sus habitantes, aunque a un alto precio pues ambas reliquias, la *cadena del juicio* y el *báculo de las siete sombras*, se perdieron durante la batalla en los rincones más insondables de *Ixcandar*.

Tristán y Nicol

Mucho tiempo pasó, no recuerdo cuánto y no importaba pues la paz se sentía a todo lo largo del mundo. Aunque si algo es bien sabido es que en un mundo de dualidades no se puede conocer la paz sin conocer antes la guerra, por lo que la armonía algún día será nuevamente procedida por el caos. Por largo tiempo se creyó que *Mefisto* había perecido en la batalla, pero la maldad puede ser astuta y cautelosa, difícil de eliminar. El demonio había logrado sobrevivir, oculto en las sombras y el olvido. Iracundo, sabía que la única manera de hacer frente a los arcángeles nuevamente sería encontrando las reliquias perdidas, aunque ahora estaba solo, no tenía seguidores y era consciente de que necesitaba ayuda. Así que en el tiempo que pasó vagando por el mundo engendró dos hijos: *Demián* y *Darién,* herramientas que lo ayudarían en su terrible misión.

Creo que fue en el año 1047 de esta segunda era que al fin lograron dar con una probable pista de dónde se encontraban las legendarias armas. Y ante la ilusión de poder llevar a cabo su venganza, *Mefisto* se lanzó a invadir y destruir a todo humano, criatura mágica, ángel o demonio que se interpusiera en su camino; una vez más el mundo se encontraba al borde de la muerte y la desesperación. Fue entonces que el arcángel *Rizhiel*, al saber del regreso del antiguo enemigo, decidiera tomar las almas *ixírenes* y darles al fin una forma física; una forma de combatir a tan persistente amenaza. Los llamamos *Tristán* y *Nicol.* Él era noble, bondadoso y sereno, tenía el espíritu de un niño y sus ojos reflejaban la inmensidad del mar, y su cabello era como los rayos del sol cayendo sobre apacibles costas. Ella era más bien analítica, perspicaz e inteligente; sus ojos inspiraban la crueldad de un fuego que consume, y sus cabellos eran como fuego embravecido por el viento atroz, aunque a veces podía ser tan fría y despiadada como una helada ventisca que augura una poderosa tormenta, una tempestad que solo podía ser apaciguada por *Tristán.* Aunque era muy diferente el uno del otro, jamás se había visto a dos seres amarse con tan inmarcesible espíritu. Se dice que cuando se vieron por primera vez el mundo sintió la presencia de Dios.

Codo a codo lucharon los poderosos *ixírenes* contra *Mefisto* y su progenie. No tenían rival. Verlos pelear por la paz del mundo fue maravilloso, indescriptible e inspirador. *Tristán* con la espada era incomparable y aunque *Nicol* peleaba con lanza, su especialidad sin duda era la magia, tenía un auténtico don. Juntos alcanzaron la victoria y sellaron a *Demian* y a *Darien* en piedras sagradas, artefactos antiguos capaces de albergar y contener los más grandes poderes. Derrotaron también a *Mefisto* y lo pusieron contra la espada y la pared. Su victoria era segura y al fin lograrían acabar con su enemigo. Pero los *ixírenes* tenían una debilidad, y es que por su juventud y poca experiencia eran confiados y poco cautelosos. Aprovechando la debilidad de sus rivales, *Mefisto* empleó su as bajo la manga. Cuando menos se lo esperaba, una hoja rauda y terrible atravesó el pecho de *Tristán,* justo en el corazón. La sangre goteaba sin cesar de la herida, manchando la espada hasta la empuñadura. El brillo en los ojos de *Tristán* se esfumó, sus brazos perdieron fuerza y la vida se escapó de su cuerpo. Pero no moriría, en cambio, la espada de *Mefisto* separaría el alma del cuerpo, obligándola a vagar eternamente de vida en vida como humano, perdiendo su memoria en cada reencarnación.

Aunque como ya dije, los *ixírenes* eran jóvenes y desconocían las leyes el mundo, por lo que *Nicol,* creyendo que su amado había muerto para siempre, y al ver el cuerpo de *Tristán* sin vida en el suelo, perdió el control. Sus alas de demonio, que

3

habían sido una blanca y otra negra, se oscurecieron y su cabello se tornó oscuro como el abismo; su ira se había desatado. Arremetió contra *Mefisto* en una furia ciega golpeándolo, hiriéndolo, torturándolo. La escena fue terrible y aterradora. Pero *Mefisto* no murió, aunque lo habría hecho de no haber intervenido los ángeles enviados por *Rizhiel*. En cambio, fue capturado y enviado al paraíso, un lugar resguardado por legiones de ángeles para que permaneciera aprisionado por el resto de la eternidad. *Nicol*, por su parte, desapareció después de la batalla. Se cree que el dolor de haber perdido a su amado la sumió en una profunda e intolerable tristeza. Nunca más se le volvió a ver en las tierras occidentales.

El nuevo orden

Muchas cosas han cambiado en los últimos 500 años desde que los *ixírenes* lucharon: los arcángeles guardianes crearon una organización llamada *Unión por la Prosperidad* cuyo principal propósito era vigilar y asegurar la paz y el bienestar para todas las criaturas del mundo sin importar su raza. Fue fundada por el arcángel *Luminel* al poco tiempo de haber terminado la guerra. No había pasado mucho tiempo de esto cuando sin previo aviso el arcángel fundador se retiró a un viaje espiritual, cayendo en un profundo estado de meditación y resguardando su cuerpo en una de las salas de la *UP* de donde aún no ha despertado. El arcángel *Daniel* pasó a tomar el liderazgo de la organización nombrado por *Luminel* debido su heroica proeza en la primera guerra contra *Mefisto* y su ejército.

Con el tiempo, la *Unión* se ha visto fortalecida al incluir entre sus filas a muchas criaturas de muchas razas. Actualmente se cuenta en su mayoría con ángeles, y en otra pequeña parte con demonios y humanos, inclusive se unieron bestias y criaturas mágicas. También se cuentan entre las tropas a nuevos *ixírenes*, nacidos después de la guerra de familias formadas por un ángel y un demonio, y cuya descendencia tenía ambos genes en su cuerpo. La diferencia era que los nuevos *ixírenes* tendían a estar inclinados hacia la luz o hacia la oscuridad. Un evento como este no tenía precedentes por lo que tomó tiempo en ser acepado por los ángeles y demonios más viejos.

No es difícil distinguir a los nuevos *ixírenes* pues o tienen alas de ángel, ojos azules y cabello rubio; o alas de demonio con ojos y cabello rojos, aunque algo característico para identificarlos sin falla es que una de sus alas suele ser blanca y la otra negra. A esta inclinación se les suele llamar entre los miembros del ejército "equilibrio hacia la luz" y "equilibrio hacia la oscuridad", dependiendo. Sin embargo, muy de vez en cuando se les ha podido ver con cabello blanco y ojos azules, o con cabello negro y ojos rojos, muy impresionantes, por cierto. Creo haber escuchado que se les dice "luz pura" y "oscuridad pura", y dicen algunos que dependiendo de qué tipo de alma tengan, pueden alternar entre las dos fases de su alineación. Pero la verdad no estoy muy seguro.

Este mundo ha logrado mantener el orden con mucho esfuerzo hasta que hace unos años cuando a surgir noticias de un grupo insurgente que ha estado creando destrucción en diferentes puntos, principalmente en ciudades y poblados pequeños alejados de la ciudad. Hasta hace poco se supo de su posible presencia cerca de la *Unión*, infiltrados entre los habitantes de la ciudad capital. Como integrantes se han detectado principalmente demonios, aunque también una pequeña parte se conforma de ángeles caídos e inclusive de humanos. También cuenta con cierto número de *ixírenes*. Se cree que su misión no es otra más que hacerse con el poder y el dominio total del mundo al eliminar a las razas que ellos consideran inferiores y esclavizando a los que ellos consideran útiles. Se les ha llamado el *Culto de la Sangre* debido a su particular hábito de dejar regado cada lugar que atacan con la sangre de sus víctimas. Es un paisaje muy grotesco de ver y de oler también.

La industria de las armas también cambió mucho desde los antiguos días, se expandió y se estandarizó. Actualmente, cualquiera puede ocupar un arma, aunque claro existen limitaciones con eso de los poderes. Por ejemplo, los humanos, que en su mayoría son bastante débiles, sólo pueden ocupar armas "normales" que a lo más cortan huesos, no porque estén prohibidas para ellos, sino porque difícilmente soportarían más poder. También están las armas conocidas como "raras" que pueden ser utilizadas por seres un poco más fuertes, como los ángeles, los demonios y los *ixírenes*, y no es de extrañar pues muchos de ellos son guerreros y deben poder cortar armaduras y ese tipo de materiales. Por último, las armas "legendarias", capaces de cortar metales mágicos como el mithril, están reservadas para arcángeles y archidemonios de más alto rango, poderes sorprendentes de ver, aunque no creo que algún mortal haya presenciado alguna vez algo como eso y haya vivido para contarlo.

Capítulo 1: El pueblo Pequeña Luz

Era casi el amanecer y la oscuridad desaparecía de los vacíos rincones de las calles del rústico y sencillo pueblo al que abrazaba. Una tenue luz se vislumbraba en el cielo augurando el amanecer. No había estrellas ni señales de vida, tan sólo el sonido del viento que cruzaba y alborotaba las hojas de los árboles situados a los lados de un amplio y escasamente pavimentado camino que comenzaba en la entrada del pueblo y que seguramente terminaba en alguna pintoresca plaza central.

El rumor de una sutil sombra transitaba por aquel camino, que sin hacer el menor ruido se deslizaba con paso apretado y por enfrente de las humildes y sencillas viviendas que se extendían a lo lejos, no muy separadas las unas de las otras. Poca era la gente que a esa hora se exponía al frío de una madrugada de otoño que calaba los huesos, aunque tales condiciones no parecían perturbar el andar de la sombra. La mayoría de los pobladores dormía apaciblemente dentro de sus hogares sin percibir a la figura encapuchada y misteriosa que pasaba.

Al poco de haber entrado al pueblo, el singular visitante se encontró con algo de actividad cerca de una posada modesta, aunque bien cuidada, de dos pisos de alto y con la madera casi recién pintada, lámparas decorativas de aceite en la entrada y afuera de cada ventana. A esa hora aún se podían ver las luces de la planta baja encendidas, aunque nadie afuera.

La misteriosa sombra encapuchada se detuvo un momento, a unos metros de la entrada, lo suficientemente lejos para no ser alcanzada por la luz proveniente del interior. Levantó la cabeza y escudriñó de un lado al otro como cerciorándose de que no había nadie más alrededor. Volvió a agachar la cabeza y continuó caminando hacia la entrada, subió los escalones y abrió la puerta. El interior del edificio daba más la impresión de ser una taberna que una posada; solo había unas cuantas personas, todos hombres y con las miradas absortas en sus vasos de alcohol que reposaban sobre las mesas, todos solos excepto por un grupo que platicaba bulliciosamente en un rincón. Ninguno se preocupó por la figura que acababa de ingresar; la mayoría ni la había notado, seguían absortos en lo suyo. Sin embargo, con la luz del interior se pudo ver que la capucha del visitante era de color negro y estaba adornada de blanco brillante en las orillas. Debajo de esta llevaba una camisa color violeta. Su mirada roja intensa recorría la habitación con prisa. De la capucha caían unos largos cabellos rojos, similares al color de los ojos. Muchos miraban sobre el hombro, curiosos, intrigados, sorprendidos por tan singular persona en ese lugar poco concurrido por mujeres, y luego se escondían incómodos al sentir la mirada penetrante. La visitante caminó hasta la barra y tomó un asiento vacío dándoles la espalda a los presentes.

—Deme un trago —le dijo al avejentado hombre detrás de la barra sin levantar la mirada. Él, firme como roca, se limitó a cruzar los brazos en señal de desaprobación al pedido.

—¿Y ustedes qué? ¿Jamás habían visto a una mujer? —gritó de pronto la chica a los presentes que seguían mirándola fijamente al mismo tiempo que volteaba a desafiarlos. Uno por uno, todos volvieron a sus asuntos.

—¿No eres muy joven para estar en este lugar, niña? —preguntó el encargado que seguía en la misma negativa.

—¿No es usted muy viejo para atender una taberna por la noche, tan solitario, señor? —contestó cínicamente y con un dejo de desdén.

Para ese momento uno de los hombres que platicaba en el rincón se había acercado inadvertidamente a la barra para después ocupar el asiento vacío junto al de la visitante. Era un hombre corpulento y su cara de ebriedad acentuaba sus desagradables facciones. Todos los presentes lo conocían bien por su tendencia a tomar, pelear y molestar a las muchachas que encontraba por la calle.

—Hola, hermosura —dijo con trabajo tratando de esbozar una incómoda sonrisa. Sus palabras parecieron no ser escuchadas.

—Posadero, estoy buscando a alguien —continuó la chica sin quitarle la mirada al hombre de la barra.

—¿Estás sorda? —preguntó el poco agraciado hombre ahora de manera agresiva levantándose de su asiendo amenazante— o tal vez eres estúpida. —Sus palabras seguían siendo ignoradas sin importar cuánto gritara.

—¿Puede ayudarme o no, posadero?

—¡Deja de ignorarme!

Agresivamente, el ebrio tomó a la chica por la muñeca para imponer su voluntad, pero en un rápido giro, casi imperceptible a la vista, ella logró zafarse y con una fuerza considerable le tomó el brazo izquierdo y lo torció contra la espalda al mismo tiempo que ponía la hoja de un cuchillo en su cuello con el brazo que le quedaba libre. Algunos de los presentes se levantaron de sus asientos impactados por la escena, a la espera de ver lo que pasaría.

—¡Maldita niña! —fueron las palabras del hombre antes de que el cuchillo se clavara inadvertidamente en su nuca, derramando un poco de sangre sobre la barra, para después caer muerto ante la mirada atónita de todos y azotar como un saco de arena.

Nadie de los testigos pudo si quiera moverse, con excepción de los hombres de la esquina que se acercaron temerosos a recoger el cuerpo sin vida de su compañero y llevárselo fuera de ahí.

—¿Conoces a un hombre llamado Terry? —insistió la chica que ya se había vuelto a sentar, respirando tranquilamente mientras pasaba su mano por su cabello como si nada de lo anterior hubiera sucedido.

—¡¿Quién te crees que eres?! —respondió el posadero.

—Me dijeron que alguien con ese nombre vive en este pueblo. Dígame dónde lo encuentro.

—¡¿Crees que puedes venir aquí y matar a quien se te dé la gana?! ¡Largo de aquí, no te diré nada!

—Ese tipo era un idiota y se lo merecía. Y creo que contigo también tendrá que ser por las malas —dijo ella apuntando ahora su daga hacia la cara del posadero—. Dime lo que sabes, ahora.

—Hay alguien con ese nombre, sí —respondió el posadero aterrado—. Casi no viene por aquí, pero he oído que vive solo en una casa al este del pueblo. Si llegas a la iglesia abandonada verás un sendero. Síguelo y llegarás.

—¿No fue tan difícil, o sí?

—¡Ahora vete! —amenazó el hombre.

La chica giró la daga un par de veces entre sus dedos y la guardó, dio media vuelta en dirección de la puerta y salió de la posada dejando a todos nerviosos y alborotados, no sin antes tomar de un sorbo la bebida de una de las mesas que alguien no había podido ni probar.

Ya afuera del edificio los rayos del sol comenzaban a asomarse claramente en el horizonte y ya se podían ver personas que salían de sus casas a realizar sus actividades cotidianas. Los habitantes de aquel pueblo eran en su mayoría humanos cuya ocupación iba desde la tala de árboles hasta la venta de comestibles, en su mayoría frutas y bayas, muchas veces provenientes de los árboles derribados. Pero la principal ocupación de los pobladores del pueblo Pequeña Luz era la herrería, tanto para trabajos simples como herramienta para cultivar la tierra, hasta instrumentos para la caza de animales mágicos y no mágicos. También eran expertos en la creación de armas para el combate que, aunque no pasaban de armas comunes y una que otra arma rara, servían para la defensa de poblados y ciudades pequeñas. La UP, abreviación de Unión por la Prosperidad, constantemente recurría a este pueblo para la creación de armas con las que pudieran alistar a los soldados de menor rango dentro de sus filas, y a cambio el pueblo recibía un pago y la protección de la UP, aunque casi nunca era necesaria y por lo mismo rara vez se les veía patrullar. Los pobladores agradecían la ausencia de soldados pues decían que la presencia de la fuerza militar los ponía nerviosos. Sin embargo, se sabía que había hombres del ejército vigilando, encubiertos, para informar de cualquier problema que pudiera surgir.

Al norte del pueblo, a varios días a pie de distancia, se podía llegar a los cuarteles generales de la Unión por la Prosperidad en la ciudad de Lemsániga, aunque en el camino se encontraba un amplio y espeso bosque conocido como "Bosque Terra", el cual podía verse en el horizonte y era tan amplio que cubría casi todo el terreno desde la bahía oriental entre puerto Ácrux al norte y puerto Polaris al sur, y se extendía por el norte como un gran muro hasta flanquear los caminos al oeste y al suroeste, terminando de nuevo en el mar del oeste; era como si casi la mitad del continente estuviera completamente aislado del resto de la masa de tierra. Los habitantes del pueblo Pequeña Luz normalmente evitaban entrar en ese bosque por los mortales peligros que alberga. Incluso los ángeles preferían rodear el lugar por la ruta marítima que conectaba los puertos del este cuando iban para recoger cargamentos o a hacer pedidos de armas.

Con la luz del nuevo día se podía distinguir bien el centro del pueblo, adornado con una bella, aunque rústica fuente de unos tres metros de altura que se encontraba en el centro de una gran plaza de tabiques rojos de la cual se desprendían cuatro caminos principales que apuntaban cada uno en una dirección cardinal, dividiendo al pueblo en cuatro. De esta manera, se podía saber que la posada se encontraba al suroeste de la plaza y que la misteriosa chica había llegado por la entrada sur.

Así entonces, la chica cruzó la plaza en la dirección que le había indicado el posadero. En el camino se percató de que los habitantes que salían de sus casas no notaban o no les importaba su presencia, a pesar de su inusual apariencia. Siguió caminando por la gran calle un par de kilómetros hasta dar con un sendero que subía y cruzaba por un pequeño parque lleno de árboles. Se adentró un tiempo hasta salir a un claro en donde se veía una pequeña casa. De lejos lucía descuidada pues comenzaba a ser devorada por la naturaleza. Al acercarse, pudo comprobar que la pintura estaba muy desgastada y que la madera estaba terriblemente astillada. Sin embargo, la apariencia rústica que la construcción había adquirido combinaba perfectamente con la naturaleza que la rodeaba. Resultaba todo en un sentimiento de tranquilidad y paz.

—¿Hay alguien adentro? —preguntó la chica después de haber subido los escalones de la entrada y haber tocado la despintada puerta, decorada con una hermosa aldaba con forma de dragón que, aunque avejentada, aún conservaba su dorado brillo.

Esperó un momento, pero nadie respondió.

—¡Estoy buscando a Terry! —volvió a gritar con la esperanza de recibir una respuesta—. Es importante.

—¡¿Quién está ahí?! —dijo alguien finalmente desde el interior de la casa.

—Me llamo Nicol y necesito hablar con Terry inmediatamente.

—Pues lo siento, Nicol, tendrás que regresar después. Ahora no puedo recibirte —respondió la voz masculina detrás de la puerta.

De pronto el viento comenzó a moverse, agitando un poco las hojas en el suelo. Luego empezó a juntarse en la mano de Nicol hasta formar un pequeño tornado ¡Fuutus! Con fuerza lo impactó contra la puerta y esta se abrió de golpe, aunque sin llegar a romperla.

—Lo siento, pero no tengo intención de seguir esperando —dijo ella mientras se adelantaba al interior del lugar.

—¡Oye, ¿qué te pasa?! ¡No puedes entrar por la fuerza a mi casa! Te ordeno que te vayas ahora —gritó Terry mientras tomaba un hacha cercana recargada en la pared. Se le veía asustado y muy a la defensiva pues tomaba el arma con fuerza, listo para atacar en caso de ser necesario.

—Mejor deja eso, no te servirá de nada —dijo Nicol—. No me dejaste otra opción, tenía que hablar contigo. Debo saber si eres tú.

Al levantarse ella la capucha el muchacho se sintió paralizado: sus ojos, su cabello, su boca, era la visión más espléndida que había contemplado jamás. Sus dedos perdieron fuerza, su mano dejó caer el hacha y sus ojos una lágrima.

—Me conoces —dijo ella, ahora con voz suave.

—No tengo idea de quién eres —respondió él nervioso; aún tenía un nudo en la garganta—. Por favor vete, tengo cosas importantes que hacer. Mucho trabajo.

—Yo te puedo devolver lo que perdiste, tu verdadero ser, pero debes confiar en mí. Sabes que tengo razón y puedo demostrarlo. Solo déjate ir, hacia tu destino y hacia mí.

—Hazlo ahora, entonces —demandó Terry sin quitarle los ojos de encima, como hipnotizado.

En ese momento alguien habló desde la puerta que había quedado abierta, interrumpiendo.

—¿Hola?... ¿Qué sucede aquí?

Aquella persona era un hombre joven, vestido con una chaqueta blanca, una camisa azul claro y unos pantalones azul marino, los inconfundibles colores del uniforme del ejército de la UP. La combinación de las prendas indicaba el rango de teniente. Al parecer había llegado mientras la escena de dentro de la casa tomaba lugar y las voces provenientes del interior lo habían hecho acercarse.

—No importa. De todas maneras, tengo algo más importante que hacer —dijo Nicol después de ver quién había llegado—. Te veré después, Terry, en la iglesia abandonada a medianoche —añadió en voz baja para que el visitante no pudiera escuchar. Dio media vuelta y salió de la casa. Cruzando el claro y se perdió en la distancia por el camino por el que había llegado.

—¿Quién era ella?

—Es algo complicado de explicar —respondió Terry—, ni yo estoy muy seguro todavía de lo que pasaba —respondió.

—Pareces asustado, y nunca te había visto así. ¿Te encuentras bien?

—Creo que necesito un poco de aire, Vant. ¿Quieres ir a caminar?

Terry se dirigió a la puerta y la cruzó sin decir nada. Su amigo se limitó a seguirlo. Cruzaron el claro y atravesaron por el camino que daba al pueblo, bajaron por el sendero y continuaron hasta llegar a la calle de la iglesia abandonada, la cual estaba situada en la esquina. Ambos permanecían en silencio. Pasaron delante del viejo edificio y Terry se asomó rápido hacia el interior como esperando ver a alguien dentro, pero estaba vacío. Miró entonces hacia arriba, hacia la punta del edificio donde alguna vez un símbolo de esperanza y devoción se había alzado, pero donde ahora solo quedaba la imagen del olvido y las viejas tradiciones. Una vez pasaron ese lugar, Terry inspiró profundamente y exhaló lentamente para después voltear a ver a su amigo quien lo miraba desde hace rato con una expresión de auténtica preocupación.

—¿Vant, te puedo hacer una pregunta? —comenzó. ¿Qué sentiste cuando decidiste entrar al ejército, alejándote de tus amigos y tu familia?

—Wow, qué pregunta —exclamó Vant—. ¿De dónde vino eso?

—No sé, creo que jamás te lo había preguntado, y nos conocemos desde hace mucho.

—Bueno, sentí mucho miedo —titubeó pues la pregunta lo había tomado por sorpresa—. Era un gran cambio e iba a durar mucho tiempo, pensé tal vez para siempre. Prácticamente comenzaría una nueva vida donde no conocería a nadie. Mis padres me apoyaron, sí, pero no sabía qué esperar.

—Pero tu padre también era militar y siempre estaba viajando, llevándolos a tu madre y a ti todo el tiempo. Los primeros años de tu vida los pasaste así, viajando y conociendo solo a sus amigos de ejército.

—Solo al principio, en mis primeros años, y la verdad no me acuerdo mucho de esa época. Fue ya en este pueblo donde nos asentamos y vivimos más tiempo, donde por primera vez me sentí feliz. Tenía un amigo y eso no había pasado antes. También fue aquí donde conocí a muchas personas que llegué a considerar mi familia. Y cuando supe que me iría, sentí que todo lo que aquí tenía iba a desaparecer para siempre y me costaba trabajo separarme de eso. —Vant se quedó un momento pensativo y después continuó—. No sé si sea lo mismo, pero creo que fue parecido a cuando murió tu madre, y un tiempo después, en esa terrible tormenta, también murió tu padre. Me dijiste que sentías que tu vida cambiaba demasiado rápido a costa tuya y que te sentías culpable porque no pudiste hacer nada para salvarlos. Pero teníamos como 10 años. Éramos unos niños, no hubiéramos podido hacer nada. Así, yo tampoco tenía el control de nada.

Mientras platicaban, siguieron caminando sin darse cuenta de a dónde los llevaban sus pies. Habían llegado a la antigua casa donde vivió la familia de Vant, al norte del pueblo, cerca del límite. Era una gran e impresionante mansión blanca de dos pisos de alto, perfectamente cuidada y con adornos dorados en cada ventana. Del lado derecho de la fachada había tres árboles altos y frondosos, del lado izquierdo un jardín con flores de muchos y muy hermosos colores, y en

11

medio un sendero bien cuidado y delimitado con piedritas de río que atravesaba desde la entrada principal hasta una amplia y dorada reja de cuatro metros de alto que rodeaba el terreno y separaba el lugar del resto de las casas. Desde lejos bien podía ser una pintura.

—Se ve muy diferente de cómo era antes, ¿no crees? —dijo Terry cambiando drásticamente el tema de la plática, aunque esto a Vant no pareció importarle.

—El nuevo dueño no tiene niños —respondió el amigo—, después de restaurar la parte que se quemó, puede darse el lujo de tener ese jardín bien cuidado sin temor a que se lo destruyan en un día —dijo sonriendo, casi soltando una risa—. Supe que mi madre se la vendió al gobernador del pueblo después de que mi padre muriera y ella decidiera regresar a la capital. Al ser el nuevo dueño un hombre de negocios, claro que iba a proteger su casa con este muro y a ponerle adornitos; mi padre jamás hubiera hecho algo así.

—Cuando te conocí te hubiera encantado levantar uno así de grande para mantenerme fuera —añadió Terry en tono de broma—. Siempre pensé que me odiabas.

—¡Jaja! Pues correteabas por ahí como un tonto. Luego conocimos a tus padres, personas respetables y trabajadoras, y me pareciste aún más tonto.

Ambos habían seguido caminando, preocupados solo por la conversación y sin prestar mucha atención al camino que seguían. Habían dado vuelta a la izquierda después de pasar la antigua casa de Vant, hacia una de las calles que daba hacia a la plaza principal.

—Yo solo me estaba divirtiendo —continuó Terry—. Y al final el verdadero tonto fuiste tú. Mira que salir de madrugada a querer explorar el bosque Terra solo. No caminaste ni un kilómetro fuera de tu casa y ya te iban a comer. Si no hubiera llegado yo, habrías muerto.

—Esa espada de juguete tuya al fin sirvió del algo —bromeó Vant—. Que aun así salimos muy golpeados, pero logramos ahuyentar a los gnomos. Hasta mi padre se impresionó cuando le conté lo que pasó. Fue por eso que se ofreció a entrenarte junto conmigo.

—¿No fue para mantenerte quieto y que no te metieras en más problemas?

Ambos rieron mientras pasaban cerca de la fuente de la plaza central. Ahí las personas se reunían a platicar y a descansar de sus actividades. Era casi medio día.

Terry y Vant cruzaron el lugar, encontrando ocasionalmente conocidos que por ahí pasaban, a veces saludándolos, a veces solo reconociéndolos con la mirada pues con muchos de ellos jamás habían entablado conversación. Siguieron en línea recta, lo que los puso ahora en la calle que daba al sur, a la salida del pueblo, no sin notar que afuera de la posada había una muchedumbre reunida, todos confusos y preocupados.

—¿Qué crees que haya pasado? —preguntó Vant.

—Tal vez una pelea, se dan a veces por aquí. No me sorprendería que algo se les haya salido de las manos y alguien terminara herido. Mucho alcohol y exceso de pedantería son terrible combinación —respondió Terry volteando a ver a su amigo—, ¿verdad, Vant?

—¿Me vas a seguir reclamando por lo de esa vez? Ya te dije que no estaba ebrio, ese cantinero se burló de mi padre.

—No creo que hubiera sido correcto usar tu entrenamiento en magia con ese pobre; le quemaste la pierna. Después de eso ya no pudimos volver a entrar, ni nosotros ni nadie demasiado joven.

—Tú ni querías ir en primer lugar. Te hice un favor: ahora ya no podrás entrar, aunque quisieras.

Ambos volvieron a reír, mucho más fuerte que antes.

Así siguieron por un momento hasta que la risa de Vant cesó. Se habían detenido a la entrada del pueblo.

—En ese entonces nada nos importaba. Queríamos recorrer el mundo y ser aventureros —dijo Vant sin quitar la vista de la distancia, hacia horizonte infinito —. Esa vez robé un montón de armas para que nos fuéramos, pero no quisiste seguirme, aún sufrías por lo de tus padres y pensé que algo de aventura te vendría bien.

—No hubiera sido correcto dejar así nuestro hogar y a las personas que conocíamos. Esa era nuestra gente y les debíamos una explicación.

—Sí, eso lo entendí después. Al menos me defendiste para que no me arrestaran —el tono alegre había regresado de nuevo a las palabras de Vant.

—Claro, eres mi amigo. Y me alegró mucho cuando regresaste después de haber sido asignado a esta ciudad; seguías siendo el mismo de antes. Cuando te vi de nuevo con tu uniforme y todo no sabía si abrazarte o cuadrarme —bromeó Terry a la vez que los dos daban media vuelta hacia pueblo.

—Cuando regresé yo tampoco sabía qué hacer. Ahora era algo así como una autoridad, un policía. Pero sabes, entonces sentí una responsabilidad con las personas. Yo soy quien los representa allá en la Unión por la Prosperidad, y aunque a veces me tengo que ausentar por mucho tiempo, sé que voy a regresar, mi instinto me lo dice.

—Justo de eso te quería hablar —dijo Terry volviendo a un tono bajo y pensativo—. La chica que viste hace rato me dijo que ella era mi destino, o algo así, que si la seguía iba a conocer la verdad sobre mí. Aunque lo que no entiendo es qué podría haber más allá de quien he sido toda mi vida.

—Para ser honesto, esperaba de todo menos eso. ¿Qué más te dijo?

—Me pidió que me encontrara con ella en la vieja iglesia abandonada a medianoche —contestó Terry.

—¿Aquí?

Sin darse cuenta habían caminado de regreso a la iglesia, cerca del sendero que conducía al claro. Ambos miraron la construcción que ahora lucía un poco menos vieja y aterradora después de hablar sobre su vida en el pueblo, recordando que incluso ese lugar era parte de ellos.

—¿Qué clase de destino podría esperarte aquí? Mi padre me contó que hace mucho tiempo un grupo de personas se reunía en este lugar para adorar a un supuesto dios antiguo. Le rendían culto y decían que era el creador del universo —explicó Vant—. Seguro hasta sacrificaban personas. Me extraña que no lo hayan derribado aún.

—Tengo la corazonada de que debo estar aquí en la noche y escuchar lo que tiene que decirme. Creo que es ese instinto del que hablas, el que te hace regresar a tu hogar, también a mí me llama a encontrarme con ella.

—¿Estás seguro? ¿Y si te quiere hacer daño o algo? Se veía peligrosa, pese a su baja estatura, hasta a mí me asustó.

—Estoy seguro —respondió Terry apretando el puño—. Desde que vi sus ojos supe que debía ir con ella.

Los ojos de Terry seguían dirigidos hacia la iglesia, pero su mirada estaba extraviada.

—Seguro solo estás enamorado —sonrío Vant—. Está bien, te apoyo, pero vendré contigo. No estuvimos hablando tanto sobre nuestra amistad para no acompañarte en algo tan importante. Además, si algo pasa es mi responsabilidad proteger a los habitantes de este pueblo.

—Gracias, amigo —exclamó Terry sonriendo y dándole la mano a Vant.

—Estaré preparado por cualquier cosa. Te espero en la entrada del camino que da hacia tu casa cuando oscurezca. Esta noche vendremos a esta iglesia a que encuentres tu destino.

Después de decir eso, intercambiaron unas palabras más, una amigable despedida y se separaron, cada uno regresando a su casa a esperar la noche.

Capítulo 2: Despertar

El día daba paso a la noche en el pueblo Pequeña Luz mientras los últimos rayos del sol se asomaban en el horizonte. Aún había personas en las calles, pero éstas también se preparaban para regresar a sus hogares. Recogían las mesas y con ellas los productos que habían puesto a la venta, limpiaban los lugares donde habían estado durante el día y se retiraban con despedidas alegres y cordiales de sus vecinos, deseándoles las buenas noches. Algunos, por otro lado, esperaban a los amigos y a la familia para reunirse y pasar la noche acompañados en algún festejo o excusa para beber en honor a la alegría. La cantina prendía sus luces para albergar, como todas las noches, a los solitarios.

Al este del pueblo, en el camino que daba a la casa de Terry, llegó caminando, con tranquilidad y espíritu bien despierto, Vant, a esperar a su amigo como había prometido. Él sabía que tardaría un rato, pues, aunque la cita era justamente al anochecer, su amigo era una persona que solía llegar tarde a todos lados, bien por despistado bien por costumbre. Se recargó sobre un árbol que por ahí encontró y se dispuso a esperar. Miró al cielo buscando perderse un rato en las nubes, más el cielo presagiaba tormenta y una larga, aunque gentil noche de lluvia. Cuando el cielo terminó de oscurecerse las aves callaron el estruendoso canto proveniente del árbol donde se había recargado Vant, y por fin se hizo el silencio en Pequeña Luz.

Pasaron unos minutos, no más de media hora, y de la vereda salió Terry con el cabello amarrado y con ropa diferente a la que llevaba en la tarde, probablemente porque la otra había terminado sucia del trabajo. Aparte usaba un abrigo que lo cubría del frío viento que corría.

—¿Estás listo? —preguntó Vant en cuanto lo hubo saludado.

—Estoy nervioso, en cambio —respondió Terry emprendiendo la marcha sin perder tiempo—. ¿Entonces, entrarás conmigo a la iglesia o me esperarás afuera? Que siendo sincero me sentiría mejor si estuvieras ahí también.

—No, mejor espero afuera. Éste es tu momento así que sé valiente —respondió Vant dándole unas palmadas en la espalda—. Yo estaré pendiente por si algo raro sucede.

Se acercaron al lugar y volvieron a observar el edificio de arriba hacia abajo, tratando de escudriñar por las ventanas, pero el interior era solo oscuridad. Vant se posicionó detrás de una pared, quedando justo debajo de una ventana sin vidrio para escuchar mejor lo que pasara adentro. Terry, por su lado, encendió una pequeña antorcha que había traído consigo, se dirigió a la entrada y avanzó hacia el interior, un paso a la vez. Mientras caminaba entre las sombras, esquivando los escombros que alcanzaba a percibir, vinieron a su mente pensamientos sobre ese lugar: conocía esa iglesia de toda su vida, pero nunca había entrado, ni siquiera por curiosidad, ni siquiera durante su juventud en que deseaba conocer más y entender más del mundo. Era de esos lugares que daba por sentado; está ahí, lo miras todos los días, pasas por ahí siempre, pero nunca ofrece nada nuevo al

15

interés. Excepto, recordó, por una vez cuando era un niño que el pasar creyó ver a alguien dentro, un anciano de barbas largas y canosas, como un fantasma. Aunque esa vez la visión no le provocó miedo, más bien una nostalgia desconocida, y cuando regresó a revisar si lo que había visto era cierto, éste había desaparecido.

Cuando por fin llegó al salón principal levantó la antorcha y se dispuso a observar lo que había en el interior. Vio bancas largas de madera, rotas y astilladas, algunas colocadas en fila, otras separadas y desacomodadas. Al frente había una pequeña elevación en donde aún reposaba un altar de piedra, y detrás de éste un sagrario alto y alargado con un símbolo tallado en la parte de arriba "IX", y nada más. Del lado derecho de la nave central había dos estatuas, una junto a la otra, ambas destruidas, pero conservaban los tobillos y parte de los muslos de piedra; claramente una estatua era de mujer y la otra de hombre. Del lado izquierdo del salón había una entrada a otra sala la cual no era alcanzada por la luz de la antorcha.

Terry esperó un tiempo en las penumbras, solo, pero no vio señales de movimiento por ningún lado, ni tampoco una luz, por lo que intentó ir a la sala contigua. Atravesó el pasillo que era más profundo de lo que esperaba, pero el cual conducía justo hasta un camino sin salida. Tan solo encontró un muro de ladrillos frente a él.

Parado en ese oscuro rincón, Terry se sintió confundido. Era todo lo que había en el interior de la iglesia, estaba seguro, y no había señales de la chica. Se sintió un poco molesto, aunque más decepcionado, engañado, cuando de pronto una luz brotó del suelo. Una trampilla se abrió debajo revelando una escalera, y al pie de ésta aguardaba Nicol. Sostenía una antorcha propia y ya no usaba la capucha de antes. Una sonrisa se dibujaba en su rostro. Hizo una señal a Terry que bajara. Él dudó un momento; por ese camino Vant no podría verlos y la posibilidad de verse en peligro se volvía cada vez más real. No obstante, recordando la conversación que tuvo en la tarde, decidió hacer caso omiso de ese miedo y bajó uno a uno los escalones de piedra. Vio al final un pasillo largo y estrecho que se extendía varios metros delante de ellos, hasta toparse con una oscuridad absoluta.

Llegaron hasta el final tomados de la mano y la luz de ambas antorchas iluminó un cuarto amplio de varios metros cuadrados, fortificado con gruesos bloques de piedra. En cada pared se distinguían círculos mágicos en cuyo borde interno seis círculos más pequeños estaban distribuidos geométricamente en una estrella de seis puntas, simbolizando los seis elementos del universo, y en el interior de cada uno, una runa que les daba su poder. Terry los conocía gracias a que el padre de su amigo Vant le había enseñado un poco de magia cuando lo entrenó, aunque nunca aprendió a usarlos. En el centro de la sala uno de estos círculos mágicos, más grande que el resto, se mostraba en el suelo, y a su alrededor, en perfecta simetría, seis objetos de gran tamaño, como bloques de piedra cubiertos por mantas. A juzgar por la cantidad de símbolos dentro del círculo, este debía ser mucho más avanzado que los demás. En el centro del círculo había una pequeña roca brillante, como si de un diamante se tratase, pero era redondo y no era transparente como uno, era más bien opaco.

—¿Qué es todo esto? —preguntó Terry temeroso, aunque intrigado.

—Justo lo que te prometí, la verdad sobre quién eres sobre tu destino —comenzó a decir Nicol—. Confiaste en mí y decidiste venir, aún sin conocerme, aún si mis palabras no tenían sentido. Algo te llamó hacia mí, así como algo me guío hasta ti, y ahora por fin, después de tanto tiempo estamos juntos, y volveremos a ser uno.

Mientras Nicol hablaba Terry había avanzado hacia ella sin darse cuenta, profundamente embelesado, hacía el interior del círculo. Lentamente caminó hasta que la roca del suelo quedó en medio de los dos, lo suficientemente cerca como para verse a los ojos. Al guardar Nicol silencio la roca flotó, emanando una luz azul, tenue y cálida al principio, pero poco a poco más fuerte y poderosa. Luego se dirigió a Terry.

"Tú moriste hace 500 años en una terrible batalla que devastó el mundo, y por 500 años reencarnaste en un sinfín de vidas humanas sin alcanzar nunca el descanso. Por 500 años te busqué sin parar para devolverte tu esencia, la llama de quién eres realmente. Una llama forjada en el mundo antiguo, depositaria de un inimaginable poder y destinada a la infinita grandeza. Fuiste creado, junto conmigo, como uno de los ixírenes guardianes del mundo. Eres Tristán, un poderoso guerrero. Luchaste a mi lado hace tantos años contra las huestes del mal que amenazaban con extinguir la vida. Y eres aquel a quien amo con toda mi alma. Vuelve, vuelve conmigo".

La roca, ahora emanando una intensa luz, flotaba justo frente a Terry. Dentro de ella, pudo divisar una imagen, una silueta radiante y magnífica que pronto se hizo nítida y clara; era un hombre, fuerte y espléndido, muy parecido a él, su cabello rubio y ojos azules, pero a la vez muy diferente. Poco duró esta visión cuando Terry sintió que aquella imagen se acercaba cada vez más hasta volverse uno con ella, en perfecta armonía y unidad. Y así como la roca había brillado, súbitamente apagó su fulgor y cayó al suelo, fría e inerte.

—¿Qué es lo que acabas de hacerme? —preguntó Terry asustado y confundido. El cuerpo le dolía y parecía no poder moverse bien.

—Te devolví algo que habías perdido: tu cuerpo de íxiren. Con el tiempo irás recuperando tu fuerza y tu poder. Y solo hasta que tu alma y tu cuerpo terminen de sincronizarse y volverse uno, habrás recuperado la esencia de quien eras. Tomará un rato, no te preocupes. Ahora lo más importante es devolverte tus recuerdos para que al fin tu alma esté completa.

Dicho esto, Nicol comenzó a recitar cánticos en una extraña lengua mientras extendía los brazos, como en un recibimiento. Al mismo tiempo, los bloques, antes inmóviles en el suelo, se elevaron, revelando debajo seis libros gruesos y desgastados, mismos que abrieron sus páginas súbitamente emanando un excepcional fulgor, cada uno de un color y un elemento diferente: luz, fuego, aire, agua, tierra y oscuridad; blanco, rojo, amarillo, azul, verde y negro respectivamente. La escena era abrumadora.

17

Nicol avanzó hacia él, entrando en su espacio, pero Terry retrocedió asustado e inseguro de lo que veía y de lo que sucedía. Se le ocurrió que tal vez aquello era solo una aparición, como un sueño que se siente real pero cuando uno lo persigue termina sintiéndose vacío al despertar. Tal vez solo estaba profundamente cautivado por su belleza, por sus palabras, por su mirada, que lo paralizaban como en un poderoso hechizo lanzado en el aire o preparado de antemano. Quizá de verdad había encontrado su complemento, y su destino a partir de ese momento sería claro; quizá lo único que debía hacer era dejarse llevar por las fuertes corrientes del universo junto con aquella aparición que lo envolvía cada vez más. Sea lo que fuere, era claro que algo importante iba a cambiar dentro él para siempre.

Nicol siguió avanzando y él retrocediendo, cada paso que ella daba hacia adelante él lo daba hacia atrás hasta que el muro a su espalda lo detuvo. Ahora solo podía observar su bello rostro iluminado por la mágica luz a su alrededor, acercándose, imponiéndose y dejándolo completamente vulnerable. Su esencia, su aliento, su calor, sus labios tiernamente posados sobre los suyos. Tristán solo pudo cerrar los ojos y rendirse.

Pero en ese momento, del libro de magia oscura, un espeso humo comenzó a brotar, seguido por un ardiente fuego negro. La llama quedó flotando en el aire y su tamaño aumentaba. Los demás libros se cerraron y cayeron al suelo. Entonces una voz espectral, profunda y terriblemente amenazante, retumbó en toda la sala. "Libre al fin. Después de tanto tiempo, libre", decía. Del interior del fuego, como de una herida, apareció rasgando y arañando con garras largas como lanzas una figura diabólica y maldita, de cuerpo famélico y de un solo brazo. Los cuernos en su cabeza, grandes y encorvados coronaban sus felinos ojos amarillos que infundían pavor. Aquella figura flotaba en medio de la sala con alas destrozadas, sin sus piernas ni su brazo izquierdo, tan solo sangre negra pestilente chorreando de las heridas. El poderoso demonio Mefisto había regresado al mundo.

—¡El ritual! ¡Fue corrompido! ¡¿Cómo pudo pasar esto?! —gritó Nicol desesperada.

—Con una brecha oculta en el cuerpo de tu amado —le dijo el demonio—, pues soy maestro de la magia oscura. Todo fue preparado para que cuando él regresara yo lo haría también, y terminaría lo que empecé hace tantos años —y sin esperar, el demonio se abalanzó contra Tristán que aún se encontraba en trance. Pero entre los dos, rápidamente se interpuso Nicol intentando salvar a su amado, quedando desprotegida y recibiendo el rasguño directo en su vientre.

Nicol yacía ahora en el suelo, inconsciente. Le herida era profunda y sangraba de forma alarmante. Tristán no lograba moverse, el tiempo se había detenido en su cabeza. Trató de mirar sus manos para reconocerse vivo, pero las vio manchadas con sangre. Miró hacia abajo y vio a Nicol, inerte a sus pies, muriendo. A su mente llegó fugaz un recuerdo del momento en que la vio por primera vez y lo feliz que se sintió. Pero ahora la sentía muerta, lejana, y eso despertó en él un sentimiento de rabia por su amada. Sus ojos y su cabello se encendieron rojizos de pronto, y dos alas de demonio comenzaron a aparecer en su espalda, una negra y una blanca. Y en una liberación de poder bruto atacó a Mefisto, atravesando ambos el techo de la iglesia. Una vez en las alturas, Tristán lo golpeó y lo lanzó contra la plaza del pueblo. Lo persiguió, lo tomó y lo arrojó ahora contra unas casas, destruyéndolas completamente. Entre sus dedos pulgar, índice y medio, juntó energía oscura y la liberó en un poderoso ataque. ¡Darkalister! Pero ahora Mefisto esquivó su ataque volando rápidamente por el área, destruyendo unas cuantas casas más entre la huida y los rayos. La destrucción provocó que varias personas despertaran y salieran a ver lo que ocurría, temerosas por sus vidas.

Desde la vieja iglesia, que había quedado casi completamente en ruinas, Vant observaba la pelea. Veía la destrucción provocada por su amigo y apenas podía creer que fuera él quien luchaba. Extendió sus cuatro alas de ángel y se elevó dispuesto a luchar, decidido a detenerlo. Ya arriba notó que, entre las ruinas de la iglesia, en un cuarto subterráneo, la figura de Nicol sangraba en el suelo, y no pudo evitar ir en su ayuda pensando que de lo contrario moriría. Descendió y la tomó en sus brazos, posó su mano sobre el vientre carmesí y trató de curarla con magia blanca, pero pronto se dio cuenta que no era una herida común. Hizo lo que pudo; utilizó mucha energía hasta que al fin logró detener la hemorragia, aunque no tenía los conocimientos para curarla del todo. Sin embargo, gracias a esto Nicol recobró la consciencia.

—¿Qué pasó? ¿Dónde está Tristán?

—¿Quién? —preguntó Vant. Nicol volteó a verlo tardando un poco en reconocerlo.

—Tu amigo. ¿Qué pasó con él y con el demonio? —respondió, levantándose con cierta dificultad.

—Están en el pueblo, luchando. Debo regresar. Debo detenerlos o destruirán todo —Vant se dispuso a irse, pero algo lo detuvo.

—Yo te ayudo —dijo Nicol, alas de demonio, una blanca y una negra coronaron su espalda. Con cuidado, ambos salieron de la iglesia y se dispusieron a regresar a la batalla.

Tristán seguía atacando a Mefisto con su magia, y él lograba esquivar cada uno de los poderes que le eran lanzados, aunque no tenía la fuerza suficiente para responderlos. La gente del pueblo intentaba huir y no resultar lastimada en el intento.

Al llegar al pueblo, Vant notó que los habitantes trataban de salvarse, así que mejor decidió ayudarlos. Nicol, por su parte, se dirigió directamente hacia donde estaba Tristán, sin importar lo que sucediera, con la intención de hablar con él. Le gritó lo más fuerte que pudo "¡Tristán, detente!". Una y otra vez le gritó hasta que al fin logró llamar su atención. Él, al verla, se detuvo. Sus alas se llenaron de plumas blancas y negras respectivamente y sus ojos se volvieron azules de nuevo, junto a su cabello rubio. Su ira se había calmado y lentamente descendió hacia Nicol, quien lo recibió con un abrazo. En ese momento comenzó a llover, como si el mundo lamentara las pérdidas de ese día.

19

Mefisto, aprovechando la oportunidad y al saberse superado y sin todo su poder, desapareció en una llamada oscura entre las sombras de la noche. Ahora estaba suelto, y sin duda buscaría venganza.

Cuando Tristán recuperó la conciencia se encontraba entre los brazos de Nicol y se sintió feliz. Permanecieron un momento así, abrazados bajó la lluvia, hasta que Vant los interrumpió.

—¿Están bien, amigo? ¿Cómo es que sucedió todo esto? ¿Quién era ese y por qué estaban luchando?

—Era Mefisto —contestó Nicol.

—¿Mefisto, el antiguo demonio? Pero él estaba cautivo en el paraíso, ¿cómo ha escapado?

—¡Ese maldito! —gruñó Nicol—. No me di cuenta de que en el cuerpo íxiren de Tristán dejó una traza de su poder para autoinvocarse. Él debió haberlo planeado desde el inicio. Sabía que buscaría la manera de traer a Tristán de vuelta y utilizó eso para escapar. Y no solo eso, al interrumpir el ritual evitó que él recobrara por completo su poder de íxiren.

—¿Su poder? ¿Dices que en su vida pasada fue un íxiren? ¿Es esa la razón de que lo buscaras? —Vant intentaba comprender todo el asunto, pero no lograba concentrarse. Lanzó un suspiro de resignación y continuó— ¿Entonces ya jamás podrá recuperar su fuerza?

—La recuperará, pero será poco a poco y tardará un tiempo; no estoy segura de cuánto. Hasta entonces, estará vulnerable.

—¿Terry, estás bien? —preguntó Vant dirigiéndose ahora a su amigo quien a pesar de estar despierto permanecía en silencio, perdido en las meditaciones que le llegaban a la mente después de la ira y la locura de la que había salido.

—Debe estar cansado. Lo mejor será llevarlo a su casa para que descanse —sugirió Nicol.

Vant asintió y tomaron el camino de vuelta hacia el claro, por entre los escombros de la ciudad que alguna vez fue hermosa y apacible. Viendo la destrucción a su alrededor, Vant no pudo sino sentir un estremecimiento en el corazón por el pueblo que era tan querido para él. Aunque había salvado a algunas personas en los momentos de peligro, la vida de los habitantes había quedado devastada irremediablemente.

A mitad del camino, poco antes de pasar de nuevo por la iglesia, Vant escuchó una voz en su cabeza que lo llamaba; eran sus superiores en la UP quienes pedían por él mediante un hechizo telepático a través de su insignia, muy utilizado en el ejército como forma de comunicación.

—Debo irme. La Unión ya ha de estar enterada de lo sucedido aquí. ¿Puedo confiar en que Terry estará bien contigo?

Nicol asintió.

Vant tocó una de las medallas de su uniforme, la del lado izquierdo de su pecho. Un círculo mágico se dibujó a sus pies, y en un destello blanco desapareció del lugar. Nicol entonces continuó. Pero de repente, desde atrás, escuchó las voces de una muchedumbre que se acercaba: varias personas la perseguían, blandiendo armas y herramientas, furiosos por el desastre provocado a su pueblo. Al frente de la turba, dos soldados de la Unión los enfrentaban en cumplimiento de su deber.

—Alto ahí —dijo uno de ellos— quedan detenidos en nombre de la Unión por la Prosperidad. Entréguense ahora o nos veremos forzados a someterlos.

La primera reacción de Nicol fue la de luchar, pero el estado de Tristán lo dejaba vulnerable, y ella aún se sentía débil por la herida que la aquejaba. Así entonces, decidió tratar de huir llevando a Tristán como pudiera, lejos. Corrieron entre los árboles de los lindes del pueblo con la esperanza de perder a la muchedumbre entre la naturaleza, pero las personas detrás de ellos los seguían de cerca y no tardarían mucho en atraparlos. Avanzaron unos metros más cuando vieron, cubierto ligeramente por el pasto y hojas caídas, la boca de lo que parecía un pozo o la entrada de un viejo manantial. Sin importar lo que era, Nicol se arrojó al interior oscuro y desconocido confiando en que podría ser su oportunidad de escapar. Cayeron varios metros entre la oscuridad hasta ser amortiguados por frías aguas que los arrastraron lejos de ahí. Sin embargo, entre la confusión y las sombras se separaron, llevados hasta las profundidades de la tierra hacia ocultos y misteriosos caminos.

Capítulo 3: ♄⋈⋎ ⅃ ⟡⋇ ⅃

A varios kilómetros al norte de Pequeña Luz se encuentra la ciudad de Lemsániga, capital del continente de Andorán y considerada como una de las ciudades más importantes del mundo. Uno de los puntos principales del comercio continental e intercontinental. Sus altos e impenetrables muros son protegidos rigurosamente por tropas de ángeles y demonios iluminados cuyo trabajo es resguardar la vida de los habitantes de los peligros externos. En ella también se encuentran los cuarteles generales de la Unión por la Prosperidad: una magnífica y bien fortificada torre en el centro de la ciudad, amplia y casi rozando los cielos, hogar de la fuerza militar más grande del mundo. La Unión es liderada y administrada por los tres grandes arcángeles: Daniel, Rizhiel y Luminel, bajo el consejo del ángel más antiguo, Iridiel.

Desde ese lugar se coordinan misiones, guardias, exploraciones y vigilancias llevadas a cabo a lo largo del continente y en todo el mundo. Ahí mismo son reportados todos los acontecimientos importantes como conflictos entre poblados, avances de posibles enemigos o la destrucción repentina de un pueblo cercano.

Dentro de la torre de la UP, en un salón de perla y oro, uno de los tres arcángeles, Daniel, caminaba apresurado al encuentro de uno de sus hombres que llega con importantes noticias. Una fina piedra blanca como el mármol, tallada en el suelo con la forma de un círculo mágico brillaba de pronto, alimentada por poderosa magia. De la luz emergió un joven teniente de cabello castaño y portando su uniforme oficial, un poco sucio y polvoriento, pero sin perder el porte.

—Vant, te estaba esperando —dijo Daniel en tono serio y estoico.

—Señor, he venido tan pronto como pude, aunque no esperaba verlo aquí. ¿Puedo saber a qué viene tanta urgencia?

—Camina conmigo y te lo explicaré —dijo el arcángel Daniel dando media vuelta y comenzando la marcha, confiado de que su allegado lo seguiría—. Primero cuéntame qué es lo que sabes sobre lo sucedido en el pueblo Pequeña Luz. Sabemos que ha sufrido grandes daños, y siendo ese tu lugar asignado, estoy seguro de que podrás darme una explicación de por qué tus fuerzas no han sido suficientes para impedir la tragedia.

Vant se quedó callado un momento ante los duros reproches de su superior, se sentía responsable por las muertes y más al saber que su mejor amigo era parte de todo.

—Estoy seguro de que conoces la importancia que ese pueblo tiene para nosotros aquí en la capital —continuó Daniel—. Por muchos años hemos contado con el trabajo que sus herreros nos han brindado, para que así podamos proteger a sus familias. Y ahora, de la nada han perdido sus vidas y con ellas la confianza que nos tenían. Es probable que piensen que no somos capaces de mantener la paz ni de hacer bien nuestro trabajo. Así que necesito que me digas todo lo que sabes de inmediato.

22

—Me temo que no traigo buenas noticias para usted, señor. La destrucción del pueblo se debe a que un antiguo enemigo ha regresado a Ixcandar, y en una batalla contra él mucho se perdió, además…

—¿Y qué enemigo es éste, que alguien de tu poder no ha podido contener? —increpó el arcángel Daniel.

—Mefisto, señor. El archidemonio ha escapado del paraíso utilizando magia oscura. No ha recuperado todo su poder, pero incluso así su fuerza es demasiada, ni siquiera todo un destacamento podría contra él. Temo que este sea el inicio de otra guerra.

—¿Y ha sido usted el que lo ha enfrentado, teniente? Me sorprendería mucho saber que ha resistido con tal entereza una lucha contra un enemigo como él, y sobrevivido.

—¿Señor?

Un gran conflicto crecía en la cabeza de Vant quien temía que el deber lo obligara a hablar sobre su amigo y lo expusiera a la mira de la UP.

—Nos enteramos hace poco sobre el escape de Mefisto, dijo Daniel— y su aparición en el pueblo, teniente. Desconocemos qué tipo de magia utilizó para salir, o bajo qué condiciones se desató esta magia. Tenemos razones para pensar que hubo alguien más involucrado en todo esto, alguien que lo ayudó desde afuera.

—Así es, señor. Una chica fue la que inició el ritual —Vant se detuvo un momento, pensando en las palabras que debía decir para no convertirla en el enemigo, después de todo no solo era una íxiren, también estaba relacionada con su amigo Terry—, pero no creo que su intención fuera la de traer de vuelta a Mefisto.

—¿Y qué le hace creer eso? ¿Qué intenciones tendría esa chica para realizar un ritual de alto nivel en ese lugar, entonces? —Las preguntas del arcángel Daniel adquirían cada vez un tono más acusatorio, aunque en el exterior su expresión no cambiaba—. Usted sabe algo, algo que no quiere contarme, teniente. También nos hemos enterado de la chica. Nuestras fuerzas en cubierto nos informaron que el propietario de una posada reportó la llegada de una mujer al pueblo el día de ayer, declaró que había causado un desastre en su local. Dijo que lo amenazó y que agredió a algunos de sus clientes, que incluso asesinó a alguien. Aunque aún no sabemos quién es esa chica y qué era lo que buscaba. Pero creo que usted lo sabe, ¿no? Ha hablado con ella.

Vant miró al suelo, pensativo, tratando de mantener la compostura. Inspiró profundamente y respondió a lo que se le pedía.

—Me dijo que se llamaba Nicol. Ella dijo ser uno de los ixírenes antiguos que salvaron al mundo hace 500 años.

—Así que ha decidido aparecer después de tanto tiempo —interrumpió un momento el arcángel Daniel, más para sus adentros.

—Me dijo que la intención de su ritual era traer de vuelta al otro íxiren, Tristán —continuó Vant—, pero que el ritual fue corrompido, así pudo escapar Mefisto. Después de eso ambos lucharon hasta que Mefisto logró huir; Nicol también se fue. Yo me ocupé en tratar de salvar a las personas, por eso fue por lo que no resulté herido.

—Muy bien, teniente, confío en que lo que me dice es la verdad. Yo informaré a los demás sobre lo ocurrido. Por lo mientras, regrese a su estación a esperar órdenes. Puede retirarse.

Vant asintió con la cabeza y presentó sus respetos. Después se marchó como le habían indicado. Se retiró cabizbajo ante las palabras de su superior.

—¡Teniente! —gritó el arcángel Daniel antes de que Vant se hubiera ido—. Y ese otro íxiren, ¿pudo ser invocado con el ritual?

—No lo sé, señor —dijo Vant apretando un poco los dientes—. El ritual fue interrumpido por Mefisto, desconozco si tuvo éxito —afirmó sin dar la cara.

—Muy bien —dijo por último el arcángel, dejando que su subordinado saliera de la sala.

En lo profundo de la tierra, en oscuras catacumbas de largos y estrechos túneles fluía el agua lenta y calmada, filtrándose por ente las grietas de la roca, abriendo goteras en cámaras inferiores donde un eco insistente perturbaba el silencio de la insondable oscuridad.

En el suelo de una de estas habitaciones yacía Tristán, solo, inmóvil e inconsciente. Su ropa estaba hecha jirones y su cuerpo presentaba golpes y rasguños leves. Hacía ya un rato que había caído hasta ese lugar, arrastrado a través de laberínticos ríos subterráneos por el azar y un poco por el destino.

Despertó al cabo de otro rato cuando su cuerpo hubo recuperado sus fuerzas. Abrió los ojos lentamente y se levantó del suelo frío y húmedo. Se talló la cara sin saber lo que sucedía. Al principio se sintió desorientado sin poder ver nada más que oscuridad impenetrable, pero poco a poco su mirada comenzó a destacar los detalles del lugar en donde estaba, resaltando las luces y esclareciendo las cosas. Recordó, o al menos su cuerpo lo hizo, que sus ojos eran capaces de ver incluso en absoluta oscuridad gracias a una habilidad que llamaba *aura divina*, que hacía que sus ojos aprovecharan toda la luz posible del entorno, por más ínfima que esta fuese. Al frente solo pudo ver un pasillo largo y algo estrecho, así que lo siguió.

Conforme fue recuperando la conciencia, notó que el olor de aquel lugar era repulsivo y penetrante, proveniente de los grandes charcos de agua estancada por los que pasaba. Después de unos metros, giró a la derecha y salió hasta un salón amplio por cuyo centro fluía un fino canal de aguas sucias, perpendicular a su posición. Del otro lado de este había un portal que daba a otra habitación. Por la textura, se notaba que aquella catacumba había sido construida hace mucho tiempo, tal vez como un escondite o medio de escape, aunque por lo sucio y maloliente parecía más bien un desagüe. Siguió avanzando y después de saltar el río con sorprendente facilidad, entró a la otra sala. El techo era circular y no había nada más que dos puertas más.

Desde las profundidades solitarias, Tristán comenzó a escuchar un débil pero claro gorjeo proveniente de alguno de los caminos de la bifurcación, aunque no distinguía de cuál. Tomó el camino de la derecha, esperando no haberse equivocado y con suerte encontrar una posible salida. Atravesó otro pasillo, mucho más corto que el primero, y llegó a un cuarto pequeño cuyo aire se sentía un poco más limpio. En éste había tres bancas largas apostadas cada una contra una pared y talladas de la misma piedra; parecía una sala de reuniones. Grande fue su sorpresa cuando en una de las bancas, opuesta a la pared de la entrada, se encontraba sentado un hombre, un anciano de barbas largas y canosas que rozaban el suelo. Estaba agachado por lo que más parecía estar dormido. A su lado, algo reposaba, saltando a la vista.

—¿Quién es usted? —preguntó Tristán, avanzando cautelosamente hacia él. No parecía una amenaza.

—Tú debes ser Tristán —dijo el anciano en tono suave.

—Discúlpeme, pero ¿cómo sabe usted mi nombre?

El anciano rió apaciblemente.

—Eso no importa ahora —dijo—. Ven acércate, quiero mostrarte algo.

Tristán se acercó como le fue pedido. Al hacerlo pudo darse cuenta de que el anciano estaba harapiento y sus facciones eran algo incómodas. También pudo ver que lo que estaba a su lado era una caja blanca sorprendentemente limpia, impecable de hecho, bellamente adornada con detalles en oro y cubierta con un velo de seda blanco igual de impecable; su apariencia desentonaba completamente con la del anciano.

—¿Se encuentra bien? —preguntó Tristán, ignorando la caja—. ¿Cómo fue que terminó aquí?

—Ven, tengo algo para ti —contestó el anciano ignorando la pregunta—. Es un regalo que he estado guardando para cuando te encontrara. —El hombre tomo la caja que tenía a un lado y la colocó sobre sus piernas—. No te preocupes, no es peligroso. Y no soy uno de los esbirros de ese Mefisto.

Tristán quedó sin palabras pues su mente parecía haber sido leída como un libro abierto, sin contar el hecho de que las tinieblas tampoco parecían afectarle. La idea de que el anciano no era humano daba constantes vueltas en su cabeza.

El anciano retiró el velo de seda y abrió entonces la caja. Reveló en el interior una espada larga y fina cubierta por una espléndida funda de metal tapizada con seda de intenso color violeta. La empuñadura relucía dorada y la cruz estaba finamente labrada con un ala de ángel de un lado y una de demonio del otro, y en el pomo resaltaba eminente un gran diamante multicolor.

Tristán se acercó, fascinado por el arma, y la tomó sin más. Al desenfundar una parte de la hoja, en la zona superior, se leía grabada la leyenda "ᛏᛟᛦ ᚾ ᛟᚷ ᚾ", y justo arriba, entre ambas alas, un cristal, un ojo felino color violeta, sobresalía.

—Es increíble —exclamó Tristán boquiabierto.

—Su nombre es Ilaxición —dijo el anciano—, y no es por presumir, pero es el arma legendaria más maravillosa que verás. Tiene grandes habilidades mágicas y unos cuantos secretos más.

—¿Usted la hizo? Debe ser un gran forjador de armas —infirió Tristán—. Pero no puedo aceptarla, se ve demasiado valiosa.

—No me hagas insistir, muchacho. Ilaxición te pertenece desde ahora, punto.

A lo lejos, el gorjeo de antes regresó y aumentaba poco a poco en dirección a Tristán. El anciano ni se inmutó por el sonido.

—¿Escuchas eso? —dijo con dulzura—. En este lugar habitan muchas criaturas peligrosas y hambrientas. ¿Por qué no pruebas qué tal te va con la espada?

Tristán dudó un momento, pero no podía ocultar su entusiasmo por luchar con la espada. La desenvainó y su peso le sorprendió bastante pues apenas podía sostenerla. Salió de la habitación ya que el espacio era demasiado reducido para defenderse. Vio entonces un grupo de seis gárgolas que avanzaban amenazantes; hórridas y mortíferas criaturas de brazos fuertes y gruesos, pero de patas traseras cortas y huesudas lo que las obligaba a caminar encorvadas y sobre sus puños. Sus cuerpos parecían estar hechos de roca sólida; eran pesados y sus pieles eran duras lo que evitaba que volaran a pesar de tener un par de alas quirópteras en la espalda que usaban para moverse rápido al cazar.

Pronto, se abalanzaron en grupo contra su presa, mostrando sus enormes colmillos babeantes al rugir.

Tristán se preparó para el combate como le habían enseñado. Cuando estuvieron lo suficientemente cerca, lanzó un poderoso tajo de ilaxición, aunque solo unos cuantos enemigos murieron pues el golpe fue lento. El peso de la espada y la inexperiencia de Tristán hicieron que la punta de esta callera sordamente contra el suelo. En ese momento, un humo brillante flotó alrededor del lugar hasta entrar en la espada, en el ojo; había absorbido su esencia vital. Las gárgolas, aprovechando este momento de distracción, repitieron su ataque por el flanco derecho con aumentada furia. Tristán apenas pudo levantar la hoja para defenderse de las garras y los dientes, aunque esto no evitó que fuera derribado y solo cayera de espaldas contra el suelo, afortunadamente sin soltar la empuñadura. Se levantó de inmediato, pues los enemigos insistían. Levantó su arma y logró estocar a una que intentaba atacar sola. Su esencia también entró en la espada. Ahora solo quedaban dos de ellas, lo rodeaban y esperaban su oportunidad. Una lo atacó por la espalda, pero Tristán se percató y contraatacó con un poderoso golpe que dio de lleno en el hocico de la gárgola, aturdiéndola. La otra aprovechó el momento y alcanzó a dar una mordida en su hombro derecho. Tristán no pudo evitar doblarse del dolor, pero logró sujetarla y azotarla contra el suelo y clavar la espada, justo en su pecho. Después caminó hacia la gárgola aturdida y la remató con un movimiento igual.

Detrás del cansado y adolorido íxiren, llegó caminando lentamente el anciano, tambaleándose un poco.

—Te ha aceptado como su dueño, pero veo que aún te cuesta trabajo blandirla —dijo—. Con el tiempo se volverá más ligera, por eso debes seguir practicando. No será hasta que se conozcan bien y ahondes en sus secretos que responderá completamente a tus movimientos.

—¿A qué se refiere con que me aceptó? —dijo Tristán jadeando y cansado mientras se incorporaba.

—Sí, de no haberlo hecho se habría transmutado en niebla, agua o algún otro material imposible de sujetar. Si por otro lado te hubiera considerado una amenaza, se habría encendido en fuego oscuro y te habría quemado la mano.

—¿Fuego oscuro? Recuerdo haber escuchado sobre eso, es el más intenso de todos…

—Debes entender —interrumpió el anciano—, el arma tiene consciencia propia, así que demuéstrale que eres digno de portarla. Como ya viste, cuando un ser viviente muere ante su filo, su energía vital entra en la hoja, fortaleciendo su propia vida. Llevo con ella ya muchos años y sé que su confianza es difícil de ganar, pero confía en ella y ella también confiará en ti.

Tristán terminó de recuperar su fuerza. La herida en su hombro dejó de sangrar y ya no le dolía. Se dio la vuelta y atendió a la figura andrajosa que tenía frente a él.

—Hazme un favor, mira la hoja y dime lo que ves —pidió el anciano.

Tristán levantó la espada y vio entre ambos filos una franja negra grabada con letras doradas de un lenguaje que no lograba entender.

—Cuando logrees leer lo que dice, sabrás que tu lazo con la espada se ha vuelto fuerte e inquebrantable. Sé valiente en tu misión, pelea con el corazón y el camino frente a ti será claro, joven íxiren —dijo el anciano con mirada serena.

Tristán dio un último vistazo a la formidable arma que tenía en sus manos, absorto. Al regresar la mirada, el hombre había desaparecido, como si nunca hubiera estado ahí, dejándolo confundido y atónito. Miró a su alrededor en un intento vano por encontrar su rastro, pero era evidente que se había esfumado. Aceptó que de nuevo se encontraba solo, así que enfundó la espada, se la acomodó en la cintura y salió del cuarto. Afuera, tomó el otro camino de la bifurcación y avanzó hacia el interior sabiendo que, aunque había peligros adelante ahora tenía una forma de defenderse.

Atravesó otro pasillo y llegó esta vez a lo que parecía un comedor, pues había gran mesa de piedra en el centro. Alrededor había 10 sillas igualmente talladas y dispuestas en una geometría perfecta. Era fácil pensar que ese lugar había albergado en el pasado una antigua comunidad y las catacumbas habían servido como su última fortaleza antes de desaparecer en el olvido.

Había pasado un rato que Tristán caminaba e investigaba sala tras sala, pasillo tras pasillo, encontrando constantemente puntos que se dividían hasta en nueve caminos diferentes. La estructura interna se volvía cada vez más laberíntica y algunos caminos resultaban ser callejones sin salida. Ocasionalmente, encontraba criaturas mágicas viviendo en el interior, tal vez atrapadas o tal vez afines a las penumbras y el silencio, pues todas ellas eran especies oscuras.

Al cabo de un tiempo sintió el aire a su alrededor un poco más fresco y la pesadez de la cripta iba desapareciendo; esto era una buena señal pues significaba que se aproximaba a una posible salida. Llegado un momento, después de pasar horas bajo tierra en ese lugar tan asfixiante, vio al fin un halo de luz de sol esperanzador que se colaba por algún hoyo en las paredes. Caminó una media hora más hasta dar con unas escaleras, diferentes a las que había estado utilizando pues los escalones estaban hechos de tierra; indudablemente más rústicos que los anteriores. Subían hasta un pasillo angosto y corto, y al final de este se veía una habitación completamente iluminada. Al salir, se encontró en una habitación pequeña, construida de la misma forma que las escaleras, y al frente, un gran portón de piedra tallada: era la salida.

Frente a la puerta, sin embargo, se encontraba una peculiar criatura agazapada; una bestia conocida como *estiria*, un ser formado de elementos, hielo en este caso, y resultado de magia antigua. La forma que había tomado era la de un tigre, considerablemente más grande que uno normal. Su cuerpo completo era gélido. Probablemente había quedado atrapada desde hace ya mucho tiempo, y estaba terriblemente hambrienta de energía.

Tristán tomó a Ilaxición y la desenvainó, pero la criatura, al sentirse en peligro, atacó velozmente derribándolo con gran fuerza. Tristán trató de quitársela de encima blandiendo el filo contra la bestia, pero no logró atravesar la dura capa de hielo. La estiria, furiosa por la afrenta, atacó entonces el brazo que empuñaba la espada, provocando que esta cayera al suelo. Trató de tomarla, pero la criatura era veloz y repitió su ataque. Tristán trató de evitar el ataque cubriéndose con el brazo, pero las garras de la bestia le provocaron una herida profunda, lo que evitó que recuperara su arma. Era claro que la fiera impediría a toda costa que tomara su espada, así que no tuvo más opción de defenderse con sus propias manos.

Esperó, y cuando la bestia atacó le respondió con un fuerte puñetazo en el hocico, lo que la hizo retroceder. Notó entonces que su fuerza iba poco a poco en aumento. Mientras la bestia estaba aturdida, la tomó del cuello como pudo y la azotó con fuerza contra uno de los muros provocando que la parte del lomo de la bestia se rompiera, revelando un cristal en el interior. Tristán supo entonces que de ahí emanaba la energía que daba fuerza al hielo que formaba a la bestia. Sin embargo, al reponerse la Estiria, la parte rota se restableció rápidamente. Si quería derrotarla debía destruir ese núcleo con su elemento contrario.

La fiera entonces se lanzó a morderlo, así que Tristán saltó y se posicionó detrás de ella para poder golpearla de nuevo, pero fue sorprendido con un latigazo de la cola del animal lo que le impidió prever el siguiente ataque que lo derribó de nuevo. La bestia estaba encima de él intentando clavarle sus afilados dientes en la cara. Tristán forcejeaba en un intento por no resultar herido. Si quería derrotarla debía ser rápido y preciso, así que en un momento de adrenalina dio un giro hacia atrás con todas sus fuerzas, asestándole una patada al tigre que lo lanzó contra la entrada de piedra, agrietándola. Juntó energía incandescente en su mano, justo encima de su cabeza, formando una bola de fuego. *Llama sagrada.* ¡Gran sol! La energía impactó contra el núcleo, destruyéndolo. El hielo que conformaba a la bestia se deshizo dejando solo un inerte bloque de hielo en el suelo. Tristán soltó un respiro de alivio; había sobrevivido a otro peligro. Tomó su espada del suelo, aliviado, y la envainó.

Después de un breve momento de recuperación, el íxiren caminó hacia la puerta. Le dio un golpe para romperla y al fin pudo respirar el refrescante aire de la superficie. Atravesó un pequeño pasillo de tierra cuya entrada estaba tapada por enredaderas y salió al fin a un bosque en donde pasaba un arroyo. Respiró profundamente, se agachó al río para tomar un poco de agua y lavarse la cara, y se sentó a un lado, pensando en que lo siguiente que debía hacer era tratar de encontrar a Nicol.

Capítulo 4: Primeros pasos

La misión de la Unión por la Prosperidad siempre ha sido buscar un orden equilibrado y balanceado en el mundo, por lo que el consejo que lidera la organización y decide sobre las diversas situaciones del mundo está conformado, desde su creación, por los tres arcángeles mayores, aquellos que liberaron al mundo de la guerra y el caos hace siglos: Rizhiel, Daniel y Luminel. Detrás de ellos, están tres de sus más fieles allegados ángeles, aquellos que representan a las criaturas de luz: Aladriel, un ángel de gran belleza y dulce gracia, la más hermosa de sus hermanas; Dorimel, contrario a su hermana, de mirada severa y fuerte carácter; y Namel que irradia cálida y tenue luz al pasar. A la par están también los tres demonios consejeros, los más allegados a la Unión: Verinen, cuya ira vengativa la llevó en guerras antiguas a liderar huestes contra los ángeles, pero que apaciguó en el nuevo orden; Asor, cuyo cuerpo despide siempre rancios olores como de maleza seca y mohosa; y Gorac, quien se decía había logrado incendiar todo un continente entero en sus años de locura; los tres representan a las criaturas de la oscuridad junto con tres demonios más: Naham, Ravun y Téforos. El último integrante del consejo de la Unión es la voz más vieja de todas las presentes: el supremo consejero Iridiel, el ángel más antiguo, de paso lento y sereno pero firme y orgulloso.

En el interior de la sala de consejo, la habitación más alta de la torre, donde se tratan a puerta cerrada los asuntos más delicados, se encontraban sentados todos los miembros; los ángeles y los demonios con excepción de los tres arcángeles líderes, cuyos lugares vacíos dejaba cabida a desorganización.

—Debemos encontrar a los responsables de la destrucción inmediatamente —refunfuñaba Asor, secundado todo el tiempo por sus congéneres—. Ese pueblo es de gran importancia para nosotros; todos lo saben, incluso nuestros enemigos. Estamos ante el principio de un ataque a mayor escala y debemos tener el coraje de defendernos contra cualquier amenaza.

—Lo más importante ahora es seguir investigando el origen de la desgracia —contestó Namel serenamente—, si nos guiamos solo por especulaciones y caemos víctimas del miedo, entonces no habrá necesidad de un enemigo externo para caer.

—En el pasado los arcángeles alcanzaron la victoria porque no esperaron ni un segundo para hacer lo que era necesario, y nosotros tampoco deberíamos —contestó Gorac con voz profunda e intimidante.

—Lo que debemos hacer es movilizar nuestras tropas lo antes posible, a cada rincón del mundo. Es imperativo que estemos preparados para cualquier cosa que venga, ya sea la guerra o incluso algo peor —agregó Asor en apoyo a su compañero demonio y su fervor por la lucha, pero sin menospreciar los consejos de los ángeles—. Lo que sabemos es que Mefisto ha escapado, y bien sabemos todos aquí que sus intenciones no son de subestimar. Debe pagar por lo que ha hecho.

Los ánimos se encendían cada vez más a causa de las discrepancias entre los miembros. Unos no dejaban de argumentar contra la guerra y los otros de apoyarla. El supremo consejero Iridiel parecía hacer gestos de reproche cada que alguno de los demonios consejeros hablaba, aunque él no participaba en la discusión. De pronto, la puerta del salón se abrió bruscamente ante ellos y el arcángel Rizhiel entró a la sala, tomó su asiento sin casi hacer ruido y colocó una taza de té y unos pastelillos en la mesa. Seguido entró el arcángel Daniel con tal prisa que su armadura rompió el silencio. Decidió no tomar asiento y procedió a hablarles a todos los presentes.

—Hermanos míos, la situación es grave y debemos tomar acción pronto —dijo—. Mefisto ha escapado del paraíso y ha destruido un poblado cerca de aquí, pero lo que más nos debe preocupar es detener su avance, impedir que gane terreno. Una vez que sus intenciones se vean frustradas, él saldrá de su escondite y podremos entonces ir directamente contra él.

—Y supongo que ya tienes una pista de lo que planea, como siempre —contestó Gorac gravemente, pero con un dejo de sarcasmo en su voz.

—Las reliquias, hermano. Su plan es obtener las reliquias y desatar su ruina.

—Debemos obtenerlas de inmediato, antes que él —exclamó Iridiel levantándose de su asiento—. Si blandimos nosotros ese poder ya no temeremos a nuestros enemigos. Propongo designar equipos que busquen por todo el mundo para así obtenerlas antes que Mefisto. Solo de esa manera tendremos la ventaja.

—No es tan fácil, hermano. Las reliquias fueron encontradas hace mucho tiempo por el arcángel Rizhiel después de la gran guerra, pero se decidió que fueran escondidas en lugares que solo él sabría.

—¡Entonces háganoslo saber de inmediato! —chilló Verinen.

—No es posible, esa memoria fue borrada hace mucho —replicó Daniel—, y fue él mismo quien lo hizo. Esto, claro, para protegerlas.

El arcángel Rizhiel permaneció en silencio, cabizbajo, tomó un trago de su té y le dio una mordida a uno de sus panecillos.

—¿Por qué perder el tiempo en búsquedas imposibles y callejones sin salida que solo nos hacen perder el tiempo? —gritó Verinen enfurecida y goleando la mesa con fuerza.

—Porque antes de las reliquias hay algo más que debe hacerse. En diferentes templos escondidos a lo largo del mundo fueron guardadas seis llaves con las cuales un ser de gran poder podría encontrar las reliquias, en caso de necesitarlas. Así se estipuló hace años, cuando la Unión fue fundada. Entonces, esas son las intenciones de Mefisto, es ese el plan que debemos frustrar y es esa la razón por la que necesitamos movilizar a nuestras fuerzas.

—¡Los equipos están listos para recibir sus órdenes, señor! —dijeron al unísono los tres ángeles presentes.

—Hay algo más —agregó Daniel—, algo con respecto a la persona que estuvo presente cuando Mefisto fue liberado. Era Nicol, fue ella quien lanzó el hechizo que lo liberó.

—¿Nicol? ¿La antigua íxiren? —inquirió Rizhiel, quien hasta ahora no había hablado—. ¿Por qué habrá regresado? Después de tanto tiempo.

—Lo desconozco, hermano —contestó Daniel—, pero su aparición en un suceso tan grande me preocupa. Su intervención podría resultar perjudicial.

—Pero ella es nuestra aliada. Ha sido un miembro de la Unión desde que se fundó —se quejó Rizhiel—. Pienso que podría ser de ayuda.

—Sabes bien lo impredecible y caótica que es. Nunca se sabe lo que maquina en mente y es una fugitiva buscada en la ciudad de Veriti Scientus también. La orden es detenerla de inmediato e informarme lo antes posible.

— Veriti Scientus no tiene jurisdicción en Lemsaniga —increpó el arcángel Rizhiel.

—He dicho —Al terminar de hablar, el arcángel Daniel salió de la sala seguido por sus ángeles. Los demonios permanecieron un momento, pensativos, después se retiraron también, dando por terminada la reunión. Solo quedó el consejero Iridiel, con los brazos cruzados y el ceño fruncido, reflexionando.

Mientras, en otra sección de los cuarteles, en uno de los salones, se encontraba Vant descansando, ya limpio y con su ropa en orden. Cabeceaba cuando la entrada del arcángel Daniel lo interrumpió. Vant se levantó y le presentó sus respetos.

—Tengo órdenes para usted, teniente —comenzó a decir Daniel—. Usted irá al frente de un destacamento conformado por 50 soldados a investigar el bosque Terra. Tengo entendido que está familiarizado con el lugar.

—Así es, señor, se encuentra cerca del lugar donde crecí —respondió Vant extrañado—. Pero ni las personas del pueblo ni los militares entran; es imposible conjurar magia ahí. ¿Puedo preguntar la razón de enviarme allá?

—Su misión consistirá en buscar en el bosque un lugar, específicamente un templo. No sabemos con exactitud en dónde se encuentra, pero debe dar con él. Confío en que no me volverá a fallar.

—¿Y qué pasará con la íxiren Nicol? —preguntó Vant de pronto, aunque en realidad pensaba en su amigo Terry.

—Si la ve, ande con cuidado. Infórmeme inmediatamente sobre su paradero. Ya una vez trató con ella así que intente ganarse su confianza y haga que desista de sus intenciones. Nosotros somos los que debemos arreglar este problema, para eso preparamos soldados como ustedes.

Daniel entonces posó su mano en el hombro de su teniente.

—Haga bien su trabajo, soldado y será condecorado por su leal servicio.

Las palabras del arcángel resultaron inusuales para Vant; siempre había conocido a su superior como alguien firme, diligente, enfocado en su trabajo e intolerante a los fracasos, sin embargo, ahora su tono era más bien imponente y agresivo, sin embargo, no le quedaba más que obedecerlo. Asintió con la cabeza, saludó a su superior y esperó a que éste saliera de la sala para comenzar con su labor.

Descendió entonces a la armería, al primer piso, por encima de las plantas subterráneas y cerca de los campos de entrenamiento donde lo esperaban los soldados del destacamento que iba a dirigir. En el momento en que entró se percató que solo estaba la mitad de ellos y todos ángeles. A algunos los conocía de vista, a otros los identificaba de misiones anteriores, pero con ninguno de ellos había entablado conversación realmente. Por lo que sabía, todos, al igual que él, habían sido elegidos por el arcángel Daniel en persona.

Vant se colocó su armadura. Le cubría todo el cuerpo y al centro del peto relucía en oro el símbolo de la Unión por la Prosperidad: un sol a medio eclipsar por la luna, y en la intersección las iniciales "UP", simbolizando el nombre como aquello en medio de la luz y la oscuridad. Parecía algo pesada, pero el material del que estaba hecho en realidad era increíblemente liviano, lo que permitía luchar con libertad y volar con facilidad. Tomó su espada que había colocado sobre la mesa, y se la ató a la cintura. Estaba listo para partir.

—Nos vamos en cinco minutos. Estén listos—dijo a los demás ángeles antes de salir de la armería.

Avanzó hacia el patio, casi entrando a los campos de entrenamiento y luego dobló hacia la derecha, justo hasta un jardín que salía hasta entrada principal donde esperaría a sus tropas. De pie, firme y erguido, con los ojos cerrados y las manos en la espalda, meditaba Vant antes de la misión. El viento movía su cabello y el sol iluminaba su joven rostro.

—Teniente —dijo una voz detrás de él. Vant abrió los ojos y vio que era el arcángel Rizhiel quien le hablaba.

—Señor —se cuadró como de costumbre.

—Debo pedirle un favor —dijo el arcángel Rizhiel en voz baja y con preocupación en sus ojos—. Cuando encuentre a la íxiren Nicol, entréguele esto de mi parte.

El arcángel puso en las manos de Vant un viejo y desgastado libro de magia, de morado y opaco empaste y adornos dorados en el lomo. El tema del volumen era magia de evocación elemental. El autor era Belphast, uno de los más reconocidos y laureados hechiceros que han existido, el actual archimago. El libro bien podría considerarse un tesoro histórico.

Con cuidado, Vant abrió las viejas páginas para echarle un vistazo más de cerca. Notó que en varias de las hojas había algo escrito con la letra del arcángel: símbolos ininteligibles para él, símbolos mágicos.

—Así lo haré, señor —dijo, guardando el libro dentro de su armadura—, aunque la verdad espero no encontrarme con ella.

—No se preocupe, sé que así pasará.

El semblante del arcángel había cambiado mucho. En los últimos años se había mostrado sumiso, callado y muy reservado desde que había ocultado las reliquias. Pero ahora su porte era erguido y vigoroso, con mucha más confianza en su mirada, desde que supo que Nicol estaba involucrada. A Vant, esto lo impresionaba, aunque provocaba más confianza hacia su superior.

El arcángel Rizhiel no comentó nada más. Sacó un caramelo de su túnica, lo comió y guardó la envoltura en un bolsillo, luego se retiró tranquilamente, dejando al teniente de nuevo con sus pensamientos.

Las actitudes de los arcángeles eran inusuales, pensó Vant, y sus actos eran movidos por intenciones desconocidas. Intentó hilar todo en su mente, pero pronto reconoció que sabía muy poco. La guerra, la muerte y la desolación eran cosas que jamás había experimentado antes, que solo había escuchado en historias. Él solo ha conocido la paz, jamás el caos desatado, un caos que se aproximaba, pero sin saber cuándo ni dónde o de qué forma llegaría. Escuchar a los que tienen más experiencia es sabio, pero algo en su interior le decía que la responsabilidad recaía de hecho sobre él y esto le causaba miedo, y no estaba seguro de cómo debería lidiar con ello.

Al poco tiempo llegaron sus hombres, todos listos, bien armados y en formación. Al verlos, Vant no pudo más que intentar olvidar el conflicto que ardía dentro de él y que apretaba su corazón: por un lado, su deber con el ejército era muy fuerte y de lo que se sentía sumamente orgulloso, y por otro lado se preocupaba por su amigo y el peligro en el que estaba por el hecho de haber resultado depositario de un destino tan encomiable. De la misma manera, le preocupaba la persona con la que viajaba. Si lo que dijo el arcángel Daniel sobre Nicol era cierto, ¿no representaba entonces un peligro? Aunque el arcángel Rizhiel confiaba en ella, y él siempre había sido de un temperamento más indulgente y benevolente. Pero claro, solo él sabía la verdad, que el otro íxiren, Tristán, su amigo, iba con ella, y que después de la batalla habían quedado juntos. Sabía que, si Nicol sería difícil de someter, con otro como ella, era imposible, sin importar cuántos soldados enviaran.

Tales pensamientos e ideas daban repetidas vueltas en la cabeza de Vant cuando súbitamente recordó que tenía una misión. Vio delante de él a sus soldados esperando, callada y estoicamente. Una vez más notó eran ángeles todos los que conformaban las filas. En sus años de servicio nunca había visto que un destacamento tan grande fuera tan homogéneo. Siempre se pretendía optimizar lo más posible los grupos al juntar ángeles, demonios, íxirenes y demás razas, pues cada una aportaba habilidades útiles al grupo. Sin embargo, no había más remedio, y así, con una orden del teniente, todos desplegaron sus alas y emprendieron el vuelo en dirección del bosque Terra.

Tristán seguía descansando en el lecho del río, sentado en el suelo, cabizbajo, con los ojos cerrados en un estado entre el sueño y la vigilia; meditando, ya desde algún tiempo, sobre todas las cosas que habían sucedido desde que aceptó encontrarse con Nicol en aquella vieja iglesia, lugar que ahora era poco menos que un recuerdo en la memoria de una población herida por una tierra devastada. ¿Dónde estaría Nicol? ¿Qué podría hacer para encontrarla?, se preguntaba Tristán una y otra vez sin poder concentrarse lo suficiente para dar con una respuesta.

Solo podía pensar en ella, en su rostro, en su voz, en sus ojos que brillaban como dos brasas en la oscuridad. En su mente veía su rostro, suave y delicado, más y más lúcido. Después comenzó a ver su cuerpo, cubierto por una bella y ligera armadura de mithril. En el fondo distinguía las ruinas humeantes de una ciudad devastada por el fuego. Él también estaba ahí, triste y acongojado. Un sonido se escuchó a lo lejos, un chillido en el cielo. Ambos voltearon y vieron enormes grupos de demonios que volaban terribles hacia ellos, con espadas y lanzas, listos para luchar. Volvió de pronto la vista a Nicol quien le decía algo, aunque no era capaz de entender qué era ello; tan solo pudo escuchar "… si me necesitas…" de su boca. Después la vio salir volando hacia la batalla. Luego, todo se volvió oscuridad. Al abrir los ojos de nuevo se encontró en medio de una batalla, ardua y cruenta contra imponentes e implacables demonios, era matar o morir. Luchaba contra uno de ellos cuando en su mente reverberó claramente la voz de Nicol que lo llamaba: "Tristán, ¿dónde estás?". Sin dudar, se elevó y salió volando rápidamente, como impulsado por su instinto, por sus sentimientos, hacia donde ella estaba. Y entonces la vio, rodeada por enemigos, superada por ellos y de inmediato se unió al combate. Una vez derrotados todos los demonios se recostaron, junto a una montaña de cadáveres, con el cuerpo adolorido, y se voltearon a ver, aliviados de haber salido vivos. "Sabía que vendrías.", dijo Nicol al mismo tiempo que le guiñaba un ojo.

De pronto, Tristán despertó de su trance por el sonido de un ave solitaria en las alturas. Se dio cuenta que había logrado recuperar un recuerdo de una batalla en su primera vida; era capaz de escuchar en su mente cuando Nicol lo necesitaba y saber exactamente en dónde se encontraba. Cerró los ojos, decidido, y se concentró en llamarla con sus pensamientos. Tardó un poco en callar sus preocupaciones y aclarar la mente lo suficiente para conectar con la energía íxiren que ardía fría pero incansable dentro de sí. Pronto lograr discernir algo. "Ven a mí" decía tenue la voz de Nicol. Y justo como en sus recuerdos, supo en su corazón dónde buscar. Se levantó, respiró profundo y emprendió el rumbo que ya había trazado en su mente.

Corrió durante un tiempo, subiendo y bajando por el terreno cercano a los lindes del bosque Terra hasta al fin vislumbrar en la distancia la figura de Nicol. Se encontraba luchando contra un grupo de agresivos goblins que la asediaban.

Tristán se apresuró a llegar, corrió lo más rápido que pudo y de un salto se interpuso entre Nicol y sus atacantes. Trataba de ahuyentarlos con su espada, blandiéndola ante ellos para asustarlos, pero sin lograrlo. Los goblins gruñían y gateaban, como poseídos por la rabia y el miedo. Atacaron en grupo contra Tristán quien se defendió con un corte algo torpe de la espada por lo que no hirió ninguno. Los goblins se preparaban para atacar de nuevo cuando un aura oscura comenzó a fluir al rededor. ¡Darkalister! Un poderoso y delgado rayo de energía oscura dio de lleno contra los enemigos, los cuales fueron eliminados instantáneamente, dejando sus cadáveres destrozados en el suelo.

—Al fin. No había podido lanzar el hechizo —dijo Nicol, incorporándose con dificultad.

—¿Estás bien?

—Aún me duele la herida, pero esas cosas no me iban a poder matar —contestó Nicol con seriedad mientras le daba un beso en los labios a Tristán—, pero qué bueno que llegaste. Te estuve llamando por varias horas, pero jamás respondiste. Estuve caminando por esos asquerosos pasillos mucho tiempo hasta poder encontrar la salida. Pensé que cuando saliera podría entonces comunicarme contigo, pero nada.

—Perdón por hacerte esperar, amor.

—Bueno, el que hayas podido encontrarme significa que tus poderes están regresando. Has podido volver a mí.

Nicol se recostó sobre el verde y suave pasto, respirando y recobrando las fuerzas. Tristán miraba a su alrededor, como esperando encontrar una señal de dónde se encontraba, pero en toda su vida había salido del pueblo tan solo un par de veces, siempre acompañado y nunca en dirección del bosque Terra. Pero ahora, se sentía extraviado, ajeno al mundo.

—Es muy extraño —dijo al fin Nicol rompiendo el silencio—, no es la primera vez que me enfrento a goblins, pero es la primera vez que los veo comportarse de una manera tan agresiva e irracional. Son criaturas del bosque, ladronas y tramposas, sí, pero casi siempre juguetonas y dóciles.

Tristán no supo qué responder, se había ausentado tanto tiempo del mundo y su conocimiento era poco.

—Debemos arreglarlo todo —dijo al final.

—Siempre el héroe. De verdad has vuelto —rio Nicol, después se detuvo—. Ese maldito me ha usado para escapar —reprochó de pronto—, y si no lo detenemos ahora ya no podremos después. Y si no lo hacemos nosotros, va a parecer que fuimos cómplices, y eso es algo que no tolero.

—¿Y dónde lo encontramos?

—No podemos contestó Nicol pensativa—, él es demasiado astuto y no aparecerá con el poco poder que tiene ahora. Nuestra única opción es interceptarlo, ir al lugar donde va a estar y enfrentarlo. Desafortunadamente estamos débiles. Tú aún no recuperas todo tu poder y yo, con la herida que me provocó, apenas puedo caminar. La ventaja es que Mefisto no sabe eso.

—Debemos ir con Vant, a la UP, ellos nos ayudarán.

—No creo que sea buena idea. Ya deben estar investigando lo que pasó en el pueblo, estarán buscando culpables.

—Entonces seguro también se habrán enterado de Mefisto. Es él de quien se preocuparán, no de nosotros. Y nosotros podremos brindarles apoyo también.

—No lo sé, no confío mucho en ellos últimamente, tienen las cabezas demasiado duras esos burócratas.

—Pero yo confío en mi amigo Vant —respondió Tristán, seguro y muy decidido.

Nicol lo miró a los ojos con negativa, fría, pero al hacerlo no pudo evitar reconocer ese fuego de valentía que amaba con intensidad. Se llevó la mano a la herida en el vientre, recordando, y después asintió con la cabeza, resignándose a confiar en Tristán.

—Está bien. Vayamos con tu amigo —respondió Nicol extendiendo sus alas de íxiren, una blanca y una negra, ambas de demonio, sin plumas, como membranas delgadas, pero al hacerlo, volvió a sentir el terrible dolor en la herida lo que hizo que se doblara del dolor. —No puedo volar —se quejó desapareciendo sus alas — . Tendremos que atravesar el bosque a pie. Y en ese lugar somos más vulnerables; no podemos usar magia.

—Estaremos bien mientras permanezcamos juntos. No te abandonaré.

Tristán tomó delicadamente la mano de Nicol, la ayudó a levantarse y la besó tiernamente. Ella le sonrió.

Nicol alzó la mano derecha en cuyo dorso había tatuado un complejo círculo mágico, la agitó y con una luz el círculo desapareció. A su lado apareció un libro negro, grueso y rústico que siempre llevaba consigo, lo sostuvo con firmeza y al pasar la mano izquierda por encima sus páginas se agitaron rápidamente hasta detenerlas de un manotazo, sobre un círculo mágico, similar en esencia al anterior. El círculo brilló y entre su mano y la página emergió una lanza. Nicol la sacó y la tomó, luego hizo desaparecer el libro de nuevo en su mano. Al terminar, tomó de nuevo con su mano libre la de Tristán, señalando que estaba lista.

Y unidos comenzaron su marcha en dirección al bosque Terra, un lugar de peligros desconocidos. Rápidamente se perdieron de vista entre los espesos árboles y la tupida vegetación que separaba la salvaje naturaleza del resto del mundo.

Capítulo 5: El bosque Terra

Poco hacía que caminaban por los estrechos y sinuosos caminos del bosque Terra y la temperatura seguía bajando, el ambiente se sentía pesado y el silencio despertaba temores en quienes se atrevían a recorrerlos. Sin embargo, Nicol, que caminaba delante de Tristán, no parecía ser afectada, incluso se podría decir que su semblante había mejorado; la humedad y el frío la hacían sentirse cómoda y relajada. Por su lado, Tristán se distraía pensando en la vida que había tenido hasta ese momento; ahora que tenía sus recuerdos veía las cosas con una luz diferente. Le apretaba el corazón pensar en el pueblo que había quedado devastado. Lo recordaba borrosamente y se afligía pensando en las personas que había conocido durante ese tiempo. Pero de todas ellas, la que más resaltaba entre sus memorias y sus sentimientos era su mejor amigo Vant, con quien no había tenido tiempo de platicar desde entonces. Se preguntaba si alguna vez lo volvería a ver, aunque siendo un soldado era probable que sus caminos se cruzaran, ¿pero bajo qué circunstancias?

Al cabo de un tiempo fueron detenidos por un amenazante rumor. El crujir de las hojas en el suelo, por un lado, el siseo de los árboles arriba, el chillar de una presa o depredador a lo lejos; todo el bosque los devoraba.

Los dos ixírenes se detuvieron y trataron de percibir si estaban en peligro. Pasaron unos segundos y no pudieron detectar nada, así que decidieron continuar. Pero con el primer paso que dieron una enredadera se asió fuertemente a los pies de Nicol, levantándola en el aire y azotándola fuertemente contra un árbol cercano. Más enredaderas la cubrieron súbitamente, envolviéndola de pies a cabeza. Tristán inmediatamente se puso en guardia desenvainando su espada. Frente a él se revelaba una figura enorme formada de un cúmulo de enredaderas, hojas y madera seca; uno de los monstruos del bosque. La criatura también intentó atrapar a Tristán, pero este se defendió con ayuda de ilaxición. Mientras, la criatura seguía apretando a Nicol que ya no se movía.

Tristán continuó atacando, una y otra vez, pues no pensaba en otra cosa más que en rescatar a su amada. Sin embargo, entre más cortaba los brazos de la bestia más rápido estas se reponían. Era una labor interminable que no podría llevar por mucho más tiempo. Las fuerzas se le terminaban cuando vio cómo entre las enredaderas el filo de una lanza surgió desde el capullo, perforándolo, y de él calló la joven íxiren, ilesa.

—¿Estás bien? —preguntó Tristán de inmediato.

—Esa cosa no podrá matarme, solo me tomó un poco lograr una posición adecuada para cortar.

Su larga y brillante lanza de hojas afiladas de muerte, entrecruzadas en espiral, era empuñada firmemente por Nicol.

Una vez que los dos ixírenes estuvieron juntos, arremetieron contra la criatura que ya se había sanado las heridas. Cortaron una y otra vez, ahora con más furia y con más destreza. El monstruo no lograba recuperarse a tiempo y su cuerpo se volvía más pequeño. En el interior del monstruo, oculto entre las plantas, alcanzaron a distinguir una flor que brillaba tenuemente.

—¡Ahí está su corazón! —gritó Nicol en medio del abatimiento.

—¡Lo tengo!

Tristán se arrojó y con una fuerte estocada que apenas logró alcanzar el corazón de la bestia, matándola. Un chillido voló y todo lo que conformaba a la criatura se empezó a marchitar, dejando en su lugar una mancha de verde oscuro. Cuando el monstruo hubo desaparecido por completo, los dos pudieron al fin respirar aliviados. Una vez más la luz de la vida de la criatura flotó en el aire y entró en ilaxición.

—Qué arma tan maravillosa —dijo Nicol después de ver la esencia de la criatura volar alrededor de ellos—. ¿Dónde la conseguiste?

—Es difícil de explicar —respondió Tristán echándole un vistazo al arma.

—Ponme a prueba.

—Me la dio un anciano que conocí dentro de la catacumba. Parece ser que cada vez que mata una criatura absorbe su energía vital y se vuelve más fuerte. Eso me dijeron.

—Es un arma que devora almas y se nutre de su muerte. ¡Fascinante! —Nicol estaba entusiasmada y se había sonrojado un poco, hasta parecía no darle mucha importancia al viejo de la cloaca.

Decidieron continuar su camino por el bosque, pero sin guardar sus armas, era claro que había peligros en cada rincón.

Caminaron sobre las ramas rotas del suelo, por encima de abultadas raíces y oscuros caminos hasta que el sol se ocultó y la noche cayó. En el camino se enfrentaron a varias criaturas del bosque, aunque nada significó un peligro realmente y nunca bajaron la guardia. Al cabo de un rato decidieron descansar. Encendieron una fogata con ramas secas que hallaron en el piso y las chispas de un pedernal que Nicol llevaba consigo. Tristán pensó en que debían comer algo pues desde que comenzó todo no había probado bocado, desafortunadamente no tenían nada a la mano.

A la luz del fuego que iluminaba la penumbra, sentado del lado opuesto de la fogata, Tristán miraban de a ratos a Nicol, recordando el tiempo antes de su muerte, preguntándose qué había sido de ella en los 500 años que habían estado separados.

—¿Tienes hambre? —preguntó.

—Estoy bien, no te preocupes por mí.

—Creo que algo de este lugar debería servirnos de alimento.

Nicol sacó una daga de su ropa e inadvertidamente la lanzó contra un pequeño arbusto cercano de donde brotó el ligero sonido agonizante de un pequeño animal. Se levantó y sacó de entre las hojas el cuerpo de una liebre salvaje que había pasado por ahí.

—Que puntería, eso fue impresionante.

—Ahora tendremos algo que comer. No es mucho, pero servirá.

Nicol entonces tomó el conejo que había atrapado, lo desolló, retiró las vísceras y lo empaló, luego clavó el palo en el suelo junto al fuego. Una vez listo, ambos comieron, aunque fuera un poco. Cuando termino de comer, Tristán levantó la mirada y pensó bien lo que iba a decir.

—Oye, te quería preguntar. ¿Después de tanto tiempo tú…?

Tristán no completó la pregunta pues a lo lejos se escuchó, estruendoso y alarmante, un grito de dolor. Era claro que provenía de un ser pensante y no de una bestia. El sonido era claro y se acercaba más y más. Ambos se levantaron de súbito con armas en mano y se prepararon contra lo que fuera que saliera de entre los árboles.

Un hombre fue lo que emergió, corriendo y jadeando, de entre las sombras. Miraba detrás de sí mientras corría pues al parecer algo lo perseguía. Tropezó inevitablemente frente a ellos de la desesperación. Por el uniforme y el aura que lo rodeaba supieron que era un ángel de la UP, un soldado de bajo rango, apenas un iniciado. El soldado levantó la cabeza en la agitación y vio a las dos figuras paradas cerca de él. Con la mirada imploraba ayuda y con las manos se arrastraba desesperado.

Tristán y Nicol lo miraban extrañados, apenas con atención. Y antes de que el hombre pudiera hablar, un largo y afilado aguijón atravesó su cabeza desde la corona hasta la mandíbula, clavándolo en el suelo y derramando su sangre por la tierra.

Una gigantesca araña negruzca que había descendido de un árbol cercano masticaba el cráneo con apuro cuando notó que había alguien más allí. Detrás de ella se movían por lo menos una docena de arañas más entre las ramas, apenas visibles por la oscuridad, rodeando a los ixírenes, mirándolos con dos pares de ojos cada una, oscuros y vacíos, en busca de su presa.

La más grande, la que había matado al soldado y la que parecía ser la madre, siseó haciendo temblar su cuerpo. Entre los horribles chillidos que subían y bajaban pareció distinguirse las palabras "matar, intrusos". Las hijas se agitaron y corrieron con el sonido de la madre, preparándose para atacar. Unas cuantas se abalanzaron contra Tristán y Nicol quienes inmediatamente las detuvieron con sus armas. Otras más volvieron a atacar juntas, con sus enormes colmillos por delante, pero fueron recibidos con el filo de una espada y una lanza que atravesaron sus bocas. Sin embargo, una de las arañas que se había colocado detrás logró sujetar a Tristán por el brazo y zarandearlo ferozmente. Nicol trató de ayudarlo, pero fue detenida por dos arañas más que atacaban por los lados, por lo que tuvo que encargarse primero de sus mordeduras y aguijones. Los ixírenes lograron al poco liberarse de sus atacantes, pero en el momento en que derribaban a los enemigos que tenían encima otros más se abalanzaban contra ellos. Tristán y Nicol apenas podían defenderse de todos los enemigos que los atacaban. Fue en un instante y entre los brevísimos respiros de la lucha que Tristán alcanzó a ver que más arañas seguían llegando desde las alturas. Andaban entre las ramas, ocultas por las sombras. Sin magia, los ixírenes no veían cómo saldrían de ese problema.

Nicol también había notado algo en medio de la situación: la araña que se presumía era la líder, siseaba constantemente y de maneras diferentes según la situación; las estaba controlando, coordinando. Se había apartado de la lucha y organizaba a sus hijas según le convenía, como si de un juego se tratara. Esa, entonces, era la solución, debían eliminar a la líder. Si lo lograban no solo las atacantes retrocederían, sino que tampoco seguirían llegando nuevas hordas.

—¡Debemos asesinar a la madre! —gritó Nicol.

De nada sirvió pues no podían librarse como para intentar un ataque frontal. En el momento en que intentaban moverse, se topaban de frente con otro enemigo, incansables. Afortunadamente sus cuerpos resistirían un buen tiempo y las pocas heridas que llegaban a recibir les afectaban muy poco; aunque sí debían cuidarse de no ser alcanzados por alguno de los aguijones mortales. Si los alcanzaban sería su fin.

Estaban al borde de la derrota, pues pronto caerían presas de las arañas de bosque Terra, cuando de repente una sombra de ojos rojos, fugaz y silenciosa, salió de entre las ramas, y rápida y certeramente cortó el cuerpo de la araña madre a la mitad para después perderse en las sombras tan rápido como había aparecido, dejando en el suelo el cuerpo de la criatura temblorosa en un charco de sus propios fluidos. En cuanto hubo muerto la madre, las hijas corrieron caóticamente por el lugar, tratando de escapar, a merced de los ixírenes quienes, ahora libres, terminaron de matar a las que pudieron. En cuestión de segundos el frenesí terminó y por doquier el verde interior de las arañas manchaba el lugar y dejaba un horrible hedor a muerte.

—¿Qué fue eso? ¿Lo viste? —preguntó Tristán estupefacto.

—Lo que sea que haya sido, nos salvó. Pero no pude ver quién o qué era.

— No quiero pensar que tenemos un aliado, podría ser algo aún más peligroso. Tal vez solo fue suerte.

Mientras Tristán hablaba, Nicol se había acercado al cadáver del soldado de la UP para examinarlo. Era parte de un grupo al mando del arcángel Daniel, lo sabía por las insignias en la armadura. Seguramente se habían internado imprudentemente en el bosque para perseguirlos. Su armadura estaba mellada y cubierta de sangre, pero no solo de la sangre del soldado.

Mientras observaban la armadura, Tristán sintió una presión en el pecho y empalideció de pronto al imaginar que aquel hombre muerto era su amigo Vant. Recordó que después de la pelea con Mefisto había escuchado que lo llamaban a la Unión, algo urgente. Era lógico pensar que siendo el protector de la zona donde se ubicaba Pequeña Luz, y teniendo un alto rango, lo enviaran a investigar el bosque después de lo sucedido. Tal vez era quien lideraba al ángel que yacía a sus pies. Esa idea lo preocupó mucho.

—Debemos buscar a los demás —dijo Tristán muy alterado.

—¿A los demás soldados? ¿Por qué? Seguramente los muy idiotas ya están todos muertos. Además, no olvides que no nos conviene encontrarnos con la Unión.

—Pero Vant podría estar en este bosque. Si es así, su vida corre peligro.

—¿Estás seguro? Si nos equivocamos podríamos lamentarlo después.

—Estoy seguro, lo puedo presentir —la decisión de Tristán era firme y tratándose de lo único que le quedaba de su antigua vida no iba a cambiar de parecer.

—De acuerdo, vayamos —respondió Nicol resignada—. Seguiremos el sendero por el que vino. Lo más seguro es que haya ocurrido una masacre más adelante. Si hayamos ese lugar podríamos rastrear a alguien que haya escapado… o no.

Dicho eso, los dos se pusieron en marcha. Guardaron sus armas, aunque no soltaron las empuñaduras, podrían necesitarlas.

Avanzaron un poco, siguiendo las señales que había dejado el soldado, hasta que llegaron al lugar donde la batalla ocurrió, o mejor dicho la masacre, pues decenas de cadáveres yacían en el suelo y los árboles, de ángeles y de arañas. La tierra aún estaba aceitosa por la sangre y las vísceras. A primera vista se contaban por lo menos 20 cuerpos de soldados, la mayoría en el centro de la batalla, y algunos más en los alrededores. Al mirar hacia arriba pudieron ver unos cuantos cadáveres más, aunque estos estaban desmembrados y carcomidos entre las ramas y las hojas.

—Te lo dije —se quejó Nicol—, un montón de ciegos enviados a morir.

—¿Ves a Vant por algún lado? —Tristán escudriñaba la escena de un lado a otro, examinando rostros, uniformes, color del cabello, lo que fuera que lo ayudara a descubrir si su amigo estaba entre los muertos, algo que esperaba profundamente no pasara.

—Vaya que les dieron su merecido —continuó Nicol—, pero en serio estoy sorprendida de los peligros de este lugar. Incluso un destacamento conformado por soldados de la UP es incapaz de pasar por aquí. En este bosque debe guardar muchos misterios. Me pregunto por cuánto tiempo ha existido.

—No lo encuentro, no está aquí —suspiró Tristán un poco aliviado.

—Te lo dije —reprochó Nicol—, las probabilidades son muy pocas.

—¿Tú crees que haya sobrevivientes? Deberíamos buscar.

—Si eso te hace sentir mejor —contestó Nicol agachándose un poco para ver mejor la escena. Recorría con la mirada por todos lados sin perder de vista nada—. Por las manchas de sangre en los troncos de los árboles y las marcas de batalla, los que huyeron tomaron seis caminos posibles: primero, el que tomó el soldado que nos encontramos —caminó de regreso al lugar por donde llegaron—, dos caminos a la izquierda de este, dos más hacia la derecha y el último justo enfrente. En los de la izquierda solo veo un par de huellas, así que estos no lograron llegar lejos —Luego caminó hacia los senderos de la derecha—. En uno de estos también hay huellas, pero las marcas terminan en batalla, seguramente fueron perseguidos y lucharon, pero ya no siguieron, así que o regresaron o murieron allá. En el otro las ramas están todas rotas, los soldados llegaron por aquí, algo los perseguía, aunque las marcas son diferentes, algo más lo atacó. Mira a los soldados, están en los huesos, como si les hubieran absorbido la sangre, creo que a estos les fue robada el alma.

—¿Cómo es posible?

Nicol, sin agregar más al respecto, caminó ahora hasta el sendero que tenía en frente, que era más ancho que los otros.

—Por este último huyeron la mayoría de los que sobrevivieron. También fueron perseguidos, pero por los cuerpos de arañas muertas que alcanzo a ver más adelante, lograron evitarlas. Entre ellos iba alguien más poderoso, ¿ves cómo están desgastados los troncos? Me atrevería a decir que, si tu amigo Vant está vivo, y él es el líder, se fue por este camino con los demás sobrevivientes. Si seguimos por aquí tal vez encontremos más indicios, aunque también cabe la posibilidad de que los siguieran y hayan tenido que pelear de nuevo. En tal caso, y suponiendo que estemos a tiempo, te advierto que tendremos que pelear también nosotros.

—¡Sorprendente! Te has convertido en una magnífica rastreadora, amor —reconoció Tristán adelantándose hacia el camino con cuidado.

—En todo este tiempo he tenido la oportunidad de aprender muchas cosas. El mundo ha cambiado tanto desde que te fuiste, y en mi búsqueda por traerte de vuelta anduve por muchos lugares.

Siguieron el rastro de los soldados hasta que a mitad del camino encontraron cinco cuerpos más sin vida en el suelo. Como Nicol había predicho, los soldados fueron perseguidos por más enemigos e, inevitablemente, asesinados en la huida.

Mientras Tristán examinaba los cuerpos buscando más pistas, escucharon otro grito a lo lejos. Corrieron inmediatamente en dirección de la voz. Escucharon pronto el sonido del metal chocando, inequívoca señal de lucha. Lograron dar al fin con el resto del destacamento que había logrado huir. Solo había tres soldados luchando contra las arañas, con todas sus fuerzas. Tristán se sintió aliviado al darse cuenta de que uno de los soldados era Vant.

Cuando se acercaron al lugar, lo primero que vieron fue a una de las arañas restantes atravesar el pecho de uno de los soldados, levantándolo por el aire y arrojándolo contra un tronco cercano. Por el impacto, el tronco de pronto comenzó a moverse; habían despertado a otra de las criaturas del bosque: un golem de madera que dormía detrás del árbol. Pero ahora estaba fúrico. Levantó una gran masa de madera cercana y la sostuvo con una de sus manos. Avanzó pesadamente y de un golpe aplastó a una de las arañas que pasaba. Siguió golpeando sin piedad, girando y rugiendo, matando a los arácnidos que poco a poco reducían su número.

Al ver esto, Vant se sintió aliviado pues solo debía resistir un poco más y la lucha terminaría. Sin embargo, el soldado que lo acompañaba, notando la colosal figura cerca de él, atacó al golem con su lanza creyéndolo un enemigo más. Esto provocó que el golem enfureciera y embruteciera su ataque, girando su masa sin control, golpeando al soldado directo en el rostro y a Vant en un costado, pero asesinando al resto de las arañas.

Un problema había terminado, pero ahora tenían un golem enfurecido lanzando ataques indistintamente en un lugar muy cerrado. La criatura, mientras avanzaba, encontró a sus pies al soldado, quien había quedado inconsciente por el golpe, y comenzó a lanzarle golpes hasta matarlo.

Cuando terminó, la fiera se dio la vuelta y se dirigió hacia Vant, quien seguía en el suelo. Fue entonces que Tristán y Nicol decidieron actuar. Atacaron con sus armas repetidamente, pero la piel de la criatura era fuerte y no cedía fácilmente. Además, el golem giraba rápido y no lograban un buen ángulo de ataque. Debían pensar en algo rápido si no querían salir heridos, pues entre más atacaban a la bestia, más enfurecía.

—¡Debemos dañarla con fuego!¡Solo así la derrotaremos! —gritó Tristán.

—Recuerda, en este bosque no se puede conjurar magia —replicó Nicol.

—¿Entonces qué podemos hacer?

—¡Tengo una idea! —De su ropa, Nicol sacó rápidamente las dos piedras de pedernal—. ¡Distráela un momento!

Tristán intentó hacer tiempo en lo que se ejecutaba el plan. Lanzando ataques con su espada intento hacer retroceder al golem.

Mientras, Nicol se había alejado un poco de la batalla para prepararse. Tomó un palo del suelo y un montón de hojas secas, las colocó en un pequeño hueco hecho en la tierra y trató de encenderlas con el pedernal para poder hacer una antorcha improvisada.

Tomó un poco de tiempo, pero al fin pudo iniciar un fuego lo suficientemente grande para utilizarlo.

—¡Apresúrate! —apremió Tristán al ver que Nicol había terminado.

—¡Has que avance un poco más! —contestó ella, moviéndose a espaldas de la criatura.

Se apeó y esperó. Y en el momento en que el golem lanzó un fuerte golpe, corrió hacia un árbol, dio un salto impulsándose con el tronco y voló hasta su espalda. Estando arriba, rápidamente metió la antorcha dentro las grietas abiertas del golem esperando que encendiera. Cuando la criatura notó que tenía algo en la espalda, se agitó balanceando sus manos. Logró agarrar a Nicol con su mano libre para después lanzarla lejos. Pero para ese momento, un fuego ya se había iniciado dentro de su cuerpo y crecía rápidamente. La criatura se movió violentamente por el dolor, agitándose en un esfuerzo fútil por extinguirlo y salvarse, y en su desesperación soltó a Nicol.

Al poco tiempo el golem al suelo, cubierto completamente por el fuego, a punto de morir en cenizas, gimiendo de dolor. Luego, solo dejó de moverse.

Cuando el peligro pasó, Tristán fue inmediatamente a donde estaba su amigo Vant quien seguía en el suelo, débil y golpeado, pero afortunadamente consciente y sin heridas graves.

—Vant. ¿Estás bien?

Vant levantó la cara y miró a su amigo. Lo examinó por un momento, como no reconociéndolo, pero pronto se percató de quién era.

—¿Terry? ¿Eres tú? ¿De verdad eres tú? —indagó mientras se levantaba del suelo.

—Qué bueno que estás bien. Estaba muy preocupado de que hubieras muerto — dijo Tristán dándole un fuerte abrazo a su amigo.

—Apenas vivo. Oye, las historias y rumores que nos contaron sobre este lugar, las creo todas ahora.

Nicol se acercó a ellos para asegurarse de que todo estuviera en orden. Estaba satisfecha de que Tristán hubiera encontrado a su amigo.

—¿Qué hace la Unión en este lugar? —cuestionó sin demora.

—Ahh, me acuerdo de ti. La chica misteriosa —bromeó Vant—. La Unión tiene asuntos en este bosque debido al problema con Mefisto que causaste.

—¿Y qué asuntos serían esos? —preguntó molesta.

—Lo siento, pero no se los puedo decir.

—Vant, por favor. Necesitamos tu ayuda —interrumpió Tristán efusivamente—. Lo que sucedió en Pequeña Luz fue culpa nuestra. Pienso que la Unión podría ayudarnos y nosotros a ellos. Podemos detener a Mefisto, ya lo hicimos una vez.

Vant se encontraba en una encrucijada: por un lado, su deber para con la Unión era claro y su lealtad grande, pero en su interior creía en la leyenda de los ixírenes después de haber visto su poder, además, confiaba en su amigo y sabía que eran sinceros sus deseos de ayudar.

—La Unión decidió detener los avances de Mefisto para así lograr que salga de su escondite. Especulan que su plan es recuperar las reliquias sagradas que el arcángel Rizhiel escondió, y para ello tratará de conseguir las seis llaves que conducen a las reliquias.

—Ya lo suponía —dijo Nicol para sí misma.

—Han desplegado tropas alrededor del bosque porque este es uno de los lugares donde se encuentra una de las llaves. En este bosque hay un templo oculto, y dentro la llave. Yo fui enviado como líder del destacamento, pero de nuevo fallé en mi misión —Vant bajó la mirada en lamento—. Todos mis soldados han muerto. No fui capaz de protegerlos. Me separé un momento para buscar el camino y cuando regresé encontré sus cuerpos en el suelo. Los demás fuimos a investigar, pero nos encontramos con cadáveres de arañas y con uno de sus nidos. Cuando nos vieron no dudaron en atacarnos; creyeron que habíamos sido nosotros los responsables.

—Esto no ha terminado —profirió Nicol sombría—. Ellos murieron porque no eran capaces de defenderse. Si lo que dices es cierto y en este bosque hay una de las llaves que conducen a las reliquias, entonces los peligros son maneras de separar a los fuertes de los débiles. Si sigues vivo es porque eres uno de los fuertes, así que aún puedes completar tu misión. Ahora deja de llorar y prepárate que debemos movernos.

Vant se quedó estupefacto ante las palabras tan duras e inclementes de Nicol, quería discutir con ella, pero tenía razón en algo: su misión no había terminado aún y mientras pudieran detener a Mefisto, el sacrificio de sus soldados no habría sido en vano. Estaba decidido a cumplir con su deber.

—De acuerdo —dijo después de un tiempo, más calmado—. Mi destacamento exploró el lugar por un tiempo y creo que encontramos un indicio del camino. Las arañas, los peligros, son justamente una señal de que nos acercamos al lugar. Los golems, por ejemplo, se dice que son los guardianes de los bosques. Entonces, si seguimos aquí, por donde estaba el golem, posiblemente encontraremos el camino.

—¿Estás seguro de que puedes seguir? —preguntó Tristán.

—Seguro. No te preocupes por mí.

—No nos detendremos por ti si resultas ser una carga, así que procura seguirnos el paso —dijo Nicol, ahora más animosa.

—Tú siempre tan fría con los demás, creo que nunca cambiarás, pero así siempre me has gustado —la expresión de Tristán se tornó alegre. Vant los miró con cierta incomodidad.

Nicol fue la primera en adentrarse por el sendero que habían indicado.

—Espera, tengo algo para ti —exclamó Vant de pronto. De su armadura sacó el libro que el arcángel Rizhiel le había entregado—. Me pidieron que te diera esto.

Nicol tomó el libro y lo miró con fascinación, sosteniéndolo con ambas manos. Hacía muchos, muchos años que no lo veía, y el tenerlo de vuelta había despertado en ella antiguos recuerdos y la había hecho reflexionar. Luego guardó el libro entre sus cosas.

—Lo aprecio. Gracias en verdad —dijo y siguió con su marcha.

Avanzaron por entre la espesura del bosque por un largo tiempo, con los pies firmes y la mirada al frente. Por un tiempo el ambiente se había iluminado un poco, lo que les permitía apreciar la grandeza del bosque: los altos y gruesos troncos, uno encima del otro como tejidos; largas enredaderas que saltaban entre ramas, clavándose en el espeso follaje quieto y pesado que apenas dejaba penetrar la luz. A sus pies la delgada línea de tierra que se difuminaba entre el brillante pasto y los arbustos a sus anchas, como dibujada por un pincel al que se le acaba la tinta. Ya no habían encontrado enemigos que les bloquearan el camino, así que siguieron su senda, un camino único que no se desviaba, ni se bifurcaba, ni bajaba, ni subía o se interrumpía, tan solo avanzaba.

El tiempo transcurría, ya no importaba cuánto, y Tristán observaba los árboles a ambos lados del camino con ojos cansados. Trataba de encontrar algún indicio, algo que lo ayudara a encontrarse, pero no pudo notar nada, todo se veía exactamente igual.

—Creo que hemos estado caminando en círculos —dijo, interrumpiendo la marcha—. Siento que ya hemos pasado por aquí unas diez veces.

—Pero hemos estado caminando en línea recta —respondió Vant deteniéndose, deteniendo también a Tristán y a Nicol.

—Eso parece, pero estoy casi seguro de que este árbol de aquí —señaló un árbol grande, el más grande en todo el camino, cubierto de moho y de planta trepadora— ya lo hemos pasado antes.

—Es un bosque, todos los árboles se ven así.

Nicol, que había estado escuchando la conversación, se acercó al árbol y lo observó. Sacó su cuchillo y raspó una equis en la corteza.

—Así sabremos si ya hemos pasado por aquí. Ahora sigamos.

Conformes, continuaron la marcha. Al cabo de un tiempo Tristán volvió a interrumpir.

—¿Lo ven? Es el mismo árbol. Se ve desde aquí.

Se acercó corriendo al árbol señalado, pero al llegar no vio la marca hecha por Nicol.

—No tiene la marca —dijo ella—. Tan solo se parecen.

—No, debe haber un error. Estoy seguro de que es el mismo de antes.

—La evidencia es clara, amigo —concluyó Vant—. Estas perdiendo la cabeza.

Tristán estaba convencido de que era el mismo lugar, aunque no se explicaba cómo es que la marca había desaparecido. ¿Algún truco del bosque, tal vez? Había una manera de averiguarlo, aunque implicaba un riesgo, si se quedaba ahí, esperando, con el tiempo podría confirmar su teoría, pero si se equivocaba corría el riesgo de perderse, solo, y no poder encontrarlos en mucho tiempo.

—No, sé que tengo razón —se dijo al final. Y se quedó ahí, mirando el árbol, contemplando su esplendor que ahora parecía sublime e hipnotizante. Aguardó por un tiempo, mirando el abigarrado tronco y las perenes hojas, la forma en que la humedad, frente al tronco, resultaba agradable y refrescante. De a ratos dirigía la mirada hacia el camino hasta que vio de pronto sus siluetas dibujarse en el sendero, y ellos, Nicol y Vant, vieron a Tristán, delante del mismo árbol que creían haber dejado atrás. Ahora resultaba evidente que habían estado caminando en círculos sin notarlo. Pero ¿y la marca hecha en el árbol?

—¿Cómo es posible? —preguntó Vant una vez que se reunieron los tres.

—Los caminos están enredados y sin darnos cuenta, seguro vamos por el mismo —aseguró Nicol—. Pensé que era algún tipo de ilusión, pero de haber sido el caso tendríamos mayores problemas, y se sentiría un rastro de la magia.

Vant hizo de inmediato otra marca en el mismo árbol como la vez pasada, pero ahora esperarían. Pasado un momento la marca se desvaneció de la corteza.

—El bosque debe tener su propia magia —dijo Nicol mirando a su alrededor—. Su propósito debe ser el de matar a todo aquel que se adentre, con sus bestias o con sus trampas, como si fueran maneras de alimentarse.

—¿Entonces cuál es el camino que debemos seguir? Cualquiera de las dos direcciones seguro nos conducirá al mismo punto.

—Los niños no lo saben.

Una voz profunda apareció, provenía de los árboles, desde la sombra. En ese momento los tres se pusieron en guardia desenfundando sus armas.

49

En la oscuridad brillaron un par de ojos rojos como el rubí, y una figura se dibujó frente a ellos sin revelarse completamente.

—¡¿Quién eres tú?! —amenazó Tristán con el filo de la espada.

—Tranquilo, niño. Si quisiera hacerles daño ya estarían muertos —respondió la sombra.

—Quien morirá serás tú demonio—dijo Vant lanzando una estocada directo al brillo.

La sombra desapareció rápidamente esquivando el ataque, había saltado con agilidad y aterrizaba en medio del camino con gran delicadeza. Grande fue su sorpresa cuando vieron una figura esbelta, de rasgos finos y delicados. Usaba un elegante vestido color rosa, largo, bombacho y de finos encajes en el cuello y los puños que combinaban con unas medias blancas sobre unos tacones negros. Su cabello era negro y largo de atrás, y su fleco cubría totalmente sus ojos. Sostenía una sombrilla detrás, del mismo color del vestido. A simple vista parecía sostenerse sobre las puntas de sus pies, pero con más detalle se observaba que de hecho flotaba a pocos centímetros del suelo.

—Esa no es forma de tratar a quien te salvó la vida, cariño —dijo la peculiar figura con aire de pretensión.

—Entonces… antes con las arañas… eras tú —se adelantó Tristán.

—De nada.

—¿Por qué lo hiciste? Dinos quién eres —amenazó.

—Es cortés presentase primero. Qué maleducado.

—Mi nombre es Tristán, el íxiren —expresó orgullosamente.

—Nunca había escuchado de ti — respondió riendo la misteriosa figura—. Mi nombre es Alastor, y créanlo o no, yo vivo en este bosque. Los seguí porque me pareció curioso cómo tres infantes habían logrado sobrevivir por tanto tiempo. Pero veo que en este punto ya no saben qué hacer.

—Tengan cuidado —dijo Vant apretando su empuñadura—, es un demonio. Puedo sentir su aura perversa desde aquí.

Alastor esbozó una sonrisa pícara y un poco alarmante, mostrando sus afilados dientes.

—No parece querer hacernos daño —agregó Tristán.

—Podría ser del culto de la sangre. Sabemos que hay demonios muy poderosos ente ellos. Podría haber venido a conseguir la llave para Mefisto.

—¿Mefisto? ¿El demonio? ¡JAJAJA! —rio Alastor con fuerza—. Te puedo asegurar que no tengo nada que ver con ese viejo. Además, yo no deseo la llave de la tierra.

—¿De la tierra? ¿Sabes dónde está? —se adelantó Tristán.

—Claro, tonto. ¿No escuchaste que yo vivo aquí?

—¡Es un engaño! —aseguró Vant—. Sabe de la llave porque va tras ella.

—Qué patético eres. Te lo demostraré entonces.

—¿Nos ayudarás de nuevo? —preguntó Tristán.

—Es como un juego, y quiero saber cómo termina.

Alastor se acercó levitando hasta el mismo árbol que habían estado observando. Lo rodeó por la derecha hasta casi llegar al otro extremo, tanteando con su paraguas hasta revelar una pequeña entrada oculta. La atravesó y de repente se perdió completamente del otro lado. Absortos, un poco más crédulos ahora sobre quién era, Tristán, Nicol y Vant entraron por la misma abertura.

Al otro lado de la entrada vieron asombrados, deslumbrados por una intensa luz, un enorme y majestuoso árbol que se alzaba sublime hacia el cielo. Del follaje caían largas y fuertes enredaderas, tupidas bellamente por flores de muchos y muy brillantes colores. Alrededor del árbol descansaban las aguas de un cristalino estanque en cuya superficie flotaban grácilmente los nenúfares impulsados por la suave brisa. Una tenue y cálida luz blanca iluminaba todo el lugar haciéndolo resplandecer aún más al reflejarse contra en agua. En medio del lago, un pequeño camino de pasto conectaba el lugar donde estaban parados los cuatro con el pedazo de tierra de donde crecía el árbol, y en la base de este, desde la raíz hasta la mitad del tronco, se podía apreciar una abertura, amplia y artísticamente tallada en la madera; era la entrada del templo escondido en el bosque Terra, el templo donde yacía esperando la primera llave, la llave de la tierra.

Capítulo 6: Doble Juicio Final

La visión del templo era espléndida y Tristán estaba profundamente cautivado por ella. Era sorprendente pensar que dentro de ese gran árbol yacía todo un templo. Sin embargo, todos estaban conscientes de que dentro había impensables peligros, por lo que completar su misión no sería una tarea fácil.

Alastor avanzó primero, levitando en dirección al templo, y les hizo una señal a los demás para que avanzaran también. La siguiente fue Nicol, pero al dar el primer paso no pudo evitar doblarse del dolor. La herida que le había provocado Mefisto persistía y ahora era tan fuerte que tuvo que recostarse en el suelo.

—¡Nicol! ¡Aguanta! —gritó Tristán, tomándola de la cabeza y recargándola contra su pecho.

Vant se acercó a ellos para ver lo que ocurría.

—Sigue herida por la pelea contra Mefisto. Le ha causado problemas desde entonces y no ha podido defenderse bien.

—No te preocupes por mí —dijo Nicol—, hay que continuar. —Trató de levantarse, pero el dolor no se lo permitía.

—Antes no pude curarte apropiadamente —dijo Vant—, no tenía el tiempo, y ahora que tengo el tiempo no puedo usar magia. Debo hacer algo; si la herida no se atiende podría causarle graves repercusiones en el futuro.

Vant regresó la mirada en dirección de donde habían llegado, pero solo vio el pasto verde, y a lo lejos una muralla de árboles que se extendía hasta donde llegaba la vista.

—Estamos en otra dimensión, ¿cierto? —exclamó Nicol molesta, aunque sabía ya la respuesta—. Era un portal.

—Qué astuta, niña. De no ser así cualquiera sabría dónde está el templo.

Nicol soltó un gemido, el dolor era cada vez más fuerte, lo que la hizo perder la conciencia.

—Debemos hacer algo ahora, Terry —insistió Vant, preocupado.

Alastor soltó una carcajada que incomodó a todos.

—¿Cómo no se dan cuenta? Aquí ya pueden usar su magia. El peligro solo estaba en el bosque Terra.

Diciendo esto el demonio dio un chasquido con su mano derecha y encendió con magia una pequeña llama en su dedo índice. La llama iluminó sus ojos por debajo de su cabello, mostrando sus aterradores ojos rojos incandescentes que reflejaban el fuego en su mano.

Al oír esto, Vant inmediatamente expuso la herida en el vientre de Nicol. Estaba mucho más grave de lo que había pensado y la sangre contaminada se había extendido a gran parte del estómago y su pecho; no paraba de extenderse. Colocó las dos manos con fuerza sobre ella y recitó un hechizo sin demora. *Gota de la fuente de la vida.* ¡Divina pureza! Un halo de luz blanca emanó de sus manos y comenzó a aliviar lentamente la herida.

—¿Quieren apurarse? —gruñó Alastor quien se había alejado del brillo de la magia pues parecía desagradarle tanta luz.

—Ya está listo —dijo Vant, retirando las manos de Nicol—. He hecho lo que pude y creo que la herida empezará a ceder poco a poco. Por lo menos ya no sentirá dolor y podrá moverse con más libertad.

—Te lo agradezco, hermano —respondió Tristán.

Nicol empezó a abrir los ojos y lo primero que vio fue el rostro de su amado, lo que iluminó su rostro como nunca antes. Levantó la mano y le acarició la mejilla. Tristán tomó su mano y la apretó fuerte contra su pecho. Después la ayudó a levantarse y a reponerse.

—¿Estás bien? —le preguntó.

—Estaré mejor. Buen trabajo, ángel —admitió mirando a Vant.

Una vez que estuvieron todos listos caminaron hacia la entrada del templo. Cruzaron el estrecho camino de tierra que los llevaba hasta la base del tronco mientras contemplaban las cristalinas aguas del estanque hasta detenerse frente al gran portal tallado.

—¿Alguna vez has entrado al templo? —interrogó Tristán a Alastor mientras observaba el árbol.

—A mí no me interesa lo que hay dentro, solo vengo a ver qué harán ustedes.

La respuesta pareció ser suficiente para todos pues ninguno insistió.

Mientras pasaban por la entrada del templo, notaron por los huecos en la tierra entre las raíces que solo una habitación estaba a nivel del suelo, el resto del lugar parecía estar debajo, tal vez extendiéndose por kilómetros. Al ingresar a la pequeña construcción, que daba más la impresión de ser una gran salón o santuario, no pudieron evitar admirar los hermosos tallados que adornaban las paredes o las losas de diamante y perla sobre las que caminaban, aunque estas no parecían haber sido labradas, daban la impresión, de hecho, de haberse formado naturalmente durante miles de años dentro del árbol. Y en el centro, sobre un pedestal del mismo material, se apreciaba una brillante esfera color verde.

Al acercarse al pedestal, vieron claramente que dentro de la esfera había una llave de oro y esmeralda. Pronto se dieron cuenta de que la esfera era un tipo de campo de energía, una forma de evitar que la llave de la tierra fuera tomada.

—¿Cómo la obtendremos? —preguntó Tristán, recorriendo la esfera con la mirada.

—Es necesario destruir la barrera para poder tomarla —concluyó Nicol—. Debe existir en algún lugar de este templo un objeto mágico generando la barrera. Hasta que no la hallemos la barrera no cederá. Seguramente la encontraremos en las profundidades del templo.

Al observar más lejos, pasando el pedestal, vieron unas escaleras de piedra que descendían hacia el resto del templo, hacia la oscuridad.

Sin decir palabra alguna Nicol se adelantó, y después de observar la abertura por un momento, bajó, sin miedo y llena de confianza. Detrás de ella siguieron Tristán, Vant y por último Alastor.

Al llegar al final de las escaleras, que eran en realidad bastante cortas, se encontraban en una pequeña habitación en donde solo había una gran puerta de madera, rústica y desgastada, justo al frente. La atravesaron y entraron a un gran y frondoso jardín, iluminado bellamente por esporas que subían desde las pálidas flores que tapizaban el suelo. En el centro se erguía una bella fuente hecha de piedra cuya forma era la de una mujer de largo vestido, que caía recto y elegante, un vestido fresco y primaveral. Estaba erguida, con los pies juntos en punta y los brazos ligeramente flexionados hacia cada lado, casi extendidos. De cada mano brotaba un chorro de agua cristalina que caía gentilmente en el pequeño estanque de la fuente en donde flotaban suavemente gran cantidad de flores llevadas ahí por una fresca brisa que bajaba desde el gran árbol. Alrededor de la fuente había más flores, pero únicamente negras y blancas; estas eran más grandes y frondosas que las demás y daban un agregado muy peculiar a todo el ambiente.

El primero en acercarse fue Tristán con intención de observar mejor la escultura de la fuente y de dejarse envolver por ese ambiente tan mágico. Lo siguieron los demás, atentos a su alrededor, recordando siempre que podría haber peligros acechando. Las paredes del jardín semicircular estaban intercaladas entre las raíces del árbol y el concreto que le daba su forma. En los muros subían plantas trepadoras, cubriendo casi la mitad de la distancia entre el suelo y el límite superior.

Una vez estuvieron junto a la fuente, Vant notó que detrás de esta había otra puerta, similar en apariencia a la primera; el jardín parecía una antesala al resto del templo.

Cerca de la fuente, el olor que emanaban las flores era muy fuerte y penetrante, casi imponente, especialmente para Tristán quien se había detenido sobre las flores blancas y negras. Estaba totalmente inmóvil.

—¡Hey, amigo! ¿Estás bien? —le gritaba Vant, pero él parecía no escuchar.

Nicol también intentó gritarle repetidas veces, pero Tristán simplemente no respondía, era como si estuviera perdido en un sueño, perdido en esa esencia tan dulce y misteriosa. De pronto Tristán se movió y se acercó un poco más, casi tocando la estatua. Pero al hacerlo, en un instante, la estatua lo tomó fuertemente por el cuello, asfixiándolo. Él, sin embargo, no hizo nada para defenderse.

Al notar la amenaza, Nicol y Vant inmediatamente se pusieron en guardia. Vant desenfundó su espada mientras Nicol ya se lanzaba al ataque, directo al cuerpo de la escultura. Mas esta detuvo el ataque en seco tomando el filo con ambas manos, aunque para hacerlo tuvo que soltar a Tristán.

—¡Tengan cuidado, está hecha de un material muy resistente! —advirtió Nicol a los demás justo antes de ser lanzada lejos por el enemigo—. Pudo detener mi ataque —continuó después de recobrarse—. La lanza de las Tinieblas es tan fuerte y afilada como un arma mágica legendaria, y aun así no pudo ni rasguñarla.

Tristán, tirado en el suelo, trataba de recobrar el aliento poco a poco; lograba estar consciente, pero aún se sentía mareado y disperso. Su espada yacía delante de él pues se le había caído al azotar contra el suelo, aunque no tenía la fuerza para recuperarla.

—Yo me encargaré de distraerla, tú ayuda a Tristán. Retíralo de ahí —ordenó Nicol.

Vant hizo caso al plan y cuando Nicol atacó a la estatua, se lanzó rápidamente hacia donde estaba su amigo. Al hacerlo notó inmediatamente un olor desagradable proveniente de las flores del suelo, un olor casi intolerable. Así que tomó de prisa a Tristán y salió rápidamente de ahí.

Ya lejos, Tristán pudo tomar aire fresco, esto lo ayudó un poco a recuperarse, aunque aún sentía su cuerpo pesado.

—¿Estás bien, amigo? —preguntó Vant quien también tomaba aire fresco.

—No puedo ver bien —decía Tristán mientras trataba con todas sus fuerzas ponerse de pie, pero le era imposible—. Es el olor, el perfume de las flores.

—Lo sé, es asqueroso, no lo hubiera soportado mucho tiempo —Vant miraba las flores y trataba de encontrar una razón para lo que estaba sucediendo—. Deben de ser las que están junto a la fuente —concluyó—, ahí el olor es más intenso. ¡Eso es! Seguro son arrexsus, una especie muy rara. La esencia que emanan es elemental, en este caso es de luz y oscuridad, por el color; yo soy un ángel, por eso las flores negras me repelen. A un demonio también lo repelerían las blancas. Pero tú eres un íxiren y debido a eso eres atraído por la combinación de ambas. Por eso te afectan tanto. Por eso te paralizan.

—Pero Nicol —respondió Tristán con esfuerzo—, no es afectada por ese olor.

—Tienes razón, incluso diría que se ve más vigorosa. No estoy seguro pero tal vez es por el género. Esas de ahí deben ser flores hembra, tienen carpelos y pistilo, pero no producen polen. Las flores mágicas varían sus efectos dependiendo del color y su género. Es por eso por lo que la fortalecen y a ti te debilitan.

55

Nicol luchaba ferozmente contra la estatua, lanzando estocadas y cortes, pero le era difícil acertar un golpe debido a la velocidad a la que ésta se movía. Sin embargo, al sentirse más fuerte por el perfume de las flores, logró cortar de un tajo uno de los brazos, el cual cayó al suelo, inerte. Esto despertó la furia del enemigo quien contraatacó iracundo. Nicol trató de esquivar, pero recibió un golpe directo en su hombro izquierdo, haciéndola retroceder. En respuesta, Nicol lanzó un embiste directo contra su pecho de roca, pero falló. Entonces intentó lanzar un ataque mágico ¡Darkalister! El rayo dio directo contra el vientre de la estatua, pero debido al material, este rebotó y dio contra una de las paredes. Por fortuna, el ataque no resultó del todo inefectivo pues sí logró hacer una grieta en el cuerpo de roca de la estatua. Fue entonces que Nicol vio su oportunidad, y abalanzándose rápidamente contra el mismo sitio donde había hecho la grieta, encajó el filo de su lanza, y en una explosión el cuerpo de su enemigo se hizo pedazos. Inmediatamente gritó a los demás:

—¡Corran!

Vant levantó a Tristán y lo ayudó a caminar hasta la salida. Delante de ellos ya estaba Alastor en camino a la siguiente sala.

Nicol, antes de salir, trató de recuperar a ilaxición, pero al sujetar la empuñadura, esta se inflamó en fuego negro y quemó su mano. Intentó no soltarla y correr hacia donde estaban los demás, pero a medio camino, la espada se transformó en humo y se desvaneció frente a sus ojos. Ella siguió corriendo.

Una vez que estuvieron todos resguardados, las puertas del jardín se cerraron detrás. Vant recostó inmediatamente a Tristán, quien seguía inconsciente, para que se recuperara.

—¿Están todos bien? —preguntó.

—Estoy de maravilla. Gracias por preguntar —respondió Alastor.

—Pudiste haber ayudado al menos un poco, ¿no crees? —exclamó Vant, molesto al darse cuenta de que era Alastor quien hablaba.

—Yo te dije que solo vengo a ver.

Mientras, poco a poco, Tristán recobraba la consciencia. Abrió los ojos lentamente, se sentó y respiró profundo. Vio que sus amigos estaban bien, ninguno parecía haber sido herido en el combate, con excepción de Nicol, quien estaba recargada contra una pared cercana. Tenía el brazo terriblemente quemado y la herida de su hombro se había tornado verde.

—¡¿Qué tienes?! —le gritó.

—No es nada, solo un rasguño.

Tristán se levantó y fue a auxiliarla. Pasó su cabeza por debajo del hombro de ella y la ayudó a caminar hacia Vant.

—Tienes que ayudarla —pidió a su amigo, preocupado.

Vant tomó su espada y cortó la ropa que cubría la herida para observarla mejor.

—Me temo que la herida está envenenada. Debo aplicar un hechizo de curación lo antes posible o se extenderá rápido.

—Puedo hacerlo yo misma. También sé hacer magia curativa, ¿saben? Así que hay que seguir.

Nicol se quitó el brazo de Tristán y trató de caminar hacia las escaleras descendentes que se situaban a la derecha de la puerta por la que entraron, pero poco había avanzado cuando cayó al suelo; se había desmayado. Vant y Tristán corrieron para auxiliarla.

—Terry, es más grave de lo que pensé. Hay que curarla de inmediato.

—¿Puedes hacerlo?

—Me temo que las heridas envenenadas no son tan fáciles de tratar. Solo un demonio tiene la magia para aliviar rápido un veneno así. A mí me tomará horas para lograr algo considerable, el problema es que no sé si le quede tanto tiempo.

La magia curativa de Tristán tampoco sería de mucha ayuda y la vida de Nicol se encontraba de nuevo en peligro mortal.

—A ver, quítense, montón de inútiles. Yo lo haré —gruñó Alastor acercándose a Nicol. De inmediato invocó un hechizo de absorción de toxinas que comenzó a extraer el veneno hacia su propio cuerpo. Vant siguió realizando el hechizo de curación mientras Alastor absorbía el veneno.

—Te lo agradezco mucho Alastor, de verdad —dijo Tristán.

—Ya te lo cobraré después —dijo Alastor indiferente.

—Yo continuaré buscando el núcleo que protege la llave. Vant, Alastor, les encargo mucho a Nicol.

Tristán se levantó, tomó valor para continuar. Miró alrededor y notó que en el salón entraba un poco de luz de la superficie. En salón donde se encontraban era muy sencillo, las paredes de tierra eran frías y el suelo de roca no poseía brillo alguno. Solo estaban las escaleras cercanas, resaltadas por un par de montículos a cada lado. Sin más opciones, tomó las escaleras.

El descenso fue más largo de lo que esperaba pues le tomó varios minutos llegar hasta el fondo. Al llegar se percató de que no había nada de luz. Afortunadamente sus ojos le brindaron la capacidad de ver el camino, como antes en las catacumbas. Vio al frente una sala grande y muy alta, cuya estructura era sostenida por grandes y delgados pilares hechos de roca. Las raíces del árbol sobresalían por el techo como gigantescos candelabros.

Tristán avanzó con cautela, observando constantemente su alrededor. Fue hasta entonces cuando se dio cuenta de que había perdido a ilaxición en la batalla contra la estatua y no le quedaba otra opción más que defenderse con sus manos y lo que sabía de magia.

El eco de sus pisadas rebotaba claramente en las paredes del lugar, incluso su respiración se oía fuerte en el silencio tan sepulcral que lo rodeaba. A la distancia logró ver la siguiente puerta, no estaba muy lejos, sin embargo, una fuerte sensación de que algo estaba mal lo invadió. En lo profundo de su corazón comenzó a crecer un miedo y una inquietud que recorrió su espina. El ritmo se le aceleraba, a tal punto que su latido logró escucharse con fuerza en la oscuridad.

El temor del peligro seguía aumentando cuando súbitamente sintió una oscura presencia, ahora fuerte y cercana. La sensación fue tan intensa que lo hizo tambalearse y perder el equilibrio. Logró recargarse en uno de los pilares cercanos para no caer, pero su respiración ahora era estridente y agitada. Levantó la mirada y vio de reojo una sombra moverse cerca, aunque no logró identificar lo que era, pero claramente no estaba solo. Detrás también percibió algo moviéndose. Sintió que algo lo acechaba.

Trató de seguir adelante y llegar a la salida, pero algo repentinamente lo sujetó del brazo con solidez, luego se enroscó en su cuerpo, atrapándolo. De mil patas y caparazón fuerte, un gigantesco insecto lo había convertido en su presa.

Tristán utilizaba toda su fuerza, pero apenas logró zafar un brazo; la criatura no iba a dejarlo ir tan fácilmente.

Con su brazo libre, Tristán lanzó el único hechizo que le vino a la mente. ¡Fignis! Una poderosa esfera de fuego fue lanzada desde su mano, iluminando todo el lugar y cegando a la bestia. Fácilmente el fuego impactó contra la cabeza de la criatura, logrando que soltara a Tristán. El cuerpo del insecto se había prendido completamente en llamas, lo que provocó que corriera desenfrenada, agonizante, chillando horridamente hasta morir.

Por desgracia los problemas apenas comenzaban. Desde el techo del lugar comenzó a caer tierra directo sobre su cabeza. Miró hacia arriba y vio que, del interior del techo, entre las raíces, emergían más insectos, decenas de ellos. Sin demora, los primeros se lanzaron al ataque.

Sin espera, Tristán corrió hacia la salida, y ahora con una ventaja, el fuego sería su salvación. ¡Fignis! La luz de las brasas de nuevo aturdió a los insectos, inclusive provocó que algunos cayeran del techo y quemaran a varios más. Sin embargo, ahora, en vez de correr del dolor, los insectos se enterraron de inmediato lo que extinguió las llamas, después resurgieron humeantes y fúricos. Su plan no tendría éxito, para salir de ahí debería encontrar otra forma de vencerlas. Decidió intentar con otra estrategia, así que juntó energía de tierra en su brazo, y con un movimiento lanzó una gran roca afilada. ¡Corte Gaia! El ataque logró impactar y cortar el cuerpo de uno de los insectos por la mitad. Su estrategia funcionaría por un tiempo, aunque la desventaja era que el ataque no tenía mucho alcance y era fácil de esquivar. Su única alternativa era, pensó, seguir corriendo hacia la salida.

En un punto lanzó de nuevo fuego de su mano, pero esta vez hacia el techo, de donde seguían saliendo enemigos, esto no solo los deslumbró, sino que también provocó que dejaran de salir. Ahora la salida estaba cerca, a unos cuantos pasos. Durante la carrera volteaba a ver de vez en cuando solo para percatarse de que una gran horda de insectos se amontonaba contra él. Debía hacer algo para detenerlos una vez más o lograrían atraparlo, así que sin detener la carrera juntó más poder de fuego entre sus manos, todo lo que podía invocar y dio un salto hacia adelante como pudo, girando en el aire hacia los enemigos y lo lanzó con toda su fuerza. *Llama sagrada.* ¡Gran Sol! Un fuego, más grande que los anteriores, impactó furiosamente contra la horda de insectos los cuales se encendieron en una enorme muralla que los detuvo en seco y los obligó a escapar. Gracias a esto, Tristán logró atravesar el umbral. La puerta se cerró detrás, aunque en la huida no se percató de lo que había más adelante.

El mareo y la confusión de antes lo invadieron rápidamente junto con el penetrante olor que lo debilitaba tanto. Muy tarde se dio cuenta de que caminaba sobre un gran campo de flores blancas y negras, las mismas que encontraron cuando lucharon contra la estatua. Intentó cubrir su nariz para evitar el olor, pero ya había comenzado a sentir los efectos en su cuerpo. Siguió avanzando, esperando que más adelante se terminara el campo, pero entre más caminaba más parecía que el suelo se cubría de flores. ¿Cómo era posible que sobrevivieran en un lugar sin luz?, se preguntaba. Con cada paso que daba más trabajo le costaba dar el siguiente. Si no salía de ahí pronto ya jamás lo haría. Pronto sus piernas dejaron de responderle y no tuvo más opción que dejarse caer al suelo y andar a gatas. Así pudo seguir un tiempo más, hasta que al fin vislumbró el final del campo. Un muro de roca sólida, y en el centro el reflejo brillante de un objeto incrustado en la pared. Tal vez sería lo que estaba buscando, el objeto que le da vida el campo de fuerza que protegía la llave, pero para ese momento apenas podía estar consciente.

Estaba a punto de ceder a causa del aletargamiento producido por el perfume de las flores cuando de pronto escuchó una voz que le hablaba. Era una voz familiar, aunque no era capaz recordar dónde la había escuchado.

—Levántate. Tu misión acaba de empezar. Es tu destino —le decía la voz una y otra vez, reverberando en su cabeza y atravesando hasta su corazón.

Abrió suavemente los ojos, con las últimas fuerzas que tenía, y vio una figura de dorado, aunque tenue fulgor, que le extendía la mano y que lo alentaba a levantarse y seguir. ¿Qué podría ser aquello?, no había forma de decirlo, pero aquella luz, aquella radiante y cálida luz le inspiraba gran confianza.

Sin dudar, Tristán tomó la mano amiga, que lo jaló y lo ayudó a pararse con renovada energía y vigor. Caminó entonces, lentamente, hasta el final del camino, sosteniéndose de quien lo ayudaba y nunca dejando de mirar al frente. Cuando hubo llegado hasta el muro se recargó sobre él lo que le brindó un pequeño descanso. Volteó después para ver quién lo había ayudado, pero con sorpresa vio se encontraba solo de nuevo.

Tal vez lo imaginé todo— pensó. Y con esas palabras se obligó a no pensar más en ello.

Examinó el muro que tenía delante de sí y vio una pequeña perla del mismo color que el campo de fuerza incrustada firmemente en la pared, fría y solitaria, en lo profundo de las raíces del árbol. Trató de tomarla, pero no logró desprenderla de su lugar. No había otra opción, tendría que romperla, pero ¿qué ocurriría después?

La sensación de una presencia maligna y oscura regresó súbitamente, haciéndolo estremecerse. El miedo, esa abrumadora sensación era ahora más fuerte y no se disipaba como antes; era evidente que algo terrible estaba por pasar, y pasaría en cualquier momento. Tristán entonces golpeó con todas sus fuerzas la perla, pero no le hizo nada. Golpeó de nuevo, esta vez más fuerte, y una pequeña grieta apareció. La presencia maligna se acercaba. Le dio otro golpe igual que antes y la agrietó un poco más. La catástrofe estaba a punto de llegar, lo podía sentir. Apretó su puño fuertemente, se concentró en su objetivo y lanzó con todas sus fuerzas un último golpe que terminó por hacer pedazos la perla. En el preciso momento en que los pedazos cayeron al suelo, un fuerte temblor sacudió el lugar. Los muros se volvieron arena y el suelo se empezó a desmoronar ante sus ojos. Las flores del campo se secaron y se volvieron polvo. Todo a su alrededor se convertía en arena y caía al vacío, a las profundidades de la tierra, así como él cuando el suelo a sus pies fue tragado por el abismo.

Tristán cayó hasta llegar a una especie de fosa, al final de las raíces, muy, muy profundo. Como el templo desaparecía, la luz de la superficie pudo penetrar hasta ese lugar una vez que la mayor parte de la estructura había desaparecido. La arena cubría todo el suelo y no dejaba de caer como río sobre él. Se levantó y corrió, tratando de encontrar a alguien; tal vez sus amigos habían también caído hasta ese lugar. Afortunadamente, más temprano que tarde, una voz familiar lo llamó.

—¡Terry! ¡Aquí estamos!

Era Vant quien gritaba y por el sonido no debían estar lejos. Tristán se apresuró hacia la dirección del sonido, dando manotazos cuando la arena intentaba tragarlo, y rápido los encontró. Nicol y Alastor estaban también. Los tres estaban bien, aunque el semblante de Nicol aún se veía mal.

—¡Hay que salir de aquí! —dijo Tristán a sus amigos, pero la expresión de Vant había cambiado de pronto a una de miedo y preocupación.

—¡Detrás de ti! —gritaron al unísono.

Tristán giró su cabeza y al fin supo qué era aquella presencia oscura y maligna que había sentido. Frente a él, flotando sobre la arena estaba Mefisto, terrible y diabólico. Aún le faltaban sus piernas y su brazo, pero se le veía más fuerte y amenazador que antes.

—Íxiren, una vez más nos encontramos —dijo con una voz que reverberaba maldad.

—Entonces es verdad, buscas las llaves que conducen a las reliquias —respondió Tristán apretando los dientes.

—Antes me superaste en modo furia, pero ahora no eres más que un miserable insecto.

—Ya te hemos derrotado antes, ¿por qué crees que será diferente? —respondió Tristán al tiempo que se reunía con sus amigos.

—Porque he estado alimentándome de almas todo este tiempo, haciéndome más fuerte, y cuando devore la tuya, ya nadie podrá hacerme frente. Ni los arcángeles ni mis hermanos demonios tendrán la fuerza para derrotarme.

Una hórrida flama se encendió en la palma de Mefisto; de ella surgió una larga y afilada espada mellada. Su filo relucía carmesí como la sangre fresca y la empuñadura era negra como el carbón.

—¿La recuerdas? —preguntó Mefisto esbozando una sonrisa de perversa satisfacción—. Ella sí te recuerda a ti. Hace muchos años probó tu sangre y desgarró tu carne. Y ahora está hambrienta de nuevo.

Tristán ciertamente recordaba el frío de su hoja, como una terrible pesadilla. Por un segundó le dolió el pecho, a la altura que fuese atravesado hace tantos años, pero ahora no permitiría que las cosas terminaran igual. Recordó que no tenía a ilaxición con él; en ese momento le sería de gran ayuda contra el arma de Mefisto, pero no tenía remedio, debía pelear de todas maneras.

Tristán lanzó el primer golpe buscando conseguir una ventaja, pero Mefisto lo detuvo y forcejearon en el aire. La fuerza de Tristán había ido aumentando con el tiempo, sentía que podría derrotar a su enemigo si se concentraba, pero al mismo tiempo seguía un poco débil por las flores. Se le ocurrió también que Mefisto se limitaba, ¿pero por qué lo haría?

Las paredes del templo seguían colapsando como arena a su alrededor. Las raíces que sobresalían se estaban marchitando y las hojas del árbol caían como lluvia; estaba muriendo. Si no salían de ahí pronto quedarían enterrados.

Con un fuerte movimiento Tristán se logró separar de Mefisto. Entonces se concentró y empezó a juntar energía en su mano derecha formando una esfera de luz, luego, sosteniéndose la muñeca con la mano izquierda, lanzó un relámpago luminoso. ¡Juicio Final! El ataque salió disparado refulgente hacia Mefisto. Desgraciadamente el demonio logró detenerlo con su espada y hacerlo rebotar. Sin embargo, la fuerza del choque lo hizo soltar su arma, la cual voló lejos. En ese momento Tristán arremetió de nuevo. ¡Juicio Final! El ataque esta vez impactó contra el cuerpo de Mefisto y lo estrelló contra una pared, la cual colapsó y lo cubrió con roca y arena. Pero esto no lo detuvo pues pronto salió volando por los aires.

—¡Eres débil y tu magia es patética! —increpó.

—Verás lo poderosa que es mi magia —Tristán de nuevo juntó energía luminosa entre sus manos, formando una esfera que después separó en dos, lanzó las manos hacia atrás y arrojó el ataque contra Mefisto. *Luz que ilumina la inmensidad.* ¡Destello Sagrado! La luz golpeó su objetivo haciéndolo retroceder y gruñir de dolor, aunque sin provocarle daño profundo.

—¡Es inútil! —gritó Tristán. La energía de Mefisto había vuelto a incrementar y su cuerpo creció repentinamente. De la llaga en su hombro brotó ensangrentado y pululante un brazo renovado.

Mefisto entonces se movió velozmente y tomó a Tristán por el cuello, pero éste rápidamente invocó un fuerte brillo que lo deslumbró, haciendo que lo soltara. Tristán dio un salto para alejarse de él, luego juntó de nuevo energía en su mano y lanzó su ataque, esta vez con más vigor. ¡Juicio Final! Sin embargo, en contestación, Mefisto lanzó un ataque de energía oscura para contrarrestar el rayo de luz. ¡Darkalister! Ambos poderes chocaron en una gran descarga de luz y sombra. Tristán se esforzaba por aumentar el poder de su ataque, pero el de Mefisto fácilmente lo igualaba en intensidad.

—¡Estás acabado! Hiciste justo la tontería que creí que harías —La energía oscura de Mefisto se juntaba ahora en la mano libre del demonio y fue lanzada en un segundo ataque contra Tristán.

Sin pensarlo dos veces, Tristán soltó su muñeca y de igual manera lanzó otro Juicio Final que chocó contra el ataque de Mefisto. El poder de ambos estaba muy parejo y no parecía claro quién de los dos saldría vencedor.

Por otro lado, Vant y Alastor seguían curando a Nicol quien poco a poco parecía mejorar, pero ahora estaban contra reloj pues el templo se colapsaría sobre ellos en cualquier momento. Lo único que podían hacer era observar la lucha que se desarrollaba cerca.

—¡El árbol muere! ¡Si no hacemos algo caerá sobre nosotros! —gritó Vant.

Alastor ponía toda su atención en curar a Nicol.

—¿No eres un ángel de la Unión? Transpórtanos. Haz que valga la pena que estés aquí —contestó al final.

—No sé si funcione, somos demasiados. Además, está prohibido llevar civiles solo así.

—¿En serio vas a decir esa estupidez? Hazlo ahora o moriremos.

Vant dudó por un momento, pero el demonio tenía razón en algo, no era momento para pensar en formalidades, detener el avance de Mefisto era lo más importante ahora. Confiaba en que el arcángel Daniel lo entendería.

—De acuerdo, lo haré. Tú protégela, necesito un momento para modificar el hechizo de mi insignia.

Mientras tanto, los poderes de Mefisto y Tristán seguían chocando y ninguno estaba dispuesto a ceder. Repentinamente los rayos que lanzaba Tristán comenzaron a volverse inestables y a moverse erráticos; la tensión que el rayo ocasionaba en sus muñecas era demasiado fuerte. El dolor aumentaba más y más hasta que al final la tensión fue tanta que sus huesos terminaron por romperse y el poder de los hechizos rebotó directo en su pecho, lo que lo arrojó con fuerza hacia el suelo.

El dolor que sentía Tristán en las manos era agobiante, pero el sentimiento de haber fallado era aún peor. Miró a su lado y vio ente la arena la llave de la tierra que había caído desde la parte alta del templo sin que nadie lo advirtiera. Pero no podía tomarla y Mefisto se acercaba para rematarlo.

—Tonto, esa es la debilidad del Juicio Final. Ahora engulliré tu alma y ya jamás podrás volver, íxiren.

La muerte se aproximaba con garras de lanza y colmillos afilados. Tristán trataba de conservar la esperanza, pero era difícil con tanto en su contra.

Mefisto había logrado recuperar su espada en el camino y se dispuso a asesinar nuevamente a su víctima como hace tantos años. Pero antes de llegar hasta su presa fue detenido por Alastor quien atacaba con una espada de oscuro filo que desenfundó de su sombrilla. Se estaba enfrentando a un ser tan poderoso a pesar de que podría morir. Atacó una y otra vez, pero el poder de Mefisto parecía claramente superior pues lograba detener cada uno de sus golpes, luego sujetó su cráneo entre sus garras.

Mientras tanto, Vant había corrido hacia Tristán para preparar el hechizo que los transportaría a la Unión y lo vio muy débil. Lo levantó como pudo y lo llevo junto a Nicol.

Vant sujetaba en su mano un pequeño frasco con su sangre. El hechizo consistía en untar un poco sobre Tristán, un poco sobre Nicol y un poco sobre Alastor para poder llevarlos a todos, solo debía esperar a estar los cuatro reunidos. Levantó la mirada y vio que Mefisto tenía a Alastor a su merced; se preparaba para arrebatarle la vida. Vant no sabía qué hacer, podría llevarse a sus amigos lejos en ese momento y dejar a Alastor morir, de cualquier manera, aún no confiaba pues bien podría ser del culto de la sangre, o podría también ser alguien cuya muerte no importaría, sin familia ni amigos, pero los había ayudado y había peleado por defenderlos. Estaba en una encrucijada y debía tomar una decisión pronto.

—Te asesinaré primero, patética excusa de demonio —exclamó Mefisto.

—Tienes las manos frías —respondió Alastor riendo.

¡Puño Sagrado! Una poderosa aura luminosa golpeó repentinamente a Mefisto directamente y lo hizo caer; Vant había corrido en ayuda de Alastor. Tomó al demonio por el brazo y ambos corrieron como pudieron, pero el enemigo se había recuperado rápidamente.

—¡Corre! ¡Corre! —gritaba Vant tratando de llegar con Tristán y Nicol cuando su intento recibió por la espalda un poderoso Darkalister que los hizo tropezar. En la caída, la botella con su sangre se rompió y su esperanza de escapar de ahí se filtraba entre la arena.

Mefisto se acercaba hacia ellos con espada en mano con la intención de matarlos. No había escapatoria porque, aunque trataran de pelear, el templo caería sobre ellos en cualquier momento. Ya no había tiempo de preparar otro hechizo y de todas maneras los habían derrotado a todos en batalla.

Una diabólica sonrisa se dibujó en el rostro de Mefisto, seguro de su victoria, cuando debajo de ellos se escuchó un fuerte estruendo. De la arena surgió súbitamente la espada ilaxición y se elevó a gran altura. El ojo violeta que tenía en la empuñadura comenzó a brillar intensamente y las alas que formaban la cruz se extendieron en un fulgor blanco y negro. La luz iluminó deslumbrante todo el lugar y en un rutilante destello todos desaparecieron del lugar con excepción Mefisto, quien rugió y maldijo a los cielos por haber perdido de nuevo su presa.

Capítulo 7: El continente de Zeihán

"Así que tú eres Tristán"

La visión estaba completamente oscurecida, ni una sola luz se alcanzaba a distinguir.

"He decidido regresar a ti"

Tal vez sus ojos estaban cerrados, aunque realmente no había diferencia.

"Debes volverte más fuerte"

Intentar ir hacia adelante era lo mismo que ir hacia atrás, al final todo seguía siendo igual. ¿Qué dirección tomar?

"Él te ha elegido".

La voz era claramente femenina. ¿Quién será? No podía recordar nada de ella.

"Despierta".

Tristán abrió los ojos de pronto. Los rayos matinales entraban por la ventana entreabierta y las cortinas a los lados ondeaban tenuemente por el viento que se filtraba de vez en vez. Se incorporó, se sentó con la espalda encorvada y descansó los brazos a los lados. Observó la habitación un tiempo, pero por más que lo intentó no supo dónde se encontraba. La construcción era de piedra y los muebles eran casi nuevos, de madera tallada con poco cuidado y rústicamente. Trató de levantarse, pero al apoyar los brazos sobre la cama un fuerte dolor se lo impidió. Levantó sus manos y las vio completamente vendadas hasta el antebrazo. Las podía flexionar, pero con mucho cuidado.

A su mente llegaron, un poco de golpe, imágenes de una batalla: un demonio sin piernas y un intenso brillo purpura. Al principio las visiones eran nítidas, pero entre más pensaba en ello más se volvían borrosas. Una palabra llegó a él y no pudo evitar pronunciarla en voz alta: "Mefisto". Al hacerlo pudo recordar lo que había sucedido: la batalla en el templo de la tierra, Nicol herida, el choque entre sus ataques y los de Mefisto y cómo fue que había roto sus brazos.

—Aún debes descansar, o no sanarán rápido.

Tristán volteó y vio a su derecha, junto a la cama, en una silla pegada a la pared, a Nicol, sentada, con un pequeño libro entre sus manos. Se había cambiado de ropa y ya no llevaba puesta su capa.

—Vant y yo estuvimos un buen tiempo tratándote, pero las heridas eran graves y bastante inusuales —dijo suavemente.

—Gracias por su ayuda —respondió Tristán sentándose lentamente en la orilla de la cama—. ¿Tú cómo estás? Me preocupaste mucho.

Nicol se levantó de la silla y descubrió su brazo derecho, también vendado, pero en este caso le cubría todo hasta el hombro.

—Un poco mejor que tú, sin duda.

Diciendo esto se sentó en la orilla de la cama junto a Tristán, le tomó las manos con las suyas, lo miró a los ojos y le dio un tierno beso en la boca—. Me alegra mucho que estés bien, amor.

Tristán le respondió con otro beso más corto.

—¿Qué pasó con Vant y con Alastor? —preguntó después—. ¿También lograron salir?

—Se levantaron hace ya un tiempo y fueron a conseguir provisiones al mercado. No deben tardar —contestó Nicol esbozando una tenue sonrisa—. Te alegrará saber que ya comienzan a llevarse un poco mejor.

—Vamos a entrar— dijo una voz detrás de la puerta, justo después se abrió. Era Vant quien ingresaba a la habitación cargando una cesta con fruta. La dejó en la cama y abrazó a su amigo. Detrás de él entró también Alastor, levitando aún, como si se sentara en el aire. Al igual que Nicol se había cambiado de ropa, ahora usaba un elegante vestido color vino que combinaba con los holanes negros que lo adornaban, unos altos zapatos de tacón, un sombrero de copa y un bastón en mano en lugar de sombrilla.

—Pensamos que ya no despertabas, amigo —dijo Vant animado.

—Hasta estábamos pensando en traerte un príncipe para hacerte despertar —dijo Alastor bromeando—. Yo lo hubiera hecho, pero Nicol y Vant se hubieran puesto celosos, en especial Vant.

—Qué horrible tener que besarte, no podía torturarlo así —Vant se veía bastante alegre y vivaz ese día. Parecían haber superado ya lo sucedido en el templo de la tierra.

—¿Cuánto tiempo ha pasado? ¿Dónde estamos? —inquirió inmediatamente Tristán.

—Hemos estado aquí por casi un mes, amigo. Llegamos después de teletransportarnos desde el templo.

—Creo que recuerdo un poco. Tú nos trajiste, ¿no Vant? Con el hechizo que preparabas —al decir esto Tristán se había levantado de la cama y se disponía a ponerse su ropa la cual había sido colocada en una mesita cercana.

—Me temo que no fue así. Luchamos contra Mefisto y ya no pude completar el hechizo. Fuimos derrotados y estuvimos a punto de morir. Pero de pronto, tu espada apareció desde el suelo, comenzó a brillar y después aparecimos cerca de aquí. No entendemos exactamente qué pasó. Al principio pensamos que lo habías hecho tú, pero ya te habías desmayado para entonces. Caminamos hasta encontrar este lugar y el posadero nos dejó quedarnos el tiempo que fuera necesario. Estamos en la ciudad de Ovianza, al suroeste del continente de Zeihán.

Detrás de Vant que seguía hablando, Tristán encontró a ilaxición recargada contra el muro. La miró curioso, aunque con gran incertidumbre. Después se terminó de poner la ropa.

—Me sorprende que hayan podido pagar este lugar por tanto tiempo —dijo.

—Hemos tenido que vender nuestros servicios en el pueblo, principalmente como caza recompensas. Pagan bastante bien y el trabajo puede llegar a ser divertido —añadió Alastor, luego dio media vuelta para salir por la puerta. Pero antes de irse Tristán interrumpió.

—¿Has decidido acompañarnos después de todo? Pensé que no querías intervenir.

Alastor no respondió.

—Gracias por tu ayuda.

—No es nada, niño. Con mi ayuda podrán recuperar las llaves. —Y después de decir eso Alastor salió de la habitación.

—¡Es cierto, la llave! Estaba junto a mí y no pude tomarla. Ahora Mefisto nos lleva ventaja —se reclamó Tristán.

— No es así, amigo —interrumpió Vant. Sacó la llave de la tierra de un cajón y la mostró a todos—. Logré recuperarla antes que él. Nosotros somos quienes llevamos la ventaja.

Vant se la entregó a Tristán y este la examinó más de cerca; verdaderamente estaba hecha de oro. Era alargada y brillaba como si fuera nueva, no parecía una reliquia. En la cabeza relucía cristalina una gran esmeralda en cuyo centro estaba tallada la runa mágica de su elemento.

—Bueno, yo bajaré a comer algo. Te sugiero que hagas lo mismo, amigo.

Después de eso Vant salió de la habitación dejando a Tristán y a Nicol solos. Ella se empezó a poner de nuevo su malla de mithril que había dejado doblada sobre un tocador.

—Estás muy callada. ¿Todo bien?

Tristán caminó hasta ella y la abrazó por detrás, con las manos sobre su cuello y su mejilla junto a la de ella.

—Yo… —La voz de Nicol se cortó como queriendo soltar un llanto o tal vez un disgusto. Sin esperar su respuesta, Tristán le dio un tierno beso en la mejilla y la abrazó aún más fuerte.

—También pensé que te perdía —le dijo.

Nicol se volteó y le devolvió el abrazo ocultando su rostro contra su pecho. Ambos permanecieron así por un tiempo.

—Ven, vayamos a desayunar con los demás —dijo él, aunque sin dejar de abrazarla.

Juntos bajaron las escaleras hacia la planta baja donde encontraron personas que iban y venían ocupadas en sus asuntos. Entraron a un cuarto a la derecha, donde estaba el comedor, cerca de la recepción. Al ser una posada todos los inquilinos tenían derecho de comer ahí mismo lo que quisieran, sin embargo, había bastantes lugares vacíos. El olor de la comida era fresco y abría el apetito.

Se encontraron pronto con Vant quien se había sentado casi hasta el fondo, cerca de la puerta que daba a la cocina. Él ya había comenzado a desayunar; en su plato había un pedazo de carne asada con una copiosa porción de vegetales salpimentados. Junto a su plato había un gran tarro con cerveza vaciado hasta la mitad, y justo en medio de la mesa otro plato rebosante de pan.

Tristán y Nicol lo acompañaron, él a su derecha y ella a su izquierda.

—¿Tienen hambre? —preguntó Vant después de tragar su bocado.

Justo en ese momento llegó el mesero para tomar sus órdenes: Nicol pidió solo una taza de café negro, Tristán, por su parte, ordenó dos porciones de cordero asado con papas a la mantequilla junto con un tarro grande de jugo de calabaza.

En lo que esperaban la comida, los tres se quedaron en silencio. Vant estaba concentrado en su plato, pero Tristán y Nicol se miraban a los ojos como dos adolescentes. La luz que entraba por la ventana iluminaba la mitad del rostro de Nicol haciendo contrastar de manera sublime sus delicadas facciones: su frente tersa, delimitada por su cabello encendido con el sol, el perfil de su nariz y las comisuras de sus labios. Nicol, por su lado, parecía perdida en sus propios pensamientos dirigidos hacia el infinito.

Al poco rato llegó el mesero con sus pedidos. Los puso frente a ellos y se retiró diciendo "Provecho".

—¿Hace cuánto que no disfrutábamos de una comida en paz? —preguntó Nicol repentinamente sin dejar a Tristán terminar de cortar su carne.

—¿Juntos?, desde hace más de 500 años. Aunque yo tuve muchos desayunos como estos en mi vida pasada. De niño, con mis padres, con Vant, con amigos del pueblo, inclusive estando solo los desayunos eran tranquilos y pacíficos. No había nada en el mundo que nos preocupara.

—Para mí no había día que comenzara de la misma manera —contestó Nicol con gran seriedad—. Apenas comía algo en la mañana y seguía buscando la manera de traerte de vuelta. Inclusive mis sueños eran intranquilos. Tú no lo recuerdas, pero te encontré varias veces en tus vidas pasadas, aunque para entonces ya eras viejo y habías formado una familia. Lo mejor entonces era dejarte pues por la vejez no habrías soportado el ritual, y habrías muerto de nuevo.

Tristán y Vant habían dejado de comer y escuchaban atentamente las palabras de Nicol.

—Y cuando te encontré en Pequeña Luz —continuó ella en soliloquio—, joven y fuerte, fue como si mi corazón despertara de un largo sueño —suspiró—. Pero después pasó lo de Mefisto y el mundo está en peligro otra vez y tenemos una misión que cumplir de nuevo… —calló un momento y cerró los ojos—. No tienes idea de lo dulce que me sabe este momento.

Tristán no respondió, se limitó a tomar su mano y a sonreírle tiernamente. Vant se ocupaba de su comida, aunque miraba la incómoda situación de cuando en cuando, aunque a pesar de todo se sentía feliz por su amigo.

Cuando terminaron de comer, los tres se levantaron y salieron del edificio.

Vant aprovechó para informar a Tristán cuál era el plan ahora que por fin estaba recuperado.

—Admito que disfruté el tiempo aquí, pero ahora que estamos todos listos y debemos seguir con la misión.

—Entonces, ¿qué sigue? —preguntó Tristán.

—Ir al norte hasta llegar a la ciudad más cercana. Deberemos llegar en unos cuantos días y ya estando ahí veremos.

—De acuerdo —estaremos listos para salir.

—Muchas gracias, amigo —dijo Vant—, y no te preocupes, Nicol y yo ya hemos organizado todo para esta primera parte del viaje, así que partiremos mañana en la mañana. Por lo mientras disfruten el día que queda por delante. Ya ella te contará el resto del plan.

Diciendo eso Vant se retiró dejándolos solos de nuevo.

—Ven conmigo —dijo Nicol tomando de la mano a su amado.

El sol brillaba en lo alto y el viento soplaba agitando las hojas de los árboles dispuestos en fila a las orillas de las aceras. Al principio anduvieron lento por las calles aledañas, viendo los carruajes avanzar, algunos con caballos y otros por mismas personas. Al poco tiempo encontraron una tienda de libros. Al frente ponía "Crystal" y no había gente en el interior.

—¿Quieres entrar? —preguntó Tristán sabiendo que Nicol tenía mucho de bibliófila.

Abrieron la puerta y entraron al negocio. De inmediato Nicol soltó la mano de Tristán y se fue rápido a explorar los anaqueles y los libreros. Él decidió curiosear por si algo llamaba su atención.

—¡Ven rápido! —gritó de repente Nicol desde el otro lado de la tienda. Tristán se acercó a ver.

En la pared, bellamente enmarcado, se mostraba un mapa de todo Ixcandar. Se veían claramente los cuatro continentes conocidos, con sus nombres y sus lugares importantes. A la izquierda estaba el continente de Andorán, de donde venían, y cerca del centro de la masa continental se remarcaba en letras grandes el nombre de su capital Lemsániga, más abajo el bosque Terra. Tristán sintió un apretón en el pecho al recordar. Un poco más al sur vio el nombre Pequeña Luz; esto lo hizo sentirse acongojado.

—Aquí estamos nosotros — señaló Nicol en el mapa, interrumpiendo los pensamientos de Tristán. Después comenzó a explicar el plan que había convenido con Vant—, en el continente de Zeihán, en la ciudad de Ovianza, muy al sur.

—Al otro lado del mundo, muy lejos.

—Seguimos sin entender por qué tu espada nos trajo hasta aquí, pero deberemos seguir con la búsqueda de las llaves. Ya tenemos la de la tierra, así que tuvimos que pensar en dónde podría estar la otra. Entonces, si sigues más al norte, pasando por los campos de Behesa, pasando el río Fluso, ves la gran ciudad de Ventópolis, la capital del continente, esa es nuestro siguiente destino. Creemos que otra de las llaves podría estar cerca de esa gran ciudad, o por lo menos obtendremos pistas. Llegaremos ahí en una caravana comercial.

—¿No podríamos volar? —preguntó Tristán.

—No es muy seguro. Tan solo en el mes que hemos pasado aquí nos hemos enterado de que las cosas se han salido de control. La vigilancia militar ha aumentado mucho desde entonces; incluso hemos escuchado de situaciones en que civiles han sido arrestados por meses solo por sospecha. La Unión también está buscando las llaves, y de paso a Mefisto. El problema es que parecen cada vez más desesperados, es por eso por lo que lo mejor será viajar encubiertos. Además, si nos encuentran con Alastor sospecharían de nosotros. Podrían pensar que somos aliados del culto.

—¿Entonces ahora somos fugitivos de la Unión? Bueno, ya esperaba algo así. — Tristán rio un poco.

—No realmente, solo no queremos que nos retengan. Esperando no tener una situación como la que nos trajo hasta aquí, después de Ventópolis seguiremos el camino hacia el norte por una ruta que se extiende por el este del continente y que termina casi hasta el punto más al norte, cerca de las tierras heladas, en los puertos de Mar Naciente. Ahí esperamos poder abastecernos, y de ser posible recabar más información. Desde ahí tomaremos un barco que nos lleve a este otro continente, el que está más el medio, el continente de Nepgoon —Nicol señaló ahora en el centro de mapa—. Rodearemos el continente superior de Flare, pues mucho de sus límites son acantilados rocosos por los que no es posible desembarcar, hasta arribar a la ciudad Aquasol. Mira, justo aquí. A partir de ese punto ya no hicimos planes, pero una vez que estemos ahí veremos cuáles son nuestras opciones. Tardaremos más o menos un mes y medio en llegar a los puertos.

Cuando Nicol terminó de explicar el plan, Tristán tan solo se quedó mirando el mapa, tratando de memorizar la ruta que seguirían.

—¿Podemos comprar el mapa? —preguntó.

Se acercaron al mostrador donde la encargada había estado leyendo desde que entraron; una mujer de mediana edad, de elegante vestido y ostentando joyería fina. Le pidieron una copia del mapa que tenía en exhibición y un libro que Nicol encontró curioseando por ahí; era un libro sobre minerales mágicos. Pagaron ambos artículos y salieron de la tienda.

Continuaron paseando hasta llegar al centro de la ciudad donde la actividad era más agitada. Ahí había un pequeño parque repleto de niños; por todos lados volaban sus cometas aprovechando el viento que corría en las alturas. Las familias se juntaban para hacer días de campo en pequeños kioscos que rodeaban el área verde.

Aprovechando la oportunidad, Tristán convenció a Nicol de sentarse un rato a tomar el sol y relajarse. Se acostaron en el pasto y vieron las nubes pasar en el cielo. Después de un tiempo Tristán rompió el silencio.

—¿En qué piensas?

—Me estaba preguntando hacia donde nos llevará este camino. Creo que hay fuerzas actuando detrás de todo esto, fuerzas que aún no conocemos, y en algún momento todo será descubierto, pero lo que me preocupa un poco es cómo nos afectará eso. Temo que en algún momento estemos uno contra el otro.

—¿Por qué habríamos de pelear? No creo que haya nada en el mundo que nos pueda dividir.

—En mi experiencia, las cosas casi nunca resultan como uno quiere. Lo único que podemos hacer es tomar las riendas de nuestras vidas sin importar los obstáculos. La manera de acercarnos lo más posible a nuestros deseos es creando nuestras propias reglas, nuestra propia moral y enfrentarlo a las corrosiones del mundo. Solo así es como he podido llegar a donde estoy, solo así conseguí encontrar la manera de traerte de vuelta

—No puedo imaginar todo el sufrimiento por el que has pasado.

—No todo fue tan malo, he aprendido muchas cosas en el camino.

Tristán tomó su mano y la besó tiernamente. Ella de devolvió el gesto con un largo beso en los labios.

—Me siento un poco cansado. ¿Te importa si tomo un pequeño descanso? —preguntó Tristán.

—Adelante.

Nicol se acurrucó juntó a él, sacó el libro que acababa de comprar y se puso a leer para pasar el tiempo. Las nubes continuaron su camino, indiferentes y el sol recorrió la cúpula celeste como regente absoluto. Pronto la luz se tornó roja y la temperatura comenzó a caer. Decidieron entonces regresar a la posada para comer y reunirse con Vant y Alastor, de quien no habían sabido nada desde la mañana.

Al llegar no encontraron a ninguno de los dos, así que tuvieron la oportunidad de comer solos y seguir disfrutando de la paz que, ambos sabían, no duraría mucho tiempo más.

Cuando la noche cayó y los faroles de la calle se encendieron, decidieron salir de nuevo para disfrutar de la vida nocturna, sin embargo, en la entrada del edificio, se encontraron con Vant quien les pidió regresar a su habitación para que ordenaran sus cosas y hablaran de lo que harían al día siguiente.

—Bien, ya está —comenzó—. La carreta que vamos a tomar partirá con la caravana comercial a las seis de la mañana. El destino son los puertos de Mar Naciente, pero haremos una escala de un par de días en Ventópolis. Probablemente nos encontraremos con enemigos y con guardias de la Unión, así que la cuartada será que somos guardaespaldas de la caravana, lo cual no es del todo una mentira. Eso debería ser suficiente. Es mejor que se empiecen a preparar para que puedan dormir bien.

—Puliré mi malla de mithril —respondió sarcásticamente Nicol, molesta porque le arruinaron la noche con Tristán.

—Eso me recuerda —exclamó Vant regresando de prisa a su cuarto, y después de buscar entre sus cosas regresó con una brillante armadura mágica en sus manos—. Toma, Terry. La compré mientras estuvimos aquí. Has estado viajando ligero, pero si vas a ser un guardaespaldas tendrás que vestir como uno. Sé que no es mucho, pero te ayudará en el viaje.

—No era necesario, pero gracias, amigo. — Vant siguió hacia su cuarto y Tristán entró a la habitación después de Nicol.

De pronto, sin que nadie advirtiera, entró Alastor en la habitación, toda su ropa estaba cubierta con sangre y suciedad.

—¿Ya llegó el niño bonito? —preguntó indiscretamente.

—Oye, ¿qué pasó? ¿Estás bien? —exclamó Tristán.

—Claro, Tristán. ¿Puedo llamarte Tristán? Siento que ya nos conocemos muy bien. ¿Y esto?, solo fui a terminar unos negocios cerca, no te incumbe. Compraré ropa nueva y como si nada. ¿Entonces ya llegó?

—En su cuarto —dijo Tristán extrañado—, está preparando todo.

—¡JAJA! Qué ñoño es. Bueno, me voy. Ustedes dos… diviértanse, si sabes a lo que me refiero.

La puerta se cerró detrás y el silencio se hizo en la habitación.

—Creo que tiene razón, deberíamos descansar —exclamó Tristán moviendo sus cobijas para acomodarse antes de acostarse.

—Qué bueno que ya hicimos eso en el día.

Nicol se acercó a él y lo besó apasionadamente para después aventarlo sobre la cama. Se acercó hasta el farol y apagó las luces.

El nuevo día llegaría pronto y lo que traería nade podría decir.

Capítulo 8: A campo abierto

—¡Es hora de levantarse!

Eran las cinco de la mañana y Vant ya estaba vestido, aseado y listo para partir, así que se tomaba la molestia de despertar a los demás. Se había puesto su armadura, de acero brillante y detalles dorados, y colocado su espada a la cintura; habían acordado que él no cambiaría de imagen para ser de ayuda en caso de toparse con soldados. Incluso había dejado tendida su cama y se había tomado la molestia de dejar impecable el cuarto en el que había estado.

Primero entró a la habitación de Tristán y Nicol, pues no habían puesto el seguro, y encontró que seguían muy dormidos pues solo se veía un bulto bajo las sábanas.

—De prisa, tenemos una hora para llegar con la caravana o se irán sin nosotros.

Un débil quejido sonó desde la cama y de entre las sábanas emergió el rostro de Tristán; sus ojos seguían medio cerrados y daba largos bostezos. Al sentir los cálidos rayos del sol que se colaban por la ventana, se apresuró a descubrirse las sábanas. Se levantó y se estiró con calma.

—Gracias, amigo. En un momento bajaré —dijo aún con sueño.

—Allá te veremos —dijo una voz desde el baño, luego la puerta se abrió y salió Nicol, ya vestida y bañada. Se había levantado desde hacía ya rato, pero decidió no despertar a Tristán para que descansara un rato más.

Vant asintió y cerró la puerta detrás de ellos, después se dirigió ahora al cuarto de Alastor que quedaba al frente. Tocó la puerta un par de veces, pero nadie respondió. Intentó de nuevo, ahora gritando su nombre, pero tampoco recibió respuesta. Entonces, sin esperar más, abrió la puerta y entró para ver qué sucedía dentro, pues se le ocurrió que tal vez Alastor ya se había ido. Vio entonces que alguien dormía debajo de las sábanas. Molesto, tomó la sábana y la descubrió totalmente. Debajo encontró tres cuerpos desnudos acurrucados, como asidos uno fuertemente con el otro. Uno de los cuerpos era de Alastor, y lo supo al reconocer su cabello, pero las otras dos personas, una mujer y un hombre, no resultaban conocidas.

—¿Qué está pasando? —dijo Vant sorprendido.

Por el ruido se despertó primero la chica, quien viendo a Vant parado ahí no pudo más que soltar un grito. Esto despertó al chico y su reacción fue intentar taparse rápidamente con las manos.

—¿Quieren callarse? —gruñó Alastor con pesadez. Volteó hacia la puerta y vio a Vant con una pícara sonrisa en su rostro cubierto por su cabello que alcanzaba a tapar hasta su pecho—. Ahh, eres tú. ¿Qué no sabes tocar?

—Ya debemos irnos —se limitó a contestar Vant, ahora volteando hacia la puerta para no ver a las otras dos personas vestirse con premura.

74

—Queremos dormir. ¿No ves que tuvimos una pequeña fiesta anoche?

—No me digas, no quiero saber —Vant se había sonrojado un poco —Solo apúrate —insistió Vant cambiando de conversación—, o nos dejará el transporte.

—Ustedes hagan lo que quieran, yo los alcanzo después, no son nada difíciles de encontrar. Además, tengo otros negocios de los cuales encargarme en la ciudad.

—Como quieras. Espero que no te pierdas.

Después de decir eso Vant salió del cuarto tratando de olvidar lo que había visto y lo que no había podido evitar imaginarse.

—No tiene remedio —se dijo para sí mismo.

Ya era casi la hora de encontrarse con su transporte cuando Tristán y Nicol caminaban guiados por Vant entre las calles vacías hacia la caravana comercial en la que iban a viajar. Se dirigían hacia la salida norte de la ciudad. Cerca de llegar pudieron ver más y más personas que se reunían, platicaban y cargaban sus grandes costales y vieja cajas. Era una caravana de más de 15 carretas, la cuales, se enteraron después, se dirigían a diferentes lugares del continente. Sus negocios consistían en distribuir materiales, comida y herramientas a todos los rincones del continente, algunos incluso comerciaban artículos de lujo.

—Vengan —dijo Vant mientras los conducía hasta el final de toda la fila de carretas. En la última, un hombre viejo y ligeramente desaliñado se recargaba contra un costado de su carreta. Resultó ser el dueño, con quien se había hecho el trato, y fumaba una vieja pipa de madera que sostenía entre sus arrugados dedos de sucias uñas. —Helo aquí, nuestro transporte —dijo con gran satisfacción. Después se dirigió hacia el encargado de la carreta.

Aparentemente el transporte era el más pequeño de todos pues solo contaba con dos caballos que jalaban una modesta carreta; el encargado estaba solo. Desde afuera se alcanzaba a ver que dentro del vehículo solo había unos cuantos costales de comida que probablemente habían sido recolectados hace pocos días.

—Buenas tardes, caballero —dijo Vant con propiedad.

El hombre escupió al suelo, sacó una pequeña botella de licor y se la empinó dando un gran sorbo.

—¿Son ellos? —se limitó a preguntar, indiferente y con un poco de desdén.

—Así es. Somos cuatro en total, pero en breve se nos unirá alguien más. Espero no tarde mucho, ya casi es la hora de partir.

—Nah. Casi siempre se tardan una media hora más, pero le advierto que si no está aquí para entonces nos iremos.

El dueño de la carreta se incorporó y caminó hacia Tristán y Nicol tambaleándose un poco al hacerlo.

—¿Y tú cómo te llamas, niña? —preguntó a Nicol apuntándole con el dedo.

—Mi nombre es Nicol y él es Tristán. Nosotros vamos a proteger su carreta durante el viaje.

—Eso ya lo veremos. Las tierras de por aquí son peligrosas y llenas de monstruos, y a decir verdad no se ven muy intimidantes. Espero estén preparados para el viaje, el camino puede ponerse muy difícil a veces. No quiero perder mi mercancía por su culpa, ya tengo suficientes problemas

—Estaremos bien —respondió Nicol—. Usted solo ocúpese de su… ¿le llamó mercancía? Además, ¿qué tanto puede caber en esa inmunda carreta?

—Pero ¿dónde están mis modales? Disculpe fina señorita —el hombre se reverenció burlonamente—. Mi nombre es Alexander, el gran comerciante y aventurero.

—¿Aventurero? Yo hubiera pensado que solo comerciante, si acaso.

—El comercio es solo la mitad de mi trabajo. Vender comida y herramientas están bien para sobrevivir, pero si como yo quieres vivir bien tienes que comerciar cosas únicas, y esas solo se consiguen de una forma.

—Entonces eres un cazador de tesoros. Qué honor tener el privilegio de protegerte a ti y a tus… invaluables piezas —se burló Nicol.

—Un gran tesoro es mejor que muchos insignificantes —se pavoneó Alexander—. Aunque para ello uno deba ensuciarse un poco las manos

—Ten cuidado, muchos matan por cosas así, y no les importará el gran y renombrado aventurero que digas ser.

—¿Y tú eres alguien así? ¿Acaso has matado por la gloria y la fortuna?

—La gloria y la fortuna es con lo que se conforman las mentes simples.

—¡JAJA! Me agradas, niña, eres ruda. Es justo lo que necesito para este trabajo. Espero que tu novio sea igual.

Alexander regresó a su carreta, riendo mientras lo hacía. Les hizo una señal para que lo siguieran y les mostrara dónde se acomodarían.

—Estos son sus aposentos. Sé que la carreta es pequeña y simple, pero cumplirá bien con su trabajo. Ustedes viajarán dentro, pero uno viajará conmigo para estar alerta por si aparece algo. La primera parte del viaje nos tomará un par de días, y una vez que lleguemos a Ventópolis nos quedaremos dos días más en lo que cargo mercancía. Después, iremos sin escalas a los puertos de Mar Naciente. Si en el camino nos encontramos con guardias de la Unión lo mejor será que se queden callados, se vean amenazantes y me dejen hablar a mí.

Al hablar Alexander demostraba su experiencia, la seguridad con la que daba indicaciones. Decidieron que Vant se quedara al frente de la carreta para vigilar, así que Nicol y Tristán entraron el vehículo y buscaron un lugar para sentarse.

En el interior no había nada que reluciera: unos cuantos costales con comida, provisiones para el viaje, cuerdas y herramientas usadas para el mantenimiento. Las maderas estaban maltratadas y casi todo el metal oxidado. Sin embargo, detrás de todo esto, casi escondido en un rincón, había un pequeño cofre de madera, sencillo, pero bien conservado, cerrado con un simple candado.

—¿Y eso de ahí qué es? ¿Tu magnifico tesoro? —inquirió Nicol.

—Eso, niña, no es de tu incumbencia, así que no lo toques. Ocúpate de tu trabajo solamente.

Alexander cerró las cortinas de la carreta y subió al transporte en lo que esperaban la hora de partida. Mientras, continuó fumando.

Pasados 45 minutos aproximadamente, al principio de la fila, se escuchó un alboroto, luego resonó un cuerno. Las carretas comenzaron a moverse, primero las de hasta adelante, y poco a poco las fueron siguiendo las demás. La de Alexander fue la última en avanzar.

—Creo que su amigo no vendrá después de todo.

Vant miraba a todos lados esperando ver llegar a Alastor, pero resignadamente nunca sucedió. Sabía que no iba a servir de nada pedir que lo esperaran, así que renunció pronto a la idea de que los acompañara.

Las primeras horas de viaje fueron tranquilas mientras se alejaban de la ciudad y se adentraban a territorio salvaje. Al principio la caravana se veía uniforme y cada carreta mantenía una prudente distancia con la de enfrente, pero entre más pasaba el tiempo más se iban separando. Llegado un momento, la carreta de Alexander se encontró solitaria, andando por el camino taciturno apenas acariciado por el sol.

Tristán decidió tomar una pequeña siesta antes de que cayera la tarde por si en la noche, mientras descansaban los demás, debía montar guardia, además porque seguía con sueño por madrugar. Nicol, por su parte, se quedó leyendo, aunque constantemente volteaba a ver hacia donde estaba la caja, preguntándose, invadida por la curiosidad de lo que habría adentro.

Al caer la noche se detuvieron para descansar, le dieron de comer a los caballos y encendieron una fogata para preparar comida y ahuyentar el frío. No hubo mucha plática durante ese tiempo, tan solo unas cuantas conversaciones pequeñas sobre el pasado de Alexander, aunque él nunca quiso revelar más que hechos sin importancia.

Más tarde, cerca de la media noche, mientras la luna brillaba intensamente y el viento corría suave y frío sobre el campamento, todos decidieron dormir un rato y prepararse para salir a la mañana siguiente; ya solo les quedaba un día de viaje hasta su primer destino. Tristán se quedó de guardia, sentado junto a la fogata, y los demás se dispusieron a dormir donde encontraran un lugar cómodo, en la tierra o en la carreta. Sacaron cobijas de la carreta y las extendieron, unas en el piso para suavizarlo y otras para cubrirse con ellas.

El silencio de las noches a campo abierto son serenas y sobrecogedoras. El frío puede ser cruel si se agitan las nubes, pero cuando están calmadas, como en ese momento, la brisa puede ser bastante abrigadora. No había sonidos de animales cercanos, también para eso era la fogata, solo el débil rumor de los insectos y sus modestos canturreos. Sin embargo, para Nicol, algo andaba mal, no podía dormir. Se alejó un poco de la carreta y escudriñó en la profunda oscuridad del horizonte con sus aún más profundos ojos rojos, como quien busca sin saber qué. Algo sucedía, pero no era capaz de discernirlo. El viento sopló de pronto, hostil y vacilante, después lo supo, algo se acercaba a ellos, aleteando, gorjeando.

—¡Cuidado! —gritó fuerte—. Viene algo y se acerca rápido. Son muchos y vienen por aire.

Todos se pusieron en alerta de inmediato. Vant y Tristán buscaron sus armas y Alexander corrió a meterse en su carreta.

—¡También por este lado! —alertó Tristán apuntando en la dirección opuesta.

Con desaire descubrieron que se trataba de un grupo de más de 50 arpías que volaban hacia ellos, rodeándolos. No eran criaturas muy fuertes, pero por la cantidad seguro serían un problema.

—No podemos quedarnos aquí, nos será más fácil si las interceptamos en el aire —sugirió Vant. Tristán estuvo de acuerdo.

Ambos extendieron sus alas y dando un salto se elevaron por los aires en dirección de los enemigos. Atacaron primero, con amplios e impetuosos cortes que acabaron con varias de ellas a la vez, luego volaron rápidamente y atacaron a las demás, sin embargo, las arpías trataron de defenderse de los ataques abalanzándose muchas al mismo tiempo. El otro grupo, más grande, se enfocó en atacar la carreta; con sus largas y afiladas garras rasgaban la madera y las lonas, como queriendo destrozarla. Nicol trató de ahuyentarlas, pero eran demasiadas y estaban por todas partes. Del miedo, los caballos se soltaron y huyeron a toda prisa.

—¡Ya me harté! —gritó Nicol. Y juntando energía oscura entre sus manos atacó. *Oscuridad Eterna.* ¡Grito de las Tinieblas! La energía entró en su cuerpo y después se liberó como una fuerte onda de energía oscura que apagó todas las luces por un momento, atravesando el cielo y acabando con los enemigos a los que alcanzó. Gracias a esto poco a poco lograron controlar la situación hasta al fin acabar con sus atacantes.

—Uff, eso estuvo feo —suspiró Vant aliviado.

Junto con Tristán descendieron para reunirse. Ahí encontraron a Nicol con una expresión seria y pensativa.

—Hay algo extraño en todo esto —dijo—, las arpías no suelen atacar de esa manera.

—Son bestias salvajes y estúpidas —sonó desde la carreta la voz de Alexander—. Que no te preocupe lo que hagan, y si se meten contigo tan solo mátalas o corre.

—Es como antes, en el bosque —continuó Nicol—, con los gnomos…

—¡Cuidado! —interrumpió Vant adoptando de nuevo una posición defensiva—. Hay algo más, otra presencia oscura. La puedo sentir.

Todas las miradas apuntaron a donde les habían indicado, intentando ver cuál era el nuevo peligro. Desde la penumbra un aura terrible apareció y colmó el ambiente de terror. El grupo estaba listo para atacar, el terror se acercaba, cuando la luz de la fogata alcanzó a iluminar al portador de la energía oscura.

—Así que aquí están —musitó Alastor en medio de la noche con ligereza de pies.

Vant y Tristán dieron un respiro al darse cuenta, Nicol tan solo se limitó a bajar su arma. Sin embargo, Alexander se había vuelto a esconder en su carreta después de ver los aterradores ojos demoniacos.

—Qué susto nos diste —refunfuñó Tristán, luego acercándose para darle la bienvenida.

—Creímos que ya no vendrías —agregó Vant.

—Te dije que los alcanzaría. No es tan difícil encontrarlos, ¿sabían? Por cierto, me encontré con esto —detrás, Alastor jalaba con su mano derecha la correa de los dos caballos que antes habían echado a correr; aún estaban inquietos, pero ahora no lograban zafarse.

—Oye, Alexander —golpeó Vant la carreta por fuera—, sal de ahí, no hay nada qué temer.

—Es un demonio, seguro nos quiere asesinar —asomó su cara desde el interior.

—Nada de eso. Es la pieza faltante de nuestro grupo, de quien te había hablado.

—¿Viajan con una chica demonio? Qué locura. No sé si me siento cómodo con eso, preferiría que no viniera con nosotros.

—¿Y por qué es eso? —preguntó Nicol—. ¿Alguna razón por la que no quieres un demonio cerca?

—Porque son peligrosos, ¿no lo ven? No son confiables. Cuando menos nos demos cuenta nos matará y se beberá nuestra sangre.

—Te aseguro que tal cosa no pasará, te lo aseguro —intervino Tristán para tratar de calmarlo—. Viene con nosotros y también protegerá la carreta.

Alexander mostró entonces una cara de completo desencanto, aunque desafortunadamente para él, después del ataque que habrían sufrido, no estaba en posición de negar la ayuda extra que le ofrecían. Así, a regañadientes, aceptó la condición y se metió a su carreta para descansar el tiempo que le quedaba antes del amanecer. Los demás decidieron no dormir esa noche para estar alerta en caso de que otro ataque se suscitara.

—¿Y dónde estabas? —preguntó Vant molesto—. Te fuiste todo el día.

—Lo siento, mamá, me portaré bien —respondió Alastor dándole la espalda.

Vant no volvió a preguntar, era claro para él que no podía platicar seriamente con alguien que no respetaba nada. La actitud de Alastor era sumamente molesta para él y su irresponsabilidad le desesperaba.

En pocas horas llegaron las primeras luces del día. Lo primero que hicieron fue tomar un desayuno, modesto en extremo, una hogaza de pan y un trago de lo que parecía aguardiente, luego recogieron el campamento, guardaron las mantas y las sobras y continuaron con su camino.

—Probablemente llegaremos al anochecer —dijo Alexander rompiendo el silencio.

—Pues apurémonos para que no pase nada más —añadió Vant.

Dentro de la carreta, Nicol platicaba calurosamente con sus compañeros, siempre susurrando.

—Hay algo que no me agrada sobre todo esto.

—Tienes razón, el lugar es espantoso —contestó Alastor.

—No me refiero a eso. Siento que hay algo que Alexander no nos dice, algo que nos perjudica a todos. Creo que se relaciona con el ataque de las arpías anoche.

—¿Y qué podríamos hacer para descubrir de qué se trata? —preguntó Tristán.

—Por el momento solo observaremos, pero mantengan los ojos bien abiertos; cuando lleguemos nos preocuparemos por averiguar más sobre la siguiente llave, ya después haremos que nos diga la verdad o se las verá con nosotros.

—De acuerdo.

Afortunadamente para todos, el resto del camino no tuvo mayor inconveniente más que una rueda zafada y un camino errado. Lo malo fue que tardaron más de lo planeado pues para cuando estaban cerca ya era entrada la noche y la luna brillaba en lo alto.

—¡Miren todos! —gritó Vant para que sus amigos salieran.

En el horizonte se empezaba a ver la silueta del tan esperado destino, aunque las penumbras de la noche no permitían ver tan claramente. Vieron torres de cautivador brillo dibujarse en la distancia como talladas en el cielo. Pronto llegarían a la gran metrópoli que coronaba el continente y se alzaba cual monarca, la gran ciudad capital de Ventópolis, en donde se presumía estaría la siguiente parte del viaje.

Capítulo 9: Ventópolis

Entre más avanzaba la noche más difícil era distinguir la gran muralla que rodeaba la ciudad pues acaparaba rápidamente la vista y no tenía luces afuera que advirtieran su cercanía. Cuando menos se dieron cuenta ya estaban frente al imponente muro. A ellos se acercaron con apremio dos guardias para preguntar por los asuntos que tenían en la ciudad. Alexander intercambió unas palabras con ellos, después el gran portón de piedra se abrió para dejarlos ingresar.

Al entrar los dirigieron por un control de mercancías y documentos a cargo de trabajadores de la ciudad, en cuyos cuarteles era claro que la Unión tenía poco o nada de control. Las calles perfectamente pavimentadas dejaban avanzar a los caballos con total comodidad y los árboles que las adornaban estaban frondosos y bien cuidados. La gente que por ahí caminaba estaba bien vestida; elegantes trajes y vestidos de alta costura, y su andar era jactancioso.

—Te vendría bien uno de esos, niña —comentó Alexander, refiriéndose a Nicol, al ver pasar a un grupo de jóvenes refinadas.

—Si te gustan tanto, puedes comprarte uno tú.

—Yo sí quisiera ponerme uno de esos. —añadió Alastor con emoción.

—Hasta donde sé, Ventópolis es considerada la capital de la moda en oriente —explicó Vant—, así como ciudad Estela de luz en occidente. Los más talentosos modistas viven y trabajan aquí. Personas de todo el mundo vienen a la ciudad solo para conseguir lo más nuevo en ropa elegante. Ventópolis, de hecho, exporta a todo el mundo la seda que le compra al imperio de Yi-Wan en el este.

—Y pensar que estuvieron en guerra hace tanto tiempo. Mucho antes de la unificación de la UP —agregó Nicol.

Avanzaron un poco más y vieron al pasar un gran edificio que ponía en alto "Universidad" con letras doradas, y justo al frente, ponía otro edificio "Biblioteca". Las cejas de Nicol se alzaron un poco y Tristán también estaba intrigado.

—La ciudad acepta estudiantes que viajan desde todas partes para poder estudiar en esta escuela —comentó Alexander al notar el entusiasmo de todos—. Científicos, inventores, de todo, y como viven aquí, sus padres le dan dinero a la escuela, aunque claro, no puede competir con los eruditos de ciudad Aquoria.

—Hay algo que no encaja —reprochó Vant—, la ciudad es muy bonita, pero no es más grande que Lemsaniga. Pensé que Ventópolis era la capital más grande y lujosa del mundo.

Alexander soltó una carcajada burlona. —Esta es la parte de abajo de la ciudad, donde las personas no tan ricas viven. La de verdad, la joya de Zeihán, está arriba en el cielo.

Tristán y Vant alzaron estupefactos la mirada y contemplaron sobre ellos, a varios kilómetros de altura, un enorme cuerpo de tierra, considerablemente más grande y amplio que la zona donde se encontraban y el cual no habían notado debido a la oscuridad que su sombra proyectaba.

—La ciudad de arriba tapa la luz y deja a esta parte de la ciudad siempre de noche.

Mientras Alexander decía esto llegaron a una torre de varios cientos de metros de altura de cuya punta emanaba un rayo de luz color amarillo que conectaba esa zona con la superior.

Ya adentro, todo estaba oscuro y aparentemente vacío, y en el centro de la habitación un gran círculo mágico brillaba tenuemente; de ahí provenía la luz que se elevaba. Alexander de nuevo intercambio unas palabras con un guardia, señalando constantemente su carreta. Luego esta avanzó y se detuvo justo debajo del círculo mágico. Cerca, uno de los guardias le dio instrucciones a otro que estaba parado detrás de un extraño tablero, e inmediatamente después el círculo comenzó a brillar hasta que en un breve destello la carreta fue transportada instantáneamente a otro lugar. Los caballos se agitaron un poco debido a esto.

Salieron del nuevo lugar, que era una sala muy parecida a la anterior, aunque sin la vigilancia, y vieron asombrados la verdadera ciudad de Ventópolis: la magnífica ciudad flotante. Calles de dorado brillo se extendían por entre los edificios de esmeralda belleza; altos y orgullosos se alzaban hacia el cielo que los acogía con sus nubes de rutilante pureza. Las esquinas afiladas de las casas exhibían las más delicadas molduras, hechas de mármol o de blanca piedra, y las rejas garigoleadas escondían jardines fértiles y burlones tapizados de flores y arbustos-escultura. Las personas caminaban altaneras en su exuberante pomposidad, vestidas con la ropa más elegante hecha a medida con los materiales más finos y exóticos, y exhibiendo joyas límpidas sobre sus pálidos cuellos. En la ciudad no había más que humanos, conocidos muchas veces por su vanidad y codicia.

—Verán, no se llama Ventópolis por tanto viento que sopla por aquí, sino porque esta es la única ciudad que flota —explicó Alexander—. Ha estado flotando por miles de años y sirve de fortaleza. Así ganaron la guerra contra Yi-Wan, haciendo volar la ciudad. La única ciudad del mundo que comercia el ventoflotarum.

—Eso se emplea para hacer barcos voladores —suspiró Nicol—. Los más veloces. Es el mineral que permite que toda esta isla flote en el aire. Entiendo por qué no cualquiera puede vivir aquí.

Se detuvieron a mitad una plaza amplia y adornada con faroles hechos de oro puro, cerca del centro de la ciudad. Pasaba poca gente por aquel lugar, así que no tuvieron problemas al andar.

—Después los veo —dijo Alastor saltando de la carreta. Se alejó del grupo, a pesar de los reproches de Vant, y se perdió al doblar una calle.

—¡Espera! ¡No deberíamos separarnos! —gritó Tristán en un inútil esfuerzo por evitar que se fuera.

Los tres saltaron también de la carreta y se acercaron con Alexander.

—No le pasará nada —dijo—. Aquí es muy tranquilo, además, les dije que estaremos aquí dos días en lo que hago mis negocios. Así que, si me disculpan, me iré. Nos vemos después.

Alexander entonces se alejó con su carreta dejando a los tres solos de nuevo en tan magnífica ciudad. Al hacerlo, Tristán no pudo evitar pensar que la facha de la carreta resaltaba rodeada de tanta elegancia.

Decidieron recorrer las calles para conocer mejor la ciudad, aunque de inmediato se sintieron ajenos al lugar y a las personas que lo habitaban. Pronto descubrieron que la ciudad se dividía de tal forma que, en una zona, por ejemplo, los edificios estaban destinados al sector gubernamental; otra zona era más bien de personas que se dedicaban al flujo de dinero, comprar y vender, este era el sector más grande; en otra se encontraban los eruditos y los artistas; cada una se especializaba en algo.

Mas algo tenían todas en común y era que en la parte alta de Ventópolis la espléndida luz de luna bañaba cada muro y cada esquina, cada habitante con plata y diamante; intenso y opulento el brillo de los faroles abrazaba la ajetreada vida nocturna. Sin embargo, en la mente de Tristán crecía un antiguo recuerdo.

—¿Te pasa algo, Terry? —preguntó Vant al notar el estado pensativo en que se encontraba su amigo.

—Es la luz de la luna, hace mucho que no la veía tan fuerte como ahora.

—¿En el pueblo? Nunca estuvo así.

—No, en una vida pasada. Me acorde de pronto de una persona que conocí hace ya mucho tiempo. Él era un hombre lobo.

—¿Qué no son un mito? —contestó Vant riendo un poco.

—En lo absoluto —atajó Nicol—. Las criaturas que ahora se creen míticas han existido desde siempre: sirenas, vampiros y hombres lobo también. La razón por la que se creen inventadas es porque su número se ha reducido considerablemente en los últimos 500 años, lo que las obligó a esconderse en cuevas y lugares abandonados. Pero te aseguro que son tan reales como tú o como yo.

—Cuando luchamos contra Mefisto las había en abundancia —agregó Tristán.

—Debieron haber sido todo un problema. ¿Eran tan temibles como se dice?

—Para nada —respondió Nicol—, Zayrus era nuestro amigo. Él y muchos de los suyos nos ayudaron durante la guerra, estaban de nuestro lado. ¿Pero por qué que sigues atormentándote por eso? Paso hace tanto tiempo; la mayoría de ellos ya han de haber muerto.

—Porque todo fue culpa mía. No pude evitar su muerte —exclamó Tristán con voz debilitada.

—Pero lo intentaste. No fue tu culpa. Lo hecho, hecho está y no hay nada que puedas hacer ya para cambiar el pasado, además él fue el que te lo pidió.

—Expliquen, ¿qué fue lo que pasó? —suplicó Vant lleno de curiosidad.

—Ser hombre lobo tiene un gran problema: cada cierto tiempo, dependiendo de los ciclos lunares, pierden el control de ellos mismos. Se vuelven bestias salvajes y peligrosas. Hace tanto tiempo eso provocó que ellos dos pelearan, y si Tristán no lo hubiera matado, todo hubiera terminado terriblemente mal. Era su amigo, pero era necesario.

Vant estaba sorprendido de lo que escuchaba, y lo estaba más aún por las duras palabras de Nicol. Al ver a su amigo no podía evitar sentir un hueco en el estómago tan solo de imaginar el dolor que soportaba. Pensó en ir con él y abrazarlo, pero al sentir que aquello, que había sucedido hace tanto tiempo, no le incumbía, decidió callar.

—Deberíamos buscar dónde pasar la noche —cambió de tema—. Seguro que por aquí habrá un buen lugar que nos recibirá.

—Ni te molestes —advirtió Nicol—. ¿No te has dado cuenta? Las personas de por aquí no son muy solidarias con los que no pertenecen. Sin dinero no creo que te den asilo nunca. Además, difícilmente podríamos pagar.

—Entonces, ¿qué sugieres? La carreta ya no es una opción.

—Debemos regresar abajo, a la zona inferior. Tal vez ahí encontremos algo asequible.

Resignados, y sin más ideas, aceptaron en bajar. Aún no era muy tarde, así que pasearon por las calles un rato, admirando la opulencia de la ciudad. Al cabo de un rato, regresaron a la plataforma por la habían llegado, era la única entrada. A Vant le causó un poco de tristeza no poder pasar la noche en un lugar tan singular, era una experiencia en un millón. Les pidieron a los guardias que los dejaran descender a la zona inferior, ellos accedieron no sin antes advertirles que si decidían descender ya no podrían regresar hasta el día siguiente, ya que los visitantes estaban prohibidos de noche, no sin un permiso.

Una vez abajo, mientras caminaban por las oscurecidas calles de la baja Ventópolis, pues las calles solo eran iluminadas por sencillos faroles, se percataron que habían llegado a la zona erudita y científica. Nicol entonces insistió en ir a la biblioteca, la que habían pasado cuando llegaron pues anhelaba entrar y recorrer cada estante y hojear cada volumen. Al llegar ahí se encontraron con una multitud que salía alborotada del edificio; los estudiantes terminaban sus clases y corrían para llegar a casa; eran casi las diez de la noche. La mayoría caminaba en grupo, en dirección al transportador, otros, corrían apresuradamente entre las calles y callejones.

Nicol se acercó a la entrada, pero por la hora le dijeron que el servicio había terminado, que si quería ingresar debía regresar al día siguiente y conseguir un permiso para visitantes. Para ese momento el lugar se había vaciado por completo.

'—¿Vienes conmigo mañana? —le preguntó Nicol a Tristán, mirándolo con ojos suplicantes.

—Claro que sí —respondió él sin duda.

Se disponían a bajar los amplios escalones del bello recinto cuando cerca de ahí escucharon un fuerte grito proveniente de un angosto callejón, entre el lado derecho de la fachada de la biblioteca y el edificio aledaño.

Los tres corrieron a ver de qué se trataba, podría ser un grito de auxilio. Se adentraron rápidamente y lo primero que notaron fue el débil sonido de una bestia devorando y respirando nerviosamente. Vieron entre la penumbra del callejón y la confusión de la noche la silueta de la criatura contra el cielo, y ella también los miró pues sus ojos brillaron de terror. A sus pies había algo, un cuerpo desparramado y sin vida sobre el frio pavimento. Les gruñó y los amenazó, pero en vez de atacar, salió huyendo.

Vant fue el primero en acercarse al lugar, seguido por Tristán y Nicol. Ahí, los tres examinaron el cadáver y se percataron que era de un hombre joven de unos 30 años. Vestía una bata blanca, su cabello era largo y castaño, y cerca unos gruesos lentes redondos hechos trizas. Al rededor había papeles regados por todo el suelo, manchados de sangre carmesí; le habían destrozado el cuello. Pensaron de inmediato que era uno de los estudiantes o académicos de la universidad. Notaron que en su mano izquierda apretaba un pedazo de pergamino. Tristán lo tomó de la mano crispada y lo leyó: "…el tiempo es un círculo con un sinfín de ramificaciones, no es lineal…", decía. Cerca del cadáver del científico vieron también otro cuerpo, pero éste no sangraba, de hecho, ni siquiera estaba hecho de carne, sino de metal casi todo. Parecía una máquina, aunque nunca habían visto una tan compleja y misteriosa.

—¿Qué era esa cosa? —preguntó Vant, refiriéndose a la bestia.

—Debemos atraparlo o seguirá asesinando personas —respondió Tristán.

Corrieron de inmediato en la misma dirección que la bestia, en su persecución. Atravesaron la ciudad sin perder nunca el rastro hasta llegar al límite, hasta el muro que rodeaba la ciudad en el extremo noreste. Lograron darle alcance; la criatura estaba rodeada. Pensaron que la habían atrapado cuando de un salto la bestia logró pasar el muro y escapar hacia tierra salvaje.

Tristán, Nicol y Vant extendieron sus alas y lograron de igual manera saltar el muro para continuar con la persecución. Volaron bajo por varios minutos sin perder de vista su objetivo, en campos despejados era mucho más sencillo. Poco a poco se alejaron más de la ciudad, hasta un pequeño bosque a un par de kilómetros de distancia. Esto los preocupó porque podrían perder el rastro debido a los árboles y las hojas caídas. Sin embargo, pronto terminó la persecución, pues la criatura se detuvo en medio de un claro iluminado por la luz de la luna.

Al verse de frente con el asesino lograron observar mejor su apariencia. Era una fiera, sin duda alguna, pero lo extraño era que vestía una gabardina de piel y se erguía en dos patas, lo que le daba una apariencia humana.

—Eso es…

— Sí, Vant, es un hombre-lobo —afirmó severa Nicol.

La criatura gruñó de nuevo, ahora desafiándolos. Estaba lista para atacar y ellos debían estar listos para defenderse. Repentinamente, el hombre-lobo soltó un aullido largo y estridente que se agitó con el viento. De entre los árboles comenzaron a salir más de ellos; en un parpadeo decenas los rodeaban.

—¡Alto! —ordenó una suave voz desde los árboles. Una figura encapuchada se asomó y con un ademán hizo retroceder a los demás.

—Ella debe estar controlándolos —señaló Tristán sin bajar la guardia.

—Vengan conmigo, yo los llevaré. Creo que estará feliz de verlos —dijo la mujer encapuchada.

—Debe ser la matrona de la jauría —observó Nicol con los brazos cruzados y la ceja levantada.

—Les dije que vengan, ahora —ordenó con más dureza.

Y dando un chasquido los hombres-lobo volvieron a avanzar y los empujaron en la dirección indicada. Si no iban con ella por las buenas, definitivamente estaba dispuesta a que fuera por las malas.

Tristán guardó su arma y aceptó ir sin pelear, sabía que los hombres lobo eran criaturas particularmente fuertes y pelear contra toda una jauría no resultaría bien. Nicol y Vant hicieron lo mismo y luego avanzaron.

Siguieron adentrándose en el bosque, más y más, y mientras lo hacían más hombres-lobo salían de entre las sombras. Continuaron hasta llegar a una cueva bien disimulada. La entrada era reducida y a cada lado la cubría un espeso follaje y la sombra de los árboles. A cada lado, un hombre lobo resguardaba la abertura.

La mujer encapuchada entró y ellos la siguieron de cerca. El interior estaba completamente oscuro, y aunque Tristán y Nicol podían ver perfectamente, Vant tuvo que ser auxiliado para no tropezar. Notaron que adentro era mucho más grande de lo que aparentaba por fuera y un olor penetrante y particularmente repulsivo colmaba el lugar; era sangre vieja y carne putrefacta, principalmente. Sus sospechas fueron confirmadas cuando en un rincón alcanzaron a ver una pila con restos de cadáveres de animales en descomposición; reses, ovejas, aves y ciervos. Era tan intenso el olor que Nicol parecía querer vomitar.

—¡Qué lugar tan repulsivo! —exclamó tapándose la nariz.

—Debe ser su guarida. Nunca había visto tantos de ellos juntos, ni siquiera antes. Normalmente se agrupan en jaurías pequeñas —dijo Tristán.

Siguieron avanzando cada vez más en la cueva que al poco tiempo se convirtió en todo un sistema que aparentemente se extendía por kilómetros fuera de la ciudad. Tomaron uno de los múltiples caminos y avanzaron hasta llegar a una especie de cámara, vagamente iluminada por el tenue fulgor de unas cuantas antorchas.

La mujer encapuchada se había detenido en medio del lugar, les dijo que se detuvieran y que esperaran. Mientras, ella caminó hasta una formación rocosa apostada al fondo y que se elevaba del suelo un par de metros; daba la impresión de ser un trono. Encima, otro hombre lobo, más corpulento que los demás, yacía sentado firme como regente, cubierto también de pies a cabeza. Comprendieron que estaban ante el alfa de la manada.

—Pero, esto que tengo ante mí, ¿qué es? Un grupo muy singular, sin duda. Dos ixírenes y un ángel —habló con voz grave, aunque muy clara, casi melódica. Después se levantó de su trono y descendió para observar con más atención a sus visitantes.

—¿Cómo sabes que somos ixírenes? —preguntó Nicol.

—Su especie, no es muy común en estas tierras, y su olor lo conozco bien desde hace tiempo. Los percibí desde que entraron a mi bosque. Contesten, ¿qué hacen aquí?, si no quieren ser alimento de mis hijos.

—Con todo respeto, no me vienen bien las amenazas. Si quisiéramos hacerles daño, mataríamos a todos aquí, pero no es nuestro estilo, bueno al menos no el de todos —increpó Nicol sin apartar la mirada retadora

Al lanzar tal afrenta, los hombres-lobo que permanecían alrededor de inmediato se agitaron, gruñendo y babeando como salvajes. Al instante, con un gruñido desgarrador y la voz ronca, su líder le levantó.

—¡Silencioooo! ¡Nadie los tocaaaa! —les ordenó, mostrando los dientes. Los demás, los súbditos, de inmediato obedecieron.

—Uno de los tuyos asesinó a alguien, un estudiante en Ventópolis —respondió Tristán.

—¿Y a ustedes eso qué les importa? —preguntó el líder, de nuevo con voz clara—. No son de aquí, eso es evidente ¿Se preocupan de alguien que no conocen?

—Porque era un inocente, y lo mataron sin compasión.

—¿Eso crees? ¿Qué los habitantes de esa asquerosa ciudad son inocentes? Mentira. Esa ciudad está podrida igual que todos los que viven ahí.

—No hemos venido a juzgar a nadie, tan solo queremos evitar más ataques.

—¿Por qué?

—Porque es lo correcto.

—¡JAJAJA! Ya me di cuenta —rio el alfa con alegría y tranquilidad lo que extrañó a todos—. Eres tú; no estaba seguro, pero nadie más podría ser tan noble e ingenuo.

Al instante, el alfa redujo un poco su tamaño y se descubrió el rostro, revelándose al fin. No tenía forma de lobo, sino de hombre. Tristán y Nicol se sorprendieron mucho al ver quién les hablaba.

—No lo puedo creer. ¡Zayrus! —exclamó Tristán sin aliento.

—Amigo mío, qué gusto verte. Me mataste hace ya mucho tiempo —dijo.

Capítulo 10: A la luz de la luna

Tristán no podía creer lo que veían sus ojos: su amigo Zayrus, a quien creía muerto desde hace tanto tiempo estaba ahí, parado frente a él, igual que antes, aunque diferente al mismo tiempo. Tantas emociones lo recorrieron al mismo tiempo que de golpe su cuerpo se paralizó.

Sin perder más tiempo, Zayrus se acercó a él y lo abrazó honestamente, aunque el abrazo no fue correspondido, Tristán seguía perplejo. Después se acercó a Nicol con la intención de abrazarla también, sin embargo, ella no lo permitió.

—Díganme, ¿a qué debo la dicha de esta reunión? —preguntó Zayrus mucho más relajado—, porque ustedes no querrían vivir en una ciudad como Ventópolis eso lo sé.

—Hemos venido en compañía de un mercader —contestó Nicol, pues Tristán aún seguía sin poder hablar—. Él nos está ayudando a cruzar el continente a cambio de protección.

—¿Ustedes? ¿Desde cuándo se prestan para trabajos tan serviles?

—Es para poder completar nuestra misión, estamos viajando con un bajo perfil.

— ¿Esa misión qué sería?

—Mefisto ha regresado al mundo después de 500 años —respondió Tristán de repente—. Creemos que busca la forma de vengarse y de regir Ixcandar.

—Ahh, sí. Contra él peleamos hace mucho tiempo, lo recuerdo. Lo habían capturado, eso es lo que supe, pero de su regreso no me había enterado. De lo que sucede últimamente por aquí, eso explicaría mucho.

—¿A qué cosas te refieres exactamente? —preguntó Nicol.

—Vengan, les contaré —Zayrus se volteó hacia los suyos y les habló—. Son nuestros invitados desde ahora, yo lo ordeno —gruñó con voz ronca, como si los amenazara.

Y sin más, los hombres lobo se dispersaron y dejaron solo a su alfa, con excepción de la mujer encapuchada que los había guiado hasta ahí. Ella caminó a su lado.

Zayrus los llevó fuera de la cueva, a un espacio abierto en medio de los árboles y por donde la luna llena alcanzaba a iluminar. El aire ahí era fresco y limpio. Era un lugar donde podrían tener una conversación más tranquila. Colocadas en círculo, vieron piedras que servían como asientos, como si se hubieran preparado con ese propósito. Entonces los cuatro pudieron conversar. Zayrus fue el primero en hablar.

—Hemos vivido en este bosque desde hace mucho tiempo, mis hijos y sus ancestros. De asesinos, ladrones e invasores, estas tierras están libres gracias a nosotros. Yo llegué después, cuando la ciudad ya era hostil con mi raza. Intentamos convivir en paz al principio, pero eso es imposible, ellos son demasiado hostiles. Decidimos con el tiempo que nos mantendríamos alejados, ellos en su territorio y nosotros en el nuestro. Y todo había estado así, tranquilo, se olvidaron de nuestra existencia, inclusive. Hasta hace unos meses cuando notamos que las criaturas del bosque con las que antes convivíamos se comportaban diferentes, eran violentas. Es Mefisto, ahora lo sé.

—Ahora que lo mencionas, yo también he notado algo así —agregó Nicol—. Las criaturas salvajes se vuelven violentas en Andorán también.

—Nos han atacado a nosotros y también han atacado la parte baja de Ventópolis. Sus tropas se han multiplicado y han mandado exploraciones hasta el bosque, nos descubrieron de nuevo. Los ciudadanos creen que somos nosotros los que atacan debido a esto, y nos ven como monstruos. Han tratado de matarnos, de eliminarnos, y nosotros nos hemos defendido.

—Por eso se han vuelto estrictos con la seguridad —concluyó Vant—. Y supongo que también por eso odias a los habitantes de la ciudad.

—Sintieron que su detestable estilo de vida estaba en peligro, y en ese momento olvidaron toda compasión. Incluso nosotros somos más humanos que ellos. Las personas de esa ciudad se han vuelto vanas, engreídas y superficiales. Que no los engañen con sus altas torres y dorados caminos.

—¿Por eso mandaste a matar a inocentes? —acusó Tristán, quien había permanecido callado hasta entonces.

—Ellos no son inocentes —Zairus se había levantado de su asiento enfadado—. Sus científicos están fabricando armas más sofisticadas para eliminarnos, de eso nos enteramos apenas. Creemos que han estado secuestrando a muchos de nosotros con el fin de estudiarnos, de descubrir nuestras debilidades. Los han torturado, los han disecado y han experimentado con ellos. Es su culpa que estemos al borde de una guerra. Lo que hacen, debíamos saber, por eso enviamos a uno a la ciudad, pero algo lo asustó, algo terrible y por eso atacó.

Tristán guardó silencio y bajó la cabeza.

—Amigo, ¿qué te sucede? Deberías estar feliz de encontrarnos después de tanto tiempo, después de todo lo que pasó —dijo Zairus intentando razonar con él.

—Creo que ese es el problema. Yo te maté, yo fui el culpable por todo. Deberías odiarme.

—Por cierto, ¿cómo fue que sobreviviste? —preguntó Nicol antes de que Tristán sufriera un colapso.

—En aquel incidente, todas esas personas murieron, perdí el control y las asesiné, Tristán tuvo que detenerme, y la única manera de hacerlo fue atravesar mi corazón de un golpe.

—Lo recuerdo, cuando sucedió yo estuve ahí. Estabas a punto de partir en dos a una niña.

—Él hizo lo que tuvo que hacer, y por eso estoy agradecido. A manos de un noble amigo no es una vergüenza morir.

Zayrus volteó a ver a Tristán esperando que reaccionara de alguna manera, pero no pasó, así que continuó.

—Estuve muerto un tiempo, no estoy seguro de cuánto, pero por fortuna no terminé de caminar por la gran fila. Y cuando menos lo esperaba desperté del oscuro sueño; estaba vivo. Una sacerdotisa que pasaba por el lugar encontró mi cadáver y me regresó la vida — Zayrus volteó la cabeza hacia donde estaba la mujer encapuchada, sonriendo mientras lo hacía. Después continuó—. Para ese momento ya no era un hombre lobo, había vuelto a mi forma humana. Ella me ayudó, me llevó a su hogar y me curó. Tristán, estaba agradecido contigo por detenerme de cometer una atrocidad y con Nayri por haberme dado una segunda oportunidad; y no la iba a desaprovechar. La luna llena no me controlaría más, aprendí a transformarme a voluntad. Hasta que Nayri, un día, enfermó gravemente, al punto de estar el borde de la muerte, y para salvarla tuve que convertirla en mujer-lobo. La entrené para controlarse igual que yo; ella continúa transformándose con la luna igual que todos los demás, pero sin perder el control. Y por eso me eligieron como su alfa, porque soy el único que tiene el poder de controlarse estando transformado, y al ser más fuerte, puedo controlar a los demás.

—¿Y comenzaste a morder personas para hacerte de un ejército? —preguntó Tristán, aún molesto.

—La mayoría de ellos son hombres-lobo que han sufrido mucho; las personas los persiguieron con odio. Muchos de ellos fueron convertidos por mí, eso lo acepto, pero ningún inocente sufrió por nuestra culpa.

—¿En dónde entra Ventópolis en todo esto? —inquirió Nicol, atenta a la historia, observando a Zayrus como si pudiera ver a través de él.

—Este continente es influenciado por la energía de la luna como ningún otro, así que los ancestros de la manda establecieron este refugio. Eso fue hace unos 900 años. La ciudad no era tan grande y rica en ese entonces, tenía poco de haberse elevado entre las nubes después de la guerra contra Yi-Wan. Así que los ancestros hicieron un trato con su gobernante. Los bandidos, las fieras y los invasores se mantendrían lejos, fuera de la zona, y a cambio ellos prometerían conservar el secreto de nuestra existencia del resto del mundo. Así podríamos vivir en paz.

—Y luego vino Mefisto —dijo Nicol cruzada de brazos.

—El conflicto comenzó desde antes, cuando la ciudad creció tanto. Y cuando las tensiones estaban al límite, sucede lo de ese demonio hace unos meses y empeoran las cosas. Pero el verdadero culpable, ahora lo conocemos.

—Justamente nosotros venimos a detener su avance. Sabemos que está buscando las llaves ocultas en los templos que conducen a las reliquias.

—¿Templos? ¿Qué tipo de templos? —Zayrus pareció intrigado de repente, como si supiera algo.

—Son templos alrededor del mundo, estos guardan en su interior las llaves para encontrar las reliquias. Los templos también están ocultos y pensamos que cerca de Ventópolis podría haber uno. Pretendíamos conseguir algo de información en la ciudad.

—Están de suerte. Lo que buscan, yo puedo ayudarlos.

—¡¿De verdad?! ¿Cómo? —preguntó Vant saltando de su asiento.

—Hay una selva cerca de aquí, espesa y muy especial. No es un lugar muy agradable; intentamos vivir ahí un tiempo, pero es un terreno muy hostil. Ruinas y símbolos muy extraños fue lo que encontramos, en lo profundo. Podría ser la entrada del templo que buscan.

—Podemos ir en la mañana —sugirió Vant.

—Mejor vayamos de una vez —repuso Nicol—. No sabemos cuánto tiempo nos tardaremos en llegar, conseguir la llave y salir. Recuerda que Alexander nos dio tan solo dos días para regresar.

—No creo que se atreva a irse sin nosotros. Estaba blofeando —añadió Vant con seguridad.

—No te preocupes —Tristán tomó a Nicol por el hombro—, regresaremos temprano en la mañana y nos iremos de inmediato. Así también le diremos a Alastor para que nos acompañe.

—De acuerdo, volveremos aquí por la mañana —exclamó Nicol resignada.

Zayrus estuvo de acuerdo con su decisión y les dio la indicación de verse en la entrada de ese bosque al amanecer. Después, le pidió a Nayri que los guiara por el bosque hasta salir cerca del muro de Ventópolis, en el mismo punto en que se iban a ver. Se despidieron cortésmente y se separaron.

Al regresar a la ciudad buscaron una posada que los albergara, pidieron dos habitaciones y se fueron inmediatamente a descansar. Era poco el tiempo que les quedaba así que debían aprovechar lo más que pudieran.

Sin embargo, Tristán estaba intranquilo. Trató de conciliar el sueño por varias horas, pero al no conseguirlo decidió ponerse sus botas y dar un pequeño paseo por las calles solitarias para pensar. Se sentía confundido: el encuentro con Zayrus ciertamente le alegraba, pero no podía sacar de su cabeza la escena de hace tantos años cuando tuvo que acabar con su vida. Y cuando al fin se encontraron, su conflicto interno provocó que la situación se volviera incómoda. Tal vez por su culpa mañana sería un mal día.

—¡¿Qué haces aquí, cachorrito?! —gritó Alastor columpiándose del techo, interrumpiendo los pensamientos de Tristán con esa aparición tan repentina.

—Me asustaste. ¿Dónde habías estado? Justamente íbamos a ir a buscarte.

—Fui de compras. Esta ciudad tiene tiendas con vestidos muy finos y elegantes, Conseguí este. ¿Qué te parece?

En la oscuridad de la noche Tristán no alcanzaba a apreciar todos los detalles del vestido de Alastor, pero a grandes rasgos era de color verde esmeralda con holanes blancos y decorados en oro. El vestido propiciaba que sus pechos sobresalieran más de lo normal. Lo extraño, sin embargo, era que el atuendo estaba totalmente desarreglado.

—Se vería mejor si lo acomodaras —contestó Tristán.

—Es que vengo de divertirme en una gran fiesta con un montón de personas, muy amables todas —rió Alastor—, fue cuando te vi caminando solo. ¿Y dónde estabas que te ves tan mal?

—Eso es justo lo que te queríamos comentar. Salimos de la ciudad hasta una cueva cercana donde nos encontramos con un viejo amigo. Él nos dijo que sabe dónde podría estar la siguiente llave, así que volveremos en unas horas.

—¿Entonces por qué no estás descansando con tu noviecita?

—Yo… —Tristán titubeó un momento.

—¿Necesitas una nueva compañera?

—¡No! El problema es que yo maté a este amigo hace mucho tiempo. Y cuando me enteré de que estaba vivo, en vez de alegrarme actué como un tonto por mi sentimiento de culpa.

—Ahh. Eso significa que o realmente lo querías muerto o no eres muy listo. Ya supéralo, no siempre tendrás la razón ni harás lo correcto.

—Creo que un demonio no lo entendería.

—Lo que entiendo es que eres el único al que le importa, y si no dejas que se pase, se hará más grande y te aplastará. Así que deja de lloriquear, me dan ganas de vomitar. Yo me iré a descansar, así que nos vemos después.

Y dirigiéndose a la posada, Alastor le dio la espalda a Tristán y desapareció.

Él se quedó pensativo: tal vez tenía razón en algo y debía dejar ir lo sucedido. Durante toda su aventura se había visto enfrentado con el pasado, con su vida anterior, Nicol, Mefisto, y ahora Zairus, todos de vuelta. Todo en su momento lo había hecho sentir confundido, pero ¿y si en lugar de una expiación, fuera una segunda oportunidad?, para él, para Nicol, para Zairus. Alzó la cabeza y alcanzó a ver el cielo nocturno, y se sitió feliz de estar ahí. Así, su corazón al fin logro calmarse, con la confianza de que ahora sí haría las cosas bien. Entonces, con esa idea, Tristán regresó a su cuarto y logró conciliar el sueño el tiempo que le quedaba.

A la mañana siguiente, mientras aún seguía oscuro, Nicol se levantó con apuro. Levantó también a Tristán y Vant jalándoles las sábanas sin piedad. Una vez que estuvieron listos, con más de una queja, comieron algo ligero, una pieza de pan y unos sorbos de café, y salieron de la posada. Afuera ya estaba Alastor esperándolos.

Una vez reunidos, salieron de la ciudad y regresaron al bosque, procurando que nadie los siguiera. Al llegar ahí, no había nadie, pero después un momento aparecieron Zayrus y Nayri. Ahora, con la luz matinal, se notaba más que el cabello de él era de color azul marino y estaba aventado todo hacia atrás. Vestía un atuendo simple y gastado color verde olivo y su cara morena estaba marcada por una profunda cicatriz en la mejilla derecha. Por su lado, Nayri, ya sin cubrirse con su capa y su forma humana, vestía un traje típico de las sacerdotisas del continente, específicamente de un viejo gremio ubicado al este: falda roja y hábito blanco. Su cabello era castaño y suelto hasta los hombros.

—¿Quién es? —preguntó Zayrus al ver al cuarto miembro del grupo de Tristán.

—El cuarto miembro de nuestro grupo, es Alastor, de la raza de los demonios —dijo Nicol.

—¿Todos están listos? —preguntó Zayrus después, dejando a un lado las formalidades—, porque la selva a la que los voy a llevar no es una selva convencional, es una selva flotante.

En ese momento todos se pusieron en marcha. Mientras caminaban Zayrus siguió con su explicación.

—Las islas flotantes han existido en este continente desde siempre. Cuando la ciudad empezó a crecer y la tecnología a avanzar, los habitantes del lugar lograron descubrir el mineral que las hacía flotar y la manera de extraerlo. Empezaron a comerciar con ello, y con el tiempo se les ocurrió instalarlo en la ciudad para hacerla flotar y así poder crear la gran ciudad flotante de Ventópolis. De hecho, si se fijan bien, hay seis grandes pilares alrededor de la ciudad, son sus centros de ventoflotarum. La isla a donde vamos no la encontraron jamás, y aunque lo hubieran hecho no hubieran podido hacer nada, pues es excepcionalmente peligrosa.

Anduvieron un rato más por llanuras cubiertas de fino y verde pasto que se extendía en el horizonte, cada vez más lejos de la ciudad, calmadas y serenas. De repente, Tristán se acercó a Zayrus y le habló suavemente.

—Oye, amigo, quería disculparme por lo de antes. Quiero que sepas que en verdad me siento feliz de que estés aquí y de que hayas encontrado una nueva vida, es solo que tu muerte fue muy difícil para mí y verte de nuevo fue como revivir todo aquello. Por mucho tiempo me arrepentí por lo que hice y más sabiendo que fue a un buen amigo.

Zayrus no lo volteó a ver, tan solo siguió caminando.

—Entiendo —respondió—, hay cosas de las que yo tampoco me siento muy orgulloso. Pero debes saber que no te culpo por nada. Hiciste lo que tenías que hacer para evitar que cometiera más horrores. Eres mi amigo, y siempre lo serás

Zayrus esbozó una sonrisa y apretó el hombro de Tristán, dando a entender que todo estaba bien.

Pasaron unas horas y el clima se volvía más seco. Alrededor, la cantidad de vegetación se iba reduciendo y el suelo era más rocoso y arenoso; estaban entrando a un desierto.

—Me sorprende que la selva a la que nos llevas esté por aquí —dijo Nicol acercándose a Zayrus.

—Esta isla flotante es justamente la razón de que el desierto se haya podido extender tanto —contestó él—. El agua no logra llegar a la parte de abajo, el suelo se ha erosionado por los fuertes vientos, y al privarlo también de luz solar, la mayor parte del tiempo el desierto es oscuro. El desierto de la noche es como se le conoce.

La respuesta de Zayrus pareció haber satisfecho la curiosidad de Nicol pues los vientos que corrían en esas tierras eran cada vez más fuertes y veloces, además, ya antes había leído algo de eso. Ella, más que los demás, no podía esperar a ver aquel espectáculo único de la naturaleza.

Capítulo 11: El Bosque flotante

Eran casi las 12 del mediodía y el grupo dirigido por Zayrus, al frente, había ya caminado por varias horas entre la naturaleza escasa. El sol quemante se alzaba intenso en su punto más alto del día y cada paso era un tormento; ahora comenzaba a volverse fatigante.

Para entonces, ya habían entrado de lleno al desierto pues la arena hacía más pesada la marcha cada paso. De todos, Zayrus era el que más se veía entero y vigoroso, y Vant el más cansado débil. Los demás estaban más bien a la expectativa de llegar lo antes posible.

Zayrus los volteó a ver en un momento, y viéndolos tan apagados, trató de darles esperanza.

—Falta poco. La entrada a la isla debe estar cerca de aquí. La intemperie y los desánimos también hicieron estragos en mí cuando vine la primera vez. Si gustan, podemos descansar un momento.

—Nada de eso —reprochó Nicol—. Debemos darnos prisa y seguir para llegar antes que nuestro enemigo.

—Pero, tu amigo no se ve muy bien.

Todos voltearon y vieron que Vant que caminaba lento y con pesadez, casi al borde del desfallecimiento; era el más retrasado. Acordaron tomar un pequeño descanso para reponer energía. Desafortunadamente, descansar con el sol en lo más alto no resultaba lo más revitalizante.

Mientras reposaban, Tristán y Vant sentados en la arena y los demás de pie, escucharon algo cerca de ellos moviéndose. Alguien se acercaba.

—¡Pero miren qué tenemos aquí! Un grupo de viajeros perdidos. Y nosotros sabemos cómo ayudar a los viajeros perdidos, ¿cierto, muchachos? —dijo una espesa y desagradable voz.

Frente a ellos un grupo de esqueletos desenfundaban sus espadas y cuchillos. Por los cuernos en su cabeza y el color de los huesos eran demonios esqueleto, cadáveres humanos que habían sido corrompidos por la magia de un demonio, y era bien sabido que les gusta robar y atacar a las personas.

Zayrus, Nicol y Tristán se habían apresurado al frente, mientras que Alastor y Vant se habían quedado detrás.

—¿Por qué no hacemos esto de la manera fácil? Denos todo lo que tienen y no lastimaremos mucho a las señoritas —amenazó otro, girando su espada adornada con joyas en la empuñadura.

De pronto, Tristán soltó una risa inesperada, una risa burlona y cargada de malicia.

—Vaya, me confundí por un momento —dijo.

—¿Pensaste que no les íbamos a hacer nada, cierto? Pero creo que es más divertido jugar un poco.

—No es eso. Al verlos pensé que eran peligrosos, pero ahora me doy cuenta de que son unos debiluchos.

Nicol y Zayrus se voltearon a ver, extrañados al escuchar las palabras de Tristán.

Y sin advertencia alguna, Tristán desenfundó su espada y estocó a uno de los demonios esqueleto que tenía enfrente, rompiendo varios huesos y haciéndolos polvo. Los compañeros, al percatarse, atacaron en venganza, pero sin más dificultad Tristán blandió de nuevo a Ilaxición y cortó el cráneo de otros dos en un hábil giro. Los esqueletos restantes contraatacaron, pero sus armas fueron detenidas sin esfuerzo y repelidas para luego encontrarse con otro tajo más que los aniquiló. Ahora solo quedaba uno, el más grande que se presumía era el líder.

—¡Por favor, no me mates! —imploró hincándose—. Me iré y nunca más volverás a saber de mí. Ten compasión. Perdona mi vida miserable.

Tristán caminó hacia él, arrastrando a Ilaxición en la arena. Cuando estuvieron frente a frente, Tristán miró a su mezquino oponente, que más que oponente, parecía su víctima. Y sin mostrar expresión alguna en su rostro más que desprecio, lanzó un último golpe que pulverizó las costillas del esqueleto lo que hizo rodar su cráneo suplicante por la arena, el cual fue después aplastado en una última muestra de desdén.

Ante la inusual y cruenta escena Vant y Zayrus se veían sorprendidos y un poco horrorizados, Nayri y Alastor mostraban poco interés, pero Nicol, ella se notaba fascinada con lo que acababa de presenciar pues en su rostro se dibujaba una sonrisa de oreja a oreja, algo que también resulta muy inusual.

Mientras, Tristán, quien no se había movido desde que terminó su masacre, estaba petrificado, incluso parecía no respirar. Inmediatamente soltó su arma, dejándola caer sobre la estéril arena, cayendo después él sobre sus rodillas.

—Amigo, ¿estás bien? —preguntó Vant acercándose un poco—. ¿Qué pasa contigo? Tú no eres así.

Tristán metió su cara entre sus manos como intentando negar lo que acababa de suceder, lamentándose. Habría podido ahuyentar a esos demonios sin problema, pero la sed de sangre, el repentino impulso que lo había invadido lo tenía muy nervioso.

—No lo sé. Juro que no sé qué pasó —alegó—. Fue como si algo me controlara, me susurrara y luego me abandonara. No tiene sentido.

—Lo creas o no, lo tiene —afirmó una voz repentina.

Al momento, todos voltearon a ver quién era. Vieron que un anciano se encontraba de pie a unos metros, con una larga barba blanca y vistiendo un overol azul de granja bien cuidado, y en su cabeza un sencillo sombrero de paja.

—Creí haberte advertido que la espada era caprichosa —dijo con lentitud.

—¿Dice que fue la espada? —preguntó Tristán aún en el suelo.

—Ella detesta perder, por eso debe estar fúrica. Te utilizó como un medio de expresar su rabia, y es probable que no sea la última vez que pase. Pero te prometo que en cuanto logres controlar todo su poder ya no sucederá. Hasta entonces, ten cuidado.

—¿Cómo es eso posible?

—Porque en tus manos sujetas un inimaginable poder. Dentro del filo de la espada yace su núcleo: el cristal de Ix, que se extiende como una fina hebra de cabello desde la empuñadura hasta la punta. Muy pocos entienden su poder. Su espíritu fue creado con un millón de almas humanas, un millón de ángel y un millón más de demonio. Su ojo en el centro alberga en sí la verdad, y el pomo de su empuñadura es un raro cristal de seis elementos. En su filo corre la sangre de ángeles y demonios potenciando exponencialmente su poder de luz y oscuridad. Todo esto unido con un metal mítico, perdido y olvidado en la historia por miles de años aún mas duro y poderoso que el Orihalcon, el oro de los enanos, o el mithril, la plata de los elfos, además de otro material desconocido, la materia oscura. Mi más magnífica obra maestra. Para crearla fueron necesarios cientos y cientos de sellos mágicos y hechizos antiguos.

Mientras el anciano daba su gran explicación, que le hizo parecer más alto y altivo, los demás se habían acercado cautelosamente, no con miedo o precaución, sino más bien con un total interés y curiosidad. De ellos Nicol fue la primera en hablar.

—Entonces fue usted quien creó tan magnífica espada —exclamó sorprendida—. Me gustaría saber más sobre sus secretos. A mi parecer es un arma formidable.

—Yo también quiero saber más —contestó Tristán que ya había recuperado la espada, se había levantado y después acercado a sus amigos. Su mirada aún reflejaba dolor.

—Ya vendrá el momento —repuso el anciano—. Por lo mientras sigue entrenando, y sé paciente. ¡Oh! ¡Miren! Es mi vaca, la había estado buscando por horas —señaló.

Extrañados, todos voltearon la mirada y vieron, misteriosamente, sin ningún sentido, una vaca, simple y mediana caminando a mitad del desierto y sonando su cencerro, moviendo la cabeza indiferente y despreocupada. Cuando volvieron la vista, el anciano ya no estaba, había desaparecido y en su lugar tan solo la arena llevada por el viento. Regresaron la mirada y la vaca había desaparecido también. Buscaron en el suelo las huellas que comprobaban su existencia, pero no vieron nada, aunque no estaban seguros pues el viento soplaba fuerte y podría haber borrado las marcas.

—¿Quién era ese? —preguntó Alastor.

Todos compartían la duda sobre ese momento tan inusual, todos menos Tristán quien, además de ya haber pasado por la misma situación, tenía su atención en la espada en sus manos, mirándola, tratando de comprenderla. Ahora que sabía un poco más sobre su composición, creía entender también un poco más sobre su naturaleza, y al saber que dentro guardaba luz y oscuridad, pudo sentirse más identificado con ella, incluso con la rabia que había expresado. Y sin decir una palabra enfundó de nuevo la espada y alentó a los demás a que trataran de olvidar lo ocurrido y que mejor siguieran.

En su marcha Nicol se había acercado a Tristán y lo había tomado de la mano, los demás, por su lado, se habían atrasado, bien por apoyo al conflicto de Tristán, bien por algo de incomprensión. Había ya transcurrido un tiempo y con cada paso que daban se evidenciaba que se acercaban más a su destino, pues el viento era cada vez más fuerte y levantaba la arena consigo fácilmente. Llegó un punto en que todos tuvieron que cubrirse la cara debido a la poderosa tormenta que atravesaban; no se veía nada frente a ellos y todo comenzó a oscurecerse.

Así anduvieron hasta que los vientos parecieron calmarse un poco. En ese punto Zayrus les habló.

—Aquí es. Ya solo falta un último paso.

—Wow, qué increíble y sorprendente nada que tenemos aquí —dijo Alastor.

—Está arriba —señaló Zayrus, apuntando el dedo hacia el cielo.

Ciertamente había algo encima de ellos pues la luz proveniente del sol no pasaba, pero por la arena que se arremolinaba no era posible distinguirlo con claridad.

—Entonces volemos hasta allá —dijo Tristán extendiendo sus alas, sin embargo, Nicol lo detuvo.

—Yo no haría eso, amor. ¿De dónde crees que viene este vendaval? Toda la isla está rodeada por una magia que agita el viento y hace imposible llegar hasta allí volando.

—Nicol, es verdad, puedes sentir la gran magia que rodea este lugar. En definitiva, has mejorado mucho, y al mismo tiempo sigues siendo la misma —reflexionó Zayrus nostálgico.

—¿Y cómo se supone que lleguemos entonces? No creo que haya un portal como el de Ventópolis, ¿o sí? —gruñó Vant.

—Es bastante simple, y a la vez no —advirtió Zayrus—. Nicol, necesitaremos tu ayuda. Tú eres buena con este elemento, ¿no? Dales tu energía a estas —Zayrus sacó de sus bolsillos unas rocas, pequeñas como talismanes y brillantes como el metal—. Son de ventoflotarum, la ciudad flota con el mismo mineral. Si Nicol imprime magia en ellas, podremos flotar sin ser arrojados por el viento. Al nivel de la isla, ahí nos mantendremos, eso espero.

—Eso es muy fácil —exclamó Nicol, arrebatando las rocas de la mano de Zayrus. Después invocó su libro de hechizos desapareciendo el tatuaje de su mano y lo abrió. Seleccionó un hechizo y comenzó a susurrarlo, lenta y tranquilamente, concentrada en la magia. Para los no iniciados, el ritual parecía largo, complicado, extenso y sin duda muy delicado, pero para una maga como Nicol, no presentaba mayor dificultad, o al menos eso se empeñaba en demostrar.

Un círculo mágico se iluminó amarillo sobre la arena y justo después todos comenzaron a flotar lentamente, en línea recta, en dirección de la isla. En verdad el viento no los movía, incluso parecía que los atravesaba. No tardaron mucho en llegar, y justo en el momento de pisar tierra, dejaron de flotar, cayendo firmemente en el suelo.

Se encontraban en los límites de una gran selva que se extendía cubriéndolo todo y hasta la cima de una inmensa montaña justo en medio de la isla. El follaje no era muy espeso a las orillas, pero había podido crecer a pesar de los fuertes e incesantes vientos que rugían violentamente, más fuertes incluso que los de la tormenta de arena que habían atravesado anteriormente.

—Tengan cuidado, esta selva puede ser muy peligrosa —advirtió Zayrus avanzando al frente pues él ya había estado en ese lugar en el pasado. Nayri caminaba junto a él, sujetándose de su camisa—. Solo espero que no nos escuchen.

—¿Quienes? —preguntó Vant—. ¿Hay alguien más aquí?

—No importa —respondió Zayrus—. Miren allá.

Frente a ellos la vista se abrió hacia un gran y hermoso lago en cuyas cristalinas aguas se reflejaban los altos árboles del fondo y la imponente montaña a lo lejos, aun cuando sus aguas se movían sin cesar debido al viento que las acariciaban. Lo singular sobre aquel lago era que no se podía rodear, pues sus aguas abarcaban todo lo ancho de la isla y caían en grandes cascadas a los extremos que eran evaporadas y llevadas kilómetros lejos por el aire. El origen de esas aguas era sin duda intrigante.

—Éste es el problema —dijo Zayrus una vez que todos habían saciado la vista.

Vant, sin embargo, se acercó sin miedo ni duda.

—Muy fácil, solo debemos volar sobre el lago

—No te lo recomiendo a menos que quieras que el viento te arrastre de vuelta a Ventópolis o incluso más lejos. Muchas de estas corrientes se prolongan por varios kilómetros en las alturas y hacia todas direcciones.

—Entonces nadaremos. No me molesta mojarme un poco si es necesario.

—Sufrirás entonces espasmos incontrolables por la alta tensión eléctrica en el agua mientras te hundes hasta el fondo. El agua que de aquí emana no es común.

—Si pudiéramos formar con hielo un camino que lo atraviese…

—Las aguas se mueves demasiado a causa del viento como para que una capa de hielo no termine rompiéndose o arrojándote tarde o temprano.

Las constantes negativas parecieron molestar un poco a Vant, quien seguía pensando una forma para sortear tal obstáculo. Zayrus se había unido a él, pero durante un rato no pudieron pensar en nada. Mientras, los demás se habían apartado un poco del agua. Tristán seguía meditando sobre lo ocurrido en el desierto, con ese anciano y su explicación sobre la espada. Alastor se había sentado en el suelo, con la cabeza recargada sobre una mano parecía que se iba a dormir del aburrimiento. Nayri, sin embargo, miraba a la distancia como esperando algo; volteaba la cabeza nerviosamente, respondiendo a los sonidos que llegaban desde lejos y algunos que parecía solo ella escuchaba.

—¡Ahí vienen, Zayrus! —gritó repentinamente al momento que corría a juntarse con su compañero.

—Prepárense para correr —dijo Zayrus. Gruñó y mostro los dientes que crecieron en colmillos de pronto; una gruesa capa de pelo castaño cubrió su cuerpo que había crecido pasando los dos metros; y sus ojos se tornaron amarillo brillante y se colmaron de furia salvaje y bestial.

De pronto comenzaron a escucharse pisadas que se acercaban desde los árboles, y débiles rugidos sonaron después.

—¿Qué es lo que viene? —preguntó Nicol con su lanza ya en la mano.

—Mantícoras. Una gran manada vive por aquí. Esa fue la razón por la que no nos quedamos a vivir aquí cuando encontramos la isla.

—Pero las mantícoras no son muy fuertes, y ustedes son hombres-lobo.

Como una sombra creciente entre los troncos de los árboles, un grupo pequeño de mantícoras; cuerpo de león, pero con cabeza similar a la de un ser humano y con una larga cola de escorpión detrás, avanzaba lento hacia ellos. A primera vista no se veían muy diferentes de las que se encuentran en varias zonas de Ixcandar, sin embargo, estas tenían el par de alas de su espalda casi completamente desgarradas, y en varios lugares de su cuerpo carecían de pelo, incluso al punto de parecer yagas. Esto las hacía ver maltrechas.

—¿Qué les ha pasado? —preguntó Nicol inclinándose.

—El viento —gruñó Zayrus con esfuerzo—. Alas desgarradas, piel lacerada, pero dura como diamante. Difícil de matar.

—¡Aquí vienen! —gritó Vant enérgico para después lanzarse al ataque.

Tristán y Nicol también corrieron en apoyo, pero cuando Vant lanzó el primer ataque con su espada, este fue repelido por un rápido zarpazo, e inmediatamente un segundo le dio de lleno en la cara, lo que lo lanzó al suelo y le hizo soltar el arma. De igual manera, Nicol atacó, lanzando un certero rayo oscuro desde lejos. ¡Darkalister! El hechizo logró impactar el cuerpo de una de ellas, pero solo logró hacerla retroceder. Tristán, para ese momento, atacaba a la misma criatura que había golpeado a Vant con ilaxición logrando cortarle la cabeza de un movimiento, sin embargo, otra bestia atacó saltó frente a él y lo hirió en el brazo. Tristán logró saltar hacia atrás para recuperarse y al instante contraatacó. Logrando matar a otra de ellas.

—¡Son demasiadas! —gritó Vant esquivando a un par que se había abalanzado en su contra.

—Y son muy rápidas —agregó Tristán—. Yo logro herirlas, pero no creo poder con todas.

—Les dije —advirtió Zayrus.

Desde el fondo aparecieron más mantícoras, motivadas por el primer grupo. Amenazantes acorralaban entre sus garras y dientes y las peligrosas aguas del lago a sus enemigos.

—¡Pasaje del inframundo! —resonó con perturbadora fuerza la voz de Alastor mientras extendía con las manos un halo de energía oscura que poco a poco se llenaba de rumores demoniacos hasta abrirse en un pasaje de cuyo interior emergía un pesado y fétido olor. Al otro lado del largo pasillo se veía la salida, pero desde interior emergía y se expandía una oscura nube de pestilencia que marchitaba las plantas por las que pasaba. La nube rápidamente cubrió a todo el grupo, abarcando hasta las mantícoras más cercanas que ya se preparaban para atacar. Al momento de ser alcanzadas, estas se petrificaron al instante, y así permanecieron un momento, paralizadas. Cuando al fin se disipó la nube negra las bestias se encontraban tumbadas en el suelo, con los ojos oscurecidos y espuma en la boca; habían muerto envenenadas. Algunas más trataron de huir del insoportable olor, pero ya habían sido contaminadas y corrían errantes, como poseídas, hasta desfallecer.

—Eso soluciona ambos problemas —dijo Alastor sonriente al mismo tiempo que el viento levantaba su cabello descubriendo sus tenebrosos ojos, demoniacos y aterradores.

—¡¿Qué hiciste?! —gritó Zayrus iracundo sosteniendo a Nayri entre sus brazos. Ambos habían sufrido también por la magia de Alastor; ella estaba totalmente desmallada y él apenas podía respirar y mantenerse atento al mismo tiempo.

Vant también había sido afectado por el veneno y respiraba con dificultad. Tristán y Nicol, por el contrario, no fueron afectados.

—¡JAJAJA! Qué mal. Olvidé que no son demonios, ni entes de energía oscura.

—¡Cúrala! ¡Ahora!

Mostrando los dientes, Zayrus rabiaba y gruñía cuando un sonido estremecedor se escuchó detrás. Una mantícora gigante que se presumía la líder se acercaba a ellos fúrica sin importarle su vida pues era claro que se lanzaba a matar.

—Deja de lloriquear y cruza el maldito túnel —desdeñó Alastor las quejas—. Entren rápido. Y les recomiendo que se tapen los ojos.

Entraron en el portal, inseguros de lo que ocurriría, pero sin más alternativa. Zayrus tomó a Nayri en sus brazos y cruzó con toda la fuerza que le quedaba. Vant siguió de cerca, con dificultad, pero también más entero. Después cruzaron Alastor y Tristán quien se sorprendió al entender el porqué de la advertencia antes de entrar: a los costados del pasaje, reflejados por terrible luz, horrendas y desagradables visiones se agolpaban por todo el camino. Incluso él tuvo que apartar la mirada pues no aguantaba por mucho tiempo.

La última en entrar fue Nicol. Detrás de ella la gran mantícora rugía furiosa, agonizando, sin poder seguirlos por el portal. Así que Nicol dio la vuelta, se acercó a la entrada, tomó su lanza y cortó el cuello de la bestia de un tajo, regando su sangre por el suelo antes de cruzar el portal con toda calma e indiferencia viendo a los costados del pasaje con una sonrisa.

Ya del otro lado se sintieron aliviados al estar al otro lado del enorme lago, aunque también grande fue su disgusto al pensar que Alastor pudo haber hecho eso desde el principio, o al menos los hubiera podido alertar de los peligros. Sin embargo, ese tema no importaba mucho en ese momento, lo importante era ayudar a los que habían resultado infectados por la nube de veneno.

—Alastor, haz algo por favor —pidió Tristán viendo que su amigo sufría.

—No hay mucho que yo pueda hacer en este momento. El veneno de las puertas del infierno ni yo lo puedo sacar fácilmente —contestó con una expresión de molestia.

—¡Eres despreciable! Nos quieres asesinar. Nos traicionaste —le reñía Zayrus, débil, ya sin pelo en el cuerpo.

—No es de mi interés matarlos, tan solo resolví el problema de cruzar el lago, y el de los enemigos que nos atacaban. Aunque tampoco es muy de mi interés mantenerlos con vida. Si quieren ayuda pídansela al ángel, seguro dirá que sí.

—Yo no tengo forma de curar veneno. Creo que había quedado claro —reclamó Vant.

—Si no están muertos significa que pueden salvarse. El veneno se irá en un rato, tan solo tienen que permanecer vivos hasta entonces. Si los curas constantemente hasta que eso pase, seguro estarán bien.

Diciendo esto Alastor, se separó del grupo. Esa actitud, inusual, aunque entendible en alguien de la raza de los demonios, irritó a todos, en especial a Zayrus, quien se preocupaba por Nayri, y a Tristán, quien temía por la vida de su amigo. Pensaron en reclamarle, pero entendieron que no serviría de nada, así que en lugar de perder fuerzas decidieron guardárselo.

Vant, entonces, se acercó a los moribundos para aplicar un hechizo de curación. *Gota de la fuente de la vida.* ¡Divina Pureza! La luz que emanó de sus manos pronto los hizo sentirse mejor, aunque Nayri seguía inconsciente. Cuando terminó decidieron seguir, antes que el veneno volviera a hacer efecto y los derribara. Zayrus cargó a su compañera, deseando que pronto despertara.

Avanzaron otro tramo, ahora por una selva más escasa y menos frondosa. Encontraban rocas grandes y bien afiladas con mayor frecuencia, al mismo tiempo que el viento aumentaba. La montaña estaba cada vez más cerca y de ella bajaba una brisa gélida y un tenue silbido.

Estaban cerca de la ladera cuando un ruido los puso en alerta; de nuevo un rugido se escuchó, pero este provenía de arriba. Después una voz les habló con claridad.

— ¡Alto ahí! ¡No den un solo paso más! —gritaba.

De las alturas apareció, entre corrientes de aire, un magnánimo dragón color verde que transportaba en su lomo a un caballero cuya armadura brillaba del mismo color, en el casco resaltaban un par de cuernos y una gema, una ondeante capa blanca colgaba de su cuello. Al aterrizar, el caballero bajó del dragón y se interpuso en el camino del grupo.

—Esclarezcan, sinvergüenzas. ¿Cuáles son sus nombres y sus asuntos en el templo del que sus tesoros me pertenecen?

—¿Eres un guardián del templo? —interrogó Tristán.

—Atestigüen., Yo soy Lord Draco, poderoso y único gran amo de dragones en todo el mundo.

Capítulo 12: El amo de los dragones

Aunque no parecía violento, peligroso ni malvado, sí daba la impresión de arrogancia el altivo caballero de rutilante armadura en forma de dragón. Era fácil sentirse intimidado con el animal detrás suyo, un dragón de viento, criatura muy rara, gruñendo y mostrando los colmillos.

—Si vienen a develar los secretos que yacen dentro del venturado santuario, o a hacerse con la gloria de reclamar su tesoro imperturbado, sepan que no permitiré que cualquiera ajeno o soez se descare en poner sus manos sobre lo que he sufrido y soportado por poseer. Si guardan duda alguna sobre el compromiso que me he propuesto de obtener la gloria del viento, me veré obligado a invocar la fuerza y ferocidad de mi criatura: el magnánimo dragón hidra oscuro de ocho cabezas, de quien se dice en las leyendas nadie es capaz de domar ni someter, con excepción de mí, el único y gran amo de todos los dragones en el mundo.

Las palabras de Lord Draco eran como una muralla en el camino. Ahora solo él se interponía entre el templo y ellos. Y a diferencia de los anteriores enemigos, éste, por lo que se veía, sin duda era de cuidado. No conocían su poder, pero el montar sobre un dragón hablaba mucho sobre sus habilidades, por lo menos en la magia; en la batalla habrían de verse.

Desgraciadamente tres de los miembros del grupo se encontraban débiles o imposibilitados para el combate; solo Nicol, Tristán y Alastor podrían hacerle frente. Y aún peor, luchar en aquella isla, a las puertas del templo del viento, resultaba sumamente peligroso.

—Tengo una idea —dijo Tristán dirigiéndose a Nicol y a Alastor—, yo pelearé con él. Ustedes dos lleven a Zayrus, Nayri y Vant a un lugar seguro. Si pueden, intenten entrar al templo del viento y obtener la llave.

—¿Y cómo vas a hacer eso? —preguntó Nicol—. Para pelear en este lugar es necesario dominar el viento para activar el ventoflotarum, y tú no puedes hacer tal cosa.

—Puedo, si cambio a equilibrio a la oscuridad.

—Lo recordaste.

—Me tomó un tiempo.

—¿Estás seguro? La última vez enloqueciste peleando contra Mefisto.

—No te preocupes, lo mantendré controlado. Además, adentro del templo también necesitarán magia de viento, por eso ustedes deben ingresar.

— ¿Se va a poner todo loco? Yo quiero ver eso —dijo Alastor a Nicol.

—No en realidad —respondió ella—. Su personalidad cambiará un poco, aunque no sus ideales. Ya lo verás.

Tristán entonces tomó una de las piezas de ventoflotarum de Zairus y la guardó entre sus ropas, avanzó hacia Lord Draco y desenfundando su espada le habló.

—Yo seré tu oponente. Pelea conmigo si tienes el valor.

Lord Draco se mostró entusiasmado.

—Si te soy veraz, al verte por vez primera no habría cabido en mí que alguien como tú fuera digno de arrostrarme en un duelo como los de antaño, pero ahora que me encaras con tan excelente arma soy capaz de creer que tú eres allegado al noble arte de la caballería. Dime cuál es tu nombre ahora, gallardo rival que ahora puedo llamar mío.

—Mi nombre es Tristán, y soy un íxiren.

Diciendo esto la energía de Tristán comenzó a cambiar y a agitarse. Su cabello, antes dorado, se tornó rojo como los rayos del sol en el ocaso, y sus ojos antes azules como el mar se volvieron del mismo tono rojizo; su apariencia se volvió como la de Nicol. Extendió entonces sus largas alas, pero éstas comenzaron a perder sus plumas con rapidez y una membrana apareció entre los largos huesos curvos. Sus alas eran de demonio, aunque conservando sus colores blanco y negro.

—Enfréntame ahora sin más vacilaciones, Tristán el íxiren, que tu arma no será rival para la que yo porto —presumió Lord Draco al momento en que desenfundaba: de empuñadura y cruz verdes como esmeralda, talladas en forma de dragón con sus alas y su hoja era recta y alargada.

—Me aburres —se burló Tristán.

Preparados, ambos avanzaron velozmente en una carga contra su adversario, y sus espadas chocaron con gran fuerza. Tristán, en un veloz movimiento, se colocó detrás de su oponente con energía oscura ya en su mano izquierda. ¡Darkalister! El rayo impactó contra la defensiva espalda de Lord Draco, aturdiéndolo un momento.

—Menudo caballero que resultaste ser, vil Tristán, mira que atacar por la espalda como un cobarde. Para este momento ya he demostrado ser más estimable que tú, y eso ya es una victoria encomiable, tan solo falta que demuestre que mi fuerza y mi vigor también son superiores, pues no eres el único caballero mago en este mundo.

Lord Draco juntó energía de viento en su mano y lo lanzó contra Tristán con la misma ferocidad formando un remolino. ¡Fuutus! La ráfaga voló con rapidez, sin embargo, el ataque no impacto y tan solo atravesó el cuerpo de Tristán. Aunque detrás sí arrasó con varios árboles con una fuerza devastadora.

—¿Qué clase de artimaña es esta? —protestó Lord Draco.

—Mago de cuarta, mi afinidad con el viento hará que tus ataques sean inútiles —blofeó Tristán sabiendo que el amuleto de ventoflotarum era lo que lo hacía evitar las ráfagas de viento, luego lanzó otro ataque.

Lord Draco logró esquivar, y se le veía preocupado.

—Ahora entiendo que al final nuestro duelo no será de caballeros como los de antaño como yo lo había aguardado; será entonces una menos honrosa, aunque no por eso menos gloriosa, contienda como gladiadores. Que así sea entonces, miserable —imprecó Lord Draco montando su dragón y elevándose por sobre la montaña—. Venid, pues, a las alturas donde las condiciones se volcarán ahora a mi favor, pues tus trucos y engaños se toparán de frente contra mi bestia.

Tristán también logró elevarse sin ser arrastrado gracias al amuleto de ventoflotarum que su afinidad con el viento por su equilibrio hacia la oscuridad le había facilitado.

—Me impresiona que tu animal no sea arrastrado por el viento, con unas alas tan grandes y amplias.

—Tu estupor no es por mal entendido, pues es gracias a la joya que corona mi casco puedo adoptar las virtudes de los dragones que por mi mano pasan. Es por ello que el elemento viento es de mi favor, así como el de mi dragón verde, que nacido de estirpe de naturaleza ventolina puede soportar hasta las más inclementes tormentas de Ixcandar.

—¿Y soy yo el de los trucos? Tú ni siquiera magia propia puedes dominar.

Al momento, Tristán juntó energía oscura en su mano y volvió a lanzar un certero Darkalister, el cual fue bloqueado por el aliento tormentoso del dragón frente a él. Era claro que debía deshacerse del dragón si quería recuperar la ventaja.

Mientras la batalla tomaba lugar, Nicol y Alastor lograron cargar a los debilitados y llevarlos a las puertas del templo, donde fueron recostados cerca de una saliente rocosa que ayudaba a bloquear el viento que corría en las alturas. Vant seguía curándolos cuando se volvían a sentir mal, confiando en que pronto el veneno desaparecería. En medio de la carrera, Nayri despertó del desmayo. Zayrus fue el primero en alegrarse.

—¡Qué bueno que estás bien! —dijo—. Temí que estuvieras muriendo como aquella vez.

—Bienvenida, bella durmiente —dijo Alastor sonriendo.

— ¡Aléjate de ella! —le gritó Zayrus, amenazándole—. No permitiré que le vuelvas a hacer daño.

—Cálmate, ya te dije que mi intención no es matarlos, solo me da igual si viven o no.

Nicol, por su parte, trataba de encontrar una entrada hacia el templo entre los surcos y las salientes en la roca de la montaña que no parecía en absoluto una entrada. Vant se acercó para ayudarla. Pronto, a unos metros, encontraron algo que llamó su atención; un símbolo tallado en una roca de cara lisa y textura brillante, claramente hecho a propósito. Cerca de la marca, encontraron una segunda, y al seguir esta, encontraron una tercera y una cuarta. Múltiples símbolos aparecieron ante sus ojos.

—¿Qué crees que sean? —preguntó él.

—Algún tipo de escritura antigua, una pista de dónde está la entrada. Estoy casi segura de que es por aquí, pero no descubro de qué forma o en dónde.

—¿Valdría la pena tratar de romperla? Con un buen golpe estoy seguro de que tú podrías.

—No sé si sería buena idea. No conozco cómo está dispuesta la entrada, si es que la hay. Entonces, si le doy un golpe a ciegas, podría de hecho terminar bloqueándola.

En un momento, mientras pensaban en soluciones, un rayo oscuro golpeó inadvertidamente cerca de Nicol. Esto la molestó pues interrumpieron su concentración, sin embargo, gracias a ello pudo notar algo.

—¿Viste eso? —le preguntó a Vant.

—¿Ver qué? ¿Qué casi nos matan?

—La roca. Cuando calló el ataque, la roca entre las marcas brilló en color amarillo. Creo que esta roca está hecha de ventoflotarum.

—¿Y no lo está toda la isla?

—No lo creo. Por lo que nos explicó Zayrus, en la ciudad de Ventópolis solo son necesarios unos pilares para hacerla flotar, no toda la estructura; esta isla debe ser igual. Creo que, si aplico un hechizo de viento para potenciar la roca, ésta levitará y descubrirá la entrada.

—Hagámoslo. Yo te cubriré de peligros mientras preparas la magia.

La batalla entre Tristán y Lord Draco rápidamente se volvía más intensa; ambos eran peleadores muy fuertes y ninguno había podido herir al otro. Sin embargo, Tristán logró hacer un corte en el brazo izquierdo de Lord Draco entre las articulaciones del codo. Él, sin embargo, no se preocupó.

—De todos los enemigos contra los que he contendido, celestiales, infernales o terrestres, tú has sido el primero en atinar mi defensa de templado acero, y por ello te respeto. Pero debes saber que tal proeza no será repetida en esta vida ni en otra. Y más que miedo o impresión tu espada me causa un profundo interés, pues sea dicho jamás había visto arma que rasguñara siquiera mi coraza.

—Ilaxición es única —respondió Tristán altanero—, y yo soy su portador, así que no hay nadie más que puede portarla.

—¿Ilaxición? Singular nombre para singular espada. Pero ni única ni inigualable, solo mi arma es digna de tales elogios. La espada dracónica que en mi persona cargo la he forjado de propia mano con la piel y los colmillos del encomiable dragón Oni, el más grandioso y el más fuerte de todos los fuertes. Y porque yo la porto es muestra de que he podido conquistar a bestia tal, y ninguna otra arma, rara o legendaria, ha podido jamás hacerle frente.

Mientras presumía sus habilidades, Lord Draco Lanzó una poderosa esfera de viento, y aunque la magia no lograría herir a su enemigo, contaba con que el viento arrastraría los escombros y con ellos lo impactaría.

Tristán, astuto, tomó a Ilaxición por encima de su cabeza y con un rápido movimiento cortó la esfera de viento por la mitad, haciendo que los escombros que arrastraba se disiparan también. Y así dos ataques más lanzados por su rival fueron igualmente cortados por la mitad.

—Ahora entiendo la jactancia por haber cortado la energía misma. Ni el corte común que todo ser blandiente puede usar, ni el corte maléfico que como la muerte misma devora todo lo que vida tiene, sino el inconfundible corte sagrado que puede separar hasta el alma, lo más sacro y lo divino que hay, dominas.

Lord Draco se disponía a intentar un nuevo ataque, solo que esta vez fue su dragón sobre el que iba montado el que lanzó furiosos zarpazos y mordidas contra Tristán, pero este logró defenderse los ataques, aunque con bastante dificultad.

El dragón y su jinete, dándose cuenta de la ventaja que esto le significaba, continuaron con sus ataques alcanzando a rasguñar a Tristán levemente.

Oscuridad profunda, anochecer naciente, cubre todo con tinieblas sin dejar vida, energía durmiente. ¡Explosión del Caos!

Una poderosa onda expansiva estalló desde la distancia. Lord Draco, al notar el ataque que se acercaba, intentó moverse, pero fue muy tarde el golpe impactó de lleno. El dragón logró cubrir a su jinete del poder del ataque, pero éste inevitablemente sufrió los daños y cayó pesadamente al suelo.

Tristán volteó a ver de dónde había provenido la magia y notó que Alastor se asomaba hacia la batalla, observándolo. Y sonriendo, le guiñó el ojo y apretó los labios evidenciando sus acciones. Junto a Alastor vio que se encontraban a salvo sus amigos.

Lord Draco también dirigió la mirada hacia la montaña y lo primero que notó fue que Vant y Nicol estaban de pie junto a la roca que se presumía sería la entrada. Ella estaba invocando un hechizo el cual hacía brillar la piedra y las marcas en ella con intensidad.

—En verdad tus aliados han te han brindado ventaja en tu postura —dijo—. Desdichado yo que viajo sin séquito.

De pronto la roca comenzó a elevarse, cada vez más hasta revelar la entrada oculta. A diferencia del templo anterior, en este no había portal tallado ni magnífica construcción, tan solo oscuridad e incertidumbre al frente.

—¡Rápido, debemos movernos! —gritó Vant. Él y Nicol se disponían a ayudar a los demás para que ingresaran, pero Zayrus y Nayri aún se veían débiles por el veneno.

— No creo que soporten los peligros del templo, pero si se quedan aquí afuera probablemente no lo logren —respondió Nicol—. Considerando la duración promedio de los venenos, sucumbirán en pocas horas.

—Entonces se quedarán aquí afuera, y yo me quedaré con ellos. Mi deber es cuidarlos hasta que mejoren.

—¿Estás seguro?

—Seguro. Además, el templo del viento seguramente exigirá el dominio de ese elemento, y solo tú y Alastor son capaces de ello. Vayan ustedes dos.

—Qué remedio —Nicol no parecía muy contenta con la idea, pero lo que más le molestaba es que no tenía otra opción—. Ven, Alastor, entremos de una vez.

—Esto será divertido —respondió sonriente, apresurándose a unirse con Nicol.

—Cuida también de Tristán.

— No lo tienes que pedir —dijo Vant.

Ambos se sonrieron en señal de entendimiento y de confianza. Vant regresó con Zayrus y Nayri, y Nicol se acercó a la entrada.

—Ahora veo que fue ligereza mía creerte caballero —desdeñó Lord Draco—, pues no ostentas ni posees el honor del que uno verdadero se enaltece. Tu aliada en la canallería te ha ayudado arremetiéndome por la espalda como los cobardes. Estás a partir de este momento exento de mi perdón o compasión.

—¿A quién le importa? —profirió Tristán orgulloso.

Ambos contendientes se lanzaron el uno contra el otro, briosos y enfurecidos, listos para terminar de una vez por todas con la batalla. Chocaron sus espadas en un combate muy parejo, lanzando cortes rápidos y poderosos contra el otro. De igual manera se lanzaban ataques mágicos buscando la ventaja. Relámpagos, choques, explosiones y destrucción retumbaba en toda la isla, en los cielos.

El cambio de equilibrio al que recurrió Tristán para poder hacer frente a la amenaza alteraba su personalidad, dándole cualidades más alineadas con los demonios y criaturas de energía oscura, y una de esas cualidades es el enfado. Lo hace más susceptible a caer en un estado iracundo y poco racional. Así, la habilidad y las palabras de Lord Draco empezaban a incrementar la rabia de Tristán, y esto era evidente en sus ataques; más fieros y agresivos, pero con menos técnica y prudencia. Mientras, los ataques del caballero dragón eran lanzados certeros contra Tristán quien, en un golpe súbito de enojo y frustración, perdió de su mano a Ilaxición después de un movimiento de Lord Draco, haciéndola volar por los aires y cayendo en la mano izquierda del enemigo. La espada se inflamó de inmediato en fuego negro, quemando el guante que la sostenía y haciéndola caer así al suelo. Lord Draco logró sacarse el guante antes que el fuego lo quemara irremediablemente.

—Te dije que esa espada es única, sabe quién la porta y tú no eres digno de ella —gruñó Tristán enfurecido.

—Poco importa a mis virtudes no poder blandir el arma de un miserable como tú. Mi espada, sin embargo, la magnífica espada dracónica, no será jamás usada por banal o mediocre alguno, no por artificios, sino porque nadie podrá jamás derrotarme y arrebatarla de mi lado. Puedes dar fe de ello al ser tu derrota segura; mi espada es la más magnífica e incomparable que se haya forjado jamás. Su filo será el verdugo que te condene…

—¡Ya cállate con tu espada! —gritó Tristán lanzándose a la ofensiva, lleno de ira y deseos de acabar con su rival. Juntó energía en su mano, listo para descargar su ataque contra Lord Draco cuando sin apercibimiento ni evasiva la hoja dracónica atravesó su pecho de extremo a extremo. Las fuerzas se fueron de sus brazos y su visión se nubló al tiempo que perdía sangre. Pronto perdió la consciencia y cayó en espiral al suelo.

Nicol, entrando a la cueva, volteó para dar un último vistazo a la batalla, pero solo vio a su amado ser herido por una espada, como hace tantos años cuando lo perdió. La visión duró poco pues la roca que cubría la entrada del templo se cerró inmediatamente, sumiéndola en las tinieblas.

—¡Tristán!

Capítulo 13: Dos nuevos rivales

"¿Muerto? ¿Morí de nuevo? No, esto no se siente como la muerte, recuerdo cómo se sentía y esto no se le parece. ¿Inconsciente? No, estoy despierto y pienso. Entonces dormido. Sí, eso debe ser, esto es un sueño. ¿Pero por qué duermo? Estaba en algo contra... alguien. Recuerdo... recuerdo a Nicol... ella estaba lejos, a salvo. También recuerdo a Zayrus. Pero Zayrus está muerto. ¡No! Pero sí estaba muriendo. ¡Eso es! El templo, la batalla. Debo despertar, debo ayudarlos. ¡Vamos, despierta! No lo logro. Sigue intentando, concéntrate. ¡Despierta! Más, concéntrate más, con todas tus fuerzas. ¡Ahora! Creo que o logré. Pero ahora está todo blanco. ¿Lo habré hecho mal? Pues ahora puedo ver mis manos, y mi cuerpo. También puedo tocar mi cabeza. Ahora sí debo estar despierto. ¿Podré avanzar? Lo intentaré. Creo que lo logro, aunque no estoy seguro pues se ve todo igual."

—¡Idiota!

—¡Auch! ¿Quién está ahí?

Tristán volteó, creo, y vio una figura frente a él, aunque no se le veía ni cara ni nada; estaba toda cubierta por una larga túnica, blanca de un lado y negra del otro.

—No puedo creer que volviste a perder —dijo la figura.

—¿Quién eres y por qué me pateas?

—Es la segunda vez que pierdes una pelea, y contra un payaso con una disque-espada. Cuando fui encomendada a ti se me prometió que eras alguien que valía la pena, alguien fuerte, no un niño.

—No entiendo de qué estás hablando.

—Sabes bien quién soy.

—Tu voz me resulta familiar, pero no recuerdo. Ya antes habíamos hablado.

—Soy Ilaxición, el alma que habita dentro de la espada que te fue entregada por mi maestro.

Al decir esto la figura encapuchada se descubrió el rostro, como si siempre hubiera estado ahí, al igual que su cuerpo pues debajo de la túnica asomaron un par de botas, una negra y una blanca para variar. Su cabello era lacio y le caía sobre los hombros; de un lado era blanco como las nubes y del otro negro como la penumbra. Su piel era pálida y sus ojos negros, parecían pozos profundos que tragaban la luz a su alrededor. Sus labios estaban pintados de negro brillante. Debajo de la capa, se asomaba una rutilante armadura, mitad negra y mitad blanca, muy contrastante a la vista. Los colores de su cabello, su ropa y armadura se alternaban como tablero de ajedrez, no había en ella ningún otro color, y esto le pareció curioso a Tristán.

—¡¿Qué?! ¿Ilaxición? Eso no es posible.

—Ciego, además de débil. Vaya guardián que resultaste ser.

—El anciano, el anciano que conocí en las catacumbas. ¿Él es tu maestro?

—Ten más respeto —regañó Ilaxición—. Él es mi creador, y yo su más grande obra maestra, el arma más poderosa del mundo. Y aun así me has humillado, ¡Dos veces!

—Es culpa tuya, no me prestas todo tu poder. He estado esforzándome y aun así siento tu desprecio.

—¡Bah! ¿A eso llamas esforzarse? No das tu máximo, retrocedes, pierdes la concentración, y aparte de todo me culpas y no te haces responsable de tus fracasos. No eres más que un niño.

—¡No es verdad!

—¿No? ¿Acaso tienes más de diez mil años? Yo he vivido incontables vidas más que tú; eres casi un recién nacido para mí. ¿Cómo esperas que te preste todo mi poder si no te vuelves más fuerte? Con ese nivel no podrías soportarlo, te destruiría. Tal vez sepas blandir una espada, pero no sabes usarla.

Molesta, Ilaxición se dio la vuelta y se alejó caminando, sobre el vacío. Tristán, asombrado e incrédulo aún de lo que veía, dirigió la mirada hacia el suelo, donde también parecía flotar. Repentinamente vio formarse a sus pies un camino, una parte de él, al menos. Dudó un poco, pero se dejó caer y logró posar ambos pies firmemente. Entonces persiguió a la chica que se alejaba.

—¡Espera! —gritó. Logró alcanzarla y detenerla posando una mano sobre su hombro. Después se paró frente a ella, pero un golpe traicionero atinó a su cara—. Tienes razón, me he estado conteniendo desde que regresé a este mundo. Es solo que... —Tristán pensó un momento— todo ha sucedido tan rápido desde entonces. La guerra, Mefisto, los templos. Creo que tengo miedo. ¿Sabes cómo se siente perder a la persona que más amas y luego verla peligrar una y otra vez?

—Sí, lo sé. La persona más importante para mí en toda la existencia confió en ti como mi nuevo portador, algo que reproché mucho cuando sucedió. Fue muy doloroso para mí separarme de él. Pero todo es parte de su plan, y yo confío en que sus decisiones son lo mejor, por eso acepté. Pero, ahora me pregunto si no habrá sido su peor equivocación.

—¿Plan? ¿Qué plan? —Tristán se veía intrigado de conocer un poco más sobre el misterioso anciano.

—¿Qué importa? Evidentemente no quieres más esta responsabilidad. Ni siquiera estás lo suficientemente comprometido con tu propia misión como para pelear con toda tu fuerza.

—Detener a Mefisto y salvar el mundo es lo que más me importa ahora, a mí y a mis amigos.

Tristán se detuvo un momento, acababa de recordar algo.

— ¡Mis amigos! Debemos volver, hazme volver, están en peligro.

—No te preocupes por ellos, mientras hablamos en este mundo, mi mundo, el mundo de Ilaxición, el tiempo en el de ellos no avanza. Pero si tanto te interesan, entonces demuéstralo. ¿Te quieres volver más fuerte? Entonces hazte más fuerte.

Ilaxición entonces descubrió el resto de su figura dentro de la túnica: en su mano estaba la espada ilaxición, ella misma, y la blandió desafiante contra Tristán.

—Enfréntame, vénceme y solo así demostrarás que eres digno de seguir, digno de salvar a tus amigos.

Tristán retrocedió un poco, dudoso. En el fondo no creía poder derrotarla con todo el poder que tenía. Además, no tenía un arma. Miró su mano esperando corroborar esa idea, pero se percató asombrado que de hecho empuñaba también un arma: una espada común y corriente.

—No tengo tiempo para esto, debo regresar a ayudarlos.

—¿Y perder de nuevo?

—No volverá a suceder, lo prometo.

—Promesas, promesas. Si es verdad lo que dices, entonces muéstrame.

Sin decir más Ilaxición se abalanzó impetuosa, lanzando cortes, estocadas y reveces. Tristán logró esquivar la mayoría y bloquear unos cuantos, sin embargo, un par lograron impactar, hiriéndolo levemente.

—¿Qué es esto? —chilló Tristán—. ¿Si esto es un sueño cómo es que resulto herido?

—Aquí no es ninguna ilusión, o sueño o fantasía. El mundo de ilaxición es una dimensión parecida al cielo y al infierno; aquí yacen miles de almas que han sido absorbidas con el paso de los eones, alimentando el poder de la hoja. Esas almas ya no tienen consciencia y sirven como combustible a mi enorme poder, igual que tú si no empiezas a pelear.

—Pensé que todo esto estaba en mi mente.

—No por eso deja de ser real.

Un intenso brillo emergió de la espada que Ilaxición sostenía en su mano, la levantó sobre su cabeza y lanzó un fiero corte de luz, después lanzó un segundo corte, pero esta vez de energía oscura. El primero logró ser bloqueado por Tristán, pero el segundo corte lo golpeó de lleno, lastimándolo gravemente.

—Si no entiendes la naturaleza de la espada, jamás lograrás dominar su verdadero poder.

115

Tristán apretó en su mano la empuñadura de la espada que sostenía en su mano, resignándose a la situación a la que se enfrentaba, consciente de que no podía huir, ni perder, pues de ambas maneras no ayudaría a sus amigos. Así que levantó su arma y se dispuso a terminar de una vez por todas.

—Parece que al fin te vas a poner serio.

Tristán atacó. Ambos lucharon con un intenso ir y venir de ataques y guardias. Por cada ataque que lanzaba Tristán, Ilaxición lo detenía con extrema facilidad, y sin embargo no lograba lidiar con los ataques que le eran lanzados a él de la misma manera.

En un arrebato de concentración y esfuerzo Tristán logró romper la defensa de su rival dejando una pequeña ventana para actuar, pero ella logró moverse lejos evitando ser alcanzada. Era claro que su velocidad y técnica eran superiores.

—Deja de pensar tanto. Permite que el espíritu de lucha que vive en ti actúe. Solo si fluyes con esa naturaleza tendrás alguna oportunidad.

Ilaxición encendió el filo de su espada con la energía que emanaba de su espíritu. Y llena de poder se lanzó de nuevo contra Tristán en un ataque tan fuerte y contundente que logró romper su postura y arrojarlo al suelo.

—Creo que tú no posees el espíritu que yo pensaba. Es una lástima.

Tristán a pesar de todo, se levantó con firmeza y vigor.

—Aún tengo un arma en mi mano. La pelea no ha terminado —y diciendo esto atacó con más decisión, aun sabiendo que tal vez no ganaría, daba todo de sí. Aún con todo el dolor que las heridas le causaban y la preocupación que cargaba, acometió con todo su espíritu.

Corte tras corte, fallo tras fallo, cada vez se concentraba más, o se perdía en la acción, y cada vez Ilaxición encontraba la manera de llevarlo a un nuevo nivel, desafiándolo más. Cada vez la espada de Tristán se acercaba más a su objetivo, y cada vez recibía más golpes y cortes que lo empujaban hacia la rendición, hasta que su espada destelló repentinamente en un aura oscura que subió rauda, cortando y abriendo la túnica de Ilaxición en dos; esta no cayó, sino que se desintegró. Debajo de ella pudo ver claramente que, de las hombreras, una negra con decoraciones plateadas de un lado y una blanca con decoraciones doradas del otro, se extendían un ala de ángel y una de demonio.

—Bien hecho, niño. Has logrado al fin alcanzarme, aunque fuera un poco. Cortaste mi capa.

Casi desfalleciendo, Tristán escuchaba las palabras que le decían, atento por si otro ataque llegaba contra él.

—Esa chispa que sentiste surgir dentro de ti, lo que te hizo moverte más rápido, ser más fuerte y certero, lo que hizo que en tu arma fluyera la energía que de ti es extensión, ese espíritu de lucha es lo que de verdad te hará mejorar y dominar los secretos de un arma tan poderosa.

De la mano de Tristán desapareció la espada que empuñaba y sus heridas sanaron como lavadas por el agua. El vigor regresó a su cuerpo y pronto se sintió bien.

—Ahora ve. Es momento de que regreses y derrotes a ese tal Lord Draco que hasta ahora lleva ventaja. Haz honor a la voluntad de mi maestro y la confianza que depositó sobre ti y cumple con tu destino.

De pronto, como arrastrado por una corriente que lo cegaba y lo cubría, Tristán perdió el suelo. Entonces abrió los ojos y regresó de nuevo al mundo.

Delante de él estaba Lord Draco quien se acercaba con espada en mano para asestarle el golpe final. Pero ya estando despierto y alerta, Tristán le lanzó prontamente un poderoso ataque. ¡Darkalister! La magia impactó en el hombro de Lord Draco y lo hizo retroceder.

Ahora de pie y con entusiasmo renovado, con la herida ya sin sangrar, se preparó Tristán para un segundo asalto.

—Esta vez serás tú el que resulte herido.

—No puedo creer lo que acaece ante mí, será ilusión o engaño. Tus heridas eran profundas y severas y mortales. ¿Qué artificio usas ahora para hacerme dudar de la naturaleza de la vida y la muerte? Responde ahora o lo deberé averiguar por mis medios.

—Te recomiendo que mejor dejes de hablar y te concentres en la pelea, porque esta vez no te la voy a poner fácil.

—Pues será así, miserable.

Tristán convocó energía de hielo en su mano mientras se acercaba a su oponente y lo lanzó con fuerza. ¡Orbe de Hielo! Una esfera de hielo atravesó el terreno hasta impactar contra Lord Draco, quien logró defenderse del ataque, aunque la energía sí logró congelar parte de su armadura. El caballero pronto rompió el hielo que lo cubría, a tiempo para detener con su espada la arremetida de Tristán, terminando los dos en un intenso forcejeó.

—Veo que no hubo falacia en tu lengua, aunque no sé si por coincidencia o fanfarronería tus ataques ahora resultan más impetuosos y diestros. Si ese es el caso me veo obligado a recurrir a mis más avanzadas técnicas.

¡Aliento de Dragón Oni! De la mano de Lord Draco estallaron llamas verdes que volaron furiosas por el aire. La mayoría impactó contra Tristán, pero este no se inmutó. Al incorporarse se preparó para lanzar él su ataque. *Oscuridad Eterna* ¡Grito de las Tinieblas! La energía oscura corrió por sus brazos hasta sus manos en donde se acumuló formando una gran esfera, la cual levantó por encima de su cabeza y después arrojó con fuerza.

117

Lord Draco, al ver venir el ataque, trató de repelerlo con otro aliento de dragón, pero no resultó, así que desenfundó su espada y blandiéndola en un poderoso corte sagrado logró solo así evitar el impacto.

—Admito, pues, y merece ser reconocido, que tu poder y el de tus ataques han excedido mis expectativas. Pero aún con toda tu hechicería y con todos tus trucos no eres capaz, y ni lo serás nunca, de superar ni la fuerza ni el temple de mi encomiable espada dracónica. Así que, si te dices ser osado, demuéstralo con tu técnica.

Lord Draco tomó su espada con ambas manos, preparado para lanzarse en una última carga con todo lo que tenía, arriesgándolo todo en un choque final. Tristán entendió sus intenciones y de igual manera se preparó para atacar; tomó firmemente la empuñadura de ilaxición y se concentró en lo que había aprendido. Juntó poder oscuro en su cuerpo, focalizando su espíritu de lucha e impregnó la hoja de su espada con energía. Entonces ambos espadachines se acercaron velozmente el uno contra el otro y al chocar sus armas violentamente entre sí, un estruendo ensordecedor retumbó llevado por el viento.

Tristán, un poco aturdido por el choque, volteó a ver a su oponente y advirtió que en su mano la espada que empuñaba estaba rota por la mitad, y él, suspendido en equilibrio, también terminó por caer al suelo víctima del agotamiento y de la energía oscura qua se había liberado súbitamente en su contra. Unos metros lejos de ahí, la otra mitad de la hoja yacía clavada en la tierra.

Al instante, la apariencia de Tristán regresó a como era antes, con su cabello rubio como el sol, sus ojos azules como el mar y sus alas llenas de plumas, una blanca y una negra. Cuando recuperó el aliento, fue alcanzado por su amigo Vant, quien había observado todo, bajó para ver cómo estaba y llevarlo con los otros.

—Lo lograste, amigo, lo lograste —le aplaudió.

—¿Cómo están ustedes, Vant? ¿Y Zayrus y Nayri?

—Ambos están bien, el veneno casi ha terminado de salir de ellos, aunque aún no están fuera de peligro. Alastor y Nicol encontraron la entrada al templo y se internaron, pero la entrada se ha cerrado de nuevo.

Mientras hablaba, Vant volteó a ver el cuerpo inconsciente de Lord Draco a unos cuantos pasos de distancia.

—¿Qué haremos con él? —señaló al caballero inconsciente—. No querrás eliminarlo, ¿verdad?

—No, lo dejaremos vivir. Hay que recoger ambas mitades de su espada y las guardaremos entre los pliegues de su capa, después lo acercaremos con su dragón, seguro él lo atenderá.

Sin hacer comentario ni dar queja Vant juntó los pedazos de la espada como le había indicado Tristán y entre los dos arrastraron el cuerpo al del dragón que seguía derribado cerca de unos árboles.

—Cuando despierte seguramente querrá enfrentarme de nuevo —dijo Tristán—, y cuando así suceda, lo volveré a derrotar.

—¿Estás seguro?

— Es una manera de reconocer su fuerza y su habilidad; de reconocerlo como mi rival.

—Cuando dices eso pareces otra persona, ¿sabes?

Una vez terminaron de acomodar al caballero junto con su corcel, ambos regresaron con Zayrus y Nayri quienes ya los esperaban cerca de la entrada del templo. Los dos ya se veían mucho mejor, recuperados y sanos, y aunque el veneno seguía dentro de ellos, ya no representaría un peligro en poco tiempo.

—Qué alegría que estés bien —dijo Zayrus abrazando a Tristán.

—También me alegro de que estén bien.

—Hay que entrar al templo, rápido. Nicol nos estará esperando —apresuró Vant.

—Lo siento, pero preferiría que te quedaras aquí con ellos —dijo Tristán—. No tienes afinidad con el viento y seguramente el templo lo exigirá. Zayrus y Nairi aún están débiles.

—Te podemos ayudar. El templo no me da miedo —reprochó Zayrus levantándose, sin embargo, las piernas le temblaron un momento y tuvo que sostenerse para no caer.

—No estoy de acuerdo con que vayas solo —dijo Vant—, acabas de sobrevivir a una pelea. Iremos contigo, ya nos las arreglaremos.

—Por favor, confía en mí. Te prometo que tengo la fuerza suficiente. Ayúdame cuidando de nuestros amigos.

—Oye, oye, a mí tampoco me gusta la idea de dejarte ir solo —dijo Zayrus tomando del brazo a Tristán.

—No insistan, llevarlos sería muy peligroso. Entiendan.

Vant miró a su amigo con negación, de alguna manera sentía que lo hacía a un lado. Este sentimiento chocaba con su confianza.

—Es la última vez que te vas solo —dijo a regañadientes—. Y más te vale regresar con todos. Me quedaré con ellos, prometo asegurarme de que terminen de sanar.

Zayrus y Nayri aceptaron también las condiciones, no de buena gana. Esperarlos fuera y regresar de inmediato a Ventópolis una vez que recuperaran la llave.

Dicho todo, Tristán le pidió a Vant que le explicara cómo ingresar el templo.

—Yo lo haré —interrumpió Zayrus—. Vi lo que hizo Nicol, te ayudaré con la roca.

—Entonces debo darme prisa si quiero alcanzarlos. Ustedes tengan cuidado en el regreso.

—No te preocupes —respondió Zayrus—, ya nos sentimos mucho mejor. Creo que podremos defendernos.

Una vez se hubieron despedido, Zayrus preparó y aplicó el hechizo en la entrada, revelando de nuevo la misteriosa oscuridad del interior.

Y entrando en las tinieblas Tristán se perdió de vista, dejando tan solo preocupación. Justo después la entrada volvió a sellarse con un estruendo y los demás quedaron a merced de la duda.

Capítulo 14: La prueba en el templo del viento

Tras cerrarse la puerta y quedarse en la total incertidumbre, lo único que Nicol hizo ante el horror de ver a Tristán al borde de la muerte, fue sentarse lentamente en el suelo, pasmada, y cerrar los ojos ensimismada. Luego de un momento, y de respirar profundo un par de veces, un aura oscura comenzó a emanar suavemente de su cuerpo como un vapor. El aura flotó, abarcando la entrada y luego se coló por el contorno, entre cada minúsculo espacio que encontraba. Al cabo de un rato se levantó de súbito, con una mirada de ira mezclada con alivio.

—Debería de matar yo misma a ese maldito —dijo para sí misma.

Alastor no podía comprender las acciones ni las emociones de Nicol en ese momento, y de muchas maneras no le importaban, pero la cara que puso le resultó atemorizante.

—¿Podrías calmarte? —reclamó—. Me estás estresando.

—Al menos se pudo salvar.

Nicol se adelantó entonces hacia el interior del camino, pasando de largo a Alastor para después alentarlo a que siguieran.

—Vamos —dijo—, él nos encargó que consiguiéramos la llave dentro del templo.

Avanzaron entre estrechos y oscuros pasillos que serpenteaban desordenados, adentrándose más y más, hacia abajo y hacia adelante, vuelta tras vuelta, tan solo preguntándose cuándo acabarían. Llegado un momento, un tenue rumor los detuvo, advirtiendo que la espera terminaba.

—¿Escuchas eso? —dijo Nicol de pronto.

—Tu panza.

—A lo lejos. Definitivamente hay algo.

—Seguramente es solo tu imaginación, tan loca como siempre.

—No, en serio, se escucha algo, como un aleteo.

—Perdón, es que no me pude resistir.

—¿Qué?

—Nada.

Avanzaron a pesar de la duda. Pronto el camino se comenzó a estrechar como embudo y la oscuridad se volvió más densa. Afortunadamente, los ojos de demonio de ambos les permitían ver el camino delante de ellos, lo que les ayudaba a sortear alguna que otra roca o desnivel.

De repente una luz apareció al final, suave, a la que se fueron adaptando como más se acercaban. Al final del pasillo que recorrían, tan estrecho que prácticamente tuvieron que entrar en cuclillas, salieron a una sala mucho más grande, que, aunque aún se asemejaba a una cueva, daba la impresión de ser un salón; las paredes incrustadas completamente con rocas de muchos y muy brillantes colores, rubís, zafiros, esmeraldas y diamantes, que colmaban el lugar de luz. Justo enfrente, al otro lado de la entrada, una puerta tallada burdamente formaba un arco irregular en cuyas dovelas aparecían símbolos como los de la entrada al templo.

Buscaron por todos lados, pero no vieron más nada. Cruzaron el gran salón, atentos a su alrededor cuando escucharon de nuevo el rumor de antes.

—¡Ahí está de nuevo! —advirtió Nicol—. Es más fuerte

La dirección del sonido no era clara, pero parecía provenir del otro lado del arco.

—Ya está aquí.

Desde la sala contigua aparecieron volando decenas de aves, gigantes en comparación, que los atacaron furiosas. Eran estrías de fuego con forma de cuervo, que volaban rápida y tajantemente, cortando, rasguñando y quemando a Nicol y a Alastor. En su interior se alcanzaba a ver claramente el cristal que les daba poder, pero al ser tan veloces les era casi imposible golpearlas con una lanza y con una espada. Alguna que otra caía en la confusión, pero eran demasiadas.

—¿No tendrás algo que nos ayude, o sí? —preguntó Alastor que se protegía con su sombrilla como si fuera un escudo.

—Lo tengo, pero no puedo prepararlo con todos estos ataques.

Rápidamente Alastor se lanzó a cubrirla con su sombrilla, recibiendo, sin embargo, los ataques de las aves que, viendo la oportunidad, se abalanzaron con intensidad. Nicol por su lado, se concentraba en el hechizo juntando energía gélida entre sus manos. *Furia congelada.* ¡Aurora Glaciar! Un rayo de azul intenso atravesó el lugar y congeló a las aves que alcanzaba, que para su suerte fueron la mayoría. Al ser golpeadas su cuerpo desaparecía, provocando que el cristal dentro cayera y se rompiera con el impacto. En cuestión de segundos los enemigos habían sido derrotados, y los que aún quedaban se retiraron para salvar sus vidas.

—Eso estuvo cerca.

Nicol se pudo levantar y recuperarse del ataque, sin embargo, el cuerpo y el vestido de Alastor estaban llenos de rasguños, desgarres y quemaduras.

—De nada, malagradecida —reclamó. Después guardó su sombrilla.

Cuando se hubieron asegurado de que no quedaba peligro cerca, cruzaron por el arco que los llevó a otra habitación donde inmediatamente sintieron una fuerte corriente de aire que provenía de una estatua más al frente.

Se acercaron y vieron que una figura de ave de alas extendidas majestuosamente cubría una puerta, y justo en medio de su pecho yacía un orbe de cristal. Al acercarse para observar mejor escucharon una voz que reverberaba por todo el lugar,

"Aquel que desee seguir deberá demostrarse santo del rayo. El orbe contiene la seña para entrar"

Confundidos, Nicol y Alastor se miraron tratando de descubrir el significado de aquellas palabras.

Alastor se decidió a acercarse más y tratar de tomar el orbe, tal vez al tocarlo entendería el significado, pero estando a punto de tocarlo el ave cerró las alas súbitamente, descargando sobre Alastor una lluvia de plumas de roca. Intentó defenderse, pero terminaron por clavarse en su brazo, haciendo que retrocediera.

—Muy bien, así no —chilló.

—Creo que lo tengo —dijo Nicol apuntando su dedo índice hacia la estatua.

Vientos potentes que ennegrecen las nubes, furia del cielo. ¡Trueno Perforador! Un rayo salió disparado directo hacia el orbe, pero antes de impactar las alas del ave se cerraron, bloqueando el rayo, evitando la descarga. Una vez que el ataque pasó las alas regresaron a su posición.

—Debemos darle con un rayo, esa es clave, pero al parecer no será tan fácil — dijo Nicol pensativa.

—Creo que tu trueno no fue muy perforador después de todo, además, eso fue un rayo no un trueno —rio Alastor, molestando a Nicol.

Ella suspiró, impacientada.

—Debe ser un material mágico —continuó—, difícilmente algo logra resistir ese ataque. Entonces el rayo debe caer desde arriba, pero para encontrar el ángulo correcto debemos acercarnos, y ya sabemos en lo que eso termina.

—¿Desde arriba? ¿Como un rayo de verdad?

—Eso es. El dominio del rayo, del rayo propio de la naturaleza.

—¿Y cómo pretendes hacer eso? —preguntó Alastor sentándose en el suelo.

—Tú solo observa a la más grande hechicera en acción.

—No sabía que Belphast el archimago estaba por aquí y que se había puesto pechos —dijo Alastor aguantando la risa.

—¡Cállate! —gritó Nicol enfurecida de escuchar ese nombre—. Eres insoportable.

Una vez que se calmó, levantó la mano derecha e invocó sobre esta su libro de hechizos haciendo desaparecer la marca de su mano. El libro se abrió y sus páginas se agitaron hasta detenerlas de un manotazo. Recitó entonces el hechizo que indicaba. *Lágrimas del cielo, frío anochecer, cae con tu suave brisa.* ¡Tormenta Nocturna! Del libro brotó un denso vapor que pronto se condensó debajo del techo de la cueva simulando un verdadero cielo nublado. El libro desapareció y Nicol volvió a apuntar con su dedo, pero esta vez hacia las nubes. *Vientos potentes que ennegrecen las nubes, furia del cielo.* ¡Trueno Perforador! Esta vez el rayo no surgió del dedo de Nicol, en vez de eso, las nubes tronaron y palpitaron. De ellas rugió resplandeciente un relámpago que cayó directamente sobre la estatua la cual, al sentir el impacto, volvió a cerrarse y lanzar plumas que silbaron al volar. Nicol logró esquivarlas, pero Alastor, que seguía en el suelo, recibió los impactos que resultaron en más heridas. Así no podría moverse.

—Bien hecho, genio —reclamó—. Pero me las vas a pagar.

—No es tan fácil. Apuntar es todo un problema.

De nuevo Nicol se concentró y lanzó su hechizo. *Vientos potentes que ennegrecen las nubes, furia del cielo.* ¡Trueno Perforador! Las nubes tronaron y un segundo rayo cayó sobre la estatua, esta vez golpeando justo en el orbe antes de que las alas se cerraran. Al instante el orbe se pulverizó en una explosión cegadora. En su lugar quedó un hueco, en el corazón de la estatua. La voz de antes se volvió a escuchar.

"Han demostrado ser portadores del rayo que todo lo atraviesa. Ahora el camino se revela. Pero solo uno puede avanzar."

Al terminar de escucharse las palabras que de la estatua provenían, esta se movió y descubrió la entrada a la siguiente sala.

—Por fin, la maldita puerta —reclamó Alastor.

—Evidentemente seré yo quien entre —respondió Nicol.

—De acuerdo. Yo lo haría, pero no quiero.

—No estás en condiciones de entrar, serías inútil.

Alastor no respondió al comentario. Decidió mejor recostarse en el suelo, mirando las relucientes paredes como una niña bajo las estrellas.

Nicol entró por la abertura. Lo primero que notó fue que a cada lado del corredor había seis estatuas dispuestas como guardias en una corte, similares a la de la entrada. Avanzó con cautela. Cuando al fin logró salir del angosto trecho, se encontraba en una habitación grande y espaciosa, mucho más que la anterior. De las paredes en forma de cúpula emergía una cálida luz blanca como si se filtrara del exterior, aunque de una fuente muy diferente. Del techo caían incesantes poderosos relámpagos creados por algún efecto propiciado por la cueva y provenientes de las aberturas de luz. En el centro se erguía un pedestal cilíndrico hecho de roca, y en la punta, un orbe parecido al anterior, pero éste era más opaco y pequeño. En la habitación no había otra puerta más que la de la entrada.

Al acercarse al pedestal, Nicol notó una leyenda que ponía: "Todo aquel que quiera obtener los poderes que la llave otorga, deberá soportar la unidad del rayo sobre el altar de T"

Nicol meditó un momento sobre la inscripción y su significado, sobre la unidad del rayo y el altar de "T". Los elementos involucrados eran claros: la habitación sin puertas, los rayos cayendo constantemente desde el techo y el orbe en el centro de la habitación. No tardó mucho en darse cuenta de qué era lo que debía hacer. Avanzó y se colocó frente al altar, tomó el orbe con ambas manos, cerró los ojos y conjuró energía de rayo en su cuerpo, provocando que debajo de ella brillara un círculo mágico. Entonces, uno a uno, los relámpagos comenzaron a caer sobre ella, iluminando levemente la esfera que apretaba fuerte. Entre más caían más se iluminaba la esfera, y así mismo, más era el impacto sobre el cuerpo de Nicol, que cada vez debía soportar más carga.

Mientras tanto, afuera de la habitación, Alastor seguía en el suelo, con el brazo y el cuerpo lastimados, mirando perdidamente cuando desde atrás se escuchó una voz familiar que llegaba corriendo.

—Al fin los encuentro —dijo Tristán que se reunía gustoso con Alastor quien lo miró con un poco de admiración. Después el demonio se levantó ayudado por su amigo.

—Vaya, pensamos que habías muerto —dijo Alastor con emoción.

—No, pero casi —respondió—. ¿Entonces me vieron? ¿Nicol vio lo que sucedió?

— Así es, y eso no fue muy agradable para mí, por cierto.

—Oye, ¿estás bien? Tu cuerpo está muy herido.

—No te preocupes, no es nada —como si nada Alastor se levantó; sus heridas habían sanado—. ¿Ves?

—¿Dónde está ella, por cierto? No me digas que continuó sola.

Antes que la pregunta pudiera ser respondida un grito desesperado se escuchó desde dentro de la habitación, era un grito de dolor y de sufrimiento, era de Nicol. De inmediato Tristán corrió hacia el interior, sin importarle nada más, sin percatarse de las estatuas que hacían guardia en el corredor.

Dentro de la habitación con forma de domo, entre relámpagos y destellos vio a Nicol, paralizada por toda la energía que corría a través de su cuerpo hasta la pequeña esfera brillante de cristal que sostenía con firmeza.

—¡Aguanta ahí! ¡Te ayudaré!

Tristán se disponía a ayudarla, pero justo antes de dar el primer paso la misma voz que reverberó al abrirse la entrada reapareció, ahora molesta "Han desafiado mis órdenes y han ingresado dos a la sala. En castigo a su desobediencia sus vidas terminarán dentro de las paredes de este templo"

El suelo tembló a causa del estrepitoso movimiento provocado por las estatuas que comenzaron a agrietarse. Una a una despertaron, liberando en su interior a un hombre de roca en cuyos hombros amenazaba la cabeza de un ave, y en su espalda dos grandes alas se extendían, levantándolos del suelo.

Quien primero se dio cuenta de la amenaza fue Alastor pues había permanecido fuera y así mismo fue la primera víctima del ataque. Dos de ellas se lanzaron a la carga, pero sus ataques fueron esquivados con facilidad, para después ser destruidas con el filo de una espada.

Tristán, que no se había percatado del peligro, intentaba acercarse a Nicol mientras evitaba los rayos que seguían cayendo desde el techo. Cuando logró colocarse cerca de ella intentó gritarle, pero no respondía y no lograba verlo pues permanecía con los ojos cerrados a causa del dolor. Intentó tocarla, pero instantáneamente la corriente lo colmó, y al no estar sujetando la esfera del centro, le provocó un fuerte dolor y espasmos que lo aturdieron. Por fortuna, esto llamó la atención de Nicol, quien volteó a verlo.

—¡Ya casi está! —le gritó.

—No seas tonta, te ayudaré.

—¡Tristán! ¡Detrás de ti!

Un ejército de estatuas ingresaba a la habitación con espada en mano, preparado para eliminarlos a los dos.

Tristán intentó responder el ataque con un poderoso hechizo de fuego. *Calor abrasivo, infierno de fuego, reduce a cenizas todo lo que se nos interponga* ¡Túnel de calor! De sus manos, apuntadas hacia el enemigo, se arremolinó un poderoso cúmulo de llamas que impactaron contra las estatuas, sin embargo, la magia simplemente chocó y se dispersó sin provocar ningún daño. Las estatuas avanzaban sin importar los rayos que les caían pues sus cuerpos hechos de roca sólida eran resistentes. Intentó atacarlas con ilaxición, pero los enemigos volaban fugazmente y alcanzarlas le era imposible. Varios ataques también cayeron sobre él y muchos de ellos lo hirieron con facilidad.

Repentinamente el suelo volvió a moverse, pero esta vez era por una abertura que se revelaba en el muro.

—¡Ya casi abre! —gimió Nicol quien seguía soportando la carga mientras la entrada terminaba de mostrarse.

126

Debían resistir un poco más, sin embargo, al no poder contener el avance de las estatuas, Tristán temió que llegarían hasta Nicol e interrumpirían su tarea. Trataba de pensar en una solución, pero nada le llegaba a la cabeza con tanta presión. El tiempo se le agotaba cuando inadvertidamente varias estatuas recibieron un ataque inadvertido y se destruyeron; Alastor los había alcanzado y había lanzado un trueno perforador. Los enemigos se lanzaron en su contra sin espera. Aprovechando la confusión, Tristán se lanzó al ataque blandiendo a ilaxición, alcanzando a destrozar algunos enemigos.

—¡Atento! —gritó Nicol al momento que despegaba sus manos del orbe que sostenía, apuntando con su dedo hacia las estatuas y lanzando un potente relámpago con la energía que había acumulado que cayó directamente en la empuñadura de ilaxición en el momento en que Tristán se apartaba del camino, provocando que todo el poder del rayo cargara la espada e hiciera estallar a los enemigos cercanos en miles de pedazos en un destello de energía radiante.

En el instante en que la puerta terminó de abrirse, un furioso viento emergió desde el interior, augurando que casi llegaban a la llave. De pronto, Nicol cayó al suelo, inconsciente y Tristán fue a socorrerla inmediatamente. Detrás de él también llegó Alastor.

—Estará bien, tal vez —dijo Alastor apoyando su mano en el hombro de Tristán—. Su cuerpo no aguantó tanto poder por tanto tiempo, así que se fue a descansar. Pero seguro despierta en un rato.

—¿Podrías cuidarla?

—¿De nuevo? ¿Tengo cara de niñera? —reclamó—. Pero apúrate que ya me quiero ir.

—Te lo agradezco —y diciendo esto Tristán se aproximó rápido a la entrada.

Al pasar por el umbral pudo notar que el pasillo salía pronto a un túnel bastante más amplio y que subía en pendiente. Al entrar notó que el aire provenía desde la parte alta, desde otro pasillo más angosto y el único camino por seguir. Dentro del túnel la corriente era tan intensa que apenas dejaba respirar.

Sin embargo, entre más avanzaba, más difícil le era lidiar con el empuje del viento que lo fastidiaba, y lo más alarmante era que las violentas ráfagas mellaban su armadura y rasguñaban su piel como si de cuchillos se tratase; de no ser por su cuerpo de íxiren, moriría deshecho.

Unos cuantos metros más y ahora le resultaba casi imposible avanzar, su armadura era cortada profundamente y las heridas en su cuerpo empeoraban. Estaba cerca de llegar, pero se sentía exhausto, ya no encontraba fuerza y cada paso le dolía más. Así, en un intento por resistir, invocó del suelo una gran roca que lo cubriera del viento y le permitiera descansar. Desafortunadamente esto no duraría mucho, pues incluso la roca se desmoronaba poco a poco por el viento.

Mientras tanto, Nicol, aún inconsciente, continuaba recostada junto a Alastor quien con la cabeza cabizbaja y los ojos cerrados procuraba entre descansos recuperar energía y cuidar a la desmayada. En la mente de Nicol, por otro lado, algo más ocurría pues entre humo y espejismos alcanzaba a ver un halo de luz, lejano, que aparecía desde las sombras. La luz se acercaba y notó que era alguien. Este también le hablo.

—Se están acercando, no se rindan —decía con voz serena—. Para superar lo que viene deben permanecer juntos, no podrán solos. Debes despertar ahora. Tú puedes. Abre tus ojos, recupéralo y cumplan con su destino.

El ser de luz extendió su mano y la ayudó a levantarse, infundiéndola de energía y vitalidad, la suficiente para devolverle la consciencia y despertar. Abrió de súbito los ojos y estaba de vuelta en la cueva. Lo último que recordaba era a Tristán enfrentando a un grupo de estatuas, después un relámpago, una explosión y oscuridad. Cerca estaba Alastor que al verla despertar no pudo evitar sorprenderse, aunque sea un poco.

—Vaya, bienvenida de vuelta. ¿Qué tal el infierno?

—Nada de eso. Dime dónde está Tristán.

—Se fue por ahí —Alastor señaló la abertura en el muro—. Hace rato que entró.

—Debemos ir con él, no podrá sin nosotros. ¿Te puedes levantar?

—Desde hace rato, pero aquí es más cómodo.

—Vamos. De prisa.

Ambos se levantaron, se estiraron un poco y corrieron dentro del pasadizo que pronto los llevó hasta el túnel de viento. Ahí pudieron ver a Tristán herido, casi sin energía, recargado sobre la roca que lo protegía de la recia ventisca.

—Hay que ayudarlo, no aguantará mucho más —apremió Nicol. Sin pensarlo dos veces, corrió lo más rápido que pudo, aun contra el viento, hasta llegar con Tristán. Él, al verla, esbozó una sonrisa y le acarició la mejilla.

—Estás bien. Estás aquí.

—No te rindas. Vamos a avanzar juntos —dijo ella ayudándolo a sostenerse.

Ambos comenzaron a caminar, él empujando lo que quedaba de la roca que aún los cubría y ella empujándolo para que no detuviera su marcha. Alastor iba detrás de ellos, viendo nada más.

Lograron llegar al final del pasillo y entrar por la abertura. Vieron sorprendidos una gigantesca roca, como cabeza de ave de cuyo pico abierto surgía la corriente. La fuerza del viento en ese momento era despiadada, tanto que los tres tuvieron que dar un salto rápido a su derecha para evitar ser arrastrados cuesta abajo al igual que la roca que había sido arrancada de su lugar. Vieron que el camino continuaba detrás de la estatua, donde alcanzaron a ver otro portal. Rodearon fácilmente y entraron con prisa por la siguiente puerta, dejando atrás el peligro y pudiendo al fin descansar.

Tristán se tiró al suelo, jadeante. Nicol de inmediato comenzó a curar sus heridas, aunque su armadura estaba irrecuperable. Cuando se sintieron mejor, subieron sin demora por las escaleras de piedra hasta dar con una última habitación. En las paredes sobresalían brillantes rocas de ventoflotarum puro, brillantes y claras. En medio de lugar, sobre un pedestal, vieron flotando la llave del viento, pequeña y dorada cuya medalla mostraba una esfera amarilla y dentro un diminuto tornado girando infinitamente. Sin embargo, notaron que el pedestal no solo la sostenía en el aire, también parecía estar tomando energía de ella, probablemente alimentando todo el templo.

—Cuidado —advirtió Nicol de inmediato—. Si la retiramos sin más seguramente el templo colapsará, igual que como ocurrió en el templo de la tierra.

—¿Cómo lo haremos? —preguntó Tristán rodeando el pedestal.

—Es extraño, no parece haber trampas dispuestas para proteger la llave ni medidas de seguridad alrededor. El arcángel Rizhiel habría pensado en otra forma de resguardarla.

—Tal vez pensó que nadie llegaría hasta aquí. Y por todo lo que hemos pasado yo también lo pensaría.

—Nunca es tan fácil. El templo debe ser la última fortaleza para evitar que el enemigo tome la llave, incluso si eso significa destruirla.

—¿Qué crees que pase si la tomas?

—La otra vez todo el templo colapsó, entonces es posible que algo así suceda de nuevo. Si es el caso deberemos abandonar el lugar lo más rápido posible, pero me preocupa que sea la trampa final y que justamente esté pensada para no poder escapar. Lo mejor es buscar otra forma, recorres la habitación buscando algo oculto, podría ser un interruptor, un objeto mágico o incluso considerar la opción de que la llave sea falsa y la verdadera esté en otro lado.

Mientras Tristán y Nicol discurrían, Alastor había avanzado hasta el pedestal. Lo repasó rápidamente y con total despreocupación tomó la llave de su lugar desconectando la energía que alimentaba la montaña entera, provocando que todo el lugar comenzara a temblar estrepitosamente y que enormes rocas cayeran del techo.

—¿Qué hiciste? Idiota —increpó Nicol.

—Ya la tienes. ¡Rápido! ¡Vámonos! —gritó Tristán tomando a Nicol de la mano y corriendo de vuelta.

Bajaron por las escaleras atropelladamente hasta llegar de nuevo al túnel de donde el aire salía caóticamente debido al colapso y en tumultuosas corrientes de agonizante desenfreno.

Atravesaron la cúpula, ya sin rayos cayendo, y la habitación sin guardianes. Casi llegaban a la entrada cuando una gran roca cayó frente a ellos, obstruyendo su paso y poniéndolos en una situación de muerte; ya no tenían cómo escapar.

—¿Qué haremos ahora? —preguntó Tristán.

—Pregúntale al demonio, que estamos en este atolladero por su culpa.

—Si destruimos todo el lugar podremos salir —bromeó Alastor

—¡Eso es! —dijo Tristán. De inmediato comenzó a concentrar magia de fuego entre sus manos—. Prepárense todos, esto se va a poner feo.

Llama sagrada. ¡Gran Sol! Una gran llamarada salió volando de sus manos directo a la boca de la salida de aire provocando que el fuego se avivara exponencialmente, liberando todo el poder que se acumuló rápidamente, aumentando la presión dentro del lugar resultando en una gigantesca explosión que abrió toda la parte superior de la montaña como un volcán en erupción.

Desde fuera Zayrus, Nayri y Vant, al percatarse del estruendo, inmediatamente bajaron de la montaña buscando protegerse. La explosión sacudió el suelo aún más y arrojó peligrosamente grandes bolas de fuego y roca por los aires.

Aguardaron un momento, esperando que sus amigos se encontraran bien, aunque les preocupaba que hubieran resultado gravemente heridos e incluso, aunque no lo querían admitir, que hubieran muerto.

—¡Aquí estamos! —gritó una voz familiar desde unos árboles cercanos a la entrada.

Zayrus dirigió la vista a la montaña que seguía derrumbándose y vio a Tristán, Nicol y Alastor que volaban apurados para reunirse con ellos.

—¡Toda la isla colapsará! ¡Debemos escapar!

—No tenemos tiempo de cruzar todo el bosque —respondió Tristán—, debemos pensar en otra cosa rápido.

—Las corrientes de viento que protegían el templo se han esfumado —señaló Nicol—. Podemos volar de vuelta a Ventópolis. Rápido, Vant, ayúdame con Zayrus y Nayri.

Desplegaron apuradamente sus alas y se elevaron por los aires, Nicol sujetando a Nayri y Vant cargando a Zayrus, intentando alejarse de la isla de cuyos cimientos comenzaban a estallar de las llamas creadas por Tristán. Se habían alejado lo suficiente cuando en una segunda explosión, un poderoso rugido de fuego desató una gran onda expansiva que arrojó a todos varios kilómetros en dirección a la ciudad y por sobre el desierto, aterrizando violentamente sobre una duna que amortiguó su caída.

Afortunadamente, todos estaban a salvo, y a pesar de los golpes y el molimiento, lograron ponerse de pie para ver el espectáculo: toda la isla flotante que alguna vez contuvo el templo del viento y la selva flotante caía estrepitosamente al suelo hecha pedazos.

Con la ciudad a unas cuantas horas de distancia no les fue necesario descansar durante el retorno. Así que comenzaron su marcha antes de que la noche cayera sobre ellos.

Mientras caminaban a Tristán llegó un recuerdo de lo sucedido.

—¿Qué pasó con Lord Draco? —preguntó de pronto.

—Lo dejamos cerca del lago junto con su dragón y no supimos más de él —contestó Vant que caminaba junto a él—. No lo vi escapar durante la destrucción del templo, dudo que siga vivo.

—Yo de verdad espero que no lo volvamos a ver —agregó Nicol.

—Seguramente aparecerá después —dijo Tristán—. Presiento que me buscará y tratará de desafiarme de nuevo. Pero estaré preparado para ese momento.

Tristán se veía entusiasmado pensando en sus futuras luchas. Nicol sin duda lo notó, mas no le dijo nada pues le gustaba verlo feliz.

Cuando se encontraban ya cerca del bosque, a los alrededores de Ventópolis, el sol apenas terminaba de ocultarse, dando paso a la noche y así mismo cediendo lugar a la luna que ya se alzaba en el cielo despejado. Zayrus entonces les habló a sus amigos.

—Ahora debo regresar con los míos. Tristán, Nicol, de verdad me alegró de haber estado con ustedes después de tanto tiempo y espero que tengan suerte con su misión.

—Cuando la guerra contra Mefisto haya terminado, nos reuniremos de nuevo, lo prometo —dijo Tristán acercándose a su amigo y dándole la mano—. Aguardo con ansias ese momento.

—Adiós Zayrus, cuídate mucho —dijo también Nicol.

Agradecieron también la ayuda Vant, dándole la mano, y Alastor, mostrando algo de desinterés, para después retirarse junto con el grupo.

Una vez que se hubieron tomado caminos diferentes, Tristán y el grupo siguieron su marcha de regreso a través de las murallas y hasta la posada en donde habían descansado anteriormente. Sin embargo, en lugar de regresar a sus habitaciones, acordaron primero comer y beber algo agradable dentro de la posada. Se sentaron a la mesa y cada uno pidió lo que quiso: Tristán ordenó un buen trozo de carne con papas y un tarro de cerveza, Nicol pidió una botella de vino solo para ella, un pescado y un tiramisú de postre, y Alastor tan solo ordenó un buen trozo de carnero asado, sin bebida. Vant, sin embargo, se sentó a la mesa, sin comida, a pasar un buen rato con sus amigos.

Mientras cada uno comía y se relajaba, un hombre alto con armadura se acercó a ellos, indudablemente presagiando más problemas.

Capítulo 15: La corona robada

—Ustedes son los que entraron al templo del viento, ¿no es cierto?

Un hombre encapuchado se había acercado, sin advertirse, a la mesa con todos luego dando un manotazo sobre la tabla.

—¿Quién se cree? —preguntó Nicol colocando su mano sobre la empuñadura de la daga debajo de sus ropas. Los demás también se mostraron alerta.

—Oh, disculpen mi falta de cortesía —respondió el hombre levantando su capucha orgullosamente—. Mi nombre es Augusto Morieti y he venido en representación del gobierno de la ciudad de Ventópolis. Me han pedido que escolte a Tristán y a su grupo de al castillo de inmediato.

—Ya se han enterado de lo del templo. La verdad me sorprende.

—Así es, señorita. Todos en la ciudad saben de lo sucedido después de ver semejante explosión a lo lejos. Me encantaría saber lo que sucedió para que algo así pasara, es lo único de lo que se habla. Los hemos vigilado desde que regresaron a la ciudad; son los únicos sospechosos

—¿Nos llevarán a la cárcel? —dijo Alastor sonriente.

—Nada de eso. Es por la gran hazaña que han hecho por lo que me mandaron a buscarlos. El rey en persona ha demandado una audiencia con ustedes.

—Vaya, ¿el rey de Ventópolis en persona? —preguntó Tristán mientras daba el último bocado a su comida—. ¿Qué querría de nosotros?

—Acompáñenme y todo se les explicará.

—No nos interesa mucho —interrumpió Nicol—. Váyase por donde vino y nosotros nos iremos pronto de su ciudad. Tenemos otras cosas que hacer

—Se les dará una muy buena recompensa, claro.

—¡Vamos! —gritó Alastor, y de un salto se dirigió a la salida de la posada.

Tristán le siguió, intrigado de la petición. Nicol, sin embargo, estaba en desacuerdo.

Afuera del lugar, se toparon con Alexander quien regresaba a su cuarto, probablemente para preparar las cosas para salir en la mañana. Se le veía molesto.

—Qué bueno que los encuentro —dijo—. Mañana nos largamos de esta ciudad llena de tacaños, así que estén listos sin excusas.

Tristán se acercó y le explicó la situación. Le pidió que los esperara uno o dos días más pues había surgido un asunto de gran importancia con el rey. No le explicó más nada, ni del altercado en el templo ni de Zayrus pues temía que desconfiara de ellos.

—Mándenlo al demonio, tenemos cosas qué hacer —refunfuñó Alexander.

—Se nos ha prometido una recompensa. Si nos esperas te prometo que algo te llevarás.

—Quiero la mitad —contestó al final—. Más les vale que sea una buena compensación por mi tiempo.

—Lo que nos van a pagar va a ser más que lo de tu trabajo —agregó Alastor riendo—, incluso más que lo que vale tu carreta.

Alexander entonces regresó a la posada sin más remedio que esperar, aunque el tiempo podría servirle para relajarse y tomar un descanso que se decía merecer.

—Oye, no creo que debas molestarlo así —reclamó Tristán una vez que hubieron estado solos—, él nos ayudará a llegar a los puertos de mar naciente.

—¿Escuché bien? Van para mar naciente, entonces —exclamó el enviado del rey volteando un poco la cabeza mientras seguía caminando al frente del grupo—. No quiero crearles grandes expectativas, pero si logran ayudar al rey probablemente pueda darles uno de sus barcos.

—Sí, eso sería de mucha ayuda, de hecho —respondió Tristán entusiasmado.

—Sepan que les conviene mucho ganarse el favor del rey.

—Así son las cosas aquí —dijo Nicol para sí.

Subieron de nuevo hacia la alta Ventópolis y andando por las opulentas calles, llegaron al fin al castillo cuyas torres de mármol se elevaban majestuosas ondeando en la punta la bandera del reino: la cabeza dorada de un lobo sobre un fondo azul marino intenso. Atravesaron los bellos jardines y hasta la entrada, para después ser llevados directamente a la sala donde el rey aguardaba detrás de unas altas cortinas que caían como cascadas de rojo esplendor. Enfrente, toda una compañía de soldados formados en línea, firmes como rocas, lo resguardaban.

—Su majestad, he traído a los valientes como me ha ordenado —exclamó respetuosamente el guardia.

—Retírense —dijo la voz detrás de las cortinas, y casi al instante los guardias avanzaron en orden y gala hasta la salida, dejando solo al rey, a su representante y al grupo de invitados en el interior.

—Os agradezco que hayan acudido pronto a mi llamado. Yo soy el gran rey Válinor, hijo del rey Valentus, heredero de Venturion, el gran fundador de la ciudad flotante de Ventópolis. Me disculpo por la hora en que os he hecho venir, seguramente estarán cansados por la empresa que hace poco han realizado, pero en el momento en que me enteré de lo sucedido a la distancia, vi esperanza de resolver el gran problema que me aqueja. Pero antes de compartir la misión que os quiero encomendar, necesito que prometan no comentar esto con nadie fuera de esta sala.

Tristán dio un paso adelante y tan pronto hizo una apropiada reverencia respondió:

—Hablo en nombre de todos mis compañeros cuando digo que prometemos no traicionar el voto de confianza que ha infundido en nosotros, majestad.

—¡Excelente! Me agradan sus modales, joven. —De repente las cortinas se abrieron un poco dejando espacio solo para que el rey avanzara y se encontrara de frente con ellos. Un hombre de unos 40 años, de largos y castaños cabellos como el bronce, al igual que de una abundante barba, se plantaba frente a ellos y los miraba con ojos verdes como la esmeralda, impetuosos y brillantes con la grandeza propia de un soberano. Portaba un brillante peto de armadura color negro y dorado, y sobre los hombros le caía una capa azul como el cielo nocturno. Sin embargo, a su figura le hacía falta un elemento real muy importante, símbolo de mi poder.

—Como se habrán dado cuenta, no hay corona sobre mí. Se ha extraviado ya hace varios días y no hemos podido encontrarla. Creemos que fue robada, aunque no entendemos de qué manera pudo haber sucedido. La corona es una reliquia de mi pueblo, portada por mi padre antes de mí, y por su padre antes de él, y por su padre en tiempos antiguos, y por varias generaciones de mi linaje hasta la misma fundación de Ventópolis. Su valor radica también en la joya que ostenta al frente; una esmeralda de gran tamaño y brillo, la más grande que se conoce en todo el mundo, símbolo de la soberanía del rey de Ventópolis.

—¿Y cómo en cuánto se podría vender esa corona en, digamos, el mercado negro? —preguntó Alastor, provocando la incomodidad de todos.

—Disculpa, ¿qué acabas de decir?

—No preste oídos, majestad, solo está bromeando —interrumpió Tristán inmediatamente.

—He pedido por ustedes porque creo que serán capaces de encontrar mi corona y guardar discreción, no siendo ciudadanos del reino. Se los pido. Es imperativo que recuperen la corona lo antes posible. En un par de meses deberé presentarme en una reunión convocada en Lemsániga, en los cuarteles de la Unión. Otros regentes y yo nos reuniremos por un asunto de gran importancia.

Vant no pudo evitar intrigarse al escuchar las palabras del rey.

—¿La Unión ha convocado a los reinos? —preguntó—. ¿Con qué propósito?

—Lo desconozco. Pero ¿puedo saber la razón de tu interés?

—Majestad —dijo Vant reverenciándose—, yo pertenezco a la Unión. Porto el grado de teniente. Soy soldado a la Unión al igual que mis amigos Tristán y Nicol. Me provoca gran sorpresa saber que algo tan importante como una reunión de líderes se lleve a cabo.

—Alguien de tu grado debería saberlo ya. Pero creo, pues la verdad no estoy seguro, que tiene que ver con los cambios que está sufriendo el mundo desde hace un tiempo. Nos han llegado reportes de intervención militar en todo el continente y situaciones indeseables que nuestra gente ha afrontado. También sabemos que en tierras salvajes han aumentado el número de ataques de criaturas y bestias. No es un buen augurio.

—Ya sabemos todo eso —dijo Nicol.

—Imagino que su viaje tiene relación con ello.

—Así es, señor. Nos dirigimos a los puertos de mar naciente en el norte —respondió Tristán.

—Ya veo. ¿Piensan hacerse a la mar una vez estando ahí?

—Les dije que tal vez su majestad estaría dispuesto a apoyarlos con un barco para continuar su viaje —interrumpió el agente del rey—. Espero no haya sido inapropiado de mi parte.

—Ayúdenme con lo que les estoy pidiendo y sin duda les daré uno de mis mejores navíos. Además, también les daré una recompensa que no es para nada modesta. -

—De acuerdo. Así lo haremos, su majestad —dijo Tristán inclinándose respetuosamente.

—¡Maravilloso! ¡Maravilloso! Entonces acompañen a Augusto, él les ayudará con la información y los recursos que necesiten, tan solo pidan. Les deseo la mejor de las suertes y espero verlos pronto.

—Disculpe, señor —exclamó Nicol de pronto—. Antes de empezar, me gustaría pedirle de favor que me deje investigar el lugar del que fue robada la corona.

—¿Quieres entrar a mis aposentos?

—Es parte de la búsqueda, claro.

—Admito que no me gusta la petición, ningún civil ha entrado a mi recamara jamás, mucho menos un extranjero. Pero si dice que eso la ayudará con su misión, entonces está bien. Síganme.

Todo el grupo siguió al rey a través de la cortina que continuaba entreabierta. Subieron por una escalera alta y amplia, hasta llegar al cuarto personal donde el rey dormía. El lugar era sorprendentemente espacioso y en la mayoría de las paredes colgaban enormes cuadros de marcos dorados con imágenes de reyes de antaño y paisajes soberbios. Debajo de cada uno había roperos, tocadores y mesas finamente talladas y decoradas a mano. Sin embargo, en una de las paredes colgaba un cuadro con las imágenes del rey y su esposa; a pesar de sonreír ambos, sus ojos reflejaban gran tristeza. Debajo del cuadro estaba la cama del rey, y junto a ella, en un bello pedestal de mármol, yacía un cojín aterciopelado, lugar donde debía descansar la corona cuando no era usada.

—Este fue el último lugar donde estuvo —señaló el rey—. Lo coloqué en su lugar, como todas las noches, y me fui a dormir. A mitad de la noche me desperté con necesidad y fui a otra habitación, cuando regresé la corona había desaparecido. Inmediatamente emití la alerta, pero no encontramos huella del ladrón.

Mientras el rey daba su explicación, Nicol se había acercado a la única ventana, donde se presumía había entrado el ladrón, la abrió y se asomó examinando cada detalle de su posición y su constitución. Notó que desde la ventana podía verse la mayor parte de Ventópolis, el bosque que habían visitado y hasta el horizonte donde antes se ocultaba la isla y el templo. Sin embargo, por la posición, resultaba difícil de acceder por fuera.

—¿Y dice que siempre ponía la corona en ese cojín? —preguntó Nicol sin quitar la vista del horizonte.

—Cada noche.

Nicol regresó y observó el pedestal donde había estado la corona. Entonces sacó su libro de hechizos del tatuaje en su mano, busco un hechizo y lo recitó en voz baja. Justo después el cojín comenzó a emitir una brillante luz azul la cual se desprendió del objeto suavemente y levitó hasta la mano de Nicol, ahora vacía.

—Sorprendente. ¿Qué clase de maravilla es esa, jovencita? —preguntó el rey cautivado.

—Es un buscador astral. Al descansar la corona por tanto tiempo en ese lugar ha dejado un rastro de su energía. Esta luz me indica su cercanía según el brillo que emita. Justo ahora es muy tenue; pero de haberse alejado demasiado de la ciudad ni si quera hubiese una luz. Aún hay esperanza.

Nicol después sacó de entre sus ropas una botella vacía, clara y limpia, y abriendo la tapa introdujo la luz en el interior, la cual se transformó instantáneamente en un líquido que se acomodó a la forma del interior. Luego la volvió a cerrar.

—Increíble —exclamó el rey—. Entonces, pónganse manos a la obra. Ahora no tengo duda de que serán capaces de recuperar mi corona.

—Claro. Mañana a primera hora —respondió Nicol, saliendo de la habitación.

—Pero ¿por qué no hacerlo ahora si ya pueden rastrearla?

—Discúlpenos, majestad —interceptó Tristán—, pero justo ahora seguirnos muy agotados por el viaje que hicimos hace poco. Su ayudante nos abordó cuando estábamos comiendo. Pero le aseguro que a partir de mañana nos concentraremos en cumplir con su mandato.

—Está bien. Ni ustedes ni yo somos dioses para no tener que descansar, aunque sea un poco.

Y terminando de hablar, el rey pidió a Augusto que acompañara a sus visitantes de vuelta a la taberna, lo que todos prefirieron a pesar de habérseles ofrecido la opción de hospedarse cerca del palacio, todos con excepción de Alastor que intentó abogar por aceptar la oferta, aunque sin éxito.

Al llegar a la entrada de la humilde posada el guardia del rey les explicó que regresaría por ellos a las siete de la mañana, con los primeros rayos del sol, para apoyarlos en todo lo que pudiera y necesitaran. Tristán y Vant, los únicos que se habían quedado para despedirlo, asintieron en señal de aceptación, y deseándose buenas noches se separaron.

De regreso en los cuartos, Nicol tomaba un relajante baño de agua caliente, sumergida plácidamente hasta el cuello. Desde fuera solo su cabello sobresalía de la tina. Con los ojos cerrados, pero con la mente ocupada, repasaba en su memoria todo por lo que habían pasado en los templos, en las situaciones de vida o muerte que habían logrado sortear. Pensaba en las criaturas que habían enfrentado, e inevitablemente pensó en Mefisto y en lo sucedido en el templo de la tierra, cuando habiendo perdido la esperanza, la espada ilaxición había aparecido como un rayo y se los había llevado de ahí en un destello. En medio del recuerdo terminó de sumergir la cabeza en el agua, como queriendo ahogar las preocupaciones. Al salir de nuevo, los cabellos mojados cayeron sobre su rostro y su pecho, haciéndola ver líneas que atravesaba el baño de arriba a abajo y lo cortaban en varios; así volvió ilaxición a su mente. Aquella visión producía algo en ella; esa espada era algo importante. No podría evitar pensar en lo que implicaba que Tristán, portara algo tan poderoso sin conocer ella todos los misterios que guardaba. Había algo más, estaba segura. Y sin pensarlo dos veces se levantó, salió de la tina, medio secó su cuerpo y se puso los pantalones y la camisa, tan rápido que dejó charcos de agua por donde pasó. Sacó su libro de su mano y lo abrió, buscó entre las páginas apresuradamente un conjuro el cual recitó una vez lo halló. Frente a ella apareció con cierto brillo un portal en medio del cuarto, una abertura en el espacio, lo atravesó y así como había aparecido este se desvaneció.

Justo detrás del fulgor se abrió la puerta de la habitación, y detrás de ella se asomó Tristán, quien regresaba para descansar. Lo primero que notó fue el agua en el suelo que formaba un sendero hasta el baño, así que se dirigió hasta ahí y movió la puerta esperando ver a Nicol dentro, pero no fue así. Buscó en toda la habitación, pero era evidente su ausencia.

—¿Habrá bajado a comer? —se preguntó Tristán saliendo de nuevo al pasillo.

Mientras buscaba las escaleras hacia comedor, se topó con Vant quien también buscaba su habitación para poder reposar.

—¿Vienes de abajo? —preguntó Tristán.

—Sí, fui a comer algo antes de acostarme. Desde que nos interrumpieron la cena quedé con hambre.

—Entonces habrás visto a Nicol allí.

—No, amigo —respondió Vant extrañado—. A esta hora hay muy pocas personas abajo, y estoy seguro de que ninguna de ellas era Nicol.

En ese momento, desde las escaleras, apareció Alastor cuyo rostro enrojecido de alegría se hacía ver. Un fuerte olor a perfume barato saturó el ambiente.

—Oye, Alastor. ¿Has visto a Nicol? —indagó Tristán.

—No, pero te puedo decir dónde encontrar a Jade.

Una sonrisa pícara se dibujó en su rostro demoniaco.

—¿Quién? —preguntó Vant.

—Lo único que se me ocurre —continuó Tristán— es que haya ido a su biblioteca.

—¿Biblioteca? ¿No está cerrada a esta hora?

—No la de Ventópolis. Ella tiene una biblioteca guardada en una dimensión de bolsillo. Ahí almacena su gran colección, una que sospecho ha crecido mucho con los años. ¿Quieres verla? No creo que tenga problemas con dejarte entrar.

—¿Y cómo llegamos hasta ella?

La pregunta había sido certera pues hizo recordar a Tristán que solo ella sabía entrar utilizando un ritual escrito en su libro personal. Podría tratar de recrear el conjuro, pero había mucho espacio para equivocarse.

—Yo te puedo ayudar —dijo Alastor—, pero me tienes que dejar entrar a mí también. Abrir portales requiere habilidades espacio-tiempo muy grandes, y más viajando entre dimensiones. A menos, claro, que tengas un catalizador, que me imagino es lo que tu noviecita usa. Y claro, yo tampoco tengo algo así, pero tengo un truco. Si encontramos el punto exacto en que abrió el portal yo puedo volver a abrir la puerta siempre que no haya pasado demasiado tiempo.

Tristán calló. Sabía que no era buena idea pues a ella no le gustaría, aunque no se le ocurría otra cosa.

—Entenderé tu silencio como un sí. Además, lo iba a hacer de todas maneras.

Alastor entró en la habitación cuya puerta seguía abierta, siguiendo el rastro que había dejado la magia. Se detuvo en medio e invocando magia oscura en la punta de su uña, rasgó en el espacio una abertura, una amplia herida en el tejido de la realidad, y en el otro extremo se vislumbró un salón lleno de estantes altos repletos de libros de todos tamaños y colores. Eran tantos que el espacio para caminar entre las pilas y estantes era demasiado reducido. La cantidad de volúmenes y textos era exorbitante; fácilmente se le podía equiparar con la gran biblioteca de ciudad Aquoria, la más grande del mundo. La mayoría estaban acomodados en su lugar en un orden nada aparente, pero los demás se encontraban regados por todo el piso, en torres que podían alcanzar hasta el metro de alto. Caminar por espacios tan apretados suponía poder derribarlos en cualquier momento.

—Vaya, la última vez que vine no había tantos libros —exclamó Tristán—. De verdad dio rienda suelta a su bibliofilia.

—¿Y eso hace cuánto fue? —preguntó Vant sin quitar la mirada del techo, tratando de calcular la cantidad de libros por estante.

Hace 500 años. Bueno, es bastante tiempo.

En medio del caos organizado encontraron a Nicol, aún en toalla, sentada frente a una mesa, la única en todo el lugar, leyendo un robusto libro de opaco forro, y sobre su regazo descansaba su libro de hechizos personal con el que siempre cargaba. A lado suyo, sobre la mesa, se alzaba también una pequeña pila de libros, pero estos estaban abiertos y habían sido recién consultados. El volumen que sostenía ente sus manos se titulaba "Artefactos mágicos y su poder: instrumentos nocturnos".

—Tu noviecita es todo un cerebrito —dijo Alastor—, como que ya no me gusta tanto.

—¿No será acaso que no sabes leer? —bromeó Vant, provocando una mirada rencorosa en el rostro de Alastor—. ¿Y de qué es tu libro, Nicol? —preguntó después de acercarse a ella.

Mas Nicol no pareció notar siquiera que le estuvieran hablando o que alguien había entrado a su lugar secreto. Vant insistió en llamar su atención.

—No te molestes —intervino Tristán al final—, cuando se pierde en un libro no hay fuerza que la logre sacar, es como si el resto de sus sentidos se apagaran, el oído, el olfato, el tacto, solo son sus ojos y el texto lo único que hay en el ambiente, el resto está en su cabeza. Aunque el mundo se acabara, ella no quitaría la mirada de su lectura.

—¿De verdad? Nunca había sabido de nadie así, es difícil de creer —admitió Vant,

—No es broma. Una vez, hace mucho, durante la guerra, un demonio nos atacó a ella y a mí en la habitación donde descansábamos. Tuve que luchar solo porque ella no movió ni un músculo por estar leyendo. La casa quedó destruida y ella jamás se percató de lo que sucedía. "¿Qué has hecho?", me dijo, como si yo hubiera tenido la culpa.

—Debe ser incómodo a veces.

—No realmente, me gusta eso de ella, de hecho.

—Yo no entiendo qué tienen de interesantes —dijo Alastor tomando un libro con desprecio—. Son cosas muy extrañas.

—Es más por una costumbre que los hechiceros y magos desarrollan. Siempre quieren conocer más y saber más, es por eso que gustan tanto del estudio y la investigación.

—Sigo sin entender —insistió Alastor—. Para mí lo mejor es salir al mundo y aprender directamente de las vivencias.

—Pero tú también utilizas hechizos. Así mismo ella también es diestra con la lanza.

—Porque son útiles para mí; los demás no veo porqué leerlos si no van a servir de nada. Unos cuantos para viajar, otros para pelear, es todo.

—Tal vez sea porque no sabes leer —agregó Vant molestando.

Alastor se adelantó hasta donde estaba Nicol con paso acelerado.

—¡Ya sé qué hacer para que nos haga caso!

Tristán trató de detenerle, pero ya era tarde, había dado un fuerte manotazo sobre las páginas del libro, haciéndolo azotar sobre la mesa, provocando que la pila cercana cayera por el borde. Casi inmediatamente y sin aviso un golpe dio contra la cara de Alastor quien dio de espalda después contra el suelo, alborotando aún más los volúmenes tirados.

—¡Maldición! ¡Si fuera por mí te mataba ahora mismo para que aprendas a no meterte conmigo! —gritó Alastor con gran furia que ya había saltado para ponerse de nuevo en pie.

—¿Dijiste algo? Espera, ¿Cómo entraste aquí? —exclamó Nicol, mirándole a los ojos como si acabara de darse cuenta de su presencia.

En la confusión del momento, Tristán aprovechó y tomó de la mesa el libro, luego lo ocultó de la vista de Nicol para que no pudiera volver a él, perdiéndose de nuevo.

Cuando la íxiren al fin reaccionó y regresó al momento presente, se sorprendió de que todos estuvieran ahí.

141

—¿Cómo es que lograron entrar? Largo ustedes dos inmediatamente, si quisiera tontos en mi biblioteca habría comprado todos los volúmenes de "La dama en sociedad".

—Yo los traje —volvió a reír Alastor como si su arranque de ira no hubiese pasado—. Tu pequeño secreto no está a salvo de mí.

—Tú, despreciable y miserable…

—¡Nicol! —interrumpió Tristán—, yo les conté de este lugar. Lamento haber revelado tu secreto, pero quería saber cómo estabas. Cuando entras aquí es por algo importante, algo que te inquieta.

—¿Será acaso algo sobre la corona? —inquirió Vant—. ¿O tal vez sobre Ventópolis?

—Nada de eso. Empecé buscando algo sobre un artefacto, y al final leía sobre la piedra lunar.

Capítulo 16: La guardia real de Ventópolis

Tristán sostenía el libro que hasta hace unos momentos Nicol había estado leyendo con profundo interés. Desde siempre ella gustaba de perderse en la lectura de temas apasionantes y siempre con ojos de infinita curiosidad. Él, por su parte, no se sentía tan afecto a la búsqueda del conocimiento, sin embargo, gustaba de vez en cuando leer, la mayoría de las veces por entretenimiento. Prefería los libros sobre viajes fantásticos y llanuras inexploradas, largas travesías y gallardos héroes, tal vez por eso disfrutaba mucho la vida que le había tocado, y de vez en cuando, en secreto, le gustaba embelesarse con los versos de hermosa poesía; en el fondo se consideraba un romántico. Pero mientras escuchaba a Nicol hablar de un artefacto mágico en especial, la curiosidad le invadió, así que levantó el libro que escondía y buscó la página exacta que había estado leyendo.

— ¿Y para qué sirve ese artefacto? —preguntó Vant confundido.

—Es más lo que hace cuando no lo usas —expresó Nicol—. El libro menciona que es un artefacto que se cree fue creado por los dioses hace milenios. Al parecer es parte de un conjunto; se complemente con "la piedra del sol". ¿Para qué sirven exactamente?, no lo sé, la información no es muy clara. Pero advierte que su poder atrae naturalmente criaturas de la noche; son llamadas por el poder que emana. Augura que en manos inocentes es una sentencia de muerte.

—¿Crees que es lo que Alexander oculta en su carreta? —inquirió Tristán cerrando de nuevo el libro.

—Me impresionas, querido —respondió Nicol— Sí, es justamente lo que estaba pensando. Y creo que él no está consciente de lo poderoso y peligroso que es. Creo que subestima su importancia considerándolo un simple negocio más. Y eso nos perjudica, y yo no lo soporto.

—Pues hay que quitárselo ya. Si me dejan me puedo encargar —sonrió Alastor.

—Por fin estamos de acuerdo en algo —respondió Nicol.

—No es correcto —replicó Vant—. No debemos hacer así las cosas. Hablemos primero con él.

—Qué patético —gruñó Alastor—. Nos lo dará si lo obligamos. No puede con nosotros.

—¿Y si a causa de eso decide no llevarnos más?

—También lo podemos obligar a eso.

Vant y Alastor discutían acaloradamente, lanzándose de vez en cuando algún improperio. Tristán, sin embargo, permanecía callado y pensativo. Entonces Nicol se acercó a él.

—¿Qué opinas? —le preguntó abrazándolo por la espalda.

—Sabes lo que opino. No me agrada hacer las cosas por las malas. No agrediremos a nadie si puedo evitarlo. Aunque sin duda me preocupa cómo lo tomaría.

—Tú el plan "A" y yo el "B", ¿te parece?

—Está bien.

—¡Está decidido! —gritó Nicol interrumpiendo así la discusión ente Vant y Alastor—. Hablaremos con él antes de partir y en cuanto terminemos el encargo del rey. Así lo decidió Tristán.

—Me alegra escuchar que aún hay alguien con sentido común en el grupo —dijo Vant satisfecho.

—Claro está que, si no logramos convencerlo, se la robaré— sonrió Nicol.

Una vez que hubo quedado todo dicho sobre el tema, todos salieron de la biblioteca. Por delante Alastor, seguido de Vant, luego Tristán y por último Nicol, quien hizo desaparecer el portal una vez que estuvieron todos fuera.

De inmediato, Vant se dirigió a su habitación pues ya quería descansar. Alastor dijo que él regresaría después, y como siempre hacía lo mismo, nadie le replicó nada. Tristán y Nicol cerraron la puerta de su habitación, se quitaron la ropa y se acomodaron en la cama dispuestos a dormir.

Finalmente, las luces de la posada quedaron apagadas y todo quedó en silencio. En las calles las luces se extinguieron una por una, dejando solo el opaco resplandor de los mansos faroles. Se hizo el silencio, quedando solo un ligero rumor que se deslizaba por fuera de la posada y ente los oscuros callejones. Alastor avanzaba sigilosamente, pasando desapercibida su presencia. Y deteniéndose en el rincón de una oculta callejuela se aseguró que nadie lo hubiera seguido o lo estuviera observando, volteando la cabeza en todas direcciones. Entonces desenfundó la espada que ocultaba en su sombrilla y dibujó un círculo mágico de lo más extraño en el suelo. Sacó unas cartas de su ropa, las colocó en el círculo e inflamó todo en fuego negro que se elevó y se deformó tomando la forma de un rostro burdo y sin detalles. Una voz suave pero profunda emergió.

—Ha pasado un tiempo desde que te reportaste.

—Pido disculpas — respondió Alastor—, pero al fin conseguimos la llave del viento. Ahora en nuestro poder tenemos dos, y una vez que terminemos aquí buscaremos la tercera.

—Excelente. ¿Han tenido algún inconveniente después del enfrentamiento con Mefisto?

—Nada de lo que deba preocuparse. Aunque me costó trabajo contenerme para no matar al viejo ese después de la paliza que les dio a Tristán.

—Y los ixírenes, ¿sospechan algo de nuestro plan?

—En lo absoluto. Cada vez confían más en mí, igual que el soldado.

—Bien, sigue así. Recuerda que son la pieza central de todo. Continúa protegiéndolos y procurando que crezca su poder, deben volverse más fuertes. Hiciste bien en no revelar tu fuerza, de contrario habrían pensado que eres su enemigo, y ese malentendido podría arruinar mi plan.

—Así lo haré, no se preocupe.

—¿Algo que te molesta?

—Nada…

—No tienes motivo para sentir envidia. Aunque el objetivo es que lleguen a ser más fuertes que tú, siempre serás de mi predilección, a nadie le he perdonado tantas faltas.

—He sido una mala oveja, señor —respondió Alastor taimadamente—, pero no se preocupe, no son celos, solo que voy a otro lugar después de esta reunión.

—Tu hedonismo desenfrenado de nuevo. Solo no descuides la misión.

—Jamás lo he hecho. A veces es parte de la misión —rio de nuevo Alastor.

—Vigílalos de cerca y ten cuidado. Solo tú puedes realizar una misión tan importante. Confío en tus habilidades.

Justo después, el fuego que formaba el rostro se consumió en humo, haciendo caer las cartas al suelo una a una. Alastor las levantó del suelo y las volvió a guardar entre los pliegues de su ropa, enfundó su espada y salió a la luz de la luna. Caminó un rato más por las calles, perdiéndose entre ellas, buscando algo que le satisficiera.

A la mañana siguiente, cuando los rayos del sol apenas se alzaban en el horizonte, un fuerte grito y unos agitados golpes en la puerta despertaron a Tristán y a Nicol. Al asomarse ambos por la ventana vieron a Augusto, de pie frente a la posada con un carruaje esperando junto a él.

—Vaya que son insistentes. Aún es temprano y éste ya nos está presionando —gruñó Nicol tomando su ropa y comenzando a ponérsela.

Tristán, por su lado, lo primero que hizo fue salir de la habitación y tratar de despertar a Vant, quien probablemente no habría escuchado el ruido. Después de un par de intentos por despertarlo al fin salió, y juntos fueron a la habitación de Alastor, Al tocar escucharon su voz, diciéndoles que podían entrar. Al hacerlo contempló una escena familiar, pues en la cama de Alastor dormían plácidamente un hombre y un par de mujeres, con el maquillaje corrido y los cabellos alborotados, aunque el demonio no estaba ahí. En ese momento la puerta del baño

145

se abrió y de ahí apareció, con una toalla cubriéndole desde la esbelta cintura, aunque exhibiendo despreocupadamente sus senos. Parece ser que acababa de tomar un baño.

—¡Pero ¿qué haces?! —gritó Vant incómodo—. Cúbrete, por favor. ¿Dónde está tu ropa?

—Yo no tengo la culpa de que llegaran justo cuando voy saliendo de bañarme.

—¿Por qué no me sorprende que no tengas ni tantita vergüenza? Sabes, es casi como si fueras —Vant pensó un momento— pura lujuria. ¿Cómo no me había dado cuenta antes?

La expresión en la cara de Alastor se congeló; no se le ocurrió que Vant pudiera saber sobre la guardia y ahora se encontraba al descubierto. Inmediatamente, como es natural, trató de negarlo y desviar la atención.

—Yo creo que solo estás celoso porque no has estado nunca con alguien. Claro, así todo puede parecer desenfreno.

—Eres parte de la guardia real demoniaca, ¿no es así?

—¿La qué? ¿De qué hablas?

—Dime. ¿cuán grande es tu poder? Incluso me atrevo a afirmar que superas por mucho a Mefisto. Nos has estado engañando todo este tiempo.

—Está loco. No vas a creer esa tontería, ¿o sí? —preguntó Alastor mirando a Tristán.

—Cuidado, podría ser un asesino —exclamó Vant acercándose también.

—Tranquilo —interrumpió él—. Ya sabía de eso. Desde hace tiempo que lo sé.

—¿Sabes de la guardia? —preguntó Vant atónito.

—Claro. En la guardia están Baal que personifica la soberbia, Lilith que personifica la envidia y Belzebuth que personifica la ira, los demonios más poderosos que en la antigüedad lideraron las guerras contra los ángeles. Nadie sabe dónde están, salvo Baal que gobierna en el infierno. Los demás probablemente son parte del culto de la sangre, todos son pecados capitales encarnados. Y Alastor, claramente es la lujuria. Lamento no habértelo dicho, amigo, pero no quería que te preocuparas demasiado, aunque al menos ya todo quedó claro.

Ambos estaban atónitos por la confesión, Vant por la tranquilidad que su amigo presentaba a pesar de lo grave que consideraba el asunto, y Alastor por la confianza que Tristán le había conferido a pesar de haber descubierto su engaño, a pesar de saber que, de haberlo querido, podría haberlos ayudado en las situaciones más peligrosas.

—Entonces es nuestro enemigo. Debemos huir.

—No se irá. Alastor es de los nuestros, parte del grupo.

—No estoy de acuerdo con tu decisión, Terry. Nos has puesto en peligro a todos al no decirnos.

Vant, inconforme, salió de la habitación rápidamente para terminar de alistarse, bajando después las escaleras a esperar a los demás afuera.

—¿Desde cuándo lo sabes? —preguntó Alastor de pronto.

—Desde la pelea con Mefisto. Cuando te conocí me surgieron sospechas, pero al verte luchar supe que te estabas conteniendo. Luego Nicol investigó un poco y me confirmó las sospechas, tus aventuras nocturnas en las posadas solo lo evidenciaron más. Me sorprendió saber que eras de la guardia real, pero creo que las veces que nos salvaste fueron sinceras.

Alastor no respondió, pero era evidente que su corazón se había conmovido. Tristán continuó.

—Supongo que alguien te mandó, alguien que tiene interés en nuestra misión. Tal vez Mefisto traicionó al culto, o quizás nunca fue parte de él, ignoro cómo se conforma ese lugar, pero también quieres detenerlo.

—Lo siento, pero eso debo seguir manteniéndolo en secreto —respondió Alastor.

—Lo entiendo, no te preocupes. Creo que todo se revelará en su momento —Tristán sonrió—. Bien, démonos prisa que el rey nos está esperando —fue lo último que dijo antes de ponerse en marcha.

En la calle, Augusto y Nicol ya los esperaban.

Una vez que todos estuvieron preparados, se reunieron afuera junto al carruaje del rey. El guardia los invitó a subir y a comenzar con el cumplimiento de su deber. Sin demora, llegaron hasta el portal y de ahí una vez más a la alta Ventópolis.

En el camino hubo un largo silencio, uno que repentinamente fue interrumpido por Augusto quien decidió explicarles los primeros menesteres que les atendían. Aparentemente una operación en busca de la corona ya había puesta en marcha hace tiempo a cargo de uno de sus generales de alto rango, pero después de varios días no habían logrado nada significativo.

El carruaje llegó finalmente al gran palacio de plata y marfil, atravesaron el patio y volvieron a entrar a través del gran portón real. Bajaron del carruaje e ingresaron, anduvieron a pie por la impresionante alfombra roja que se extendía por cada salón y cada pasillo como un sublime río que indicaba el camino hasta su cauce. Ahora, en lugar de tomar el camino al cuarto del rey, dieron vuelta a la izquierda hasta salir a los jardines traseros, ingresando después por las puertas de una base presuntamente blindada; eran los cuarteles de inteligencia de los guardias.

Había dentro pocas personas, pero por las armaduras e insignias todos los presentes ostentaban importantes cargos dentro de la organización. Augusto, entonces adelantándose, los llevó hasta un hombre quien se inclinaba sobre un mapa extendido en la mesa de operaciones.

—Les presento al general Luthen —dijo deteniéndose frente a un hombre de fuerte mirada y barba tupida que portaba una gruesa armadura color negro que los saludó cordialmente—. Él es el encargado de la búsqueda de la corona y líder de los hombres que resguardan los muros desde hace varios meses. General, ellos son los valientes que el rey confió para ayudarlo a buscar la corona.

—Así que ustedes son los que hicieron volar la isla del este —dijo el general con cierto tono de arrogancia—. Ustedes son lo único de lo que mis soldados hablan.

—No es para menos —exclamó Nicol adelantándose—, hicimos algo que nadie más había podido lograr.

—Vaya, señorita, no me imagino a alguien como usted en misiones tan peligrosas. Hace bien en viajar con acompañantes.

—Pues tendrá que acostumbrarse. Y mejor que sea pronto que no me gusta perder el tiempo con cortesías. Con el rey no tengo opción, pero a usted le pido que nos diga de inmediato lo que sabe para poder hacer nuestro trabajo.

—¿Cuál es su nombre?

— Mi nombre es Nicol.

—Bien, Nicol. Venga y le mostraré en lo que trabajamos aquí.

El general los invitó a la mesa de operaciones al centro de la habitación, lo que molestó un poco a sus compañeros. Encima había un mapa extendido de la ciudad con puntos marcados con tinta, probablemente los puntos vigilados o los lugares sospechosos. También había nombres, ninguno conocido, algunos tachados algunos remarcados. Al lado de la mesa había más mapas de la región, del continente del mundo junto con un diagrama viejo detallado del castillo.

—La corona desapareció hace unas cuantas semanas —comenzó a explicar el general—, por lo que, si fue robada, que es lo más probable, ya se encuentra lejos de la ciudad. En el momento en que nos dimos cuenta mandamos a supervisar todas las entradas y salidas con extrema cautela. También hemos mandado equipos para que busquen pistas en un radio de varios kilómetros a la redonda. Desafortunadamente no hemos logrado averiguar nada.

—Vaya, han estado investigando tanto tiempo y todo lo que saben yo lo pude descubrir en un par de minutos —exclamó Nicol sacando de entre sus ropas la botella con el líquido brillante que había obtenido en los aposentos del rey, tomó la botella y vertió la sustancia sobre su mano, adquiriendo de nuevo su estado anterior de luz—. Esta magia brillará con más intensidad entre más nos acerquemos a la corona. Con esto no creo que nos tome más de unas cuantas horas, un par de días a lo mucho, dar con los responsables, dependiendo de qué tan lejos estén.

El general Luthen lucía intrigado, aunque más bien parecía molesto al haberse sentido humillado y a su equipo. Sin embargo, guardó la compostura y continuó explicando.

—Eso será lo mejor, así podremos terminar con todo esto lo antes posible. Las cosas podrían salirse de control.

—Entonces deje de perder el tiempo y continuemos —presionó Nicol.

—Con ayuda de su magia, al fin lograremos dar con el escondite exacto de los ladrones. Creemos que se encuentran en un bosque cerca de aquí, pero ya lo hemos recorrido y no los hemos hallado.

—¿Bosque? Tal vez Zayrus haya visto algo —agregó Tristán.

—¿Zayrus? ¿Quién es él? Jamás había escuchado ese nombre —escudriñó el general acercándose a él.

—Es un amigo nuestro. Él y su grupo defienden el bosque desde hace varias generaciones. Me sorprende que no lo conozcan, aunque considerando los problemas es de entender.

—¿Cómo se llama, disculpe?

—Mi nombre es Tristán, y soy un íxiren igual que Nicol. Él es Vant, soldado de alto rango de la Unión, y después está Alastor, le adelanto que es un demonio.

—Ya veo. Un grupo muy singular, sin duda, con dos señoritas muy bellas. Pero sígueme contando sobre este amigo tuyo, el que se oculta en el bosque. Cualquier pieza de información es de ayuda, y combinado con la magia de Nicol seguro tendremos la corona aquí antes del anochecer.

—Sí, supongo que sí. Estoy seguro de que estará dispuesto a ayudarnos.

—¡Entonces está decidido! —gritó Luthen— Nuestro primer paso será encontrar a tu contacto, después rastrearemos la corona usando la magia de Nicol para saber por dónde ir. Mis soldados estarán listos pronto.

Apresuradamente el general habló con compañeros suyos que se encontraban en la sala, les dio órdenes susurrándoles algo al oído e inmediatamente ellos tomaron acción. Entre todo el movimiento y el alboroto el grupo de Tristán fue conducido por otro de los soldados para que esperara fuera de los cuarteles, en lo que se reunían los hombres que iban a formar parte del equipo.

Pasado un rato un grupo de más de 20 soldados se había reunido frene al castillo, todos uniformados y en fila. Eran los soldados más allegados y de confianza del general Luthen, incluso presumía haberlos entrenado y educado en persona. Por los colores de las armaduras, negro y azul, era claro que eran los mismos que habían estado cuidando las entradas y los accesos de la ciudad por mucho tiempo. Ya todos reunidos avanzaron por las calles de la ciudad hasta salir, dirigiéndose al bosque donde se habían encontrado con Zayrus. Al frente iba Tristán, Vant lo seguía y luego Nicol, quien no había dicho nada desde que salieron del cuartel.

—Lo mejor será que se queden al margen —le indicó Tristán a Luthen y a su destacamento—. Yo seré quien hable con él para explicarle la situación. Una vez que todo esté en orden les daré la indicación para que salgan.

—Así se hará —contestó Luthen, y dando una orden a sus soldados, estos se comenzaron a ocultar entre los árboles.

Solo el grupo de Tristán avanzó. No tardó mucho en que aparecieran Zayrus y Nayri junto con un grupo de hombres lobo que, para ese momento del día, tenían su forma humana.

—Tristán, Nicol, todos están aquí. No esperaba verlos en mucho tiempo. ¿A qué debo esta sorpresa?

—Necesitamos tu ayuda, amigo, y el de los tuyos —respondió Tristán amigablemente.

—¿Y cómo podría ayudarlos?

—Necesitamos encontrar algo. Si lo logramos, se solucionarán sus problemas con la ciudad. No tendrán que pelear más.

—Agradezco tu preocupación —dijo Zayrus—, pero no nos detendremos contra ellos.

Antes que Tristán pudiera responder, de entre los árboles salieron como rayo los soldados, apuntando sus armas y sometiendo a los hombres lobo que lograban alcanzar. Algunos incluso trataron de defenderse, pero tan solo se encontraron de frente con un puño o con una espada.

—¿Qué es todo esto? ¡¿Qué está pasando?! —gritó Zayrus, temeroso y preocupado por los suyos.

Entre el grupo, avanzando con paso firme y arrogante, apareció Luthen quien empuñaba su espada y la apuntaba directamente a la cara de Zayrus.

—Luthen, ¿qué crees que estás haciendo? —Tristán estaba terriblemente confundido.

—Mi trabajo. Hemos estado siguiendo a estos hombres lobo por mucho tiempo. Ellos robaron la corona, estamos seguros. Haremos justicia en nombre del rey. Ahora díganos —amenazó—, ¿dónde la esconden?

Zayrus no respondió a la amenaza, en lugar de eso se transformó en hombre lobo y gruñó en señal de lucha; no iba a permitir que le intimidaran.

—Te recomiendo que no te resistas —en ese momento los guardias que habían sometido a los demás hombres lobo amenazaron con cortarles el cuello, incluso uno de ellos sostenía su espada cerca del cuello de Nayri—, o ellos lo pagarán.

—¡No! ¡Esto debe de ser un error! —Tristán trató de acercarse a Luthen para hacerlo entrar en razón, pero en el momento en que se movió los guardias volvieron a amenazar con muerte.

—¿Crees que es un error? Déjame mostrarte que, si hay algún error aquí, es tuyo. Niña —gritó refiriéndose a Nicol—, déjanos ver tu magia.

Una vez más, de entre su ropa, Nicol sacó la botella con el líquido brillante. Grande fue la sorpresa de todos al ver que el brillo que emanaba era intenso; la corona estaba cerca, en algún lugar del bosque sin duda.

—Lo lamento, pero la magia no se equivoca —dijo Nicol preocupada y pensativa.

—Les prometo que recibirán el reconocimiento del rey —continuó Luthen—, por habernos ayudado a encontrar a los responsables y ayudar en la recuperación de un objeto tan importante como la corona del rey. Ahora que ha terminado su deber, déjenos hacer nuestro trabajo.

—¿Cómo pudieron? —gruñó Zayrus mirando a Tristán a los ojos, iracundo y profundamente decepcionado.

En ese momento un golpe atravesó la cara del hombre lobo de lado a lado, regresándolo a su forma humana, dejándolo inconsciente y a merced de la ciudad y de su rey.

Capítulo 17: Traición

Con golpes, insultos y puntapiés, los guardias se llevaron a todos los hombres lobo sometidos; algunos intentaron escapar, pero pronto les dieron caza los soldados de Ventópolis astutamente colocados en los alrededores. Inclusive, uno de ellos murió intentando defenderse y escapar.

Tristán no podía creer lo que veía, había sido engañado y utilizado para acercarse a ellos, mas no se atrevía a hacer nada por la luz que Nicol sostenía en la mano le indicaba que la corona se encontraba en algún lugar del bosque que Zayrus había cuidado. ¿En verdad su amigo había sido el responsable del robo? De pronto se acercó al general para intentar razonar con él.

—Debe de haber un error —reclamó—. Yo conozco a Zayrus desde hace mucho tiempo y él sería incapaz de hacer algo así. Por favor, déjeme hablar con él y yo resolveré todo.

—No es necesario —respondió Luthen sin quitar la mirada del bosque frente a él—, nosotros buscaremos la corona a partir de este punto. El bosque es bastante grande y nos llevará un rato. Ustedes vayan con el rey y díganle de mi parte que han cumplido con su encomienda, que puede ahora darles su recompensa para que sigan con su camino lo antes posible. ¿No era eso lo que querían?

—Sí, pero primero debo hablar con Zayrus.

—Te daré un consejo, Tristán. Aprende que a veces el deber es más importante que la amistad. Los amigos, las personas, cambian y pueden engañar, más el deber siempre será claro.

—No puedo aceptarlo.

—Dime estás consciente del conflicto que hemos tenido contra ellos, ¿no? Estamos al borde de una guerra y nos consideran sus enemigos. ¿No cree que el robo de la corona haya sido parte de su ataque? ¿No es mejor haber salvado vidas dando fin al conflicto?

—Pero ellos…

—Ellos serán juzgados con base en sus actos. Están en manos de la ciudad ahora.

—Vámonos, Tristán —intervino Nicol mirándolo a los ojos—. Nuestra responsabilidad aquí terminó. Sabes que tenemos una misión más importante que nos espera en los puertos.

—Por cierto, señorita —añadió Luthen—, ¿podría prestarnos la magia que ayuda a rastrear la corona?

Nicol entregó el frasco sin reproche. Después tomó a Tristán del brazo y se retiraron. Vant y Alastor los siguieron detrás.

Regresaron de inmediato al castillo para buscar al rey y hablarle de los hallazgos. En los pasillos del palacio se encontraron con Augusto quien los saludó y les preguntó acerca de su trabajo.

—Nuestro deber ha concluido —respondió Nicol—. Encontramos a los responsables y su escondite está siendo ahora investigado por el general Luthen y sus hombres.

—Eso es maravilloso —dijo Augusto encantado, aunque algo confundido—, pero pensé que tendríamos la dicha de verlos llegar con la corona en sus manos y una fanfarria a espaldas para que se la entregaran personalmente al rey. Bueno, supongo que no todo es como las aventuras de los libros, la realidad suele ser más aburrida. Siendo el caso, les agradezco a todos. Acompáñenme para que den el reporte al rey.

—Gracias, pero primero queremos ir a comer algo —dijo Nicol—. Espero no le importe, nos dijeron que podíamos disponer de la comida del castillo mientras estuviéramos en la misión.

—No es un inconveniente en lo absoluto. El comedor está por la derecha, siguiendo este pasillo. Cuando estén listos, búsquenme por estos pasillos,

Augusto Morieti se retiró y permitió que el grupo siguiera con su camino. Así entonces se disponían a tomar el pasillo indicado cuando Nicol los comenzó a guiar por otros pasillos, mirando de vez en vez detrás de cada puerta. Llegado un momento, abrió una de ellas y entró despreocupada.

—¿Qué hacemos aquí? —preguntó Vant.

—Si no me equivoco, en el cuarto del general Luthen.

—No podemos, esto no está permitido. Hay que salir.

—Alastor, seguramente ya te disté cuenta también —dijo Nicol—. Nos tendieron una trampa.

—Te diste cuenta —exclamó Alastor guardando una medalla de oro en sus bolsillos—. Sí, del general emana un aura extraña, muy poderosa y oscura, casi como la de un demonio.

—Él es un humano —continuó Nicol—, no es normal que desprenda un aura como esa. Desde el momento que lo conocimos sentí algo, pero me tomó un tiempo darme cuenta de qué era exactamente.

—¿Y por qué no lo dijiste antes? —inquirió Tristán.

—Tenía que saber cuáles eran sus intenciones; inculpar a los hombres lobo del problema es solo una coartada. Hay algo detrás.

—¿Es por eso no dijiste nada mientras golpeaban y se llevaban a nuestros amigos? Los hubiéramos detenido. — añadió Tristán angustiado. — incluso uno de ellos murió.

—La gente muere todos los días mi amor. Debían pensaran que no intervendríamos. De lo contrario todo se hubiera salido de las manos y jamás encontraríamos la corona, Luthen lograría su objetivo y seguramente muchas más vidas se perderían. Ahora, por favor, déjame trabajar y después nos preocuparemos por salvar a Zayrus y a los demás.

Nicol le dio un beso a Tristán para intentar calmarlo un poco, entonces volvió a sacar su libro de hechizos, agitó sus páginas y se detuvo justo a la mitad. De su mano invocó ondas oscuras que atravesaron el aire y alcanzaron cada rincón del cuarto. En ese momento un sonido regresó flotando en el aire y un camino de tenue humo se extendió sobre ellos.

—Vengan, por aquí —dijo Nicol.

Nicol avanzó, siguiendo la esencia del aire que, aunque se dividía por todos los pasillos que el general hubiera recurrido en el pasado, probablemente todos ellos, se enfocaba en alguno que no tuviera sentido o razón de ser. El rastro los conducía afuera del palacio y seguía hasta el transportador que llevaba a la baja Ventópolis.

Sabían cuál era su camino, pero antes de seguir decidieron buscar a Augusto para solicitarle ayuda. Recorriendo los pasillos cercanos al rey y no tardaron en dar con él. Le explicaron la situación que acontecía: sobre el aura que rodeaba al respetado general, lo sucedido en el bosque con los hombres lobo y las fuertes sospechas que les aquejaban. Augusto no estaba seguro de lo que debía hacer, siempre había sido muy cauteloso con su proceder, así que el sugirió acompañarlos en sus sospechas por la ciudad.

De esta manera, ya todos juntos, descendieron por el transportador y recorrieron las calles que comenzaban a vaciarse mientras caía la tarde. Llegaron al cabo de un rato hasta una pequeña construcción cerca de los límites de la ciudad, oculta entre varias callejuelas solitarias: una habitación en cuyo interior se guardaba herramienta y maquinaria vieja y sin utilizar.

—Es la entrada a los túneles —explicó Augusto—. Fueron construidos hace muchos años con la intención de servir como refugio y método de escape para los ciudadanos en caso de una guerra.

—¿Escape? —preguntó Nicol—. Entonces los túneles se extienden fuera de la ciudad.

—Así es. A varios kilómetros hasta una ruta segura.

—¿Y pasan por el bosque al este de la ciudad?

—No lo sé, hace mucho que no se usan, pero se dividían en varias direcciones, al este, al norte y al sur, principalmente, dependiendo de la situación. Pero un camino al norte lleva hasta una pequeña ciudadela refugio.

—Eso lo explica —respondió Nicol avanzando hacia la puerta.

El viento comenzó a correr furioso, juntándose en la palma derecha de Nicol que la impactó contra la puerta cerrada haciendo volar el candado. —¡Fuutus!

—No está permitido usar los túneles a menos que lo indique el rey o el ejército —reclamó Augusto.

—Escúcheme bien —dijo Nicol—. Debe ir con el rey y advertirle que la ciudad podría estar en peligro. Tiene que confiar en nosotros.

Augusto dudó un momento de la petición que le habían hecho, sin embargo, decidió confiar en ellos pues su instinto así se lo dictaba.

Los cuatro entraron a la habitación, advirtiendo de inmediato la trampilla de abertura amplia en el suelo cubierta por una gruesa tapa de acero. Fácilmente lograron abrirla y saltando de uno en uno llegaron hasta los túneles de roca y tierra que recorrían la ciudad. A cada lado se extendía la penumbra indefinidamente, más con ayuda de la esencia que Nicol aún percibía en el aire, supieron qué dirección tomar.

Llegaron al cabo de un rato hasta una cámara, apenas iluminada por la luz de unas antorchas, en cuyo centro reposaba un gran cofre cerrado con un robusto candado al frente.

—¿Qué es todo esto? —preguntó Vant asombrado, acercándose lentamente hasta el cofre.

—Creo que los túneles no están en desuso —respondió Tristán.

Nicol se acercó al cofre y con un movimiento de mano rompió el grueso candado de acero. Repentinamente, una voz retumbó desde la oscuridad.

—¿Qué creen que hacen aquí? Les dije que regresaran con el rey y que se largaran de mi ciudad.

Desde las sombras una figura apareció. La esencia maligna proveniente en el aire era tan intensa que incluso Tristán y Vant lograban sentirla.

—Miserable —increpó Nicol—. Fuiste tú quien robó la corona. Traicionaste al rey al que decías servir, general.

Tristán y Vant abrieron el cofre y vieron la corona envuelta con tela, confirmando así los crímenes de Luthen.

—Creo que los subestimé —respondió Luthen estoicamente.

—¿Por qué lo hizo? —preguntó Tristán furioso, pensando en los inculpados injustamente —. ¿Qué pretendía lograr?

—Pretendo lograr la salvación de la ciudad. Ante un mundo que se aproxima a la destrucción hay que tomar decisiones fuertes. Traté de advertirles a todos que estábamos en peligro en el momento en que me di cuenta de lo que estaba pasando. Advertí al rey en persona, pero no quiso escucharme. "La ciudad es la más segura del mundo", me dijo, pero ya demostré que es vulnerable.

—Nosotros salvaremos el mundo —dijo Tristán tratando de razonar con él—. Detendremos a Mefisto y evitaremos que el mundo caiga en la ruina. Te pido que te detengas. Te prometo que el mundo no terminará en destrucción.

—No sabes lo que dices. Lo que viene no se puede evitar, ni por ti, ni por nadie —insistió Luthen—. Yo mismo lo he visto. Hace mucho tiempo tuve una visión de la destrucción que viene.

—Yo creo que estás loco —dijo Alastor.

—Eso mismo pensé yo —respondió Luthen—, al principio. Ha habido paz por mucho tiempo, ¿por qué habría de cambiar? Pero las visiones continuaron noche tras noche, mostrándome ciudades en llamas, campos cubiertos de sangre, bosques enteros arrancados del suelo. Era el infierno en la tierra. Después entendí que de hecho eran una advertencia de lo que vendría, y yo había sido elegido para salvar a mi ciudad del desastre. El problema era que nadie lo iba a creer, así como ustedes ahora.

—¿Y robar la corona para qué? —preguntó Nicol desafiante—. ¿Para quedar como el héroe una vez que la recuperaras y así todos al fin te escucharían? Detuviste a los culpables, un montón de hombres lobo que la gente ya de por sí odia gracias a ti, y lo único que faltaba era regresar aquí por la corona y entregarla.

—Qué lista, pero no —respondió Luthen—. Yo he venido a destruirla —el general desenvainó su espada preparándose para atacar. Al mismo tiempo, la poderosa aura maligna envolvió su cuerpo, aumentando su energía.

Tristán, Vant y Nicol también prepararon sus armas sabiendo que el general no se detendría.

Luthen fue el primero en atacar. Se lanzó sin piedad contra Tristán quien se encontraba más próximo. El movimiento fue tan veloz que apenas pudo ser detenido con ilaxición para después separarse y evitar un contraataque.

Vant intentó perseguirlo, chocando espadas nuevamente, pero la batalla estaba muy pareja y por cada movimiento que uno hacía, el otro lo respondía de inmediato. Intentó atacar con hechizos cuando Luthen se alejaba. ¡Juicio Final! Pero la velocidad del general era superior y lograba esquivar con facilidad los rayos.

Tristán blandió su espada y se unió a la batalla; entre los dos tendrían más posibilidad de derrotarlo, mas Luthen no retrocedía un solo paso y lograba lidiar con ambos. Como militar de alto rango y guerrero prodigio, demostraba su entrenamiento y su experiencia en combate.

Lucharon arduamente y las chispas saltaban con cada encuentro de las hojas de sus armas. De igual manera, Vant continuaba lanzando hechizos contra el general buscando impactarlo y detenerlo lo suficiente para que Tristán tomara ventaja. Sin embargo, no daba resultado.

—¡Nicol! ¡Necesitamos tu ayuda! —gritó Vant.

Y rápidamente, Nicol se posicionó detrás de Luthen con su daga en mano. Lanzó una aguda estocada que impactaría contra su espalda, pero el general lo evitó dando un salto, aunque si alcanzó la armadura. Por fortuna esto provocó que el general perdiera el equilibrio y aminorara su velocidad en la caída, dándole tiempo a Tristán de tomarlo por la pierna y azotarlo de frente contra el suelo.

—Tal vez lograste engañar a todos —dijo Nicol a su enemigo—, pero a mí no puedes engañarme.

Y sin decir una sola palabra más, Nicol invocó su lanza y con una fuerte estocada atravesó el torso de Luthen de extremo a extremo, haciendo brotar la sangre rápidamente.

—Yo pensé que lo llevaríamos con el rey —exclamó Tristán consternado.

—No podíamos dejar que se recuperara —respondió—. Era demasiado peligroso.

—No somos jueces de nadie —reprochó Vant molesto—, debimos haber regresado con el rey para que fuera juzgado.

—¿Y tú crees que Zayrus y los demás iban a recibir un juicio? Quería destruir la corona para enviarlos a muerte.

Tristán se alejó un momento para descansar pues la batalla le había exigido mucho.

—Esto no ha terminado —susurró de pronto Alastor para sí y un poco para los demás.

En ese momento las paredes retumbaron y la oscuridad pareció aumentar. El silencio se hizo profundo para después ser interrumpido por un leve y apenas perceptible gorjeo que pronto se convirtió en uno intenso y grave.

Todos voltearon al lugar de donde provenía el sonido. Del cuerpo del general Luthen emanaba una sombra que crecía más y más como resurgiendo, provocando que sus extremidades se movieran agitadamente. El cadáver se incorporó lentamente sin dejarle de escurrir la sangre.

—La ciudad permanecerá en pie por siempre —dijo el general con voz ausente—. Yo mismo me aseguraré de que así sea.

La energía oscura volvió a crecer, extendió por todas direcciones, cubriendo el lugar. Entonces el cuerpo de Luthen comenzó a romperse y a desgarrarse; algo brotaba desde el interior; los huesos se partían y se alargaban, y su piel se pudrió y se cayó dejando la carne expuesta en un intenso carmesí cuando no morada. La visión era monstruosa pues aquel que había sido un día un leal y fiel guardia de la ciudad, honorable en su trabajo y en su vida, se había transformado en verdad un monstruo.

Tristán, Nicol y Vant se preparaban para luchar cuando desde lo profundo de las catacumbas se escuchó de repente un gran número de gritos de inocentes, nítidos de desesperación. Pronto se dieron cuenta que de hecho provenían de la superficie.

—¿Qué está pasando? —exclamó Vant sin bajar la guardia.

—Nigromancia. La magia demoniaca en el cuerpo de Luthen le regresa la vida, pero su alma fue consumida hace ya tiempo —explicó Nicol.

—Algo hizo cuando regreso a la vida —afirmó Tristán preocupado—. Algo en la ciudad.

—Ustedes tres vayan a ver —dijo Nicol—, yo me quedaré a luchar.

—Es peligroso, necesitas nuestra ayuda.

—No perderé contra esta cosa. Confían en mí, tengo un plan.

Y extendiendo sus alas de íxiren, Nicol se preparó para la batalla. Liberando su poder impuso su espíritu. Tristán sabía lo que eso significaba; no era la primera vez que la veía tan enfocada en un combate. Decidió hacer caso de sus palabras y junto con Vant y Alastor subió a la superficie lo más rápido que pudo.

Ya en la baja Ventópolis, una terrible escena tomaba lugar: los habitantes eran atacados sin clemencia por la guardia privada que una vez juró protegerlos en un frenesí de muerte y demencia. Aun portaban sus armaduras, pero sus caras se mostraban desfiguradas y podridas como la de Luthen. Los guardias corrompidos perseguían, atacaban y asesinaban a cada persona que con ellos se cruzaba. Los guardas que no habían sido contaminados, la guardia del castillo, luchaban contra ellos ferozmente, pero resultaban ser más débiles que sus enemigos. Uno a uno caían y sus fuerzas menguaban.

—Luthen lo hizo —se lamentó Tristán—. Él los controla. Son los hombres que estaban a su cargo los únicos que fueron transformados. Ese debió ser su plan desde un principio; con el rey dándole más y más poder sobre la ciudad logró desplegar sus fuerzas con mayor alcance.

—Entonces vamos —exclamó Vant—, debemos proteger a esas personas.

Los tres se lanzaron a la carga contra los monstruos que desataban el terror por las calles. Lucharon arduamente, aniquilando uno por uno a sus enemigos. Pero las fuerzas eran tantas que no lograban salvarlos a todos. Si las cosas seguían de esa manera, por más que se esforzaras, la ciudad caería en la perdición.

—No podemos con todos —dijo Tristán sin dejar de luchar—, necesitamos ayuda. Vant, Alastor, debo ir a buscar a Zayrus y a los demás hombres lobo, ellos nos ayudarán.

—¿Estás seguro? —respondió Vant—. La última vez que lo vimos estaban furiosos por lo que les hiciste. ¿Por qué lo harían?

—Yo arreglaré eso.

A toda prisa, Tristán se elevó por los aires y se dirigió hasta la alta Ventópolis hacia el palacio. En el caminó presenciaba la masacre de personas inocentes, y aunque quiso ayudarlas, sabía que no podía detenerse.

A las puertas del palacio, la guardia real luchaba desesperadamente por impedir que los enemigos entraran y alcanzaran al rey, más apenas eran capaces de detenerlos, no sin caer uno a uno. Tristán entró por una de las ventanas superiores evitando la escaramuza, y sin detenerse se adelantó por cada pasillo buscando la entrada a los calabozos. Buscó mucho pero no encontró nada, así que pensó buscar a Augusto, quien probablemente ya se encontraba con el rey en cumplimiento de su deber, para preguntarle. Para suerte suya, un par de guardias lo reconocieron y le indicaron el camino. Subió pronto por unas largas escaleras hacia la cámara del rey y al llegar hasta arriba se sorprendió cuando justamente encontró a Augusto, al rey, y a un puñado de soldados que lo escoltaban, bien hacia una salida de la ciudad, bien a una guarida dentro del recinto.

—Tristán, ¿qué está haciendo aquí? —Augusto fue el primero en hablar, aunque con las prisas por delante.

—Necesito tu ayuda.

—Este no es un buen momento —exclamó Augusto volviendo a avanzar.

—Solo dime dónde están los calabozos. Mis amigos fueron encerrados. Por favor.

—¿Los hombres lobo? Son prisioneros, ellos atentaron contra el rey —dijo Augusto sin detenerse.

—No es así —replicó Tristán—. Ellos fueron incriminados por Luthen para cubrir su traición. Fue él quien robó la corona.

—¿Qué es lo que dices?

—Utilizó al rey para obtener poder sobre la ciudad. En este momento está luchando contra Nicol en los túneles debajo de la ciudad donde encontramos la corona. El ataque es de él, controla a los guardias.

—No lo sé —dudó Augusto.

—Ayúdalo —sonó una voz desde atrás. Era el mismo rey quien hablaba—. Yo confío en él, y tú también.

—Está bien, confío en mi rey. Ve hacia el pasillo que da a la base de operaciones. Antes de salir verás una puerta de hierro, después unas escaleras que bajan; úsalas y llegarás hasta las celdas. Ahí es a donde llevan a los prisioneros de guerra.

—Te lo agradezco —dijo Tristán. Después se lanzó sin pensarlo hasta donde le habían indicado.

Efectivamente, cerca de la salida, aunque algo escondido a la vista, estaba la puerta. Se encontraba cerrada con un gran candado, pero con un rápido y certero corte de ilaxición este cedió y la puerta se abrió. Tristán entonces descendió varios metros hasta un cuarto envuelto en penumbras. Pasó un momento y la vista se le aclaró. Frente a él vio un gran salón circular en cuyo centro se alzaba una pequeña torre que funcionaba como panóptico, y alrededor de este se encontraban repartidas las celdas; todas del mismo tamaño y con una separación igual entre cada una. En el lugar no quedaba ningún guardia, más en las celdas del fondo se percibía la respiración agitada de los internos. Tristán se dirigió a ellas.

—Zayrus, aquí estás —exclamó una vez halló a su amigo, arrinconado y cabizbajo, sentado contra la pared—. Vamos, te sacaré de aquí.

Lanzó un corte, pero el candado estaba protegido por magia. De nuevo lo intentó. Concentró su energía en la hoja de la espada y de un corte logró traspasar el hechizo.

—Vamos, es hora de irnos. La ciudad está siendo atacada.

Zayrus, sin embargo, no se movió.

—Vamos. Debemos correr, la ciudad peligra —insistió Tristán abriendo las demás celdas, liberando a los demás hombres lobo.

Los miembros del clan se reunieron afuera de la celda de su alfa, esperando sus órdenes. Él seguía sin moverse.

—La gente está muriendo, deben salir de aquí mientras Nicol y yo arreglamos esta situación.

Tristán calló un momento, esperando, deseando una respuesta de su amigo, pero no hubo más que silencio. Volteó la cabeza hacia la tribu reunida con la esperanza de que alguno lo apoyara o dijera algo, interviniera o que al menos lo contradijeran, mas todos se habían sentado en silencio como su líder.

—De verdad lamento lo que hice, o lo que no hice —continuó Tristán después de pensar un momento, ahora más tranquilo y lúcido—. Debí haber intervenido por ustedes, o al menos intentar que no los lastimaran.

—¿Entonces por qué…? —habló al fin Zayrus, lenta y silenciosamente.

—Necesitábamos aclarar la situación… la magia de Nicol nos había guiado hasta el bosque. Las supuestas pruebas me dejaron atado de manos, teníamos que buscar como refutarlas… —Tristán volvió a callar.

—Ya entiendo. Las pruebas eran contundentes, ¿no? El robo, los ataques a los científicos, las leyendas. ¿Quién más podría haber sido? —Las palabras de Zayrus se sentían profundamente cargadas con indignación.

—Sabes que yo jamás dudaría de ti.

—Ese es el problema —Zayrus se levantó y encaró a Tristán—. No ves más allá de mí, de Nicol, ni de nadie, no lo entiendes. Mejor vete, nadie aquí te ayudará.

—No busco su ayuda, aunque la agradecería. Me conformo con que salgan de aquí y estén fuera de peligro. Amigo, lo lamento, perdón por el daño que te cause.

—¡No se trata de mí! —gritó Zayrus golpeando los barrotes con su gran fuerza—. Yo puedo soportar los golpes, y no es la primera vez que me meto en problemas por tu culpa. Es mi gente la que me duele. Ellos son inocentes. La mayoría sufrió horrores en el pasado, como víctimas y como victimarios, pero son buenos, intentan darle un nuevo sentido a sus vidas. Y Nayri, su único crimen fue salvarme la vida.

—Sí, lo sé. En serio lo lamento.

—¿Entonces por qué piensas que debes disculparte conmigo?

Tristán calló, se sentía avergonzado. Volteó de nuevo y vio a la manada completa, sentada en el suelo, algunos con la mirada en el suelo, otros con la mirada sobre Tristán, pero todos ellos con tristeza.

—Cuando éramos jóvenes —continuó Zayrus— luchar nos entusiasmaba. Era verdad que nuestro deber nos llevaba al campo, pero cada golpe y cada estocada, cada batalla era nuestra. Peleábamos para nosotros. A mí, al menos, me gustaba pensar que eso me daba gloria; quería ser alguien importante. Pero con el paso del tiempo todo eso cambió. Con la guerra los de mi clase murieron, mis amigos se fueron y después ustedes. La guerra cesó y nosotros los peleadores salvajes dejamos de ser importantes, no servíamos en el nuevo mundo. Al final no tenía nada, no era nadie. Y creí que no había lugar para mí, pero la vida se encargó de enseñarme que hay algo más valioso. Primero tuve a Nayri, ella me apoyó sin esperar nada a cambio, solo mi compañía. Después, viajando, escapando, encontramos al primero de nuestra nueva familia, su nombre era Borg y se ocultaba en una casa abandonada. Había matado a su familia en un arranque de locura y lloraba desconsoladamente. Primero quise matarlo, liberarlo del sufrimiento que ambos conocíamos, pero no pude, vi en sus ojos el mismo arrepentimiento que yo cargo y supe que debía ayudarlo. Entre más viajábamos más miserables encontrábamos, y casi todos tenían la misma mirada. Y un día, poco antes de llegar a la ciudad, fuimos atacados por hombres armados, ladrones y asesinos. Luchamos. Y la única razón por la que ninguno murió fue porque nos apoyamos, todo el tiempo uno cuidaba del otro. Entonces lo entendí, entendí lo que significa una manada: nadie puede lograr algo solo; siempre se necesita de los demás. Pelear para uno mismo te da honor y renombre, pero luchar para los demás te da propósito. Ser parte de algo más grande que uno mismo te trae paz. Te preocupas por ellos, y ellos por ti; el peso del pasado no lo cargas solo, y la incertidumbre del futuro la enfrentas acompañado. Eso es lo que significa una familia.

Tristán escuchaba en su lugar, con los ojos fijos y la boca entreabierta. Después Zayrus volvió a hablar.

Y nada rompe el corazón como ver a la familia sufrir. ¿Entiendes ahora?

—Yo… —Tristán pensó, y pensó bien las palabras que estaba a punto de decir—. Es verdad, no lo entiendo. Siempre tuve a Nicol y sabes que es todo para mí, pero además de ella, creo que jamás había tenido a nadie como dices. Cuando regresé a este mundo después de tanto tiempo me había perdido de mucho. Pero ahora veo que sí tenía un hermano después de todo. Vant era esa otra persona —Tristán giró ahora completamente, dirigiéndose también a los demás hombres-lobo—. Mi manada es joven; está creciendo. Y justo ahora está luchando por una causa más grande que ellos mismos. Les pido sinceramente su perdón, y también les pido por favor que consideren ayudarnos. Tenemos un enemigo en común, y no será fácil detenerlo solos. —Mientras Tristán hablaba, algunos hombres-lobo se habían comenzado a levantar, después otros y otros hasta que todos estaban de pie—. Luchen junto a nosotros, y nosotros lucharemos junto a ustedes. Triunfaremos como uno o moriremos como uno. ¡¿Qué responden?!

Al proferir Tristán esas palabras, uno de los hombres-lobo, el más alto, se adelantó hasta el frente del grupo justo enfrente a él. Después le extendió la mano y al estrecharla dijo:

—Yo, Borg, lucharé junto a usted, valiente Tristán, unidos.

¡Unidos! — gritaron todos al unísono, lanzando gritos de ánimo y vigor, encendiendo sus espíritus, antes débiles ascuas, pero ahora poderosas hogueras. Zayrus, quien había salido de su celda sin advertirse, apoyó su mano sobre el hombro de Tristán.

—La manada ha tomado una decisión, y siempre se apoya a la manada —dijo sonriente y orgulloso.

Para ese momento los corredores del castillo estaban siendo invadidos por guerreros malditos que se amontonaban en su carrera por destruir todo a su paso y asesinar a todos dentro.

Cuando Tristán, Zayrus y su clan se asomaron desde el umbral hacia el calabozo, y el aire fresco de la noche los revitalizó, en ese momento, los hombres lobo del clan se transformaron a su forma salvaje. La fuerza de la luna, que no había podido sentir dentro de sus celdas, los infundió de furia y poder.

—Hermanos míos —exclamó Zayrus—, la noche es nuestra.

Con esas palabras la manada arremetió contra los invasores, eliminando primero a los que estaban dentro y despejando después la entrada. Se lanzaron sin freno por entre las calles donde los sobrevivientes corrían desesperados por sus vidas, eliminando a los guerreros que perpetraban indiferentes los asesinatos contra sus ciudadanos. La balanza comenzaba a inclinarse a favor de la ciudad gracias a la intervención de los hombres lobo que descendían también a la parte baja de la ciudad.

Tristán y Zayrus se adelantaron hacia la entrada de las catacumbas que habían tomado, donde se encontraba Nicol luchando arduamente contra Luthen.

Estaban próximos a llegar cuando una gran explosión de energía oscura hizo volar la construcción junto con buena parte de los edificios aledaños. De entre las nubes de humo y escombros salieron volando Nicol y Luthen, impactando ella fuertemente contra el suelo de roca, y él atravesando aparatosamente el techo de una casa hasta su sótano.

—¿Estás bien? —socorrió Tristán a su amada.

—Ese maldito —increpó ella incorporándose y sacudiéndose la tierra de la ropa— , es más fuerte de lo que pensé.

—Debe de haber una manera de derrotarlo —dijo Tristán desenvainando a ilaxición.

—Estoy segura de que la energía que lo corrompió es lo que le da su poder, lo que le permite controlar a sus guerreros.

—¿Qué crees que sea?

—Detesto admitir que no lo sé, jamás había visto o percibido nigromancia igual. Se siente como energía oscura, pero a la vez es diferente, como si no obedeciera a la magia común.

Repentinamente se levantó Luthen con renovada energía. El aura que lo rodeaba ahora era tan sombría que inundaba el aire de pesadez y decadencia.

163

Nuevamente, y sin espera alguna, Luthen se lanzó contra Nicol. Sin embargo, Tristán y Zayrus se interpusieron ante la espada y su objetivo, logrando dar un revés y repeler el ataque.

Juntos, los tres lucharon contra el general maldito por la gran ciudad capital mientras el clan de los hombres lobo se enfrentaba a las huestes oscuras que amenazaban la vida y la paz de los ciudadanos. La guardia real de Ventópolis, que no estaba bajo el control de Luthen, procuraba poner a los inocentes a salvo llevándolos al castillo de ser posible o escoltándolos fuera de la ciudad de ser necesario. Vant y Alastor asistían en esta causa.

La batalla era cruenta y despiadada, y no tardaría mucho en que los daños que sufría la parte alta debilitaran la estructura que la mantenía en el cielo, poniendo en peligro a todos.

Zayrus y Tristán arremetían contra Luthen, blandiendo sus espadas mientras Nicol casteaba y lanzaba poderosos hechizos de nivel uno y dos, asestando de vez en vez, aunque sin hacer un daño significativo a su enemigo. De igual forma, el general contraatacaba con su corrupta espada, y cada corte que lograba conectar hacía más daño de lo normal, pues las heridas en los cuerpos de Tristán y Nicol, que antes sanaban en cuestión de minutos, permanecían ahora abiertas y sangrantes. Los ixírenes intentaban tomar ventaja en la batalla agitando sus alas y elevándose por los cielos, procurando no ser alcanzados, pero por la agilidad y la fuerza de Luthen no lograban detenerlo.

Llegado un momento, justo en medio de la oscura y fría noche, la batalla se movió y subió hasta los jardines del castillo que aún lograba mantenerse en pie a pesar de los diversos daños recibidos. Tristán luchaba briosamente con Ilaxición, Nicol conservaba el vigor, aunque sus reservas mágicas se empezaban a agotar. Zayrus, sin embargo, comenzaba a sentirse tan exhausto que apenas seguía el ritmo del combate.

Luthen entonces tomó a Zayrus por el cuello y lo azotó fuertemente contra el suelo, luego lo lanzó con fuerza contra una de las paredes del castillo, abriendo un hueco en ella. Tristán intentó socorrerlo, pero su carrera fue interrumpida por el fuego oscuro lanzado desde la mano del general.

—A este paso no lograremos frenarlo —susurró Nicol tratando de mantener la distancia.

—Sigamos luchando —respondió Tristán—, algo podremos hacer.

Ambos volvieron a cargar contra Luthen. Su ataque era ejemplar, aunque no parecía tener mucho efecto en su enemigo.

—No tenemos mucho tiempo —agregó Nicol sin dejar de atacar ahora con su lanza—, la ciudad puede colapsar en cualquier momento.

—Si luchamos juntos tendremos oportunidad.

—Juntos —repitió Nicol, viniéndosele a la memoria el templo del viento—. Eso es.

Nicol volteó a ver a Tristán, tratando de concentrarse en sus movimientos mientras luchaba. Así, por cada que salto que él daba, ella saltaba; por cada acometida que él lanzaba, ella acometía también; cada vez que él giraba, ella giraba al mismo tiempo. Poco a poco lograba sincronizar no solo sus movimientos, sino también su ritmo y su espíritu con el de Tristán. Parecía que su estrategia daba resultados pues lentamente recobraban.

Tristán, al darse cuenta de lo que hacía Nicol, comenzó también a ajustar sus movimientos al ritmo de los de ella. Al principio les resultaba difícil, pero rápidamente se movían y atacaban con gran precisión. Era como si sus corazones se volvieran uno; latiendo al mismo tiempo y bombeando la misma sangre.

Así, aunque Luthen bloqueara uno de los ataques lanzados por el flanco derecho, otro de igual intensidad conectaba por el flanco izquierdo. Cuando intentaba atacar a los ixírenes ambos lograban coordinarse para repeler el impacto, y cuando les lanzaba un ataque mágico ellos esquivaban a la vez. De esta manera lograron contenerlo y debilitarlo. Y llegado el momento, las auras de Nicol y Tristán se fundieron perfectamente cuando lanzaron un potente ataque combinado. ¡Juicio Final!, atacó Tristán. ¡Darkalister!, conjuró Nicol. Ambos rayos, uno brillante y espléndido; el otro oscuro y terrible, atravesaron el campo de batalla volando a través del aire hasta fusionarse perfectamente. La energía impactó contra el cuerpo herido de Luthen, quemándolo y desgarrándolo en un chillido de agonía y sufrimiento. Su cuerpo calcinado azotó al caer al suelo.

—Creo que lo logramos —dijo Tristán jadeando por el cansancio.

—No bajes la guardia —respondió Nicol igualmente agotada—, la energía que lo corrompió no ha salido de su cuerpo. ¿Puedes sentirlo? Disminuye, pero es intensa, aún presente.

—Es verdad. Sus tropas continúan su ataque contra la ciudad. De haberse terminado habrían cesado.

—¡Ahí viene!

Una débil, aunque larga sacudida estremeció la parte alta de Ventópolis inadvertidamente. De pronto, el cuerpo del general se movió y se levantó, aunque con movimientos erráticos y faltos de coordinación estrictamente orgánica. Más daba la impresión de ser una marioneta cuyos hilos se habían cruzado. Una vez sobre sus pútridas piernas, pues su piel y músculos se habían disuelto y comenzaban a caerse, avanzó lentamente hacia Tristán y Nicol. La energía que hacía moverse al miserable despojo flotaba en el aire con gran intensidad.

—Ahhgg, gnnn, gaaahh —gimió Luthen horriblemente. Levantó su espada y preparó su siguiente embestida cuando súbitamente una garra, grande y afilada atravesó el peto de la armadura por la espalda y de un extremo a otro, haciendo escurrir la sangre infecta.

Un profundo grito de dolor, más fuerte y chillón que el anterior, se escuchó en toda la zona. Justo después, el cuerpo de lo que una vez había sido un respetado y gallardo general, soltó la vida y dejó caer su peso. La energía que lo controlaba se agitó y agonizó hasta al fin disolverse en el aire como vapor.

—Esto fue por mi clan, miserable —gruñó Zayrus.

Al cabo de un breve momento, gritos de agonía similares se escucharon por todo el reino, la muerte de los demás guardias corrompidos. Al igual que su general, cayeron inertes al suelo, haciendo retumbar el sonido de sus armaduras al chocar contra la roca. Y en un momento el silencio se hizo, seguido de un débil lamento. Los hombres lobo suspiraron de alivio una vez terminada la batalla, algunos incluso aullaron por su victoria. Alastor y Vant se sentían igualmente aliviados. Pero los habitantes, los ciudadanos de la ciudad se sentían más bien tristes y acongojados. Muchos, por fortuna, se tenían los unos a los otros para enfrentar la amargura de la tragedia.

El resto de la noche, lo poco que quedaba antes del amanecer, los sobrevivientes, pobladores y guardias, ocuparon sus esfuerzos en socorrer y abrigar a los heridos que lograban encontrar ocultos en sus casas o graves en las calles. Los cadáveres eran tratados con el mayor luto y respeto como les era posible, dando oportunidad de los vivos de despedirse de sus muertos. Aquellos que no eran reconocidos, porque ya no les quedaba familia o porque los restos ya no eran identificables, eran trasladados a una zona que habían quedado desierta para ocuparse de ellos después. Incluso los cuerpos de aquellos guerreros que habían sido corrompidos por Luthen eran tratados con respeto y honra pues la gente entendía que la locura no había sido su culpa. En esa trágica noche de luna menguante, las brechas y los muros entre las personas se borraron: no había más superiores e inferiores, todos lloraban y se lamentaban con un solo corazón.

Con los rescates ayudaban Tristán, Nicol y Vant, apoyando y consolando a las víctimas de la lucha. Nayri atendía a los heridos con su magia tan rápido como podía y Zayrus ayudaba con los escombros, todos ayudaban como podían.

El nuevo día llegaba cuando una figura magnífica apareció frente al sol naciente que brillaba en el horizonte. El rey se había reunido para apoyar a su pueblo. Después de un breve discurso de pena, aflicción y empatía por sus compatriotas, se dirigió hacia los valientes que habían salvado su ciudad. Les pidió que se reunieran con él a la brevedad en su castillo.

Ya era casi medio día cuando los cinco, pues también Zayrus los acompañaba, llegaron al palacio. Una vez más atravesaron los jardines, ahora carmesí; y los pasillos, ahora en ruinas; hasta la sala del rey. Al llegar lo vieron sentado silenciosamente en su silla. Augusto se encontraba parado firmemente junto a él.

—Su majestad —habló Tristán pasado un momento—, hemos traído de vuelta su corona como hemos prometido.

Vant se adelantó desde atrás del grupo con la corona sobre sus manos. El glorioso símbolo había sido apuradamente limpiado lo mejor posible, pero aún se veía estropeado. Se le entregó al rey en persona, quien la recibió agradecido, pero sin decir nada. Después Vant regresó. Un momento después el rey les habló.

—No me alcanzan las palabras para demostrar lo mucho que les agradezco lo que han hecho por nosotros. Y no solo hablo de la corona, sino también del empeño y la convicción que han mostrado al arriesgar sus vidas. De no haber estado ustedes aquí, la ciudad habría caído completamente en manos de la ruina. Me es aún difícil asimilar lo sucedido con mi general de mayor confianza. Lo tan inefable que le ocurrió.

—Desconocemos aun lo que le pasó —respondió Nicol—. Lo que lo manipuló era energía oscura, pero ninguna como se haya visto antes.

—Pensar que alguien como él, tan noble y honorable en el exterior, escondía algo tan siniestro —agregó el rey.

—No creo que haya provenido de él. En mi opinión fue algo externo; algún tipo de energía. Infundió su corazón de temores y su mente de atrocidades. Al final ya no era la misma persona, me atrevería a decir que apenas seguía siendo humano. Lo pude ver en sus ojos, el vacío de la oscuridad.

—Si lo dices tú, joven maga, te creeré. Pero, aun así, es una pena.

Una vez más hubo un silencio largo y triste.

—Tengo entendido —continuó el rey— que entre ustedes hay alguien que ayudó enormemente en la batalla. Alguien a quien debo una disculpa, según me cuenta Augusto.

Zayrus avanzó hasta quedar frente al rey. Para ese momento había vuelto a ser humano, y su apariencia era andrajosa y desaliñada.

—¿Quién eres, valiente guerrero? —preguntó el rey asombrado.

—Mi nombre es Zayrus. Soy el líder de una manada de hombres lobo que vive en el bosque cerca de su ciudad.

—He escuchado de ustedes antes, en historias y leyendas que mi padre alguna vez me contó, y que mi abuelo le contó a él; de una antigua raza de bestias guardianas nacidas del brillo de la luna y que caminaban entre los sueños. Pero siendo sincero me cuesta trabajo creer que sean ustedes. Esas leyendas datan de la creación de la ciudad.

—No es para menos —respondió Zayrus—, nuestra existencia se olvidó hace ya mucho tiempo. Ahora somos solo canciones e historias como bien lo ha dicho, pero le aseguro que somos reales, y que hemos estado en este mundo desde hace mucho tiempo. Cuando perdimos contacto con la ciudad decidimos permanecer ocultos, cumpliendo nuestro deber real de resguardar los alrededores de enemigos. Así lo juramos al primer rey de Ventópolis hace tantos siglos, cuando aún la ciudad no se había elevado ni por los aires ni en prestigio.

—¿Conociste al rey Venturion, mi ancestro? —preguntó intrigado el rey.

—No, mi manada y yo llegamos a la ciudad después, pero nos unimos con aquellos que juraron defenderla, así que adoptamos el juramento. Pero sí conocí a varios de sus abuelos. Y por muchos años su gente y la mía coexistieron con un fuerte lazo de confianza. Y así lo mantuvimos, incluso cuando vivíamos en las sombras, fueron ustedes los que faltaron a su palabra y nos empezaron a atacar.

—Entonces permítame ofrecerle mis disculpas y mostrarle mi más sincero respeto y admiración. —En ese momento el rey se levantó de su asiento y se inclinó ante Zayrus, lo que sorprendió a todos—. Es usted no solo un verdadero caballero y sus compañeros nobles guerreros, también es digno de homenaje pues es un habitante más antiguo de la ciudad incluso de lo que yo soy. Ha estado presente en sus altas y sus bajas, en su esplendor e incluso ahora en su pena. Me enfurece pensar que ha sido injustamente desplazado de la gloria que legítimamente le pertenece.

—Por favor, majestad. Me siento halagado por sus palabras, pero solo cumplía con mi juramento. No necesito la gloria, así lo he aprendido hace mucho tiempo.

—Admirable humildad —exclamó el rey—. Permítame al menos retribuir el servicio que ha prestado durante tanto tiempo, así como enmendar el agravio que sufrió hace poco. Así entonces, en este momento, como soberano de Ventópolis —Al decir esto el rey Válinor tomó su corona y se la colocó en la cabeza, manifestando así su poder— te otorgo ahora y para siempre el título de sumo caballero de Ventópolis. Dicho esto, tú, tu gente y las generaciones venideras serán siempre bienvenidas en la ciudad y tratadas como iguales, puedes recobrar sus vidas con orgullo. Así mismo, me haría un gran honor, caballero Zayrus, de continuar con su servicio a la ciudad protegiéndola junto con sus compañeros como guardias reales de Ventópolis, honrando así la memoria de mi ancestro, y renovando nuestro lazo con una nueva alianza.

—Si con eso mi manada estará segura, que así sea —respondió Zayrus conmovido—. En nombre de los míos acepto complacido su oferta.

Ambos estrecharon sus manos, sellando así un pacto de trabajar juntos hacia una nueva era de prosperidad y esplendor.

—Acompaña a Augusto —ordenó entonces el rey—, él te guiará en lo necesario para formalizar su integración con nosotros.

Zayrus hizo como le pidieron desapareciendo luego entre los corredores del castillo sin voltear atrás.

—Valientes héroes —dijo el rey dirigiéndose ahora a los demás frente a él—, sin duda me han demostrado que su compromiso y lealtad no tienen igual. No solo han traído la corona de vuelta a mis manos como prometieron, también lograron desenmarañar una terrible conspiración y desenmascarar a un traidor. De no haber estado ustedes aquí seguramente el legado de Ventópolis habría terminado trágicamente.

—Ha sido un verdadero honor, majestad—respondió Vant, inclinándose junto con Tristán en señal de respeto.

—Sí, sí. ¿Dónde está la recompensa? —interrumpió Alastor indiferente a los protocolos y convenciones.

—Calla. ¿Qué no tienes respeto? —reprochó Vant avergonzado.

—No es problema —dijo el rey—. Todos ustedes ayudaron en la protección de mi gente y por ello siempre tendrán mi respeto y ciertamente siempre serán bienvenidos aquí. Considérenme, y a mis allegados, como eternos aliados en sus cruzadas.

—Se lo agradecemos— dijeron los tres al unísono.

—Y ahora —continuó el rey—, habiendo terminado las formalidades quisiera entregarles lo prometido.

—¡Al fin! —exclamó Alastor.

Desde el pasillo izquierdo ingresaron a la cámara dos guardias, quienes cargaban un gran cofre de madera y metal cada uno. Avanzaron hasta detenerse entre el rey y sus invitados. Una vez ahí bajaron los cofres y los abrieron. Luego se retiraron por el mismo lugar del que llegaron. Frente a los héroes brilló espléndido en uno de los cofres abundante oro, que rebosaba y se derramaba por el suelo. Así mismo copas, collares, anillos y brazaletes reposaban entre las monedas, todo aquello de oro e incrustado en diamantes. En el otro cofre también brilló, aunque más suave y frío, lo que parecían ser cotas de malla y partes de armadura.

—Disculpe, majestad, pero, ¿qué son? —inquirió Tristán.

—Increíble. ¿Acaso es mithril? —interrumpió Nicol tomando una cota de malla y extendiéndola frente a ella.

—Así es, joven maga —contestó después el rey—. Estas ropas y armaduras los protegerán bien en su viaje. Prendas dignas de ustedes.

Todos tomaron sus obsequios y con halago los portaron. Tristán y Vant relucían un peto, unas hombreras y una falda de Loriga con los colores de la guardia real de Ventópolis, así como una careta de fuerte metal que les cubría la frente y ambos lados de la cara dejando libres la boca y la nariz. Nicol, por su parte, portaba un peto negro, que más bien parecía corsé, atado con cintas púrpura, pero hecho también de mithril; del peto colgaban pulidas placas del mágico metal colocadas en forma de falda hasta las rodillas; igualmente cargaba hombrera como sus compañeros, pero solo la izquierda, aunque por su tamaño debían ser más ligeras. Alastor, por último, se había puesto debajo de sus finas ropas una cota de malla; la ligereza le permitía no perder su velocidad, y su discreción le permitiría no arruinar su elegancia; así mismo llamaron su atención un par de guanteletes, finos y hermosos, cuyos dedos terminaban en puntas afiladas que no

169

solo estilizaban las manos, sino que también podrían servir como armas en un momento crucial.

—Es muy generoso, majestad —exclamó Tristán—. Pero el mithril es muy valioso hasta donde sé. ¿No es demasiado?

—Su valor no es nada en comparación con las vidas que salvaron. Además, eso no es todo. Aquí tiene, joven caballero.

El rey entregó un sobre, sellado con cera con el símbolo personal del rey.

—Es una carta para una mujer llamada Morgana en los puertos de mar naciente. Estipula que por orden mía ustedes son ahora los dueños de uno de mis mejores navíos y que podrán usarlo a su conveniencia. Su nombre es "Durandal", antes mi barco insignia; cuídenlo bien.

—Su majestad, no era necesario que nos regalara su barco más valioso —exclamó Tristán—. Cualquier navío hubiera sido suficiente.

—Tonterías. Es lo menos que puedo hacer por ustedes.

—Tomaremos ese, majestad. Tristán solo intentaba ser humilde —río ligeramente Nicol dando un pequeño codazo.

—Entonces creo que es todo. Augusto los acompañará de vuelta a la posada para que puedan prepararse para partir cuando ustedes gusten. Les deseo la mejor de las suertes y que sus días sean bienaventurados —Y diciendo esto el rey se retiró acompañado de cuatro guardias que lo escoltaron, aparentemente, en dirección de la sala de operaciones.

—¿Y nuestro dinero? ¿Dónde lo llevaremos? —gritó Alastor.

—No se preocupen —respondió Augusto—. Una caravana llevará su oro hasta los puertos por otra ruta. Cuando lleguen allá los estará esperando —respondió Augusto calmadamente.

Caminaron de vuelta a la salida, a través de las calles de la alta Ventópolis bañada ahora con una nueva luz de paz y tranquilidad. Descendieron hasta la parte baja de la ciudad; afortunadamente el transportador seguía funcionando. Siguieron hasta la posada que, aunque también había sufrido daños, aún permanecía de pie. Frente a la construcción, junto a su carreta, esperaba Alexander, fumando y masticando un pedazo de carne. Al verlos subió inmediatamente a su carreta y se preparó para avanzar.

—¡Rápido! —gruñó—. Quiero irme de este maldito lugar cuando antes. Me había metido en problemas en el pasado, pero jamás algo como esto. Casi me matan, maldición. Al menos confío en que tienen mi dinero.

—No sé de lo que estás hablando —dijo Alastor subiendo a la carreta.

—¡¿Qué rayos?! —gritó molesto.

—No te preocupes. Lo prometido es deuda —Tristán entregó a Alexander un pequeño saco de piel, apenas del tamaño para sostenerlo con ambas manos—. Un saco lleno de monedas de oro por parte del rey, entregadas en pago por nuestro servicio.

—Excelente. Esperaba más, pero creo que ya tienen demasiados problemas con lo sucedido.

Alastor volteó a ver a Tristán sorprendido; él le guiñó el ojo mientras subía también al carruaje. Nicol y Vant los siguieron.

Una vez que todos estuvieron arriba, Alexander arreó a los caballos y estos avanzaron lentamente. A lo lejos se escuchó un grito amigo.

—¡Tristán! ¡Nicol! ¡Esperen! —Era Zayrus quien llegaba corriendo a toda prisa. Portaba ahora una brillante armadura, propia de los guardias del castillo. Con ella, Zayrus se veía más imponente que antes.

—Amigo, ¿qué haces aquí? —preguntó Tristán bajando del carruaje; este no dejó de avanzar.

—Tan solo quería agradecerte —dijo Zayrus—. Gracias a ti mi gente ahora tiene un hogar. Ya no debemos ocultarnos nunca más ni temer que nos ataquen.

—Pero seguirán protegiendo los alrededores, ¿no?

—Sin duda. Es una labor que hemos realizado por mucho tiempo y que seguiremos haciendo hasta nuestra muerte. Así lo hemos jurado.

—Ahora ya no los olvidarán. Ustedes se podrán asegurar de eso.

—No solo eso. Nos conocerán como la guardia más fuerte del mundo. Nadie se atreverá a atacar jamás esta gran ciudad.

Zayrus no pudo contenerse más y abrazó a su amigo como no lo había podido hacer desde hace cientos de años. Ahora la tristeza y la melancolía quedaban atrás, los rencores y el odio se habían borrado y la renovada amistad de ambos marcaba el camino hacia el futuro, y éste se veía brillante.

—Cuida mucho a tu manada —dijo Tristán sonriente.

—Tú también a la tuya —respondió Zayrus en complicidad.

Después, sin decir más, se separaron y Tristán corrió para alcanzar a sus compañeros y regresar a su viaje. Juntos salieron por la puerta norte de la ciudad, con el sol iluminándoles los rostros. Al cabo de un tiempo se perdieron en el horizonte por las tierras verdes del sur de Zeihán, rumbo al norte, dejando atrás viejos amigos y nuevos aliados.

Capítulo 18: Reunión de emergencia

Los concurridos pasillos de la Unión por la prosperidad se agitaban y resonaban con los agitados pasos de un gran alboroto que tenía a todos de un lado para otro. En la planta baja, cerca de la armería, filas de soldados bien armados y equipados marchaban con velocidad hacia ambos patios donde recibían las órdenes de sus superiores a gritos. En las plantas superiores del edificio, ángeles y demonios de alto rango llevaban a cabo reuniones a puerta cerrada donde discutían calurosamente y de improvisto. Aquellos que llevaban a cabo trabajo administrativo corrían de sala en sala con papeles, mapas, mensajes y noticias.

 En el último piso, en la gran sala principal, también se reunían los grandes líderes, antiguos maestros y sabios consejeros; los asuntos del mundo los obligaban a discutir y decidir. Uno a uno llegaron sin un orden aparente y con los ánimos agitados. Primero se sentaron Verinen y Gorac que habían llegado juntos, después entró el arcángel Daniel y justo después el arcángel Rizhiel, ya con mejor humor pues sostenía firme una taza de té. Al cabo de un rato entró Asor y luego los últimos demonios consejeros. Ahora solo faltaban los últimos tres ángeles, quienes llegaron apresuradamente al poco tiempo. Una vez que todos estuvieron sentados en su lugar, las puertas se mandaron cerrar, pero esta fue detenida por una mano y luego empujada dando paso a un demonio alto de aura densa y oscura. Su cuerpo estaba cubierto por una pesada armadura con un casco que dejaba entrever su rostro enjuto y una espada a la cadera que lo imponía. Avanzó silenciosamente y se sentó al extremo de la mesa, frente al arcángel Daniel. Y así, las puertas al fin se cerraron dando comienzo a la reunión.

—Gracias, hermanos por acudir tan pronto a mi llamado —comenzó a decir el arcángel Daniel severamente—. Sé que tienen deberes muy importantes que atender, pero hay algo que acaba de acontecer y que nos debe preocupar a todos.

—La feroz batalla que se libró en Ventópolis —respondió Gorac—. Sí, estamos al tanto de lo sucedido. No es el único con ojos por todo el mundo.

—Así es. Sucedió hace dos días justo en una de las ciudades más importantes de Zeihán.

—Las batallas se libran por todos lados —volvió a interrumpir el demonio—. ¿Por qué debería preocuparlos una entre tantas? Y hasta donde sabemos el reino se salvó.

—Es importante no por la batalla —exclamó el ángel junto a Daniel enérgicamente—, sino por la situación que enfrentamos en todo el mundo. Estamos hablando de la locura que corre por los bosques y las montañas, el terror de un antiguo enemigo y la presencia de la íxiren Nicol que volvió después de tanto tiempo.

—También estamos al pendiente de eso. No nos crean unos tontos.

Los ánimos de los presentes, tanto de ángeles como demonios, se sentía fuertemente encendida. Los unos a los otros se lanzaban miradas intensas y sus palabras eran ásperas. Solo el arcángel Daniel hablaba con tranquilidad; mientras el arcángel Rizhiel permanecía callado comiendo bombones azucarados como siempre.

—Pero hay información nueva —continuó Daniel—. El íxiren Tristán también se encuentra con ellos. Viaja junto con Nicol y uno de nuestros soldados. Ellos, y un demonio que no logramos identificar. Nuestras fuentes nos informan que estuvieron directamente involucrados en la tragedia de Ventópolis.

—¿Tristán el íxiren? —preguntó Aladriel—. Pero él murió hace cientos de años sin manera de regresar. ¿Qué lo habrá traído?

—Nicol fue la responsable. Estoy seguro de que la aparición de Mefisto en el mundo y su regreso están ligados. Sabemos que los ixírenes viajan ahora hacia el norte del continente de Zeihán buscando los templos que albergan las llaves.

—Hable claro y sin rodeos —expresó Asor.

—La situación del mundo resulta inmensamente familiar a lo sucedido en el pasado, señor consejero. Aunque claro no espero que lo entiendan, de los presentes solo tres vivimos los oscuros tiempos de antaño. Magníficos, pero sin duda terribles.

—Pero ahora hay una nueva variable, una que creo dará un giro total a los acontecimientos, resultando en un catastrófico desenlace —Mientras Iridiel hablaba, el oscuro visitante levantó la cabeza, atento a lo que se decía con mirada retadora—. Hay un grupo de tamaño y poder considerable que busca poder y posición, un grupo que deberíamos vigilar con mayor cautela, en mi opinión.

—¡Ya es suficiente! —exclamó Daniel hacía su consejero de barbas largas, pero de entero ánimo.

—Él habla con razón y verdad —interrumpió Gorac—. Es un hecho que el culto de la sangre crece en tierras lejanas sin nosotros poder advertir nada al respecto. Podrían estar urdiendo un plan para aventajarnos e invadirnos.

—Por favor, cálmense —intentó intervenir Daniel.

—Tal vez Mefisto regresó por culpa de ellos —continuó el demonio—. Tal vez actúa bajo sus órdenes para así obtener las reliquias y darle al culto las armas para destruirnos.

—¡Cállense de una vez! —gritó el invitado con una voz ronca y grave que hizo reverberar los pilares de la sala cual cuerno de guerra. Luego habló con una voz más baja pero igual de severa—. El culto de la sangre no ha traicionado ni planea traicionar la tregua que se ha hecho con sus líderes. Es verdad que Mefisto alguna vez tuvo influencia en nuestro grupo y nuestra nación, no lo negamos, pero él se ha convertido en un enemigo nuestro tanto como suyo.

—No me lo esperaba, ¿es usted representante de ellos? —preguntó Verinen.

—Él es Asmodeus —intervino el arcángel Daniel—. Vino hoy aquí en nombre del Culto de la Sangre.

—¿Y por qué no se nos avisó antes? —riñó Asor—. Tan solo nos hicieron venir aquí, sin información, haciéndonos parecer unos ignorantes.

—Su llegada no nos fue advertida sino hasta hace unos minutos.

—Nos fue prometido que podríamos andar libremente por estas tierras, a mí y a mis compañeros —explicó Asmodeus con gran dejo de arrogancia—. Al menos eso dicta nuestra tregua.

—Si su proclamada libertad les permite asesinar y masacrar a nuestros habitantes, tal vez dicha tregua debería ser revisada —protestó Aladriel.

—Estoy de acuerdo —convino Asmodeus indignado—, pues si alguien no ha honrado su promesa han sido ustedes. Con líderes tan incompetentes no me extraña la crisis con la que están lidiando.

Los presentes voltearon a ver a Daniel, algunos sorprendidos, otros molestos, unos pocos a la expectativa de su respuesta. Sin embargo, no la hubo; el arcángel tan solo guardó silencio, estoicamente y sin inmutarse.

—¡Calumnias! ¡Tan solo calumnias! —increpó al final Iridiel con los ánimos encendidos.

—Tal vez desconozcan lo que sucede, prueba de su falta de control sobre sus tierras, pero mi raza ha estado sufriendo de ataques infundados y agraviantes. Por transitar de paso, nuestros aliados han sufrido bajas a manos de miserables y canallas. Atacan a mitad de la noche, o cuando andamos solos por los caminos cercanos a las praderas. Nos quitan la vida como animales.

—Pues será consecuencia de los ataques que perpetran a sus familias. ¿Qué esperaban sino reprimendas?

—Esperamos, no, no esperamos, exigimos que detengan los ataques a cualquier costo. Sus superiores prometieron dejarnos en paz mientras estuviéramos en su país. Pero ha pasado mucho tiempo y los ataques continúan.

—Entonces deberás prometer detener sus matanzas —interrumpió Dorimel en apoyo a Iridiel—. ¿O acaso pretendes que seamos nosotros los que agredamos a nuestra gente por protegerlos a ustedes?

—Nosotros no hemos empezado ninguna matanza, así que si pretenden que nuestra tregua no se disuelva y que una guerra no se desate, sí, eso es justamente lo que esperamos —respondió Asmodeus retomando su asiento lentamente.

—Hermanos míos, creo que están perdiendo de vista lo importante —interrumpió de nuevo Daniel, esperando relajar las tensiones que hasta ese momento parecían a punto de reventar—. Nuestra principal prioridad ahora es continuar con la búsqueda de las reliquias y con la vigilancia de los ixírenes y su grupo.

—Señor, no entiendo su preocupación por los ixírenes —interrumpió Namel— hasta ahora no han demostrado ser enemigos de nosotros. Ambos son miembros de la Unión desde hace mucho tiempo, al igual que su allegado que viaja con ellos.

—Me temo que estás viendo solo lo más superficial, hermano. Sus acciones, buenas o malas, son una potencial interferencia para nosotros. Consideremos su participación en Ventópolis: una catástrofe fue evitada gracias su participación a pesar del daño. Eso les otorgó una alta estima por parte del rey, de sus allegados y la gente de la ciudad.

—Perdone, pero no entiendo por qué eso es algo malo —respondió el ángel, provocando que la sala guardara repentinamente silencio como si hubiera cometido una falta—. Muchos los consideran unos héroes

—Porque eso pone en duda nuestra posición y nuestra autoridad. Nosotros somos los que vigilamos el mundo y resolvemos los problemas y así ha sido durante mucho tiempo. Si un regente tan influyente como Válinor, rey de una ciudad tan grande como Ventópolis, les da su apoyo más de lo que nos lo da a nosotros entonces tendremos un gran problema. Suficiente tenemos con que muchos reinos como Yi-Wan o Aquoria acudan al archimago por consejo en vez de a nosotros. Aunque por fortuna he logrado conseguir su apoyo para que mantenga el orden en los reinos. Si los ixírenes se volvieran una influencia que retara la del archimago, entonces podría correr un gran riesgo el orden y la paz que la UP ha traído al mundo.

—Válinor siempre ha sido un gobernante voluble y demasiado benevolente — exclamó Iridiel con ímpetu de viejo agrio—. No tiene el carácter que sus ancestros tenían: hombres fuertes y decididos. Su hijo, sin embargo…

—¿El príncipe Arthur? —preguntó Gorac—. Pero él es muy joven y no conoce lo que significa el peso de la corona.

—Es justamente porque es joven e inexperto que aún tiene esperanza —respondió Iridiel—. Su corazón es brioso y su mente está puesta en suceder el trono; sus ansias por volverse rey son solo superadas por su amor a la exploración. Pienso que el momento que tanto anhela no va a tardar mucho en llegar, y siendo el caso, necesitará guía y una dirección, y considero que nosotros podemos enseñarle sobre los asuntos del mundo mejor que su propio padre.

—Si lo que le interesa es hacerse con el poder en Ventópolis, ¿por qué no solo le arrebatan el trono al rey? —inquirió Asor soltando una ligera risa burlona—. Además, su paradero es desconocido, pues como bien lo ha dicho, sale constantemente a explorar el mundo casi siempre solo. ¿Cómo pretende hallarlo?

—Eso no le incumbe. Solo debe saber que puedo.

—No lo harás —ordenó el arcángel Daniel con tono serio—. Yo mismo me encargaré de ese asunto. Buscaré al príncipe y hablaré con él. Tú, hermano, atiende el asunto en Ventópolis, y en respuesta a la pregunta inicial, nosotros no nos hacemos con el poder de los reinos, solo supervisamos la paz y la armonía entre ellos.

—Daniel, mucho cuidado con tus palabras, sabes que soy la cabeza del consejo, yo puedo hacerlo —reprochó Iridiel.

—Algo tan importante tiene que ser manejado por nosotros los arcángeles de alto rango. Así es como funciona esta estructura y eso es algo que no debe cuestionarse. No lo olvides, hermano.

Iridiel miró a Daniel por un momento, intentando escudriñar en los pensamientos que movían sus actos y sus palabras, pero sin resultado. Al final solo bajó la cabeza y se limitó a asentir en señal de jerárquica subordinación.

—Los demás deberán continuar con el despliegue de nuestras fuerzas para conservar la paz —continuó Daniel—. Si encuentran a los ixírenes en su camino, hagan lo necesario para traerlos aquí. Ya han pasado mucho tiempo lejos, podrían olvidar su lealtad a la UP y eso nos pondría en peligro directo. Además, como saben, Nicol es fugitiva en Veriti Scientus, la ciudad del archimago, tenemos que ver que se cumpla la ley en todos los reinos de la unión, incluso los de más reciente integración.

—Así lo haremos, señor —asintieron los presentes con excepción del siniestro huésped quien únicamente miraba con una sonrisa de macabra satisfacción.

—Se da por terminada la sesión, hermanos. ¡De la unión surge la prosperidad! —gritó Daniel el lema de la organización.

—De la unión surge la prosperidad —repitieron los demás.

Y así, uno a uno dejaron sus asientos los presentes y salieron por la puerta ordenadamente. Al final tan solo quedaron Daniel y Rizhiel dentro.

—¿Sucede algo, hermano? —preguntó Daniel.

—Nada, solo me preocupan los ixírenes. No acepto que quieras entregar a Nicol al archimago —resaltó el arcángel Rizhiel mientras daba un sorbo a su té.

—Otra vez estás de sentimental. Probablemente la encerrarán solo un par de años, podemos negociar su sentencia, pero también es culpa de tu niñita ponerse a romper las leyes en la ciudad de su mentor. Sabes que su moralidad es extraña, más parecida a la de los demonios. Tus sentimientos son nobles, pero no es el tiempo. Estamos ante problemas de impensables consecuencias. Lo mejor será que te enfoques en tu misión.

—Yo hice un juramento hace mucho tiempo, mucho antes de que el mundo cambiara tanto, pero mi hija no es una criminal.

—Alguna vez fuiste su maestro, su mentor, pero jamás su padre. Solo les diste un cuerpo como un herrero forja una espada. ¿O acaso te unirías a ellos si se volvieran nuestros enemigos?

—Yo haría lo correcto, pero eso no significa que no intentaría razonar con ellos. Deberías saberlo, también has tenido discípulos.

—Muchos, y todos ellos ya han superado mis enseñanzas. Ahora son ángeles como yo, no mis discípulos, guerreros con un deber y un juramento. Y si alguno traicionara a la Unión, entonces sería un traidor más.

Rizhiel observaba a su hermano a los ojos, sorprendido, pero a la vez afligido. Daniel, sin embargo, no le regresaba la mirada, la tenía clavada al frente, perdido en el infinito. ¿Quién sabe qué pensamientos cruzaban la mente de un ser tan majestuoso para volverlo tan severo?

—Si te preocupa tanto —continuó Daniel—, deberías enfocarte en tus labores con nosotros. Si detenemos esto antes de que empeore, no habrá necesidad de poner a prueba tu lealtad.

Y diciendo esas fuertes palabras, Daniel se retiró, dejando a Rizhiel solo en medio de la enorme sala.

—No es por la lealtad de ellos por la que me preocupo —susurró Rizhiel solo para sí mismo. Después se marchó.

Capítulo 19: Preámbulo del caos

Por varios días y por varias semanas la carreta donde viajaban Tristán, Nicol, Vant y Alastor había atravesado un tramo considerable de su viaje. Habían dejado atrás las amplias praderas del sur del continente de Zeihán y atravesaban ahora una zona de parajes verdes y extensos, pero más escarpados y dificultosos. Durante todo ese tiempo, aunque más en los últimos kilómetros, habían enfrentado grandes peligros y duras pruebas; criaturas feroces que se acercaron en grandes grupos y durante la noche, cuando los viajeros buscaban más el descanso. A pesar de no presentar mayor dificultad al momento de ahuyentarlos, decidieron que lo mejor era asignar turnos para vigilar y así permanecer alerta.

Cerca de la mitad de su viaje hacia los puertos de Mar Naciente, donde los esperaba la siguiente gran parte de su viaje, avisaron que la falta de civilización comenzaba a terminar. Se encontraron con algunas construcciones, rústicas y abandonadas, pero indudablemente modernas; estructuras pequeñas que habrían servido como puntos de control y vigilancia para cuando algún extranjero ingresaba a la zona. Unos cuantos kilómetros más adelante confirmaron este hecho cuando encontraron cabañas habitadas de cuya chimenea salía un delgado hilo de humo sin detenerse; después más y más cabañas fueron apareciendo. En algunas de ellas, notaron que sus propietarios, hombres de campo, los observaban al llegar, y se levantaban de sus asientos y los seguían con la mirada, pero más que curiosos, con una perceptible hostilidad.

—¿Qué es lo que están mirando? —preguntó Nicol mientras se frotaba los ojos luego de haber dormido dentro de la carreta, antes de su turno al anochecer.

—¿Pensarán en atacarnos? —preguntó también Tristán.

—Están nerviosos —respondió Alexander—. Sus tierras han sufrido los últimos años y empeorado mucho. Antes había más gente.

—¿Y qué pasó? —preguntó Tristán.

—Robos, asesinatos, secuestros, esas cosas. Con el tiempo la zona se ha vuelto un lugar peligroso para cualquiera, en especial para ellos —Mientras Alexander hablaba, miraba atentamente a sus alrededores. Luego continuó—. Los comerciantes ya no toman este camino, prefieren rodear por el bosque que queda al oeste. Es más escarpada. Incluso cuando eso los retrasa dos días porque prefieren eso a ser asaltados.

—Entonces lo mejor será estar preparados —agregó Nicol poniendo su mano sobre su daga.

—Ustedes dijeron que tenían prisa y yo necesitaba guardaespaldas que me ayudaran con este tramo. Sí, es por eso por lo que están aquí. Que nadie duerma esta noche.

La tarde comenzaba a caer sobre las tierras salvajes; el sol se ocultaba en el horizonte y la luna tomaba su lugar de vigilante, poco a poco, en la transición crepuscular. Afortunadamente las advertencias de Alexander aún no se habían cumplido, aunque a medida que se adentraban en un pequeño pueblo que apenas podía vislumbrarse más adelante, un sentimiento de ser vigilados comenzó a crecer.

Al llegar al pueblo lo primero que notaron fue la falta de personas en las calles. Tristán recordó su propio hogar que a estas horas estaba agitado y apurado cuando las personas terminaban sus actividades y se dirigían a sus hogares, con sus familias, para poder descansar. Pero ese lugar era casi el opuesto exacto.

—¿Qué pasa aquí? —preguntó después de haber revivido el pasado.

—Qué lugar tan aburrido y deprimente. No pretenden detenerse a descansar aquí, ¿o sí? —preguntó Alastor asomando su cabeza desde el interior del transporte.

—Nunca había tomado este camino —respondió Alexander—, y no me da nada de confianza. Salgamos de aquí.

Todos estuvieron de acuerdo en continuar su viaje sin detenerse, ni siquiera para dar descanso a los animales pues ya la noche había llegado y no estaban dispuestos a descubrir los oscuros secretos de ese lugar. Desafortunadamente, a unos cuantos metros, después de dar vuelta y pasar por gran pozo seco y abandonado a mitad del pueblo, vieron con desconcierto una muralla hecha de piedra y cemento que detenía el paso.

—Maldición, ¿qué es esto? —gruñó Alexander deteniendo a los caballos.

—Eso no es problema —exclamó nicol dando un salto al suelo—. Levantaremos entre los cuatro la carreta por encima de la muralla. ¿O acaso olvidas que podemos volar? Vamos, Vant. Hagamos esto de una vez.

Alexander desató a los caballos por un momento en lo que los demás se colocaba cada uno en un extremo de la carreta: Tristán y Nicol al frente, y Vant y Alastor atrás. Una vez listos, extendieron sus alas brillantes en medio de la oscuridad silvestre. Y con una señal los cuatro elevaron coordinadamente la carreta por lo aires, cuando de repente y sin anuncio un rayo color rojo cayó sobre Vant, golpeando una de sus alas, provocando que perdiera la fuerza y que la carreta se desplomara. Los demás intentaron equilibrar el peso, pero inmediatamente una lanza afilada impactó a Tristán, hiriéndolo y haciéndolo caer al suelo junto con los demás.

—¡Cuidado! —gritó Alexander desde el suelo.

Desde las tinieblas llegaron batiendo horridamente sus alas unos demonios menudos e idiotas, lanzando sus ataques sobre las casas y los campos. Los aldeanos salieron corriendo desde el interior de sus hogares, gritando y corriendo por sus vidas, arrastrando a sus niños y cargando lo que alcanzaron a tomar; las calles antes vacías, ahora se llenaban de gritos y maldiciones. Algunos demonios, los que no atacaban y agredían, levantaban por los aires a los vulnerables, a veces soltándolos al vacío, a veces perdiéndose a la distancia.

—¿Por qué? No de nuevo —enfureció Nicol sacando su lanza de su libro en un intento por defenderse. Tristán y Alastor hicieron lo mismo con sus armas, pero eran demasiados y Vant no se había podido recuperar del ataque.

El caos era total y la confusión absoluta. Entre los gritos, el fuego y los ataques, Tristán y Nicol apenas podían lidiar con la situación. Tal era el desorden que nadie notó cuando uno de los demonios tomó a Alexander, cuyos animales lo había abandonado, y lo levantó de la pierna mientras éste forcejeaba inútilmente. Otro demonio llegó a auxiliar al primero y entre ambos se alejaron con su presa entre las garras. Al poco tiempo las demás criaturas comenzaron a separarse y a huir en todas direcciones con la penumbra de la noche como aliada. Así, tan pronto como llegaron, se habían marchado, dejando muerte y desesperación detrás.

—¿Están todos bien? —preguntó Tristán envainando su espada y sacudiéndose el polvo de su armadura.

—Ya vi por qué nadie pasa por este lugar —dijo Vant levantándose del suelo con el ala lastimada; afortunadamente no de forma grave.

Rápidamente pusieron la carreta de pie y revisaron que no tuviera daños lamentables. Alrededor la gente regresaba a sus hogares para asegurarse que estuvieran todos a salvo, aunque muchos más bien se lamentaban por su pérdida, pero no de sus seres queridos pues caminaban entre los cadáveres como simples piedras en su camino, saltándolos y rodeándolos, aunque nunca mirándolos directamente. La escena era peculiarmente incómoda y deprimente. Después se volvió tensa cuando los pobladores comenzaron a reunirse alrededor de Tristán y su grupo.

—Salgamos de aquí de una buena vez —exclamó Vant apurado.

—No podemos —respondió Nicol escudriñando el lugar—, no está el caballo. Creo que salió corriendo cuando el ataque comenzó, y muy seguramente Alexander huyó con él; no lo veo en ningún lado.

—No me extraña, siempre fue un cobarde —añadió Alastor agriamente.

—Busquémoslo de inmediato —ordenó Tristán.

No lo encontrarán —dijo una rasposa y senil voz desde lejos. Un anciano de aspecto demacrado se acercaba a ellos, a pasos lentos y arrastrando los pies. Apoyándose sobre su bastón se detuvo frente a ellos—. Se lo han llevado, igual que a muchos. Yo vi cuando lo tomaron y se alejaron con su amigo. Jamás volverá, y lo mejor será que ustedes también se larguen.

—¿A dónde se lo llevaron? —preguntó Tristán.

—Aunque les dijera no serviría de nada. Denlo por muerto.

—Aún podemos salvarlo si nos damos prisa —insistió Tristán. El anciano, sin embargo, no respondió, tan solo dio media vuelta y caminó lentamente por donde vino. De pronto algo detuvo su avance. Nicol había empuñado su daga y amenazaba al hombre directamente a la cara, casi hundiendo el filo en la piel del hombre.

—Nos dirás ahora o serás un muerto más en el suelo, anciano —amenazó ella. Los demás lugareños, al ver la situación, se acercaron a la escena enfurecidos.

—Adelante, hazlo. Soy un viejo y he querido la muerte desde hace tiempo, una que me saque de esta miseria.

Al escuchar esto, Nicol clavó la hoja en el muslo del hombre, haciendo que la sangre brotara inmediatamente y se regara por el piso.

—¡Ahh! ¡Maldita! —grito el anciano tirándose al suelo. Entonces, Nicol volvió a amenazar.

—Entiendo tu ira y tu sufrimiento, son reacciones involuntarias normales, pero entiende que les conviene. Si logramos rescatar a nuestro acompañante, probablemente también a la gente de su pueblo que fue secuestrada. No tengo paciencia con los que no cooperan, dinos o seguirán los brazos.

—Vete al infierno. No te diré nada. Maldita seas —gruñía el hombre.

Los demás habitantes se acercaron con intención de atacarla, pero cuando Nicol se dio cuenta tomó su lanza y amenazó todo el que se acercaba.

—Haz lo que quieras. Nosotros no negociamos con malditos forasteros —añadió el viejo apretando los dientes.

Nicol suspiró con hartazgo. Así que, alzando la mirada hacia la construcción más cercana, una casa apenas dañada, apuntó su lanza y conjuró un hechizo. "Trueno perforador". Un rayo voló desde la punta de sus dedos. Los presentes miraron horrorizados cómo el edificio estallaba en llamas en un estruendoso rugido al impactar el rayo contra la madera.

—Bueno, tu vida no les importa, pero sus casas sí. Díganos o reduciré todo el pueblo a cenizas —volvió a amenazar.

—Se lo llevaron a las minas —avanzó un hombre desde la multitud—. Eso mismo hicieron con los nuestros. Se los llevan y ya nunca más regresan.

—Indícanos dónde —presionó Nicol.

—A unas horas de aquí —dijo el hombre. Después levantó su mano y apunto con el índice la dirección, aunque a lo lejos no se veía nada a la distancia debido a la penumbra aún presente.

—¿Estás seguro?

—Siempre se los llevan para allá. Desde que llegaron los demonios hace unos años han saqueado, han matado y han destruido el pueblo, y se han llevado a muchos de nosotros para esa mina. Ya no lo soportamos.

—No fue tan difícil ¿Verdad? —exclamó Nicol guardando su lanza. De inmediato lanzó una ventisca para detener el incendio y se agachó a curar la herida del anciano. Alastor rio al escuchar sus palabras.

—Antes vivíamos en paz en esta zona —continuó el lugareño dirigiéndose ahora a Tristán y a Vant que aún escuchaban—, ocupándonos de los nuestros y de nuestra tierra. Hasta que un día, maldito día, llegó un grupo de bandidos que solo se ocupaban de asaltar viajeros y comerciantes cerca de nuestros senderos. Tomaron ese lugar como su guarida.

—¿Y no intentaron hacer algo mientras podían? —preguntó Vant intrigado.

Intentamos luchar, sí —respondió el hombre— pero nos sometieron muy rápido y nos quitaron nuestras pertenencias. Nos dijeron que si alguna vez intentábamos hacer algo nos iría peor.

—No puedo creer que Ventópolis nunca se enterara de esto —exclamó Tristán.

—Pero eso no fue lo peor. Después de un tiempo comenzaron a llegar demonios a nuestras tierras, primero unos pocos, apenas los notamos, y después más, tantos como nunca los habíamos visto.

—Debieron ser los que se llevaron a Alexander —dijo Tristán volteando rápidamente a ver la carreta donde viajaban, notando que Nicol estaba de pie esperando por los demás—. Escuchen, no puedo prometerles que todos regresarán, pues no sé si la gente que han secuestrado todo este tiempo siga con vida, pero les aseguro que traeré de vuelta a todos los que encuentre.

—No eran todos —continuó el hombre—, no, ellos eran solo sus esbirros. Los mandan cuando nos quieren atemorizar. De los que hablo portan armadura y hablan nuestra lengua. Pensamos que tal vez iban a entrar en guerra con los bandidos y que cuando se acabaran de matar nos libraríamos de ambos, pero no pasó mucho cuando nos dimos cuenta de que eran aliados.

—¿Y saben de dónde vinieron? —preguntó Vant—. ¿No hay alguna manera de saber su origen?

—Claro que nunca hemos hablado con los demonios, y hace tiempo que no los veíamos, desde que comenzaron a secuestrar a nuestra gente. Los únicos con los que tratamos ahora son los bandidos.

—¿Y ellos de dónde vendrán? —se cuestionó Vant.

—Pensamos que de las tierras del noreste.

—¿Por qué?

—Porque llegamos a escuchar de los viajantes que pasaban que por allá hay mucho ladrón, pero nunca habían llegado hasta aquí. Antes andaban cerca de ciudades grandes como Fengún, pero ahora parece que no se quieren ir.

Vant se quedó pensando un momento sobre la terrible situación. Sin duda su temperamento y forma de ser solidaria lo impulsaban a ayudar a aquellas personas, a pesar de lo agresivas que eran, pues la gente suele volverse fría y cruel cuando han sufrido mucho. Pero había algo en la historia que le inquietaba profundamente, aunque no estaba seguro de qué era.

—Debemos partir de inmediato —ordenó Tristán, caminando hacia la salida que los pondría en el camino a su misión. Vant, al escuchar la orden, salió de su trance y se unió con su grupo — Y no debiste ser tan dura con ellos, ya han sufrido demasiado — le susurró a Nicol.

— Me estresa que la gente no coopere y más cuando es para algo que les beneficiará, lo sabes.

A los lindes de pueblo, frente al camino, la oscuridad era abrumadora, aunque para un par de ixírenes, un demonio y un ángel no resultaba atemorizante. Así, sin más demora, dieron los primeros pasos.

Caminaron un rato por aquella senda que se extendía por kilómetros sobre pradera despejada serpenteando hacia el este en dirección de un monte lejano que apenas se elevaba a la distancia. El velo de la noche no era problema para los ojos ixírenes que lograban percibir luz en la oscuridad más profunda e insondable, o para Alastor, que provenía de las profundidades del infierno. Vant, por otro lado, tenía problemas para ver el camino ya que su visión no penetraba tan lejos como la de Tristán. Para guiarse debía poner atención a los ruidos que sus amigos hacían al pisar el suelo, aunque no menos de una vez tropezó con alguna roca o desnivel.

En medio de la nada, sin viento del oeste ni estrellas en el cielo, los cuatro viajeros se sintieron perdidos, pues, aunque el camino era claro éste parecía hacerse más largo con el tiempo. El sentimiento de extrañeza los hizo detenerse un momento y reflexionar sobre la situación.

—¿Están seguros de que es por este camino? —preguntó Vant dando un profundo respiro.

—Estamos cerca —respondió Nicol susurrando.

—Debimos haber volado —exclamó Alastor mostrando su aburrimiento, aun cuando no necesitaba caminar pues levitaba todo el tiempo.

—Baja la voz —reprochó Nicol—, no sabemos qué tan cerca podemos estar. Si volamos seguro nos encuentran. Por lo mientras debemos mantener el sigilo.

—Si nos escuchan llegar podrían matar a los cautivos, Alexander incluido — agregó Tristán.

—Sí, eso también —de pronto Nicol apuntó cerca—. Venga, desde esa colina podremos ver mejor.

De camino comenzaron a escuchar unos horribles sonidos, como lamentos, llevados por el viento que apenas corría. Al principio parecían criaturas salvajes, agresivas, lo que puso a todos alerta, aunque sin dejar de avanzar. Pronto los sonidos se transformaron, eran más fuertes y eran claramente de dolor y sufrimiento. Al pie de la colina supieron que eran de agonía y tortura, un sonido que helaba la sangre y ensombrecía el corazón. Aunque el entusiasmo más bien pareció aumentar en Alastor pues fue quien primero llegó a la cima y escudriñó el lugar.

—Ahí están —exclamó el demonio con interés—, de ahí provienen los gritos.

Los demás se asomaron y vieron un desolado valle, árido y marchito, rodeado de afiladas rocas dispuestas como barrera o como advertencia. En el suelo se observaban claramente manchas de sangre junto con señales de lucha y rastros de fuego. En el centro del área se alzaba pequeña y burda una entrada hecha con madera, ahora astillada y carbonizada en algunas partes, y cuya clausura había sido violada. No se percibía señal de movimiento de demonio o humano.

—Bajemos con cautela y rápido —dijo Tristán.

—Espera —interrumpió Nicol—, ¿dónde están los guardias?

—Tal vez están ocupados.

—No tiene sentido. Mejor busquemos otra entrada; sería muy tonto llegar por la puerta principal.

—Ya no hay tiempo —reprochó Vant— tardaremos mucho si rodeamos el lugar buscando otra entrada, una que tal vez no exista.

—Es cierto, Alexander y la gente del pueblo podrían morir si tardamos más — agregó Tristán.

—Si no hacemos esto bien podrían escapar y tener que buscarlos sería lo peor — dijo Nicol.

Mientras los tres hablaban, Alastor, sin advertencia, se adelantó hasta la entrada. Bajó rápidamente por la colina, como llevado su cuerpo por una ligera brisa. Al notar esto, Nicol y Tristán corrieron preocupados para alcanzarle. Vant tuvo que descender con más cuidado.

—¿Estás demente? —increpó Nicol—. Primero debemos analizar la situación y pensar en una estrategia.

—Ya me tuvieron aquí por horas, déjame esto, aunque sea —respondió Alastor despreocupadamente—. Además, no siento ninguna presencia cerca, todos están en las cuevas.

—¿Por qué no nos dijiste antes? —se quejó Vant cuando los alcanzó.

—Lo acabo de hacer.

Se acercaron, y sin temor, hasta la entrada. Por la madera y la disposición de las luces en el interior, se dieron cuenta que aquella era la entrada a una vieja mina abandonada. Cruzaron uno a uno el umbral que se extendía recto hacia las profundidades de la tierra y donde los gritos que escucharon antes reverberaban y producían eco al chochar contra las estrechas paredes: un grito producía otro; el sufrimiento dentro de las venas abiertas y secas del mundo.

Dentro, siguieron el camino, bajando un par de veces por sucias escaleras y caminos dudosos hasta ver al final una luz amarillenta que oscilaba al ritmo de alguna antorcha o pebetero encendido. Los demonios gritaban y chillaban y eran respondidos por voces roncas y salvajes. En ese momento, los cuatro dentro del túnel buscaron las empuñaduras y fundas de sus armas, preparándose contra lo que sea que fueran a encontrar en aquel lugar tan terrible y despreciable.

185

Capítulo 20: El Caballero Negro

—¡Muévanse! ¡No nos queda mucho tiempo! —gritaba un demonio fornido, de hombros abultados y cabeza pequeña, flotando a mitad de la sala, observando y coordinando como un inclemente capataz—. ¡Lleven las armas a la parte de atrás! ¡Si valoran sus vidas se darán prisa!

Con cada grito y cada latigazo, los miserables y andrajosos sirvientes apuraban el trabajo, cargando herramientas y armas de un lugar para otro, algunos en grupos cuando la carga era demasiado pesada, otros con la espalda castigada y sin ayuda de nadie. Cuando uno se equivocaba o tardaba demasiado era inmediatamente reprendido con el sangrante ardor del látigo de su cruel amo.

—Los pobladores —dijo Nicol en susurro—. No son los que acaban de llevarse. La verdad no esperaba tantos.

—Antes había más —exclamó Tristán apretando los dientes, mirando en el rincón una pila de huesos olvidados.

Nicol levantó un poco más la cabeza, esperando no ser vista, y escudriñó la cueva, observaba la distribución del lugar, la posición de los demonios, todo lo que transportaban, mientras intentaba localizar a Alexander y hallar al mismo tiempo un camino por el cual descender con seguridad. Pronto notó que la sala a la que llegaron había sido excavada hace poco y a prisa porque para evitar que se derrumbara se habían colocado grandes vigas de hierro en algunos lugares, sin embargo, los demás túneles, las otras salas, cuatro en total, se habían construido con más detalle. Dos de esos caminos estaban a nivel del suelo, uno cercano al otro, hasta el fondo a la derecha, aunque por la falta de luz no se distinguía si bajaban o subían. Los otros dos caminos se encontraban a una altura media de un espiral de roca que se extendía por la pared del semicírculo que era donde se encontraban y que bajaba desde la entrada de la cueva hasta el suelo, un camino pegado al muro por donde se podía andar.

—Busquemos a Alexander —dijo Nicol avanzando con cautela. En su camino varios demonios pequeños como los que vieron en la aldea pasaron volando rápidamente sobre sus cabezas, pero por la prisa ninguno advirtió intrusos.

Lograron llegar sin mucho esfuerzo hasta las dos primeras salas a mitad del camino, aunque un estruendo y el movimiento del capataz los obligó a entrar en uno de los túneles para evitar ser vistos. Las cosas comenzaron a agitarse repentinamente en toda la cueva.

Dentro del túnel, lo primero que notaron fue un penetrante y desagradable olor proveniente del fondo; suciedad mezclada con alimento rancio y putrefacto. El pasaje no era muy profundo, así que no tardaron en encontrar la fuente de tan repulsivo hedor. Vieron una gran habitación iluminada tenuemente por la luz de unas antorchas que se esparcían por el suelo. Entre ellas yacían más de 20 personas dormidas, acomodadas como habían podido y con tristes sábanas como abrigo. La mayoría tenía una botella de alcohol en mano, vacía o a medio tomar.

Eran los bandidos del este. Entre su número se contaban algunas mujeres, pero la mayoría hombres, todos sucios y ebrios. Igualmente, como sospecharon, sobre unas mesas improvisadas a los extremos del cuarto, quedaban los restos de un rancio festín.

—Ellos deben ser de quienes nos hablaron —infirió Vant en susurro—, los que llegaron primero a estas tierras. No se ve que les vaya muy bien.

—Se convirtieron en ciervos de los demonios —dijo Nicol—. Un poco de alcohol, comida, y se ponen a la orden de quien sea. Patética escoria.

—Entonces en el otro camino hay más de ellos, aquí descansan —agregó Tristán.

—Tal vez van alternando turnos con los demonios.

—Los demonios no dormimos mucho —explicó Alastor sin acercarse demasiado—. Los humanos, en cambio, no pueden aguantar mucho tiempo sin dormir.

—¿Es por eso por lo que te sales a divertir todas las noches? —indagó Vant.

—Creo que ya es seguro continuar —exclamó Nicol, harta del olor.

Al asomar sus cabezas vieron que, en efecto, las cosas se habían tranquilizado un poco. Así que decidieron continuar en su descenso. Ahora, desde ese punto, lograron ver que de hecho había un quinto camino: una abertura considerablemente más amplia que las demás y cuyo interior estaba iluminado por antorchas colocadas en serie a lo largo de ambos lados de las paredes del pasillo. Gracias a esto notaron que el camino iba en subida.

—Probablemente por ahí tendremos que escapar —dijo Nicol sin dejar de avanzar.

—No sabemos lo que hay al final —respondió Vant que andaba detrás.

—Sube a la superficie, con eso es suficiente.

Lograron al poco tiempo llegar hasta la base de la cueva y luego hasta la entrada de otro de los pasillos. De ese provenían los gritos de súplica que habían escuchado, aunque no los de agonizante dolor, esos se habían detenido por el momento.

Ingresaron rápidamente por el túnel de paredes inusualmente húmedas y mohosas. Al final llegaron a una sala un poco más reducida que la anterior. Dentro encontraron tres jaulas viejas y oxidadas. Dentro estaban las personas raptadas en deplorables estados. Los prisioneros dejaron ver algo de alegría en sus ojos al notar a los extraños.

—Ustedes son los extranjeros —dijo una joven voz. Desde los barrotes se asomó una joven, casi una niña. Su aspecto en comparación al de los demás no era tan

187

miserable—. Yo los vi. Ustedes llegaron apenas en una carreta manejada por un viejo.

—Venimos a buscar al viejo con el que veníamos —contestó Nicol—. ¿Lo han visto?

—Se lo llevaron hace apenas un par de horas.

—¿A dónde lo llevaron?

—Al cuarto de tortura —respondió una voz vieja y rasposa. Un hombre en otra de las jaulas hablaba lentamente— Ahí llevan a los que ya no sirven, a los que se resisten o a los que les causan molestias.

Al acercarse al hombre que hablaba notaron que apenas llevaba ropa encima y su piel estaba cubierta por golpes y rajaduras. En su cara también se notaba el molimiento que había recibido.

—Indícanos el camino —ordenó Nicol, a lo que el hombre respondió levantando el pulgar en dirección a la salida.

—Es el camino cerca de este —dijo—. Aunque les aconsejaría que no fueran a menos que quieran ver a su amigo en pedazos.

—Parece que tú saliste con vida —respondió Tristán.

—Yo no he ido para allá. Lo que ven es el maltrato habitual a los trabajadores. Estoy aquí porque ya no pude más. Pero alcancé a ver a dónde los llevan para jamás volver.

Los cuatro decidieron ignorar las advertencias del hombre e ir de todos modos a buscar a su compañero.

—¡Ayúdenos por favor! —imploró la voz de la joven antes de que se fueran—. Si no es en el salón de tortura, es allá afuera donde vamos a morir. Por favor. Piedad.

—Intentamos ayudar a todos. Pero no podemos andar cargando con ustedes por todo el lugar, serían una carga. Solo sean pacientes —dijo Nicol como si estuviera molesta, luego se fue.

—Vendré por ustedes en cuanto encuentre la oportunidad —susurró Vant a la joven al mismo tiempo que tomaba dulcemente su mano. Después se retiró con los demás.

Se asomaron de nuevo para verificar que no había peligro fuera, aunque en ese momento las cosas volvían a agitarse.

¡No queda mucho tiempo! ¡Dense prisa! —gritaba el capataz agitando con más furia su látigo en el aire.

¿Tiempo para qué? ¿Qué podría apremiar tanto para castigar de tal forma las espaldas de los fatigados esclavos?

Se apresuraron a llegar al siguiente pasillo, corriendo de un extremo a otro en el momento indicado cuando nadie los veía, primero Nicol, luego Alastor, después Tristán y al último Vant. Esta vez les costó más trabajo mantenerse ocultos cerca de las antorchas, pero lograron llegar hasta el siguiente túnel. Frente a ellos se extendía, más largo y hacia las profundidades, un pasillo angosto y tan húmedo y mohoso como el anterior. Mientras andaban, la roca del techo crujió y se quejó de forma extraña, tal vez por lo sucio que estaba.

—Ahí —dijo Nicol—. Aguarden, escucho algo —alertó a los demás. Los cuatro inmediatamente guardaron silencio y esperaron. Efectivamente un sonido proveniente del interior lograba escucharse, un sonido de algo vivo, un leve quejido. También el golpe de la carne contra la carne, o tal vez de la carne contra el látigo.

—Es Alexander —exclamó Tristán adelantándose un poco—. Sigue vivo. Parece que llegamos en el momento justo.

Los cuatro corrieron al interior del lugar pues tal vez sería su única oportunidad. Vieron al llegar dos demonios enanos que sujetaban lanzas cortas entre sus sucias manos, y frente a ellos yacía una figura encogida en el suelo contra una esquina. Los demonios golpeaban furiosamente al hombre, lo jalaban intentando levantarlo y lo lanzaban de nuevo contra el muro.

—¡Es Alexander! —gritó Tristán al ver su rostro, y junto con Nicol se lanzaron al ataque.

Los demonios, torpes y débiles, no alcanzaron a notar que algo se les acercaba y sin más fueron cortados por la mitad, muriendo al instante. Ambas partes sangrantes de las criaturas cayeron al suelo dejando un charco oscuro debajo.

—Estamos aquí. Estás a salvo —dijo Vant levantando a Alexander del suelo—. ¿Qué fue lo que te hicieron?

—Esos bastardos me golpearon —respondió Alexander un poco aturdido—. Por suerte no fue mucho. Apenas me habían arrastrado.

—¿Y por qué? ¿Qué querían de ti si no era ponerte a trabajar? —preguntó Vant preocupado.

—Querían esto.

Alexander abrió su puño, revelando un bello y reluciente collar con forma de luna creciente. A lo largo de la cadena tenía incrustados pequeños diamantes, brillantes como luz de estrella, y en medio de la luna, un zafiro.

—¿Y qué es? —preguntó Vant confundido.

189

—¡Lo sabía!

De pronto Nicol se lanzó contra Alexander y lo levantó contra la pared, lo tomó del cuello y lo miró con desdén a los ojos.

—Es la piedra lunar. Ese es tu tesoro. Tú, maldito.

—Nicol, tranquilízate —exclamó Tristán acercándose a ella.

—Los ataques de criaturas que hemos enfrentado todo este viaje han sido su culpa —reclamó ella—. Es el artefacto mágico del que les hablé. Su poder atrae naturalmente criaturas de la oscuridad, las hace querer obtenerlo a toda costa. Pero me dirás ahora mismo de dónde lo sacaste.

—Debemos irnos ahora. Luego arreglarán cuentas —insistió Tristán.

—No irán a ninguna parte —dijo una voz desde la oscuridad del túnel por donde habían entrado. Un jadeo intenso se escuchó junto con el sonido de pegajosas extremidades que se avanzaban. Desde la fría, húmeda y oscura pared brillaron dos pares de ojos amarillos, fríos y sin alma. Un ser parecido a una araña descendió y se interpuso en el camino hacia la salida. Su piel era brillante y resbaladiza, como si estuviera hecha de alquitrán, solo que no goteaba, pero se movía temblorosamente. Las extremidades que difícilmente podrán llamarse brazos o piernas o patas se expandían y se estiraban con sorprendente agilidad.

—Ningún prisionero escapará mientras yo esté aquí —dijo el repugnante ser desde algún órgano parecido a una boca que no alcanzaba a verse a simple vista.

¡Darkalister! De inmediato conjuró Nicol contra su enemigo, pero éste logró esquivar el ataque sin dejar de obstruir la entrada.

—Son peligrosos —exclamó el monstruo. Después un sonido emergió de su cuerpo, uno agudo e intenso, como el chillido del metal caliente sobre la carne.

—¡Los prisioneros! —se escuchó fuera de la cueva. Los demonios habían sido alertados de la presencia de los intrusos y se acercaban apresuradamente al lugar.

—Antes de que lleguen serán míos —dijo el oscuro ser justo antes de ser atravesado por la delgada espada de Alastor quien se había movido sin ser advertido. La criatura cayó al suelo inerte y su cuerpo pareció derretirse al alcanzar la muerte.

—Larguémonos de aquí —dijo sin soltar el mango de su espada.

Los cuatro echaron a correr hacia la salida, conscientes de que afuera los esperaban gran cantidad de enemigos feroces. Tristán había subido a Alexander a sus hombros para cargarlo mientras los demás lo cubrían pues por los golpes se había lesionado una pierna.

Dentro del túnel, a poco de salir, llegaron los primeros demonios enemigos. Agitaban cadenas sobre sus cabezas o blandían alabardas de puntas oxidadas contra los invasores. Rápidamente fueron eliminados por el filo de la espada de Alastor que silbó suavemente mientras atravesaba hueso y carne.

Salieron del pasadizo y una lluvia de fuego calló contra ellos, furiosa y continua. Afortunadamente pudieron esquivarla. Los ataques no duraron mucho, y tan pronto como cesaron, Alastor y los demás tuvieron tiempo suficiente para salir y abalanzarse contra sus atacantes, todo en un parpadeo. Vant extendió sus alas de ángel, molestando a los enemigos demonios con su brillo, luego se elevó y cargó en contra de los demonios que lanzaban las bolas de fuego. Pronto fueron eliminados por el ángel. Nicol, por su parte, se encargaba de los demonios de mayor poder, aquellos que portaban un peto oscuro y mellado, pero fuerte como el acero.

Desde sus cuartos emergieron con espadas en mano los ladrones ya bien despiertos. Alastor fue el que los vio primero, así que decidió encargarse de ellos. Poca oportunidad tuvieron ellos que contra su espada lucharon. Sin embargo, tal era el número de enemigos que los cuatro pronto se vieron de nuevo rodeados y superados.

Mientras, Tristán corría de prisa y con la mayor cautela que le era posible, intentando ocultarse para que ninguno interrumpiera su carrera hasta la salida. Ciertamente se encontró con alguno que otro enemigo que se había percatado de sus intenciones, pero con su mano descubierta lograba conjurar una roca lo suficientemente grande y sólida para apartar la amenaza con éxito.

 En medio de la batalla, y habiendo acabado con la mayoría de los enemigos voladores, Vant aprovechó para ir con los otros prisioneros que necesitaban ayuda y a quien había dado su promesa de regresar. Rápidamente atravesó de un extremo a otro el salón hasta llegar a las jaulas. Al ingresar, notó que la mayoría de ellos se habían cubierto y abrazado del terror que sentían por la batalla librada fuera.

—He regresado como prometí —dijo Vant iluminando de nuevo el lugar con sus espléndidas alas de ángel.

Cuando los prisioneros notaron su presencia, gritaron de alegría y se aproximaron a los barrotes para verlo mejor.

—¡Cuidado! —gritó al ángel apuntando contra el candado que los mantenía cautivos, después lanzando un certero corte que hizo caer el pesado sello al suelo. Así también hizo con los demás hasta haberlos liberado a todos—. Síganme — ordenó. Todos salieron de la cueva y sintieron miedo de la batalla que se libraba. Pero Vant les habló calmadamente, mirándolos a los ojos, y todos encontraron valor para tratar de huir. Así fueron guiados hasta el gran túnel que esperaban fuera la salida.

Una vez que Tristán y Vant se dirigieron a la salida, Nicol y Alastor los siguieron rápidamente y atacando de vez en cuando a los que se acercaban demasiado a ellos por detrás.

Cruzaron un buen tramo hasta ver por fin una luz, aunque tenue y débil, que auguraba una salida. Al llegar hasta la luz salieron a lo que parecía una amplia bodega, utilizada tal vez como almacén, en algún lugar perdido en los campos de Zeihán. Por todo el lugar se alzaban torres de cajas de gran tamaño, colocadas cuidadosamente unas sobre otras y cerradas fuertemente con tablones. Casi no había espacio entre cada torre. Se asomaron al interior de una de ellas, movidos por la curiosidad, y vieron con asombro que contenía espadas; otra más, lanzas; otra, piezas de armadura. Las había en cantidades exorbitantes.

Rápidamente los pobladores corrieron entre los angostos pasillos que se habían dejado entre las torres, como en un laberinto. Afortunadamente encontraron pronto la salida. Un gran portón de madera se interponía entre ellos y la libertad. Entonces Vant se aproximó al gran muro de madera, colocó sus manos firmemente contra la madera e intentó empujarla. La puerta no se movió un solo centímetro. Detrás llegó Tristán para ayudar a empujar, bajando primero a Alexander y dejándolo al cuidado de los pobladores. Con los dos juntos, la puerta comenzó a ceder y a moverse lentamente hasta que una brecha lo suficientemente grande se abrió. Tan rápido como les era posible, los pobladores salieron de la bodega. Mientras, Nicol y Alastor intentaban detener a los demonios que aparecían cada vez más desde el túnel. Lograban eliminarlos rápidamente, pero no lo suficiente para no estar rodeados por al menos 30 de ellos en poco tiempo.

—¿Por qué no usas una de tus magias para matarlos de una vez? —preguntó Alastor entre ataques.

—Solo si quieres que también los pobladores mueran —respondió Nicol con un extraño gesto, entre una sonrisa forzada y un gesto de molestia.

De repente, sin mayor aviso ni explicación aparente, los demonios dejaron de atacar. Nicol y Alastor se sorprendieron de esto, aunque más les sorprendió la expresión de pavor que había aparecido en sus rostros. De pronto todos huyeron despavoridos.

¡Un poder terrible se acerca! —exclamó uno de sus líderes temblorosamente.

En ese momento un fuerte escalofrío recorrió el lugar, y el ambiente se volvió pesado, frío, espeso.

Ante este sentimiento, inmediatamente voltearon todos al centro de la habitación y lo que vieron los enmudeció de golpe. Una gigantesca armadura, de más de tres metros, robusta e imponente, se alzaba en medio del lugar. No había llegado por medio de magia o hechizos, simplemente se había aparecido inadvertidamente. Era eso de lo que habían huido los demonios, aquello de lo que con tanto miedo huían.

Todos quedaron inmóviles un momento. Luego, la armadura comenzó a moverse, y aunque por su tamaño su movimiento debería ser torpe y lento, esta se movía sin dificultad. Avanzó directo a Tristán quien se había puesto en guardia. Después le habló.

—Tú debes ser Tristán. Te he estado buscando por un tiempo —resonó una voz debajo de la coraza.

El material del que estaba hecha la armadura era de un profundo e insondable negro, como la penumbra que cubre el olvido o los abismos donde duermen antiguos males. En cada hombrera sobresalía una afilada punta teñida de rojo. El yelmo estaba cerrado de la visera y lo coronaban un par de cuernos curvados. Solo un brillo pálido advertía que había ojos debajo; era imposible ver alguna otra cosa de quien estaba detrás.

De pronto, la armadura levantó uno de sus enormes guantes, tan grande que podría aplastar la cabeza de alguno sin problemas, y apuntó el dedo hacia Tristán.

—He venido a recobrar lo que es mío —dijo—. Te mataré y lo tomaré de tu frío cadáver.

En la punta del dedo que acusatorio comenzó a formarse rápidamente una esfera de fuego oscuro que ardió y crepitó con gran fuerza. Tristán, al darse cuenta del ataque que iba en camino contra él y contra los inocentes, saltó rápidamente en dirección del misterioso enemigo para intentar repeler el ataque. La llamarada voló furiosamente y con tal velocidad que apenas pudo interceptarla, aunque no sin perder el balance y caer al suelo.

—¿Quién eres? ¿Qué es lo que quieres? —interrogó Tristán incorporándose.

—Quiero lo que por derecho es mío. Estoy aquí para tomarlo.

Otra esfera rugió contra Tristán, pero este logró esquivarla saltando lejos. Rápidamente el enemigo se movió detrás del íxiren antes terminar su salto y propinándole un fuerte golpe en la espalda lo lanzó contra una torre de cajas que se desplomó. El enemigo, no satisfecho aún, se acercó a los escombros y con un rayo hizo estallar lo que tenía enfrente, pulverizando aún más los restos y haciendo volar a Tristán de nuevo por los aires. En las alturas, la armadura de nuevo se movió velozmente sobre Tristán, colocó su enorme bota sobre su pecho y se dejó caer con toda la fuerza. El impacto fue tan fuerte que abrió una gran grieta en el suelo al mismo tiempo que hizo temblar las torres de cajas al punto de casi derribarlas, así como la bodega entera.

Por fortuna para Tristán, su constitución era férrea y resistente, por lo que logró soportar los golpes sin perder la consciencia, aunque sí quedó molido e incapaz de seguir luchando. Difícil fue para él reconocer que no podría derrotarlo.

—Me insultó, me humilló dándote el mayor tesoro a ti, que ni siquiera puedes mantenerte en pie —comenzó a decir la armadura—. Ilaxición me pertenece por derecho, esperé mucho tiempo por ella. Pero te la entregó a ti. ¿Cómo pudo hacerlo? Pero bueno, eso ya no importa. Te mataré y entonces será solo mía.

Y estirando su brazo el caballero tomó por el mango a ilaxición que se encontraba junto a Tristán. La espada inmediatamente se inflamó en fuego oscuro, aunque eso no pareció afectar a la armadura en lo absoluto.

Tristán tomó el arma por el filo y forcejeó en un intento por arrebatársela al enemigo. Éste, sin embargo, lo levantó por el cuello y lo sacudió violentamente, golpeando su cuerpo contra el suelo y las paredes para que soltara el arma. Pero Tristán no cedía.

—Admirable, pero inútil —dijo de nuevo la armadura sin dejar de azotarlo contra el suelo. Notando su terquedad, comenzó a golpearlo con la mano que tenía libre. El cuerpo sangrante de Tristán estaba muy mal.

Nicol, al ver a su amado en problemas, saltó rápidamente con lanza empuñada. Lanzó uno, dos, tres cortes con toda su fuerza, pero no logró hacerle daño al enemigo. Éste, al darse cuenta de que alguien lo atacaba, lanzó un fuerte golpe que la hizo volar. Por suerte ella logró protegerse.

—¡No tiene caso que lo protejas! Él ya está muerto, desde el momento en que se atrevió a tomar lo que es mío.

¡Darkalister! Atacó Nicol, seguida de una ráfaga de cortes con lanza. Todos los golpes que lanzaba eran repelidos con gran facilidad y su magia no era efectiva. Nicol entonces se lanzó con toda su fuerza y logró impactar tan fuerte que la armadura tembló y retrocedió un poco.

—Increíble, tu furia te alimenta. Pude sentir eso —reconoció la armadura. Y soltando la espada, lanzó un golpe certero tan fuerte contra la boca de su estómago que la dejó sin aire y tambaleando en el suelo.

Vant miraba atónito la escena sin poder hacer nada procurando que los prisioneros huyeran pronto. Alastor, en cambio, no parecía muy impresionado del enemigo tan fuerte al que se enfrentaban. Tenía la empuñadura en la mano, pero no se movía, como esperando algo. Aunque tenía la intención, parecía no querer intervenir.

—Ilaxición es mía —dijo de nuevo la armadura levantando la espada una vez más. Tristán, casi desfalleciendo, seguía tomando firmemente la espada por el filo, aunque su mano sangrara—. No falta mucho para que todo termine.

El caballero continuó golpeado a Tristán una y otra vez, sin clemencia. Intentaba sanar el daño, pero los golpes no cesaban y el cualquier momento la vida del íxiren podría terminar súbitamente ante tan implacable enemigo.

Capítulo 21: Poder oculto

—Ahora sí estás en problemas— resonó una voz desde las sombras.

—¿Ilaxición? —preguntó Tristán a la nada, pero la nada no respondió—. ¿Dónde estás? Necesito tu ayuda.

—No puedo hacer eso —respondió. Se escuchaba cada vez más cerca y más clara. Sin duda era ella, pero ¿dónde?

Tristán avanzó dentro del vacío hasta lograr ver algo. Poco a poco las imágenes adquirieron forma y color; estaba de nuevo dentro del jardín de la espada, el hogar del espíritu de Ilaxición.

—No te veo —dijo, buscando por todos lados. Pronto divisó la silueta que buscaba. Era ella. Al principio la vio borrosa, pero después la vista se le aclaró—. Necesito tu ayuda. Es demasiado poderoso.

—Lo sé —contestó Ilaxición resignadamente—. Conozco bien al enemigo al que te enfrentas. Su nombre es Kaín. Es alguien con una relación muy estrecha con mi antiguo amo.

—¿Tú le perteneces, como dice? —preguntó Tristán.

—De ninguna manera. Mi antiguo amo te eligió a ti, pero Kaín no lo entiende. Siempre pensó que sería quien heredara mi poder cuando mi amo se desprendiera, pero no fue así. Padece de una terrible obsesión y tiene por misión matarte y tenerme.

—Él pudo tomarte. Por poco te pierdo —dijo Tristán más despierto ahora.

—Debes saber que si tú mueres, deberé tener un nuevo portador, y seguramente será Kaín, por eso no puedo ayudarte, son las reglas. Debes demostrar que tienes la fuerza para ser mi nuevo amo. Así que te sugiero que intentes ya no estar al borde de la muerte de nuevo —respondió Ilaxición dando media vuelta y alejándose. Tristán la siguió de inmediato.

—No permitiré que eso pase —le dijo—. Tenemos una misión que cumplir y necesito de tu ayuda. Mefisto no puede triunfar.

Ilaxición se detuvo un momento, reflexionando. Después se volteó, dándole de nuevo la cara a Tristán. Miró al íxiren un momento y después soltó un suspiro.

—Kaín es muy fuerte. Con el poder que tienes ahora no serás capaz de vencer, debes volverte más fuerte. Solo así, y con algo de suerte, tal vez decida dejarte con vida.

—Entonces entréname —dijo Tristán con fuego en la mirada—, como esa otra vez.

—No es suficiente —respondió Ilaxición resignada—. Pero existe otra forma.

—Si puedo ayudar a mis amigos, no importa lo que sea.

—Pero debo advertirte, podría resultar contraproducente. Es muy peligroso y todo se basa a cómo creo que reaccionará Kaín.

Ilaxición entonces se acercó a Tristán, convencida de que no iba hacerlo cambiar de idea, y le dio un ligero golpe en la frente con el dedo índice; todo se volvió oscuridad nuevamente para él.

De vuelta, Kaín sostenía a Tristán del cuello y continuaba propinándole golpe tras golpe, como si intentara partir su cabeza en pedazos. Tristán ya no se movía, pero continuaba sujetando el filo de la espada con firmeza. Nicol seguía en el suelo por el golpe y solo podía observar con pena el castigo que recibía su amado.

—Muere de una vez —exclamó Kaín envolviendo la cabeza de Tristán con su enorme mano y apretándola fuertemente. No podría resistir mucho.

De pronto, un brillo comenzó a crecer dentro del puño cerrado de la armadura, luego se extendió por todo el cuerpo de Tristán. Una luz dorada como el del sol de medio día refulgió y centelleó desde sus heridas, curándolas rápidamente. En cuestión de segundos el cuerpo del íxiren parecía renovado y lleno de vitalidad. Súbitamente Tristán se movió: dio un giro a Ilaxición en su mano para sujetarla por el mango, después lanzó un poderoso corte contra el guante de la armadura, liberándose así de su apretón. Al tocar el suelo Tristán se movió fugazmente en un destello de luz dorada que atravesó la armadura de un extremo a otro, terminando este detrás del enemigo, con el brazo izquierdo extendido y arrojado hacia atrás. Justo después, el brillo dorado en su cuerpo se apagó y Tristán calló inconsciente de nuevo.

Una gran fisura diagonal apareció en el peto de Kaín que había quedado inmóvil de la impresión.

—Imposible —exclamó el caballero cubriéndose el daño con la mano—. Eran ocho, las pude ver. Y esos ojos… —calló un momento. Después se volvió a Nicol—. Tú. Cuando despierte dile lo siguiente: le perdoné la vida esta vez, pero regresaré y reclamaré lo que me pertenece. Si pretende detenerme deberá volverse más poderoso o yo me encargaré de que su viaje termine en ese mismo instante.

Súbitamente Kaín desapareció, sin portal, sin magia, sin conjuro, tan solo se esfumó como si de un mero espejismo se hubiera tratado. Nicol entonces se acercó a su amado y posó su mano sobre su mejilla intentando reanimarlo. Tristán, o mejor dicho su alma, se encontraba de nuevo en el campo verde y apacible en el interior de Ilaxición. Allí, ella sostenía su rostro entre sus manos y lo miraba a los ojos.

—¿Qué fue lo que pasó? —preguntó él lentamente y con voz calmada.

—Lo lograste. Bien hecho, niño.

—¿Qué hiciste? ¿Me prestaste tu poder? Pensé que no ibas a ayudarme.

—Yo no te ayudé, no del todo. Y ese no era mi poder, era el tuyo.

—¿Qué? —Tristán sacudió confundido la cabeza.

—Lo único que hice fue liberar las ataduras que lo retienen; tu razón, tu inteligencia, tus miedos, tus deseos, tus creencias. Tu ser se vació para poder moverse con toda libertad. Lamentablemente eso te agotó muy rápido, pero al menos lograste salvar tu vida. Podrías decir que apague tu cerebro temporalmente.

—¿Cómo es posible que tenga tanto poder? —preguntó Tristán aún sin creerlo.

—No tienes que entenderlo ahora, lo harás a su tiempo. Solo recuerda que las almas realmente ixírenes no tienen un límite en su poder.

—Debo regresar ahora —respondió Tristán.

—Así es, debes continuar con tu misión.

Y moviendo la mano, Ilaxición conjuró una ligera brisa púrpura que envolvió a Tristán, haciendo regresar su consciencia a su cuerpo. Al abrir los ojos, pudo ver el rostro de Nicol cerca que sonreía de verlo despertar. Vant y Alastor se habían acercado también y le daban la bienvenida.

—Amigo, ¿qué fue eso? —preguntó Vant atónito.

—Estás lleno de secretos —agregó Alastor—. Poco faltó para que te matara en serio.

—Un poco de ayuda me hubiera venido bien —respondió Tristán incorporándose lentamente. No se veía herido, tan solo cansado.

—Hubiera querido ayudarte, pero no puedo. No se me permite atacar a Kaín, y aunque hubiera podido, su poder supera al mío.

—Ya lo conocías —inquirió Nicol un poco molesta.

—Hace mucho. Kaín es… alguien con muchos problemas. Lamento no poder decir más, pero lo tengo prohibido.

—Su poder es demasiado —agregó Vant.

—Y eso no es todo. Yo conozco su verdadero poder y si lo hubiera usado, uff, el problema en el que estaríamos.

—¿Tanto así?

—No queda alguna duda —intervino Nicol—, con solo lo que hemos visto hoy queda claro que su poder supera al de Mefisto.

197

—Eso es un gran problema, deberíamos advertir a la UP —musitó Vant.

—No tiene caso —continuó Alastor—. Kain no se rige por ninguna ley o política en el mundo. No le interesa gobernar ni destruir, aunque de hacerlo seguro pondría a los gobiernos de rodillas de un día para otro. Sus motivaciones siempre son completamente personales.

—Debemos andarnos con cuidado ahora que un enemigo tan formidable ha puesto los ojos sobre nosotros —dijo Nicol pensativa, maquinando planes sin cesar—. Podríamos no salir tan bien librados si nos encontramos de nuevo.

—Vámonos —interrumpió Tristán regresando al problema que los ocupaba—. Ya todos se han ido y deben estar de camino al pueblo. Alexander está con ellos, así que hay que encontrarlo.

Nicol ayudó a Tristán a caminar. Afuera, el cielo comenzaba a iluminarse con los primeros rayos del alba, por sobre el horizonte y hacia el cielo despejado. A la distancia se podía reconocer el camino serpenteante que llevaba de vuelta a la aldea, y las verdes hectáreas de pasto que Tristán y su grupo habían recorrido la noche anterior. Ahora estaban serenas y refrescantes.

Al salir de la bodega se apresuraron y no tardaron mucho en encontrar al grupo de aldeanos caminando y ayudándose mutuamente, en especial a los heridos. Aliviados, vieron que Alexander caminaba entre ellos. Siguieron de cerca al grupo, manteniendo una cierta distancia y poniendo atención a los alrededores, por cielo y tierra, procurando que ningún otro enemigo atacara.

—¿Qué habrá estado pasando allá atrás? —preguntó Vant rompiendo el silencio. Ninguno volteó a verlo, pero todos se preguntaban lo mismo.

—Había muchas armas en esas cajas —recapituló Tristán—. Parecía que preparaban un embarque.

—Estarían preparando una orden para alguien, pero ¿con qué propósito? —contestó Vant intrigado—. Si me lo preguntan, tantas armas juntas, en manos de bandidos y demonios, con un jefe tan fuerte, es una terrible señal.

—El caballero que apareció, Kain, parecía no estar relacionado con ellos —agregó Nicol—. Todos se asustaron cuando lo vieron. No creo que fuera a quien estaban esperando. Era como si se estuvieran preparando para una invasión. Tal cantidad de armas mágicas es inusual.

—Será el Culto de la Sangre, tal vez —especuló Tristán tomando el mango de Ilaxición—. Pero no lo sé, parecía algo a gran escala.

—No creo que sea al culto —dijo Vant—. Hace mucho tiempo pactaron con la Unión para mantener la paz.

—¿Y tú crees que puedes confiar en su palabra? —preguntó Alastor.

—Tú también eres de la raza de los demonios y confiamos en ti.

—Esos ni me llegan a los talones. Además, Tristán confía en mí, pero ¿tú?

Alastor soltó una ligera risa al intentar molesta a Vant.

—No fue el Culto —continuó Vant—, se estarían arriesgando a romper el pacto y no les conviene hacer frente a la fuerza militar más poderosa del mundo; no tienen la fuerza.

—Una guerra, eso es —exclamó Alastor—. Ya lo dijiste: hasta donde ustedes saben. ¿Tú qué opinas, Tristán?

—Estemos al pendiente —respondió—. Si es el Culto, nos daremos cuenta entre más avancemos hacia el norte. Creo que lo mejor será informar a la Unión. ¿Puedes encargarte, amigo?

—Sí... claro —Vant titubeó un momento al recordar que hacía mucho tiempo que no se reportaba ni informaba a sus superiores de sus avances. Debía hacerlo en cuanto tuviera tiempo.

El sol se alzaba orgulloso en medio del cielo cuando lograron divisar a lo lejos el pueblo del que habían llegado. Los habitantes más enteros echaron a correr hacia su aldea deseosos de al fin encontrarse con los suyos y poder descansar.

Una vez que todos estuvieron ahí, los reencuentros fueron felices, aunque un poco incómodos. Desde en medio de la gente el anciano con bastón se les acercó, y con muecas de resignación los felicitó y le agradeció al grupo por haber liberado a los suyos.

—Aquí tienen —les dijo. Luego pidió a uno de los suyos que entregaran a los héroes un saco con provisiones preparado con anterioridad—. La gente del pueblo se juntó para obsequiarles esto. Abriremos el camino hacia el norte para que puedan pasar.

—Con respecto al problema que sufren —dijo Tristán—, les sugiero que hablen con el rey de Ventópolis para que les ayude con los bandidos. No creo que se atrevan a venir ya, pero algo de seguridad no les vendría mal. Díganle que vienen de parte de nosotros y seguro los escuchará.

—Sería la primera vez que nos manden ayuda de la capital. Hace mucho que perdimos contacto con ellos; nos dejaron solos.

—No creo que tengan problemas con eso tampoco. La escoria que infestaba Ventópolis ya no está. Ahora quiten el muro y recuperen nuestra carreta —ordenó Nicol al anciano.

—Su transporte y su caballo están listos —respondió al anciano lanzando una mirada rencorosa a Nicol—. Ya solo falta su jinete para que puedan irse de una vez

199

Los cuatro se aproximaron a la carreta, reparada y hasta limpiada. Alexander llegó un momento después, con vendajes en las heridas y caminando mal por su pierna lesionada. Se subió con cuidado a la carreta y tomó las riendas; un gran alivio lo invadió.

—Todos arriba —le dijo a sus guardaespaldas con cierto ánimo.

Y así lo hicieron, a excepción de Nicol que se acercó a Alexander.

—Entrégamelo —le dijo con total seriedad y extendiendo su mano.

—¿Qué cosa? Déjame en paz, por favor. Aún no me recupero bien —respondió Alexander nervioso.

—La piedra lunar. Sé que aún la llevas contigo. Necesito guardarla para que no nos dé más problemas. Por tu culpa nos metimos en esto. Así que entrégalo ahora o terminaré de romperte la pierna.

Después de conocer a Nicol por un tiempo, Alexander sabía que una amenaza así de su parte era cierta. Así que buscó rápido en el bolsillo de su chamarra y sacó el reluciente collar. Apretó la mano, se lo acercó a su pecho como despidiéndose de él y con todo su pesar lo entregó. Nicol de inmediato lo guardó en una cajita negra que sacó de entre sus ropas. Sacó después un saquito con oro y se lo dio a Alexander; solo entonces subió a la carreta. Para ese momento un grupo de aldeanos se había acercado al muro con grandes martillos en las manos. Juntos comenzaron a golpear con fuerza y después de un momento lograron abrir un camino en el muro lo suficientemente grande para que la carreta pasara.

—¡Andando! —gritó Alexander a los caballos y estos emprendieron la marcha dócilmente.

Mientras salían del pueblo, Vant alcanzó a ver por una de las ventanas de las últimas casas la cara de la niña que habían conocido en las prisiones. Ella lo despedía animada y Vant le devolvió el ademán con una sonrisa. En ese momento un pensamiento le cruzó por la mente: disfrutaba mucho viajar con sus amigos como lo había estado haciendo hasta ahora, incluso con Alastor, un sentimiento que no tenía desde sus días de aventura en el pueblo antes de ingresar a la academia. Tal vez, eso era lo que deseaba en su corazón.

—¿Y cómo se llamaba el pueblo, por cierto? —interrumpió Alastor.

—Es el pueblo de Terracota —respondió Alexander—. Antes todos se detenían a descansar aquí un día o dos, hasta que se volvió peligroso. Te estoy hablando de hace décadas.

—Le queda el nombre —respondió Nicol—. En ese lugar no había más que tierra.

—Creo que es más bien por la mina que hay cerca —respondió Alexander—. Por mucho tiempo extrajeron materiales de construcción. Me pregunto si después de lo que pasó las carretas volverán a pasar por aquí.

—Si siguen nuestro consejo y piden ayuda a Ventópolis, se va a correr la voz —dijo Tristán—. Después de todo son parte del reino.

—¿Y cuál es nuestro destino ahora? —preguntó Vant.

—Debemos continuar por este camino unos días más hasta encontrar la bifurcación que nos lleva a los puertos de Mar Naciente —explicó Alexander—. Ya no habrá más paradas hasta llegar a nuestro destino.

—¡Excelente! —gritó Alastor recostándose sobre el piso de la carreta y poniendo las manos detrás de la cabeza—. Nos avisas cuando lleguemos. Yo iré a dormir.

—Creí que los demonios no necesitaban dormir mucho —dijo Vant burlándose.

—Una cosa es necesitarlo y otra muy diferente disfrutarlo.

—Nosotros también deberíamos dormir —dijo Nicol mirando a Tristán—. Fue una noche larga y pesada. ¿Me puedo recargar sobre ti?

Tristán no tuvo que responder; se apoyaron uno contra el otro y él pasó su mano detrás de la espalda de ella. Después, ambos se recargaron contra la pared de la carreta y cerraron los ojos. En verdad se sentían cansados y hasta apenas habían caído en cuenta.

—¿Tú no duermes, amigo? —preguntó Tristán a Vant.

—No te preocupes, yo me quedaré de guardia. Además, no tengo mucho sueño. Ustedes duerman.

Tristán hizo caso y no dijo más. Mientras, Vant pensaba en lo que les deparaba el viaje; estaba animado y al mismo tiempo preocupado.

—Oye, ¿sabes guiar carretas? —preguntó Alexander de la nada.

—Claro. En la academia nos enseñan muchas cosas, incluyendo el manejo de vehículos.

—Es que tal vez en un rato te pida que manejes tú. La verdad yo también estoy molido. ¿No te importa o sí?

—Para nada.

Y como dijo Alexander, después de unas horas cambiaron lugares y Vant tomó las riendas de los caballos. De frente el camino era claro y tranquilo. El sol apenas comenzaba su rumbo hacia el poniente y todos dentro de la carreta dormían plácidamente. De pronto Vant recordó que debía reportarse con sus superiores. Colocó su mano en su pecho y conjuró una luz blanca que brilló tenuemente. Se concentró un momento, sin quitar la vista del camino, pero por más que lo intentó no logró contactar con el arcángel Daniel. Nadie respondía del otro lado. La brisa de aire frío que comenzó a correr desde el norte interrumpía su concentración, entonces decidió desistir y dejarlo para después. En su mente, sin embargo, continuaban agitándose toda clase de pensamientos: lo vivido hasta el momento, sus amigos, los viajes, los peligros, el futuro, y muy en lo profundo, su papel en todo aquello.

Capítulo 22: La chica de los ojos de piedra

Tristán y su grupo habían estado viajando sin interrupciones por varios días. Se enfrentaron con algunos enemigos como antes, pero desde que Nicol había guardado y custodiado la piedra lunar incautada a Alexander, los encuentros con bestias salvajes habían disminuido mucho. Durante camino también se encontraron con guardias de la Unión, quienes, en su trabajo de supervisar los transportes y mercancías, habían detenido a la solitaria carreta en un punto de control. Gracias a Vant, quien conservaba aún su armadura de la Unión, la revisión fue corta. Sin embargo, fue evidente que los guardias buscaban algo desesperadamente en aquel lugar; se veían nerviosos y temerosos. Si aquello continuaba así, tal vez el próximo encuentro no sería tan sencillo.

Continuaron avanzando. Era casi medio día, aunque por la cantidad de nubes en el cielo era difícil decirlo con exactitud. El viento del norte ahora era fuerte y mucho más frío que antes. Entre más avanzaban, los verdes y suaves prados se perdían y daban lugar a fuertes árboles anunciantes de bosques próximos. El terreno se volvía escabroso, aunque por fortuna el camino estaba bien marcado y libre de obstáculos grandes, por lo que los caballos avanzaban sin problema. De vez en cuando, Alexander pedía a alguno que tomara las riendas, y para la mayoría no había problema, con excepción de Alastor; no porque no pudiera guiar, sino porque la única vez con las riendas por poco caen por un barranco en un arrebato de locura.

Su destino estaba a pocos días de distancia: los puertos de Mar Naciente, el preámbulo a un mundo por explorar. Al poco tiempo la carreta se encontró con una bifurcación en el camino. Frente a ellos una gran roca dividía el camino en dos. A cada lado una inscripción tallada en la piedra: una decía con letras claras "Puertos de Mar Naciente", la otra, un poco menos legible, anunciaba "Flor de Invierno".

—¿Qué hay por allá? —preguntó Tristán señalando el segundo sendero. Éste se alejaba y se difuminaba perdido en la niebla lejana.

—Ese camino de ahí sube todavía más al norte —respondió Alexander—, a la zona más fría del continente. Creo que el letrero se refiere al siguiente pueblo. La verdad no recuerdo, jamás he ido para allá.

Alexander giró la carreta hacia la izquierda, hacia los puertos.

—¡Espera! —exclamó Tristán—. ¿No creen que podría haber algo importante?

—¿Cómo otra llave? ¿Es lo que sugieres? —preguntó Nicol.

—Podría ser. Demos un vistazo —pidió Tristán.

—Hace mucho frío y está lejos de todo. Nada importante ha sucedido nunca. La mayoría ni conoce ese lugar —replicó Alexander—. Mejor sigamos para poder terminar con esto de una vez. No quisiera volver a pasar lo de antes.

—Eso te lo ganaste tú —riñó Nicol. Luego se dirigió a Tristán—. ¿En serio crees que podría haber algo?

—No perdemos nada con intentarlo.

—¿Ya dije que hace demasiado frío? —volvió a argumentar Alexander en contra—. No traemos ropa adecuada y yo detesto andar temblando.

—¡Vayamos! —gritó Alastor—. Si Alexander no quiere ir yo digo que vayamos.

—Yo estoy con ustedes —exclamó Vant.

—Maldita sea, está bien —suspiró Alexander lleno de inconformidad. Luego tiró de los caballos y cambió de camino—. Pero por favor, esta vez eviten que me hagan algo. Y ustedes pagarán los abrigos y las provisiones cuando estemos allá.

Tristán asintió con la cabeza y le sonrió agradecido. Y avanzando, se perdieron pronto a la distancia.

Pasaron unas horas y las condiciones del clima habían cambiado considerablemente: el paisaje se comenzaba a saturar de un hermoso e impecable blanco y la vegetación se esfumaba rápidamente devorada por la ventisca; había comenzado a nevar. Los caballos resistían el frío, igual Tristán, Nicol, Vant y Alastor gracias a la fuerza de sus razas, sin embargo, Alexander sufría la falta de abrigo. Castañeaba los dientes y le temblaban las piernas haciendo sonar la madera de su asiento. Intentó contraer el cuerpo para guardar el calor, pero no funcionaba mucho. Más pronto que tarde, comenzó a refunfuñar.

Pronto se divisó un pueblo a la distancia. Era pequeño, aunque en medio corría un pequeño arrollo que descendía de las montañas a la derecha del pueblo y que corría desembocaban en el mar del norte, anunciando el fin de la tierra. Las casas, pequeñas y sencillas, se alzaban humildes entre las colinas que las rodeaban.

Cuando llegaron al pueblo los habitantes inmediatamente demostraron curiosidad por los viajeros: se reunían poco a poco cerca de la carreta que avanzaba lentamente y murmuraban al verla pasar. Lo que más los sorprendía a los viajeros, pero en especial a Alexander, era la falta da abrigo de los oriundos que andaban de un lado a otro con total tranquilidad. Todos ellos vestían ropas ligeras y holgadas, incluso mostrando sus pechos desnudos los hombres tanto como las mujeres. La mayoría andaba descalza por la nieve, y se recostaban sobre ella a descansar. Su resistencia, comentó Nicol, tal vez se debía a la piel ligeramente azul que mostraban, resultado de la adaptación al medio ambiente, y a sus pesadas y tupidas cabelleras que les colgaban. Sin duda se habían adaptado a vivir ahí mucho tiempo atrás.

La carreta se detuvo en medio de la plaza central, junto a una gran y bella fuente cuya base lanzaba dos chorros de agua transparente a cada lado. Cuando el agua saltaba por el aire, el frío del ambiente congelaba suavemente las gotas hasta convertirlas en cristales, como diamantes que salpicaban el agua hasta derretirse de nuevo. Ver aquel espectáculo resultaba sin duda hipnotizante a los visitantes.

Junto a la fuente había un mercader que ofrecía comida, hierbas medicinales y herramientas para el hogar. Al ver esto, Alexander bajó del carruaje y compró comida, pues ya desde hace unas horas tenía hambre. Tristán y los demás descendieron también del transporte para admirar el páramo helado que era aquella tierra. La mirada curiosa de los lugareños los hizo sentir incómodos. De repente notaron que al otro lado había dos estatuas, similares a las de la fuente, aunque mucho más detalladas. Su lugar era inusual y las expresiones de sus caras y sus cuerpos era extraña y perturbadora; los ojos totalmente pelados y las bocas abiertas como si estuvieras asustados.

—Miren estas cosas —dijo Alastor posando la mano abierta sobre la cara de una de las estatuas—. Apostaría a que el artista era alguien perturbado.

—Tienen gran vida, la verdad —respondió Vant mirando atentamente cada detalle—. El tallado es espléndido y el gesto se ve real. Parece como si en cualquier momento fueran a moverse.

—No me digas que te gustan estas cosas —exclamó Alastor.

—¿Qué cosa? ¿El arte? Sí, me gusta mucho. Mi padre solía decorar nuestra casa con bellísimas pinturas y esculturas. De no haber sido militar, me hubiera encantado ser artista.

Alastor soltó una carcajada tan fuerte que hizo a los nativos voltear incómodos.

—¿Qué es tan gracioso? —preguntó Vant.

—Eso, que te gustan esas cosas del arte. Ya te imagino con tus pinturas dibujando casitas.

—No todos logran entenderlo, se necesita al menos un poco de cerebro.

—¿Qué hay que entender? Se ve bonito, pero no sirve para nada. Lo miras y ya, no es gran cosa.

—¿Y qué hay de tus ropas? No las compras solo porque se vean bonitas, sino porque producen algo en ti, claro, si es que hay algo.

—Es diferente —contestó Alastor aún con la sonrisa en la cara—. Tienen un propósito y sirven para algo, no voy a andar por ahí sin ropa, aunque sí podría. El arte no tiene sentido, y quienes lo disfrutan, menos. Si pintas la pared con colores como un niño, habrá gente que le llamará arte.

—No tienes remedio.

Después de decir eso, Vant se retiró y se acercó con Nicol quien hablaba con uno de los lugareños en busca de direcciones.

—¿Y tú no vas a decir nada? —preguntó Alastor a Tristán.

—Sí, debemos continuar. Preguntemos a los habitantes de aquí sí saben algo sobre un templo.

—Estás muy ansioso —dijo Alastor—, debes relajarte un poco. Hay que seguir disfrutando de este lugar. Ven, vayamos a ver si por aquí hay con quien divertirse.

—Te ves muy de buen humor —le respondió Tristán—. ¿Te gusta estar aquí?

—Me gusta el frío. A los demonios nos gusta, nos recuerda la profunda e insondable oscuridad del abismo de dónde venimos —al decir esto una ráfaga de viento soltó el fleco de cabello de Alastor, mostrando de nuevo sus brillantes y atemorizantes ojos que se iluminaron con éxtasis—. Bueno, yo iré a recorrer el lugar un rato. Si me necesitan, no me llamen.

Mientras hablaba, Alastor había comenzado a alejarse, flotando como si fuera presa de la corriente de un rio, sin darse cuenta de que la gente pasaba. Tristán intentó advertirle, pero fue muy tarde cuando en su distracción chocó con una muchacha que caminaba despreocupada y provocara que ambos cayeran al suelo. Alastor se incorporó de inmediato y se sacudió la nieve con apuro, pero la chica quedó en el suelo.

—¿Por qué no te fijas por dónde vas? —gritó Alastor de forma arrogante, de nuevo en el aire.

—Fue tu culpa —respondió ella poniéndose de pie y mirando a la persona con quien había chocado con recelo—. Tienes la cabeza muy dura

Alastor estaba por responder a su agresión cuando el delgado y brillante rostro de la chica de enfrente cautivó su mirada. Con bellos ojos azules que parecían contener un vasto océano en su interior. Sus orejas eran delgadas y sobresalían de entre los largos y blancos cabellos que caían como cascada sobre los hombros de ella, sobre un avejentado abrigo azul que le llegaba hasta los tobillos. Su piel era azul como la de los lugareños, pero más clara.

—Perdona su rudeza —intervino Tristán, disculpándose después.

La chica, por el contrario, no respondió y solo se retiró. Pero cuando pasaba junto a Alastor, una mano la sujetó de la muñeca y la retuvo de irse.

—¿Qué te pasa? —se quejó la chica.

—Perdona mi rudeza y falta de cortesía, me presento. Soy Alastor y he venido con mis amigos en busca de aventura, peligro y el amor verdadero.

La chica miro a Alastor con desdén, extrañada y confundida por lo que pasaba. Tristán, por su lado, se mostraba sorprendido ante esa actitud tan desconocida.

—Sí, está bien. Ya suéltame —insistió la chica.

Alastor, sin embargo, no dejó de apretar el brazo de ella, por el contrario, le dio un ligero tirón y la acercó más a su cuerpo.

—Pero dime, ¿cómo te llamas, dulzura?

—Eso no te importa. Ya déjame ir.

—Vamos, sé que empezamos con el pie equivocado, pero déjame compensarte. Te prometo que te gustará.

Al escuchar los gritos, Nicol y Vant se acercaron para intervenir. Grande fue su sorpresa cuando vieron el cuerpo de Alastor transformarse lentamente en roca, desde los pies, las piernas, el torso y la cabeza, dejando en su rostro una expresión extraña y graciosa. Al notar la situación, Tristán intentó intervenir.

—¿Qué es lo que has hecho? —preguntó sorprendido.

—Se lo buscó. Yo le advertí que me dejara en paz, pero siguió molestándome —se quejó la chica dando media vuelta para retirarse.

—Espera, no puedes dejar esto así. Por favor revierte lo que hiciste.

—¿Y por qué habría de hacerlo? Esos dos de ahí —respondió la chica señalando a las estatuas— me molestaros hace varias semanas y siguen convertidos en piedra

—¿Ellos también eran personas?

—Todos en el pueblo saben que no deben molestarme, pero esos tontos no hicieron caso, igual que tu… ¿amiga?

—Te pido disculpas por el comportamiento de Alastor, te prometo que no volverá a pasar. Por favor, revierte lo que hiciste.

La chica miró directamente a Tristán, considerando si debía hacerle caso. Al final accedió.

—Tú eres muy amable. Me agradas —le sonrío—. Pero ¿cómo es que alguien como tú viaja con alguien así?

—Es una larga historia. Me llamo Tristán, y ellos son mis compañeros: Nicol y Vant.

—Yo me llamo Zafiro, por cierto. Me gustaría escuchar su historia.

Después de decir eso, la chica dirigió la mirada de nuevo a la estatua de demonio que había caído cerca. Sus ojos se agitaron un momento y luego se volvieron completamente blancos, y en ese momento el cuerpo de Alastor volvió a su estado anterior. Un grító salió de pronto.

—Vaya, qué experiencia tan extracorporal —dijo Alastor aún en el suelo. De inmediato volvió a levitar—. Creo que me gustó. Me recordó a la no vida.

—¿Estás bien? —le preguntó Vant acercándose por detrás.

—Creo que sí —respondió, apretando sus pechos.

—No es común ver viajeros por estas tierras, en especial un grupo tan extraño como ustedes —dijo Zafiro ignorando a Alastor.

—No somos solo visitantes. Somo ixírenes de la Unión, de hecho, todos pertenecemos a la Unión con excepción de Alastor. Hemos venido en busca de un templo, y creemos que podría haber una pista por aquí.

—¿Y para qué quieren ir al templo? —preguntó la chica con cierto dejo de nerviosismo.

—¿Sabes dónde está? —se adelantó Nicol impetuosa.

—Síganme.

A través de las calles, Zafiro los condujo a todos, incluyendo a Alexander, a una pequeña choza hecha de madera de dos pisos que, aunque se veía antigua y poco cuidada, ciertamente era firme y estaba bien construida. Ya dentro les ofreció a todos una bebida caliente color café y de aroma dulce. Todos excepto Nicol y Alastor aceptaron el ofrecimiento.

La actitud de Zafiro era muy diferente, ahora se mostraba muy amable y considerada, hogareña. Incluso ofreció mantas y comida a Alexander que ya no aguantaba el frío.

—Ahora sí, ¿podrían contarme qué asuntos tienen con el templo? —preguntó Zafiro.

—No sé si lo sepas, pero Mefisto ha regresado al mundo después de 500 años —comentó Tristán.

—No tengo idea de lo que me hablas.

—Es un antiguo demonio que hace mucho tiempo intentó dominar el mundo, y casi lo logra. Su regreso pone en peligro a todo Ixcandar y a sus habitantes de nuevo. Creemos que busca unas llaves ocultas en templos para hacerse del poder que guardan. Tenemos que conseguirlas para detenerlo, y no tenemos mucho tiempo. ¿O no has notado a los animales enfurecidos o locura en las personas? Todo eso, pensamos, es provocado por el regreso de Mefisto.

—Entiendo. Y no, no hemos notado nada de eso, por aquí casi no hay animales. Y como estamos tan alejados de todo, siempre llegan las noticias después de mucho tiempo.

—¿Y cómo sabes sobre el templo? —intervino Nicol.

—Por mi padre. Él y un tal arcángel Rizhiel fueron muy amigos. Juntos construyeron el templo.

—¡¿Conocieron al arcángel Rizhiel?! —gritó Vant.

—Yo no, mi padre, antes de que naciera.

—Pero los templos existen desde hace cientos de años —comentó Nicol extrañada.

—Como mi padre antes de mí, soy de la raza de los zuritas.

—Los antiguos elfos del agua —dijo Nicol—. Pensé que se habían extinguido después de que los conquistaron. ¿Todos en este pueblo son elfos del agua?

—No nos extinguimos, pero casi. Yo soy la última en el mundo. A diferencia de los elfos de las montañas o del bosque, mi raza encontró cobijo en los mares. Algunos más en fiordos como este. Según mi padre, los elfos del agua que se fueron a las costas se enamoraron tanto del mar que buscaron la forma de vivir dentro. Utilizaron magia antigua muy poderosa y lograron transformare en criaturas del océano, por eso desaparecieron. Pero nosotros nos quedamos en esta tierra donde podemos caminar sobre el rocío y bailar la lluvia —Zafiro movió los brazos burlonamente—. Aunque con el tiempo también empezamos a desaparecer mientras nos mezclábamos con los colonos. Todo el pueblo es de semielfos, por eso la piel azul. Soy la única elfa de sangre pura que queda en el pueblo.

—Debió ser muy difícil ver desaparecer a los tuyos —dijo Nicol suavemente.

—No tanto. Jamás conocí a nadie de mi raza excepto a mi padre. Mi madre murió cuando yo era bebé. Cuando él murió fue lo difícil. Ahora solo está la gente del pueblo, aunque no nos llevamos muy bien.

—Y tu padre pasó el conocimiento de la llave y el templo a ti —indagó Vant regresando al tema que los apuraba—. ¿Alguien más lo sabe?

—Solo yo. Porque solo un zurita puede abrir las puertas de ese templo.

—Entonces te pedimos tu ayuda —exclamó Tristán—. ¿Lo harás?

—Si lo que dicen es cierto sobre salvar el mundo, los ayudaré. Ese es mi único propósito, después de todo. Solo mantengan a la dama flotante lejos de mí.

—Vayamos de una vez, entonces —dijo Tristán, levantándose bruscamente de su asiento.

—Si quieres.

—Yo no iré —dijo Alexander cruzando los brazos—. No quiero morir. Yo me quedo aquí.

—No puedes quedarte aquí solo —dijo Tristán.

—No te preocupes, pronto vendrá una señora que me ayuda con la comida. Puedes quedarte en mi casa, eres bienvenido. Además, el templo no es un lugar para humanos. Ponte cómodo.

Sin esperar, los cinco salieron de la casa de Zafiro y la siguieron. Cruzaron el pueblo hasta salir por el lado norte que abría a un terreno amplio y abierto. Continuaron caminando de frente siguiendo una nube solitaria. Durante el camino Zafiro comenzó a contarles lo que sabía del templo.

—Se encuentra en una isla a un par de kilómetros mar adentro, al interior de una montaña conocida como la Cima del viento, oculto en lo profundo de la roca. Jamás he entrado, pero sé que hay un sinfín de trampas de hielo, callejones sin salida y monstruos. Al pasar un portal, está la puerta al verdadero templo.

—Nunca es tan fácil —expresó Tristán burlonamente.

—¿Ya han estado en otros templos? —se sorprendió Zafiro.

—Así es. Tenemos dos llaves ya. ¿Quieres verlas, cariño? —dijo Alastor acercándose a ella.

—¿Quieres que te vuelva a convertir en piedra?

—Ya estoy a medio camino, dulzura —respondió Alastor guiñando el ojo.

—Ya basta —intervino Tristán—. Pero sí, tenemos en nuestro poder la llave de la tierra y la llave del viento. Así que hay que mantener la ventaja.

Mientras conversaban, subieron una colina bastante elevada. Al llegar a la cima contemplaron su destino. Separado del mar y conectado por medio de un delgado camino de hielo estaba la isla de la que Zafiro les había hablado, y en ella la gran montaña que resguardaba el templo. Detrás, el mar continuaba avanzando hasta encontrarse con las impresionantes cascadas del destino, cuyas aguas caían a un abismo infinito; el borde del mundo. Para Nicol y Alastor esto no era gran cosa pues ambos conocían bastante el mundo, tampoco para Zafiro quien había vivido en esas tierras toda su vida. Pero para Tristán y Vant la visión que contemplaban era sublime y hermosa, imponente incluso quizás aterradora; el fin del mundo, el borde del todo, jamás en sus vidas habían visto algo igual. Esto les llenó el corazón de felicidad.

—¿De verdad creen que las cascadas del destino sean el fin del mundo? —preguntó Tristán incapaz de apartar la vista.

—Pues sin importar hacia qué dirección del mundo navegues siempre llegas a las cataratas del destino, un lugar extenso hasta donde abarca la vista donde el agua cae al abismo, siempre cubierto por niebla, pero yo me reservo mis dudas —contestó Nicol, siempre cuestionando lo dicho.

Bajaron la colina apuradamente y continuaron recto hacia el puente que conectaba el continente y el templo oculto.

Capítulo 23: A las orillas del mundo

La pálida costa cerca del borde de Ixcandar se sentía silenciosa y misteriosa. Tan solo el rumor del viento que se arrojaba al infinito como desesperado se oía lejano, levantando la nieve a su paso y borrando las huellas dejadas por los cinco que por ahí pasaban. Frente a ellos el camino era recto y despejado. Cerca de la costa el mar se agitaba ligeramente, meciendo calladamente los copos que flotaban encima, como si respirara en paz.

—¿Es seguro cruzar por ese camino? —preguntó Vant algo inquieto al ver lo estrecho que era el puente.

—Es delgado, pero resiste bien, en especial en esta época del año —respondió Zafiro.

—¿A qué te refieres?

—Ese camino no siempre se encuentra ahí. En la temporada de calor se derrite y desaparece, volviendo la isla inaccesible. Pero ahora estamos en la época más fría, entonces, es resistente. De todas formas, anden con cuidado.

Al llegar al camino notaron que no era una línea recta, sino un camino ondulante entre las pequeñas olas como tallado a propósito, claramente una señal de presencia de magia.

—Yo iré hasta adelante —indicó Zafiro—, luego ustedes. Traten de mantener distancia entre uno y otro para no tropezar, ¿de acuerdo? Como el camino, sentirán que se mueve, pero no se preocupen, aguanta bien.

—No será necesario —intervino Nicol. Luego extendió sus alas de íxiren que brillaron con el reflejo de la nieve—, nosotros te ayudaremos. Yo te llevaré.

Nicol tomó a Zafiro de los brazos y se elevaron fácilmente. Tristán y los demás hicieron lo mismo y las siguieron de cerca.

Estaban ya a medio camino de la otra orilla cuando un extraño sonido apareció de la nada, debajo de ellos. Era una especie de rugido, profundo y reverberante.

—¿Qué fue eso? —preguntó Nicol.

—Mejor apurémonos —alertó Zafiro.

De pronto el agua comenzó a agitarse debajo de ellos y el rugido aumentó rápidamente. Incluso Zafiro, que conocía tanto esas tierras, se veía preocupada pues miraba nerviosa en todas direcciones. Repentinamente, el sonio se detuvo y con una gran agitación una criatura gigantesca emergió del mar, alzándose en el cielo y gruñendo con una fuerza bestial. Su forma era la de una serpiente, aunque está tenía dos grandes colmillos congelados en la boca y una aleta oscura en la cabeza similar a una corona. Las escamas que cubrían su cuerpo brillaban con intensidad. Al rugir, la boca se estiró y reveló aguijones dentro.

—¡Cuidado! ¡Es una serpiente de hielo! —gritó Zafiro agitándose.

Nicol intentó moverse rápido, pero fue muy tarde cuando una mordida logró golpearla y las arrojó a las dos al agua helada. Tristán y Vant intentaron auxiliarlas, pero fueron golpeados por un par de colas salidas del agua. Alastor logró mantener la distancia.

—¡Naden! ¡Rápido! —gritó Zafiro una vez que emergió del agua—. Nos dejará en paz si llegamos a la otra orilla.

—Tengo una mejor idea —dijo Nicol volteando a ver a Tristán, quien asintió con ella en complicidad.

Juntos se elevaron por los aires a toda velocidad. Tristán juntó sus manos y comenzó a juntar fuego en ellas. *Calor que sofoca y quema todo lo que toca, magma ardiente.* ¡Toque incinerador! Una llamarada fue lanzada contra la serpiente, acertando directamente en su cuerpo. Desafortunadamente la piel de la criatura era demasiado resistente y no logró hacerle daño. Nicol también conjuró magia. *Instrumento de muerte, traspasa el alma de mis enemigos.* ¡Lanza maldita! Una lanza de energía oscura apareció en su mano y fue lanzada ferozmente contra la serpiente. Pero este ataque también fue repelido por la gruesa piel del monstruo.

La serpiente de inmediato reaccionó a la afrenta abriendo el hocico y exhalando un potente rayo azul que atravesó el cielo. Durante la agitación el rayó impactó contra el agua, congelándola instantáneamente cerca de Zafiro y Vant, pero sin atinarles.

En el aire, volando rápidamente Tristán y Nicol evitaron el ataque. Por desgracia, una de las alas de Tristán fue alcanzada por el rayo y congelada, haciéndole perder el equilibrio y desplomándolo contra el puente de hielo.

—Amigo, ¿estás bien? —gritó Vant mientras se elevaba junto con Zafiro.

—¡Cuidado! —gritó Tristán.

La gran serpiente se acercó hasta ellos y lanzó un fuerte coletazo que impactó contra ambos y los lanzó por los aires hacia la montaña. Alastor, al ver que Zafiro había sido golpeada, se acercó furiosamente con espada en mano. Un segundo coletazo fue lanzado contra Tristán quien apenas se levantaba del golpe anterior. Nicol se apresuró hacia él en un intento por cubrirlo del golpe, pero al hacerlo, ambo fueron impactados y lanzados también hacia la isla. En el aire, Nicol alcanzó a ver varias cuevas que entraban en la montaña. Zafiro entró por una, Vant y Nicol por otra y Tristán por una tercera, lejos de ellos.

La serpiente nadó debajo de ellos, lista para devorarlos de un bocado cuando algo la golpeó por detrás. Alastor había lanzado un rayo oscuro para llamar su atención. Y antes de que el monstruo pudiera atacar, el demonio lanzó un corte con su espada, cargada con energía oscura, que logró cortar limpiamente la cabeza de la gigantesca bestia, la cual, cayendo sangrante, destruyó el puente de hielo en gran agitación. El cuerpo, aun agitándose, cayó también, y las aguas se tornaron carmesí.

Alastor no paró su vuelo y rápidamente entró por la misma cueva por la que entró Zafiro sin preocuparle nada más.

El interior de la cueva era seco y cálido; el hielo que cubría las paredes conservaba la temperatura del interior y la convertía en una fortaleza. Las paredes se asemejaban a un domo por su forma.

Vant fue el primero en despertar. Se sentía aturdido por el golpe recibido. Lentamente se levantó y recuperó la conciencia. Cerca vio a Nicol sentada en el suelo. Se acercó para auxiliarla.

—Ya despertaste —dijo Nicol cuando se reunieron.

—¿Dónde estamos? —preguntó él mientras la ayudaba a levantarse.

—En la montaña. Fue una gran suerte que termináramos justo donde queríamos ir, ¿no crees?

—¿Este es el templo? —exclamó Vant confundido. Del techo sobresalían decenas de estalactitas de hielo, afiladas como lanzas. En el suelo también había estalagmitas, aunque no tantas como para no poder caminar libremente por el lugar.

—No creo, solo es la antesala. Debemos encontrar la puerta que mencionó Zafiro, la que nos llevará hasta el verdadero templo.

—¿Puedes caminar? —preguntó él viendo que Nicol cojeaba un poco.

—Solo fue una pequeña lesión por caer mal. Vamos, encontremos a Tristán.

Los dos anduvieron por el lugar buscando un camino que seguir. Después de un rato dieron con una puerta al extremo de la sala; era de simple madera y estaba reforzada con acero, sin embargo, estaba totalmente congelada. Intentaron abrirla, pero no cedía con golpes.

—Yo lo haré —dijo Vant. Desenfundando su espada, la cual encandeció tenuemente, y lanzó un corte contra el cerrojo. El hielo chilló al calor de la espada y cedió de inmediato.

Atravesaron la puerta y llegaron a otra sala, más grande que la anterior. A diferencia de la sala anterior, esta se veía mejor labrada, como si fuera un antiguo castillo olvidado. Al otro lado vieron una puerta amplia también congelada. En medio de la habitación, de pie, una estatua se alzaba aproximadamente cuatro metros por sobre el suelo y su figura era la de un hombre musculoso portando una

213

gruesa armadura con un hacha a cada lado. Del cuello sobresalían dos cabezas, una de caballo y otra de águila.

Rodearon la estatua y notaron que sus ojos estaban cerrados, como si durmiera.

—Tengo un mal presentimiento —dijo Nicol sin quitarle la mirada a la estatua.

—¿Por qué lo dices?

—Dentro del templo del rayo también encontrarnos una estatua que parecía cuidar el lugar. En un momento cobró vida y nos atacó. Es probable que suceda lo mismo con esta.

Cruzaron la sala cautelosamente. Vant, por la advertencia de Nicol, no había enfundado su espada en caso de necesitar defenderse.

Cerca de llegar a la puerta, un sonido los interrumpió. Un fuerte alarido retumbó en la cámara, seguido de un pesado andar. Como habían predicho, la estatua se acercaba portando sus hachas.

—¡Muévete! —gritó Nicol.

Ambos saltaron a un lado para esquivar el ataque que les habían lanzado. De inmediato, Nicol se acercó para contraatacar. *Poder oscuro que gobierna las tinieblas, cántico de la muerte.* ¡Plasma erradicador! Un rayo oscuro con destellos rojos fue disparado velozmente desde la palma de Nicol contra la estatua, pero este fue detenido por una de las hachas del enemigo. Nicol sostuvo el rayo unos segundos hasta lograr hacer añicos el arma. Esto hizo que la estatua retrocediera.

Enfurecido, el enemigo arremetió contra ambos en una carrera desenfrenada. Ambos se quitaron del camino, pero al ser golpeados los muros, las estalactitas del techo tambalearon y cayeron peligrosamente.

Luz divina que ilumina los jardines, agua de la vida. ¡Rayo divino! Vant lanzó un rayo blanco contra la estatua. Esta vez el enemigo no logró evitar el impacto y una enorme cuarteadura apareció en su pecho. De la grieta emergiendo una espesa nube de vapor y justo después la estatua se partió en dos. Aliviado, Vant se acercó para examinar los restos.

—Eso fue fácil —dijo.

Nicol no respondió, tan solo miraba alrededor con gran preocupación en su rostro.

—¿Qué sucede? —le preguntó Vant.

—No guardes tu arma —advirtió la íxiren sacando su lanza de su libro.

De pronto, una intensa luz brilló en el techo y una bruma se levantó desde el suelo. Las dos mitades de la estatua comenzaron a levantarse con el brazo que conservaban. Rápidamente, ambas mitades regeneraron el cuerpo que les faltaba: una pierna y un brazo. Ahora, Vant y Nicol debían luchar contra dos enemigos.

—¿Qué pasó? —preguntó Vant sin bajar la guardia.

—No hemos destruido su fuente de magia. En algún rincón de este lugar hay un objeto que les da poder. A menos que lo encontremos y lo destruyamos no dejarán de molestar.

—Debe estar en el techo. Vi una luz ahí hace un momento.

—Tú búscala, yo los distraeré —ordenó Nicol.

Vant extendió sus alas y se elevó. Nicol se lanzó con furia contra ambas estatuas. ¡Darkalister! El rayo oscuro impactó contra la estatua que intentaba perseguir a Vant, a la otra la hizo retroceder con un ataque de su lanza. Ante el ataque, ambos enemigos se lanzaron contra Nicol. Mientras, Vant buscaba la fuente de energía, aunque no recordaba en qué punto estaba la luz.

El espesor del hielo pegado a la pared hacía difícil ver si había algo debajo, solo se distinguían los símbolos tallados y las comisuras de los bloques. Por fortuna, en un punto notó algo: líneas talladas por todo el lugar. Dentro de las fisuras, un delgado hilo de energía corría sutilmente. Si las seguía, seguramente encontraría el objeto que estaba buscando.

Nicol luchaba con gran habilidad y destreza, aunque de vez en vez recibía un golpe que la aturdía y la desequilibraba.

—¡Date prisa! —le gritó a Vant.

—Ya casi. ¡Creo que lo encontré!

Efectivamente, incrustado en la roca, un pequeño orbe resplandecía y de él emanaba la energía hacia todo el lugar. Sin espera, Vant tomó su espada y la hizo encandecer. Con cuidado, la clavó en el hielo, trazando un hueco por el cual llegar hasta el objeto. Pronto logró exponer el orbe y ya solo faltaba un golpe para destruirla cuando de repente, una de las estatuas tomó a Vant por la pierna y lo jaló para después azotarlo contra el suelo. Pero antes de ser golpeado de nuevo, este logró alejarse de su atacante girando con fuerza. Se recuperó rápidamente del aturdimiento y después evaluó la situación en la que estaban.

—¿No los ibas a mantener ocupados? —le reprochó a Nicol.

Ella no contestó, estaba ocupara tratando de atraer de nuevo a las dos estatuas.

Ya no quedaba mucho tiempo, debían destruir el orbe en el techo. Así, Vant tomó su espada y la lanzó hábilmente como una flecha, haciéndola volar de un extremo de la sala a otro. Al notar esto, la estatua que aún conservaba su hacha movió velozmente el brazo y lanzó su arma con gran precisión, logrando repeler el ataque.

—¡Ya! ¡Hazlo! —gritó Nicol arrinconada.

De inmediato, Vant corrió hacia el enemigo. Levantó la mano y al hacerlo su arma se iluminó, flotó y regresó prontamente a la mano de su dueño.

—Yo puedo, yo puedo —de decía a sí mismo mientras apuntaba de nuevo al objetivo—. Brillo dorado, confío en ti.

La estatua corrió también contra él, y estando cerca esta lanzó un poderoso golpe. Sin embargo, Vant lo esquivó deslizándose por abajo para quedar después a espaldas del enemigo, y estando en el suelo volvió a lanzar su arma, la cual se encendió en un estallido de fuego. *Brillo dorado. ¡Luz sagrada!* Y con estas palabras su espada voló como un rayo, atravesando el orbe y destruyéndolo al instante. Al hacerlo, el brillo que iluminaba el lugar se apagó y las estatuas perdieron de repente su ímpetu y su furia. *Muerte silente, vacío siniestro, corta hasta el destino.* ¡Hoja de las sombras! Con energía, Nicol hizo aparecer una espada entre sus manos. Al blandirla, la energía de la que estaba hecha creó una onda que atravesó a los enemigos, ya sin protección mágica, y los partió a la mitad.

—Lo logramos —suspiró Nicol—. La verdad, fue más difícil de lo que pensé. Estas estatuas son fuertes contra ataques mágicos, lo mismo que nos pasó en el templo del viento.

—El arcángel Rizhiel lo hizo para mantener las llaves alejadas de manos equivocadas —respondió Vant recuperando su espada.

—Espero que no nos cuente a nosotros. Por cierto, esa espada tuya es impresionante, jamás había visto o leído sobre un arma como esa. Es como si respondiera a tus pensamientos.

—Se llama Brillo Dorado. La forjó mi padre. Tiene una gran afinidad con el fuego y la Luz.

—Pues creo que será de gran utilidad.

Juntos, se acercaron a la puerta. Notaron que el hielo que la cubría había sido destruido, probablemente durante la batalla. Así que abrieron fácilmente el cerrojo.

Cruzaron al otro lado y vieron con sorpresa dos siluetas a lo lejos, tumbadas en el suelo. Se acercaron rápidamente y notaron que era Alastor abrazando fuertemente a Zafiro inconsciente. Al acercarse sintieron cierta calidez.

La primera reacción de Nicol fue la de patear a Alastor lo suficiente para que despertara. Pero abrió los ojos al momento y después miró a Nicol.

—Ahh, son ustedes —dijo con alivio—. Zafiro está inconsciente y no puede responder por ahora.

—¿Qué le hiciste? —acusó Nicol.

—Yo nada. Se golpeó la cabeza al caer y no ha podido despertar, así que la mantengo caliente para que no muera.

—Sí, claro.

—Es en serio. Mira.

Alastor no mentía, en el lado derecho de la cabeza de Zafiro había una gran herida, y debajo, una pequeña mancha de sangre.

—Muévete —ordenó Vant acercándose a la chica. Colocó su mano sobre la herida e invocó un hechizo de curación—. Estaba débil, pero sigue con vida. Creo que la salvaste.

—Es raro verte tan benevolente —dijo Nicol, pero con un tono más suave—. En serio te gusta, ¿verdad?

—Pff, para nada. Es muy bonita, si, igual a miles más —respondió Alastor cruzando los brazos—. Lo hice porque sin ella no podríamos entrar al templo.

Nicol no le quitaba la mirada de encima, trataba de presionar.

—Como digas —respondió al final.

Después de un rato con el hechizo de curación, Vant logró que Zafiro abriera los ojos. Lo primero que vio fue el rostro de él, y le clavó la mirada un momento, atenta, luego se incorporó y dio un fuerte respiro.

—Gracias —dijo dirigiéndose a Alastor y Vant. Después se levantó, caminó lentamente y les dio un gran abrazo—. Habría muerto de no ser por ustedes.

Alastor quedó inmóvil, igual que todos, atentos a lo que haría. Quería devolver el abrazo, y un ligero rubor en su cara lo demostraba, pero se esforzaba en ocultar sus sentimientos, Vant solo palmeó la espalda de Zafiro.

—Ya solo nos falta alguien —dijo Vant rompiendo el silencio.

—Siempre termina perdiéndose —suspiró Nicol—. Se siente su presencia en los alrededores del templo. Hay que buscarlo.

—Vayamos por ese camino —sugirió Zafiro sosteniéndose de Vant.

Anduvieron por un corredor que se estrechaba cada vez más y perdía hielo en las paredes. La forma también cambiaba de una irregular a una más uniforme y cuadrada; entraban a los pasillos de una construcción. Más adelante, encontraron una división en tres caminos.

—De este lado —indicó Zafiro sin rastro de duda.

—¿Conoces también toda esta parte del templo? —preguntó Nicol.

—Conozco casi toda la montaña. Mi padre me hizo venir aquí muchas veces desde que era niña.

—¿Y estás segura de que por aquí podría estar Tristán?

—No lo sé. En teoría sí. Yo espero que sí. Los llevo por los caminos que evitan las trampas y llegan hasta la entrada correcta.

Por fortuna, la memoria de Zafiro no fallaba; evitaron todas las trampas así fuera la ruta más complicada, aunque estaban seguros de que tardarían más en llegar. Los pasillos eran similares y muchas veces tuvieron la sensación de andar en círculos o de recorrer un malicioso laberinto. De vez en cuando, Zafiro los detenía ante algún camino dudoso o desconfianza suya antes de avanzar. Ocasionalmente tanteaba las paredes en busca de pistas o algún botón secreto que desactivara las trampas.

—Ya estamos cerca —advirtió al cabo de un rato. Tanteó las paredes de nuevo—. Es por este camino. La entrada debe estar por aquí.

Avanzaron un poco más hasta dar con otra entrada, pero esta estaba abierta.

—No puede ser —exclamó Zafiro corriendo a investigar.

—¿Qué sucede? —preguntó Vant.

—Hay alguien más aquí. Estas puertas no habían sido abiertas en siglos.

—Algún monstruo, tal vez.

—No hay criaturas en la montaña.

—Podría ser Tristán.

—Ya lo hubiéramos visto.

—Qué miedo. Debemos estar alerta —exclamó Alastor sonriendo.

Los cuatro se echaron a correr y vieron que las siguientes puertas también habían sido abiertas. En algunas salas encontraron restos de batallas, estatuas destrozadas, trampas burladas, bloques de hielo desprendidos de las paredes.

—Es alguien muy fuerte— susurró Nicol. Recordó el problema que habían enfrentado hace poco y concluyó que solo un ejército o alguien realmente fuerte podrían haber hecho algo así. Por un momento temió que fuera Mefisto.

Mientras, en otro lado, en otra habitación perdida en la montaña, Tristán abría los ojos bruscamente. El lugar estaba un poco oscuro, pero sus ojos se acostumbraron rápidamente. Lo primero que notó fue un intenso dolor en la espalda que no le permitía moverse bien y el frío bajo sus dedos. Frente a él, tampoco había nada, solo el pálido hielo de las paredes.

—Al fin los espíritus de la tierra te han liberado del reconfortante éxtasis del desmayo —dijo una voz cercana.

Tristán volteó y vio de pie junto a él una figura de luz que le extendía la mano. Permaneció un momento contemplando la aparición hasta que la imagen se transformó y se aclaró, revelando, en vez de una mano, el filo de una espada apuntando directamente a su cara. Levantó la vista y se percató que era Lord Draco quien le hablaba.

Capítulo 24: La espada que volvió a forjarse

Desde una fisura en el techo penetraba una cálida luz proveniente del exterior. La superficie brillante del suelo y las paredes reflejaban con intensidad el sol que se filtraba por doquier. Los colores eran realzados y suavizados, aunque era fácil sentirse deslumbrado por la saturación. Y entre la luz que colmaba la cueva solo una puerta, amplia y gastada, y dos caballeros, uno gallardo y el otro noble, resaltaban con su presencia.

Frente a Tristán, Lord Draco sostenía su arma con rígido ímpetu. Esta se veía diferente en comparación con la desventura pasada: la empuñadura ahora era de un intenso color azul brillante y la figura había sido reemplazada por la garra de un dragón tallada en algún fino y raro material. A mitad de la hoja se alcanzaba a distinguir la reparación a la que había sido sometida, pues resaltaba la unión trabajada con oro o mithril. El trabajo era fino, pero se notaba apurado.

—Nuestros caminos se cruzan nuevamente, íxiren Tristán, a quien me enaltezco de llamar rival mío —exclamó Lord Draco estoicamente—. Enfréntate a mí, pues exijo y reclamo mi derecho de recuperar mi honor y mi dignidad en un duelo entre caballeros como los de antaño.

Con la luz era fácil notar que su armadura también había sufrido cambios: la coraza verde y ligera había sido reemplazada por una fuerte y gruesa armadura azul. Las escamas antes talladas, ahora estaban incrustadas y daban un efecto salvaje y rugoso. Los brazaletes de sus manos cubrían todo su antebrazo y se asemejaban a las protecciones que cubrían sus piernas. Amarrado al cuello, debajo del brillante casco de grandes cuernos y afilados dientes, colgaba una fina capa azul celeste sujetada por cintas blancas.

—Toma tu arma y enfréntame. Demuéstrame lo mucho que sin duda has mejorado y yo te demostraré lo mucho que ya te he superado.

Tristán se levantó como pudo, pues la espalda aún le dolía. Dio unos pasos hacia atrás para prepararse para el combate, tomó la empuñadura de ilaxición y la desenfundo, lenta pero firmemente.

—No habrás podido olvidar mi majestuosa arma, la legendaria espada dracónica y su mordaz hoja. Ha sido rectificada desde nuestra última desavenencia con ayuda de un diestro herrero, y su poder ha crecido tanto como su furia. Así también yo he engrandecido.

—En serio, no me interesa saber de tu fama o tu arma —gruñó Tristán—. La llave será nuestra. La necesitamos para evitar que el mundo caiga en la ruina. Si eres un caballero como dices, comprenderás y nos dejarás en paz.

—Comprendo tu cólera, pero la fama y la fortuna no me interesan más —dijo Lord Draco para mientras avanzaba amenazante—. Debes saber, rival mío, que desde aquel fatídico día en que mi orgullo y mi arma fueron superados, no ha pasado por mi mente, ni ha surgido en mi corazón ningún otro deseo que no sea el de exceder tu fuerza.

Y sin esperar un segundo más, los dos se lanzaron uno contra el otro, dando todo de sí. Las espadas eran blandidas, bloqueadas, lanzadas y esquivadas; se daban estocadas, cortes, ataques horizontales y reveces; saltaban, retrocedían, resistían y se juntaban para después separarse otra vez. Cuerpo y mente luchaban y las armas chocaban expertas.

«¿Dónde estás?» Una voz resonó en la mente de Tristán. Alguien lo llamaba. Era Nicol, y lo estaba buscando. De inmediato supo él dónde estaba. Su corazón le indicó qué camino tomar, así que, al encontrar una oportunidad, corrió hacia un pasillo amplio que se adentraba a la montaña. Lord Draco lo siguió de cerca sin dejar de atacar.

Rápidamente llegaron a otra habitación, en ella gruesos pilares de hielo se alzaban por encima de sus cabezas. Tristán intentó continuar por el siguiente pasillo, pero Lord Draco logró alcanzarlo e interponerse en su camino.

—Debo admitirlo, te has vuelto más fuerte —dijo Tristán en un intento por detener la lucha y despistar al contrincante.

—Que no quepa en ti la duda, y si lo hace yo seré quien te ilumine; esta vez será no menos que el portador de la espada dracónica quien salga victorioso.

Entonces, Lord Draco encajó su espada en uno de los pilares de hielo, y con un fuerte y hábil movimiento lanzó el bloque contra Tristán. Pero al ser esquivado, este chocó contra un muro y se rompió. Comenzó a hacer lo mismo con los demás; su intención era hacer a Tristán perder el equilibrio y acercarse sin ser advertido.

En la confusión, cuando de nuevo estuvieron cerca, Lord Draco volvió a atacar, zigzagueando velozmente y dando luego un salto en el aire junto con una vuelta hacia adelante para aumentar la fuerza de su corte. Tristán logró darse cuenta del ataque y levantó la espada para defenderse. Pero en ese momento el dolor en la espalda que lo había estado aquejando regresó, por lo que no pudo esquivar completamente el ataque y provocó que soltara su espada. Afortunadamente, esto le permitió esquivar el siguiente ataque lanzado. En el suelo, Tristán, girando las piernas, golpeó a su oponente y lo hizo caer también. Y aprovechando esa oportunidad, lanzó una fuerte estocada que impactó cerca de una de las hombreras de su contrincante y abrió un hueco en la armadura. Tristán pudo ver el cuerpo de Lord Draco vendado antes de que este se alejara.

—Aún no has terminado de sanar desde la última vez —le dijo.

—¡Injurias y desatinos! —gritó Lord Draco burlonamente—. Las heridas y agravios que provocaste no tardaron más de unos cuantos días en sanar, y no dolieron más ni me mantuvieron tendido en cama más tiempo que el haber perdido contra ti. Lo que ves, arrogante mestizo, es el resultado de haber entrenado día y noche, sin descanso, incesantemente, para excederte. Y estos —

Lord Draco se removió el peto, revelando grandes cicatrices que cubrían su torso— son las medallas que mis diversos encuentros con la muerte me han dado. He terminado con las vidas de bestias y malhechores, demonios y monstruos del averno, todo por medrar con la espada.

Y sin esperar más, Lord Draco volvió a cargar contra Tristán con toda su fuerza. Este, al verlo venir, respondió con un rápido movimiento que bloqueó el impacto, no sin resentir el impacto de nuevo en la espalda.

—Ya jamás perderé contra ti —exclamó Tristán—. Tengo una misión qué cumplir —y apretando la empuñadura, comenzó a juntar su energía. Se concentraba en el poder que había sentido antes, cuando había liberado su auténtico ser íxiren. Ilaxición se iluminó tenuemente.

—Entonces, así será.

Lord Draco también saturaba su espada con energía. Ambos contrincantes se preparaban para propinar un ataque decisivo.

En un rápido giro con la mano, Tristán tomó a ilaxición de tal forma que la hoja había quedado detrás de su cuerpo, separó las piernas y giró su centro para acumular fuerza. Lord Draco, por su lado, había cruzado el brazo por enfrente de su cuerpo mientras separaba las piernas.

Ambos espadachines soltaron en un golpe toda la fuerza que habían acumulado en sus cuerpos, sus armas y sus espíritus. En un estallido de poder se arrojaron contra el otro, lanzando un corte rápido, certero y potente contra el oponente.

De pronto, la espada dracónica voló y giró sobre sus cabezas hasta caer sobre el suelo, clavándose profundamente y produciendo un sonido agudo y chillante. Lord Draco avanzó lento, tambaleándose del dolor hasta una pared sobre la que logró recargarse. Luego posó su mano izquierda sobre su hombro derecho intentando detener el sangrado.

—Aún con todo mi esfuerzo y todo mi entrenamiento y todo mi deseo, has demostrado ser superior —dijo Lord Draco cayendo sobre su rodilla derecha—. Hazlo de una vez, pon fin a la leyenda del grandioso y magnífico cazador de dragones, amo de la espada dracónica

Tristán se quedó mirando a su oponente con extrañeza en el rostro.

—No voy a matarte —respondió—, tan solo intento que no nos quites el tiempo en nuestra misión de detener a Mefisto.

—Una misión muy justa. Yo mismo me he visto perdido en el sueño de alcanzar la gloria y realizar las más valientes y osadas hazañas que nadie nunca antes ha realizado. Y ahora te digo, que deberás matarme si no quieres que yo persiga mi sueño a costa tuya.

—Eso no me interesa —respondió Tristán enfundando a Ilaxición—. Nosotros intentamos detener a Mefisto y evitar que lleve al mundo a la ruina.

—Si son verdaderas tus palabras y semejante mal se cierne sobre nosotros, ¿Por qué motivo arriesgaría uno, cualquiera, la vida para impedirlo?

—Yo pensé que un caballero que se dice tan noble lo entendería —respondió Tristán. Luego dio la vuelta y se alejó hacia su destino—. No te mataré, pero si te interpones en nuestro camino, te derrotaré las veces que sean necesarias.

Lord Draco quedó en el suelo apoyado sobre sus manos, casi tumbado, sangrando, pensando en las palabras que su rival le había dicho.

De nuevo Tristán sintió la presencia de Nicol. Entonces aceleró el paso hasta dar con una puerta congelada. Del otro lado se escuchaban lo sonidos de una batalla, y de repente, silencio. Concentró fuego en su mano y de un golpe rompió la puerta. Al otro lado, vio a Vant sentado en el suelo, descansando, a Zafiro recargada sobre Alastor, a Nicol cansada con lanza en mano y los restos de una armadura hecha de hielo.

—Llegas tarde —dijo Nicol sonriendo y recuperando la compostura.

—Lo lamento, pero tuve un inconveniente. Lord Draco regresó y tuve que luchar contra él.

—¿Y estás bien? —Nicol se aproximó a Tristán y lo examinó rápidamente buscando alguna herida.

—Tranquila, estoy bien —dijo Tristán abrazándola—. ¿Y ustedes? Escuché que me llamabas.

—Solo faltabas tú. Este lugar está lleno de trampas, y cuando nos enteramos de que había alguien más, te buscamos por todos lados. Al final debió ser Lord Draco, y si lo venciste ya no hay de qué preocuparse.

Vant se levantó del suelo y fue a encontrarse con su amigo. Ambos estaban felices de reencontrarse. Después, Tristán fue con Zafiro y Alastor, quienes le explicaron lo que habían pasado y la situación que enfrentaban.

Salieron de la sala y recorrieron de nuevo los pasillos sinuosos y oscuros, pasando por la sala donde Tristán lucho. Esperaba ver ahí a Lord Draco, pero este se había marchado por la siguiente puerta.

La tomaron y llegaron después de un rato a lo que parecía un altar: en medio del lugar había una pequeña elevación precedida de un par de escaleras, a los lados vieron dos hogueras apagadas y en el centro un receptáculo vacío. Para su sorpresa, junto a este estaba parado Lord Draco, aún jadeante. Inmediatamente, todos se pusieron en guardia.

—No teman, no he venido a ocasionar más contrariedades —exclamó Lord Draco. Su brazo había dejado de sangrar—. He resuelto acompañarlos y contribuir a su campaña.

—¿Y por qué harías eso? —preguntó justamente Nicol.

—Porque se me ha dicho que existe algo más alto y honorable que la fama y el reconocimiento, y como caballero honorable que aún soy, no, que aspiro a ser, debo constatarlo mediante la experiencia.

Todos se debatían si sería cierto lo que decía y si podían confiar en él.

—No confundan mis palabras —continuó—, no tengo intención de coadyuvar en su campaña contra Mefisto, es solo una concordia temporal. La llave, el tesoro, es suyo. Pero escucha mis palabras, Tristán, mi rival, tu derrota ante mí es inevitable.

—Inténtalo si quieres, pero ya te dije, el resultado será siempre el mismo —respondió Tristán acercándose a él y ofreciéndole la mano; era claro que confiaba en él. Lord Draco le dio la mano también.

Los demás estaban satisfechos con esa resolución, Nicol, sin embargo, vigilaba a Lord Draco cuidadosamente.

Avanzaron hasta el otro lado de la sala y vieron un portón de piedra de varios metros de altura y grueso como una fortaleza. En una de las puertas había una fisura tallada con forma triangular que apuntaba hacia abajo. Alastor pensó que era una flecha, y al bajar la mirada, vio con sorpresa que, a sus pies, bajo del suelo, yacía un cementerio de huesos.

—Bonita decoración —dijo, llamando la atención de todos.

Con asombro y horror notaron que todo el suelo estaba repleto de ellos. Dentro de unas columnas colocadas en las esquinas también los había, por montones.

—También hay una inscripción —dijo Nicol señalando la otra puerta.

—El que al templo quiera entrar, y en sus profundas aguas descender, el tesoro de la muerte tendrá que encontrar, y por encima de la legión ascender —leyó.

—Démonos prisa y encontremos el tesoro —apuró Tristán—. Ya hemos perdido demasiado tiempo y no hemos ni entrado al templo.

Acordaron separarse para dar pronto con la solución.

—¡Yo con Zafiro! —gritó Alastor levantando el brazo. Todos miraron extrañados—. ¿Qué? Sigue lastimada de la última vez y quería asegurarme que esté bien.

Nicol, y en especial Vant, estuvieron en desacuerdo con esto.

—Está bien. Confío en ti —respondió Zafiro.

Los demás comenzaron a buscar solos. Escudriñaron por todo el lugar, cerca del receptáculo vacío, cerca de la puerta, detrás de los pilares en el techo, entre los huesos, pero no hallaban nada.

—Creo recordar —comenzó a decir Zafiro— que mi padre me habló de una trampa.

—¿Entonces no es el camino? —preguntó Vant.

—No, sí lo es. Bueno, más que una trampa él lo llamaba una prueba —Zafiro avanzó con los ojos puestos en el suelo—. Según me dijo, los templos no eran solo para mantener a los malos afuera, sino para que los buenos sí pudieran entrar, así que pusieron una manera de distinguirlos, o que el templo lo hiciera. Creo que la llave está aquí abajo, y alguno de estos esqueletos la tiene. ¡Aquí! —gritó, apuntando con el dedo. Efectivamente, entre los flacuchos dedos de uno de los esqueletos había un pequeño triángulo; lo sujetaba con fuerza y era difícil distinguirlo entre tanto desorden—. Hay que romper el hielo parar sacarlo. Pero cuando lo hagas, los esqueletos quedarán libres e intentarán atacarnos. Solo cuando hayamos derrotado a todos, la puerta se abrirá.

—¿Estás segura? —preguntó Tristán soltando un suspiro.

—Así lo recuerdo.

—Bien, yo lo haré —dijo Vant desenfundando su arma y calentando su metal—. Denme espacio.

Lentamente enterró el filo sobre la gruesa capa de hielo que cubría el piso intentando no dañar la llave. Poco a poco el hoyo fue aumentando su tamaño hasta que al fin alcanzó a los esqueletos debajo. De pronto, un aire nauseabundo, encerrado y viejo comenzó a surgir desde el interior provocando que los presentes se alejaran. Al mismo tiempo, la sala también se empezó a sentir más fría.

—Ya lo tengo —dijo Nicol adelantándose y tomando el tesoro de los tiesos dedos del esqueleto. Después se acercó a la puerta—. Prepárense —advirtió. Todos corrieron junto a ella y desenfundaron sus armas.

Nicol colocó la llave en su lugar de acuerdo con los símbolos en ella. Una pequeña calavera grabada en la llave brilló y una repentina sacudida le siguió. Rápidamente, el hielo a sus pies comenzaba a romperse y los primeros esqueletos surgían para matarlos. Los que estaban en los pilares también comenzaron a liberarse y se acercaban maliciosamente.

—¡Ahora! —gritó Tristán y se lanzaron al ataque.

—No entiendo cómo esta es una prueba, ¿puedes hacer algo con tus ojos Zafiro? —dijo Alastor en voz baja.

—No, mis ojos solo pueden convertir en piedra a seres vivos — contestó Zafiro encogiéndose de hombros, pero se ajustó los guantes y comenzó a lanzar golpes muy rápidos — Pero puedo hacer esto.

Los esqueletos eran destruidos por montones y sus huesos volaban destrozados. Vant utilizaba a brillo dorado para incinerarlos, Alastor también blandía su espada, siempre cerca de Zafiro quien con sus veloces golpes destrozaba a los que se le acercaban lo suficiente, Nicol giraba su lanza con gran poder al mismo tiempo que lanzaba hechizos, Lord Draco lanzaba cortes de viento con su arma y Tristán los cortaba uno a uno con ilaxición. Sin embargo, los enemigos no dejaban de aparecer y atacar, como si en lugar de reducir su número este se multiplicara.

—Son demasiados, a este paso nos van a acorralar —exclamó Nicol saltando por encima de los enemigos y aterrizando lejos de ellos.

De repente, una grieta apareció en el techo provocada por las constantes sacudidas y pequeñas rocas caían de él. Al parecer, cuando los esqueletos salían de los pilares, los destrozaban y provocaban que el techo perdiera su soporte y comenzara a ceder bajo su propio peso.

—Va a colapsarse —advirtió Zafiro quien había corrido hasta la puerta.

—Den gracias que estoy de su lado —dijo Lord Draco levantando su espada. El cristal al centro comenzó a brillar, y después de recitar un hechizo, un rugido estremeció el ambiente. Un portal enorme apareció y del interior surgió un majestuoso dragón de escamas turquesas, aliento gélido y alas perladas.

El dragón se abrió paso entre los enemigos con coletazos y zarpazos. Luego se levantó sobre sus fuertes patas traseras, y a pesar de su delgada apariencia, su fuerza fue suficiente para detener el colapso del techo. Pronto, los enemigos comenzaron a atacar a la bestia, pero no lograban atravesar sus fuertes escamas, brillantes como el cristal.

Mientras, los demás seguían batallando arduamente.

—¡Tristán! ¡Protege a Zafiro! —gritó Alastor. Luego comenzó a reunir energía oscura en su cuerpo.

—¡Espera! ¿Qué piensas hacer? —gritó Tristán demasiado tarde. Cuando se dio cuenta, Alastor se había elevado hasta la mitad de la habitación—. ¡Todos, conmigo! —advirtió.

Oscuridad profunda, anochecer naciente, cubre todo con tinieblas sin dejar vida, energía durmiente. ¡Explosión del caos! Liberando una gran cantidad de energía, Alastor lanzó una enorme onda expansiva que pulverizó a los enemigos al instante. Por fortuna, la onda de energía oscura no alcanzo a golpear al grupo, aunque el dragón que se encontraba a media sala recibió con toda la fuerza el ataque. Esto provocó que languideciera un momento y el techo comenzara a caer de nuevo.

En ese instante, la puerta detrás del grupo se abrió y una corriente de aire helado corrió.

—Todos dentro —ordenó Nicol.

Primero entraron Zafiro, Tristán y Vant. Alastor regresó rápidamente y también ingresó al templo. El último fue Lord Draco quien, una vez que la sala se había vaciado, hizo brillar su espada de nuevo y un portar hizo desaparecer a su dragón.

Grandes pedazos de roca caían sin cesar, a punto de bloquear la entrada del templo. De pronto, los esqueletos comenzaron a levantarse de nuevo.

—Rápido —dijo Nicol quien se había quedado junto a la puerta esperando a que Lord Draco entrara.

Apenas Nicol logró ingresar al templo. Detrás de ella las puertas se cerraron dejando atrás la perdición y sepultando de nuevo a los esqueletos en una tumba gélida.

Al interior del templo, un pasillo frio y oscuro se extendía frente a ellos. Vant, Zafiro y Lord Draco eran incapaces de ver en la oscuridad y no sabían hacia donde caminar. Pero en ese momento, una luz ilumino el lugar; colocadas en las paredes, varias antorchas se encendían dando la bienvenida a los aventureros.

—¡Maldita! —increpó Lord Draco al instante que lanzaba un puñetazo a Alastor sin lograr asestarlo—. ¿¡Cómo te atreves a lastimar a mi compañero!? ¡Tu imbecilidad pudo haberle costado su vida!

—Pues te salvé, así me atreví —río Alastor desafiante—. Y no llores por tu triste perro, se encuentra bien.

Lord Draco tomó fúrico la empuñadura de su espada buscando luchar.

—¡Basta! —reprochó Tristán—. No tenemos tiempo para esto. Ya después se arreglarán.

Los ánimos estaban tensos y Lord Draco apretaba los dientes conteniendo su ira.

—Concuerdo, hasta que sea el momento justo —dijo al fin, aunque sin dejar de mostrar su molestia.

Continuaron por el único camino que había, silenciosos y cautelosos. Llegaron pronto a una habitación enorme con forma de capilla, de roca finamente tallada y con un gigantesco espejo de cristal ovalado al otro extremo. Alrededor del lugar había grandes pilares de hielo apostados de manera uniforme: estatuas de hermosas doncellas que se levantaban hasta el techo delicadamente, como cuidando y cobijando el interior. En el centro, el agua cristalina brotaba suave y apaciblemente desde dos cántaros que eran levantados por estatuas de bellas mujeres, una frente a la otra. Los rostros de las doncellas eran calmados y serenos, y se iluminaban con el cristalino reflejo del agua. Ente ambos chorros de agua, coronado por un pequeño y sublime arcoíris, yacía sobre un pedestal una brillante llave hecha de hielo y escarcha, adornada con un espléndido zafiro en la medalla.

—¿Es esa? ¿La llave del agua? —indagó Lord Draco.

Capítulo 25: El templo de los Zuritas

El sonido del agua era nítido y constante. El frío de antes a penas se sentía, y en su lugar, una calidez envolvía el ambiente. Los ánimos también se habían relajado.

Lord Draco avanzó tímidamente hacia el pedestal que yacía en medio, lo observaba y se perdía ante la imagen de la llave que reposaba encima. Estiró la mano y casi la alcanzó.

—¡Alto! —intervino Nicol—. No la tomes. Cuanto tomas lo del pedestal, siempre algo malo sucede. Primero pensemos un momento lo que haremos.

—No te preocupes, no es la de verdad —dijo Zafiro.

Lord Draco entonces tomó la llave y la examinó. Los demás esperaron, pero, efectivamente, nada sucedió.

—A mi parecer, luce auténtica —dijo Lord Draco—. Es en verdad un objeto maravilloso.

—Si no es la llave, ¿entonces qué es? —preguntó Nicol intrigada.

—Es un señuelo —respondió Zafiro aproximándose al gigantesco cristal cerca de ellos—. Es para despistar a cualquiera que entre a robar el objeto. Otra medida de seguridad. Mi padre decía: "La gente ve una nube y se olvida del cielo".

En ese momento, una nueva llave se formó de las pequeñas gotas que salpicaban desde el estanque. Al mismo tiempo, la llave que había tomado Lord Draco se derritió en su mano y dejó solo un pequeño cristal que perdió su color rápidamente, volviéndose una simple roca.

—La entrada está por aquí —insistió Zafiro señalando su relejo en el espejo—. Les dije, solo un Zurita puede entrar al templo.

—Yo primero —exclamó Alastor corriendo hasta el cristal. Sin miedo saltó, pero su carrera fue detenida cuando chocó con el cristal. Un sonido alto, casi mágico, zumbó por un momento y luego se perdió.

—La entrada aún no está abierta —rio Zafiro—, de eso me encargo yo.

—Pudiste haberme avisado —chilló Alastor.

—Es cierto, pude haberte dicho. Ahora déjame a mí.

Zafiro se acercó al imponente espejo y con el borde de este cortó un poco su dedo pulgar; un delgado hilo de sangre brotó. Luego se agachó y comenzó a trazar un círculo mágico enfrente. Al final también hizo una marca en el cristal. Entró entonces al círculo, juntó sus palmas y comenzó a recitar un hechizo en una lengua desconocida, seguramente la de su extinto pueblo. Repentinamente, el círculo de sangre brilló de color azul así como el cristal. Alrededor del sello se encendió una pequeña flama que parecía estar hecha de agua; esta creció y centelló. A continuación, otra flama se iluminó junto a la primera, luego otra y después otra.

Entre susurros, Nicol levantando la mano e invocó su libro de hechizos en su mano. Lo abrió hasta uno de los marcadores y se detuvo en una página en blanco. De su ropa sacó un bolígrafo y se apresuró a dibujar y describir lo que veía.

Cuando el círculo se hubo rodeado de flamas, seis en total, una séptima apareció frente a la marca que había hecho en el cristal. Esta también creció y luego entró en el espejo.

—Está listo —dijo Zafiro separando las manos. Se veía cansada pues se tambaleó un poco al caminar. Las demás flamas también se apagaron, pero el brillo del cristal perduró—. Perdón, la magia siempre me costó trabajo. Ahora podemos cruzar.

Estiró su mano y esta atravesó la superficie como si no hubiera nada en frente. Después se adelantó y entró por completo. Los demás la siguieron uno por uno dejando a Alastor hasta el final.

Dentro del portal lo primero que sintieron fue una brisa salada y fresca. Cuando la vista se aclaró, vieron un sol brillante en lo alto, en la inmensidad el cielo azul. A la distancia no había nada más que océano, al norte, al sur, tan solo aguas insondables. El horizonte se desdibujaba a la vista, perdido en una incierta línea que separaba el cielo del mar, un todo infinito. Se sintieron en el centro de todas las aguas del mundo.

—Este lugar es inmenso —exclamó Tristán profundamente embelesado. Jamás había visto tanta agua en su vida o había tenido tiempo de contemplar el mar—. Pero no veo ningún templo.

Miró hacia abajo y se percató que estaban parados sobre una plataforma de piedra, tan amplia como el círculo que había dibujado Zafiro.

—Está en el fondo, ¿no es cierto? —indagó Nicol.

—Así es —asintió Zafiro con orgullo—. El templo se encuentra en el fondo de este gran océano, a kilómetros de aquí. El problema es que yo puedo respirar bajo el agua, pero ustedes…

—Eso es fácil —proclamó Nicol—. Puedo hacer un hechizo para darnos a todos afinidad con el agua, así podremos bajar contigo. Pero les advierto, también nos volverá débiles a algunos elementos.

—¿A cuáles? —indagó Zafiro.

—Al fuego y a la tierra, evidentemente, los opuestos al agua. El hechizo dura un día completo, así que tendremos bastante tiempo para encontrar la llave.

—Yo no haría eso si fuera ustedes —aconsejó Zafiro—. Créanme, por lo que sé, necesitarán todas sus fuerzas para sobrevivir allá abajo. La verdad nunca había llegado hasta este punto, pero hay de todo allá abajo.

—Además, no podremos usar nuestra magia —agregó Tristán—. Vant y yo estaríamos en desventaja.

Nicol se mostró desanimada.

—Hechicera —llamó Lord Draco—, ¿existe acaso entre tus conjuros alguno que reparta la magia de un artefacto entre muchos?

—¿Con qué propósito?

—Mi yelmo. La joya incrustada al anverso me colma y me afina con las habilidades mágicas del último dragón que haya tocado. Y recordarán que fue tal mi dragón de hielo, uno que puede respirar bajo el agua. Reparte esa magia entre nosotros y así podremos descender.

Todos voltearon a mirar a Nicol en espera de una respuesta.

—Dame esa cosa. No sería la más grande hechicera del mundo si no tuviera un hechizo así, sabes —presumió entre dientes. Una vez más, invocó su libro de hechizos, este flotó y leyó de él.

—Solo tú te llamas así —se mofó Alastor.

—No gastes energía en mí, yo ya puedo respirar bajo el agua —le recordó Zafiro.

Al terminar de recitar, cuatro halos de luz brotaron del yelmo y volando hacia las manos de Tristán, Vant, Alastor y la misma Nicol, crearon un pequeño sello en la palma. El casco fue devuelto a Lord Draco después.

—La magia irá disminuyendo poco a poco, así que démonos prisa. Sabrán cuando suceda porque el sello se irá borrando. ¿Entendido?

Todos asintieron. Se acercaron a la orilla y dieron un salto, sumergiéndose a las profundidades. Al tocar el agua, las piernas de Zafiro se juntaron y se transformaron en una cola, delgada y flexible, fuerte y hermosa.

—Vaya, una sirena —pensó Alastor.

Iniciaron su descenso hacia la oscuridad siguiendo un pilar que resultó ser la plataforma donde habían estado parados. Gradualmente, una silueta iba apareciendo en el lecho marino, primero como una sombra, pero después revelando que se trataba de una construcción.

Sorprendidos estaban todos al contemplar el inmenso palacio submarino que era el templo. En el centro, donde estaba conectado el pilar, una ancha torre de roca sólida conectaba la superficie con una cámara en el fondo. De ella salían cuatro caminos a cuatro cámaras más, cada una con una torre más baja, pero más amplia,

231

y en los cimientos, grandes columnas se sujetaban con la roca. Más que un templo, parecía más una fortaleza ya que carecía de entradas o salidas, ventanas o puertas. Solamente había una puerta pequeña y rudimentaria hecha de acero y madera por donde se podía ingresar, a mitad de la torre central.

Al llegar hasta ella intentaron abrirla.

—Está sellada —resonó la voz de Nicol, aunque no había abierto la boca.

—¿Qué está sucediendo? —preguntó Lord Draco confundido—. Esa voz. En mi mente resonaron con claridad las palabras de la hechicera.

—Tranquilo. Es para poder comunicarnos bajo el agua. Nuestros pensamientos están conectados. Lo agregué al hacer el hechizo del casco.

—Bien pensado —dijo Zafiro—. Yo la abriré.

Y colocando sus manos sobre la puerta, unas pequeñas runas talladas en la madera brillaron. Después la puerta se abrió.

—Tengan cuidado, no sabemos lo que nos vamos a encontrar —advirtió Tristán antes de entrar.

Dentro, vieron unas escaleras en espiral que bajaban por la pared de la torre hasta la base del templo. En los muros y los peldaños, las mismas runas aparecían una y otra vez, brillantes, en toda clase de combinaciones.

—¿Sabes qué son estas marcas, Zafiro? —preguntó Tristán mientras descendían.

—La verdad, no tengo idea. Mi padre jamás las mencionó.

—Vimos unas marcas similares en los otros templos —agregó Nicol igualmente intrigada.

—Entonces debe ser algo de los arcángeles cuando construyeron los templos.

—No aparecen en ningún texto sobre su magia, ni siquiera en los archivos de la Unión, y me leí toda su biblioteca —agregó Nicol.

—Tal vez el arcángel que conoció a mi padre lo sepa. Después de todo, él escondió las llaves.

—Dices que lo conociste, ¿no? —preguntó Tristán mientras observaba que las runas se iban terminando, así como la luz que producían.

—No, mi padre lo conoció, yo solo escuchaba sus historias. Aunque, cuando hablaba de él, lo hacía como si fueran amigos, tanto que hasta yo sentía que lo conocía. No sé cómo explicarlo.

—Tristán y yo lo conocimos bien —habló Nicol—. Era admirable, aunque también muy misterioso. Cuando llegamos a la Unión, él nos cuidó como sus hijos y nos entrenó para la guerra contra Mefisto. Por mucho tiempo pensé en él como nuestro padre.

En ese momento, la luz de los signos se había al fin extinguido.

—Llegamos —advirtió Zafiro.

En el fondo, cuatro puertas del mismo tamaño, material y estilo que la primera por la que habían entrado, estaban apostadas a cada lado. Eran, sin duda, los cuatro pasillos de las demás torres que habían visto desde fuera del templo. Sin embargo, también las escaleras continuaban descendiendo: un quinto camino. En las puertas no había candados, ni runas por las que preocupase, tan solo un cerrojo de metal corredizo.

—Sugiero que nos dividamos —dijo Vant resuelto.

—No me agrada mucho la idea —respondió Tristán—. Ya nos han pasado cosas malas por separarnos. Lo mejor sería estar juntos.

—¿No será que tienes miedo? ¿Acaso te asustan los peces? —molestó Alastor.

—No tenemos opción. —reclamó Nicol—. Nos tardaremos demasiado de otra forma. Alastor, tú ve por este pasillo. Tristán y yo seguiremos bajando. Zafiro, tú iras por esta otra —señaló la puerta contraria a la de Alastor—. Vant, tú iras por aquí; y Lord Draco, tú por esta última. ¿Preguntas?

—¿Estás segura de que deberíamos mandar a Zafiro sola? ¿Qué si algo le pasa o necesitamos de su magia? —cuestionó Vant.

—Cierto —asintió Nicol—, Yo iré con ella. Creo que estando conmigo estará a salvo. De cualquier manera, infórmenos si ven algo o están en problemas.

— Yo puedo defenderme sola, tengo entrenamiento en artes marciales — gruñó Zafiro al sentirse desplazada.

—No es por hacerte menos, pero nosotros tenemos más experiencia en estos templos, vamos juntas.

— Comencemos con esta andanza que el tiempo apremia y se agota.

Lord Draco deslizó la cerradura de la puerta y esta abrió sin ningún esfuerzo. Los demás hicieron lo mismo y avanzaron por el pasillo.

Zafiro y Nicol avanzaron por el estrecho túnel que se extendía recto varios metros. La luz ya no era un problema pues de las paredes de la roca brotaba una tenue luz púrpura y verde, tal vez de algún alga o coral perteneciente a la exótica fauna marina. Sea como fuere, los colores resultaban pintorescos.

Al final del pasillo, encontraron una nueva abertura remarcada por un portal. La cruzaron y entraron a una habitación amplia, pero desordenada, destruida y en ruinas, como si fuera el rescoldo de una batalla. Grandes montículos de rocas reposaban dispersas por todo el lugar.

—¿Qué pasó aquí? —preguntó Nicol intrigada y movida por su insaciable curiosidad.

—Este templo no siempre estuvo bajo el agua —explicó Zafiro—. Alguna vez fue parte de una antigua raza que floreció y se extinguió.

—Hablas de tu pueblo.

—Sí, los zuritas. Bueno, al menos hace muchas generaciones, antes de las grandes guerras de la actualidad.

—Tampoco hay registro de nada de eso.

—Hay muchas cosas ocultas de las que no hacen o dejan registro. Y lo único que queda son las historias que nos cuentan.

Mientras hablaba, un ligero temblor sacudió la habitación, alertando a las dos.

—Una de las trampas —advirtió Zafiro.

Detrás de ellas un estruendoso rugido resonó junto con los pasos de algo grande y pesado. Los escombros que creyeron ruinas se alzaban como grandes golems de piedra entre arena y polvo.

—Estatuas y golems de nuevo —reprochó Nicol—. ¿Qué tiene el Arcángel Rizhiel con las rocas? Vamos, intentemos evitarlas.

Nicol tomó a Zafiro de la mano y la condujo rápidamente por el siguiente camino. En él, solo se podía escapar por la torre que subía en espiral. Ambas se apresuraron dentro, pero los golems las habían visto y las perseguían implacables.

Al llegar arriba, contemplaron un salón en cuyos muros colgaban bellas pinturas contenidas en oxidados marcos de metal. Las imágenes eran de hermosas mujeres de tez pálida y ropaje fino recostadas sobre la suave arena, o conjurando modestos hechizos que parecían embellecer los colores. De entre todas las imágenes, había una que destacaba por su tamaño: mostraba a una hermosa mujer separada del suelo, entre sutiles nubes y el cielo azul, con la mirada serena, el cuerpo relajado y levantando las manos por encima de los hombros. En la palma derecha tenía un pequeño tornado de color verde, y en la izquierda, una roca gris, inerte y descolorida.

Justo en el centro de la habitación un pedestal ofrecía solitaria una roca color amarillo brillante, igual en tamaño a la de la imagen. No había más alrededor.

—Están llegando —alertó Zafiro viendo como los primeros golems surgían de la torre.

—Detrás de mí. Ya he lidiado con muchas estatuas, sé cómo enfrentarme a ellas. Tú ve y encuentra la forma de avanzar.

Prontamente, Nicol invocó su arma y se dispuso a luchar. Se lanzó furiosa contra el primer enemigo y logró cortarle un brazo de tajo. Sin embargo, este lanzó un contraataque directo. Ella lo esquivó hábilmente y con un segundo impacto en la cabeza, logró reducir el golem a escombros.

—Esto podría tardar un rato.

—Yo te ayudo —declaró Zafiro. Luego juntó energía en sus manos y comenzó a dar poderosas patadas giratorias. Esto agitó el agua a su alrededor.

Poderosas corrientes que desplazan los mares, giros violentos que destrozan todo a su paso, tormentosas aguas que giran sin descanso. ¡Pilar de Coriolis! En toda la habitación, el agua comenzó a moverse en círculo violentamente. Un gran pilar de corrientes alborotadas y agitadas se formó en medio de la habitación. Rápidamente la intensidad aumentó y el pilar creció, lo que atrapó a gran cantidad de golems dentro. A causa del movimiento, estos comenzaron a chocar, a molerse y a desmoronarse mientras daban vueltas vertiginosas dentro de la magia. Al poco tiempo, todos habían sido destruidos.

—Hace mucho que no hacía eso —dijo Zafiro al mismo tiempo que caía al suelo agotada.

Nicol fue a auxiliarla de inmediato.

—Fue uno de quinto nivel, ¿cierto?

—¿Cómo supiste? —respondió jadeando—. Claro, eres hechicera, lo siento. Yo soy más de luchar cuerpo a cuerpo y solo puedo usar magia de agua. Pero estando en las profundidades, puedo usar magia más fuerte. Por desgracia, eso me agota rápido. Dame un momento y estaré bien.

Nicol hizo como le pidieron. Mientras, se adelantó y comenzó a examinar las pinturas en busca de pistas. Al llegar a la más grande y examinar de cerca el marco, notó que este no colgaba de la pared como los anteriores. Parecía más bien estar empotrado al muro. Intentó despegarlo, pero le fue imposible, no había espacio entre el marco y la pared.

—Creo que debemos acercar la roca brillante a la pintura —dijo Zafiro avanzando lentamente una vez que se había recuperado lo suficiente.

—Podría ser otra trampa —advirtió Nicol.

Al momento de tomar la roca, ambas escucharon un pequeño sonido sordo detrás de la pintura. En donde antes la mujer sostenía la roca, una puerta se había abierto, y detrás, una hendidura del mismo tamaño. Sin dudar, Zafiro colocó la piedra en la nueva marca. En ese momento, comenzó a brillar con intensidad. Sonidos metálicos se percibieron detrás de todas las pinturas. Al final, la más grande se levantó, revelando un pasillo estrecho que se extendía hasta donde permitía la vista.

—Ven, sigamos —exclamó Zafiro.

Nicol, sorprendida, volteó a todas partes esperando por si algo más pasaba, pero al no ser así, avanzó por el camino.

En otro lado del templo, Vant nadaba, lenta y torpemente, por el pasillo estrecho que le había tocado. Al no tener aletas le costaba trabajo avanzar y girar, y volverse a acomodar. A pesar de todo, daba su mayor esfuerzo.

Al final del pasillo, llegó a una habitación reducida y enclaustrada. Los fuertes muros se cerraban sobre él y lo hacían sentir atrapado. Notó que en el techo había una pequeña abertura circular, bastante más reducida que el pasillo por donde llegó. Por un momento sintió que era una prisión más que un pasadizo. Se aventuró y ascendió hasta salir a una habitación idéntica a la anterior, pero esta vez la siguiente conexión la vio frente a él. Se adentró, esta vez por más tiempo, y llegó a otra habitación como las dos primeras. El sentimiento de encierro se volvió más fuerte. La siguiente abertura, esta vez a su derecha, mostraba al final una luz intensa. Así que, ante el desagradable sentimiento que le causaba estar ahí, se apresuró.

El salón a donde llegó, pues el tamaño era el de un gran salón, mostraba en el centro una enorme estatua, o al menos lo que antes fue una, ya que lo único que quedaba eran dos piernas destruidas, separadas del tronco hasta la mitad de las rodillas. Debajo de estas, apenas legibles por el tiempo y el deterioro, las palabras: "LA FUERZA DE NUESTRA GENTE". No se veía en los alrededores el resto de la figura.

A cada uno de los lados, a la altura de la vieja estatua, había una escalera ancha que subía hasta los tres niveles que extendían sus corredores a lo largo del salón, similar a una prisión humana. Vant subió por ellas y comprobó sus sospechas: a lo largo de cada nivel había varias celdas, pequeñas y estrechas, separadas por espacios iguales. Lo mismo del otro lado. Sin duda, esa área fue antes una prisión. ¿Para quién o qué habían sido hechas las celdas?, y más aún, ¿dónde estaban los prisioneros? Seguramente había sido abandonada desde hace mucho tiempo, pero no podía evitar sentirse incómodo.

Recorrió los pasillos sin encontrar nada así que regresó a la estatua. Al hacerlo, de inmediato notó, y que no logró percibir antes, fue que justo encima, una corriente de agua descendía desde un túnel amplio y largo. Después miró en el pedestal sobre el que estaban los pies de la estatua y notó algo brillante que se asomaba entre el tallado de la "U". Dio un golpe y cayó flotando una pequeña roca azul, brillante y hermosa como gota de rocío. No sabía qué era, o para qué serviría, pero decidió guardarla entre sus cosas. Luego nadó hasta la abertura. Al final, alcanzó a distinguir un cuarto más. La corriente no era muy intensa, pero debido a su torpeza al nadar, le costaría trabajo llegar hasta arriba.

Resignado, avanzó poco a poco, luchando como podía por no ser arrojado de nuevo al inicio. A mitad del trayecto, escuchó un ligero rumor proveniente del final del túnel, pero por el agua que lo golpeaba no estaba seguro. Sea lo que fuere, lo que le importaba era salir de ahí. Cerca del final, la fuerza del agua era mayor, y avanzar cada centímetro le constaba mucho. Agotado, se le ocurrió la idea desenvainar su espada e intentar clavarla en el muro para darse soporte. Al momento de chochar el metal contra la roca, un fuerte sonido se extendió llevado por el agua en todas direcciones. Fue entonces cuando el rumor de antes se convirtió en un alarido y unas sombras alargadas, figuras humanoides, se asomaron frente a él: eran tritones, de pies palmípedos y piel rugosa y de las espaldas les salían aletas dorsales de gran talle. Nadaron en grupo, diez o quince de ellos, a gran velocidad contra Vant quien decidió soltarse del muro y dejar que la corriente lo alejara de ahí. Por desgracia, uno de ellos, el que iba al frente, lo alcanzó e intentó lanzarle un zarpazo. Vant logró defenderse con su espada y remató con un sesgo que cortó a su enemigo por la mitad.

De nuevo frente a la escultura, Vant intentaba defenderse matando uno a uno a los tritones. Pero entre más derrotaba, más continuaban saliendo y el agua le impedía moverse con total libertad. Lejos de su elemento estaba indefenso. No tardó mucho tiempo cuando los tritones lo habían sujetado de las piernas y los brazos, inmovilizándolo. Entonces, uno de ellos, el más grande y robusto, se acercó y le habló.

—No eres uno —le dijo al mismo tiempo que le sujetaba la cara.

—¿Un qué? —preguntó Vant intentando zafarse.

—Esos malditos zuritas.

—Se creen dueños del mar —dijo otro de ellos con voz chillona—. Ellos fueron. Malditos. Nos metieron aquí.

—Pero tú no eres eso. Pareces un humano —volvió a hablar el primero.

—No soy un humano, soy un ángel.

—¡Ya! —exclamó el líder riendo un poco—. Los conocemos. Hace siglos. Hace siglos.

—Vinieron aquí. ¡Son amigos de los zuritas! —gritó otro de los tritones de voz ronca y torpe.

—Eres uno como él. Tú nos ayudarás a encontrar el tesoro. Algo escondido por el ángel —dijo el líder esbozando una sonrisa llena de afilados dientes.

—¿Para qué quieren el tesoro del templo?

—Dicen. Tiene a poderes inmensos.

Los demás tritones rieron y gritaron animados.

—Imagina. Tener ese gran poder. Dominaremos las aguas. Nos llevaras al tesoro. Después te mataremos. Mataremos a los tuyos —volvió a sonreír—. Así es, sabemos que han venido más.

Vant debía hacer algo o sus amigos podrían estar en peligro. Tenía que encontrar la forma de liberarse y escapar. Había puesto su atención en Brillo Dorado que se le había caído y yacía detrás del grupo de tritones y la manipulaba cuidadosamente con la mente. Tenía solo una oportunidad de escapar, debía asestar un golpe mortal contra su líder.

Los tritones gruñían y gritaban enfurecidos. Cegados por la ira se disponían a matar a Vant cuando repentinamente un silbido resonó detrás de ellos. Al impactar la espada contra la piel del tritón, esta produjo un sonido metálico estridente, y por desgracia, señal de que no había logrado su cometido. Vant miraba estupefacto.

El tritón que tenía enfrente se dio la vuelta al escuchar el ruido, despreocupado, y vio en el suelo los pedazos de una espada rota.

Capítulo 26: Luces bajo el mar

Entre más avanzaba, Lord Draco notaba que el pasillo que le había tocado explorar se sentía más limpio y estaba más iluminado. Del otro lado se encontró al pie de unas escaleras amplias y que abarcaban todo el ancho de la habitación. Y al subir, salían a una zona fuera del agua, probablemente la única dentro del templo. Las tomó y salió a una pequeña habitación iluminada por el brillo de diminutos insectos que volaban por doquier y se posaban delicadamente sobre grandes hojas de plantas que crecían cerca, de las orillas de las paredes y las esquinas. Junto a estas, bellas flores crecían privilegiadas, embelleciendo el lugar y dotándolo de vida, serena y apacible. ¿Cómo era posible la vida en un lugar como ese? Lord Draco se detuvo un momento para contemplar la imagen frente a él.

Después continuó hacia el interior cautelosamente, vigilando los alrededores. Al final del sendero dio con una puerta de madera, casi totalmente devorada por enredaderas que colgaban del techo. Sin esperar, desenvainó su espada y de un tajo las cortó, descubriendo debajo un antiguo y grueso picaporte. Al deslizarlo este hizo un sonido ronco y la puerta se abrió. Del otro lado vibraron los misteriosos sonidos de pequeños animales ocultos entre el espeso follaje que tapizaba las paredes y el suelo con intensos y vibrantes colores. De no ser por los ladrillos azules de los muros, apenas visibles de fondo, habría pensado que se encontraba ante el umbral de una selva colmada de arbustos y enredaderas, flores y mala hierba, por kilómetros.

Paso a paso Lord Draco caminaba gallardo y vanidoso hacia su destino cuando un sonido lo detuvo. Cerca de él, muy cerca, las plantas se movían y tambaleaban, después se movieron unos metros más adelante y de regreso al inicio. Luego, detrás de él más sonidos y movimientos aparecieron. Algo lo seguía, y no era uno, eran muchos; lo rodeaban, lo acechaban. Ante eso, Lord Draco tomó la empuñadura de su espada, listo para contraatacar de ser necesario.

Súbitamente algo lo atacó por la espalda. Pero con un rápido giro y un movimiento horizontal, partió a su atacante por la mitad, y ambas mitades cayeron al suelo. Se acercó a observar qué era aquello, y notó que la sustancia viscosa en su espada y el cuerpo en el suelo eran de un animal, parecido a una rata, pero gigantesca, como nunca había visto. Esto lo puso nervioso.

—¡Qué desagradable! —exclamó sacudiéndose el asco—. Alimañas peores que las ratas no existen, y una tan monstruosa y abominable sin duda proviene de infiernos pretéritos.

De pronto, más sonidos emergieron desde la maleza, detrás de él, a un lado y a lo largo de la habitación. Sin perder un solo instante, Lord Draco corrió con espada en mano. El pasillo era largo y corría el riesgo de tropezar movido por el apuro de saber que las criaturas estaban cada vez más cerca y eran más. Para su fortuna, logró llegar hasta la siguiente puerta. Rompió el fuerte candado después de unos cuantos golpes con la empuñadura e ingresó a la siguiente habitación. Ahí vio con sorpresa que la vegetación aumentaba con cada habitación, libre y salvaje. Por las paredes subía y se extendía una brillante enredadera, cubriendo cada hendidura de la pared, cada centímetro de roca. Trepaba por los fuertes troncos de los árboles enanos que se doblaban al toparse con el techo, haciendo caer sus hojas y ramas hacia constantemente. La lúgubre apariencia de los árboles era acentuada por las enormes flores de hoja gruesa y opaca que se alzaban por sobre los arbustos, pasto y follaje que tapizaban el suelo.

Y cerrando la puerta tras de sí, el caballero se adentró abriéndose paso como podía, quitando las ramas que se le atravesaban sin llegar a romperlas. De repente, en medio de la extensa sala, encontró solitario pedestal con una roca color verde reposando encima. Lo curioso era que el pedestal no había sido devorado por la naturaleza como el resto del lugar, permanecía inalterado y limpio. Frente al pilar había un enorme cuadro cuya imagen también permanecía despejada: mostraba a una bella mujer, de pie, con expresión seria y detrás una gran montaña nevada. Ambas manos estaban alzadas y en cada una sostenía algo: sobre la derecha una roca gris y sin luz, y sobre la izquierda se erguía un pequeño árbol frondoso.

Lord Draco se acercó hacia el pedestal, intrigado por la roca encima. Estaba a unos cuantos pasos de tomarla cuando un rugido agudo lo detuvo. Encima de él se escucharon y se sintieron las pisadas de una criatura que se movía apresuradamente en una planta superior. El sonido se trasladó hacia una de las paredes y un golpe sonó. Luego se escuchó cómo aquello descendía por unas escaleras, ocultas detrás del follaje que se alzaba como muralla.

El caballero miraba atento, a la expectativa de luchar de nuevo contra las gigantescas ratas, cuando de pronto, una criatura famélica y miserable se asomó. Sus piernas delgadas sostenían un triste despojo que avanzaba balanceando ligeramente unos brazos largos y demacrados. Su mirada era la de un pobre animal, aunque sus facciones sugerían las de un ser humano. Al mirarlo, Lord Draco no sintió miedo, sino lástima y pena por su triste apariencia, así que guardó su espada. La criatura también lo miró, y lo miró por largo tiempo directo a los ojos, escudriñando con curiosidad. De repente, levantándose e irguiéndose con desprecio, lanzó un retumbante rugido para después avanzar velozmente contra el extraño que tenía enfrente. Saltó y se abalanzó sobre él derribándolo con una fuerza sorprendente. Ya en el suelo, comenzó a golpearlo sin detenerse.

Lord Draco no podía quitarse a la criatura de encima, era muy fuerte y estaba totalmente iracunda. Así que, valiéndose de un movimiento de lucha, dio un vuelco y se logró quitar al atacante, momento que aprovechó para alejarse.

El animal, la bestia quería continuar atacando, a lo que el caballero desenfundó su arma.

De nuevo, la criatura arremetió ferozmente, moviéndose a una velocidad sorprendente. Pero esta vez Lord Draco asestó un contraataque que logró herirla en el brazo.

—No encuentro razón ni sentido en lo que acaba de acontecer —se dijo a sí mismo, comprobando la sangre en su espada—, el ataque que yo asesté debía haber sido mortífero, y en cambio, solo ha conseguido tajar su hombro. La piel es inesperadamente maciza.

240

Detenidamente, la criatura observó la sangre azul que corría de su brazo. Apretó la herida y un fuerte dolor lo hizo enloquecer. Gritó y agitó los brazos y las piernas, luego fue de nuevo contra el caballero.

En guardia, Lord Draco se preparó para dar una estocada con la intención de matar a la criatura. Así que se concentró, imbuyendo su arma con poderosa aura guerrera, y no quitó la vista de su objetivo. Cuando llegó el momento del ataque decisivo, sujetó con toda su fuerza a la bestia durante la carrera, la tomó por el cuello utilizando su mano izquierda mientras con la derecha asestaba el golpe mortal, para después lanzar al ser contra el suelo sin sacar la hoja de su cuerpo.

—Con esto acaba tu pena y sufrimiento —le dijo Lord Draco mientras el animal perdía sus fuerzas—. Te miro y reconozco el sufrimiento que has padecido, el dolor en tus ojos, la angustia en cada herida, el pavor en tu rabia. Que esta hoja sea lápida y estas palabras epitafio digno de honor, pues veo en ti un alma tierna petrificada por la soledad abrumadora. Descansa, y ruego porque al fin escapes espíritu de prisión inmerecida.

Lentamente, la criatura dejó de moverse, soltando un último sonido aterrador y lastimoso entre lamentos y suspiros.

Estando cerca, Lord Draco notó algo inusual que no se veía a primera vista: debajo del rasposo pelaje, había algo parecido a escamas desgastadas y mugrosas, por eso era tan resistente. Siguió inspeccionando a la criatura y se percató de que muchas de sus facciones eran humanas: los dedos alargados, la nariz rechoncha, el cráneo ovalado. Arrancó una escama y vio que la piel debajo era de un suave azul claro. ¿Quién o qué era el extraño ser a quien había quitado la vida? ¿Qué estaba haciendo en ese lugar?, y peor aún, ¿había sido antes un ser pensante sucumbido a la locura? La respuesta lo enloquecía. Luego arrastró a la criatura hasta el pie de un árbol y lo recostó respetuosamente, como si descansara. Después, regresó al pedestal. Decidido, tomó la roca de su lugar, lo que abrió en la pintura un pequeño compartimento. Colocó la roca en el lugar y esta empezó a brillar intensamente. Una puerta cercana se abrió y un poderoso torrente de agua inundó la habitación, arrancando flores y torciendo árboles. Inmutado, el guerrero atravesó el portal hacia un oscuro y alargado túnel.

En otro lugar del templo, bailando al nadar, avanzaba Alastor hacia el final del pasillo que le había tocado recorrer. Sus movimientos eran despreocupados y relajados, y hasta parecía perdido en sus propios pensamientos e imaginaciones.

Llegó hasta el final y terminó en una habitación pequeña en donde solo había una escalera, justo en medio, que subía en espiral. La tomó y llegó hasta un cuarto amplio cuyo piso estaba repleto de esqueletos, todos ellos negros y resquebrajados. Por la forma de los cráneos sugerían pertenecer a animales anfibios, y los colmillos apuntaban a carnívoros implacables. Brillan pálidamente como si estuvieran hechos de roca pulida o incluso de metal. Por la forma

Alastor avanzó, indiferente y confiado sobre los huesos hasta toparse con un pedestal vacío. Alrededor, en las paredes, colgaban grandes cuadros de marcos dorados y bellas molduras. En la mayoría de estos se aparecían objetos como velas, antorchas y fogatas, pero uno de ellos, el más grande, mostraba la imagen de una mujer, parada firmemente con ambos pies junto sobre piedra volcánica, erguida y con los brazos extendidos a ambos lados. En su mano derecha sostenía una pequeña flama, sutil pero colorida, y en la mano izquierda sostenía una roca gris y simple.

Alastor veía la imagen y sentía una poderosa atracción; le provocaba una gran intriga la mujer que tenía en frente, su silueta, su porte y su expresión. Pero no era una atracción como las otras, visceral y de la carne, sino una que le hacía detenerse y contemplar con auténtica atención. Eran los ojos, la fuerza y la intensidad de estos lo que más destacaba. Sn darse cuenta susurró el nombre de Zafiro.

—Tonterías —se dijo sacudiendo la cabeza.

Dio media vuelta y regresó al pedestal buscando la solución.

De repente notó algo que hizo que se volteara. Se acerco y vio una reluciente piedra color rojo que yacía entre los oscuros restos. Se agachó y la tomó. En ese momento esta comenzó a brillar con intensidad y a calentarse más y más, rápidamente, inestable, hasta el punto de liberar su poder en una gran llamarada que envolvió la sala y la hizo hervir. El gran remolino de fuego levantó y agitó los esqueletos hasta desvanecerlos en cenizas. Alastor, por el contrario, no se inmutaba ante el poder de la roca pues siendo un demonio, las llamas no le afectaban si no provenían de una fuente sagrada.

Así, tranquilamente avanzó hacia el gran cuadro donde se había abierto un pequeño compartimento en la mano izquierda de la mujer y colocó la piedra roja. Al instante las llamas se calmaron y un pasadizo en uno de los cuadros se abrió.

—Qué trampa tan tonta —dijo antes de entrar en el túnel.

Después de haberse separado todos en grupos, Tristán se había quedado solo y descendía a las profundidades misteriosas del templo. La escalera se volvía más ancha y las paredes se llenaban de algas y suciedad.

Llego hasta el pie de la escalera y un repentino escalofrío recorrió su espalda. Miró frente a él una puerta de roca, tallada y decorada con surcos que formaban un rombo de lados iguales. En cada punta, incrustado, pequeños cristales de diferentes colores, y en el centro, uno más grande, transparente como un diamante.

Buscó de inmediato algún interruptor, botón, grieta, desnivel o pieza suelta que le sirviera, pero no encontró nada. Recorrió la habitación circular en busca de algo, lo que fuera, pero sin éxito. Incluso intentó romper la puerta con magia y con ilaxición, pero fue inútil, estaba protegida por magia poderosa.

Continuó examinando la puerta, intentando descubrir sus secretos, cuando uno de los cristales, el de la derecha, se iluminó de color amarillo. Un ligero temblor sacudió las paredes y una puerta cercada se levantó, revelando un pasaje. De él salieron Nicol y Zafiro.

—Tristán, estás aquí —exclamó Nicol abrazando a su amado.

—¿Están bien? —preguntó él al notar las heridas leves en la piel de Zafiro.

—Tuvimos unos inconvenientes allá atrás, pero todo arreglado —respondió ella—. ¿Dónde estamos?

—Aquí terminaba la escalera que yo tomé. Aquí me encontré con esta puerta. Debe ser el camino, pero por más que lo intenté no pudo abrirla. Estaba a punto de darme por vencido cuando este cristal de aquí se iluminó y después aparecieron ustedes.

—Entonces así funciona el templo —dijo Nicol intrigada—. Nosotras encontramos una pierda en una habitación al final del camino que tomamos, y cuando la colocamos en su lugar, brilló de color amarillo. Luego un pasillo se abrió, lo seguimos y terminamos aquí. Apuesto que los demás terminaron en situaciones similares, y hasta que todos coloquen las piedras en los lugares correctos, la puerta se abrirá.

—Entonces debemos esperar —dijo Zafiro desganada.

—Sí. Hay que esperar —respondió Nicol—. Intenta descansar un poco.

Pasaron varios minutos y ninguno rompía el silencio.

—¿Estás bien? —preguntó Tristán a Nicol al notarla preocupada.

—Sí, claro. Es solo que la espera me está matando.

—Pero solo han pasado unos minutos. Estoy seguro de que algo te molesta.

—¿Crees que me conoces bien? —sonrió ella.

—Estoy seguro de que es sí —sonrió también él.

—Es solo que… tengo un mal presentimiento. En los 500 años que recorrí el mundo jamás vi algo como lo que enfrentamos: los animales agresivos, la gente enloquecida. No creo que sea solo la influencia de Mefisto. Él avanza, pero muchas cosas no tienen sentido.

—¿Crees que hay alguien más causando todo?

—No sé si alguien. Hay muchos misterios en este mundo. Estaba pensando que tal vez…

De pronto, otro de los cristales en la puerta se iluminó interrumpiendo a Nicol. Era el de la izquierda y brillaba color verde. Después otro pasaje se abrió y de él emergió Lord Draco, altivo y orgulloso como siempre.

—Qué fortuna habernos reunido tan pronto. Me parece que he superado la prueba que me fue presentada, igual que ustedes.

—Ahora solo faltan dos —dijo Zafiro.

—No lo había dicho antes, señorita —continuó Lord Draco—, pero el color de tu piel es de verdad cautivadora.

—Gracias… eso creo —respondió Zafiro confundida.

Otro par de minutos pasaron y un tercer cristal se iluminó; el rojo de hasta abajo. Una cuarta puerta apareció y de ella salió Alastor.

—¿Por qué tanta seriedad? —preguntó Nicol con ironía.

Alastor levantó la mirada y vio a Zafiro junto a Nicol. Abrió la boca, pero no pudo responder, las palabras se le atoraron y tartamudeó. Luego respiró y contestó.

—Es aburrimiento —dijo—. Pensé que la prueba sería más difícil. Si me ves así es porque este lugar no me gusta, es tedioso y lento.

Nicol le clavó la mirada, sabía que había algo más.

—Si tú lo dices.

Tres de los cinco cristales se habían iluminado y todos comenzaban a impacientarse esperando a los últimos dos.

—Vamos, Vant —susurró Tristán apretando un poco los dientes.

—Lento como siempre —exclamó Alastor.

Pasó un rato, más largo que los anteriores, y por fin el cristal de la orilla se iluminó de color azul, el de hasta arriba. Casi de inmediato, la última puerta se aparecio, pero esta vez nadie salió de ella, tan solo una corriente de agua caliente colmada de un aura poderosa.

Todos miraron la oscuridad del pasadizo, preguntándose qué era lo que ocurría.

—Creo que Vant podría estar en peligro —dijo Tristán preocupado.

En ese momento, el cristal del centro también se iluminó con una fuerte luz blanca. De inmediato la habitación dio una sacudida y la puerta principal se abrió, revelando un nuevo pasadizo que continuaba su descenso en escaleras. Del interior emergió una corriente de agua helada que alborotó el lugar.

—Ustedes vayan, yo buscaré a Vant —dijo Tristán disponiéndose a cruzar por el pasillo.

—No te molestes, yo iré por él —interrumpió Alastor, adelantándose a la entrada del pasillo—. Tú debes recuperar la llave. Es tu destino y todo eso.

—¿Mi destino?

—Tu misión, quise decir. Yo buscaré al ángel, somos muy buenos amigos después de todo.

—¿Estás seguro? —preguntó Tristán.

—Sí, no hay problema. Nos juntaremos con ustedes en cuanto podamos.

Tristán miró a Alastor y luego soltó un suspiro.

—Está bien. Tengan cuidado.

Y diciendo esto, Tristán y los demás bajaron por las escaleras que se había abierto después de iluminarse los cristales, decididos a conseguir la llave. Igualmente, Alastor avanzó por el pasillo sin saber o imaginar lo que habría de encontrar.

Capítulo 27: El poderoso ángel de fuego, Vant

—¿De verdad creíste que podías atravesar mis escamas? Yo soy el rey de los tritones del norte, mis escamas son tan duras como el orihalcon —reía el monstruo de afilados y terribles colmillos.

Vant parecía inconsciente, de hecho, no se movía desde hace rato, ni siquiera ante los contundentes golpes que le propinaban los tritones.

De pronto, el rey tritón se retiró y dio paso a dos de sus súbditos, ambos con tridentes en mano. Los apuntaron y atacaron al mismo tiempo con intención para matar, pero antes de que las puntas pudieran tocarlo, estas se derritieron al instante. Los tritones que los sostenían gritaron de dolor debido a las quemaduras.

En todo el lugar, la temperatura del agua subió rápidamente, aturdiendo a los tritones y provocando que se retiraran atemorizados. El líder se acercó envalentonado, dispuesto a acabar con su presa antes indefensa, cuando notó un aura poderosa emanando que no paraba de aumentar.

Repentinamente, Vant reaccionó, y en sus ojos una terrible furia asesina apareció. Lentamente, se acercó al rey de los tritones, y este retrocedía atemorizado. Estaba acorralado.

—Cuando yo era niño tenía problemas con la magia —comenzó a decir Vant, casi como en un trance—. Nací con la maldición del fuego, un poder tan grande que no podía ser controlado. Maté a muchas personas con mi poder —se acercó más—, y con cada muerte este crecía más. Así que mi padre me dio esa espada, a Brillo dorado, para contenerlo —la temperatura se volvía insoportable—. Y ahora tú la has roto, patética criatura. Y por eso morirás.

Vant estiró su mano y tomó al tritón de la cara. El calor de su mano quemó rápidamente las escamas y carbonizó su piel hasta llegar al hueso. La criatura chillaba de dolor, intentando soltarse sin éxito, hasta morir.

Los demás tritones intentaban escapar nadando lo más rápido que podían en todas direcciones. Pero sin salvación fueron alcanzados e incinerados. La energía que envolvía a Vant era tal que cada parte de su cuerpo incineraba lo que tocaba, solo su armadura contenía su poder.

Velozmente tomaba por el cuello a los enemigos y estos morían decapitados. Algunos eran atravesados en el pecho, y otros, tan solo de acercarse en un inútil intento de enfrentarlo, morían hervidos y deshechos.

—Ya me harté de ustedes —dijo Vant teniendo a la mayoría arrinconados contra una esquina de la habitación—. *Calor abrasivo, infierno de fuego, reduce a cenizas todo lo que se interponga. ¡Túnel de calor!*

El agua se agitó violentamente por el intenso calor liberado, formando un túnel que alcanzó a los tritones y deshizo su carne, dejando solo sus huesos. Pronto, todos los enemigos habían muerto, pero el calor no dejaba de aumentar incontrolable y sin razón.

Vant tomó los pedazos de brillo dorado y los guardó. Luego regresó al camino por donde habían llegado los tritones y subió. Ahora la corriente no era suficiente no podría detenerlo. Llegó hasta arriba fácilmente y encontró una habitación con cuadros en las paredes. En ellos había cuerpos de agua: cascadas, lagos ríos. Pero en uno de ellos, el más grande, había imagen pintada de una mujer de vestido largo, sentada en una roca en medio del mar. En su mano derecha sostenía una gota de agua cristalina y en la otra una piedra gris. De pronto, la piedra que había guardado comenzó a brillar. La sacó, y al acercarla al cuadro, este reveló un sitio donde debía colocarse.

En un último esfuerzo de consciencia, Vant colocó la piedra en posición y esta brilló intensamente. Después, un pasadizo apareció cerca.

Y en un estruendoso alarido Vant liberó todo su poder, comenzó a golpear su cuerpo contra las paredes del templo. En un arranque de locura hizo caer la estructura y destruyó toda la habitación.

En ese momento, Alastor salía del pasadizo. Con gran asombro vio la destrucción provocada, y más cuando notó que era Vant el causante de todo. Rápidamente se acercó a él e intentó hablarle.

—Oye, ¿todo bien?

Vant se dio la vuelta y notó que alguien le hablaba. Se acercó como saeta y tomó al demonio del cuello.

—Veo que no estás de humor para hablar —dijo Alastor resistiendo el intenso calor de la mano, aunque esta vez sí le quemaba—. Entonces tendré que hacerte reaccionar.

Y diciendo esto, abrió un portal y empujó a Vant dentro.

Aparecieron fuera del templo, fuera del océano, en la roca que los transportó hasta ahí.

—Tristán estaba muy preocupado, y tú solo haciendo destrozos.

Vant no escuchaba, estaba completamente perdido en su ira.

En la superficie, su cuerpo estaba en llamas y sus ojos y cabello ardían con ferocidad. Lanzaba flechas de fuego, una tras otra, desde sus manos sin tener que preparar el hechizo. Alastor lograba esquivar todas ellas sin dificultad.

—No quiero hacer esto, amigo, pero no me dejas opción… bueno, sí quiero hacerlo, pero no le digas a nadie —dijo Alastor, soltando una sonrisa pícara. Sus ojos de nuevo brillaron maliciosos bajo su cabello. Luego desenfundó su oscura espada—. Ya la conoces, pero no te la presenté como se debe. Se llama Grito

Mortal, y está hecha de almas —una horrible sonrisa se dibujó también—. Ven, choquemos espadas, guapo.

Alastor miró la funda de Vant y notó que estaba vacía.

—Qué lástima, yo quería derrotarte en un duelo. Pero bueno, creo que Grito Mortal no probará sangre hoy —dijo mientras lanzaba su arma al mar como si no le importara—. A puño limpio será.

Entonces Vant comenzó a lanzar grandes bolas de fuego que rugían al atravesar el cielo ferozmente. Alastor contraatacaba con brizas heladas que, al chocar, provocaban una intensa explosión de energía.

Ambos encendieron su cuerpo con gran poder: Vant con una llamarada que iluminó el amplio cielo, y Alastor se cubrió con un aura gélida. Ambos se abalanzaron contra el oponente; chocaron y se repelieron, y luego volvieron a chocar para después elevarse, formando una espiral de fuego y hielo que centelleó para luego volver a encontrarse.

—Me impresionas —dijo Alastor mirando las quemaduras en sus brazos—. Sé que no puedes entenderme, y por eso te digo que te has ganado mi respeto. Pero aún te falta mucho por aprender.

El cuerpo de Vant también presentaba heridas, muchas más que el de Alastor pues atacaba imprudentemente. De lo contrario, no hubiera podido resistir la pelea, sin embargo, la locura que lo invadía lo convertía en un arma y lo obligaba a seguir luchando. *Calor abrasivo, infierno de fuego, reduce a cenizas todo lo que se nos interponga.* Vant repetía estas palabras mientras concentraba su energía entre sus manos, formando un aro de fuego que crecía rápidamente; se preparaba para lanzar un poderoso hechizo.

Así mismo, Alastor comenzó a preparar un hechizo que hiciera frente al de su oponente.

—¿Estás seguro de que quieres hacer esto? —dijo, aunque más para sí—. No creo que te vaya bien si me atacas, aún tengo más poder que tú.

Vant no respondía, continuaba preparando su ataque.

—Tristán me regañará por esto, pero de todas formas quiero hacerlo.

Después comenzó a preparar un hechizo concentrando aire gélido a través de su cuerpo y sus manos. *Frío intenso, sufrimiento congelado, congela eternamente mientras cortas.*

Ambos estaban preparados para liberar la furia elemental de sus ataques, arriesgándolo todo sin retroceder y sin dudar.

¡Túnel de calor!, lanzó Vant encendiendo el cielo con furiosas llamas. ¡Vórtice congelante!, atacó Alastor formando un torbellino de aire gélido y lanzándolo con todas las fuerzas. Al chocar, una fuerte sacudida de poder estremeció los cielos y agitó los mares. Una espesa niebla comenzó a crecer y a expandirse por todos lados, violenta e incontrolable.

Ninguno de los dos cedía en la lucha. Cuando uno aumentaba su magia, su oponente le seguía de cerca. Para sorpresa de Alastor, Vant soportaba la fuerza de choque, rivalizando con su fuerza. Si no lo derrotaba, pronto se volvería difícil de mantener el equilibrio entre ambos ataques. Así que, para zafarse, Alastor transformó su cuerpo en una sombra que era atravesada sin recibir daño. Luego se escudriñó rápidamente aprovechando la nube de vapor que se había formado.

Vant buscaba a su oponente para atacar de nuevo, pero le era imposible. En su ira lanzaba bolas de fuego, ascuas y flechas a todos lados. Gritaba y explotaba en locura entre más energía contenía. De repente, detrás de él, Alastor sujetó fuertemente su cuello y brazos en un intento por contener la furia. Vant reaccionó a esto aumentando el fuego que exhalaba de su cuerpo, quemando lo que lo rodeaba, pero no era suficiente, Alastor se protegía con un aura gélida para evitar daños y resistir el dolor con gran entereza. ¿Quién saldría victorioso?

En otro lado, dentro de las tinieblas inexploradas de las profundidades del templo, Tristán, Nicol, Zafiro y Lord Draco avanzaban cautelosamente, pero con gran decisión. En los templos pasados habían enfrentado peligrosos desafíos y tomado difíciles decisiones, así que esperaban lo peor.

Avanzaron un rato, dando vueltas entre pasillos hasta ver una luz, brillante y blanca pero tenue. Continuaron y llegaron hasta un pequeño círculo de roca a sus pies que resplandecía con magia. Miraron a todas direcciones, al techo, las paredes, el suelo, pero no había otro camino.

—¿Qué sigue? —preguntó Tristán con cierta preocupación.

—Magia, eso es lo que sigue, ¿no es así? —afirmó Nicol dirigiéndose a Zafiro.

—Sí. Igual que antes.

Zafiro colocó las manos en el suelo, cerró los ojos y se concentró. Comenzó a recitar un cántico en su lengua parecido al primero que uso frente al espejo. Para Nicol, una diestra maga, este canto era melancólico y solemne.

De repente, el suelo brillo con intensidad. La pálida luz los envolvió rápidamente y los transportó de pronto hasta un corredor amplio con una alfombra de fino color rojo y dorado que avanzaba hasta una puerta de roca. A cada lado, una fila de estatuas oscuras se extendía hasta el final, ordenadas de manera uniforme. Solo había una dirección.

Lord Draco se acercó a una de ellas con curiosidad. Observó intrigado que todas ellas eran la figura de un caballero, de pie, con las manos juntas sujetando un tridente y protegido de pies a cabeza con una armadura exótica.

249

—Tengan cuidado —se aventuró a decir Nicol.

—¿Por qué? —preguntó Zafiro cautivada por lo que veía.

—Si algo he aprendido es que las estatuas son un mal presagio. Mejor vayan sacando sus armas.

Tristán y Lord Draco hicieron caso, pero Zafiro continuó admirando con inocencia las figuras. Incluso se aventuró más hacia el centro del corredor.

—¡Cuidado! —gritó Nicol. Pero ya era muy tarde.

Zafiro era sujetada por el cuello y la asfixiaba algo invisible.

Intentaron acercarse para ayudarla, pero fueron detenidos por una extraña fuerza. Después fueron golpeados y lanzados contra las paredes del pasillo.

Tristán atacó precipitadamente. ¡Juicio final! Esperaba dar con algo, pero el rayo de luz atravesó el agua e impactó contra una de las paredes.

Yo develaré este misterio —dijo Lord Draco lanzándose al ataque contra una de las estatuas con su espada dracónica. Sin embargo, fue frenado por la misma fuerza que le impidió acercarse.

—¿Qué haremos? —gritó Tristán viendo que Zafiro luchaba por su vida.

Ojos de la oscuridad que ven hasta lo invisible, déjenme ver a mi enemigo, quiten el velo con el que se viste —recitó Nicol en voz baja. Al instante, sus ojos resplandecieron con una luz blanca de aura oscura. Frente a ella aparecieron poco a poco las figuras de los enemigos, primero borrosas, pero después con total claridad. Notó que la energía provenía de las estatuas y que estaba conectada desde la cabeza. En el extremo, una extraña forma astral humanoide era proyectada. Dos de ellos eran los que sujetaban a Zafiro por el cuello.

¡Darkalister! Nicol atacó a las criaturas, pero estas se movieron rápidamente para impedir el hechizo. Gracias a esto, el rayo acertó contra lo que sujetaba a Zafiro y la liberó. Entonces se movió rápidamente entre los enemigos para lograr acercarse a ella y ayudarla.

Tristán y Lord Draco trataron de socorrerla, pero la misma fuerza los detuvo y no eran capaces de verla. Tristán intentaba encontrar a los enemigos y asestarles un corte, pero el lugar y los elementos no le permitían enfocarse bien. Lord Draco pensó que invocar alguno de sus dragones para el combate, pero el pasillo era muy estrecho y de hacerlo podría empeorar la situación.

Nicol era rodeada por las criaturas mientras protegía a Zafiro quien yacía débil a sus pies. Cuando era atacada, lograba defenderse con su lanza y contraatacar, un segundo ataque le llegaba por detrás y apenas podía girar para evitarlo.

—El pilar —dijo Zafiro débilmente.

Nicol pensó un momento en las palabras y supo de inmediato a qué se refería. *Poderosas corrientes que desplazan los mares....* Un golpe directo en la espalda interrumpió su hechizo y la hizo doblarse del dolor. Luego respondió e hizo al enemigo retirarse.

—Debemos hacer algo —insistió Tristán a Lord Draco.

—Invoca una vez más una de tus magias —respondió—. Creo haberme percatado de una coyuntura ente los adversos cuando acometes. Aprovecharé ese momento para socorrer a tu dama.

—Intentémoslo —concordó Tristán de inmediato.

Tristán atacó de frente. ¡Juicio final! Una vez más el ataque pasó de largo por el pasillo sin impactar con nada. Pero en ese preciso momento Lord Draco se lanzó velozmente por donde había pasado el ataque aprovechando que los enemigos se habían quitado, logrando acercarse más. Ya en el centro, sintió inmediatamente una fuerza que intentaba repelerlo, pero con un ágil movimiento de su espada logró resistir.

Pronto, las criaturas que atacaban a Nicol redujeron su número, ocupadas en otro enemigo. Ese era el momento.

—¡Tristán, en cuanto termine, destruye las estatuas! —gritó Nicol. Tristán asintió.

Poderosas corrientes que desplazan los mares, giros violentos que destrozan todo a su paso, tormentosas aguas que giran sin descanso. Una poderosa magia se condensó alrededor de Nicol. ¡Pilar de Coriolis! La habitación fue sacudida por una intensa corriente que arrasó con todos los enemigos, incluso con Lord Draco. Cuando terminó, Tristán tomó a Ilaxición entre sus manos aprovechando la oportunidad, preparando un ataque. Una a una, con un solo corte a la carrera, partió las estatuas de una hilera por la mitad, después giró y destruyó la otra hilera de la misma forma. En ese momento, los enemigos desaparecieron ya sin una fuente de energía que los alimentara, disueltos entre las mágicas aguas.

—Levántate. Salimos de esta —dijo Nicol, extendiendo una mano a Zafiro para ayudarla.

Tristán ayudó a Lord Draco que también había sido víctima de la magia de Nicol. Aliviados y recuperados, continuaron por el pasillo hasta la puerta del final una vez que se aseguraron de que ya no corrían peligro. Frente al portal, una serie de runas inscritas en el arco auguraban misterio, igual que antes.

—Debo advertirles —exclamó Zafiro—, detrás de esta puerta está la última sala del templo. Y en su interior, la llave del agua. Mi padre siempre me hablaba sobre este lugar. Decía que era la muestra de la grandeza de nuestro pueblo, algo que solo se podía soñar, hecho realidad.

—¿Te dijo algo más? ¿Tal vez algo que nos pudiera ayudar? —preguntó Nicol.

—Lo siento.

—Actuaremos sobre la marcha, entonces —sonrió Tristán—, como siempre.

Zafiro extendió su mano hacia la puerta. Al tocarla, de nuevo comenzó a recitar un hechizo en la lengua de su gente y las runas se iluminaron, seguidas de la puerta. La piedra se movió y se abrió frente a ellos, invitándolos a entrar, a enfrentar el último desafío del templo.

Capítulo 28: La espada más poderosa del mundo

Una luz cegadora emergió desde el otro lado de la puerta mientras el agua se agitaba con violencia por la magia liberada. Detrás, una barrera mágica que resplandecía de color azul separaba el corredor de la siguiente habitación, y al otro lado, un puente que avanzaba hacia una nueva cámara se alcanzaba a ver.

La primera en acercarse fue Zafiro. Atravesó la barrera sin dificultad, y al hacerlo, notó que del otro lado ya no había agua; la barrera evitaba que la siguiente parte del templo se inundara y al mismo tiempo dejaba pasar a quien se adentrara.

—Vamos, es seguro cruzar —dijo llamando a los demás con la mano.

Tristán fue el siguiente en atravesar seguido de Nicol y Lord Draco. Detrás, las puertas que se volvían a cerrar.

—Una bocanada de aire fresco es todo lo que mi cuerpo pedía —dijo Tristán con renovado entusiasmo.

El ruido ensordecedor del agua al caer llenaba el lugar y le brindaba frescura y cierta serenidad. Avanzaron por el angosto puente de roca tallada que se alzaba sobre un abismo de kilómetros de profundidad impenetrable. Al final, una plataforma circular los detuvo. Notaron ahí que el sonido provenía de una gigantesca cascada que caía desde una entrada en el techo y descendía por las paredes semicirculares como una cortina impenetrable, cubriendo todo a la vista. No lograron ver más nada.

—No puede ser que termine aquí —chilló Zafiro.

—No sabes por dónde debemos ir, ¿o sí? —preguntó Nicol con cierto dejo de sarcasmo.

Tristán y Lord Draco se adelantaron hasta la orilla para asomarse. Miraron al techo, alrededor, y por último hacía abajo, escudriñando la nada. Después de un momento, ambos levantaron la cabeza y se miraron preocupados.

—¿Será que debemos ir hacia abajo? —infirió Tristán volteando a ver a Nicol.

—La gloria pertenece a aquellos que no temen caer. Así lo haremos sin dudar —exclamó Lord Draco caminando hacia la orilla. Sin embargo, fue detenido por Tristán.

—¿No podrías enviar un dragón a investigar? —sugirió Nicol.

Lord Draco le devolvió una mirada de indignación.

—¡Miren! —gritó Zafiro apuntando a la cascada—. ¿Qué es eso?

Juntos miraron con el mismo asombro una pequeña esfera de luz azul que flotaba frente a ellos, cálida y palpitante. Similar a la luz del templo, pero al mismo tiempo muy diferente.

Esperaron una voz, una señal, un movimiento, pero no ocurría nada. Era como si la esfera también los mirara, los reconociera.

—¿A dónde debemos ir? —indagó Tristán, pero no ocurrió nada.

—No es magia común, lo puedo sentir —dijo Nicol aproximándose con cautela—. Es como si estuviera viva, como si tuviera un alma.

De repente, la esfera comenzó a brillar más y más. Centelleaba y refulgía con intensidad. Era tan fuerte la luz que todos tuvieron que cubrir sus ojos, como si miraran directamente al sol. Todos menos Zafiro. Ella miraba la esfera como embelesada por su fulgor.

—Eres tú. Siempre estuviste aquí —susurró suavemente.

Y así como aumentó su brillo, la esfera volvió a menguar. Luego se acercó a las aguas que rugían, se detuvo un momento y las atravesó. El brillo de la esfera reveló con su brillo una entrada y un camino oculto detrás del agua.

—Gracias —volvió a susurrar Zafiro. Una pequeña lágrima bajó por su mejilla antes de que la luz desapareciera. Luego la secó y se volteó a sus amigos—. Por allá —y dando un salto logró atravesar la cascada hasta el camino secreto. Los demás estaban sorprendidos, aunque al pensar en la estrecha relación entre ella y el templo, supieron que solo ella era capaz de revelar los misterios.

Uno por uno, saltaron como lo hizo Zafiro. Ya del otro lado, avanzaron por el pasillo y no tardaron demasiado hasta llegar a una cámara amplia y espaciosa. Era tan grande que los límites lejanos eran imprecisos y borrosos; a lo lejos era el horizonte, debajo un abismo interminable, y arriba como un cielo despejado. Se encontraban en el interior de una esfera inmensa; una dimensión en el interior del templo. En el espacio interno, grandes rocas flotaban estáticas, y en una de ellas, lograron ver un pedestal.

Tristán y Nicol extendieron sus alas, dispuestos a llegar hasta el pedestal y saltaron con fuerza. De inmediato notaron que la gravedad cambiaba abruptamente y los jalaba hacia la derecha, hacia la izquierda y luego los hacía caer. Apenas lograron aterrizar sobre una saliente irregular en la pared. Los demás hicieron lo mismo esperando llegar hasta ellos, pero las mismas fuerzas fluctuantes los lanzaron violentamente hasta una roca lejana.

Alzaron la mirada y vieron entre las rocas una esfera de energía flotando en medio del lugar. De ella se desprendían delgados hilos de agua que se extendían por todo el lugar como cabellos cristalinos. Rodeaban y unían las enormes rocas: una cascada sin igual.

—Allá —señaló Tristán una pequeña y modesta construcción solitaria debajo de la llave, hasta el límite inferior.

—¿Cómo pretendes que lleguemos hasta allá? —preguntó Nicol.

—Yo iré rápido. Tú espera aquí y vigila a Zafiro —respondió mientras extendía de nuevo sus alas. Dio un salto y voló decidido. En medio del camino, notó el caos que era la gravedad, la forma en que lo arrastraba violentamente de un lado a otro, haciéndole perder el equilibrio constantemente. Avanzaba un poco y la gravedad volvía a cambiar, provocando que se estrellara y cambiara su rumbo. Afortunadamente, y con mucho esfuerzo, logró llegar hasta la construcción. Al fin pudo pararse firme en la tierra y guardar sus alas.

La construcción parecía un mausoleo hecho de mármol, con bellos pilares en cada esquina. Entró y vio en medio del único cuarto un pedestal del mismo material. Sobre este, una pequeña y delicada estatuilla. La figura de inmediato atrajo la atención de Tristán pues en toda había grietas. Estiró la mano para sostenerla, pero al tocarla esta se rompió y los pedazos cayeron a los lados. Confundido, se acercó más y entonces pudo leer con claridad un epígrafe en el pilar: "*La diosa protege la llave, en su figura la resguarda, y se perderá para siempre con injusto agrave*".

Tristán suspiró con resignación al darse cuenta del problema que enfrentaba: según la inscripción, el romperse la figura lo alejaba de la llave. ¿Cómo había sucedido? Permaneció pensativo un momento, tratando de pensar en una solución, cuando un sopor nubló su mirada y lo hizo tambalearse hasta hacerlo caer y perder el conocimiento.

"Lo has hecho bien". Una voz resonaba en las sombras. "Pero veo que ahora necesitas de mi ayuda".

—Esa voz —dijo Tristán para sí mismo.

Al abrir lentamente los ojos vio a ilaxición frente a él, con las manos en la espalda y una ligera sonrisa en el rostro. De nuevo se encontraba en el mundo dentro de la espada, aunque no entendía por qué.

—Tranquilo, no voy a regañarte esta vez. Te redimiste y lograste vencer a ese tal Lord Draco por ti mismo.

—¿Entonces por qué estoy aquí de nuevo? —preguntó Tristán sin más rodeos.

—Me has demostrado que confías más en mí, así que yo también debo confiar más en ti. Y viendo que estás en un problema, te he traído para brindarte ayuda.

—¿Problema?

—La estatua rota.

255

—Es verdad —exclamó Tristán un poco más consciente—, en el templo. ¿Cómo solucionare eso?

—Es muy simple —respondió ilaxición dando media vuelta y caminando con tranquilidad. Tristán avanzó con ella—. ¿Qué haces con una espada? —preguntó de repente. Tristán pensó un momento.

—Pelear —respondió.

—No, idiota —dijo Ilaxición volteando y dándole un golpe en la cabeza—. Intenta de nuevo.

—¿Cortar?

—¡Eso mismo! Las espadas comunes, incluso las legendarias, es lo que hacen, cortar. Un gran espadachín domina el corte de la espada, lo dirige y lo expresa como una segunda naturaleza, Incluso aprenden a dominar el filo como defensa. Pero yo no soy una espada común, soy mucho más, soy la más poderosa.

—¿Eso qué significa? —preguntó Tristán.

—Que no solo puedo cortar y destruir, también puedo unir y crear cosas, cualquier cosa como… bueno, con el tiempo lo sabrás. Y eso es precisamente lo que te enseñaré —Ilaxición detuvo su andar y volteó.

De pronto se encontraban en un amplio y frondoso jardín. Pequeños arbustos rodeaban los campos de flores y las hacían resaltar. Unos cuantos árboles se alzaban con orgullo y belleza, aunque no demasiados como para arruinar el equilibrio del lugar. Una estatua de 2 metros de altura con la forma de la espada ilaxición se erguía en medio del lugar, rodeada por un modesto camino de piedras.

—¿Qué es esto? —indagó Tristán cautivado.

—Mira aquí —ordenó ilaxición mientras caminaba hacia la estatua. Extendió su brazo y apareció en su mano una réplica de la espada—. La escultura. Bonita, ¿no? —señaló. Luego giró el cuerpo para tomar impulso y lanzó un corte que partió la blanca figura en dos. La mitad superior cayó contra el suelo y se rompió en grandes pedazos.

—Ahora por atención.

Ilaxición colocó la espada frente a su rostro, después la levantó y se concentró en su objetivo. La espada se infundió con una luz púrpura que creció rápidamente en la hoja. Lanzó un corte similar al anterior y los pedazos en el suelo se levantaron rápidamente regresando pronto a su lugar. La estatua se había reparado perfectamente como si nunca la hubiesen cortado.

—¿Lo viste? Lo que debes hacer es concentrar tu energía en unir, en crear; la fuerza contraria a separar. Después lanzas el movimiento —Ilaxición avanzó un poco y cortó de un tajo un montón de rosas que crecían cerca. Después desapareció la espada en su mano y una idéntica apareció entre los dedos de Tristán—. Ahora inténtalo tú.

Tristán tomó la espada de la misma forma en que le habían mostrado, la levantó y la infundió con gran energía. Y dando un grito lanzó un corte que provocó una fuerte ráfaga, alborotando las demás flores y clavando la hoja en el suelo.

—Debes concentrarte más —dijo Ilaxición con gran seriedad.

—Es solo que no entiendo bien lo que debo hacer.

—Primero debes olvidar —respondió Ilaxición—, olvidar lo que sabes sobre las espadas. Abandona las ideas que tienes sobre ellas, sobre su uso y su propósito. Yo no soy solo un instrumento ni un arma, yo no soy una espada como las demás, así que desaprende lo que sepas de ellas conmigo. Comienza a creer que es posible. Usa tu imaginación.

Tristán escuchaba a Ilaxición con interés, tratando de profundizar en sus palabras y darles significado.

—Bien, lo intentaré de nuevo —dijo al final. Así que regresó a su posición y volvió a levantar la espada sobre su cabeza. Cerró los ojos y se concentró en la espada.

—Imagina cómo eran las rosas antes de ser cortadas. Cada pétalo, cada espina, su color e incluso su aroma —murmuraba Ilaxición—. Imagina que tomas cada pedazo y con mucho cuidado las regresas a su lugar.

La espada en las manos de Tristán comenzó a brillar, y lanzando un tajo las flores regresaron rápido a su estado anterior, completas y con vida, todas excepto una que volvió a caer de su tallo.

—Casi perfecto. Debes seguir practicando, pero con eso será suficiente —dijo Ilaxición—. Pero ten cuidado, no lo intentes con objetos mágicos porque son mucho más difíciles de unir.

—De acuerdo. Te lo agradezco mucho —respondió Tristán.

—Sí, bueno, tienes que regresar rápido.

—Está bien. Ahora sácame de aquí para poder continuar.

—Deberías ir aprendiendo cómo hacerlo tú mismo.

—¿Puedo hacerlo solo?

Ilaxición rio burlonamente, luego hizo un ademán y un pequeño tornado púrpura cubrió a Tristán hasta hacerlo desaparecer, dejando detrás aquel mundo tan singular.

Lentamente, Tristán recobró el conocimiento. Abrió los ojos y vio de nuevo la estatua frente a él, rota y en el suelo en medio del cuarto de pálido mármol.

Se levantó, y recordando lo que acababa de aprender, desenfundó su espada y la observó un momento. Los símbolos en la hoja llamaban su atención, como si le hablaran. Se preguntaba qué secretos ocultaba esa espada, la consciencia dentro de ella y el anciano que se la había dado. ¿Qué intenciones había detrás de sus acciones? Todo ello pasó por su mente como un rayo y el trueno lo había perturbado. Pero no era el momento, no había tiempo que perder. Entonces se acercó, levantó la espada y de nuevo concentró su energía. Las palabras de Ilaxición resonaban en su cabeza con fuerza y la hoja resplandeció con luz púrpura. Apretó los dedos y de un tajo los fragmentos en el suelo regresaron a su lugar, restaurando la estatua a su brillante estado anterior.

De pronto, una luz emanó desde afuera de la habitación y un ligero temblor sacudió el lugar. Tristán dio media vuelta y salió corriendo. Notó que la esfera en el centro ahora se movía, parpadeaba. Al final se desvaneció.

El lugar también había cambiado: la gravedad regresaba a la normalidad y los cabellos de agua volvieron a caer en una sola dirección. Las rocas continuaban flotando, pero moverse seria ahora mucho más fácil.

Pronto, los demás se acercaron con Tristán. También observaron con asombro la esfera desde el suelo.

Antes de que alguien pudiera decir algo, Nicol había extendido sus alas y se impulsaba hacia la llave.

—¡Ten cuidado! —gritó Tristán—. ¡Recuerda los otros templos!

Nicol asintió. Al llegar hasta arriba, observó a su alrededor lo fascinante que era aquella esfera y se preguntó cómo había podido ser construida. Luego miró la llave hecha de plata con una gota cristalina encerrada en la medalla. Sin dudar la tomó. En ese momento, las aguas dejaron de correr y se hizo el silencio. Guardó la llave entre sus cosas, y cuando se disponía a descender, la roca sobre la que estaba parada cayó imparable igual que las demás.

—Vayámonos pronto de aquí —dijo Tristán intentando no ser aplastado.

Se dirigieron de inmediato al pasillo por donde habían llegado. Ahí se reunieron con Nicol. Lo atravesaron y al salir notaron que la cascada también había dejado de caer, y en su lugar caían fragmentos del muro que se desprendían cada vez más. El templo moría lentamente.

Llegaron de nuevo al puente y hasta la entrada que retenía el agua. La barrera también había cedido y las aguas se desbordaban hacia el abismo. Entraron. Recorrieron de vuelta los pasillos, las escaleras y las habitaciones en las que habían estado mientras se desmoronaban alarmantemente. Ahora grandes bloques se caían y se despedazaban, haciendo fallar la estructura como si la tragara en océano.

Todos nadaron lo más rápido que pudieron hasta al fin encontrar la torre que subía en espiral hasta salir del templo y luego en asenso hacia la superficie. En eso, Zafio volteó y miró asombrada las ruinas que se destruían y se colapsaban hundiéndose en el fondo del mar. Una sombra de melancolía apareció en su mirada.

—¿Qué pasa? —le preguntó Tristán.

—Ese templo fue creado por mi padre —respondió—. Eso fue lo último que dejó, y ahora se perderá para siempre. Es como si muriera por segunda vez.

—Entiendo cómo te sientes: mi maestro también construyó estos templos, y cada vez que recuperamos una llave, sucede lo mismo. Pero si lo piensas, esos templos no son su legado, no son lo último que dejaron, sino las enseñanzas que nos dejaron. Tú eres el legado de tu padre.

Las lágrimas corrieron en el rostro de Zafiro llevadas suavemente por el océano.

—Gracias —respondió—. Creo que estaré bien. Fue como haber podido verlo una última vez. Además, él sabía que algún día pasaría, que yo entraría a templo y ayudaría a llegar hasta la llave.

Continuaron nadando, siguiendo la torre que continuaba de pie. Al parecer, la plataforma no era levantada por el templo, sino que tenía los cimientos sobre el mismo lecho marino.

Al llegar hasta arriba, subieron de nuevo a la plataforma y dieron un gran respiro al aire fresco.

—Espero que Vant y Alastor hayan salido a salvo —decía Tristán sacudiéndose el cabello para secarlo cuando un sonido retumbó en el cielo.

Vieron dos dínamos chocando con fuerza y violencia entre sí. Por un lado, estaba Alastor, el otro era su amigo Vant. El cielo que antes era azul y brillante se cubría rápidamente de nubes espesas y grises por la energía liberada y colisionada de ambos contrincantes. El fuego y el hielo quemaban el aire y agitaban los mares. No tardó mucho en caer la lluvia, primero débil y gentil, después fuerte y agresiva.

Ambos contendientes estaban muy parejos: cuando la energía de Vant disminuía, la de Alastor también lo hacía, y cuando Vant volvía a encender su poder, Alastor hacía lo mismo.

En el rostro del demonio se dibujaba una sonrisa como si disfrutara el momento, como si fuera un simple juego.

Tristán y Zafiro miraban desde abajo con horror la batalla que se libraba. ¿Ese era su amigo, el noble y pacífico ángel que conoció toda su vida? Nicol, sin embargo, mantenía la mirada firme sobre el combate, analítica y fría. En eso, Vant lanzó un hechizo de gran poder que fue esquivado por Alastor, pero al hacerlo, este impactó contra las aguas provocando un estallido cerca de la plataforma.

—¡¿Qué es lo que pasa aquí?! —gritó Tristán con todas sus fuerzas.

Alastor volteó y vio a los demás sobre la plataforma.

—El niño justiciero se volvió loco —respondió sin perder de vista a su oponente—. Le pedí que se tranquilizara, pero empezó a atacarme. Creo que tiene algo contra mí.

—En el corazón de tu amigo habita una bestia, vigorosa y salvaje que ofusca su juicio y vela su corazón —exclamó Lord Draco asombrado de lo que veía.

—Esto no puede ser.

—¿Ya había sucedido antes? —preguntó Nicol.

—Una vez, en el pueblo. Vant fue quien provocó el incendio que destruyó su casa —dijo Tristán apretando el puño.

—¿Y qué podemos hacer? —preguntó Zafiro angustiada.

—Es imposible contenerlo. Esa vez fue necesaria la ayuda de un capitán de alto rango y varios soldados para poder contenerlo. Pero era un niño, ahora su poder debe ser mucho más grande.

—Yo lo haré —dijo Nicol volteando a ver a Tristán a los ojos con mirada firme, pero con sentimientos. Tristán asintió.

Entonces, Nicol invocó su oscuro libro y buscó con rapidez uno de sus hechizos. Se detuvo en la página deseada y comenzó a recitar sus palabras. *Ataduras del tiempo y del espacio que detienen el cosmos, cadenas que oprimen al condenado, vengan a mí y frenen a mi enemigo.* ¡Atadura de las sombras! Una sombra se extendió debajo de ellos, cubriendo la plataforma y parte de las aguas de alrededor. De ella se emergieron varias cintas hechas de energía oscura que se aproximaron a Vant quien preparaba otro hechizo entre sus manos. Cuando la energía de Nicol llegó hasta él, esta lo rodeó y lo sujetó con fuerza, inmovilizándolo. Vant intentaba liberarse subiendo el calor de su cuerpo, pero el hechizo de Nicol era muy fuerte.

—No es todo —susurró Nicol sin dejar de concentrarse. De nuevo su libro se agitó y cambió de página. *Nubes blancas que cubren el sol, brisa cálida que apacigua el alma, cura la mente quebrada.* ¡Sueño mental! Alrededor de la cabeza de Vant comenzaron a formarse pequeñas nubes que liberaron una poderosa esencia mágica.

Así, poco a poco Vant se aletargaba. Sus músculos se relajaron y su cabeza vaciló. El fuego de sus ojos se extinguió lentamente y se cerraron en sopor; su cabello también se apagó. Luego, descendió lentamente hasta la plataforma mientras el fuego de su cuerpo desaparecía hasta quedar tumbado sobre la roca.

—Amigo, ¿estás bien? —se acercó Tristán rápidamente—. ¿Qué fue lo que sucedió?

Vant no respondía, estaba al borde del desmayo. Nicol entonces detuvo sus hechizos para evitar que quedara totalmente inconsciente. Gracia a esto, un poco de consciencia apareció.

—La espada... la espada de mi padre se rompió —dijo Vant sacudiendo sus ropas, dejando caer los fragmentos junto a él.

—Yo te comprendo —dijo Lord Draco—. Comprendo lo importante que el arma de un caballero puede ser, y la pena que es verla destrozada.

—No es solo eso —interrumpió Tristán—, ni porque su padre se la regaló, es por su poder. Dentro de Vant hay una gran e incontrolable maldición, una que lo asecha desde que era niño. El fuego lo vuelve violento e iracundo. Hizo daño a muchas personas en el pasado, en nuestro pueblo, pero no fue su culpa. Por eso su padre infundió la espada con un poderoso hechizo, para contener su poder y así evitar otra calamidad.

—Y ahora se ha perdido —respondió Vant un poco más entero—. Sin ella, no sé cómo podré seguir. Solo seré una carga. Ya puedo sentir el poder regresando, intentando salir de nuevo. Lo mejor será que me dejen aquí, en este mundo no haré más daño. Huyan mientras puedan.

—No haré eso, no te dejaré aquí —dijo Tristán intentando pensar en una solución.

—Mejor váyanse. No tardaré mucho en volver a perderme.

—No lo haré. Eres mi mejor amigo.

—Podría seguir durmiéndolo, pero no podernos llevarlo así siempre —dijo Nicol posando su mano sobre el hombro de Tristán—. No hay nada que se pueda hacer. Hay cosas que no podemos cambiar.

—Sí que podemos —dijo Tristán levantándose. Luego desenvainó su espada y la sostuve con fuerza—. ¿Quieres continuar en este viaje, amigo?

—Es lo que más deseo —respondió Vant apretando el puño.

—Entonces así será.

Tristán concentró su energía en su espada, la cual se tornó de nuevo color púrpura. Sabía lo que debía hacer, aunque estaba consciente de que existían riesgos al tatar con un objeto mágico tan poderoso. Pero no había opción, era su última esperanza, debía intentar unir de nuevo la espada. Así entonces puso toda su fe en lo que estaba haciendo, pensando en su amigo, y con un movimiento rápido lanzó un corte que agitó los trozos de la espada rota. Un gran brillo dorado se encendió en medio del océano, despejando los cielos y resplandeciendo sobre las aguas. La espada de Vant rebozaba de fuerza y esplendor una vez más, refulgía con luz pura. Los presentes no podían más que contemplar una estrella en la tierra que palpitaba como un corazón. Al final, la luz se apagó y flotó lentamente sobre Vant. Este abrió los ojos, la tomó y la miró; estaba como nueva. Se levantó y respiró profundamente. Se sentía mejor, lleno de confianza y control.

—No sabía que podías hacer eso —exclamó Vant lleno de agradecimiento.

Una vez que se recuperaron, cruzaron de nuevo el portal por el enorme espejo. Del otro lado vieron escombros donde antes estaban las esculturas. Ahora no eran más que un montón de piedras dispersas bajo el azote de una fuerte lluvia que derretía la nieve y limpiaba las venas de la montaña. Anduvieron por los túneles hasta encontrar una salida que los condujera de regreso al continente. Una vez ahí, avanzaron de regreso a la aldea dispuestos a descansar.

Capítulo 29: Morgana, la cazadora de tesoros

En el pueblo Flor de Invierno la mañana abría con los rayos del sol asomándose en el horizonte sobre una tenue neblina. Las nubes que cubrían el cielo se habían despejado un poco para dejar al sol acariciar las frías tierras de esa parte del continente. Sus habitantes andaban como de costumbre, algunos desde muy temprano, de aquí para allá, atendiendo sus asuntos y viviendo sus vidas.

Mientras, Alexander despertaba y se estiraba sobre sus sábanas de lana en una habitación sencilla. Bostezando, se sentó en la orilla de la cama y se frotó la cara con ambas manos. Se levantó y caminó hacia la ventana, dio un pequeño vistazo hacia afuera para comprobar que efectivamente había amanecido y regresó. Se puso su pantalón y su camisa de algodón, sus viejas botas y se lavó un poco la cara con agua helada, lo que le sonrojó las mejillas y la nariz. Después bajó a la planta baja y pidió a la mujer que ayudaba a Zafiro un poco de comida. La mujer lo miró y con un poco de mala gana le sirvió un plato de sopa.

Mientras desayunaba su caldo de quien sabe qué, escuchó un alboroto en el pueblo. No dio importancia y siguió comiendo. Estaba por dar un bocado cuando la puerta se abrió de golpe, asustándolo.

—¡Alexander! ¡Nuestro querido benefactor! ¿Qué tienes ahí? —gritaba Alastor, entrando impetuosamente y sentándose a la mesa sin que nadie le hubiese invitado—. Huele bien. ¿Me das un poco?

Alexander no supo cómo reaccionar, pero fue tan extraño el momento que alejó el plato ya sin apetito. Poco después, los demás entraron; Tristán y Zafiro se sentaron en las sillas de la mesa, después Nicol y Vant, quienes prefirieron permanecer de pie. Todos se veían un poco agotados y no muy animados.

—Por fin volvieron. ¿Y esas caras? —preguntó Alexander intentando levantar el ánimo, pero nadie contestó—. Qué bien que ya están aquí. Al fin podremos seguir.

—Sí, claro —respondió Tristán—, pero antes comeremos algo.

—Pues dile a la señora de por allá. Es un poco gruñona, pero igual les sirve.

Y sin pedirlo, la mujer salió de la cocina con un plato en cada mano, más copiosos que el de Alexander. Los colocó en la mesa y regresó para salir con dos platos más.

—Vamos, querida —se dirigió a Nicol—, siéntate con tus amigos a comer algo. Han de estar hambrientos. Vamos, viejo —se dirigió a Alexander—, quítate del lugar para que puedan comer —Él se levantó y Vant tomó su lugar. Nicol también se sentó a comer.

—Iré por mis cosas y los esperaré afuera —dijo Alexander, tomando varios trozos de carne seca de la mesa y una hogaza de pan. Salió apurado a preparar todo para el viaje mientras masticaba un trozo de carne seca.

Pasó un rato y los platos quedaron vacíos. Alastor y Vant pidieron una segunda orden. Los demás habían quedado satisfechos.

—Entonces, ¿creen que vuelvan a ver al caballero? —preguntó Zafiro de repente, después de dar un trago a una taza de té que les habían servido.

—Estoy seguro de que sí —respondió Tristán—. Dijo que lo de hoy era una pequeña tregua, pero que aún estaba empeñado en derrotarme.

—¿Eso dijo? Nunca pude entender lo que decía. Pero saben, no creo que sea una mala persona, solo un poco raro.

—Yo tampoco creo que sea malo.

—Igual y se nos une en el futuro —agregó Vant una vez satisfecho.

—No me parece muy buena idea —reprochó Nicol quien había pedido un café—, lo mejor es que no se cruce en nuestro camino. Con cada templo que visitamos el peligro se vuelve más evidente, y lo que menos necesitamos es la vida de un fanfarrón como él a nuestras espaldas.

—Entonces se irán —exclamó Zafiro con cierta tristeza—. La vida volverá a ser como antes.

—Podrías venir si quieres —agregó Alastor de repente. Todos voltearon con extrañeza.

—¿Quieres que los acompañe?

—Pff, claro que no —rio Alastor—, pero si tanto te pesa quedarte, no me importa que vengas. Otra chica linda en el grupo podría alegrar un poco las cosas.

—No creo que sea muy buena idea —respondió Zafiro—. Pero les quiero agradecer, gracias a todos pude conocer el templo que mi padre hizo, el último recuerdo de mi gente. Ahora vive en mi memoria, y mientras yo viva, ese recuerdo perdurará.

—Me alegra haber podido ayudarte —dijo Tristán dando un último sorbo a su té de hierbas—. Bueno, es momento de irnos. Muchas gracias por tu ayuda, eso nos acercó un poco más a completar nuestra misión. Te deseo lo mejor.

Tristán hizo una pequeña reverencia y salió del lugar. Nicol hizo un ademán para despedirse y salió seguida de Alastor. Vant le dio una palmada en la espalda y también se retiró. Así, Zafiro quedó sola en medio del cuarto con un vacío en su corazón.

Pasando por el pueblo, los habitantes asentían al ver pasar al grupo. El grupo llegó hasta la carreta de Alexander, quien los esperaba con su pipa encendida entre los dedos y media hogaza de pan con carne seca en la otra mano. Al verlos llegar, trepó a su caballo y se preparó para partir.

Uno a uno, todos subieron. Al final subió Alastor, quien se detuvo por un grito a la distancia.

—¡Esperen! —decía la voz en el viento—. ¡Espérenme!

Era Zafiro quien se acercaba. Corría con una mochila a los hombros.

—Esperen. Decidí irme con ustedes.

—¿Estás segura? —preguntó Vant asombrado, igual que Tristán.

—Estoy segura. Ya no queda nada que me ate a este pueblo. Quiero conocer el mundo, saber qué hay más allá de esta aldea. Además, estoy segura de que de algo les servirán mis habilidades.

—Claro, hay mucha gente a la que quiero convertir en piedra para siempre —rio Alastor.

—Pero ¿y tus cosas? ¿No era esa la casa de tu padre? —continuó Vant.

—Creo que él hubiera querido que fuera. Además, Sonia cuidará bien de la casa y tendrá más espacio sin mí, ya lo hablé con ella también.

—¿Así se llama? —gritó Alexander al frente de la carreta.

—Pues date prisa, ya nos vamos —dijo Tristán al final.

Zafiro trepó rápidamente a la carreta con una gran sonrisa en la cara, después halló un lugar dentro y se acomodó. Una vez listos, la carreta avanzó por el camino de regreso a la bifurcación de antes. Ahí, tomaron el camino directo a los puertos de Mar Naciente.

Anduvieron tres días más por los caminos que daban al puerto, y cada tramo el camino se volvía menos escabroso y sin amenazas. Las primeras señales de civilización aparecieron al segundo día; unas pequeñas y modestas casas y negocios donde vivían lugareños. La mayoría vendía mariscos y hierbas. El grupo se detuvo en uno de esos locales para conseguir provisiones antes de continuar. Al tercer día pudieron al fin ver en el horizonte lo que tanto habían ansiado: la imponente ciudad portuaria de Mar Naciente se alzaba orgullosa y fresca, recibiendo a los viajeros, comerciantes y negociantes que de ella vivían.

Entraron por sus calles y pudieron admirar la jovialidad de sus habitantes. Los había de todo tipo; gente alegre que platicaba y comía en los restaurantes, hombres rudos y curtidos por mar que bebían cerveza y vino entre risas, señoras elegantes que pasaban sin mirar a nadie mientras esperaban un viaje hacia tierras exóticas, e incluso niños juguetones que corrían y bromeaban molestando a la gente. Zafiro veía todo desde la carreta y se fascinaba de las maravillas que el mundo tenía para ofrecer. Sonreía y abría los ojos extasiada; era alguien totalmente diferente ahora.

Cuando llegaron al centro, todos descendieron. Se estiraron un momento y después bajaron sus cosas.

—Bueno, hasta aquí llego yo —exclamó Alexander dándole la mano a Tristán—. Los traje como habíamos acordado, me pagaron, y aunque no estuve completamente a salvo, lograron cumplir con su palabra.

—Fue un placer —asintió Tristán respondiendo el apretón—. ¿Y ahora qué harás?

—Unos negocios por aquí, y después regresaré por donde vine, a seguir con mi vida como antes.

Se acercó a Nicol y también le extendió la mano.

—No te metas en problemas, recuerda la última vez —dijo ella.

—No me lo tienes que decir dos veces. Aunque admita que te divertiste —bromeó Alexander con tranquilidad.

—No le digas a nadie de la piedra —le susurró a Nicol como un secreto que quedaría entre los dos.

Así mismo Alexander se despidió de los demás, deseándoles buena suerte y un buen viaje. Luego regresó a su carreta y avanzó, perdiéndose al poco tiempo entre la gente.

Los demás continuaron con lo suyo también. Vant sacó la carta que les dio el rey y leyó rápidamente.

—Busquemos a esa tal Morgana —se apresuró a decir—. Alguien en este puerto nos podrá dar alguna indicación.

Los cinco se apresuraron intentando hallarse en el laberinto que era todo ese lugar. Preguntaron a varias personas de los alrededores y resultó que todos la conocían o habían escuchado de ella alguna vez, pero nadie sabía exactamente dónde encontrarla. Intentaron preguntar a las mujeres que coincidían con su aspecto, que sorprendentemente eran muchas, pero ninguna resultó ser. Después se dirigieron directamente en los puertos, pero el trabajo ahí era arduo y nadie tenía tiempo para escucharlos, al menos no sin molestarse. Al cabo de un tiempo de no conseguir nada, decidieron tomar un descanso y comer algo de lo que ofrecían por ahí.

Entraron a un restaurante llamado Los Siete Mares que servía comida importada de todas partes del mundo aprovechando el comercio. Vant, Tristán y Zafiro ocuparon una mesa y mientras decidían qué comer, Alastor y Nicol se acercaron a la barra donde vendían bebidas alcohólicas.

—¿Qué desean tomar? —preguntó el hombre de voz áspera detrás de la barra.

—Lo más fuerte que tenga —respondió Nicol soltando a la vez un suspiro. Alastor pidió lo mismo. El hombre se dio la vuelta y sirvió dos vasos iguales.

—Dos tragos para dos bellas señoritas, ¿Les ofrezco algo de comer? —preguntó el hombre.

—No, solo esto.

—Viajeras, ¿eh? —continuó el encargado—. Les preguntaría por su historia y sobre sus extrañas ropas, pero estoy acostumbrado a las rarezas, se ven muchas por aquí.

El hombre quedó de pie, mirando la entrada sin prestar atención ni preguntar más.

Nicol dio un pequeño trago a su bebida y después habló.

—Buscamos a una persona, una tal Morgana.

El hombre miró ahora con atención.

—¿Morgana? ¿La cazatesoros? —dijo con incredulidad.

—¿Dijo cazatesoros? ¿No era la encargada del puerto?

—Sí que lo es, pero es más conocida por todas las aventuras que ha tenido —El encargado se detuvo un momento y luego continuó—. ¿Qué quieren con ella?

—El rey de Ventópolis nos prometió uno de sus barcos —contestó Alastor con cierta altanería.

—Ventópolis, ¿eh? Creo que puedo ayudarlos.

El encargado se irguió e hizo una pequeña reverencia.

—Ya me habían avisado que vendrían —dijo—. Por cierto, mi nombre es Kant.

—¿A ti te avisaron? ¿Al posadero? —exclamó Alastor.

—Resulta que ella y yo somos amigos de hace mucho tiempo, desde antes que yo administrara este lugar. La famosa caza tesoros Morgana. Pero no se confundan ni se dejen engañar por rumores, no era una pirata, jamás robó nada a nadie. Era más bien una entusiasta de los lugares exóticos e inexplorados de Ixcandar, y yo era su primer oficial —Kant se veía más entusiasmado—. Nosotros dos y cinco navegantes más éramos mundialmente conocidos por las riquezas que habíamos juntado en nuestros viajes. Así le compró este puerto al rey Válenor, y yo pude establecer mi negocio. Siempre soñé con tener mi propio restaurante cuando me retirara.

Mientras Kant hablaba con ahínco sobre sus aventuras pasadas, Tristán y los demás se habían acercado a escuchar.

—Después de eso el trabajo administrativo fue pesado —continuó Kant—, pero ella de vez en cuando sigue aventurándose por unos meses. Creo que es imposible alejarla de la aventura.

—¿Y sabes dónde podemos encontrarla? —preguntó Tristán.

—Tú debes ser Tristán —respondió Kant, luego se volvió hacia Nicol—. Y tú debes ser la hechicera Nicol, alumna de Belfast el archimago.

Al escuchar ese nombre, Nicol tosió, casi ahogándose.

—Sus nombres se han escuchado mucho por aquí últimamente —continuó Kant—, y más por el dinero que llegó hace poco de Ventópolis, que por cierto los está esperando con Morgana —Alzó la mirada e hizo señas con la mano—. Sigan por este camino que sale a los puertos, vayan hasta el último, hasta el que carga ventoflotarum y díganle a uno de los marinos que desean hablar con Morgana, que Kant lo autoriza.

—Se lo agradezco mucho —reverenció Tristán poniendo un par de monedas sobre la barra.

De prisa, los cinco salieron como les habían indicado, esquivando gente y hallando su camino entre la multitud.

Ya en los puertos, no tardaron mucho en dar con el barco, en el último puerto. Encontraron ahí una agitación pues los marinos se harían a la mar muy pronto y debían mover el cargamento. Las cajas eran muy grandes y sin embargo parecían deslizarse sobre el suelo y a través de las tablas hasta el barco; luego notaron que el cargamento era de ventoflotarum.

El navío que vieron era enorme, de fina madera barnizada y decoraciones de acero bien cuidados. Decidieron acercarse a uno de los hombres allí trabajado para hablarle. Saludaron y pidieron hablar con Morgana en aprobación de Kant, del restaurante.

—¡Capitana! ¡Aquí la buscan! —gritó el hombre con gran fuerza.

En ese momento, escucharon pasos sobre la cubierta y desde la nave descendió una mujer de pronunciado balanceo. Se veía muy joven para ser una famosa y curtida navegante, pero no demasiado como para dudar de las historias. Su abrigo de seda ondulaba sobre su blusa ajustada y pantalones de cuero cafés. Era alta, a diferencia de Nicol y Zafiro, por lo que sus botas sonaban fuerte al caminar. Se acercó a ellos con asombrosa tranquilidad, los miró con sus profundos ojos de azabache sobre su tez canela y luego les habló.

—¿Desean viajar a Aquasol? Bien, deben pagar o trabajar, así funciona esto —dijo con gran ímpetu y afabilidad—. Y díganle a Kant que ya no acepto más trabajadores.

—Pero, el rey nos dijo que nos daba el barco. ¿De verdad debemos pagar? —comentó Vant.

—¡Vaya, vaya! Ustedes son los viajeros de los que nos hablaron. Al fin los conozco. Su aventura en Ventópolis es de lo que todos hablan.

—Y gracias a eso el rey nos dio uno de tus barcos —se adelantó Nicol—. Tenemos el documento si lo quieres ver.

—¡Francis! —gritó Morgana. Al instante, uno de sus hombres se acercó—. Hazte cargo de los preparativos, tengo cosas que atender.

—Sí, capitana —respondió el hombre. Luego se puso a trabajar.

—Síganme —ordenó Morgana, avanzando apresuradamente.

Los condujo de regreso por el puerto, pasando por todos los demás embarcaderos hasta el extremo opuesto. Llegaron a una entrada custodiada por guardias con el símbolo de Ventópolis en el uniforme. Estos, viendo a Morgana, abrieron de inmediato la entrada. Al ingresar notaron que era un puerto privado y más lujoso que los demás. Allí había un solo barco, uno increíblemente ostentoso y fino, de brillante casco rojo como rubí y velas blancas con adornos plateados. En el mascarón, la figura de una mujer sosteniendo un cántaro sobresalía y al mismo tiempo complementaba la figura; aquella nave era en verdad una obra de arte.

—Este es el suyo —continuó Morgana—, el Durandal, el mejor barco de toda la ciudad, antes el barco insignia del rey. Vaya que se ganaron su favor como para que se los regalara. Se me indicó que metiera en el barco su dinero y provisiones para dos meses, que preparara los camarotes y pusiera las armas a punto. También ordenaron que se realicen las modificaciones planeadas a pesar del cambio de dueño.

—¿Modificaciones? ¿De qué clase? —indagó Nicol.

—Una vez que el barco llegue a Aquasol se le harán modificaciones para volverlo un barco volador. Ya saben, de esos que solo los reyes y reinas pueden pagar. El ventoflotarum que vieron hace rato es el que se usará para esto. También le harán lo mismo al Leviatán, el nuevo barco insignia, así que se irán juntos.

Los cinco estaban asombrados: un barco volador era de las más grandes rarezas del mundo moderno. No solo era extremadamente caro y difícil de producir, sino que su velocidad era inigualable.

Nicol estaba totalmente fascinada ante la noticia; como entusiasta de los artefactos mágicos sabía lo sublime que eran tales creaciones, y tener la posibilidad de navegar uno la llenaba de emoción.

—Se supone que las modificaciones estarían listas desde antes —continuó Morgana—, pero de repente dejaron de comunicarse con nosotros y de enviar el material, por eso apenas se harán. Les recomiendo que regresen al restaurante de

269

Kant y le pidan asilo pues zarparemos hasta mañana. Regresen aquí al salir el sol y todo estará listo. ¿De acuerdo?

No había remedio, debían esperar y ser pacientes unas cuantas horas más. Asintieron y se encogieron de hombros. Dieron media vuelta y se retiraron. Tristán y Vant se quedaron para agradecer a Morgana por su ayuda.

—Tú eres Tristán, ¿no? —preguntó de repente, antes de que se fueran—. Lo que hicieron en Ventópolis fue de verdad impresionante, es obvio que el peligro los sigue.

—Así parece. Es complicado —respondió él.

—Cuando uno está destinado a grandes aventuras no hay nada más que hacer sino escuchar el llamado. Para muchos puede parecer una maldición, pero para otros, como yo, es realmente una fortuna. Y percibo que tienes muchos más peligros por delante. Me gustaría que un día me contaras sobre tus viajes y tus aventuras — Morgana posó su mano sobre la mejilla de Tristán, le guiñó el ojo y después se dio media vuelta para subir al barco.

Tristán quedó pensativo un momento, reflexionando. ¿Era para él esa vida una suerte o una calamidad? De haber podido escoger, ¿habría elegido esa vida? Sin duda quería estar con Nicol, pero ¿debían ser siempre de esa manera? Y, ¿qué pensaba ella? Sin poder llegar a una conclusión satisfactoria, decidió marcharse y alcanzar a los demás.

Salieron del puerto privado y se detuvieron a discutir sus planes.

—¿Qué hacemos ahora? —preguntó Vant.

—Yo quiero recorrer el puerto —comentó Zafiro entusiasmada—, vi hace rato una tienda de instrumentos musicales. Nunca lo he intentado, pero tal vez tenga talento para la música. ¿Me acompañas, Vant?

—Si quieres. Vamos —respondió él.

—Yo los veo después —dijo Alastor con cierto desánimo y pesadez—. Mañana en la mañana, ¿no? Ustedes diviértanse que yo haré lo mismo.

Diciendo esto se retiró y se perdió entre la gente.

—¿Qué le pasa? —indagó Zafiro.

—Descuida, siempre es así. Se pierde y llega en el último momento.

—Es verdad —coincidió Tristán—, ya te acostumbrarás. Creo que Nicol y yo andaremos un rato por aquí, pero ustedes vayan.

—Está bien —respondió Vant. Hizo una señal a Zafiro y los dos se retiraron también.

Nicol y Tristán se tomaron de las manos y caminaron por las calles con tranquilidad, aprovechando el tiempo para distraerse un rato. Anduvieron sobre las oscuras calles del puerto de Mar Naciente, viendo las tiendas y los negocios: sastrerías, mercados y herrerías, observando a las extrañas personas que por ahí pasaban. Pero lo que más llamó la atención de Nicol fue una tienda de objetos mágicos llamada El Corazón del Mar. Entró a prisa y recorrió con la mirada cada rincón, intentando ver todo de una sola vez.

—Buenas tardes, señorita —dijo el tendero con voz apacible; un hombre anciano de poco pelo y lentes a media nariz—. ¿Busca algo en especial? Aquí puede encontrar artículos de primera calidad, algunas creaciones de nuestro propio gremio y rarezas provenientes de lejanas tierras.

—¿Tendrá polvo de estrellas? —respondió Nicol sin quitar la vista de los aparadores.

—¿Polvo de estrellas? —se asombró el tendero—. Ya veo que usted no es ninguna novata, esos son materiales de gran nivel.

—Espere —interrumpió ella sacando un papel de entre sus cosas—, aquí tengo una lista. Me gustaría saber si tiene algunas de estas cosas.

El tendero observó la lista con atención y no pudo evitar levantar ambas cejas del asombro. Al momento se enderezó en su lugar, como esperando la aprobación de su tienda por parte de su cliente.

—Déjeme revisar en la bodega. Pero por favor, usted revise si hay algo más que le interese. Siéntase con la confianza.

El hombre se retiró un momento, dejando a Tristán y a Nicol solos en la tienda. Había de todo, sin duda era un negocio bien surtido: había libros de varios tamaños y edades, la mayoría de ellos sobre encantamientos, pociones y combate, aunque casi todos básicos o elementales; polvos y sustancias raras como nubes de alba, rosa de desierto, gusano de sepulcro; y partes de animales para los alquimistas como menisco de grifo, cuerno de escarabajo y vértebra de hidra, instrumentos, piedras rúnicas y extraños artefactos de mil y un colores. Y en una esquina, una gran sección de joyería: amuletos, brazaletes, zarcillos y diademas. También una gran colección de anillos con piedras preciosas incrustadas y fabricados con metales raros. Pero entre todos hubo un anillo en el que Nicol posó su mirada, uno que cambió su expresión.

—Lo siento, señorita, me faltó esencia de sombra. Pero usted entenderá que es muy difícil de conseguir. Tengo el resto de los materiales, pero si quiere venir en una semana creo que puedo conseguir lo que quiere. De lo demás serían 90 monedas —dijo el tendero regresando a su mostrador con una bolsa en la mano. Levantó la vista y vio a Nicol con la mirada clavada en el anillo—. Veo que tiene buen ojo para la magia. Esa sortija fue hecha por el archimago Belfast en persona y sirve para contrarrestar maldiciones.

—Aquí tiene las noventa monedas —dijo Nicol de forma golpeada, dejando las monedas en el mostrador y arrebatando la bolsa de las manos del hombre. Después, salió de la tienda sin mirar atrás.

—Creo que necesitaba la esencia de las sombras —dijo el tendero.

—Me disculpo en nombre de ella, señor. Le aseguro que no quiso ser grosera. Que tenga un buen día —Tristán salió de la tienda después de eso.

Siguió de prisa detrás de Nicol, quien no dejaba de caminar. Ya había escuchado ese nombre antes, una vez, pero no sabía quién era y ella no parecía querer hablar al respecto. Se preguntaba qué habría pasado en esos largos 500 años que estuvo perdido. Parecía adiar a ese mago, pero ¿por qué?

Tristán se apresuró a alcanzar a Nicol, la tomó del brazo y detuvo su andar. Ella estaba muy enojada, y dándose media vuelta, miró con ojos furiosos, pero al ver que era su amado cambió su expresión. Él la abrazó fuerte y ella le devolvió el abrazo. Poco a poco se fue calmando. Después decidieron regresar al restaurante para descansar.

Capítulo 30: Las cristalinas aguas de océano Autárquico

La noche cayó sobre el puerto de Mar Naciente a la hora en que el viento cesó, mandando a descansar a los trabajadores, aunque algunos negocios permanecieron abiertos. La luz de la luna resplandecía sobre las calmadas aguas, como miles de estrellas bajadas a la tierra que bailaban ceremoniosamente. El viento agitaba con delicadeza las banderas y los árboles, refrescando un poco más aquel paraje tan singular.

El restaurante de Kant, Siete Mares, estaba por cerrar, esperando a que los últimos solitarios marineros terminaran sus platos y sus bebidas. En las habitaciones del primer piso aún había luz; Nicol y Zafiro ocupaban una, Vant y Tristán otra. Así lo decidieron al tener a una nueva chica en su grupo.

Tristán y Vant platicaban con entusiasmo y jovialidad, recordando el pasado, discutiendo los planes futuros y bromeando en ese lenguaje de amigos que solo ellos comparten. En la otra habitación Nicol cepillaba su cabello frente a un viejo libro abierto sobre su cama. Zafiro, por su parte, admiraba una pequeña flauta de madera que había comprado hace poco con Vant. En una de las sillas de la habitación, descansaba el abrigo de Zafiro, gastado y lleno de enmendaduras. Nicol lo miraba de vez en cuando.

—¿Es la única ropa que tienes? —preguntó Nicol rompiendo el silencio.

—¿Eh? Ahh, el abrigo. Desde hace mucho tiempo. En la aldea es muy difícil conseguir ropa, así que debe durarnos mucho tiempo.

—Pero tiene muchos agujeros.

—No me molesta. Yo no siento frío, pero algo debía usar.

Nicol se veía acongojada. De repente se levantó, invocó su libro y abrió de nuevo el portal a su dimensión biblioteca. Zafiro se asustó al ver el brillante portal, pero después quedó impresionada. Nicol entró un momento y después salió con un pequeño cofre entre sus manos.

—¿Eso qué es? —preguntó Zafiro con los ojos bien abiertos.

—Es una dimensión personal. La ocupo para guardar mis libros y algunas cosas más —respondió Nicol sonriente. Después colocó el cofre en el suelo y lo abrió. Dentro había ropa—. Ven, quiero que escojas algo para ti. Son atuendos que he estado guardando desde hace mucho tiempo. Están en excelentes condiciones. Ven, escoge algo.

—¿De verdad? —Zafiro se acercó animada a ver la ropa. Esculcó un rato buscando algo que le gustara. Había muchas blusas, pantalones, corsés y abrigos más que otra cosa. Pero entre todo, había un solo vestido, de lino y de corte sencillo color azul, un poco bombacho de los hombros y de contornos blancos en la falda—. Este es bonito, me gusta.

—Vaya, no recordaba que tenía esa cosa. Es todo tuyo —respondió Nicol. Después regresó el resto de vuelta al cofre y lo cerró—. También te quiero dar esto. Es la cota de malla que ocupaba antes. Está hecha de mithril, un metal especial muy resistente.

—No tenías por qué molestarte —sonrió Zafiro.

—Por fortuna somos de la misma talla y debe quedarte bien. Ahora eres una de nosotros. Ya viste lo peligroso que puede ser el viaje, por eso quiero que estés segura y te sientas cómoda —Nicol sonrió con gran sinceridad—. Bien, será mejor que vayamos a dormir, debemos levantarnos temprano.

—Está bien. Y gracias de nuevo.

Ambas se acomodaron dentro de las sábanas y apagaron las lámparas al lado de sus camas. Después de un par de horas, Tristán y Vant hicieron lo mismo.

A la mañana siguientes, la vida en el puerto comenzó muy temprano, como de costumbre. Kant subió para despertar a sus huéspedes anunciando el desayuno. Nicol y Vant ya estaban levantados para entonces, pero Tristán y Zafiro pidieron unos minutos más. Entonces bajaron a la zona del restaurante y Kant les sirvió un buen desayuno: un tazón con fideos, verdura y carne en rebanadas.

—Cortesía de la capitana —dijo sonriente. Después volvió a sus tareas.

Todos comieron animosamente y bebieron una taza de café recién hecho. Agradecieron la hospitalidad y salieron en dirección de los puertos pues ya se les hacía algo tarde.

Al llegar, pasaron la reja y vieron su barco reluciente con el nuevo sol y el viento del norte. Una docena de hombres cargaba con vigor alimentos y provisiones. Cerca de la entrada, estaban Morgana y Alastor platicando y riendo

—Qué sorpresa, estás aquí temprano —exclamó Vant.

—Esta chica demonio es de lo más divertida —comentó Morgana con una carcajada aún en la boca—. Nunca había conocido a alguien con un sentido del humor tan extraño.

—Ten cuidado, suele buscar siempre terminar en la cama. Tal vez busca otra cosa —advirtió Nicol.

—No me molesta, estoy acostumbrada —respondió Morgana—. En los mares del sur de Zeihán hay una isla donde hay lujuria en abundancia. Es una locura. Además, no tiene oportunidad conmigo, ¿verdad? —Morgana lanzó un golpe amistoso a Alastor, quien le contestó con un golpe similar y una sonrisa—. Pero bueno, ya que están todos aquí, ¿quién va a navegar?

Los cinco se quedaron pasmados mirándose las caras.

—¿Ninguno sabe? —Morgana rio un momento—. Bien, entonces creo iré con ustedes. Después de todo, mi flota se dirige al mismo lugar.

—¿La flota? —preguntó Vant.

—Irán tres barcos en total. Dos de ellos llevarán el cargamento de ventoflotarum hasta Aquasol, y este los llevará a ustedes.

—¿No te necesitan tus hombres?

—Saben bien lo que hacen.

Preparar todo requirió un tiempo más debido a la revisión de los navíos, pero al final estuvieron listos. Aquella era la primera partida del día.

Para dirigir los otros dos barcos, Morgana había designado a dos de sus hombres: el primero se llamaba Gibbs, un hombre de brazos grandes, piel morena y actitud seria al extremo, probablemente ex militar; el comandaría el Leviatán. El otro hombre se llamaba Richard, hermano menor de Morgana, un marino problemático que gustaba de las riñas y la bebida, pero siempre meticuloso en lo que hacía; el comandaría un barco al que llamaban El Preso debido a las rejas de metal a lo largo de toda la cubierta.

Al frente de la flota iba el Durandal, seguido por el Leviatán y al último el Preso. Algunas personas en el puerto salieron a despedirlos como era costumbre.

Como nadie sabía navegar, Morgana tomó el timón y lo manejaba con gran destreza. Junto a ella, de pie, estaba Tristán quien había sido invitado para aprender a navegar. Ella le explicaba lo fundamental para dirigir, las tareas que deben hacerse y la forma en la que el viento y la marea influyen en la navegación. Él observaba con fascinación.

El mar estaba tranquilo y apacible como era costumbre en esa parte del océano. Debajo de ellos, podían ver a los peces nadar en el fondo no muy profundo. Las aves volaban sobre ellos al pasar y la brisa salada les alborotaba el cabello. Navegaban hacia el sur por un mar estrecho que los sacaría a mar abierto, siempre procurado no acercarse demasiado a Flare pues el borde constaba principalmente de acantilados rocosos muy difíciles y riesgosos de navegar.

Durante un día y una noche, Tristán Fue instruido por Morgana sobre el arte de la navegación. Para sorpresa de ella, él aprendía rápidamente cada lección impartida; tenía habilidades naturales. Cuando todo estaba despejado en las aguas y el rumbo era tranquilo, los dos se la pasaban hablando: Morgana le contaba sobre las aventuras que había tenido en Lemsániga, haciendo énfasis en que jamás conoció pequeña luz, pero que le gustaría, Le describía parajes exóticos del mundo que a Tristán llamaban la atención. Él le contaba a ella sobre su vida en Pequeña Luz y la forma en que su viaje había comenzado, claro, sin revelar demasiados detalles. También le contó sobre lo ocurrido en Ventópolis. A ella le pareció interesante la lucha contra Mefisto, la cruzada que habían aceptado por el destino del mundo y cómo las antiguas guerras pesaban sobre los sucesos actuales. Eran temas que a ella nunca le habían interesado, pero cuando Tristán las contaba, las encontraba atrayentes. Morgana no le quitaba la mirada de encima.

Pasaron seis días más, y durante el viaje, Vant y Alastor se la pasaban descansando y observando las aguas de vez en cuando. Una vez incluso practicaron un poco de esgrima. Nicol se la pasaba leyendo, entrando y saliendo de su biblioteca para consultar algún volumen o referencia. Zafiro se pasaba horas asomada sobre la proa, viendo cautivada las aguas fluir y el horizonte extenderse y juntarse con el cielo. Para entonces, Tristán se había plantado firme detrás del timón; en verdad había encontrado un profundo interés en la navegación. Se la pasaba viendo el mapa una y otra vez, intentando identificar puntos clave y direcciones como le habían enseñado.

En un momento, observó con el catalejo una extraña franja de tierra cuyo color cambiaba y el cual era cubierto por una extraña neblina. Buscó en el mapa y notó que había una indicación de peligro, pero sin anotaciones ni explicaciones.

Morgana —llamó—, esa franja de allá, ¿qué es? No se ve claro en el mapa y estamos demasiado cerca.

—Se le conoce como El cinturón del diablo —explicó ella—. Es una gran llanura de tierra muerta que se extiende entre ambos continentes. ¿Ves cómo el cielo se vuelve denso? Es por una espesa niebla oscura que cubre todo el territorio. Es un lugar lleno de secretos y misterios en donde pocos se han aventurado y han salido vivos. Por su puesto yo he ido varias veces. Una vez mi tripulación y yo nos aventuramos por una semana completa después de que conseguimos un supuesto mapa. Al menos la mitad de ellos murieron debido a los monstruos. Pero conseguimos tesoros interesantes.

La explicación de Morgana había resultado de gran interés para Tristán pues sonaba como un lugar ideal para esconder una de las llaves. Llamó de inmediato a Nicol para discutir al respecto. De inmediato estuvo de acuerdo en que parecía un lugar ideal para un templo oculto. Sugirió ir a investigar de inmediato, sin embargo, algo le deba un mal presentimiento sobre ese lugar.

—¿Crees que podríamos ir a investigar? —preguntó Tristán a Morgana con algo de inseguridad.

—No creo que se a una buena idea. Si lo que me dices sobre el demonio es cierto, ese lugar se habrá vuelto cien veces más peligroso. Además, no me gustaría perder contacto con el Leviatán y con el Preso, esos cargamentos son mi responsabilidad.

—Es necesario que vayamos —argumentó Nicol—. No podemos perder esta oportunidad.

—Es un suicidio, ¿sí saben? —respondió Morgana.

—Si quieres puedes dejarnos cerca de la orilla. Nosotros podemos volar hasta allá y explorar. Si no regresamos, recuperarás el barco; será todo tuyo. ¿Trato? —Nicol estaba segura de lo que hacía.

—Supongo que mis hombres pueden hacerse cargo de la entrega. Además, es su barco, ustedes mandan. Pero deben dejar a alguien aquí pues incluso en el mar hay monstruos que podrían subir.

—Yo lo haré, yo me quedaré —exclamó Zafiro después de enterarse de lo que pasaba. Nicol y los demás estuvieron de acuerdo solo si Morgana se quedaba con ella.

Así cambiaron el rumbo, después de que Morgana avisara a los demás barcos. Navegaron hasta la orilla de la maligna tierra hasta ver con claridad sus áridas tierras y su infecto aire que espesaba el ambiente. Mientras se acercaban, buscando un lugar apropiado para acercarse, observaron con aversión las verdosas y pegajosas aguas cercanas al lugar y la oscura tierra en donde nada crecía ni nada prosperaba; esa parte del mundo estaba muerta. A lo lejos, dentro del territorio, se alcanzaban a ver unas rojizas montañas que se alzaban temibles en el horizonte y que descendían hasta una pequeña costa de arena gris en huida al mar.

Decidieron no acercase demasiado. Morgana lanzó el ancla y se dispusieron a lanzarse hasta allá. Nicol fue la primera en extender sus brillantes alas y volar sin problema hasta la orilla. Luego se lanzó Tristán. Sin embargo, cuando iba a medio vuelo, un extraño sonido apareció cerca de ahí, uno sin duda alarmante.

Vant y Morgana se asomaron con prisa para ver qué pasaba en las aguas. Algo se agitaba debajo de ellos, algo peligroso. Vieron de repente emerger un grupo de cuerpos, cadáveres infectos que subían trepando por el casco. Vant logró eliminar a uno antes de que llegara con puño sagrado, pero sin darse cuenta, más de ellos, decenas de ellos, subían por todos lados. No tardarían mucho en subir a cubierta.

—Se los dije, las cosas se pondrían mucho peor —exclamó Morgana desenfundando un par de pistolas que guardaba bajo su abrigo.

Alastor desenfundó también su arma y comenzó a acabar con varios de ellos. Zafiro hizo lo mismo con su magia. Los cuatro intentaban repeler a los enemigos, pero las hordas de cadáveres no paraban de aparecer y eran cada vez ser más.

—¡Váyanse! —gritó Vant hacia la costa—. ¡Nosotros nos encargaremos! ¡Ustedes dense prisa!

Tristán y Nicol veían de lejos la escena con intención de regresar a ayudar, pero al escuchar las palabras de Vant se detuvieron.

—Debemos ayudarlos —apuró Tristán.

—Antes nos vayamos, antes podremos irnos de aquí —dijo Nicol. Era sin duda una situación preocupante, pero también era verdad que debían seguir pues no tendrían otra oportunidad de perseguir la llave. Decidieron entonces continuar solos, confiando en que sus amigos podrían manejar la situación.

—¡Prometemos regresar lo antes posible! —gritó Tristán, luego dio media vuelta.

El sol comenzaba a caer y la luz bajaba precipitadamente. No estaban seguros de cuándo tiempo estarían recorriendo aquellas inmundas tierras, pero ya no podrían detenerse: sus amigos dependían de ellos. Recorrerían el Cinturón del diablo durante la noche, pero para dos ixírenes no debería resultar tan peligroso, aunque ya antes los templos los habían puesto al borde de su límite. ¿Qué podían esperar de este?

Capítulo 31: Lo que se ve más allá de la oscuridad

Tristán y Nicol caminaban sobre costa de arena gris de aquella deprimente tierra, aguantando el nauseabundo olor y el frío espectral. Volteaban a ver el barco y observaban al Durandal sobre las verdosas aguas ser invadido por decenas de cadáveres que trepaban por el casco para después ser arrojados por la borda con violencia. Y a pesar del fuerte sentimiento de querer regresar a ayudar, continuaron para adentrarse en el continente. Pronto perdieron de vista el navío.

Por doquier, la tierra era gris y sin vida, el escaso pasto estaba seco y muerto, los árboles brotaban podridos y con supuraciones, y gusanos infectos e inmundos que se alojaban y pululaban entre las ralas hojas y troncos caídos. No brillaba el sol en aquella tierra pues la densa nube que habían visto antes flotar no dejaba pasar un solo rayo de luz. Los dos ixírenes avanzaban con paso firme entre la tierra y los lodazales.

Unas pequeñas criaturas parecidas a ratas, pero mucho más repugnantes, corrían entre sus pies cuando pateaban por accidente una madriguera hedionda y de apariencia asquerosa.

—¿De verdad crees que pueda haber una llave por aquí? —preguntó Tristán de pronto—. No parece el tipo de lugar que el arcángel Rizhiel frecuentara.

—Es verdad, pero también es cierto que buscó esconder las llaves en lugares alejados y peligrosos para que nadie se atreviera a entrar. Este es perfectamente uno de ellos. Además, si Morgana pudo entrar a este lugar y salir con vida, no creo que nosotros no podamos.

—Hmm. Está bien —suspiró Tristán—. Y aunque sé que no es el mejor lugar, me encanta pasar un tiempo solas contigo.

Nicol lo miró con ternura y tomó su mano. Él asintió y le devolvió el gesto. Después continuaron.

Atravesaron un valle desolado por varias horas sintiendo pesadez. Las montañas rojas frente a ellos se acercaban con lentitud, pero sin cambiar realmente el panorama; a su derecha un grupo de colinas los miraban de cerca y a la izquierda el mar aún se alcanzaba a ver, débil y tenue. Todo estaba muy tranquilo, sin viento ni señales de movimiento; eso los preocupaba más. Tras seguir un poco más llegaron a un cruce de caminos.

—¿Por qué está esto aquí, como si esperaran visitantes? —preguntó Nicol pensativa. Un camino continuaba como hasta entonces sobre una plancha desierta, y el segundo al parecer se adentraba en un espeso bosque a lo lejos.

—Mira —apuntó Tristán. Un esqueleto yacía cerca de ahí, tirado en el suelo y con los remanentes de una larga barba blanca sobre el hueso. Se acercaron y notaron que sostenía un pergamino sobre sus manos.

Si al santuario buscas ir, al bosque debes llegar. El castillo de las tinieblas se alza en su interior como una sombra proyectada por la luz.

—Qué extraño —continuó Tristán—. Me pregunto quién habrá sido el pobre desafortunado.

—Extraña es esa indicación.

Ambos levantaron la mirada para ver de nuevo al esqueleto, pero este se había desvanecido dejando solo la nota en el suelo. Extrañado aún más, Tristán guardó la nota y continuaron.

Sin mejor indicio, se adentraron en el bosque como sugería el mensaje, un bosque oscuro y lúgubre. Los árboles se amontonaban los unos sobre los otros haciendo las sombras más densas. En ese lugar, el nauseabundo olor era aún mayor que antes, tanto que desanimaba a cualquiera a entrar. Aun así, continuaron.

Nicol había invocado su lanza y Tristán no soltaba la empuñadura de su espada pues sabían que los peligros no faltarían. A diferencia del bosque Terra, los enemigos de este bosque no dudaban en saltar constantemente contra ellos. Enfrentaron esqueletos, espíritus y cadáveres putrefactos todo el camino. Todos eran fácilmente destruidos por Tristán y Nicol, pero el número volvía la situación un tanto complicada ya que los retrasaba. Así anduvieron por varias horas y el camino se oscurecía cada vez más con la espesura de los árboles; aquel lugar parecía no tener fin pues todo se veía igual. Incluso tuvieron la sensación de haber estado caminando en círculos por varias horas. Decidieron entonces descansar un rato.

—Creo que nos perdimos —exclamó Nicol cansada—, hemos estado aquí por horas.

—No lo entiendo —respondió Tristán—, ya habíamos pasado por una situación así en el bosque Terra, pero aquí es diferente. Tal vez sea por el olor, pero no soporto el ambiente.

Luego de decir esto, se sentó cerca de Nicol a descansar un momento.

—Espera —exclamó ella levantándose—. ¿Viste eso?

—¿Qué cosa?

Tristán intentaba escudriñar donde ella señalaba, pero no veía nada.

—Esa rama de ahí. Juro haberla visto desaparecer por un momento y luego reaparecer en su lugar, solo así, como en un parpadeo. Dices que no avanzamos, nada alrededor cambia y regresamos al mismo lugar siempre. Eso significa…

—Que estamos atrapados en una ilusión —interrumpió Tristán—. Pero, si esto es una ilusión, significa que tampoco podemos regresar; no hay forma de salir. ¿O tendrás algún hechizo que nos libre de esto?

—No lo creo. Las ilusiones son magia muy compleja, artes muy misteriosas. Hay hechizos que nos podrían ayudar, pero requieren de mucha preparación y no puedo hacerlo aquí. Además, si esta es creada por el bosque, entonces no es de un nivel bajo, por lo que no solo altera nuestros sentidos, creo que afectan la realidad misma. Si no tenemos cuidado, podríamos resultar heridos. Podría afectar nuestras mentes.

Nicol se veía un poco asustada y parecía un poco nerviosa al saber que su magia era inútil. Pensaba y pensaba, y se perdida en sus pensamientos cuando de nuevo saltaron unos enemigos de entre los árboles para atacarlos. Tristán desenfundó su espada y los eliminó con facilidad. Nicol se quedó observando la espada por un momento.

—Oye, ese ojo en la cruz de la espada, ¿qué es? —preguntó—. Me llama la atención, nunca había visto nada igual.

Tristán tomó a ilaxición y la observó. El ojo era morado y brillante, y proyectaba una energía singular. Honestamente, no estaba seguro de lo que era, y había muchas otras cosas sobre la espada de las que no sabía nada y que sin duda lo intrigaban. Tal vez si le preguntaba a Ilaxición algo le podría decir. Antes, el alma de la espada le había dicho que podía entrar y salir de su mundo a voluntad, pero ¿cómo hacerlo? Se cuestionaba también si era buen momento para averiguarlo ya que la situación en la que estaban metidos era escabrosa. Sin embargo, recordó también que en ese mundo el tiempo funcionaba de manera diferente. Solo así se animó a intentarlo, pensando que podría entrar sin perder mucho.

Entonces se sentó sobre un tronco cercano, apoyó la punta de la espada en el suelo y se recargó en ella. Una vez preparado, cerró los ojos y comenzó a concentrarse. Nicol, notando lo que hacía, decidió dejarlo tranquilo.

 Comenzó a canalizar energía en el arma, poniendo todos sus pensamientos sobre la espada, intentando sentir su poder y fusionarse con él. Su mente se aclaraba y se disolvía al azar. De repente pudo notar que el tiempo se detenía y la realidad se difuminaba como si cayera en un profundo sueño, pero sin perder el presente; comenzaba a lograrlo. Sin embargo, ese pequeño sentimiento de logro le hizo perder la concentración y regresar a la realidad; era más difícil de lo que pensaba. Aclaró otra vez su mente, tratando de mantener a raya sus emociones. De nuevo, el tiempo se detuvo poco a poco. Rápidamente sintió una brisa que lo envolvía en una fuerza que lo arrastraba como un remolino a las hojas sueltas. Giraba y fluía con la energía hasta que todo lo demás desaparecía y solo la fuerza que lo llevaba sin rumbo permanecía. Este descontrol disparó de nuevo sus emociones y lo hizo sentir molesto y frustrado. Repentinamente, percibió una brisa, fría e impetuosa, que le recorrió la espina de súbito hasta dejarlo inmóvil. Nervioso, abrió los ojos creyendo haber fallado de nuevo. Pero para su sorpresa, se encontraba en un páramo gélido, vacío y cruel que lo hacía temblar. Una poderosa tormenta arreciaba sobre aquel lugar desconocido, una tortura congelada, un infierno de nieve. Entonces, una voz cercana lo llamó.

—Veo que al fin lo lograste —dijo Ilaxición detrás de él—. Debo admitir que me impresionas, aunque aún no lo dominas bien.

—¿D-dónde estamos? ¿Qué es e-este lugar? —chilló Tristán tiritando.

—Mi poder es lo que te arrastra hasta el interior de la espada. Esa energía es la verdadera esencia de este mundo, lo que le da forma. Al entrar, debes saber con claridad a dónde deseas ir o llegarás al lugar más compatible con tus emociones. Como verás, es muy sensible —Al decir esto, Ilaxición tomó a Tristán por el brazo—. Sentiste ira, ¿no? Por eso apareciste aquí, en una sala de tortura gélida y condenación eterna.

—¿Podrías sacarme de aquí? Es insoportable.

Ilaxición hizo un movimiento de mano y el mismo viento de antes sopló. La terrible visión se disipó y otra muy diferente ocupó su lugar. A su alrededor aparecieron muebles de madera, pieles en las paredes y una pequeña chimenea que ardió cerca de ellos; se encontraban ahora en una cálida habitación de piedra. Ella se acercó a un sillón, se sentó y subió los pies. Tristán se sentó junto a ella.

—Es impresionante —exclamó sacudiéndose el frío.

—Debes practicar más. Como ya te habrás dado cuenta, las emociones son en lo que más debes poner atención aquí dentro.

—¿Cómo?

—El enojo te condujo hasta ese lugar helado, la tristeza o la angustia te habrían llevado hasta algún abismo o caverna. Incluso las emociones positivas como la alegría o el entusiasmo podrían hacerte aparecer en lo alto del cielo volando sin rumbo. Solo con una mente serena y enfocada podrás controlarlo. Cuando estoy yo no hay problema, creo la realidad por los dos, pero estando solo es más peligroso.

—¿Cómo peligroso? Las cosas aquí no puedes hacerme daño, ¿verdad? Es como en un sueño: si te golpean o te hacen algo, sientes dolor, pero al despertar estás bien.

—Después de todo, ¿en serio crees que esto es como un sueño? Recuerda lo que te dije sobre desaprender lo que sabes y olvida lo que crees conocer. Si te pasa algo aquí, te pasará de regreso en tu cuerpo. En un mundo espiritual, el cuerpo es el sueño y el alma la realidad.

—De acuerdo, tendré más cuidado —asintió Tristán temeroso—. Oye, quería preguntarte algo. La razón por la que vine es porque…

—Sí, el ojo, lo sé —interrumpió ella—. Escucha, no creo que estés preparado para eso. No es muy fácil de usar e igual y no lo entiendes.

—Dime, debo saber. Creo que podría sernos de ayuda. Nicol y yo fuimos atrapados por una ilusión.

—Uff, las ilusiones son algo complejo; emulan a la realidad. De hecho, por sus características, este lugar podría ser confundido como una ilusión por seres obtusos. En compensación, los ixírenes pueden utilizar un poder llamado "ojo de Ix". Es una habilidad que les permite ver la realidad absoluta y sus ramificaciones en el futuro cercano. Pero para eso deben entrar en su fase más poderosa: el equilibrio puro.

—¿Realmente existe? Escuché que aún nadie ha podido alcanzarla. Me tomará mucho tiempo lograrlo.

—El ojo en la cruz sirve como un catalizador de poder. Con él mi amo puede utilizar poderes como el ojo de Ix en un nivel mucho más alto.

—Entonces podría ayudarme a hacer eso que dices sin alcanzar el equilibrio puro.

—En teoría, aunque jamás se ha intentado.

—¡Entonces es justo lo que necesito! —Tristán tomó la mano de Ilaxición—. Dime cómo usarlo, por favor.

—Para eso tendrías que entender cómo funciona y bien lo dijiste: no estás listo aún. No puedes controlar tus emociones y quieres controlar un artefacto tan avanzado.

—Solo así podremos liberarnos —imploró Tristán con la mirada clavada y con gran determinación. Ilaxición dudaba.

—Está bien —respondió al final—. Supongo que si no lo entiendes el que pierde eres tú y podré decir "te lo dije". Yo le digo ojo de las tinieblas porque su poder surge de la oscuridad. Este tiene varios niveles: el primer nivel te permitiría crear ilusiones, así como disiparlas; podrías ver todo a tu alrededor, incluyendo los espejismos, discernir cuáles son reales y cuáles no. Pero para activar ese poder deberás desapegarte del tejido mismo de la realidad.

—Eso suena complicado. Quisiera que Nicol estuviera aquí.

—Tal vez esto te ayude: imagina que un día te vas a dormir y comienzas a soñar que eres una mariposa. Al principio te sientes confundido. Como mariposa, revoloteas por ahí de un lado al otro, recolectando néctar y conviviendo con las demás mariposas, despreocupado de la vida, atendiendo solo tus asuntos de mariposa hasta olvidar que eras un hombre. Al final del día, te posas suavemente sobre la flor de un arbusto, en medio de un precioso claro, en medio de un enorme bosque. Despiertas y te das cuenta de que eres de nuevo un hombre, y te sientes confundido. Entonces, ¿eres un hombre que soñaba que era una mariposa, o eras una mariposa que sueña que es un hombre?

—¿Eh?

—Ya lo descubrirás.

—De acuerdo —respondió Tristán confundido—. ¿Qué más? ¿Qué sigue?

—Lo que sigue no te lo diré todavía, pero con el primer nivel te será suficiente. Enfoca tu energía en la habilidad que quieres y solucionarás tu problema.

—Entonces el poder del ojo proviene de las sombras, de la energía oscura. Bien, muchas gracias. Ahora debo irme. Nos vemos después.

Luego de despedirse, Tristán cerró los ojos y se desvaneció.

—Idiota. Debió practicar, aunque sea un poco —pensó Ilaxición un poco sorprendida.

Tristán había sido arrastrado de vuelta al bosque, tan súbitamente como se había marchado. Sintió de nuevo el aura tenebrosa a su alrededor y abrió los ojos. Todo seguía en su lugar. Nicol, sin embargo, lo miraba confundida pues su meditación había durado muy poco, un par de minutos a lo más. Pero Tristán se veía diferente.

Ya de vuelta, se levantó y tomó su espada con firmeza. Conjuró entonces energía oscura lo más rápido que podía, algo muy difícil pues era el elemento que más trabajo le costaba controlar. De repente, la hoja de la espada comenzaba a brillas más y más cuando una pequeña explosión sacudió de golpe todo el lugar, empujando a Tristán de su lugar y tumbándolo en el suelo.

—¿Qué fue eso? —preguntó Nicol mientras lo ayudaba a levantarse.

—No puedo. No sé cómo hacerlo.

—Inténtalo de nuevo. No permitiré que te rindas.

Tristán suspiró y asintió. De pronto recordó lo que le había dicho Ilaxición.

—Como una mariposa —susurró.

Levantó de nuevo su arma hasta la altura de su rostro, apuntando el filo hacia arriba, y enfocó la energía oscura que reposaba en su alma de íxiren en la espada. En ese momento, el ojo de la cruz brilló súbitamente y un anillo rojo se iluminó sobre el iris.

Repentinamente el bosque entero se abrió frente a sus ojos como iluminado por la luna. Lo que antes era ilusorio se disipaba como el humo ante el fuerte viento y lo real tomaba su lugar. Así le fue revelado un sendero que atravesaba el bosque y que se extendía hasta la distancia. A los lados, negras antorchas de fuego azul brillaban pálidas y tambaleantes, en fila y en orden, como si marcharan.

—Por aquí —indicó Tristán adelantándose por el camino, atravesando la ilusión.

Nicol se sintió extrañada al verlo.

—Yo no logro ver nada —advirtió.

Al parecer, el ojo solo lo ayudaba a él a atravesar la ilusión, pero no a Nicol. Tenía en su poder el ojo que revela la verdad y no podía compartirlo.

—Ven, toma mi mano —Nicol hizo como le pidieron—. Ahora cierra los ojos.

Tristán avanzó de nuevo por el camino esperando que su plan funcionara, pero en cuanto dio un paso por el sendero, Nicol estampándose de frente contra los árboles, se golpeó la cara.

—¿Por qué hiciste eso? —le reprochó—. Te dije que estas ilusiones eran de muy alto nivel. Deben ser disipadas antes de poder avanzar. Tú ya puedes ver la realidad, pero yo no, y así no puedo pasar.

—Pensé que funcionaría —respondió Tristán apenado. Luego se detuvo a reflexionar un momento sobre lo que podía hacer: tal vez podría cortar la ilusión utilizando las habilidades del ojo de otra forma, pero no sabía cómo.

Ensimismado en sus pensamientos, intentaba encontrar una solución cuando sin advertir, tres sombras se formaron a unos cuantos pasos. Eran de apariencia humanoide, pero la forma en que se tambaleaban les producía un sentimiento de intranquilidad.

Tristán levantó su espada frente a su rostro como antes, en dirección de las sombras. Al hacerlo las sombras desaparecieron. Se retiraba el ojo y volvían a aparecer.

—¿Qué son? —peguntó Nicol desconfiada.

En eso, las sombras comenzaron a moverse hacia ellos con viles intenciones. En sus manos aparecieron largas y delgadas agujas que de inmediato lanzaron contra los ixírenes, lo que los hizo moverse. A Tristán lo atravesaron sin más, sin tocarlo, pues el ojo le mostraba que no eran reales; pero Nicol fue alcanzada por el ataque. Varias agujas se le habían encajado en el brazo y le producían un paralizante dolor. Después, una mancha oscura creció en la herida y se extendía rápidamente. Nicol intentó aplicar un hechizo de curación, pero no funcionó.

—Es solo una ilusión, tu brazo está bien —le dijo Tristán.

—Ya te dije que no me puedo librar tan fácil. Yo sé que son ilusiones, pero son tan poderosas que distorsionan la realidad y se vuelven reales. Todos mis sentidos, incluyendo mi alma, reaccionan ante esta realidad, por eso pueden dañarme —explicó ella. Mientras, la herida en su brazo seguía creciendo rápidamente.

Una vez más, Tristán estaba en un aprieto: no podía sacar a Nicol de ese lugar ni podía ayudarla contra las ilusiones. Incluso intentó atacar las sombras, pero no lograba herirlas pues las ilusiones ya no le afectaban gracias a la espada. Pensó por un momento en regresar con Ilaxición a pedir ayuda, pero, ¿cómo podría concentrarse en una situación así?

Invadido por la desesperación, sujetaba su espada con fuerza. Debía intentarlo, intentar cortar las ilusiones. Era su única idea. De nuevo concentró su energía en la espada, en el ojo que brillaba en la cruz, la levantó en el aire y atacó.

Capítulo 32: El castillo de las tinieblas

Nicol despertaba de pronto, asustada y jadeando en medio de la confusión. Miró su brazo y notó que la herida que antes la acongojaba había desaparecido, estaba perfectamente bien. Observó a su alrededor y vio a Tristán junto a ella, agachado y paralizado, pero consciente. Se encontraban en medio de un camino gris con antorchas de fuego azul cruzando el bosque. Las sombras se habían esfumado.

—¿Estás bien? ¿Estás herido? ¿Qué pasó? —preguntó Nicol mientras ayudaba a Tristán.

—Estoy bien, solo me siento agotado. Logré deshacerme de las ilusiones… con ayuda de la espada. Pero… consume demasiada de mi energía.

Tristán apenas podía respirar.

—¡Me preocupaste, tonto! —gritó Nicol dándole un fuerte abrazo—. Pero me salvaste. Si la herida hubiera llegado hasta mi cabeza, hubiera devorado mi consciencia y habría muerto.

—Qué bueno que también estás bien respondió él devolviéndole el abrazo—. Sin la ilusión, podremos continuar. Solo dame unos minutos.

Una vez que Tristán hubo descansado, Nicol lo tomó de la mano y juntos se levantaron. Siguieron el pasillo con antorchas agarrados de la mano; en una, su arma lista para entrar en acción, en la otra, la persona que más amaban.

Después de un rato, empezó a dibujarse a lo lejos una silueta grande y amenazadora. Una construcción aparecía a la distancia: de piedra gris y torres altas y firmes en medio de un pantano. Las pocas ventanas estaban bloqueadas con barrotes de metal oxidado y corroído, y la entrada, a pesar de lo maltratada, mantenía su solidez. A primera vista parecía una prisión o calabozo. Una reja alta y afilada rodeaba la construcción, y frente a ellos, un arco de piedra indicaba el camino.

Estando cerca, sus instintos les decían que se alejaran, que algo terrible les aguardaba, pero debían seguir. Entraron por el arco y atravesaron un lúgubre jardín seco y podrido. Las plantas, flores, hierbas y árboles parecían muertos, pero al mismo tiempo los había en abundancia, como si fuera su apariencia natural.

Al llegar hasta la entrada del lugar, subieron las escaleras y abrieron sin problema la vieja puerta de par en par. Dentro, un oscuro pasillo parecía invitarlos a entrar. A pesar de que ambos podían ver en la oscuridad, les fue necesaria un aura divina que iluminara para poder ver con claridad pues aquella penumbra era maldita y estaba colmada con magia muy poderosa. Todo el lugar estaba a oscuras, ni una sola antorcha, vela o faro brillaba en esa insondable oscuridad. Tristán inclusive trató de usar el ojo de la espada, pero la oscuridad era muy real. Sin embargo, alcanzaron a notar que el interior asemejaba más a una mansión. Cuando avanzaron, la puerta detrás se cerró poco a poco.

Caminaban en línea recta, siguiendo el pasillo del cual solo alcanzaban a ver un metro adelante, cuando de pronto, un crujido se escuchó y el suelo comenzó a moverse. Se agitó y se sacudió como una serpiente embravecida hasta lanzarlos a ambos contra las paredes.

Rápidamente, Tristán llevó de nuevo su espada a su rostro y observó a través del ojo que el pasillo no se movía ni era estrecho. Como pudo, tomó a ilaxición y la levantó, concentró su poder y lanzó un tajo de energía que disolvió la ilusión. Una vez más, Tristán se sintió agotado.

—Detesto esas ilusiones —gruñó Nicol incorporándose—. Ojalá tuviera yo también un ojo como el de tu espada.

—Se supone que esa habilidad… es un poder de los ixírenes —jadeó Tristán intentando reponerse—, aunque debemos estar en equilibrio puro para usarlo.

—Se dice que es un mito, una leyenda de los tiempos cuando más ixírenes aparecieron —respondió Nicol con cierto tono de curiosidad—. A lo largo de estos 500 años he estudiado sobre nuestra raza y no hay evidencia de que eso exista. Varias veces me he cuestionado si los estudios se equivocan, aunque también he considerado la posibilidad de que seamos diferentes a los demás ixírenes, tomando en cuenta que es una raza muy joven y nosotros nacimos de manera diferente.

—Me dijeron que es posible.

—¿Quién te dijo?

—Ilaxición.

—¿La espada que llevas contigo? ¿Dices que te habla?

—Es la verdad. Dentro de la espada existe una conciencia, un alma. Ella me ha llevado a su mundo varias veces y me ayuda a entender sus secretos.

—Entonces es una mujer.

—Dentro de su mundo así es como se presenta —Tristán notó a Nicol un poco molesta—. Tranquila, tú eres la única para mí —dijo de inmediato.

—Pues si lo que dices es verdad —continuó ella—, es algo que debería ser investigado.

—Yo creo que es posible alcanzar ese poder. Así como tú lograste traerme de vuelta a mi cuerpo después de tanto tiempo, algo que jamás se había hecho antes —Tristán miró a Nicol con intensidad—. Nosotros mismos somos un misterio, no sabemos de qué somos capaces.

Nicol miró a Tristán con duda, pero al ver su rostro determinado, la duda desapareció.

Al final del pasillo, que incluso se había acortado, entraron a un salón: era la sala principal del lugar o eso parecía, al menos. A cada lado había una escalera que subía en curva hasta el primero piso, y entre ambas se veía una puerta de rojo opaco. Apostadas a lo largo de las paredes, un grupo de viejas y oxidadas armaduras de hierro yacían de pie como una pequeña guardia. En sus manos sostenían con solemnidad sus espadas igual de dañadas. Y justo en el centro de la sala, en un pequeño pedestal de roca, descansaba una esfera de cristal.

De repente, las puertas detrás de Tristán y Nicol se cerraron de golpe.

—Elimínenlos —resonó profunda una voz rasposa—. No permitan que sigan avanzando.

Tras la orden, las armaduras, antes inertes, cobraron vida. Como soldados, avanzaban con espadas en mano contra los intrusos. Férreos guerreros dotados de vida por medio de la magia y con una fuerza colosal, pues cuando Tristán intentó hacerles frente, estas lo hicieron retroceder fácilmente.

—Seguro también son ilusiones —dijo Nicol, aunque sin bajar la guardia.

Tristán hizo caso y de nuevo utilizó el ojo de la espada. Al hacerlo vio que las armaduras seguían avanzando hacia ellos. Nicol notó la expresión de Tristán y lo supo de inmediato.

—Debemos encontrar el objeto mágico que les da su poder —dijo Nicol buscando con la mirada por todos lados.

—¿Estás segura? Con la estatua en el templo del rayo no había objeto mágico.

—Es por su forma de moverse: cuando la fuente está lejos se ve un ligero temblor en ellas. Me di cuenta de eso en el templo del agua, así se puede saber qué tipo de magia es.

Sin tardanza, las armaduras se lanzaron al ataque, todas juntas. Los ixírenes pudieron mantenerlas a raya por un momento, pero pronto retrocedieron pues eran demasiadas y muy fuertes.

—Tú busca el núcleo —indicó Nicol después de encontrar un mejor lugar—, yo las mantendré ocupadas.

Y levantando las manos, comenzó a juntar energía. *Frío intenso, sufrimiento gélido, congela eternamente mientras cortas.* ¡Vórtice congelante! Una esfera de hielo se había formado en sus manos, luego la azotó contra el suelo y de ella brotó una espiral de aire que envolvió en lugar y congeló a las estatuas y deteniendo su avance, aunque no por mucho tiempo.

Aprovechando la oportunidad, Tristán tomó de nuevo la espada y activó su ojo. Recorrió la habitación buscando el origen de la magia hasta notar que el pilar en el centro no sostenía ninguna esfera, esta era una ilusión. Corrió de prisa subiendo las escaleras para ver desde arriba y notó que, en el techo, incrustada, había una esfera oculta. En ese momento voló hasta ella y la destruyó con un movimiento de su espada. Al instante, las armaduras dejaron de moverse y cayeron al suelo.

—Estuvo fácil —fanfarroneó Tristán. Nicol le lanzó una mirada incrédula.

Se proponían continuar cuando una nueva ráfaga de magia agitó las armaduras y las regresó a la vida. Ahora rompían con facilidad la capad de hielo que las sujetaba y se disponían a atacar.

—Debe de haber una segunda fuente —protestó Nicol—, una que comparte la energía.

Rápidamente, Tristán levantó su espada y buscó de nuevo. Notó otra esfera en uno de los rincones de la sala.

—¡Ya la vi! —gritó para después volar y destrozarla.

De nuevo, las armaduras cayeron inertes después de avanzar un poco. Aunque no duró mucho pues como antes, estas recobraron la vida y se acercaran a Nicol. Tristán observó de nuevo y ahora vio una esfera en una de las esquinas inferiores.

—Creo que tenemos problemas —advirtió—. Cada vez que destruyo una esfera, otra más aparece.

Diciendo esto, se acercó con destreza hasta la nueva esfera y la destruyó, inhabilitando las armaduras de nuevo. Pero más rápido que antes, estas regresaron a la vida. Ahora libres, alcanzaron a Nicol que era la más próxima. Ella logró esquivarlas.

—Esto no tiene fin —gruñó Tristán.

—Es como si alguien las hiciera aparecer —advirtió Nicol mientras luchaba contra las armaduras con su lanza—. Debemos impedir que la magia continúe llegando —Después de pensarlo un momento una idea llegó a su mente. —¡Ya sé! —exclamó—. Debo sellar la habitación, pero tú deberás encargarte de las armaduras. En cuando te avise, deberás destruir de nuevo la esfera, ¿de acuerdo?

—¿No se volverá a formar?

—Confía en mí.

Tristán confió en su amada y se preparó para actuar como le pidieron. Había ideado una forma de mantener a las armaduras ocupadas, aunque eso significaba perder un poco más de energía. Comenzó a frotar sus manos hasta encender fuego entre ellas. *Calor abrasivo, infierno de fuego, reduce a cenizas todo lo que se nos interponga. ¡Túnel de calor!* Una pequeña esfera de fuego se formó entre sus palmas, luego lo extendió y formó un anillo que lanzó con ferocidad. Así logró detener el avance de las armaduras un momento pues las altas temperaturas calentaron el metal hasta el punto de afectar su movimiento mientras no dejara de conjurar fuego. Sin embargo, estas continuaban luchando por avanzar.

Cuando vio la señal, Nicol se colocó en el centro de la habitación. De entre sus cosas sacó un pedazo de pergamino con hechizos y círculos mágicos escritos, lo extendió en el suelo y clavó su lanza justo en frente. Con su daga se hizo un corte en los pulgares de los cuales brotó un poco de sangre. Después invocó su libro de hechizo, se agitó mientras ella concentraba su energía y se detuvo. Extendió los brazos encendidos en magia y de las heridas se aparecieron delgados hilos de sangre que pronto abarcaron las paredes de la habitación como una telaraña. Los hilos estaban conectados con el pergamino.

—¡Ya está! —le gritó a Tristán quien lanzaba de nuevo su fuego contra las armaduras.

De inmediato, Tristán ubicó el cristal en la habitación y lo destrozó con su espada. En ese momento, Nicol lanzó su hechizo.

Sangre viva de mi ser, une lo que es y lo que será, protege este lugar con las maldiciones conjuradas en este pergamino, encierra la magia de esta habitación en el limbo de estos trazos y evita que alguien más sea capaz de conjurar magia alguna en ella. ¡Red Eclipse!

Al terminar de recitar, los ojos de Nicol brillaron con intensidad. De su libro de hechizos emergió gran poder que centelleó. Los hilos de sangre roja se tornaron púrpura y se tensaron hasta adherirse a los muros como líneas de tinta sobre el papel. Después, se desvanecieron, dejando únicamente el pergamino en el suelo, adherido y sellado.

—¿Funcionó? —preguntó Tristán sin soltar la espada.

—Ya no se generarán más esferas —confirmó ella—. Pero me preocupa la voz que escuchamos hace rato. Creo que hay alguien más, alguien que manipula este lugar.

—¿Me pregunto quién podría vivir en un sitio como este?

Al preguntar esto, Tristán no pudo evitar pensar que ese alguien los estaba esperando, y que, aunque la voz era diferente, podría ser Mefisto.

Al cabo de un momento, confirmaron que ya no había peligro. Solo así continuaron por las escaleras que subían al primer piso. Ahora, el lugar se había quedado en silencio. El eco de sus pasos en cada escalón retumbaba con fuerza, interminable, para después perderse en la vacuidad.

Arriba vieron una puerta. La abrieron y llegaron hasta un amplio corredor en cuyos muros colgaban polvosos cuadros de cruentas y terribles batallas, guerras y masacres; el rojo era un tema recurrente. Comenzaron a caminar con cautela, pero sin detenerse. Las imágenes se volvían más fuertes entre más avanzaban. Se veían tan reales que casi podían oler la sangre y las vísceras regadas.

Llegaron sin contratiempos hasta el final donde una oscura y lúgubre puerta con herrajes oxidados los esperaba. La empujaron juntos pues era muy pesada y chocaba con el suelo. La siguiente habitación estaba oscura, pues, aunque había antorchas empotradas en las paredes, solo algunas estaban encendidas. Con esa luz, lo que más resaltaba era la alfombra roja y brillante que abarcaba cada rincón del suelo. Al otro lado alcanzaron a ver una puerta similar a la que acababan de tomar. Encima de esta, un enrome cuadro mostraba un páramo frio y desolado donde lo único que se veía entre la nieve era lo que parecía un bosque, lejano y distante, de árboles secos y muertos, y en el fondo, una montaña gris de blanca corona y faldas coloradas.

Al verlo con mayor atención, ambos tuvieron una extraña sensación, como si este se moviera. Algo en esa imagen comenzó a llamarlos y no podían quitarle los ojos de encima. Sus miradas clavadas en la escena pronto se volvieron pesadas, nubladas, y al final, se oscurecieron; habían perdido el conocimiento.

El tiempo se torció y el espacio desapareció, y en su lugar quedó tan solo un vórtice de confusión que los arrastraba y los destruía. Era como un sueño, uno donde nada es absoluto, donde todo es incertidumbre. Daban vueltas y vueltas, no había ni arriba ni abajo más que desesperación. Pero esto no duró para siempre pues al final el suelo apareció.

Tristán abrió los ojos y sintió todo frío. Vino a su mente el mundo de ilaxición, pero no, era diferente. Se incorporo y se sacudió la nieve. Revisó su cuerpo y por fortuna estaba ileso.

En aquel lugar, el viento soplaba con inclemencia en medio de una ventisca como jamás había visto. Miró a su alrededor, pero no vio mucho: detrás de él un par de montañas se alzaban indiferentes, y a su derecha, una mancha verdosa a la distancia. Entonces se dio cuenta de que se encontraba dentro de la pintura, en esa pálida tortura, confusa y enceguecedora. Buscó a Nicol por todos lados, pero sin éxito. Estaba completamente solo.

La ventisca era tan densa que apenas podía mantener los ojos abiertos, y el viento tan fuerte que le costaba trabajo caminar. Después de un rato, encontró a lo lejos una figura tumbada en el suelo: era Nicol quien seguía inconsciente. Corrió hasta ella y la tomó entre sus brazos. Al sentir calor, ella logró reaccionar. Ambos se levantaron apoyándose el uno en el otro. Ya mejor, Nicol también exploró el lugar con la mirada, luego miró a Tristán y ambos asintieron con desasosiego. No dijeron nada, sabían lo que debían hacer. Así emprendieron el rumbo de inmediato hacia el misterioso bosque.

Los árboles se distinguían mejor con cada paso que daban y la nieve se volvía más delgada a sus pies. No tardarían mucho en llegar, y guardaban la esperanza de que fuera la salida. De pronto, algo los detuvo, algo debajo de ellos. Nicol se agachó y colocó su mano sobre la nieve intentando averiguar más; definitivamente había algo. El suelo comenzaba a vibrar con fuerza, como si algo se aproximara, algo grande. Levantaron la vista y notaron dos ejércitos, grandes y numerosos que se acercaban con gran ferocidad uno contra otro. Al parecer era una batalla, y Tristán y Nicol se encontraban justo en el centro del combate.

—¡Hay que darnos prisa! —gritó Tristán tomando a Nicol de la mano. Intentaron extender sus alas para escapar, pero no lo lograban, había algo que los hacía sentir pesados.

No tuvieron más remedio que correr lo más rápido que pudieron, buscando escapar de la batalla. Los ejércitos estaban muy cerca, casi tocándose cuando Tristán y Nicol lograron meterse entre los árboles. Se adentraron varios metros antes de detenerse. Ya a salvo, respiraron un poco y después alzaron la mirada. El bosque donde se encontraban era bastante hermoso comparado con el anterior, los árboles se alzaban orgullosos y de las ramas colgaba nieve brillante como un segundo follaje. La esencia que envolvía el lugar era algo único; era fresca y estimulante y calmaba sus preocupaciones. Incluso sintieron desaparecer la pesadez de antes.

Tristán tomó su espada y probó con el ojo, pensando que se encontraban de nuevo en una ilusión, pero resultó ser todo real. Cada rama y cada copo de nieve hasta donde podía ver eran auténticos. En ese momento una mano tomó a Tristán por el hombro.

—Un gusto verte de nuevo —dijo una voz amiga, una voz conocida.

—No puede ser. ¡Ilaxición! —exclamó Tristán incrédulo por lo que veía. Nicol se acercó con curiosidad—. ¿Cómo es posible? O es otra ilusión.

—Ni ilusión ni engaño. En esta realidad puedo adoptar mi verdadera forma.

—¡Realidad! —interrumpió Nicol—. Entonces el cuadro era una entrada a otra realidad, un portal que comunica este lugar con otros subespacios. Eso significa que este bosque es una conexión, un nexo hacia las demás realidades.

—Me impresionas —confesó Ilaxición.

—Eso quiere decir —continuó Nicol—, que desde este bosque podríamos saltar a cualquier otra realidad como mi biblioteca, el mismo infierno, o el paraíso, tan solo debemos encontrar el lugar exacto.

—Eres una hechicera, ¿cierto? —preguntó Ilaxición acercándose a Nicol—. Para haber descubierto casi por completo el secreto de este lugar con solo unas pistas, eres muy inteligente. ¿No nos habíamos conocido antes?

—No lo creo. Lo recordaría. Mi nombre es Nicol —se presentó—, y al igual que Tristán soy una íxiren. Debo admitir que jamás creí que me presentaría ante una espada.

—Sí, creo haber escuchado sobre ti. Y temo que te equivocas en algo: este bosque no es un portal sino un punto de convergencia entre los flujos de energías.

—Tecnicismos.

—Es más que solo el nombre.

Ambas se miraban directo a los ojos con intensidad. La tensión en el ambiente crecía pues la personalidad de ambas era fuerte, y ahora chocaban y se repelían.

—Y, ¿cómo podemos salir de aquí? —interrumpió Tristán.

—Justo ahora nos encontramos en el centro de la otra realidad —continuó Ilaxición—, el conjunto de subespacios que conforma una superdimensión alterna donde cada uno de estos puede ser creado por el pensamiento. Eso provoca que se encuentre constantemente en expansión. Así, un ser como yo, y otros más, pueden adoptar forma física. Entonces, si quieren salir de aquí, deben encontrar los lugares por donde fluctúa la energía, los extremos si lo quieren ver así. Si dicen que llegaron por medio de un cuadro, pues esa debe ser la forma de salir.

—Cuando llegamos solo había nieve —comentó Tristán.

—Entonces piensen, ¿qué parte del cuadro era la que le daba más vida, más intensidad?

Tristán y Nicol se miraron las caras pensando, recordando.

—Las montañas —coincidieron los dos. De todo dentro del cuadro, era lo que resaltaba más. Esa debía ser la solución.

—Eso es, ya lo han entendido —aplaudió Ilaxición—. Pero tengan cuidado pues los portales suelen estar custodiados, y cuando salgan de este bosque ya no podré ayudarlos, estarán por su cuenta.

—Te agradecemos mucho la ayuda —dijo Tristán sonriente—. Y fue grandioso poder encontrarnos de esta forma.

—Sí, gracias por tu ayuda —concordó Nicol.

—No fue nada. Ahora dense prisa, entre menos tiempo pasen en este lugar mejor será para ustedes.

Ninguno de los dos entendió las misteriosas palabras de Ilaxición, pero tenía razón, el tiempo apremiaba. Salieron rápidamente del bosque por el camino que habían tomado hasta el páramo desolado de antes. Pero ahora este ya no estaba cubierto de nieve pálida, sino de rojo brillante por la cantidad exorbitante de muertos que la batalla había dejado.

Atravesaron con cuidado aquel campo de muerte y desolación evitando los cadáveres que parecían aún agonizantes y los charcos de sangre aceitosa, y se dirigieron hacia la montaña como les habían indicado. No tardó mucho el camino en volverse escarpado e inclinado conforme entraban en las laderas. En ocasiones, uno que otro peñasco se desprendía, pero ellos lo esquivaban con habilidad.

Habían ascendido casi hasta la cima cuando una ventisca arreció con furia. Pensaron en detenerse y buscar refugio, pero estaban tan cerca y el tiempo era tan corto que mejor decidieron continuar a pesar de la intemperie.

Al fin llegaron a la cima donde un espacio espléndido y claro apareció sobre las nubes y la tormenta. El cielo brillaba claro y despejado, y el sol iluminaba hasta el horizonte. Justo en el centro del borde más elevado de la montaña, una luz tenue marcaba el límite de la pintura; la salida debía estar cerca.

—Ven, acerquémonos —sugirió Tristán tomando a Nicol de la mano.

Estaban a pocos metros cuando una lúgubre voz arrastrada por el viento retumbó fuerte.

—Ustedes, intrusos en la oscuridad, jamás lograrán llegar al templo de las sombras —gritó.

En ese momento, desde las profundidades de la nieve, un esqueleto cubierto con un manto negro desde los hombros hasta los pies emergió. De su cuello colgaba un medallón decorado con un ojo que se balanceaba desagradablemente.

Ante la amenaza, Tristán desenfundó su espada y Nicol invocó su lanza. El enemigo los miraba, desde sus oscuras y lúgubres cuencas vacías. El ojo de su cuello lo hacía lucir más atemorizante.

—Tristán, me temo que no te seré de mucha ayuda en la batalla —advirtió Nicol mientras sacaba su libro de hechizos y concentraba magia para fortalecer—. El enemigo es portador de la oscuridad, así que mi magia no surtirá efecto en su contra.

Tristán asintió.

El primero en atacar fue el esqueleto. Balanceando su cuerpo y lanzando estocadas con una daga que llevaba oculta en la capa acometió contra su enemigo, quien logró esquivar para después contraatacar. La técnica de Tristán había mejorado mucho, pues, aunque el enemigo lograba esquivar varios de los cortes que lanzaba, la mayoría asestaba de forma contundente. Sin embargo, la magia oscura que imbuía al esqueleto lograba regenerar los quiebres con rapidez.

—Patético —increpó el esqueleto—. Tus ataques son inútiles. Pretendes matar a la muerte misma.

En una nueva estrategia, Tristán comenzó a concentrar energía de luz en su mano y después la apuntó ¡Juicio Final! El rayo de luz fulminante golpeó al enemigo directamente, haciéndolo retroceder mas no caer.

—Qué lástima me das —rio el enemigo—, tu magia de luz no puede hacerme daño. Mis poderes te sobrepasan.

El oscuro ser levantó las manos con siniestro poder para después golpear el suelo y hacer retumbar la tierra con su fuerza. Desde abajo, surgieron temibles tentáculos formados de sombras. Al agitarse, golpearon y lanzaron a los ixírenes contra uno de los flancos de la roca y de vuelta al suelo. La energía era aplastante y no podían moverse. Intentaban levantarse, pero era imposible, la magia contra la que luchaban era poderosa.

Tristán pensaba en qué podría hacer contra un enemigo que resistía la magia y no se veía afectado por los ataques físicos. Debía haber algo que impedía que fuera derrotado, algo mágico sin duda. Fue entonces cuando le vino a la mente una solución, una que no sabría si funcionaría, pero debía intentar.

Como pudo, tomó a ilaxición de su funda, poniendo su mente y su confianza en su hoja. Nicol volvió a canalizar su magia para fortalecer a Tristán quien, y gracias a esto, poco a poco logró ponerse de pie y hacer frente al esqueleto una vez más.

—¡Ja jaja! —se burló el enemigo—. ¿En serio intentarás de nuevo con eso? ¿No has entendido que es inútil?

De pronto, el esqueleto invocó oscuridad en sus manos, las giró marcando su trazo en el aire y formó un círculo de energía. Este después se transformó en un orbe que parecía absorber la luz en su interior.

—¡Desaparece! —gritó el enemigo lanzando el ataque.

Mientras Tristán se preparaba contra la afrenta, Ilaxición comenzó a resplandecer. La espada se imbuyó con luz destellante que atravesó el cielo, y lanzando un corte, partió la esfera de oscuridad a la mitad, provocando que esta liberara su poder en todas direcciones. Al disiparse la luz y la sombra, Tristán observó al esqueleto: estaba de pie frente a él, mirándolo profundamente.

Capítulo 33: El templo de la oscuridad

La nieve se agitaba violentamente por el viento que rugía sobre la montaña donde ambos luchadores habían quedado inmóviles. Tristán observaba al encapuchado monje esqueleto petrificado cuando una delgada línea apareció desde el cráneo hasta el coxis, y su medallón partido a la mitad cayó al suelo sin más. Después, los huesos mismos perdieron su fuerza y fueron devueltos al olvido.

En ese momento, una luz apareció en el cielo y el suelo bajo sus pies se desdibujó; la montaña desapareció y una alfombra roja y suave los recibió. Pronto, Tristán y Nicol notaron que habían regresado a la sala con los cuadros, pues habían encontrado la salida y regresado al castillo. Miraron de nuevo la pintura, pero esta había perdido su vida y su brillo.

De pronto, la misma risa rasposa y grave de antes los interrumpió. Al frente, una figura apareció en medio del lugar: un anciano de diminuta estatura, no mayor a una silla, con la mirada cansada pero incómoda.

—Me impresionan —dijo—. Si han logrado superar a una de mis obras maestras, seguro tienen agallas.

—¿Quién eres tú? —interrogó Nicol desconfiada.

—Oh, perdonen mis modales, hace mucho que no veo gente nueva —respondió el hombrecito agitando sus finas ropas con respeto—. Mi nombre es Tiberius Quelle, y soy el demonio a cargo de este castillo.

—Tú pusiste las trampas —exclamó Nicol enfadada, tomando la empuñadura de su arma.

—Por favor guarde su arma, no es necesaria. No me gustan los intrusos, pero si lograron superar todo eso, me queda claro que no soy rival para ustedes. Pero díganme, ¿qué es lo que quieren aquí?

—Queremos llegar al templo de la oscuridad. El esqueleto en el dibujo dijo que está en este castillo —respondió Tristán cruzando los brazos.

—¡¿Cómo te atreves a decirle dibujo a una de mis obras maestras?! —chilló Tiberius enfadado.

—Tenga cuidado, anciano —respondió Nicol.

—Al menos aceptas que eres un ignorante, niño. Lo dejaré pasar, pero no vuelcas a decir eso.

—¿Dónde está el templo, anciano? —preguntó Nicol regresando a lo que los apremiaba.

—Detrás de esa puerta —respondió Tiberius señalando un pasillo cercano donde se alcanzaba a ver una oscura puerta de metal al fondo, chapada en el contorno y adornada con varillas puntiagudas atravesadas de arriba abajo—. Está abierta, entren cuando quieran. Y cuando salgan, háganlo en silencio, este viejo demonio debe descansar los huesos.

El anciano se retiró hacia las sombras del corredor, desapareciendo entre las tinieblas.

—Debe ser un amigo del arcángel Rizhiel si escondió uno de los templos en su casa —afirmó Tristán—. Como con el templo del agua.

—A veces siento que en realidad nunca lo conocimos —dijo Nicol tomando la mano de Tristán—. Bueno, es el momento, debemos seguir.

Caminaron juntos hasta la puerta. El sentimiento de intranquilidad de antes había regresado al estar parados ante aquel umbral.

Sin miedo, se adelantaron y tomaron la cerradura, la giraron y esta rechinó suavemente. Pese a ser muy pesada y rústica, la abrieron sin esfuerzo. Vieron del otro lado una sala circular, iluminada por antorchas de fuego morado que cautivaba al danzar. En el centro de la sala, un enorme arco de piedra se alzaba altivo retándolos a entrar; en su interior había oscuridad y nada más. Al acercarse a la penumbra, una fuerza en el interior arrastró a Tristán y a Nicol, haciéndolos caer por abismos insondables e interminables. Al principio intentaron no soltarse de las manos, pero la fuerza era tanta que pronto se sintieron perdidos del otro a través de corrientes lejanas y dispersas. Así cayeron por algún o ningún tiempo.

En la caída, Nicol sintió un frio terrible que atravesó su cuerpo y la entumió, confundiendo su mente y haciéndola perder el conocimiento. Al cabo de un tiempo, abrió los ojos de golpe y notó que yacía tumbada sobre la nieve, pero una nieve diferente a la anterior, una oscurecida y muerta, cruel e inclemente. No había viento que soplara ni caída de nieve.

Se puso de pie y observo a su alrededor un páramo desolado y vacío, sin montañas ni bosque, ni nubes, ni nada. Alzó la vista y vio un cielo oscurecido, pero no como un cielo nocturno, más como uno sucio, enfermo y triste. Ni siquiera había sol que brillara en lo alto. Al no tener indicio de direcciones ni de posiciones caminó en línea recta.

Intentó tomar su arma para defenderse en caso de peligro, pero no la llevaba consigo. Pensó en invocarla de su libro de hechizos, pero el tatuaje de su mano también se había borrado. Estando indefensa, sintió desesperación.

Anduvo por un tiempo buscando señales de algo, de lo que fuera que le diera una pista de lo que debía hacer, pero de nuevo no había nada. Llegado un momento, un rumor la detuvo, un sonido que iba y venía pero que no desaparecía del todo. No sabía de dónde provenía ni qué era, pero se acercaba.

De pronto, algo se dibujó contra el cielo opaco frente a ella: una esfera gris, un poco más oscura que el horizonte, lo suficiente para decir que estaba ahí. Nicol se acercó a observar. La miró con atención sin reconocer lo que era, y la esfera le devolvió la mirada abriendo un perturbador ojo en su centro, de esclerótica amarilla e iris rojizo. También aparecieron seis ojos alrededor de la esfera. La imagen era bastante extraña.

Nicol veía su rosto reflejado contra el vidrioso ojo que se acercaba. De pronto, la amenaza se hizo evidente cuando un rayo fue disparado desde la pupila, atinando a Nicol e hiriéndola, una quemadura ligera pero dolorosa. Ella dio un salto y lanzó un golpe contra el enemigo, mas no logró tocarlo pues su mano simplemente lo atravesó. El ojo, sin titubear, lanzó un segundo ataque. Ella, enfadada, intentó de nuevo asestar un golpe y una patada, pero lo mismo sucedió; no podía derrotarlo con fuerza bruta. Entonces, ¿qué podía hacer?

El enemigo continuó atacando, ahora con más intensidad. En respuesta, Nicol invocó un hechizo. ¡Darkalister! Grande fue su sorpresa cuando nada sucedió. Invocó de nuevo, pero tampoco funcionó. Ahora estaba en problemas. Más aún cuando la esfera invocó un círculo mágico en su propio cuerpo y lanzó una bola de fuego. Nicol logró esquivar, pero no podía responder, no podía hacer nada. Lo único que se le ocurrió fue correr.

Detrás de ella la esfera la seguía de cerca, a gran velocidad. Se le ocurrió extender sus alas de íxiren para tratar de escapar, y por fortuna logró elevarse y darse a la fuga. Voló lo más rápido que pudo hasta perder al enemigo, al menos por un tiempo.

A salvo, descendió rápidamente hasta el suelo. Intentaba descansar del ataque cuando algo apareció frente a ella, una persona. Era Tristán y también caminaba confundido por aquel páramo desolado.

Nicol gritó lo más fuerte que pudo para llamarlo. "¡Tristán! ¡Tristán!", pero no la escuchaba. Intentó acercarse, pero le era imposible, sin importar cuánto corriera lo veía lejano; jamás lo alcanzó, como si el mundo se estirara para impedirle llegar hasta su amado. Gritó de nuevo, pero sin éxito. Después, la imagen se perdió tan rápido como había aparecido.

De repente, el sonido del enemigo acercándose volvió a aparecer. Nicol volteó y notó que ahora eran cinco esferas las que se acercaban. Todas eran iguales, grises y con un ojo amarillo. En cuando estuvieron cerca comenzaron a atacarla de nuevo: unos con los rayos de sus ojos, otros con hechizos de tierra y fuego. Desesperada, intentó golpearlos de nuevo, pero siempre sucedía lo mismo. Intentó también utilizar su magia de nuevo, pero la había perdido por completo. Extendió sus alas y se huyó de nuevo.

Cuando hubo perdido a los enemigos, uno o dos kilómetros después, descendió vertiginosamente hasta desplomarse con fuerza contra la nieve. Se sentía más débil por los ataques, así que trato de descansar para recuperar energía, sin embargo, la visión de Tristán volvió a aparecer. Por un momento pensó que se trataba de una ilusión, una para torturarla, cuando vio su amado caer al suelo, agotado, mientras clamaba por ella.

—¡Tristán! —gritó de nuevo con todas sus fuerzas. El grito se ahogó en la nada.

299

Trató de acercarse de nuevo, pero la pesada nieve la arrastraba, atándola en su lugar, impidiéndole avanzar. Una lágrima corrió por su mejilla al ver a su amado moribundo.

De repente, cerca de ella, uno de los enemigos llegó flotando, aunque este era de color morado y su iris era verde intenso. Nicol abrió de nuevo sus alas para intentar perderlo, pero esta vez, el monstruo invocó un círculo mágico debajo de ella que comenzó a absorber su energía, la que le quedaba, evitando que se fuera.

Nicol corría con todas sus fuerzas, pero sus piernas ya no respondían. Pronto, los enemigos de antes llegaron y comenzaron a atacarla hasta tumbarla en el suelo. Los disparos y los ataques no se detenían mientras una docena de ellos la tenían asediada. Poco a poco la fuerza se le terminaba y el intenso dolor la doblegaba. Levantó la cara y vio a su amado, en peligro de muerte igual que ella y por primera vez llegó a su mente la idea de que no podría salvarlo, que lo vería morir ahí mismo.

Cuando Tristán despertó, después del caos que los había volcado por tiempo y espacio, notó contra su mejilla un frío terrible que le quemaba la carne. El frío entumía su cara y doblaba sus dedos. Se levantó rápido y se sacudió la ropa. Por un momento pensó que se encontraba dentro de un sueño profundo debido a la oscuridad que cubría el lugar y que le costaba trabajo enfocar sus alrededores como un velo opaco cubriendo sus ojos. Al cabo de un momento aclaró su vista.

Al ver el páramo congelado, un sentimiento de soledad lo invadió de golpe. Fue entonces que decidió caminar en busca de señales de Nicol. Al poco tiempo, trató de encender fuego con sus manos para olvidar el frío. Juntó energía y una pequeña flama, más pequeña que la de una vela, brilló por un momento en medio de su palma y luego se apagó. Lo intentó de nuevo pero ningún fuego duraba más de un par de segundos. Resignado, avanzó sin rumbo por el páramo solitario. No había viento, no caía la nieve, pero el frío era cada vez mayor. Se le ocurrió entrar en el mundo de ilaxición para pedir ayuda como antes, o para recuperar un poco de energía al escapar de la realidad, pero cuando intentó tomarla de su funda, la espada y la funda habían desaparecido. Estaba por su cuenta.

Avanzó de frente todo lo que pudo, hundiendo a cada paso los pies en la nieve que lo reclamaba y tratando de aguantar el frío que lo mareaba. ¿A dónde habría ido Nicol?, se preguntaba constantemente. Esperaba que no estuviera tan lejos, pero el lugar era tan grande que bien podía pasar muchas vidas recorriendo cada centímetro sin hallar más que desesperación.

Con el tiempo, el solo moverse implicaba un gran esfuerzo, pues el frío detenía sus músculos y le impedía avanzar. No tardó mucho en tener que andar a gatas del dolor.

—Nicol, Nicol —jadeaba con desesperación. Luego gritó con todas sus fuerzas y después se rindió. Ahora le costaba trabajo mantener los ojos abiertos y una pesadez lo invadía terriblemente.

Al poco tiempo, cayó tumbado sobre la nieve y lo único que pasaba por su mente era que moriría ahí mismo, entumido, adolorido y solo; sin Nicol, sin Vant, sin sus amigos. Recordó también la lucha que dejaba atrás y en voz baja se disculpó con las personas que morirían a causa del desastre que se aproximaba.

Finalmente cayó tumbado de cara a la nieve que lo recibió y lo atrapó, cubriendo su cuerpo con rapidez como si lo engullera. Un último suspiro brotó de su boca con el nombre de su amada y después se desmalló.

Su cuerpo perecía poco a poco y su mente le seguía. Todo estaba perdido y ya pronto su mente dejaría de ser. Todo a su alrededor se esfumó de pronto: las sensaciones, los pensamientos, el sufrimiento, todo excepto algo que existía en el interior, algo muy en lo profundo de su ser que jamás había notado antes. Una luz brillaba, una de luz perpetua, una llama eterna e inmutable. La luz resplandecía y menguaba, y luego resplandecía de nuevo, como una respiración, como algo viviente. Junto con ella, una voz sonó: era de Nicol. No entendía lo que decía porque no había palabras en ella, tan solo una idea, una fuerte voluntad y un sentimiento. Esa voluntad lo llamaba. No lograba comprender lo que era, no podría saber jamás qué era aquello, pero solo sabía que provenía de ella, y la forma de alcanzar aquel llamado era dejándose ir en la brillante luz.

Nicol, por su parte, seguía tumbada en el suelo, sucumbiendo ante los ataques enemigos. Pensaba en su amado y en su misión mientras su cuerpo se iba extinguiendo cuando una luz también apareció en su mente, cálida y apacible, y esta luz la llamaba; era Tristán. Nicol intentó ir hacia ese llamado, pero se dio cuenta de que no estaba ahí realmente, sino en otra parte, muy cerca, pero indetectable.

Por un momento, ambos ixírenes pudieron sentir y reconocer entre sí una conexión, que superaba toda barrera y todo impedimento, a través del tiempo y del espacio. Las dos almas estaban entrelazadas de una forma superior a la razón y la lógica, una que separa la mente del cuerpo y que las palabras no pueden explicar. Y por ese breve instante sintieron que estaban conectados con todo y que todo estaba conectado con ellos, sintieron que jamás estuvieron separados, ni siquiera por 500 años pues el tiempo no significaba nada. Estaban ahí, uno junto al otro, uno en el otro, y lo entendieron: el sentimiento que la había guiado hasta él y la fuerza que lo regreso con ella eran la misma.

Esa calidez, primero débil y tenue, después fuerte e intensa, comenzó a brotar desde el interior del cuerpo de Tristán. Rápidamente lo calentó y lo regresó a la vida; era Nicol, era su calor que empezaba a derretir el hielo que lo tenía cautivo. La fuerza en su cuerpo regreso también y lo colmó con vigor, como si la fuerza de Nicol se sumara a la de él.

La misma fuerza también empezó a surgir en Nicol, una que la llenaba de vitalidad y atención. Así, estiró entonces la mano contra los monstruos que la agredían, y de su palma una bola de fuego fue disparada, impactando y destruyendo uno de los ojos perversos. Después otro, y luego otro; uno a uno caían. Era Tristán brindándole su energía mágica.

Cuando los enemigos fueron derrotados, y el frío superado, ambos se quedaron de pie, mirando hacia la nada en introspección. Entonces voltearon a donde estaba el otro: ella lo vio a él, aunque débil y opaco como antes, y él, sin verla enfrente, supo que ella estaba ahí. Comprendieron que aquel lugar, aquel paraje sombrío no era otra cosa que una separación de la realidad, un torcimiento de materia y energía que atravesaba su cuerpo y su mente, pero que podía romperse. Así, caminaron hacia el otro. Con cada paso una luz aparecía entre ambos, una brizna luminosa que palpitaba en medio de la nada. Sin embargo, algo aún trataba de separarlos empujándolos lejos. Lucharon contra aquello con toda su voluntad elevando su fuerza, extendiendo su ser. Su energía creció tanto que pronto resquebrajó la realidad y partió el espacio que los separaba hasta que al fin pudieron tocarse; dulce y tiernamente sus dedos se entrelazaron. Y en ese momento el cielo se aclaró y el suelo donde estaban volvió a cobrar vida como si diera un respiro después de adormilado.

Tristán y Nicol se abrazaron con fuerza y se dieron un tierno beso, largo como nunca antes, pues ahora no solo sus labios se tocaban, también sus corazones y sus almas. Después se miraron a los ojos por un breve instante que se sintió como una eternidad, sin decir nada pues no había nada que decir, y luego regresaron a lo suyo.

—Qué feliz estoy de verte —dijo Tristán sonriente.

—Qué feliz estoy de estar contigo —respondió ella con ternura.

Entonces el sonido del viento agitó sus cabellos y silbó a la distancia.

—¿Qué es eso? —exclamaron los dos volteando.

En el horizonte vieron dibujarse de repente una formación rocosa, pequeña e irregular que se alzaba hasta una punta chata y ligeramente torcida. Se dirigieron sin vacilar, tomados de las manos.

Cuando llegaron hasta los lindes de las rocas, vieron que se alzaban como muralla, impidiéndoles el paso y ocultando el camino. Decidieron rodear en busca de una entrada. Tardaron un tiempo, pero lograron hallar el sendero que se adentraba entre las rocas.

Subieron con cierta dificultad, pues aún se sentían algo cansados y no se habían recuperado completamente, hasta un pequeño túnel por donde se entraba a gatas. Al final de este, salieron hasta un salón amplio y parecido a una gran arena de juegos. Al otro lado, vieron una puerta, una tallada sobre la roca viva y con inscripciones grabadas que eran idénticas a las que habían encontrado en los templos anteriores. Supieron así que era el camino correcto. Al acercarse vieron un acantilado, un precipicio profundo a la derecha y otro un poco más pequeño, pero igual de profundo, a la izquierda.

—Tengo un mal presentimiento —dijo Nicol tratando de tocar su libro que seguía desaparecido.

Estaban a pocos metros de la entrada cuando repentinamente la tierra tembló a sus pies. Una sacudida, después otra y luego otra. Después, un respiro, una exhalación emergió desde las fosas, luego un rugido agudo y prolongado. De pronto un tentáculo se elevó desde la oscuridad, como la lengua de una peligrosa bestia que buscaba engullir y comer. Si había un monstruo en el fondo del precipicio, debía ser colosal. Como un rayo, la terrible extremidad atacó a los invasores como si de ojos se valiera.

Ambos lograron esquivar, incluso otro ataque de una segunda lengua que surgió desde la otra abertura. Observaron la situación, intentaron pensar en una estrategia, pero sin magia o armas para valerse, se sintieron indefensos. Aunque pronto recordaron que sí tenían con qué defenderse: Nicol aún podía usar la magia de Tristán y él contaba con la fuerza de Nicol.

Rápidamente Tristán corrió para distraer al enemigo mientras Nicol formaba una esfera de fuego entre sus manos, simple pero poderosa. Se colocaron en posición y cuando encontraron un momento de oportunidad, Nicol lanzó el fuego contra una de las lenguas, quemándola y haciéndola retorcerse. Entonces, Tristán se elevó y asestó un fuerte golpe contra la zona quemada provocando que sangrara y se retirara. Debido a esto, la segunda lengua contraatacó con ferocidad al íxiren, asestando un golpe que lo lanzó violentamente contra un muro. Afortunadamente, Tristán resistió con entereza y regresó pronto a la batalla. Nicol continuaba atacando con fuego, y aunque no era su elemento, lo controlaba con gran habilidad. Atacaba con hechizos de nivel uno y dos, pero el enemigo insistía.

—¡Debemos hacerlo juntos! —gritó Tristán extendiendo sus alas para tratar de sujetar al enemigo por el aire.

Y sin más, Nicol supo lo que debía hacer. Comenzó a canalizar entre sus manos una bola de fuego que luego extendió para formar un látigo. Con ferocidad, lo agitó y lo lanzó contra el enemigo, logrando enroscarlo en la base. El fuego ardiente lastimaba a la criatura y no la dejaba escapar. Esto dio oportunidad a Tristán de tomar el extremo y llevarlo hasta el suelo, luego se alejó, estirándolo lo más posible.

—¡Usa el corte de tierra! —gritó Tristán.

Nicol concentró su energía para lanzar el hechizo. Con gran poder lanzó una cuchilla de roca desde el suelo que cortó la lengua en dos en un horrible chillido hasta desaparecer.

Inmediatamente, la segunda lengua emergió y cargó con mayor furia contra Nicol, pero fue interceptada por Tristán quien resistió el golpe. Y sin perder tiempo, repitieron su estrategia: Nicol utilizó de nuevo su látigo de fuego para retener al enemigo, Tristán sujetó al enemigo contra el suelo para después cortarlo con una cuchilla de tierra. Al cortar la lengua, esta se agitó y desapareció dentro de su despreciable guarida igual que la primera.

Los dos ixírenes esperaron un momento a la expectativa, pero el enemigo no regresó. Aliviados, supieron que podían continuar. Recuperaron fuerzas y continuaron hacia la puerta.

—No conocía ese hechizo —dijo Tristán acercándose a Nicol.

—¿Cuál?

—El que hiciste con el fuego. El látigo.

—Lo acabo de inventar —respondió ella con una sonrisa en los labios—. Creo que funcionó bien. Te la puedo enseñar después.

—Qué gran honor.

Sin más problemas, llegaron hasta la puerta. Tan pronto como tocaron la roca, los símbolos brillaron con intensidad y las puertas se abrieron lentamente, pesadas y enormes. El camino frente a ellos continuaba hacia las profundidades de la tierra, hacia el templo y sus peligros.

Capítulo 34: En el abismo

Las puertas se cerraban con fuerza detrás de Tristán y Nicol, dejándolos de pie frente a la oscuridad más absoluta y abismal que habían contemplado. Poco antes de que la luz se perdiera, Nicol notó que la marca en su mano había regresado, y Tristán sintió a Ilaxición colgando en su cintura.

Avanzaron lentamente entre la oscuridad tomados de la mano. Por un tiempo, anduvieron con confianza, pues en cualquier momento sus ojos se adaptarían a la oscuridad. Pero pronto la preocupación los invadió cuando al pasar un tiempo, esto no sucedía. Había algo diferente en esa oscuridad nada común, algo pesado y antagónico. Por primera vez estaban totalmente privados de la vista y andaban a ciegas. Nicol probó con un hechizo de luz, pero esta no logró traspasar la oscuridad más de unos cuantos centímetros alrededor.

—Intentemos ir en línea recta, al menos así llegaremos a algún lado —sugirió Nicol.

Caminaron por un rato, temiendo siempre dar un mal paso y caer víctimas de alguna trampa colocada maliciosamente. De pronto, un ligero sonido proveniente de la izquierda de su posición apareció. Decidieron ir a investigar, y tras dar vuelta en una curva cerrada vieron una esfera de blanca y pálida luz que solo alcanzaba a iluminar el pilar sobre el que se sostenía, pero nada más, ni siquiera el suelo debajo. Al acercarse, alcanzaron a leer una inscripción en el pedestal: *"En el dominio de la oscuridad, la luz no es más que ceguera"*.

Intrigado, Tristán estiró la mano para tocarla, pero Nicol lo detuvo.

—No sabemos lo que sea —le dijo—. Siempre hay una trampa o un truco, debemos ser cuidadosos.

Tristán lo pensó un momento; era verdad que no podían arriesgarse a esas alturas y menos dentro de un templo tan engañoso. Sin embargo, se le ocurrió también que tomar la esfera debía provocar algo, algo que los conduciría a la siguiente parte de su misión. Así, extendió de nuevo su mano, decidido a tocarla, pero estando cerca una fuerza lo detuvo, como un golpe en el brazo que lo hizo alejarse. Ambos movieron la cabeza intentando ver qué era aquello, pero entre la oscuridad impenetrable no vieron nada.

De repente, la misma fuerza regresó, los golpeó y los empujó de costado, en la espalda, en el pecho. Tristán desenfundó su arma para defenderse, pero no sabían dónde ni cómo atacar; luchaban a ciegas. ¿Cómo derrotar a un enemigo que no pueden ver? Un hilo de sangre apareció en el brazo de Tristán.

—Ahí —gritó Nicol, señalando la esfera.

Tristán volteó rápido y alcanzó a ver una sombra que cruzaba fugazmente frente a la luz. Tomó su arma, pero fue inútil, ya había perdido el rastro.

—¿Qué haremos? —preguntó.

—Intentaré algo —exclamó Nicol invocando su libro de hechizos. Pasó las páginas a gran velocidad y luego se detuvo. *Ojos de la oscuridad que penetran hasta lo invisible, déjenme ver a mi enemigo, quiten el velo con el que se viste ¡Ojo de la verdad!* Los ojos de Nicol brillaron con un aura oscura. Luego comenzó a escudriñar entre las sombras, para su sorpresa, estas persistían y no dejaban ver nada. Cuando llegó hasta la luz, está la deslumbró y la cegó.

—¡Ahh! —gritó cubriéndose la cara.

Tristán corrió hasta ella para auxiliarla, pero otro ataque le dio en la cara y lo derribó. Luego Nicol recibió un golpe también.

"No lo encontrarás con los ojos", resonó una voz dentro de Tristán. "Percibe a tu enemigo". Era Ilaxición quien hablaba y le había dado la respuesta.

—Si no debo usar la vista —se decía Tristán—, significa que debo poner atención a los demás sentidos.

Así, cerró los ojos y se concentró. Sin embargo, la luz que de la esfera surgía no desapareció pues incluso a través de sus párpados permanecía, como si traspasara la carne.

—Tenemos que apagar la esfera —dijo Tristán a Nicol quien apenas se recuperaba.

—¿Y cómo vamos a hacer eso?

—Tal vez con magia oscura. ¿Hay algún hechizo para eso?

—Creo que sé qué hacer, pero debes cubrirme —respondió Nicol invocando de nuevo su libro.

—De acuerdo.

Tristán levantó a ilaxición y se preparó para lanzar un corte contra la esfera. Sin embargo, el enemigo en la oscuridad lo atacó de nuevo y golpeándolo lo lanzó contra el suelo. Rápidamente Tristán se levantó y corrió de nuevo hacia la esfera, pero de nuevo fue repelido por el enemigo. En su cuerpo aparecieron más heridas por los ataques recibidos, y aun así insistió en su ataque. Sin darse cuenta, Nicol había logrado posicionarse cerca de la esfera y lanzaba un hechizo que cubría rápidamente la luz.

Cuando desapareció el resplandor, un fuerte chillido resonó desde la oscuridad. Entonces, Tristán cerró de nuevo los ojos para intentar concentrarse. Sintió el sonido en sus oídos, el aire en su piel, el suelo bajo sus pies. Solo así fue como logró sentir al enemigo, corriendo cerca de ellos, escondiéndose, rodeándolos. Sintió cómo la criatura atacaba de nuevo, y aprovechando el momento, logró lanzar un corte directo que manchó su espada con una sustancia negra y espesa; la sangre maldita del monstruo.

—Lo lograste —exclamó Nicol aliviada.

—Primero debo destruir la esfera —respondió él.

—De acuerdo.

Y tomando su espada, Tristán lanzó otro corte que, impactando la esfera, la partió en dos. De inmediato, la luz se apagó, dejando todo de nuevo en completa oscuridad. La criatura había desaparecido también, como si hubiera estado ligada a la luz de la esfera.

Al levantar la vista, vieron una tenue y apenas perceptible silueta a lo lejos. Parecía una entrada con un pequeño arco tallado en la roca, y detrás, la luz que los invitaba a seguir. Sin demora, se dirigieron hacia ese lugar, cuidando sus pasos. Afortunadamente, llegaron sin problemas.

Cruzaron el umbral y vieron una amplia cámara de 50 o 60 metros de altura cerrada en una cúpula de roca sólida. No había nada en ella, ni puertas ni ventanas además de la entrada, ni estatuas, ni adornos, ni nada con excepción de un sarcófago levantado a mitad del lugar. Se acercaron y vieron que no tenía inscripción alguna, y parecía no haber sido abierto jamás por las cadenas, candados y sellos mágicos sobre este; excepto por un seguro de acero que yacía en el suelo, forzado y roto.

Había algo en ese objeto, algo que les producía un terrible sentimiento de peligro y desasosiego. El aura que lo rodeaba era pesada al extremo, y el círculo mágico de 22 metros de diámetro tallado en el suelo indicaba un gran poder contenido. Dentro, algo antiguo esperaba; un terror ancestral, una calamidad para el mundo.

Se acercaron a ver y tan pronto entraron dentro del círculo, los seguros del sarcófago se rompieron, vencidos por la fuerza que contenían. La tapa cayó al suelo y alzó una espesa capa de polvo. Tristán y Nicol vieron con aversión al despojo que descansaba dentro: un ser maciliento y cadavérico, consumido por el tiempo y la oscuridad de su prisión. Sus deplorables brazos colgaban de sus hombros polvorientos y su torso demacrado se sostenía por un par de piernas roídas y decaídas. Su rostro estaba medio cubierto por vendas viejas y sucias al igual que su cabeza, y en la boca, tres sellos mágicos escritos con sangre colgaban pegados.

De pronto, el monstruo se agitó, luego caminó con paso débil y triste hasta salir de su antigua prisión. Al momento, se extendieron ocho largas y aterradoras alas de demonio de su espalda, cubiertas también por vendas y sellos mágicos.

—Esto es imposible —susurró Nicol incrédula—. ¿Qué hace esto aquí? ¿En qué pensaba el arcángel Rizhiel?

—Debemos derrotarlo, ¿cierto? —dijo Tristán sintiendo también el peligro a lo desconocido.

—Si estoy en lo correcto, ahora sí estamos en serios problemas. Eso es un demonio de ocho alas. La mayoría de los textos dudan de su existencia y los describen como la manifestación del dolor provocado en la tierra por la muerte de miles de seres durante la guerra. Las heridas del mundo.

—Nadie dijo que sería fácil, amor —respondió Tristán con ciega confianza.

Para ese momento, el demonio frente a ellos se había detenido. Los observaba, o al menos eso parecía pues de sus oscuras cuencas solamente se apreciaba un tenue y repugnante resplandor.

—Ten cuidado —advirtió Nicol—, su raza suele atacar primero así que mantente alerta.

Al momento, Nicol invocó su libro, luego su lanza y se preparó para la batalla. Tristán hizo caso y se preparó también. Sin embargo, después de un rato el enemigo no atacaba. La tensión era insoportable con el lugar estaba completamente en silencio, tanto que la respiración de Nicol y Tristán se escuchaba fuerte.

Sin aviso, Nicol atacó. ¡Darkalister! El rayo oscuro atravesó el lugar e impactó directamente contra el hombro del demonio, pero este no pareció resentirlo. Inmediatamente después, el enemigo subió el brazo sobre su cabeza, conjuró un círculo y lanzó un ataque similar al de Nicol, pero mucho más fuerte. Los ixírenes apenas lograron esquivar. En eso, Tristán sujetó su muñeca, juntó energía y atacó. ¡Juicio Final! De nuevo, el rayo impactó contra el demonio, esta vez justo en la cabeza, pero tampoco retrocedió. El enemigo volvió a atacar y siguiente rayo oscuro fue contra Tristán quien lo repelió con su espada.

Nicol entonces corrió con rapidez hacia uno de los flancos del demonio, confiando en su velocidad, y tomando su lanza, se lanzó ferozmente en un ataque que golpeó contra uno de los brazos del demonio, y en un revés, contra el torso. Desafortunadamente, el filo de la lanza no logró atravesar la carne del enemigo. No obstante, la maniobra fue contestada con más ataques de oscuridad que hicieron a Nicol alejarse. Tristán también intentó un ataque directo con Ilaxición, pero los rayos eran demasiados y no pudo ni acercarse.

—Es inútil —dijo Nicol sin perder de vista al enemigo—. Es muy fuerte y no logramos hacerle nada.

—Aún tenemos más que mostrar —respondió Tristán.

—Él también. No utiliza todo su poder y no entiendo por qué.

El demonio había dejado de atacar, pero continuaba su cansada marcha hacia ellos, como si los persiguiera sin voluntad.

—Tú por la derecha, yo atacaré el flanco izquierdo —indicó Nicol apretando los puños—. No podrá contra los dos al mismo tiempo. Si me sigue a mí, tú debes ir con todo, y si se va contra ti, yo atacaré.

—De acuerdo.

Al mismo tiempo corrieron los dos en direcciones opuestas, trazando un círculo alrededor del enemigo para entrar por ambos flancos. Y así como lo predijeron, el demonio comenzó a atacar solamente a Nicol con rayos de oscuridad. Ella logró evitar la mayoría, pero los últimos la alcanzaron y la lanzaron contra el suelo. Tristán quiso ayudarla, pero debía asestar el golpe. Así que tomando a ilaxición, se arrojó y lanzó un tajo que impactó en la espalda del demonio. Grande fue su sorpresa cuando, incrustándose la hoja contra la dura piel, quedó atorada. Al punto, el demonio se dio la vuelta y lo atacó, lanzándolo lejos y provocándole gran daño. Entonces, alzando ambos brazos, el demonio apuntó contra Tristán. Dentro de sus terribles manos, una esfera de energía oscura se formó y fue disparada contra el íxiren. Por fortuna el ataque fue detenido con ilaxición, aunque sí logró aturdirlo. En ese momento, Nicol llegó corriendo con su lanza y asestó otro ataque contra el pecho del demonio. Esta vez, la lanza también quedó clavada, aunque esto le dio la oportunidad a Tristán de reponerse y alejarse de nuevo junto con Nicol. Y con tan solo un ademán, la lanza voló y regresó a las manos de su dueña.

—Aumentemos el poder —exclamó Nicol, invocando su libro y preparando sus hechizos.

Instrumento de muerte, traspasa el alma de mi enemigo. ¡Lanza maldita! Las tinieblas se concentraron en su mano y luego formaron una lanza hecha de energía oscura, la cual fue lanzada con gran poder directo contra el enemigo y lo hizo flaquear. *Llama sagrada.* ¡Gran sol! Tristán también ataco encendiendo un poderoso fuego que hizo arder la zona donde estaba el enemigo.

De pronto ondas oscuras emergieron desde el fuego e hicieron retumbar las paredes y vibrar el suelo. Al mismo tiempo, poderosos rayos de oscuridad fueron lanzados contra los ixírenes, alcanzando solo a Tristán e hiriéndolos de gravedad. Vengativa, Nicol conjuró magia para atacar. *Poder infinito, tortura eterna de los malditos consumidos y corrompidos por el odio.* ¡Rayos oscuros! La energía recorrió su cuerpo y generó grandes cantidades de poder que salieron disparadas de sus manos a través de sus dedos como relámpagos que centelleaban al viajar. Los rayos silbaron frenéticamente al impactar contra el demonio que ya se había puesto de pie y avanzaba envuelto en llamas, reduciendo su velocidad.

—¿Estás bien? —corrió después Nicol para ayudar a su amado.

—Lo esteré —respondió—, solo dame un momento. Ese hechizo es de tercer nivel, ¿no?

—Sí, y creo que funcionó bien. Si logro mantenerlo a raya tú podrás matarlo con tu espada, solo tienes que atacar con más poder.

Cuando el enemigo lograba recuperarse del aturdimiento, Nicol conjuraba de nuevo su magia. ¡Rayos oscuros! Y aprovechando el momento, Tristán se abalanzó con celeridad contra el demonio. Veloz y potente, con espíritu de lucha, atacó al enemigo con Ilaxición, logrando que se tambaleara. Durante la carga,

Tristán notó algo peculiar: un delgado plateado que se extendía desde el enemigo hacia el techo fue cortado sin intención, lo que provocó que la horrible figura casi callera al suelo. Lamentablemente, fue esta distracción lo que provocó que un ataque del demonio diera directo contra el rostro del íxiren.

—¡Amor mío! —gritó Nicol corriendo a socorrer a Tristán.

Levantaron la vista y notaron que el demonio se había puesto de pie de nuevo, solo que ahora lucía diferente. Detrás de los sellos en el rostro, se abría una boca inmunda con pocos dientes dentro. De pronto de la abertura voló un grito estruendoso cargado de agonía y furia. El brillo siniestro en el oscuro de sus ojos se encendió terriblemente y las ocho alas a su espalda rompieron los sellos al agitarse; un terrible poder despertaba dentro del abismo. Alrededor, decenas de círculos mágicos se dibujaban a la vez sobre el suelo y en las paredes.

En el momento, y sin titubear, Nicol conjuró. *Ríos congelados donde yacen los muertos, necrópolis de frío eterno y sufrimiento absoluto. ¡Lamento gélido!* El aire comenzó entonces a volverse más y más frío, el viento arreció tormentosamente y una poderosa ventisca helada corrió por todo el lugar al compás de sus manos. Rápidamente el fuego que cubría al enemigo se extinguió y una capa de hielo comenzó a cubrir su cuerpo, deteniendo al momento sus invocaciones.

—¡Ten cuidado, puedes agotarte por usar tanta magia! —gritó Tristán tiritando un poco.

Nicol no respondió, debía concentrarse en su magia o perdería fuerza. Había logrado impedir el ataque del enemigo, aunque no completamente pues unos cuantos círculos habían alcanzado a formarse. De ellos, emergieron proyectiles afilados como ganchos que comenzaron a perseguir a los ixírenes. Por esquivarlos, Nicol soltó el hechizo, aunque uno de los proyectiles alcanzó a clavarse en su pierna para después arrastrarla violentamente. Tristán, al notar esto, se acercó corriendo, y con ayuda de Ilaxición, cortó los lazos oscuros. Los demás ganchos los persiguieron, pero de nuevo fueron eliminarlos antes de que los alcanzaran.

—Debemos hacer algo —apuró Tristán viendo la situación en la que estaban, reconociendo el peligro.

De nuevo, el demonio aulló desgarradoramente mientras recobraba fuerzas.

Tristán sabía que debía liberar su poder como aquella vez en la bodega, su verdadero poder de íxiren, al menos un poco, y solo así vencería. Se le ocurrió pedir ayuda a Ilaxición, pero con la tensión y los gritos no era capaz de concentrarse. Pronto los ataques regresarían, así que, en un movimiento arriesgado, se abalanzó con todas sus fuerzas hacia el demonio mientras concentraba su energía en la hoja de su espada. Esperaba que su poder fuera suficiente. Lanzó uno, dos, tres cortes haciendo gala de sus habilidades y su técnica. Desafortunadamente, ni su espada ni su fuerza lograron hacer mucho daño. Ilaxición no respondía como él esperaba y el enemigo estaba por liberarse. De repente, recordó el brillo sobre el demonio y la forma en que le había afectado. Así, confiando en que esa era la respuesta, lanzó un corte hacia arriba del enemigo. Efectivamente, algo fue cortado, como hilos que controlaban una marioneta, provocando que el esperpento cayera de golpe al suelo.

Aliviado de que todo terminara, Tristán se dejó caer al suelo. Lamentablemente no era así, pues casi de inmediato vio cómo el cuerpo demoniaco se alzaba y se erguía grotescamente. Entonces, un destello de oscuridad emergió desde el interior del cuerpo y los sellos repentinamente se rompieron, liberándolo totalmente de sus ataduras no sin antes dar un grito de completo dolor.

Libre, el demonio se elevó por los aires con sus enormes alas, y de sus dedos se extendieron afiladas y amenazantes garras. Un inmenso poder se hizo sentir hasta en os huesos. Entonces, el demonio voló directo contra Tristán, quien intentó defenderse elevándose también por los aires. El demonio lo perseguía con voraz locura, y de vez en vez, lanzaba rayos oscuros desde sus manos, atinando varios de ellos contra su presa. Así alcanzó pronto a Tristán para después estrellarlo contra uno de los muros del recinto y después arrojarlo fuertemente contra el suelo. Sin espera, el monstruo cargó de nuevo contra su objetivo, aunque esta vez Tristán logró esquivar con un veloz movimiento.

Al momento, círculos mágicos volvieron a aparecer en por todo el lugar, aunque de ellos, ahora, surgieron proyectiles mágicos que embistieron contra Tristán, explotando al contacto. La espada Ilaxición de nuevo lo había salvado, pero las explosiones lo habían herido gravemente y lo habían hecho languidecer. De pronto, una mano terrible lo tomó al íxiren por el rostro y lo sujetó contra el suelo, arañando y cortando su piel.

Cerca, Nicol veía lo que sucedía y no podía más que sentir una profunda rabia dentro de sí, una impotencia de no poder ayudar a su amado. El enemigo los había superado y se preguntó si ese era el fin, si habían fracasado en su misión para terminar devorados por un demonio. En su corazón un deseo surgió, uno de ira y venganza contra aquel que los atormentaba, contra el demonio por quien ellos habían emprendido su cruzada. La sangre le hirvió y la frustración que sentía poco a poco se convirtió en enfado, y el enfado en furia y la furia en odio que la hizo levantarse con sus últimas fuerzas. A pesar del dolor que sentía, a pesar de la muerte probable, ella solo deseaba acabar con el demonio, destruirlo y aniquilarlo totalmente y sin compasión. Con ese sentimiento, lanzó un doble Darkalister como Mefisto en el templo de la tierra. Ambos rayos golpearon al demonio y lo tiraron al suelo. Por desgracia, el demonio se recuperó rápidamente, y lanzándose contra ella, le provocó una gran rasgadura en su costado. Después, con sus garras, cortó la piel expuesta, provocando un intenso sangrado. Nicol trató de defenderse llamando a su lanza, pero esto solo le permitió zafarse un momento para después ser perseguida de inmediato y capturada de nuevo

311

—¡Maldito! —gritó Nicol colérica mientras lanzaba puñetazos desesperados. En uno de ellos concentró energía y la libero con fuerza para quitarse con éxito al demonio de encima. Pero poco duraría su victoria pues más círculos mágicos aparecieron de nuevo. El enemigo se preparaba para un ataque final y ella casi desfallecía.

Con dolor y pena reconoció que estaba acabada. Pero estaba decidida a no perder sin dar batalla, sin dar lo último de su fuerza. Entonces levantó la mano y preparó también un hechizo, un último Darkalister era para lo que le daban sus fuerzas. ¡Darkalister!, gritó lo más fuerte que pudo y un potente y gigantesco rayo voló imparable y destructor contra el enemigo, rugiendo como nunca antes y haciendo estallar al demonio con gran brutalidad. ¿Cómo era posible si casi no le quedaba poder? Asombrada, Nicol lanzó otro ataque, y otro, y otro más. Toda la montaña retumbó estrepitosamente por el poder liberado.

De entre la nube de polvo, el demonio se alzó y rugió una vez más para después lanzarse al ataque. Pero fue respondido con golpe veloz de Nicol, lanza en mano, que hizo de nuevo al enemigo languidecer.

Detrás de Nicol, tenues pero claras, ocho alas brillaban con divinidad, y sus ojos refulgían con poder. Alzó la vista y vio que el enemigo de nuevo volaba contra ella. Así que tomó su lanza, la infundió con poder y lanzo un ataque final. El inmenso poder que había despertado desapareció, y al momento la lanza de las tinieblas estalló colosalmente en mil pedazos que se incrustaron en el cuerpo del demonio. Nicol había destruido su arma sin querer pues, a pesar de ser un conjuro de invocación, había quedado inutilizable y no podría volver a ser conjurada de nuevo.

Una de las astillas de la lanza había atravesado de un extremo a otro la cabeza del demonio, justo en medio de los ojos que rápido se apagaron, dejándolo con una expresión de agonía. Después, el cuerpo decrépito se consumió; su piel se volvió polvo y sus huesos arena, y sus vendajes se deshicieron junto los sellos consumidos en llamas. Entre los restos decadentes, cayó también una llave dorada.

Tristán corrió de inmediato a socorrer a su amada. La tomó de los brazos y la ayudo a sostenerse.

—¿Estás bien?

—Sí, creo que sí —respondió ella mareada por la energía consumida—. ¿Tú estás bien? ¿Qué fue lo que pasó?

—Lo lograste, lo derrotaste. ¿No recuerdas?

—Recuerdo que estábamos en problemas. Por poco morimos. Pero después está todo borroso y no recuerdo nada más.

—Está bien —dijo Tristán abrazándola—, entiendo cómo te sientes. Lo importante es que los dos estamos vivos.

—Sí, creo que sí —respondió Nicol sonriendo.

Tristán tomó de la mano a su amada y la llevó con calma hasta el montón de polvo que yacía en el suelo.

—La encontramos —exclamó tomando la llave de la oscuridad. Era de oro como las demás, y en la medalla tenía un cristal oscuro y opaco como el abismo.

—Una más —dijo Nicol tomando la llave con tristeza pensando en el gran costo que se había pagado. Los fragmentos en el suelo le recordaban su lanza.

Y en ese preciso momento, al tocar la llave, un estremecimiento recorrió el cuerpo de Nicol. De su bolsillo, las llaves del agua y del viento flotaron frente a ella y se unieron con la de la oscuridad en el aire. Luego se alinearon y los cristales en las medallas se rompieron, liberando los elementos que contenían El agua y el viento formaron el contorno de una bella puerta, y la oscuridad formó las cerraduras donde las tres llaves se metieron para después dar la vuelta y abrir la entrada. Juntos, Nicol y Tristán atravesaron el portal del que emanaba una cegadora luz. Vieron maravillados un grandioso templo, alto y magnífico, de grandes columnas y gruesos muros de roca negra, revestidos con plata como luz de estrellas. A lo alto, el techo asombraba la vista con sublimes imágenes de imponentes y terribles demonios de épocas antiguas y guerras olvidadas. Más adelante, a mitad de una espléndida sala de tesoros, descansaba un báculo, oscuro como el carbón y decorado con plata de gran belleza sobre un pedestal formado de sombras y tinieblas. En la parte superior del tesoro relucía un cráneo con gemas brillantes de color negro incrustadas en los ojos, y anillos de púas color plata a lo largo del cuerpo.

Atónitos, ambos se acercaron hasta los escalones que subían al pedestal y supieron de inmediato lo que era y lo que habían logrado. Ante ellos yacía la legendaria arma de los demonios, su tesoro más preciado y amado: el báculo de las siete sombras, reliquia de la oscuridad.

Nicol fue la primera en estirar su mano, pero Tristán la detuvo.

—Espera. ¿Estás segura de lo que haces? —le preguntó.

—Me está llamando, me pide que la tome. Es por esto por lo que luchamos, ¿no? Con esto podremos derrotar a Mefisto.

Y sin decir más, tomó con ambas manos el mango del bastón y este brilló con gran intensidad. Por todos lados, sombras aparecieron y se arrastraron por las paredes y el suelo hasta Nicol, y la cubrieron con poder y fuerza. En su mente una visión apareció: era ella vuelta una sombra, con sus ocho alas de íxiren en su espalda y sus ojos estallando de energía. Había sido aceptada como portadora del arma legendaria.

—Es increíble —dijo suavemente—. Siento todo su poder, toda su energía corriendo por mis venas, por todo mi cuerpo.

Levantó el báculo por sobre su cabeza y esta se transformó en una espada de oscuro filo con el cráneo de brillantes ojos negros al centro de la cruz. Después cambió de nuevo y se transformó en un tridente afilado y temible.

—Tanto poder... —susurró. Luego transformó el arma en un brazalete de plata con el mismo cráneo en medio de la forma. Lo colocó en su mano izquierda y apretó el puño satisfecha—. Es momento de marcharnos.

Tristán asintió y los dos regresaron por donde habían llegado. Atravesaron el templo de los demonios de regreso al portal, y una vez del otro lado, la brillante puerta se cerró y las llaves se destruyeron. Una se convirtió en agua, otra se disipó como el viento y la última se desvaneció como una sombra. En ese momento, un estruendo agitó el suelo a sus pies. Las paredes de roca se comenzaban a desmoronar y la penumbra que antes les impedía ver se aclaraba con la luz proveniente de las grietas en el techo de la cueva.

—El templo muere. Debemos irnos —exclamó Tristán tomando a Nicol de la mano y corriendo hacia la salida.

Capítulo 35: Reencuentro

A través de pasillos y cavernas en derrumbe, por rocas afiladas y valles gélidos agonizantes, corrieron Tristán y Nicol para escapar de la muerte y la ruina que la extinción del templo de la oscuridad auguraba. Llegaron hasta el páramo desolado que se disolvía como arena golpeada por olas destructivas. Lograron encontrar fácilmente el portal que los regresaba al castillo y de un salto viajaron a través de dimensiones de vuelta a la habitación.

—Eso estuvo cerca —exclamó Tristán respirando profundo—. Pensé que era nuestro fin.

—No lo entiendo —dijo Nicol pensativa.

—¿Qué cosa?

—¿Por qué estaba eso ahí? Era un archidemonio de ocho alas, de los más poderosos registrados, y aun así pudimos derrotarlo. No tiene sentido.

—Fue gracias a ti —respondió Tristán posando su mano en la espalda de Nicol—. Yo lo vi. Despertaste tu poder oculto por unos momentos como me pasó a mí aquella vez luchando contra el caballero negro.

—Aun así, mi poder no debió ser suficiente. Un archidemonio de verdad nos habría acabado sin más.

—¿Dices que era falso?

—Tal vez, aunque no creo. Pero lo que más me intriga es, ¿en qué estaba pensando el arcángel Rizhiel al esconder la llave en un lugar así?

—Tal vez es cosa del dueño del castillo. Él debió haber puesto al demonio ahí, algo así como un trofeo.

—Uno de los conocidos del arcángel. Lo mismo que pasó con el templo del agua con el padre de Zafiro. Lo ayudaron a esconder las llaves, un secreto que solo él debía saber. Me pregunto si al borrar su memoria, lo hizo solo para ocultar la ubicación o sabía otra cosa, algo que le convenía olvidar.

—Quisiera poder preguntarle, hablar con él. Las cosas han cambiado tanto en estos 500 años.

Nicol miró la tristeza y melancolía en el rostro de Tristán; en verdad el mundo era muy diferente a como antes, pero él no imaginaba cuánto. No sabía lo que había pasado, o al menos no lo recordaba de sus vidas pasadas, y no recordar era igual a no saber. Incluso ella reflexionaba ahora sobre su vida.

—Ven, debemos irnos —dijo al no hallar una respuesta clara a sus emociones.

—¡Es verdad! —exclamó Tristán efusivo—. Nos están esperando.

Y sin decir más se pusieron en marcha. Atravesaron el pasillo de regreso por la puerta donde conocieron a Tiberius y luego hasta al salón en cuyas paredes colgaban las pinturas sin vida. Notaron encima de ellos, en el techo, un candelabro de acero que colgaba con pequeñas gotas de cristal que brillaban con la poca luz del lugar. Caminaron a prisa sobre el tapete, pero de pronto se detuvieron.

—¿Qué sucede? —preguntó Nicol.

—Algo se acerca. Creo que…

Dando un salto rápidamente hacia atrás, Tristán tomó a Nicol del brazo. Frente a ellos apareció sin aviso ni señal aparente la gigantesca armadura negra de Kaín. Ocupaba por su tamaño gran parte del espacio del salón.

—¡Vaya! Esto sí que es una sorpresa —exclamó con su imponente voz la oscura armadura, riendo un poco al mismo tiempo—. Fortuna la de encontrarnos aquí.

—¿Por qué nos persigues? —preguntó Tristán.

—No seas arrogante, niño. Encontrarnos en este lugar fue producto del azar y tal vez un poco del destino, yo no tuve que ver en ello. O será acaso que el universo al fin me permitirá con reclamar lo que es mío.

—No tenemos tiempo para esto —dijo Nicol invocando su libro y preparándose para el combate. Tristán desenfundó a Ilaxición.

—Estamos de acuerdo —resonó la voz de Kaín. De pronto extendió su brazo y una esfera de fuego se formó rápidamente.

Al volar la llamarada contra los ixírenes, la madera de las paredes ardió un poco. Sin embargo, la esfera fue cortada en dos por la espada ilaxición, sostenida con gran firmeza por Tristán. Tres esferas más salieron volando, pero fueron detenidas de la misma forma.

—Veo que no has malgastado tu tiempo. Te felicito pues de lo contrario me habría molestado aún más.

Entonces Kaín apretó el puño. Después extendió ambos brazos e invocó un círculo mágico detrás de sí.

Ahora, muéstrame tu poder —dijo. A punto, una lluvia de esferas de energía emergió furiosamente contra Tristán y Nicol.

Ambos dieron saltos y esquivaron como pudieron, pero el lugar era tan pequeño las llamas se extendían tan rápido que no les quedaba mucho espacio para moverse. Los proyectiles mágicos no cesaban y la habitación recibía todos los daños: las paredes se cuarteaban, el tapete se despedazaba y los cuadros se quemaban, y aun así la estructura resistía sorpresivamente.

—Muéstrame tu poder —dijo Kaín moviendo sus colosales brazos al lanzar golpes rápidos que apenas fallaban. Con lo pequeño que le quedaba el lugar, más destrozos hacía—. Pelea. Si no lo haces, arrancaré a Ilaxición de tus patéticas manos.

Por la intensidad del ataque, no iban a soportar mucho tiempo de esa forma, debían contestar. Tristán se acercó y lanzó cortes que lograron mellar un poco la armadura, pero esta se regeneraba rápidamente. Nicol, por su parte, comenzó a lanzar hechizos de segundo y tercer nivel mientras esquivaba los ataques de Kaín. Era poco, pero lograban retardar los movimientos de la armadura, ganando ventaja.

Los tres daban todo de sí en la lucha, y a diferencia de antes, estaban muy parejos. Repentinamente, sintieron una pulsación, luego todo se nubló y se volvió negro. Sin advertirlo, aparecieron en lo que parecía una verde pradera al atardecer. Los árboles en el fondo se mecían con el viento y el sol de la tarde calentaba levemente.

Aprovechando la confusión, Kaín se movió rápidamente para posicionarse mejor.

—Pero qué… —gruñó Nicol.

—Si siguen así, van a destruir todo mi castillo. Mejor peleen aquí, salvajes —resonó molesta la voz de Tiberius.

El cambio súbito había tomado a Tristán tan de sorpresa que le tomó un tiempo darse cuenta del suelo bajo sus pies. Kaín, sin embargo, aprovechó para contraatacar con más ferocidad. Ahora con mucho más espacio, pudo moverse como una ráfaga entre los ixírenes, asestándoles golpes severos. Nicol logró repeler parte del ataque invocando un gran tornado alrededor suyo. Fue cuando notó que su poder mágico había aumentado bastante, y estaba dispuesta a aprovechar eso. Conjuró magia en sí y conjuró. *Vientos potentes que ennegrecen las nubes, furia del celo.* ¡Trueno perforador! Guiado por la punta de su dedo, rugió desde el cielo un potente rayo que colmó el ambiente de energía y logró impactar contra Kaín. Por primera vez, el caballero mostraba debilidad. Después, un segundo rayo impactó contra su yelmo, lo que ocasionó que el caballero tambaleara un poco.

—¡Así, maga! ¡Con todo lo que tienes! —gruñó con brío y ánimo.

Nicol junto más poder. *Poder infinito, tortura eterna de los malditos consumidos y corrompidos por el odio.*

—¡Venga! —volvió a gritar Kaín preparándose contra el ataque.

¡Rayos oscuros! De las manos de Nicol surgieron relámpagos chirriantes. Kaín recibió el impacto de lleno con sus guantes, logrando así resistir el poder. Sin embargo, le costaba más trabajo aguantar.

En eso, Tristán se apresuraba por uno de los flancos desprevenidos del oponente. Tomó su espada y embistió con furia. Con un poderoso corte logró dañar las botas del caballero, lo que hizo que este cayera sobre sus rodillas. Esto permitió que el ataque de Nicol asestara con toda la fuerza. Y sin perder el impulso y el ánimo, Tristán regresó con una carga contra Kaín al asestarle primero un corte con Ilaxición y después propinándole un golpe con toda su fuerza, uno que hizo caer al enemigo.

—¡Jajaja! Me impresionan —rio Kaín aún de rodillas en el suelo, jadeando—. Los dos han logrado mejorar mucho en tan poco tiempo. Tal vez no son las míseras escorias que yo había pensado. No pude evitar darme cuenta de que buscan las llaves dentro de los templos. Y al parecer, no lo han hecho mal.

Tristán y Nicol se vieron las caras, extrañados de que Kaín supiera sobre las llaves y los templos.

—En eso se basa su aumento de poder —continuó—. Sobrevivir a los templos, y a más de uno, los ha endurecido, tal vez más de lo que ustedes mismos creen. Sepan que no me interesa quitarles las llaves o interponerme en la misión que tengan. Lo que quiero, lo único que me interesa es reclamar a Ilaxición pues me pertenece por derecho. Así que te daré una última oportunidad, niño. Dame la espada ahora y te perdonaré la vida, a ti y a tu novia para que sigan con lo que hacen.

Ya de pie, Kaín extendió su brazo en exigencia de la espada. Su enorme figura de casi cuatro metros imponía.

Tristán tomó el mango de su espada con firmeza mientras Nicol lo miraba con severidad. Pensó en las palabras del anciano que le había obsequiado el arma y en lo mucho que había llegado a conocer el espíritu de la espada.

—Jamás —dijo el íxiren poniéndose en guardia.

Así mismo, Nicol se preparó convirtiendo el báculo de las siete sombras en una lanza.

—Confunden mis reconocimientos como falsas esperanzas. ¿Acaso no ven que no tienen oportunidad contra mí?

Diciendo esto, Kaín posó su mano izquierda en el suelo con todo el peso de su armadura, haciendo retumbar un poco el suelo. De pronto, apareció a sus pies un gigantesco círculo mágico que se extendió varios metros alrededor. Un aura siniestra se levantó lentamente desde el círculo y envolvió a todos dentro.

—Advertidos quedaron —dijo Kaín severamente. El aura del interior comenzó a volverse más y más pesada hasta el punto en que los cuerpos de Nicol y Tristán se comprimían ante la fuerza.

—¡Moriremos si no hacemos algo! —gritó Tristán con cierta dificultad para respirar.

En una acción rápida, casi instintiva, Nicol levantó sobre su cabeza el legendario báculo de las siete sombras y este resplandeció a pesar de la espesa aura oscura. Como un rayo, el brillo plateado de la legendaria arma de los demonios voló y atravesó el círculo de extremo a extremo. De pronto, la pesada aura desaparecido y las tinieblas que los envolvían se esfumaron. Y ahí estaba Kaín, en el suelo de rodillas con una enorme fisura en el pecho de su armadura; y Nicol estaba detrás fuera del círculo, con su larga lanza de hoja curveada en sus manos.

—Lo sabía —exclamó Tristán liberado.

—Me impresionan, de verdad —resonó de nuevo la voz de Kaín—. Lograron superarme. Ya no tengo la fuerza para hacerles frente.

—Así es —respondió Nicol—, así que lárgate ahora y no nos molestes nunca más.

—No estropees tu victoria, maga. Es verdad que sus poderes han aumentado, y más después de haber sido elegida como portadora del báculo de las siete sombras, pero aún no han visto nada de mí.

—Pelearemos hasta el final —advirtió Tristán.

—Yo sé que sí y también haré lo mismo. Sepan que yo prefiero las peleas justas, las peleas interesantes que me hacen hervir la sangre, y al menos eso me han dado. Pero ustedes ya son más fuertes, así que debo ponerme al nivel —advirtió Kaín. Después levantó los brazos a los lados y apretó los puños—. Es la primera vez en miles de años que alguien me hará liberar más de mi poder.

—¡Estás mintiendo! —gritó Nicol.

—Ya te dije que no abuses de tu suerte. Además, yo no miento, y ahora serán testigos.

Al terminar de decir esto, el suelo comenzó a retumbar, más fuerte cada vez. Con su mano izquierda, el caballero negro invocó una espada tan grande como él o más, un imponente sable enjoyado en la hoja, con un mango delgado imposible de sostener con el guante de la enorme armadura. De las uniones de la armadura surgió una cegadora luz blanca. Al apagarse, la armadura había cambiado de color a uno gris y apagado. Entonces, Kaín encajó su espada en el piso para sujetar sus hombreras y las arrancarlas del resto de la estructura. Después desprendió las piernas y después el peto. Cada vez que desprendía una parte de la armadura la dejaba caer al suelo, lo que levantaba una espesa capa de polvo.

Tristán y Nicol esperaban alerta, tensos a cada momento. Al disolverse el humo vieron con asombro la pequeña silueta de una mujer delgada, alta, casi tanto como Morgana o un poco más. Sin el casco vieron su cara lívida, y su mirada penetrante les provocó un escalofrío que les recorrió la espina. Sus labios eran rojos como la sangre, al igual que uno de sus ojos pues el otro estaba cubierto por un parche negro con un círculo mágico en él. Otra armadura negra le cubría el pecho, la pelvis y las piernas, pero dejaba descubierto su vientre de mármol. Las metálicas botas que le cubrían las piernas terminaban en un afilado tacón que bien podría ser una daga. Su cabello blanco y largo se agitaba como la nieve llevada por el viento, y una larga capa, negra por fuera y blanca por dentro, se agitaba a caprichosa. De su cabeza se erigían unos delgados curveados cuernos. Su apariencia, de hecho, le recordaba un poco a Ilaxición, pero mucho más intimidante y altiva.

—Considérense suertudos —respondió la mujer con voz severa—, no muchos seres han visto mi rostro. Hace milenios que no me retiraba la armadura, pero solo así tendremos una mejor pelea. Con esto me han demostrado ser dignos de que les muestre una pizca más de mi poder.

—Ya veremos —sonrió Nicol convirtiendo ahora el báculo en una vara de mago.

¡Darkalister! Un potente rayo de oscuridad rugió con fuerza e impactó de lleno contra Kaín. Extraordinariamente, la magia potenciada por la vara no logró moverla, ni siquiera un poco. En cambio, el ataque fue desviado e impactó contra una colina en la lejanía.

—Aún no dominas el poder del báculo, apenas logras sostenerlo. Así no esperes herirme.

Tristán también se lanzó al ataque con Ilaxición. Concentró su poder en la hoja y asestó un tajo de gran poder. Pero Kaín logró detener el corte con solo interponer el dedo índice, sin esfuerzo ni titubeo.

—No podrán darme la pelea que esperaba si ya no tienen fuerza.

Levantando su mano, Kaín hizo brillar un círculo mágico dibujado sobre un guante de metal en su mano izquierda. En ese momento una onda de energía estalló con fuerza y se extendió por todos lados, agitando todo el lugar. En ese momento, el pasto a sus pies se incendió y toda la pradera se cubrió con fuego. Los árboles y las plantas, incluso el cielo, se prendió en fuego, soltando una espesa nube de humo tóxico. El suelo también comenzó a agrietarse y a desmoronarse rápidamente. Después una ráfaga, tal vez mágica o tal vez proveniente de Kaín misma, impactó contra Tristán y Nicol con tal fuerza y velocidad que ninguno tuvo tiempo de cubrirse. El daño recibido fue tal que ambos quedaron gravemente heridos en el suelo, casi moribundos.

—¡De pie! —gritó Kaín con gran aire de soberana—. ¿O acaso han pedido ya su ímpetu? ¿No iban a pelear hasta la muerte?

—¿Cómo puedes tener tanto poder? —dijo Nicol trabajosamente.

—¿No lo ves? —respondió Kaín—. Pensé que eras más astuta, maga. Esa armadura de allá —señaló— dividía mi poder a la mitad.

—Limitadores de poder.

—Entonces sí los conoces. De no haber usado esa armadura, no habría podido tener las peleas emocionantes y justas que tanto me gustan, pues nadie me podría hacer frente jamás. Nadie había logrado que me retirara el limitador, y por eso los reconozco. Así que levántense y mueran con dignidad.

Lentamente y con gran esfuerzo, se pusieron de pie los dos ixírenes. Trabajosamente tomaron sus armas, respiraron profundo y se lanzaron contra Kaín. Sabían que juntos, su poder aumentaba; unidos, eran imparables. Ambos atacaban con sus espíritus de lucha encendidos. Por desgracia, esto no fue suficiente, pues con solo su brazo derecho, Kaín detuvo y repelió cada uno de los ataques, mágicos y físicos que le fueron lanzados; con algunos ni siquiera se tomó la molestia de defenderse. En el contraataque, Kaín tomó la gigantesca espada oscura que había invocado, y blandiéndola una sola vez, agitó el viento y levantó la tierra hasta destruir todo el lugar en un ademán. Tristán y Nicol intentaron defenderse, pero fue inútil contra una fuerza tan imparable. Recibieron de lleno el ataque y sus cuerpos volaron dando vueltas sin control hasta desfallecer, al borde de la muerte y la desaparición.

—Patético —río Kaín, mostrando dos largos colmillos entre sus dientes.

De pronto, la imagen cambió de nuevo como antes. Notaron que habían regresado al castillo de Tiberius que ya había sido reparado. Luego, el demonio apareció de entre las sombras.

—Ya es suficiente. No hay razón de quitarles la vida aquí y ahora —dijo.

—Haces mal en entrometerte. Esa espada me pertenece, y la única forma de reclamarla es matándolos —respondió Kaín.

—Pero ya habrá un momento para eso, y ambos sabemos que no es este.

—Sentimental como siempre. Seguramente porque destruí una de tus pinturas.

—No es solo eso. Además, tú y yo tenemos asuntos pendientes aquí. Por eso viniste, ¿no?

Kaín se detuvo un momento. Después, resignada, hizo desaparecer su arma.

—Detesto cuando tienes razón —respondió. Se agachó y tomó a Tristán por el cuello para acercarlo—. Escúchame —le dijo con desprecio—, vivirán por ahora, y espero que aprovechen esta oportunidad para volverse más fuertes. Cuando regrese a reclamar la espada de tus restos, espero que me entretengan más. Reconozco que tienen valor. Ahora enséñenme de lo que son capaces.

Tristán, con el cuerpo maltrecho, apenas logró escuchar lo que decían. Una impotencia y una rabia era lo único que sentía, pero no pudiendo resistir más, cayó inconsciente.

—Ven, viejo amigo —dijo Kaín a Tiberius con una voz mucho más suave—, atendamos a nuestros asuntos.

—Vaya —exclamó Tiberius—, hace mucho que no te veía en esa forma. En verdad te dieron problemas esos dos.

—Hace mucho tiempo que nadie me daba una pelea como esa. Tengo curiosidad por saber hasta dónde pueden llegar. Espero que no me decepcionen.

—Creo que te pueden sorprender —río Tiberius.

—Tal vez. Pero ahora, regresemos a lo nuestro —exclamó Kaín estirándose. Llevaba mucho tiempo sin poder extenderse dentro de la armadura.

—Estoy de acuerdo. Discutamos en la biblioteca, ¿te parece? Conoces el camino.

Ambos caminaban despreocupados cuando Tiberius se detuvo de pronto.

—Por favor, adelántate. Yo te alcanzaré en un momento.

Kaín no respondió, tan solo continuó avanzando, aunque no sin antes hacer una mueca de fastidio. Tiberius regresó sigilosamente con los dos ixírenes, colocó sus manos sobre sus cabezas y una luz brilló de sus palmas. De inmediato, las heridas de ambos se curaron y su fatiga desapareció. Al cabo de un momento, Tristán y Nicol despertaron con energías renovadas, aunque con cierta confusión.

—Tuvieron suerte —les dijo Tiberius susurrando—. De haber querido, los hubiera asesinado. Creo que le han provocado un auténtico interés.

—¿Quién es ella? —preguntó Nicol enfadada.

—Eso no es algo que deban saber por mí. Pero eso que vieron, aún no es su verdadero poder. Si se lo propusiera, podría dominar el mundo, desapareciendo a la Unión por la Prosperidad y al Culto de la sangre ella sola. Por eso les recomiendo que tengan cuidado.

—Entonces, lo de los supresores de poder es verdad —agregó Tristán.

—¿Tanto poder tiene en realidad? —volvió a preguntar Nicol.

—Sí. Lo que no la ha vuelto una amenaza para el mundo como lo conocemos es que carece de un objetivo o de alguna meta en su vida. Solo viaja de aquí para allá errantemente. Aunque lo que sí sabemos, es que tiene una obsesión con la espada Ilaxición.

—¿Qué? ¿Cómo sabe de la espada? ¿Quiénes saben de ella? —cuestionó Tristán.

—Tengo muchos amigos aparte del Arcángel Rizhiel. Pero no diré más; por ahora, deben regresar por donde vinieron, creo que ya cumplieron su misión aquí. Váyanse de inmediato.

Tristán y Nicol se pusieron de pie, apoyándose el uno al otro.

—Gracias por salvarnos y por curarnos —agradeció Tristán.

—Sí, sí. Largo. Pero si ven a ese viejo Arcángel glotón, díganle que ya me debe tres — contesto Tiberius con una risa.

Sin demora, ambos se dirigieron al pasillo donde estaba la salida del castillo.

—Niña —interrumpió Tiberius—. El báculo de las siete sombras te ha elegido como su portadora, y eso no es cualquier cosa. Pero ten cuidado, el arma legendaria de los demonios es muy peligrosa, así que más te vale aprender a usarla bien o podrían pasar cosas de las que te arrepientas.

Nicol asintió. Después se retiró junto con Tristán.

Salieron del castillo hacia el bosque de antes. Para su alivio, ya ningún enemigo los atacó en el camino. Al salir, atravesaron las desoladas tierras rumbo a la costa donde sus amigos los esperaban. De camino, se miraron y notaron que sus expresiones habían cambiado; ambos pensaban mucho en lo que había sucedido.

—¿Qué tienes? —preguntó Tristán acercándose a ella.

—Es esa tal Kaín —respondió Nicol suspirando—. Tiberius dijo que su poder es inmenso, pero me cuesta trabajo creer que tanto.

—Pensar que ya era poderosa siendo el caballero negro. Me sorprende que la armadura fuera un supresor de poder, dijiste que eran mentira.

—Sí, me demostró que en verdad existen. Recuérdame disculparme con Alastor cuando regresemos —río Nicol con sarcasmo—. Y no solo eso —continuó, regresando a su expresión de antes—, ¿cuantos más tendrá antes de llegar a todo su poder. ¿De pasar, podríamos siquiera ponerle un alto, o somos solo sus hormigas que puede aplastar a su antojo? Y luego su cara. ¿Quién hubiera pensado que lucía así debajo de la armadura?

—Creo que lo mejor es no pensar tanto en eso, mi amor, —respondió Tristán, tomando su mano—, podría ser solo una exageración de Tiberius, siendo que él no es muy fuerte. A mí lo que me preocupa es lo que oculta, sus verdaderas intenciones. Desde siempre me ha dicho que me odia y que quiere asesinarme para conseguir la espada, pero de ser así, ¿por qué no nos ha matado aún? Además, ¿qué hacía en el castillo? Escuché que no nos perseguía, que de hecho visitaba a Tiberius. ¿Por qué?

—Te entiendo. También detesto no saber lo que está pasando. Y esa maldita me las va a pagar.

Tristán apretó su mano para calmarla; la apoyaba y estaba dispuesto a enfrentar lo que fuera por ella, pero no le gustaba verla desesperada. Al pensarlo, al menos algo se llevaban de todo lo ocurrido: no solo habían conseguido la cuarta llave, también habían logrado conseguir el báculo de las siete sombras, una de las armas con las que podrían enfrentar a Mefisto e impedir su expansión por todo el mundo. Gracias a eso, estaban cada vez más cerca de completar su misión. Ahora deberían concentrarse en las últimas dos llaves, y para ello, lo primero era llegar hasta la ciudad puerto de Aquasol.

Llegaron sin problemas hasta la pálida costa del cinturón del diablo donde sus amigos esperaban. Cuando lograron divisar el barco a lo lejos, vieron que una extraña escena se desarrollaba sobre cubierta.

Capítulo 36: Llegada al puerto de Aquasol

Después de que Tristán y Nicol bajaran del barco para adentrare en el peligrosos Cinturón de Diablo y se perdieran a la distancia, Morgana disparó una bengala al cielo. La señal indicaba al Leviatán y al Preso de no acercarse para nada al Durandal y que continuaran su viaje como estaba acordad. Mientras, los que habían quedado en el barco luchaban sin pausa para repeler la incesante amenaza que subía como niebla al barco. Morgana, la capitana, usaba dos pistolas de corto alcance con gran habilidad, cargando y recargando sus tiros sin perder un solo enemigo ni bajar por un solo momento la guardia. Alastor blandía con facilidad y nada de esfuerzo su ligera espada, dando saltos por cubierta, como si bailara despreocupadamente. Vant empleaba a brillo dorado con gran técnica propia de un soldado bien entrenado y habilidoso, aunque también lanzaba hechizos de luz cuando la situación lo ameritaba. Zafiro había encontrado un lugar elevado, casi al borde de la proa, para lanzar hechizos y lanzar golpes ágiles, y para su suerte, estar rodeada de agua le sentaba bien a su técnica.

—¡¿Están todos bien?! —gritó Vant de repente sin perder el impulso de la batalla.

—Por ahora —respondió Morgana despejando la proa de enemigos con rápidos disparos—. Aunque en un rato no lo sé.

—No creo aguantar para siempre —agregó Zafiro—. Trato de no usar mucha energía, pero igual se agota.

Al escucharla, Morgana se había movido y se había aproximado a Zafiro para ayudarla con los enemigos cercanos.

—Solo debemos aguantar hasta que lleguen los dos —insistió Vant—, debemos darles tiempo.

Pasó una hora, y después dos horas, y a las dos horas y media los ánimos de todos comenzaban a decaer. Debido a la lucha que no paraba, el barco empezaba a dañarse: el agua se filtraba en partes del casco y varias velas se habían desgarrado, una incluso estaba por caer. El timón había sido destruido en un ataque imprudente de Alastor, y por toda la cubierta había cuerpos horrendos y agujeros de balas. En un momento, incluso un pequeño incendio se inició cerca de la popa.

—¡Ya casi no tengo municiones! —gritó Morgana.

—Vant, no podernos seguir así por mucho más tiempo —dijo Zafiro justo antes de ser embestida por uno de los cadáveres, provocando que ambos cayeran al agua.

Al darse cuenta de esto, Alastor saltó al agua sin titubeo para después salir con Zafiro en brazos. Luego la llevó de vuelta a cubierta para protegerla mientras se recuperaba.

—Maldición, mi vestido ya se mojó todo —gruñó entre dientes.

—¡Debemos tomar distancia! —insistió Zafiro—. Si llegamos a la costa podremos recuperarnos un momento.

—No podemos abandonar el barco —respondió Morgana en un momento libre—. Si nos vamos y perdemos el Durandal, ya no podremos salir de aquí. Es nuestro único medio de escape.

—Tristán y a Nicol cuentan con nosotros para el regreso —respondió Vant.

—Hay suficiente viento como para hacer que nos empuje lejos, pero hay que hacerlo ya. Si seguimos así, o moriremos o se hundirá el barco, que para la mala es lo mismo.

Vant debía decidir pronto. Era verdad lo que decía Morgana, pero no quería abandonar a sus amigos en la isla, pues podrían regresar en cualquier momento.

—¡Escuchen todos! —gritó de pronto—. ¡Júntense conmigo!

—¿Qué decidiste? —contestó Zafiro.

—Confien en mi.

Ninguno protestó. Se acercaron a él como pudieron hasta formar un círculo. Los enemigos no tardaron mucho en rodearlos.

—Concéntrate. Tú puedes —se decía Vant a sí mismo. En su mano derecha comenzó a juntar energía luminosa, más y más, muy rápido. *Luz celeste de estrellas infinitas, cubre a los heridos y sana sus espíritus, que los impíos retrocedan.* ¡Bóveda radiante! Y alzando la mano a los cielos, una luz resplandeciente y fulgurosa se alzó desde ella. Un manto de polvo brillante comenzó a caer alrededor del barco, formando una cúpula que lograba mantener fuera a los cadáveres del agua, y los que habían quedado, dentro se movían muy lentamente hasta quedar casi petrificados.

—¿Qué es esto? —preguntó Zafiro, fascinada por lo que veía, cautivada por la magia.

—Es un hechizo de protección que solo los ángeles de la unión podemos hacer.

—¿Y no podías haberlo hecho antes? —agredió Alastor mostrando su incomodidad.

—Nunca lo había utilizado en una situación real, solo lo había practicado un par de veces. Requiere mucho poder, tanto que no sé cuánto tiempo podré sostenerlo.

Una gota de sudor corrió por su frente y su brazo tembló un poco.

—Es hermoso —dijo Zafiro jugando un momento con la mota de polvo que caían como la nieve plácida.

Pasó media hora más, y a pesar de su cansancio, Vant logró aguantar todo ese tiempo. Aunque la barrera estuvo a punto de acabarse un par de veces, el ángel no se rendía. Alastor, en un impulso de compasión. Se acercó a Vant para reponer su energía y que aguantara más. Esto, sin embargo, le provocó un gran cansancio que lo obligó a sentarse y descansar recargándose en el mástil. La energía compartida le permitió a Vant mantener la barrera un tiempo más. Desafortunadamente, no tardaría mucho en ceder.

—Cuando la barrera se rompa, debemos seguir luchando —advirtió Morgana—. Ya me siento mejor, pero las balas casi se me terminan.

Estaban listos y dispuestos a luchar hasta las últimas. En sus miradas brillaba la determinación y un poco la disposición al sacrificio, cuando de pronto, sobre ellos cruzó los cielos una ráfaga luminosa que repelió a los enemigos que quedaban sobre cubierta. Voltearon y vieron llegar desde las alturas a Tristán con Ilaxición. Al aterrizar, se acercó de inmediato a su amigo Vant.

—Ya puedes descansar —le dijo.

Sin pensarlo dos veces, Vant detuvo su magia, tambaleando un poco. Para su suerte, Nicol logró detenerlo para evitar que se cayera.

—Un gran hechizo —le dijo con una sincera sonrisa—. Perdón por la tardanza, pero ahora nosotros nos encargaremos.

Y diciendo esto, Nicol transformó el brazalete en su mano izquierda en el báculo de las siete sombras con la intención de terminar con la amenaza lo antes posible. Sin embargo, en el momento en que el arma apareció en su mano, los cadáveres soltaron un desagradable grito y rápidamente se retiraron, como si temieran al arma o la repudiaran, hasta dejar las aguas serenas otra vez. Así, sin tener que luchar más, el peligro se había terminado y al fin pudieron respirar con tranquilidad.

—¿Están todos bien? —preguntó Tristán de inmediato, acercándose a Morgana y a Zafiro para ayudarlas.

—Creo que ahora estamos mejor —contestó Morgana posando su mano en el pecho de Tristán.

—Te entiendo, nosotros también nos la pasamos mal —respondió Tristán inocente.

En eso, Vant levantaba la cabeza y tomaba aire para reponerse. Después sacudió la cabeza y miró a todos los presentes, aliviado. Volteó hacia Nicol y reconoció lo que llevaba en la mano.

—¿Es eso lo que creo que es? —preguntó.

—Es eso justamente —respondió Nicol orgullosa—. Estamos un paso más cerca de cumplir nuestra misión.

Alzó el báculo de las siete sombras como un trofeo de merecida victoria. Todos voltearon a ver con gran asombro, pues era claro el invaluable tesoro que habían conseguido, la belleza de una de las grandes maravillas del mundo antiguo.

—En realidad es muy bonito. ¿En verdad se puede transformar en o que sea? —dijo de pronto Alastor acercándose con avaricia en el rostro.

—Creí que eras lujuria, no avaricia —molestó Nicol alejando el báculo de Alastor.

—No lo quiero por su valor monetario —musitó una picara sonrisa en el rostro y la siniestra luz de sus ojos entre su cabello.

—¡Que te detengas! ¡Ya! —amenazó Nicol.

—Bien, bien. No tienes por qué ponerte así.

Mientras tanto, Tristán y Vant revisaban a cada uno para asegurarse de que no estaban heridos de gravedad. Curaron las heridas profundas, pero ninguna preocupante.

—Ahora podemos seguir —dijo Nicol levantándose.

—No, no podernos —interrumpió Morgana un poco enojada—. Miren el barco, apenas se mantiene a flote. Tardaría varios días en repararse, y eso si tuviera las herramientas necesarias.

—Yo lo haré —se adelantó Tristán, desenfundando su espada—. Solo tomará un momento.

—¿Qué haces? No vayas a dañar más la nave, si no nos quedaremos para siempre en esta tierra.

Tristán acumuló energía en su espada con un brillo de color púrpura. Se preparó y lanzó tajos precisos en las partes dañadas: el timón, las velas, el casco; pronto el barco quedó reparado como para navegar sin problemas el último tramo.

—Están llenos de sorpresas exclamó Morgana exaltada—. Jamás había visto nada igual en mis viajes, y vaya que he viajado.

Con el barco listo, pudieron partir con ayuda del fresco viento de la tarde.

El sol descendía en el horizonte y las aguas brillaban ondeaban armoniosamente con el cálido sol acariciándolas. Detrás de ellos, la nube espesa que cubría el Cinturón del Diablo se borraba cada vez más, quedando como un mero recuerdo que se agitaba y se perdía en las aguas del infinito océano. Los malos pensamientos perduraban, y aunque no durarían mucho, la angustia que producían fatigaba el espíritu. La imagen de Kaín era lo que más resaltaba en la memoria de Tristán y Nicol, y el misterio de quién era en realidad los inquietaba.

El resto del viaje pasó sin contratiempos. Tristán ya no siguió navegando, fue Morgana la que mantuvo el rumbo. En su lugar, discutió con Nicol sobre lo que había pasado, sus teorías al respecto y lo que deberían hacer en caso de resultar verdaderas. Vant continuó practicando su hechizo de protección y se reportó con el arcángel Daniel en un momento de soledad, aunque decidió mantenerle en secreto algunas cosas como lo del báculo. Zafiro se acercó con Alastor para dar las gracias por salvarle la vida; y Alastor, como siempre, negó que fuera por algo más que mero compañerismo. Aunque sí respondió el gesto contándole a Zafiro un poco sobre sus aventuras.

Al amanecer del séptimo día, los primeros rayos del sol auguraron un nuevo destino.

—¡Tierra a la vista! —gritó Morgana. Casi de inmediato todos salieron a ver—. Ahí está, la ciudad puerto de Aquasol y la entrada al fastuoso continente de Nepgoon.

Los cuatro vieron con asombro el brillo sobre los edificios y la enorme desembocadura en medio de la ciudad. La luz del sol se pintaba de oro y platino al caer sobre las torres, las viviendas, los puertos y las construcciones.

—El continente de Nepgoon es de los más ricos del mundo —continuó Morgana—, en especial la ciudad de Aquoria que no está muy lejos del puerto. De hecho, muchos las consideran como una sola gran ciudad. El único lugar más rico que este es Ventópolis, por lo mismo, ambas son ciudades capitales y grandes socios comerciales.

—No me imagino qué tipo de personas viven ahí —dijo Zafiro con ojos bien abiertos.

—Elfos, principalmente. Solo ellos podrían construir un lugar así. Pero no se dejen engañar por sus finas ropas, pueden ser muy aguerridos cuando se les provoca, a diferencia de esos estirados de Ventópolis.

En pocas horas llegaron al puerto y vieron que el Preso y el Leviatán ya los estaban esperando. Una vez arribaron, y después de atar las sogas, los cinco descendieron del Durandal. Para su sorpresa, una riña se desataba cerca de ahí.

—Vaya, cómo son los marineros —rio Zafiro.

Morgana también notó la riña e inmediatamente mandó a llamar al capitán del Leviatán.

—¡Gibbs! ¿Dónde estás?

—Aquí estoy, capitana —respondió inmediatamente el subordinado, plantándose firme frente a ella.

—Dime por favor que no es mi hermano el que pelea por allá —el ceño de Morgana se frunció un poco.

329

Tristán y su grupo se unieron con Morgana para preguntarle sobre el puerto y lo que sabía del continente.

—No, capitana —respondió Gibbs—. El maestre Richard fue a presentar los documentos para el desembarque de la carga. La pelea de allá es entre los hombres del puerto vecino, y ya es la cuarta desde que llegamos. Parece ser que los marinos están muy nerviosos últimamente y se irritan con facilidad. Le ruego que tenga cuidado.

Morgana soltó una risotada impaciente y luego decidió ir hacia la oficina con su hermano para asegurarse personalmente de que todo estuviera en orden. Mientras, Tristán se acercó a Gibbs con curiosidad.

—Dice que las personas están irritables —inquirió. Nicol lo acompañó—. ¿Sabe por qué?

—Ahh, joven Tristán. Sí, algo sé de eso —respondió Gibbs con respeto—. Al parecer fueron atacados por monstruos marinos de camino.

—Pensé que cerca de los puertos no había monstruos marinos —comentó Nicol.

—Siempre ha habido monstruos en las aguas del mundo, incluso cerca de los puertos. Lo preocupante es que su número se ha multiplicado en los últimos meses. Y no solo eso, dicen que han crecido en tamaño al igual que en agresividad. Me enteré de que al menos dos barcos a la semana no llegan al puerto por ser atacados. Una desgracia en verdad. Así son estos tiempos, y así es la vida de un marino.

—¿Y sabe si es igual saliendo de la ciudad?

—Lo lamento, hace tiempo que no vengo por aquí. Pero si quiere, preguntaré a algunos amigos que viven aquí y lo buscaré cuando sepa algo.

—Sí, muchas gracias.

Gibbs presentó sus respetos y se retiró para continuar con su trabajo.

—Parece ser que su influencia sigue creciendo —dijo Nicol con gran seriedad.

—¿De quién? —preguntó Zafiro.

—De Mefisto. —dijo Tristán preocupado—. Desde que despertó, su influencia en el mundo ha estado volviendo violentas a las personas y a las bestias. Si no lo detenemos pronto, podría ocurrir una catástrofe.

—Pero ya estamos cerca, ¿no? Con el báculo que consiguieron —exclamó la zurita entusiasmada—. Yo también los ayudaré a pelear. Así que me comprometo a practicar mucho y volverme más fuerte.

Tristán asintió con una sonrisa. De pronto llegó Morgana junto con su hermano.

—Bien, todo está arreglado —dijo—. Podemos descargar.

—¡Te ayudaremos! —exclamó Zafiro.

—Gracias, querida, pero no es necesario.

—Considéralo una disculpa por casi hacer que te maten —agregó Tristán—. Además, así nos podrás ir diciendo a dónde ir, porque la verdad no tenemos idea.

Morgana aceptó y gustosos fueron a ayudar, con excepción de Alastor, quien decidió pasear por la ciudad a sus anchas. Mientras descargaban el ventoflotarum, Morgana les contó que la ciudad de Aquoria y la de Aquasol eran ciudades gemelas, construidas a la par y por tanto existía entre ellas un camino directo que las comunicaba. Les contó también sobre la vez que visitó la biblioteca de Aquoria, la más grande de todo el mundo. Esto, claro, levantó las cejas de Nicol a pesar de ya haber estado ahí. Les explicó cómo los habitantes de la ciudad daban gran importancia al estudio y al conocimiento. Debido a esto, los eruditos eran sumamente respetados, algunos, como el rector de la universidad, incluso más que el mismo rey. Para ellos, el estudio era su religión, los libros sus reliquias sagradas y el conocimiento su dios.

Durante la plática, Tristán encargó a Zafiro que buscara alguna tienda en el puerto y que comprara un mapa de las ciudades. Le dio dinero y la mandó. Al cabo de un rato regresó corriendo con dos mapas en la mano.

—Ya solo falta lo último —exclamó Morgana—, de eso nos encargamos nosotros. Muchas gracias de nuevo por la ayuda, y por la aventura. Me divertí mucho.

—A ti, por ayudarnos —agradeció Tristán. Ella lo jaló y le dio un fuerte y apretado abrazo.

—Si nos volvemos a encontrar —continuó—, promete que me contarás más de tus aventuras. Te invitaré a comer y me dirás todo. ¿De acuerdo?

—Ya tenemos que irnos. Hay que avanzar —interrumpió Nicol tomando del brazo a Tristán y jalándolo para apurarlo.

—Es verdad, se ve que tienen prisa —contestó Morgana—. Pero antes, tomen esto. —Buscó en la bolsa derecha de su saco y de ella sacó una moneda de oro reluciente—. Les servirá.

—Tenemos suficiente dinero —respondió Nicol.

—No es dinero, es una muestra de que somos amigos. A lo largo de mis viajes he conocido muchísima gente dispuesta a ayudar. Si necesitan algún favor alguna vez, muestren esta moneda y los ayudarán. Por ahora es todo lo que puedo hacer por ustedes.

—Muchas gracias.

Tristán guardó la moneda y se despidió. También Zafiro y Vant se despidieron alegremente. Nicol tomó algo del dinero que el rey de Ventópolis les había dado y lo demás acordaron guardarlo en su biblioteca, en algún rincón que no le estorbara.

Se adentraron en la ciudad siguiendo el mapa que les había conseguido Zafiro, no sin antes visitar algunas tiendas de víveres y otras de comida, pues aún no habían desayunado. En el trayecto, admiraron la forma en que estaba construida la ciudad: tres importantes ríos que bajaban desde las montañas se juntaban, desembocando justo en el puerto. La ciudad había sido construida sobre esa desembocadura, con cimientos sólidos que soportaban el peso de los edificios y la corriente del agua. Así, las personas utilizaban el agua para transportarse en pequeñas góndolas por la ciudad.

Más adelante, tomaron la calle principal que daba directamente con la salida que conectaba Aquasol y Aquoria. Sin embargo, a medio camino alguien los interrumpió.

—¡Joven Tristán! —gritó una voz. Era Gibbs, el subordinado de Morgana—. Qué bueno que lo encuentro. Veo que ya se van.

—Así es —respondió Tristán—. Debemos seguir con nuestra misión.

—Antes de que se vaya, déjeme contarle de lo que me enteré. ¿Recuerda que me lo pidió?

—Ahh, cierto.

—Mis amigos me cuentan que las cosas no solo están complicadas aquí, también en Aquoria. Resulta ser que ha habido ataques en las afueras de los muros y muchos habitantes han sido asesinados. Pidieron ayuda a Lemsániga por la crisis, pero no ha llegado respuesta. Así que contrataron tropas de un ejército privado para patrullar la ciudad. —Gibbs se acercó a ellos para susurrar—. Obviamente esto puso nerviosa a la gente. Se habla de tomar las armas ellos mismo. Así que ande con cuidado, y cuide bien lo que hace y con quién habla. Últimamente hay personas desaparecidas, asaltos y peleas.

—Entiendo, estaremos al pendiente. Muchas gracias.

—Les deseo suerte. Adiós.

Gibbs dio la vuelta y regresó a una taberna cercana.

—No de nuevo —exclamó Nicol una vez que el hombre se hubo retirado—. La tensión, el ejército privado, el presagio de guerra, es lo mismo que pasó en Ventópolis.

—Son solo medidas de precaución. Con lo que está pasando deben mantener la paz —respondió Vant.

—Y lo que provocan es caos. ¿No escuchaste? La gente se da cuenta de lo que pasa. Eso, aunado a la influencia de Mefisto, es lo que los conduce justo hasta lo que quieren evitar.

—Pero el gobierno debe ocuparse de la crisis, es su trabajo. Si la gente no entiende lo que hacen es su problema.

Vant defendía las decisiones gubernamentales, pues al haber sido un militar toda su vida, le había enseñado a subordinarse. Nicol, por el contrario, era rebelde y despreciaba las reglas, los acuerdos y las convenciones impuestas por la gente y por la élite. Para ella, la única ley auténtica era el conocimiento. Por eso era entendible que ambos tuvieran discrepancias tan fuertes.

Dejando las diferencias detrás, continuaron. Estaban por llegar a la puerta y la multitud desaparecía. De repente, sintieron que alguien los seguía muy de cerca, y se acercaba, desde hace tiempo tuvieron el presentimiento. Entonces, alguien los abordó.

Capítulo 37: Detrás de los libros

—¡Al fin los encuentro! —gritó Alastor, saltando de pronto hacia Tristán.

—¡No hagas eso! Estuve a punto de golpearte en la cara —dijo Nicol bajando el puño.

—Si tienes ganas, hazlo ahora, no me molesta —rio Alastor.

—¿Dónde estabas?

—Por ahí. Fui a hacer unas compras; hay lugares interesantes por aquí, aunque demasiadas bibliotecas. Después pasé con Morgana y me dijo que iban hacia la salida, así que los alcancé.

—Vaya, qué alivio —suspiró Zafiro—. Pensé que nos seguía alguien.

—Ohh, pero sí los están siguiendo. Alguien un par de edificios para allá.

De inmediato voltearon a ver, tratando de encontrar a quien se escondía. No habían salido de la ciudad y ya los problemas los seguían.

—Disculpe —dijo una voz detrás. Nicol tomó su daga y amenazó—. ¡Espere, espere! —suplicó el hombre—. Vengo de parte del rey Válinor.

La persona que les hablaba era un elfo, oriundo de la ciudad a juzgar por su ropa. Esbelto, menudo y portando un elegante atuendo.

—Soy sir Eloric —dijo aún con temor—. Solo quería preguntar si son ustedes los dueños del Durandal, el barco que acaba de llegar.

—Somos nosotros. ¿Hay algún problema con el barco? —contestó Nicol con la mirada clavada en el elfo.

—Vengo en representación de la embajada de Ventópolis para informarles sobre las modificaciones que se compraron hace poco.

—Se refiere al nuevo sistema.

—El rey ordenó que al barco se le hicieran modificaciones con ventoflotarum para convertirlo en un barco volador —continuó el elfo—. Vine para darles esto. —De su bolsa sacó una cajita. Dentro había un brazalete dorado con el logo del Durandal grabado sobre una roca verde.

—¿Qué es esto? —preguntó Tristán, tomando el brazalete de la caja.

—Es una gema rastreadora. Está conectada con el sistema de navegación y vuelo del barco. Cuando esté conectado el sistema de ventoflotarum, la gema brillará. Sirve para llamar al barco. Sin importar el lugar, este acudirá de inmediato hasta donde se encuentre el portador.

—Vaya, es mejor de lo que había pensado —exclamó Nicol al tiempo que se acercaba a ver el brazalete—. ¿Y cómo funciona el sistema?

—Para serle honesto, señorita, no lo sé. Los ingenieros son los que se encargan de adaptarlo. Debería preguntarles a ellos. Pero sí les puedo decir que cuando quiera llamar al barco, solo debe encender la gema y esta hará el resto.

—¿En la biblioteca de Aquoria hay libros sobre el tema? —preguntó Nicol con gran intriga.

—Seguro que sí, señorita. Pero si van a ir a la capital les sugiero que lo hagan pronto, los caminos se restringen al caer la noche.

Tristán y su grupo se miraban entre sí, sorprendidos de que inclusive en las grandes ciudades se comenzaban a tomar medidas contra la crisis que se avecinaba.

—Bien, si no hay nada más, yo me retiro —continuó sir Eloric—. Les deseo buen viaje. —Luego se retiró.

Los cinco continuaron a la salida norte. Atravesaron un amplio portón de roca en cuyo marco se leía en élfico "Aquoria", el destino de la ruta. Afuera, pudieron ver las tierras salvajes: a su izquierda, un pequeño pero espeso bosque, a su derecha, planicies abiertas que llevaban a las tierras agrícolas, y delante de ellos, extendiéndose por algunos kilómetros, una ruta pavimentada y bien delimitada por faroles que conducía directamente a la ciudad capital. Era la ruta más segura pues estaba constantemente vigilada por soldados. Peatones y carretas pasaban seguido por ahí, aunque a esa hora del día ya estaba más vacío. Sin dudar, avanzaron la ruta que los pondría en sus puertas dentro de una hora.

En el camino, mientras los últimos rayos del sol se asomaban en las tierras, notaron que las personas, e inclusive los guardias, se ponían más nerviosos con la llegada de la oscuridad. El bosque cercano exhalaba un extraño sentimiento de peligro; la sensación de que la maldad acechaba detrás del follaje crecía a cada minuto.

—¡Dense prisa! —gritaban los guardias cerca de la hora del ocaso.

En poco tiempo llegaron al fin a la entrada. Un arco similar al anterior, pero más grande y lujoso les daba la bienvenida. Al atravesarlo vieron el esplendor de la gran ciudad capital del continente de Nepgoon, el precioso diamante del mundo: Aquoria. Los altos edificios Se encendían con el rosicler del cielo, resaltando al mismo tiempo las finas molduras de las fachadas y las cristalinas ventanas a los lados. La ciudad compartía la estructura del puerto, pues ambas contaban con canales entre las calles, solo que esta, al ser más grande, descansaba sobre un hermoso lago que detenía las aguas descendientes antes de seguir bajando. Las calles eran lisas y uniformes, y se abrían solemnes al paso de sus habitantes mientras los faroles bañaban su andar con luz dorada. A cada lado del camino, altos árboles en flor de rubí, plantados sobre grandes jardineras, se alzaban con orgullo hacia el cielo, hacia las estrellas del cielo crepuscular. Al fondo, en el centro de la ciudad, la inmensa biblioteca principal se alcanzaba a ver, alto como un grandioso regente. Incluso el castillo del rey pagaba pleitesía al templo del saber. Y en la cima de la biblioteca, como un lucero, un enorme cristal brillaba en la punta, y su luz era de un suave color azul.

—Vengan, vayamos a investigar —exclamó Nicol adelantándose inmediatamente hacia la biblioteca.

—Espera. Creo que deberíamos esperar hasta mañana —dijo Vant.

—Opino lo mismo —secundó Tristán—. Además, no creo que a esta hora esté abierto.

—Yo iré de todas maneras —respondió Nicol decidida—. Si quieren acompañarme está bien, si no, nos vemos después.

Con paso acelerado la vieron alejarse en dirección del centro. Tristán les dijo a sus compañeros que iría con ella para tratar de conseguir información y Zafiro insistió en acompañarlos. Vant y Alastor, por otro lado, decidieron mejor buscar un lugar para pasar la noche.

—Creo que en el este de la ciudad hay posadas, los veremos ahí —dijo Vant. Después se separaron.

Tristán y Zafiro corrieron para alcanzar a Nicol. Al cabo de un rato, llegaron hasta su destino. El sublime recinto los cautivó desde el primer momento: la gran cúpula de cristal, los pilares de mármol al frente y las jardineras a todo lo largo del edificio. Era por mucho la construcción más impresionante en toda la ciudad, probablemente en todo el mundo.

Se acercaron a la entrada y vieron que las puertas seguían abiertas, y dos guardias custodiaban la entrada.

—¡Alto! —ordenaron los soldados al ver llegar a los visitantes—. La biblioteca se encuentra cerrada por hoy. Regresen mañana temprano.

—Pero las puertas siguen abiertas —insistió Nicol molesta.

—Para el público no, solo para los miembros de la universidad y las autoridades. Me temo que no puedo dejarlos pasar.

—No puede ser, yo quería ver —exclamó Zafiro desilusionada.

Por más que lo intentaron, los guardias permanecían inflexibles. Les explicaron que podían entrar desde las nueve de la mañana, que no había necesidad de tanta impaciencia. Tristán y Zafiro aceptaron las indicaciones y acordaron tomarse un tiempo para regresar al día siguiente. Sin embargo, Nicol no dejaba de insistir. Y al ver que simplemente no podría entrar, se alejó molesta, aunque no de regreso a la ciudad.

—¿A dónde vas? —preguntó Tristán siguiéndola hasta una jardinera cercana.

—Vengan, por aquí —fue lo único que contestó Nicol.

Pronto llegaron al ala este del gran edificio, una parte donde la noche y el follaje oscurecían el lugar.

—Ustedes regresen, yo entraré —dijo Nicol con una sonrisa en la cara.

—No puedes. Nos dijeron que está cerrado. Tenemos que esperar.

—Es mejor que entremos ahora, así no habrá gente y tendremos todo el lugar para nosotros.

Y sin dar más explicaciones, Nicol extendió sus alas y ascendió rápidamente hasta una de las ventanas inferiores. Forzó el cerrojo con facilidad y pronto pudo ingresar al edificio. Tristán volteaba a todos lados esperando no ver guardias alrededor.

—Vamos con ella —sugirió Zafiro en voz baja—. Yo no puedo llegar, ¿me ayudas?

Tristán lo pensó un momento: no quería que los descubrieran pues eso podría retrasar la misión, pero tampoco era bueno dejar a Nicol sola. Resignado, tomó a Zafiro de la cintura y de un salto llegaron también hasta la ventana abierta. Al ingresar, la cerraron por dentro. Se encontraban en una sala de la biblioteca dedicada a exhibiciones, pues había objetos antiguos en aparadores presentados como grandes reliquias mágicas. Tristán se acercó a leer uno de los carteles: "La misteriosa brújula de Xenobius. Nadie sabe hacia dónde apunta, pues la aguja cambia con cada portador", rezaba. Y debajo una antigua brújula de madera desgastada. Tristán contempló aquel instrumento con profundo interés, hasta que Nicol lo interrumpió.

—Una brújula rota —susurró—. A los acólitos de Veriti Scientus les encanta hacer pasar cachivaches rotos como grandes reliquias para venderlos. En mis tiempos, hice un par de reliquias falsas como broma para los incautos. Normalmente, los eruditos las detectan y las sacan de exhibición a la semana. Supe de una tan bien hecha que estuvo en un museo por años.

Tristán continuó observando la exhibición. Más adelante había un ojo cristalizado cuyo cartel mostraba: "El ojo de Andor. Muestra el futuro probable de un individuo; ha cumplido miles de profecías".

—Es un hechizo fácil —volvió a interrumpir Nicol. Estar ahí la inspiraba a hablar—, solo tienes que tomar la esencia de los pensamientos de una persona y mostrarlo como una visión. Hay más probabilidad que una persona cumpla los objetivos que tiene puestos.

Estaban ya por salir de la exhibición cuando Tristán vio una caja de madera que decía: "El regalo de dios. Se dice que esta caja, que no se ha podido abrir, contiene un regalo de dios para la humanidad".

—Es las más obvia, infame y quemada de todas. Vi varias de estas en mis días de acolita en Veriti Scientus. No creo que dure en la exhibición ni para mañana.

Al salir de la sala, los tres bajaron juntos por unas cortas escaleras que conducían al área de libros. Admiraron ahí la más grande y magnífica colección que jamás se haya visto. Cientos de estantes de varios metros de altura perfectamente acomodados se enfilaban uno delante de otro, cargando miles y miles de volúmenes meticulosamente cuidados. A nivel del suelo los estantes rodeaban el lugar, subían y entraban a más salas con libros de diferentes temas. Cada nueva sala trataba de temas diferentes. Entre los libreros, decenas de mesas se acomodaban para ofrecer santuario a quienes buscaban disfrutar de un tiempo de lectura o de estudio. Por el gran volumen de libros, la imagen recordaba un poco a la biblioteca personal de Nicol, aunque esta estaba mucho más ordenada.

—Bien, tenemos toda la noche para explorar —dijo Nicol emocionada. Después corrió hacia los estantes.

—¿Sobre qué te gustaría aprender? —le preguntó Nicol a Zafiro que la había seguido al correr.

—¿Tendrán información sobre la raza de los zuritas?

—Seguro que sí. Ven, te acompaño. Debe estar en la sección sobre las razas del norte. Sabes, hay toda una sección dedicada a las culturas que habitaron esas tierras, así que podrías saber incluso sobre tus antepasados de hace cientos de años.

—¿Cómo logras encontrar lo que sea aquí? —preguntó Zafiro un poco confundida.

—Lo dividen por secciones. ¿Ves? Ahí está la sección sobre las leyes de las ciudades y sus reinos, por allá está la que habla sobre plantas y animales, de este otro lado se encuentra la parte sobre lenguajes antiguos, y cerca de ahí hay una zona que habla sobre religiones. Esta de aquí trata sobre armas, todo sobre ellas. Pero la que nos interesa está por acá, cerca de la zona sobre magia. Y yo quiero ir a esa.

Mientras Tristán miraba los estantes con cierto temor, abrumado por tanto libro, escuchó que Nicol mencionaba algo que le interesaba.

—¿Una sección sobre armas? —preguntó intrigado.

—Es esa de allá, una de las más grandes.

—¿Sabrán algo sobre ilaxición?

—¿Tu espada? Yo creo que sí. Sigue este pasillo y llegarás —señaló Nicol. Después continuó avanzando con Zafiro.

Tristán tomó el pasillo en dirección de la zona de armas. Al parecer, era de las zonas más extensas y antiguas de la biblioteca, tanto que abarcaba tres salas seguidas más. Conforme caminaba, iba leyendo algunos de los títulos de los libros en un intento de hallarse. Vio ejemplares como: "La historia completa de las armas", "Guía de armas comunes", "La magia y los materiales". Inclusive encontró un libro titulado: "Cómo usar artículos de cocina como armas". Así siguió recorriendo los estantes buscando la sección sobre armas raras y legendarias. Sin embargo, eran tantos los caminos que pronto se sintió extraviado. "La magia de las rocas", leyó de pronto. Seguramente se había alejado de la sección. Dio giros y vueltas una y otra vez intentando regresar, pero el lugar era todo un laberinto. Así, cuando menos lo notaba, se encontraba en una sección lejana y con libros cada vez más viejos. "Los antiguos elementos mágicos", leía. Definitivamente estaba perdido. ¿Qué debía hacer? Ya había intentado regresar, pero se había perdido aún más y esa sección se veía descuidada y abandonada desde hace tiempo.

De pronto, leyó algo que llamó su atención en un estante sin iluminación. "Los nuevos continentes de Ixcandar. Escrito por el incansable viajero Aluvan", ponía.

—¿Nuevos? —se preguntó. Hasta donde sabía los continentes siempre habían sido los mismos. Con gran curiosidad tomó el libro y leyó.

> *"...una vez que las aguas se hubieron calmado y que las montañas se hubieron detenido, cinco muy frondosas masas de tierra en el mundo surgieron. Una, que la mano Derecha fue nombrada, de céfiros y vendavales colmada fue, pues bendecida por el aire y sus benignos soplos estaba, con la levedad de la brisa sus hijos rebozaban. Otra, que contraria a la primera, nombrada la mano Izquierda fue, y prolífico y fructífero su suelo, y fuertes los retoños en semilla adormilada, con la fuerza de la tierra sus entrañas germinaban. La siguiente, el Corazón del mundo era, pues sus altas cumbres y profundos valles inflamados ardían, con la furia del fuego las venas abiertas en fervor latían. La cuarta tierra, pacífica y serena como mente alerta, despierta y fluyente era, la Cabeza del mundo pues el agua enérgica corría y de erudición al mundo llenaba. Y la mente y el corazón, separadas por la sombra de la sinrazón estaban, en tierras muertas la vida perecía. Y la última de ellas, como el alma que brilla refulgente..."*

De pronto, un ruido interrumpió la lectura de Tristán; provenía de un par de estantes a su derecha. Cerró el ejemplar, lo puso en su lugar y se acercó con cautela. Un libro de color azul, que resaltaba de entre los demás, tambaleaba en su lugar. No tenía título ni autor y daba la impresión de brillar un poco en la escasa luz de los estantes. Curioso, Tristán tomó el libro, lo sacó de su estante y lo observó con más atención. Vio que de hecho llevaba una única inscripción en la tapa, una con letras muy extrañas grabadas en oro que no entendía. Lo sopesó, recorrió el encuadernado con la mano y notó que la textura era perfecta. Como si estuviera nuevo. Acarició el canto y al fin se decidió abrirlo.

En ese momento escuchó un sonido: una gota de agua que caía sobre un pequeño charco; qué apacible. Luego el sonido cambió y se volvió el de un arroyo fluyente entre las piedras; Tristán se sintió cautivado. Cambió de nuevo y se escuchó el agua de un río correr con fuerza; cerró los ojos para escuchar mejor. Luego percibió el rugir de una poderosa cascada; estaba totalmente arrebatado. El sonido volvió a cambiar y se escucharon ahora las olas del mar romper sobre una costa desnuda; ¿en dónde estaba? Y como si lo sumergieran hasta el fondo del infinito océano, abrió de pronto los ojos y dio una profunda bocanada. Se vio así en el centro de una cascada infinita que descendía desde las altas estrellas hasta caer sin fin por el borde del universo.

Capítulo 38: El líder de la ciudad

—¡¿Dónde estás?! —gritaba Nicol mientras recorría sala tras sala—. ¿Estás aquí? ¿Dónde te metiste?

—Seguro se perdió —respondió Zafiro arrastrando los pies—. Este lugar es inmenso. Ya no sé dónde estoy.

—Ya sé, en la sección de historia —continuó Nicol hablando más para sí misma y después caminando de prisa hacia la siguiente sala—. No, ya sé, en la sección de transportes mágicos —se interrumpió.

—¿Podemos parar? Llevamos casi dos horas buscando.

—No nos iremos hasta que encontremos a Tristán. Ya no nos quedan muchos lugares por buscar. Ven.

—Pero ¿qué tal si también se aburrió y se fue de aquí? Probablemente regresó con Vant y Alastor. Si estuviera en la biblioteca ya lo habríamos visto.

—No, él no suele hacer cosas así —respondió Nicol cambiando de sala.

—Ya tenemos que irnos o no dormiremos nada.

—¡Maldición! —exclamó Nicol desesperada. Pero tal vez Zafiro tenía razón y Tristán se había ido, después de todo no le encantaban los libros igual que a ella—. De acuerdo, salgamos de aquí. Sigamos buscando afuera.

Llegaron hasta la ventana por la que habían entrado, se escabulleron y alcanzaron el suelo. Corrieron entre los arbustos hasta salir a la calle principal que continuaba hasta el centro de la ciudad. A partir de ahí, sería fácil llegar con Vant y Alastor.

Faltaban pocas horas para el amanecer, pero a Zafiro cualquier oportunidad de dormir le venía bien. Pronto alcanzaron el lugar para reunirse, la calle destinada a las posadas y lugares de descanso. El lugar estaba silencioso y las aguas apenas en movimientos arrullaban con delicadeza. Sin embargo, en un par de edificios al frente, dos personas conocidas platicaban sin apuro.

—¿Qué hacen aquí? —preguntó Nicol reuniéndose con sus amigos.

—Conocernos un poco más —respondió Alastor con una risa burlona—, y qué mejor ahora que no hay gente alrededor.

—Los estábamos esperando, quedaron de regresar pronto. Miren, aquí es donde decidimos pedir un cuarto —agregó Vant con más seriedad.

Al escuchar esto, Zafiro entró en el lugar con la intención de dormir.

—Nos quedamos más tiempo del planeado —respondió Nicol—. Por cierto, ¿Tristán está dormido arriba?

Ante la pregunta, Vant la miró con extrañeza.

—¿No estaba contigo?

—Estaba, pero ya no lo encontramos y pensamos que estaría aquí.

—No lo hemos visto desde que se fueron. No lo habrán dejado en la biblioteca, ¿o sí?

—Buscamos por todos lados, pero no dimos con él.

—Tal vez se encontró con alguna hermosura en el camino y se fue con ella —exclamó Alastor maliciosamente. Nicol fingió no escuchar.

—Tenemos que encontrarlo —exigió Nicol.

—Si vamos a la zona divertida seguro lo encontramos —insistió Alastor, riendo con más fuerza esta vez.

—Lo buscaremos después de que abran la biblioteca. Con suerte sigue ahí —sugirió Vant compartiendo la misma preocupación que Nicol.

—Con suerte y lo encontró una chica llamada Rubí. La conocí el otro día y es toda una belleza…

Nicol hizo un movimiento con la mano cerca de la boca de Alastor y la hizo desaparecer.

—Calma —intervino Vant—. Regresaremos en un par de horas a la biblioteca y lo buscaremos. Mientras, ¿por qué no comes algo? Te acompaño.

Nicol y Vant entraron a la posada para tranquilizarse y discutir un poco lo ocurrido. Cenaron algo ligero mientras Nicol contaba la historia. Al salir el sol, comenzaron a buscar por las calles aledañas. Revisaron varias horas, pero no encontraron nada.

Al dar las 10 de la mañana, corrieron de inmediato en dirección de la biblioteca que ya estaba abierta. En la entrada, otros dos guardias los recibieron.

—Bienvenidos. Por favor disfruten su estancia en nuestra biblioteca —dijo uno de ellos.

Ingresaron, y para ese momento ya había algunas personas escudriñando entre las estanterías. Con iluminación, los anaqueles limpios y bien dispuestos, el lugar adquiría un brillo cautivador. Los empastados decorados de los viejos volúmenes hacían juego con los adornos del recinto, y las enormes estructuras de madera confirmaban la grandeza de su historia.

—¿Dónde lo vista la última vez? —preguntó Vant recorriendo los libros con la mirada.

—Se fue a la sección de armas mágicas. Dijo que quería buscar información sobre la espada que porta.

—Vayamos, entonces.

Se dirigieron directamente hasta la zona indicada, siguiendo casi la misma ruta que Nicol recordaba que Tristán había tomado. Vueltas y giros, pero no las mismas vueltas y giros, hasta que llegaron a la sección. Ahí, un grupo de jóvenes elfos, estudiantes por sus uniformes, leían con detenimiento los libros que habían seleccionado, al menos una decena. Estos, al ver a Vant y a Nicol, no pudieron evitar subir la mirada.

—Disculpen —se adelantó Vant respetuosamente—, ¿vieron a un hombre alto de cabello rubio por aquí?

Los estudiantes se miraron entre sí, como reconociendo lo que les preguntaban.

—No ha venido nadie en toda la mañana —respondió uno de ellos, el más delgado del grupo—. Pregunten a los bibliotecarios, ellos son los encargados de organizar todo por aquí.

—Están cerca del módulo principal frente a la entrada —agregó otro que ya había regresado a su lectura.

—Muchas gracias —respondió Vant dispuesto a irse.

Sin embargo, Nicol se adelantó y caminó alrededor de la mesa, observando cada anaquel de aquella sección tan peculiar, buscando algún detalle oculto o pista que la ayudara, observando también de reojo los textos de los estudiantes sobre la mesa. Así notó que uno de ellos, el primero en hablar, leía un tomo sobre armas mágicas y su aplicación en la guerra; otro leía sobre la implementación de armas en vehículos de gran tamaño; y el tercero estudiaba sobre la composición de las fortalezas mágicas de todo el mundo. Curiosos le parecieron los temas, pero al no encontrar lo que buscaba se retiró por el mismo camino que había tomado para llegar.

Hicieron entonces como les sugirieron y fueron directo hacia el módulo central, un cubículo amplio y ligeramente elevado del suelo como una muralla donde los encargados administraban el lugar. Nicol fue la primera en acercarse.

—Buscamos a alguien: un hombre de cabello rubio portando una armadura con los colores de la guardia real de Ventópolis —apuró Nicol—. ¿Lo han visto?

La encargada, una mujer joven y esbelta, pero con cara de mal genio, dejó sus labores un momento. Miró a Nicol con indiferencia, examinó a Vant de pies a cabeza y después levantó una ceja con desdén.

—Claro. Solo esperen un momento, por favor —dijo para después dejar su puesto y retirarse con tranquilidad.

Pasado un rato, la mujer se acercó a los visitantes acompañada por tres guardias armados.

—Señorita —exclamó uno de ellos en tono serio—, tendrá que acompañarnos.

—¿Qué? ¿Por qué? —respondió Nicol.

—Anoche se le vio ingresar al edificio de forma ilícita en contra de las restricciones impuestas por el rey y por el director de la institución. Además, se encuentra entre la lista de fugitivos buscados por Veriti Scientus. En este momento queda detenida por la autoridad del rey Raurus y será deportada a Veriti Scientus en calidad de fugitiva por la autoridad del archimago Belfast.

—Eso no sucederá —respondió Nicol con total tranquilidad—, así que les sugiero que se larguen y no nos molesten más.

—Me temo que no tiene opción. Si no se entrega deberemos someterla.

Los guardias se acercaron con la intención de arrestar a la infractora.

—¿Y de verdad creen que lo pueden hacer? —dijo Nicol burlonamente. Después invocó su libro—. No quisiera tener que hacer esto aquí, con tantos libros alrededor podrían dañarse. —El brillo en su palma indicaba que estaba por conjurar un hechizo.

—Veo que no has cambiado mucho —sonó de pronto una voz profunda y juvenil detrás de ellos, una que hizo que Nicol se frenara—. Los libros siguen siendo más importantes para ti que las personas, ¿no?

—Perdón, ¿quién eres tú? —preguntó Vant.

—Sílfimas —respondió Nicol aún pasmada—, no pensé que te volvería a ver de nuevo, aunque supongo que tiene sentido. Es… agradable volverte a ver supongo.

Nicol desapareció su libro y se quedó mirando al Elfo que acababa de acercarse al grupo. Era alto y delgado, de cabello largo y rubio hasta el cuello. Sus ojos eran de un azul suave, y tenía las manos metidas en una túnica blanca de escolar.

—Gracias por calmarte. Si tuviera que pelear contigo, estoy seguro de que no podría ganar, nunca lo logré. —Sílfimas hizo un ademán y se dirigió a los guardias—. Por favor retírense, yo me encargaré.

—Sí, señor director —respondieron los tres. Después dieron media vuelta y se fueron.

—Así que eres el director de la gran biblioteca de Aquoria —exclamó Nicol con frialdad—. Siempre el perro de ese sujeto.

—Nunca he entendido tu odio irracional por el archimago.

—No es algo que te importe.

—Espera —exclamó Vant—, podría ayudarnos. Hola, mi nombre es Vant, ángel de la Unión. Me gustaría pedirle su ayuda.

—Conozco bien a la Unión —respondió Sílfimas sin titubear —, últimamente se meten mucho en los asuntos de la ciudad desde que tienen el apoyo de Belphast. ¿A eso han venido? ¿Finalmente la Unión enviará el apoyo que se ha solicitado?

—¿Él se ha unido a la Unión? —interrumpió Nicol—. Creí que "desde tiempos inmemoriales el archimago es una figura de consejo para todos los gobernantes del mundo, siempre neutral a todo conflicto, pero siempre dispuesto a compartir su sabiduría" —declamó Nicol burlonamente imitando un acento ceremonial.

—A mí me a sorprendió tanto como a ti, pero es verdad —confesó Sílfimas

—Lamento decir que no mi señor —exclamó Vant—. No hemos venido a eso. Verá, hemos estado meses lejos de casa atendiendo un asunto de gran importancia. Un peligro que nos involucra a todos, incluida esta ciudad, está suelto.

—Te refieres a Mefisto. No piensen que a nosotros se nos escapan las cosas. Sabemos lo que sucede desde hace tiempo.

—Entonces saben lo importante que es detener su avance.

—Vengan conmigo.

Sílfimas los guio por los pasillos, subiendo las escaleras, hasta llegar a su oficina. La habitación parecía más un museo; artículos mágicos de gran rareza reposaban sobre los muebles. Libros antiguos conservados y ordenados con cuidado se mostraban en libreros apostados contra las paredes. En uno de los muros, colgaban bellos cuadros, algunos de paisajes exóticos, otros de personajes históricos, y otro, el más grande de todos, mostraba una torre alta y bien plantada a mitad de una isla de aguas tormentosas. Entonces, Sílfimas se sentó detrás de su escritorio y les habló.

—Las cosas están cambiando rápidamente, y para mal, si soy honesto. Seguramente han notado los peligros que acechan fuera de las ciudades.

—No solo en tierras salvajes —agregó Vant—, también dentro de las mismas ciudades.

—Hablas del desastre en Ventópolis.

—Creemos que la influencia de Mefisto provoca locura en las personas; las vuelve violentas e incluso las infunde con energía oscura. Pero no es magia como la conocemos, sino de algo más ruin.

—Eso nos lleva a su misión.

—Asi es. Nicol y yo viajamos con otros tres en un intento por detener a Mefisto.

—¿Y exactamente cómo planean hacer eso?

—Ya tenemos el báculo de las siete sombras —interrumpió Nicol convirtiendo su brazalete en el legendario báculo—. Una vez que tengamos la cadena del Juicio, enfrentaremos de nuevo a Mefisto y lo derrotaremos igual que hace 500 años; pero esta vez será definitivo.

—Sorprendente, el arma perdida de los demonios. Admito que me encantaría tenerla en mi museo. ¿Y dónde está el otro íxiren? Creo que se llama Tristán.

—No sabemos, lo estamos buscando —continuó Vant—. Ayer entró a la biblioteca, pero no salió. En las calles tampoco está y tememos que algo le haya sucedido.

—¿Y qué podría sucederle en este lugar tan seguro, y más a alguien capaz de salvar una ciudad entera?

—No necesito que me des por sentada su seguridad, necesito encontrarlo —dijo Nicol algo fastidiada.

—Siempre tan impaciente. Siempre buscándolo. —La expresión seria de Sílfimas se borró de su rostro y fue reemplazada por un leve gesto de tristeza.

—No entiendo. ¿Cómo es que se conocen? —preguntó Vant.

—Fue hace mucho tiempo —respondió Nicol indiferente—, mucho antes de que nacieras. Estudiamos juntos como acólitos de Veriti Scientus. Después, él y yo fuimos pareja.

—¡Jajaja! ¿Ustedes dos? No me lo creo —rio Alastor desde la puerta llegando de improvisto—. No pensé que tuvieras sentimientos por alguien o algo más. De hecho, no pensé que tuvieras sentimientos en lo absoluto.

—Eso ya quedó en el pasado. Fue un romance pasajero y no tuvo tanta importancia. Lo rescatable es que nos forjó amistad.

—Tal vez para ti fue pasajero —dijo Sílfimas de repente—. Yo aún no lo he olvidado, y no dejo de pensar aquellos días. Nadie me ha marcado tanto como tú, y el haberte perdido fue lo peor que me pudo haber pasado.

Los presentes guardaron silencio, inclusive Alastor aguantaba la risa. Nicol, sin embargo, miró a Sílfimas fijamente.

—Somos amigos Sílfimas. Siempre fui sincera contigo sobre lo que siento por Tristán. — Nicol recargó las palmas en la mesa imponiendo sus palabras.

—Lo sé, lo entiendo. Es solo que me cuesta trabajo aceptarlo. —Sílfimas hizo una mueca, respiró profundo y se calmó— Con respecto a su problema —continuó—, estoy dispuesto a ayudarlos en su misión, pero deben contarme exactamente lo que piensan hacer.

—¿De verdad te arriesgarías a contradecir las ordenes de tu amo? —preguntó Nicol.

—Tal vez así entiendas que no soy solo su perro; yo tomo mis propias decisiones —sonrió Sílfimas

Nicol calló por un momento, dudando. Escudriñaba en los recuerdos que había dejado atrás hace tanto tiempo. Lo que pasaba por su mente nadie podía decir.

—Está bien, confiaré en ti —respondió al final—. Hasta ahora nunca me has traicionado pese a estar bajo las faldas de él. Buscamos las llaves que conducen a las reliquias sagradas. Hemos encontrado la mayoría, y fuimos capaces de recuperar la primera reliquia como ya viste, pero los templos están ocultos por todo el mundo y se acaba el tiempo. Para conseguir la cadena del juicio necesitamos dos llaves más y no hemos encontrado ni pista de la siguiente.

—Entiendo. Mefisto las busca también, ¿no? ¿Ya fueron al Pico del Dragón?

—¿Eso qué es? —preguntó Vant confundido.

—Es un volcán ubicado en el continente de Flare, en el extremo más al norte, mucho más allá de Solealia —respondió Nicol—. ¿Crees que haya una ahí?

—Aunque no lo crean, hemos investigado el tema de las llaves por mucho tiempo, y mis académicos dicen saber dónde están la mayoría. Creemos que las llaves fueron escondidas en lugares del mundo altamente peligrosos y con condiciones extremas. Por ejemplo, tenemos la teoría de que en el bosque Terra, por ser una barrera impenetrable de vegetación, hay una llave, y que, en el Cinturón del Diablo, un lugar de muerte, hay otra. —Vant y Nicol se miraron algo asombrados—. Entonces, siguiendo esa teoría, suponemos que en el Pico del Dragón hay otra llave pues es el lugar de ambiente más extremo de ese continente. Ahí el calor es insoportable. Incluso un grupo se aventuró a explorar, pero nunca regresó.

—El continente de Flare; nunca he podido ir. Está al norte de aquí, ¿no? —preguntó Vant.

—Hay muchos lugares a los que nunca habías podido ir que ya visitamos —dijo Alastor burlonamente.

—Así, es. Hay un portal transportador en la sala de los portales cerca de la biblioteca que los deja en una ciudad cercana al volcán.

—Stonebourgh — murmuró Nicol como si conociera el lugar.

—Entonces debemos ir —exclamó Vant emocionado de poder continuar con la misión.

—Desafortunadamente —continuó Sílfimas —, el portal está cerrado. Fue clausurado hace poco, igual que muchos otros. El único portal que funciona es el de Veriti Scientus, la torre ciudad del archimago.

—Creo haber oído de él. Es el hechicero más poderoso del mundo, ¿no? Las grandes naciones acuden a su consejo en momentos de necesidad. Tal vez él nos puede ayudar a llegar a Flare. ¿Dónde está el portal?

—¡No! Esa no es una opción —interrumpió Nicol con firmeza—, no iremos allá.

—Pero si le explicamos la situación.

—¡Dije que no!

Vant guardó silencio, confundido por la fuerte negación de Nicol pues a veces no lograba comprender el porqué de sus actitudes. En ese momento, por primera vez, tuvo la sensación de que aquello por lo que atravesaban, la lucha contra Mefisto y el pasado de sus amigos, superaban por mucho su entendimiento.

—Estoy de acuerdo con el ángel —dijo Sílfimas—. El archimago los ayudará. De hecho, nuestro viejo maestro quiere que vayan a la torre. Incluso mencionó que está dispuesto a exonerarte de los crímenes que cometiste, claro, si devuelves lo que robaste. Desde que se enteró de sus actividades, insiste en que deben ir de inmediato con él. De no ser por mí, sus seguidores los habrían llevado a la torre.

—¿Fue su maestro? —se sorprendió Vant.

—Ahí fue donde nos conocimos. Pero Nicol siempre fue desafiante, al punto de que una noche escapó de la torre con un tesoro. Asesinó a los guardias que intentaron detenerla y desde ese momento se convirtió en una fugitiva de la ciudad torre. Me sorprendí cuando dijo querer verla al grado de ofrecer exonerarla si devuelve el tesoro.

—Eso no pasará —insistió Nicol—. Lo que haremos es irnos de aquí, encontraremos a Tristán, iremos a Flare y haremos las cosas a mi manera. Ese viejo no tiene autoridad sobre nosotros.

—¿Tan importante es para ti? —la mirada del sabio elfo reflejaba profundos sentimientos encontrados. Luego se levantó de su escritorio y se inclinó sobre la mesa para hablar con mayor claridad—. Escuchen, los ayudaré a llegar al portal que conduce a Flare. Pero deben ser rápidos y hacer lo que yo les diga. El día de hoy, a la media noche, los veré detrás del edificio.

—¿Y qué pasará contigo? —preguntó Vant—. Cuando sepan que nos ayudaste te irá mal.

—No pasará nada. Siempre he seguido a mi maestro, incluso cuando no me parecían sus decisiones; pero ya es momento de que tome las mías como la autoridad que soy. Así que yo me encargo. Al verlos, creo en su misión.

—Te lo agradezco —dijo Nicol—. Lo primero es encontrar a Tristán.

—De acuerdo. Pero dense prisa. Si quieren mi ayuda, debe ser hoy mismo, antes que la noticia de su visita llegue a oídos del archimago.

Una vez decidido, los tres se acercaron con Sílfimas para acordar lo que harían. El plan era que a medianoche Nicol y el grupo llegarían por la parte de atrás del edificio, ya que estaba cerca de los portales. Durante la guardia de los soldados del archimago, Sílfimas intervendría y los distraería, algo que no sería nada fácil pues si la situación se complicaba debería usar magia para detenerlos. En la confusión, los tres llegarían hasta el área de portales. Ahí se encontrarían de nuevo con Sílfimas quien abriría el portal a Flare pues como rector podía activarlos. Así, ellos serían transportados hasta su destino. Sílfimas insistió en que no había riesgo, pues su autoridad como director se equiparaba con la del rey. Solo tendría problemas con el archimago, pero lo valía.

El resto del día, Nicol y el grupo continuaron buscando a Tristán. Tenían la esperanza de que darían con él antes de marcharse, pero no fue así, por lo que decidieron regresar a la posada. Ahí, Vant le explicó el plan a Zafiro quien apenas despertaba. Alastor por su parte, decidió descansar un poco antes del anochecer.

La luna se encontraba en su punto más alto y las aguas se agitaban con el viento frío. Las lámparas de las calles temblaban con el rumor de la noche mientras cuatro figuras avanzaban entre las sombres. Para Alastor, andar oculto resultaba casi natural. También Nicol tenía facilidad de pasar desapercibida; pero a Vant y a Zafiro les resultaba un poco difícil. Afortunadamente lograron llegar sin ser vistos a pesar de la seguridad aumentada alrededor de la biblioteca después de que alguien se metiera.

Como les habían pedido, llegaron hasta la entrada trasera del edificio donde la oscuridad era mayor. Aguardaron un momento hasta que la puerta se abrió y vieron a Sílfimas asomarse mientras les hacía señales para que se aproximaran, Sílfimas los guio hacia un edificio aledaño, la sala de los portales. Así lograron ingresaron con total sigilo, cerrando la puerta tras de ellos. Una vez dentro, vieron que era una cámara pequeña y oscurecida donde ocho círculos mágicos estaban dibujados en el suelo; les recordó un poco a la sala donde estaba el círculo mágico de Ventópolis. Y de todos los círculos, tres estaban bloqueados por marcas hechas en el suelo.

—Rápido, no tenemos mucho tiempo —apuró Sílfimas.

—¿De qué son estos otros círculos que están bloqueados? —preguntó Zafiro.

—Este de aquí va directo a la Unión, pero solo funciona desde el otro lado por ahora, ya que Lemsaniga prohibió ingresos a la ciudad hasta la cumbre de lideres. Este otro es el de Solealia y ha estado bloqueado desde que sucedió el desastre en la ciudad de Ventópolis. Muchos países también han cerrado sus fronteras como Solealia y Yi-Wan, que se han recluido tras sus murallas. Y este último es el suyo, el que va hacia Stonebourgh. Supuestamente lo cerraron porque habían detectado peligro cerca de esa zona. Pero a mí no me engañan, algo ocurre por esos rumbos, algo que quieren mantener en secreto.

Sin preguntar nada más los cuatro subieron al círculo, listos para partir.

—Si después necesitan ayuda, no duden en que la ciudad es su aliada. Les deseo suerte. Por cierto, si encuentran…

De pronto media docena de guardias entraron violentamente a la sala.

—¡Alto ahí! —gritó uno ellos.

—Maldición, nos encontraron. Tienen que irse, yo los detendré.

Sílfimas se interpuso en el camino de los guardias. Los guardias habían desenfundado sus armas para luchar cuando una explosión hizo temblar toda la biblioteca.

—¡¿Qué fue eso?! —gritó Vant.

Casi de inmediato, una segunda explosión provocó que los guardias rompieran la formación, pues las paredes parecían caerse sobre ellos. En eso, otro guardia entró a lugar.

—Señor, hay problemas.

—¿Nos atacan? —preguntó el que parecía el guardia principal.

—No sabemos, pero hubo dos explosiones: una en los límites y otra cerca del castillo.

De pronto, una tercera explosión se detonó, esta vez en una de las salas de la biblioteca, y un clamor de batalla se escuchó después.

—Es ahora o nunca —dijo Sílfimas colocando la mano cerca de una roca que servía para activar el portal—, deben marcharse ahora que los guardias están distraídos.

—No, espera. Los ayudaremos, podría ser Mefisto —respondió Vant. Sin embargo, Sílfimas lo detuvo.

—Nosotros nos ocuparemos de esto, ustedes tienen algo más importante qué hacer. —Y activando el círculo mágico este comenzó a brillar con luz roja.

Lo último que alcanzaron a ver los cinco antes de desaparecer fueron unas enormes criaturas de aspecto terrorífico entrar en la sala y atacar directamente a los guardias, quienes lucharon con gran ímpetu por defenderse.

Lo que tanto temían comenzaba a volverse realidad: la influencia de Mefisto, aquella que infectó la gran capital del viento, había llegado hasta ahí y amenazaba la paz y la tranquilidad de los habitantes de Aquoria. Si la ciudad sucumbía, el mundo se quedaría sin una de sus más preciosas joyas. Sin embargo, nada podían hacer para ayudar, pues cuando se dieron cuenta ya se encontraban de pie sobre una tosca piedra en medio de un páramo estéril acariciado por el viento gélido de la noche, rodeados de solitarias y ralas montañas que se alzaban indiferentes contra el horizonte.

— Ese Sílfimas siempre perdiendo la concentración bajó presión, no desbloqueó correctamente el sello, por lo que no llegamos directo a la ciudad, solo cerca de ella.

Capítulo 39: Los antiguos dioses

Las cristalinas aguas de las infinitas cataratas caían ininterrumpidamente, pues no había viento ni brisa que perturbara su interminable caída. Como muralla se levantaba frente a Tristán y sin embargo él no se sentía temeroso, más bien abrumado.

No había camino aparente por el cual andar. Observó el lugar donde se encontraba, pero su mente se sentía dispersa, como en un plácido sueño. Hizo un esfuerzo para sujetar sus sentidos y poder concentrarse, y al lograrlo, un sendero apareció frente a él. Avanzó sin miedo ante el misterio que era aquel paraje tan extraño donde las leyes del mundo parecían no existir.

Mientras andaba recordó el páramo helado en que había caído durante su paso por el templo de las sombras. Entonces llevó su mano a su cintura y notó con alivio que ilaxición seguía en su lugar. Eso le indicaba que el lugar donde estaba, existiera o no, era diferente al mundo interior de Ilaxición. Era de naturaleza diferente a todos los anteriores, diferente a su mundo, diferente a las pinturas, diferente a los templos; ¿en qué punto la existencia se distorsionaba de tal forma, de tantas y tan variadas maneras? ¿Era acaso otra realidad, otra dimensión, otro mundo? ¿Acaso había realmente una diferencia entre todo eso? No había manera de saberlo; los sentidos carecían de fiabilidad.

Al final del sendero, un precipicio infinito cortó su paso de tajo. Tristán observó el insondable abismo cuando un tenue rumor, más como un estremecimiento, recorrió su espina.

—¿Quién eres tú que vienes a perturbar mis aguas? —preguntó una excepcional voz, profunda sin par.

—Mi nombre es Tristán —respondió el íxiren con voz cortada—. ¿Quién eres tú?

De pronto las aguas de las cataratas detuvieron su cauce, como si observaran atentas a Tristán. Luego se movieron de nuevo, pero suave y lentamente. Se agruparon y se torcieron, y una figura peculiar se formó. Parecía un humano, aunque no se podía decir si era hombre o mujer, sobre el aire con las piernas cruzadas; del torso bien definido se extendían un par de brazos, largos y gruesos, que reposaban sobre el regazo; los cabellos formados de la misma catarata colgaban de la cabeza con serenidad como uno. Un par de ojos, apacibles como un estanque al amanecer y profundos como fosa, miraban directamente a Tristán y escudriñaban dentro de su alma. De su rostro cayó de pronto una cascada de aguas agitadas que recordaba la forma de una barba larga y venerable, como la de un sabio o ermitaño bajado de la montaña. Y sus ropas parecían las de un monje o un djinn.

—Yo soy el guardián que reposa y se extiende y cubre todo el mundo —exclamó—. Mi fuerza es la fuerza de la vida; mi ira es la ira de la muerte; mi corazón es renacimiento y mi edad es la del orbe. Yo soy el dios Nepgoon, uno de los pilares del mundo.

—¿Qué es este lugar? Dime cómo salir, por favor.

—¿A qué has venido a mi mundo? —continuó el dios sin hacer caso a las palabras de Tristán— ¿Acaso eres uno de mis antiguos enemigos que ha venido a robar mi poder después de todo? ¿O la hora funesta ha llegado por fin augurando mi regreso?

El dios de pronto levantó uno de sus brazos y lo extendió, provocando que se extendieran amenazantes grandes corrientes de agua.

Al sentirse en peligro, Tristán desenfundó a ilaxición, y cuando un poderoso torrente fue lanzado en su contra, de un tajo logró cortar las aguas y evitar el daño.

—¡No quiero pelear! —gritó sin bajar la guarda—. No sé cómo ni por qué llegué hasta aquí; pero necesito salir, mis amigos me esperan. —Tristán calló un momento—. Mis amigos…

—Si has llegado hasta aquí sin advertir cómo, entonces, para desgracias tuya, has quedado atrapado para siempre. Pero no te aflijas, mejor siéntete dichoso, humano, pues en este lugar jamás sufrirás y tu apoteosis será inocua, pues las aguas no dañan a los que no las detienen; no pasarás hambre pues son energía pura, y nunca envejecerás pues son vida eterna.

La vos de Nepgoon había cambiado a una tranquila y amable.

—Yo no soy un humano, soy un íxiren. Y no puedo quedarme aquí, debo regresar, tengo una misión por cumplir.

—¿Un íxiren? —preguntó intrigado el dios, agitando de nuevo las aguas—. No recuerdo a tu raza, aunque no he pisado el mundo desde los tiempos de la gran guerra.

—¿Has estado atrapado aquí desde entonces?

—Mi exilio fue mi decisión. Era necesario para mantener el balance. Después de la gran guerra hubo un desequilibrio en la energía del mundo, una terrible herida; era imposible darle forma. Así que, los míos y yo, debido a nuestro gran poder, decidimos retirarnos a dimensiones de bolsillo como esta. Desde aquí nuestra energía fluye lento para estabilizar el mundo y evitar que la herida de este se abra todavía más. Puedes darte cuenta por la forma en que las aguas se mueven cuando alguien las guía con su mano; ahí me encuentro yo, y ahí se encuentra mi poder. Esta dimensión ayuda a que el balance del mundo se mantenga; mi poder ayuda a estabilizar el mundo.

—La gran guerra… ¿te refieres a la primera guerra contra Mefisto? Eso fue hace más de 500 años.

—No conozco tampoco ese nombre. Hablo de la guerra que le dio forma al mundo, cuando el primer ángel y el primer demonio dejaron cicatrices en su paso por el orbe. El universo era joven y los astros aún no hallaban su lugar en el cielo. En ese entonces, los grandes poderes como el mío vagaban por la tierra y la cambiaban igual que ustedes lo hacen ahora. Sin embargo, la vida común era imposible. Yo soy uno de los antiguos dioses elementales.

—Lo lamento mucho, pero no había escuchado hablar de ti jamás, ni de aquella guerra. Sabía que los ángeles y los demonios llevaban peleando por milenios, pero de esos días ya poco se sabe —respondió Tristán, inclinándose en señal de respeto.

—No me sorprende. En tu mundo solo quedan pequeños rastros de nuestro paso. Solo las rocas y el viento conservan aún la memoria, pero no las semillas que brotan de ellas. Y sin darse cuenta, ustedes utilizan nuestro poder cuando manipulan la magia; esa es nuestra condena.

—Lamento mucho escuchar eso —confesó Tristán—. Si pudiera ayudarte a salir de aquí, lo haría.

—No estaré aquí para siempre, pues nada dura tanto tiempo. Cuando eso suceda, las barreras se destruirán y los límites se borrarán, y las aguas correrán de nuevo en el orbe.

—Espera, dijiste que tu poder es el de la magia. Si tu energía fluye entre este mundo y el nuestro, entonces aún tienes un vínculo que los une. Seguro puedes ayudarme a regresar —insistió Tristán pensando en sus amigos—. Por favor, ayúdame.

El dios Nepgoon lo miró atento y en silencio, después respondió.

—Tu espíritu lo he sentido antes, el inquebrantable deseo de ayudar. Te miro y reconozco en ti el poder de alguien que conocí hace mucho, y creo en tu determinación. Te brindaré mi ayuda pues presiento que así lo ha querido al traerte aquí. Pero sé cauteloso, pues debes equilibrar las fuerzas en tu interior para no sucumbir ante ellas. —De pronto, el pomo de cristal en ilaxición comenzó a brillar. Tristán lo tomó y lo levantó hacia el antiguo dios—. Recibe ahora la bendición del agua y utiliza sus dones con sabiduría. —Un brillo magnífico emergió desde la catarata, del corazón del dios, y flotó hacia ilaxición para después unirse con ella. Al combinarse, la hoja resplandeció y pareció extenderse; el cristal de seis colores en la punta del mango adquirió un gran brillo en su segmento color azul.

—Se siente… diferente —dijo Tristán blandiendo un poco el arma—. Es como si su balance hubiera cambiado.

—Supuse bien —continuó el dios—; si te has fusionado con mi poder, hay en ti un alma sin igual. Ahora podrá ayudarte a salir. Pero debo advertirte, joven guerrero, que la fuerza que te he brindado no será suficiente para cumplir con tu misión. Si deseas despertar verdaderamente el poder de los dioses, deberás encontrar a mis hermanos y recibir su bendición también. Pero cuidado, no todos son benevolentes como yo.

—¿Dónde los encuentro?

—Así como yo, decidieron exiliarse a otras dimensiones para mantener el equilibrio. La manera de llegar, no la conozco, así que deberás averiguarlo por ti mismo. Pero confío en que serás guiado por el camino correcto si ese es tu destino. Te deseo suerte y que tu futuro sea bienaventurado.

Al terminar de hablar, las aguas que rodeaban a Tristán se arremolinaron y lo cubrieron de súbito. Sin embargo, esta vez no cayó en un sueño o ilusión o adormecimiento, en vez de eso, la energía se movió con claridad frente a sus ojos. Frente a él un portal se abrió, y sintió al tramo entre dimensiones estrecharse con fuerza.

—Solo una cosa, ¿quién es "él" de quien hablas? —preguntó Tristán demasiado tarde pues una corriente de agua lo jaló hacia el portal y lo transportó a través de espacios para después cerrarse tras de sí.

La corriente lo arrastraba sin detenerse cuando sintió un repentino cambio a su alrededor, y de golpe cayó en agua fría. Al salir, vio deslumbrado al sol en lo alto y el ruido del viento le hizo saber que había regresado. Pronto se dio cuenta de que se encontraba junto a la biblioteca en uno de los canales de Aquoria, como si hubiera sido arrojado desde su interior.

Salió del agua, se incorporó y se secó como pudo. Después, rodeó el edificio y ahí notó que una parte de una de las salas estaba destruida. De igual manera, más adelante, la entrada principal mostraba evidencia de una batalla recientemente librada, fuera y dentro del lugar. Pero lo más extraño de todo era que no había personas alrededor, ni civiles ni guardias preocupados por el desastre. También las calles cercanas se veían dañadas y sin un alma a la vista. Algunas casas fueron totalmente destruidas, otras habían sido quemadas de algunas partes, otras afortunadamente quedaron intactas.

Desasosegado y confundido, Tristán caminó por la ciudad buscando a alguien que lo ayudara. De pronto, alguien se le acercó.

—Disculpa, ¿tú eres Tristán? —preguntó un elfo cuya ropa había sido rasgada y su rostro presentaba ligaras heridas.

—Sí, soy yo.

—Excelente, al fin dimos contigo —sonrió—. Seguramente buscas a tus amigos, ¿no?

—¿Tú cómo sabes?

—Mi nombre es Sílfimas. Soy el director de la biblioteca de Aquoria. Me encontré con tus amigos hace poco. Te estaban buscando como locos.

—¿Y qué fue de ellos? ¿Están por aquí? ¿Qué fue lo que pasó aquí?

—No te preocupes, ellos están bien. Viajaron a Stonebourgh antes del ataque.

—¿Ataque? ¿De quién?

—De los peligros de las afueras. Ayer por la noche una horda de criaturas mágicas atacó desde todos lados y nos invadieron. Logramos repelerlas con nuestras tropas, pero sin duda tuvimos bajas. Ya lo habíamos visto venir desde hace tiempo, aunque el número fue mayor de lo que esperábamos.

—¿Y las personas?

—En refugios. Por suerte no hubo bajas civiles, solo militares. Pensamos que entre ellas ibas a estar tú, pero hasta apenas logramos dar contigo. ¿Dónde estabas?

—Es difícil de explicar. Pero dime, ¿cómo llego con mis amigos?

—Me temo que no es posible: los portales fueron destruidos. Los medios de transporte también han sido interrumpidos en lo que resolvemos la crisis, así que tampoco podemos ayudarte con eso. Vine a buscarte porque Nicol me lo pidió. Así que ven, debes refugiarte.

—Gracias, pero no puedo perder tiempo, debo llegar con mis amigos.

—No hay nada que puedas hacer por el momento, así que insisto. Ya el peligro ha pasado y estamos por comer. Eso te ayudará a pensar.

Tristán aceptó la oferta pues era verdad que comenzaba a sentir algo de hambre y en verdad no sabía qué hacer. Sílfimas lo condujo hacia un edificio cercano que se había mantenido entero e ingresaron. Descendieron por unas escaleras estrechas que revelaron al final un refugio cuyas paredes estaban reforzadas con roca y acero, bastante amplio. Dentro, centenares de personas descansaban, algunas en sábanas en el piso, otras sentadas en sillas rudimentarias y otras ya a la mesa.

Tristán y Sílfimas avanzaron entre la gente que parecía sonreír con cierta dificultad.

—Este es uno de los refugios —dijo el elfo—. En otras partes de la ciudad hay otros iguales, todos bien por suerte. Hemos estado tranquilos desde hace unas horas, aunque nos mantenemos al pendiente por si algo ocurre.

Llegaron hasta una mesa vacía, se sentaron y sin esperar mucho, les sirvieron dos raciones de comida. Tristán volteó a otras mesas y se sintió aliviado de ver que a los civiles los trataban con la misma atención. Comieron un momento y luego Tristán interrumpió.

—Me sorprende lo bien construida que está la ciudad. Ha resistido muy bien.

—Es una de las ciudades capitales del mundo, y vaya que nos ha tomado tiempo y esfuerzo llegar a ser lo que somos —respondió Sílfimas—. La ciudad es de las más antiguas del mundo. Fue construida antes que Ventópolis, aunque el primer regente construyó los cimientos mucho tiempo antes. De hecho, está tan bien construida que no hemos tenido que preocuparnos que debilite las bases.

—¿Fue por los tiempos de la gran guerra?

—Los escritos datan la construcción de una comunidad aquí incluso antes de eso. Después de la guerra, fue por mucho la ciudad más grande e importante, la capital del mundo, hasta que Ventópolis se elevó y erigieron Lemsániga hace 500 años. Ahora nos ocupamos por nuestro propio bienestar.

Mientras Sílfimas hablaba, Tristán miraba de reojo todo el complejo, curioso y al mismo tiempo preocupado.

—Tranquilo, no puede caerse —interrumpió el elfo—. Además, solo estaremos aquí un tiempo más. Después saldremos.

—¿Cómo fue que la ciudad sufrió tanto? ¿Qué fue lo que pasó?

—Llegaron durante la noche hace dos días. Yo me encontraba en la sala de los portales ayudando a tus amigos cuando la primera explosión sonó, y después la segunda. En ese momento la guardia del archimago y yo salimos a ver qué pasaba. Fue cuando vimos que parte de la biblioteca había sido destruida. Corrimos lo más rápido posible tratando de encontrar a los responsables, pero pronto fuimos atacados a media carrera por bestias de los bosques; Trolls principalmente, aunque también había criaturas elementales de uno y dos elementos. Más adelante encontramos golems de madera y de roca, bastante grandes. Nos atacaron por todos los frentes, y fue tan repentino que apenas pudimos reaccionar.

—¿Y qué pasó con la biblioteca?

—Pues, luego de quitarnos a los atacantes, llegamos hasta la entrada principal. Ahí vimos goblins que lanzaban llamaradas y bombas. Por suerte logramos deshacernos de todos antes de que incendiaran los libros. Pero después pasó lo peor: comenzaron a atacar a las personas que salían desesperadas de sus casas. Así que corrimos lo más rápido hacia el centro, o al menos yo, pues la guardia del archimago se había esfumado. Pronto encontré a mis soldados luchando por proteger a los civiles. Fue entonces cuando los empezamos a mandar a los refugios. Muchos nobles guerreros murieron, pero sé que estaban orgullosos de dar su vida por los inocentes. —Sílfimas dio un gran sorbo a su bebida, como brindando por los caídos, y Tristán lo acompañó. Después continuó—. Nunca había visto nada así en mi vida; la violencia, la ira y la desesperación. Luchamos lo más que pudimos; yo tenía que correr de un lado a otro organizando a las tropas, y creo que esos malditos se dieron cuenta porque más y más criaturas se fueron contra mí. El peor fue ese güiverno que me atacó por la espalda.

—Jamás he visto uno de esos, pero dicen que son terribles. No sabía que había por aquí —exclamó Tristán.

—Viven en las montañas hacia el noroeste. Y fue sumamente raro porque casi nunca llegan hasta la ciudad, prefieren rondar por los pueblos cercanos en busca de comida. Pero sí, frente a mí uno de unos nueve metros de alto. Me atacó varias veces, y muy rápido, algunos no los pude esquivar. —Sílfimas soltó una risa mientras se descubría los moretones y rasguños en uno de sus hombros—. Pero logré ahuyentarlo con mi magia. Al final solo quedaba un grupo de trolls que no retrocedían; habrán pensado que nos ganaban. Aunque con las personas a salvo, los otros magos y yo pudimos emplear los hechizos más poderosos sin temor. La ciudad se despejó, pero no pasaron ni 12 horas cuando una segunda horda atacó desde los muros norte y este. Por fortuna sus fuerzas eran menores que antes, así que solo nos tomó unas horas volver a despejar la ciudad. Ya sin enemigos decidimos esperar aquí, a salvo, temiendo que lleguen de nuevo. Aguardaremos aquí a que el sol esté en su punto más alto para salir, confiando en que para entonces nos lleguen refuerzos. Oye, ¿quieres un poco más?

Tristán ya no tenía comida en su plato, casi como si no se hubiera dado cuenta que ya había terminado por estar escuchando la historia con tanto entusiasmo.

—Solo un poco más de bebida —respondió. Y con solo un movimiento de mano de su anfitrión, llenaron su vaso hasta el tope—. Sabes, no es la primera vez que vemos algo así —continuó Tristán—, hay algo que avanza en las tierras salvajes y que seguramente regresará.

—¿Dices que no deberíamos bajar la guardia? —Sílfimas hizo a un lado su plato y colocó los codos sobre la mesa—. Informamos ya a Lemsániga sobre esto. También sé que Ventópolis hizo lo mismo, pero no han contestado. Solo mandan tropas por todo el mundo, pero no dicen nada. Temo que estemos ante algo demasiado grande.

—Debe ser Mefisto —dijo Tristán en voz baja—. Su influencia, su maldad, provoca que las criaturas se comporten de esa forma tan violenta, corrompe sus mentes y las vuelve locas.

—Hemos estado indagando sobre eso desde hace ya varias semanas, aunque las investigaciones se detendrán un tiempo. Creemos que…

—¡Señor! —interrumpió uno de los soldados—. Se le solicita en el sector 13 de inmediato.

—De acuerdo —respondió Sílfimas, luego se levantó e hizo una reverencia frente a Tristán—. Temo que el deber me llama, así que creo que no me queda más que desearte suerte. Ahora, si me disculpas, debo atender a mi gente.

—Está bien. Te agradezco por todo.

Sílfimas se retiró dejando solo a Tristán en la mesa. Después de un par de minutos, en lo que terminaba su bebida, Tristán se levantó y se retiró, tomando las escaleras para salir a la calle. Estando solo en medio del camino, Tristán se sintió perdido y sin saber qué hacer, pues ni siquiera sabía dónde estaba el lugar del que le hablaron. De pronto recordó que tenía un mapa entre sus cosas, el que había comprado hace mucho tiempo atrás en Ovianza, así que lo buscó y lo abrió. Recorrió cada punto dentro de ese continente, pero no vio el lugar que mencionó Sílfimas. Luego miró más arriba, al continente de Flare, pero seguía sin encontrarlo. Y al ir más arriba, casi hasta el extremo norte, dio al fin con la ubicación. El lugar se localizaba en una de las penínsulas que rodeaban una pequeña isla marcada como "Veriti Scientus" cerca del borde. ¿Cómo lograría llegar hasta allá sin un medio de transporte? A pie le tomaría varios meses, y el barco no era una opción por los acantilados de Flare, incluso volando tardaría demasiado.

Entonces una voz apareció dentro de su cabeza.

—Vaya que eres lento —dijo la voz. Era Ilaxición quien le hablaba—. Veo que no puedes sin mi ayuda.

Al momento, Tristán cerró los ojos para intentar llegar hasta ella. Su mente se distorsionó, la imagen cambió de pronto y el viento purpura lo envolvió. Veía el mundo de ilaxición, pero el lugar parecía la cima de una gran montaña. El cielo estaba claro, aunque las nubes debajo impedían ver el suelo. Por un momento, incluso pensó que se había equivocado de nuevo.

—Veo que te han dejado atrás —dijo Ilaxición sorprendiendo a Tristán al aparecerle por la espalda—. Bueno, esta vez no fue tu culpa. Tu encuentro con el dios del agua fue muy repentino.

—Estuviste viendo.

—Pero claro. Has logrado darme más poder y te lo agradezco. Debo admitir que me impresionaste, y solo por eso te ayudaré a llegar hasta ellos.

—¿Cómo lo harás?

—Niño, ¿recuerdas algo de la batalla en el templo de la tierra? ¿Recuerdas lo que pasó al final?

—Recuerdo que estábamos a punto de perder, y luego tú… nos transportaste hasta Zeihán.

—Eso fue un corte en el espacio. Recuerda que yo soy la espada capaz de cortarlo todo y volverlo a unir todo. Puedo cortar incluso a través del espacio y el tiempo.

—Entonces enséñame, así podré llegar hasta Flare.

—Aún no estás listo para dominar algo así, las habilidades espaciotemporales son de las más difíciles de dominar. Aunque puedo ayudarte a llegar hasta allá, pero será la única vez.

—Muchas gracias. Pero espera solo un momento, hay algo más que tengo que hacer.

Ilaxición lo miró con extrañeza, pero accedió. Tristán despertó y se dirigió al centro de la ciudad con espada en mano. Al llegar, se detuvo en medio de una plaza destruida. Tomó a ilaxición y concentró su energía en la hoja que brilló de inmediato en color purpura, aunque esta vez concentró mucha más energía. Era claro que su encuentro con Nepgoon había potenciado su fuerza extraordinariamente. Cuando se sintió listo se puso de rodillas y encajó la espada en el piso con fuerza. Desde abajo, desde las grietas que corrían en toda la ciudad emergió una luz azul. Entonces, una pulsación surgió de la espada y un incontenible torrente se elevó; enormes olas de energía como el agua cubrieron toda la ciudad rápidamente restaurando todo a su paso con la energía de ilaxición. Las elevadas corrientes parecían limpiar los daños y reconstruir las paredes de las construcciones dañadas al chocar con sus flancos. Cuando el agua terminó de fluir por la ciudad, esta estaba tan radiante y hermosa como cuando entraron por primera vez a ella.

Al terminar, Tristán retiró jadeando su espada del suelo; había consumido mucha de su energía al grado de sentirse mareado. Le costaba recuperar el aliento, pero estaría bien.

—¿Pero por qué hiciste eso? Gastaste casi toda tu energía —preguntó Ilaxición extrañada.

—Ellos nos ayudaron, y no puedo revivir a sus muertos, pero al menos puedo reparar su ciudad —respondió Tristán—. Además, Nicol me golpearía si se enterara que deje que destruyeran parte de la biblioteca más grande del mundo.

—Quizás algún día puedas —susurró Ilaxición más para sí misma.

—¿Cómo?

—No importa. Ahora es tiempo de que te vayas.

Al abrir los ojos, estando de regreso en la ciudad, Tristán sintió una repentina energía emerger desde su interior. Miró a ilaxición y notó que el ojo de la empuñadura comenzaba a brillar. Las alas parecieron extenderse y abrirse, y en un repentino fulgor desapareció de la ciudad bajo del sol dorado del medio día y con la interminable incertidumbre del porvenir.

Capítulo 40: La ciudad minera de Stonebourgh

En medio de una tierra tan carente como aquella, el frío de la noche se sentía con mayor severidad. Había poca vegetación en el suelo y la tierra era seca y rugosa. Las piedras eran porosas debido al tiempo y a la intemperie, y sus colores iban desde el rojo, el amarillo, el gris, algunas blancas e incluso las había negras. Sin embargo, en contraste a las rocas, las estrellas se apreciaban con excepcional claridad sobre el manto terciopelo de la noche. Al menos antes de la proverbial salida del sol, cuando la noche es más oscura.

Al mirar el cielo, Nicol observó con atención los astros, calculó sus posiciones, pues era entre sus múltiples investigaciones la astrología era parte de ellas, y caminó decidida en una dirección. Los demás la siguieron ya que no se les vino a la mente ninguna otra cosa que fuera de ayuda. No tardaron en dar con señales de civilización; en la lejanía un brillo de tenue rojo, pequeño pero perpetuo, apareció en el horizonte.

El sol apenas se asomaba en el horizonte, asomándose orgulloso en el horizonte. Con los primeros rayos, la tierra del continente se descubrió rojiza y las montañas grisáceas de bordes irregulares. A la distancia una ciudad descansaba sobre la roca desnuda en el extremo norte del valle que abarcaba varios kilómetros y que daba la espalda a un acantilado en cuyos muros chocaba desesperada la marea.

Los cuatro viajeros caminaron un buen tramo siguiendo la luz. Cuando llegaron a la entrada marcada con un humilde letrero que anunciaba el nombre de la ciudad de Stonebourgh, el sol se encontraba cerca de la mitad de su camino por el cielo y sus rayos hacían arder la piel y calentaban la roca. Debido al fuerte sol y la naturaleza del terreno, los edificios eran de roca tallada, algunos incluso habían sido labrados de formaciones naturales que se levantaban desde el suelo o que descendían varios metros; otras habían sido hechas de grandes masas de roca encimadas una sobre otra. A pesar de su arquitectura tan rudimentaria, la ciudad era extensa, vibrante y estaba bastante poblada. Había mercados, plazas, bares e incluso parques de arena donde los niños podían jugar. Cerca de la entrada, en una tranquila plaza circular, un gigantesco cristal emanaba la misma luz que habían visto durante la noche. El cristal era conocido como la Estrella del Corazón, según una pequeña placa, y era la fuente de magia de aquella región. Los habitantes eran principalmente enanos, que caminabas orgullosos con sus masas y sus hachas a la espalda; también había elfos, aunque no como los de la ciudad de Aquoria, elegantes y de buen porte, sino más toscos y rudos pues caminaban meneando los hombros con prominencia. Inclusive había demonios, aunque en menor cantidad, sencillos y pedestres en comparación con los de Lemsániga, pues su ocupación era la de comprar y transportar mercancía. Y por último estaban los humanos que eran la raza más abundante en todo Ixcandar.

La ciudad también contaba con un palacio para su gobierno. Este había sido construido con la forma de una montaña para aparentar magnanimidad, pero era bien sabido que la verdadera riqueza y esplendor de la ciudad se encontraba en las piedras preciosas y minerales que cerca de ahí eran extraídas. Stonebourgh era famosa por los trabajos con mithril, material conocido como la plata de los elfos;

y el orihalcon, llamado el oro de los enanos. De hecho, la ciudad era el principal proveedor de armas de la mayoría de los reinos aliados a la UP.

Nicol y los demás avanzaron entre la multitud. En la plaza, el bullicio era ensordecedor. Los negocios estaban todos abiertos y competían por los posibles compradores ofreciendo sus mercancías a gritos.

—Este lugar es impresionante —exclamó Zafiro con asombro, señalando y apuntando a los negocios que llamaban su atención.

—Entonces de este lugar vienen las armas —dijo Alastor—, con razón la Unión siempre está tan bien preparada.

—¿No las armas vienen de Pequeña Luz? —preguntó Vant.

—Las más comunes sí, pero las armas más poderosas las consiguen en este lugar. Este pueblo es conocido como el centro de la herrería en el mundo. Los mejores trabajadores de metales, forjadores de armas y de armaduras, provienen y llegan a este lugar. Ven Zafiro, te conseguiremos una armadura de Mithril. Vant, tú ve con Alastor a preguntar por una ruta hacia el Pico del Dragón.

Zafiro, emocionada, se juntó con Nicol y marchó a su lado entre la multitud hacia un bazar. Vant y Alastor asintieron y se adentraron hacia el interior la ciudad. Caminaron en dirección del centro donde encontraron una gran plaza con negocios alrededor. En ella, la gente era tanta que apenas se podía caminar sin recibir empujones y codazos de vez en cuando. Decidieron preguntar en algunos negocios; la mayoría eran pequeños cuartos cubiertos por mantas con los artículos a la venta sobre un estante y unas pequeñas etiquetas con el precio. A pesar de esto, en la mayoría se vendía joyería de Mithril incrustada de piedras preciosas y, en menor cantidad, joyería de orihalcon labrada en la misma ciudad.

Vant y Alastor preguntaron por caminos para llegar a la montaña, pero a los vendedores lo único que les importaba era la venta; si uno no llegaba a preguntar por un precio, volteaban la cabeza y atendían a alguien más. Al darse cuenta de esto, ambos salieron de la vorágine de dinero y decidieron probar con locales de comida. Para su fortuna encontraron una taberna, escasamente iluminada por las velas colocadas en cada mesa y sobre la barra.

Con más confianza, ambos se acercaron al que servía las bebidas. Un hombre alto, de cuerpo fornido y cabello rubio con corte militar los recibió.

—Disculpe, ¿nos podría ayudar? —llamó Vant. Se sintió extraño cuando notó en el rostro del hombre una mirada familiar. Por sus ojos azules y el color del cabello, tuvo una fuerte impresión de estar viendo a su amigo Terry.

—¿Qué necesitan? —respondió el encargado con indiferencia.

—Buscamos la manera de llagar al Pico del Dragón —respondió Vant—. Sabe qué camino debemos tomar.

—Claro que sí, el mismo por el que llegaron. Créanme, no les conviene meterse en esos lugares. Los cazadores de tesoros suelen morir sin más en ese volcán.

—No buscamos tesoros, somos más como exploradores.

—Jaja. Sí claro —rio el encargado—. Mejor váyanse de aquí. Si no vienen a comprar nada la misma gente los va a echar tarde o temprano.

El encargado se volteó y atendió a otra persona que acababa de sentarse a la barra, dejando a Vant sintiéndose abatido.

—Apuesto a que alguna vez lo intentaste —dijo Alastor de pronto—. Y supongo que un íxiren de luz pudo sobrevivir sin problemas a la montaña. —El encargado detuvo lo que estaba haciendo—. Puedo sentir tu aura desde aquí, y me parece que por estas tierras no hay muchos como tú. La mayoría viven cerca de Lemsániga, ¿no? Entonces, eso me hace pensar que viniste aquí por algo más que un simple trabajo en una cantina.

—¿Y tú quién eres, chica demonio? —respondió el tabernero de forma áspera—. No tienes la imagen de una exploradora como dice tu amigo, quien obviamente es un soldado. Por su apariencia, diría que no tienen más oportunidad que los demás.

—Eso ya lo veremos. Aunque tú eres bastante rudo para ser un íxiren con alma de ángel —sonrío Alastor, mostrando sus terribles ojos de demonio—. ¿Y qué fue? ¿Oro y plata? ¿O querías la fama y la gloria?

—La fama y la gloria están bien, pero tienes razón, el orihalcon y el mithril son lo más valioso por aquí. Se dice que en el volcán hay toneladas y toneladas de ambos, en la roca, esperando al que logre llegar. Hace años que yo lo intenté, pero es imposible. —El encargado hizo una señal a Alastor para susurrarle al oído—. Yo logré alcanzar la cima, y vi lo que hay. Por eso sé que, si hubiese tesoros allá, nadie podrá jamás reclamarlos.

—Entonces déjame hacer un trato contigo —respondió Alastor—. Si nos ayudas a llegar hasta la montaña, compartiremos un poco del tesoro contigo. Así, si tenemos éxito, tú te llevarás una buena recompensa por todos tus años aquí, y si fallamos, todo sigue como siempre. Lo único que pedimos es que nos lleves hasta el sendero que sube. Después podrás regresar a esperar tu pago.

—Jaja. Es la primera vez en muchos años que escucho algo así. Debe ser mi día de suerte para que me hagan una oferta tan generosa.

—¿Aceptas o buscamos a alguien más?

—De acuerdo, chica demonio, lo haré —respondió el íxiren después de pensarlo un rato—. Pero deberás dejarme algo en garantía. ¿Quién me dice que no escaparás con mi pago?

—Ten, toma esta espada. —respondió Alastor colocando su propia arma sobre la mesa.

—No me digas que está hecha de mithril, por favor, chica demonio; me sentiré ofendido.

—Nada de eso. —Alastor desenvainó una parte de la hoja—. Está hecha de un material demoniaco. Solo aprecia el negro peculiar de su filo. Es una espada única entre los demonios. Esta será mi garantía.

—Vaya, sí que tienes confianza. ¿Cuál es el truco?

—No hay truco. Dejaré mi espada aquí, contigo. Si muero, será toda tuya.

—Está bien, la acepto.

—Pero debes corresponderla con algo —interrumpió Alastor colocando su mano sobre su arma—. Al dártela me estoy quedando sin protección, y más en una misión tan peligrosa. Préstame tu sable, ese que tienes a la cintura. Es de orihalcon, ¿cierto?

—Así es, pero su valor no radica en lo material, sino en su antigüedad; tiene más de 500 años y fue de los primeros trabajos con este material. Solo mira los diamantes incrustados, algo así ya no se ve hoy en día —presumió el encargado—. Jamás me he separado de ella. Pero tu arma también es única, así que creo que es justo. —Intercambiaron espadas y estrecharon las manos—. Véanme en la puerta al ocaso. Y mi nombre es Aurion, por cierto.

—Te lo agradezco, Aurion —respondió Vant.

De inmediato, demonio y ángel se retiraron a la salida. Pero antes de salir, Vant habló:

—Me sorprende la sensatez que puedes mostrar a veces. Mira que dejar tu espada; es lo más amable que has hecho por la causa.

Alastor volteó a ver a Vant con gran seriedad, como si al fin fuera a sincerarse con él.

—Qué chistoso eres —dijo. Luego salió.

Ya afuera, y con un plan para su misión, decidieron buscar a Nicol y a Zafiro. Pare ello regresaron a los negocios cerca de la entrada, aunque a medio camino se las encontraron saliendo de una tienda de armaduras.

—Buenas noticias, encontramos a alguien que nos ayudará —dijo Vant—. Debemos encontrarnos en unas horas. ¿A ustedes cómo les fue?

—Mira todo lo que conseguimos en este lugar. —Zafiro levantó su falda sin pena. Debajo, una cota de mithril de traje completo cubría su torso hasta las rodillas sostenido en su lugar por un cinturón. En sus brazos, unos brazaletes de orihalcon relucían sobre su vestido azul. En los pies, espinilleras, también de orihalcon, habían sido colocadas como protecciones para sus zapatos. En las manos, unos finos guantes de mithril potenciarían sus potentes golpes. Y en el cabello, adornos colgaban sutiles de la media trenza con la que Nicol la había peinado. La apariencia de Zafiro resultaba imponente al mismo tiempo que elegante.

—¿Todo lo pagaste tú? —se burló Alastor refiriéndose a Nicol—. Qué generosa.

—Tenemos suficiente gracias al rey de Ventópolis. Lo que haga con mi parte no es cosa tuya —respondió ella con seriedad—. Entonces, ¿quién es el que nos va a guiar?

—Ya lo conocerás. Mientras, busquemos un lugar donde prepararnos.

Los cuatro buscaron un lugar donde no hubiera mucha gente para poder sentarse un rato y pensar en lo que harían una vez en camino. Concluyeron que ese era el templo de fuego, pues era evidente siendo un volcán, así que Nicol y Alastor debían estar listos con la magia de hielo al frente, y Zafiro con la de agua desde la retaguardia. Vant no podría ayudar con magia más que de luz, aunque si no encontraban enemigos de sombras en ese templo, utilizaría únicamente su espada. No sabían qué era lo que encontrarían, pero dos cosas eran seguras: no debían separarse, y antes de tomar la llave, debían tener lista una ruta de escape.

—Bien, nos vemos después —dijo Alastor de pronto.

—¿A dónde vas? —preguntó Nicol.

—Eso no es cosa tuya —se burló—. Ustedes ya se prepararon para el viaje, ahora voy yo.

—Nos vemos al atardecer, no lo olvides.

—Sí, ya sé.

Alastor se retiró.

—¿Y tú, Vant? —preguntó Zafiro—. ¿No vas a comprar nada? Si quieres te acompaño. Recuerdo dónde están las tiendas.

—Gracias, pero no es necesario. Esta armadura es lo suficientemente fuerte, así que estoy bien.

Al cabo de unas horas el sol cayó y la tarde pintó el cielo de rosicler. Las pocas nubes desaparecieron al enfriarse el ambiente abriendo paso a las estrellas detrás. Las luces de la ciudad se iluminaron. Las calles lentamente se vaciaron mientras los vendedores terminaban sus ventas y los compradores regresaban a sus casas. En ese momento, los cuatro fueron a la taberna para encontrarse con Aurion quien ya los esperaba frente al local. Platicaba con Alastor, quien había cambiado su vestido por uno color vino.

—No me dijiste que tus compañeras eran dos niñas —dijo Aurion—. Con mayor razón les recomiendo no ir. Pero ya hicimos un trato, así que andando.

—Yo soy la más grande hechicera y soy un íxiren y la elfa puede defenderse sola —respondió Nicol con indiferencia. Pero al ver la cara de su guía algo le llamó la atención, por lo que solo terminó el comentario hasta ahí.

Inmediatamente salieron de la taberna y cruzaron la ciudad. Tomaron la salida oeste que daba a un viejo sendero. Aurion les explicó que era usado para transportar los materiales extraídos de una mina abandonada cerca de ahí, pero que desde hace mucho estaba abandonado, por lo que nadie los vería pasar. Tardarían la noche completa en llegar hasta la base del volcán, pero primero debían atravesar una serie de túneles que conformaban parte de la mina que les comentó. Según él, era el camino más corto y el más seguro, ya que en campo había bandidos y ladrones esperando a los viajeros despistados.

Sin más contratiempos, llegaron hasta la entrada de la mina y vieron que la abertura había sido tapada con tablas de madera para evitar el ingreso. Sin embargo, Aurion desprendió una tabla algo floja y así pudieron ingresar. Ya dentro, encendió una lámpara que llevaba entre sus cosas.

—Síganme. Los caminos pueden ser engañosos —advirtió.

—¿Necesitas la linterna? —preguntó Nicol.

—¿Si no cómo veré por dónde voy?

Nicol se sintió intrigada al despejar una duda que hace tiempo había tenido: ¿los demás ixírenes también podían ver en la oscuridad o solo eran Tristán y ella? Ahora sabía que existían diferencias importantes entre ellos y los ixírenes nacidos después de la guerra.

Dentro de la mina, los sonidos de nerviosismo que hacía Zafiro al caminar se escuchaban claramente. De pronto, un pequeño temblor sacudió las paredes y soltó tierra sobre ellos. Zafiro, del miedo, se asió fuertemente al brazo de Vant.

—No pasa nada —exclamó Aurion—. Son pequeños movimientos provocados por el volcán. Todo el tiempo está temblando, pero gracias a las bases sólidas de la ciudad no se sienten. Entre más nos acerquemos se harán más constantes.

No tardó mucho en que los túneles de la mina comenzaran a dividirse más y más. Por suerte Aurion avanzaba sin dudar demostrando que conocía bien los caminos subterráneos, lo que hacía a Nicol cuestionarse su pasado.

—¿Qué hay en los demás túneles? —preguntó Zafiro.

—Caminos sin salida, caídas a precipicios, criaturas agresivas, de todo. Esta mina era de las más exploradas de toda la zona; mucho del metal que se vende en la ciudad se obtuvo de aquí. La gente venía y exploraba la cueva en busca de su gran riqueza y abundancia; muchos eran mineros expertos. Algunas organizaciones invertían en este lugar. Pero la mayoría eran novatos que soñaban con hacerse ricos. Se adentraron más y más hasta que descubrieron que había algo en el fondo, otra cosa aquí abajo. Muchos murieron a manos de la asfixia y de los accidentes.

Pero se dice que algunos murieron asesinados por criaturas de la oscuridad que habían habitado aquí desde hace siglos. Los cuerpos de los fallecidos nunca fueron encontrados, y los sobrevivientes hablan de horrores desconocidos. A pesar de eso, muchos seguían viniendo a probar su suerte. Cuando la mina no pudo dar más, la gente dejó de venir pues no valía la pena arriesgar la vida por nada. Luego, inteligentemente, decidieron intentar en el volcán. Y tiene sentido; las montañas son como los árboles, ¿saben? Los árboles extienden sus raíces por kilómetros a su alrededor, debajo del suelo, y esas raíces son preciosas pues tienen propiedades medicinales. Así también el volcán extiende sus raíces por toda la zona, raíces de oro y plata, raíces de inconmensurable valor. Y esta mina es una de esas raíces, por lo que cerca de la montaña debe estar su corazón.

—Pero nadie ha podido llegar —concluyó Nicol.

—Desafortunadamente la montaña es y ha sido siempre peligrosa. Y no solo la cima, sino todos sus alrededores. Cuando yo llegué, había equipos enteros que se arriesgaban para poder llegar a la riqueza, pero con el tiempo han dejado de intentarlo. Supongo que al final el miedo pudo más que la codicia. Después de todo, cuando uno muere los tesoros no significan nada.

—¿Es por eso que ya no te arriesgaste a ir?

—Eso y porque me fracturé la rodilla en uno de mis intentos. Para cuando me recuperé, ya había perdido el ímpetu. Había dejado todo por venir aquí: mi familia, mis amigos. Para mi padre estoy muerto por lo débil que resulté ser, según él; mi madre es la única que me visita a veces. Ya se imaginarán quién es el demonio. Por eso me quedé. —Mientras hablaba, otra sacudida estremeció al grupo.

Anduvieron un par de horas más dentro del laberíntico sistema de cuevas hasta que al fin vislumbraron una salida. Al salir, respiraron aire fresco. Las estrellas de nuevo brillaban con claridad, aunque unas nubes, delgadas y borrosas, se dibujaban cerca de ahí.

—Mmmm, qué raro —exclamó Aurion.

—Lo sabía, te equivocaste en el giro 57—gruñó Alastor.

—No es eso. Hay nubes en el cielo.

—¿Y qué?

—En este lugar es raro que haya nubes por la noche. Verlas siempre augura cosas malas.

—Vamos, no crees en esas cosas, ¿o sí? —respondió Vant con cierto alejamiento.

—En Flare casi nunca llueve, y cuando lo hace es solo en una temporada, y con verdaderas tempestades. Por eso ver nubes pequeñas es extraño, es un aviso de los cielos. Creo que debemos regresar.

—Por favor, no podemos detenernos por esas tonterías. Ya no tenemos tiempo que perder.

—No son tonterías, es la verdad. Yo lo he visto.

—Son simples supersticiones —respondió Vant un poco exasperado—. Los cielos no comunican nada, no hablan, son solo cosas que pasan. Mi padre decía que la superstición nos arrebata la belleza del mundo y la transforma en miedo. Yo digo que avancemos.

—Hay que regresar —insistió Aurion volteando a ver al grupo en espera de apoyo. Sin embargo, no fue así.

—Lo siento, pero tenemos que seguir —respondió Nicol—. Si hay peligros los enfrentaremos, pero no vamos a regresar.

Los demás no argumentaron, estaban de acuerdo con sus compañeros.

—Bien, entonces apurémonos para que yo pueda regresar.

Apretaron el paso mientras el cielo apenas comenzaba a aclararse anunciando la llegada del nuevo día. Mientras caminaba, Aurion vigilaba de vez en vez las nubes en el cielo, notando que se hacían más grandes. Su mirada era cada vez de mayor preocupación.

Subieron y descendieron por ligeras elevaciones en el terreno, teniendo que escalar en algunos tramos. A medio camino se encontraron con un grupo de escorpiones de desierto, gigantes y de coraza gruesa, que los atacaron en cuanto los vieron. Rápidamente, Aurion sacó un látigo hecho de cadenas melladas y afiladas y atacó a las bestias. Con gran destreza y velocidad enroscaba su arma en las coyunturas expuestas de los escorpiones, y al tirar con fuerza de ellas lograba desprenderlas del resto del cuerpo. Así abatió a dos de ellos en un instante. Los demás enemigos no fue necesario derribarlos, pues sabiéndose en peligro decidieron huir.

—Al parecer la energía de Mefisto no ha llegado hasta este lugar —pensó Nicol al ver el comportamiento de los escorpiones.

—No esperábamos verte en acción —dijo Alastor a Aurion—. Eres muy bueno con ese látigo.

—Sí. Eso fue asombroso —agregó Zafiro emocionada.

—Les dije que antes también tuve mis días de gloria —sonrió Aurion altanero.

Caminaron otro tramo más y para entonces, el sol ya se asomaba en el cielo. Llegaron a una colina elevada que se apreciaba ligeramente más rojiza, y antes de llegar a la cima, Aurion habló de nuevo.

—Bien, yo llego hasta aquí —dijo—. Prometí que los guiaría hasta la montaña y eso fue lo que hice. Detrás de esta colina verán su camino. Así que me despido y les deseo la mejor de las suertes.

—Ohh, vamos. No puedes irte —dijo Vant. Sin embargo, Aurion mostraba su apuro por regresar—. Podrías acompañarnos. Tus habilidades nos serían de ayuda.

—Déjalo, Vant —respondió Nicol—. Si quiere irse está en su derecho. Como dijo, cumplió con su palabra. Además, si no quiere ir, será más estorbo que ayuda.

—Gracias. Los veré después si regresan con el tesoro. Los estaré esperando en la taberna.

Aurion hizo una pequeña reverencia y se retiró, no sin antes recordarle a Alastor el trato que habían hecho, mostrando también la espada que le había dado como garantía.

—Sí, sí —respondió.

Después de que su guía se retirara, subieron la colina para ver qué les deparaba. Estando ahí, al fin pudieron ver su destino: el Pico del Dragón, como se conocía. Un gigantesco volcán en medio de una llanura de roca estéril que se extendía por varios kilómetros. Fosas de lava exhalaban vapor venenoso y escupían roca fundida por todos lados. A la mitad de la base se podía apreciar un camino, estrecho y serpenteante que subía por una de las laderas entre las afiladas rocas de la figura del volcán. Detrás del gigante de lava, desafiante, se escuchaba el mar rugiendo con furia al fondo de un extenso acantilado que daba la impresión de ser la cola del volcán, la cola de un dragón. Y en el fondo, cegador, el sol se alzaba tras la espesa cortina de humo proveniente del cráter en donde aguardaba la muerte y el olvido.

Para todos fue evidente que ahí se encontraba su siguiente destino, en aquel lugar tan inhóspito y desesperanzador. Ahí era donde esperaba la llave del fuego, en el interior del volcán, en las venas abiertas de la tierra, en el templo del fuego.

Capítulo 41: La torre negra

Entre más descendían hacia el valle de fuego y roca por una pendiente de arena, más evidente se volvía la contaminación del aire. Espeso y viciado, de vapores insoportables y olor a sulfuro era el ambiente, aunque de los cinco la que más sufría de agobio era Zafiro. Por su parte Nicol, Vant y Alastor parecían no sentirse más que irritados por el aire, o al menos lo resistían con facilidad porque sí sentían el penetrante olor que iba en aumento.

Tan pronto terminaron de llegar a la base y poner un pie en la roca estalló del suelo un respiradero de boca amplia que exhaló vapores tóxicos al aire con gran fuerza y rapidez. Después, cerca del primero, un segundo respiradero apareció, y otro más junto a ese. Pronto el aire se tornó más pesado hasta el punto de volverse insoportable. Zafiro entonces habló con voz debilitada.

—Creo que no me siento bien —dijo con los ojos entrecerrados—. Creo que lo mejor es que regrese… yo los esperaré aquí —y tan pronto calló, su cuerpo decayó sin fuerzas.

Rápidamente, Vant la tomó y logró sostenerla antes de que terminara en el suelo desmayada.

—Son los vapores. Ya han entrado en su sistema —dijo.

—Fue demasiado rápido. Normalmente el veneno tarda un par de horas en causar efectos preocupantes —respondió Nicol acercándose a su compañera tan pronto vio su mal estado.

—Creo que es por su edad. Es muy joven y su cuerpo no resiste mucho. Además, toda su vida vivió alejada del fuego y el humo, es entendible que no esté acostumbrada.

—¿Puedes ayudarla?

—Puedo curarla, pero no quitarle el veneno. Mientras esté en su cuerpo seguirá haciéndole daño. —Vant reflexionó con preocupación—. Creo que lo mejor será regresar.

Para Nicol, la necesidad de proteger a sus compañeros era fuerte y no quería dejar a nadie atrás, pero conseguir la llave pronto era también apremiante. Debía decidir pronto y el tiempo no esperaba.

—O siempre se olvidan de mí o los dos son muy dramáticos —dijo Alastor esbozando de pronto una sonrisa extraña—. Yo le quitaré el veneno del cuerpo. Será cosa fácil comparada con la vez que le salvé la vida a esta.

—¡Entonces hazlo! —gritó Nicol.

—Primero debemos salir de aquí o no servirá de nada. ¡Duh! En la base del volcán no hay vapores, así que es el mejor lugar para ir.

Alastor no esperó más y levantó a Zafiro, extendió las alas y voló directo hacia el volcán intentando evitar más escapes de gas venenoso. Vant y Nicol volaron cerca lo más rápido que pudieron. Ya del otro lado, en una zona segura, colocó a Zafiro en el suelo, la acomodó y preparó su hechizo. Extrajo el veneno rápidamente y al mismo tiempo Vant sanó su cuerpo. Tan pronto estuvo limpia, Zafiro abrió los ojos con energía renovada. Miró a sus amigos a su alrededor y se sintió acongojada.

—No puedo creerlo —dijo—, aún no empezamos y ya estoy dando problemas. Si no puedo con esto no creo poder con el templo. ¿En qué estaba pensando? Soy una tonta. —Una lágrima corrió por su mejilla—. Perdón, pero creo que me rindo. Ya no puedo. Jamás podía. Mejor los espero aquí hasta que salgan —. Y sujetando sus rodillas, hundió la cara entre sus piernas.

El semblante triste de Zafiro inmediatamente conmovió a Vant y lo hizo acercarse a ella con dulzura.

—No te preocupes, a todos nos pasó alguna vez —respondió, intentando animarla—. Los templos son lugares engañosos; no sabemos con qué nos vamos a encontrar. Nuestros errores son cosas que debemos superar, aunque no estemos preparados. Además, el fuego es el contrario a tu elemento, por lo que es entendible que te cause problemas. Pero si nos ayudamos, podremos sortear cualquier peligro. Así mis amigos también me han salvado.

—El niño bueno tiene razón —agregó Alastor—, solo fue un mal paso. Así que te sugiero que dejes de quejarte y te prepares, te vamos a necesitar entera para lo que viene. Mira. —Alastor señaló en la ladera del volcán un camino que subía irregular y escabroso por todo el flanco, ondulando como una serpiente hasta la cima del cráter. A los lados, las salientes y las rocas afiladas amenazaban un tropiezo fatal. No había otra manera de subir, y en este caso volar no era una opción, pues el calor en lo alto era mucho mayor y las corrientes de aire caliente que corrían caóticas impedirían maniobrar con precisión.

Al final, Vant extendió una mano a Zafiro y la ayudó a levantarse. Pasó su brazo por su espalda y la sostuvo para que caminaran juntos en lo que se recuperaba. En el camino, Vant le contó una fábula que su padre le contaba sobre la naturaleza de los volcanes para animarla y distraerla de los problemas.

—Hace mucho, muchísimo tiempo —explicó—, cuando la tierra era joven, una gigantesca serpiente de fuego fue encerrada en el interior del mundo y cubierta por roca sólida para evitar que quemara y destruyera todo con su fuego. Muy en lo profundo, gira y gira sin cesar sobre sí misma como castigo por su poder tan destructivo, el poder del fuego eterno. Pero lo que nadie vio fue que ese poder de fuego por el que tanto temían a la serpiente era también la energía de la vida. Así, gracias al fuego que arde en el centro, la vida puede prosperar en el mundo, y por eso a la voluntad de vivir se le dice fuego interno. Los árboles que ves, las plantas, e incluso los animales no serían posibles sin el calor de aquella serpiente que duerme en el centro del mundo. Y al mismo tiempo, la tierra la cubre y la protege. Eso también hace que el mundo gire día con día. Sin embargo, a veces la serpiente no controla a su propia cola, y cuando la cola de la serpiente de fuego se agita sale a la superficie, escabullendo su punta entre la roca, levantando la tierra y haciéndola explotar, liberando el fuego contenido en su interior. Eso levanta el suelo y crea volcanes altos y enormes como este. Pero la tierra queda abierta como si tuviera una herida profunda. Algunas logran sanar y vuelven a cubrirse de roca, pero las que no, siguen liberando su fuego por siglos y siglos.

—Wow, qué genial. —Zafiro escuchaba la historia con fascinación, y sin darse cuenta comenzaba a caminar por su propia fuerza—. Esa serpiente ha de ser inmensa. Si por este lugar salió su cola, seguro que la cabeza es mucho más grande.

—Cuando mi padre me contaba esa historia, yo pensaba lo mismo.

—¿Tu padre ha visto a la serpiente?

Vant respiró profundamente al recordar a su familia.

—Yo digo que sí. Él me contaba esa historia cuando perdía el control de mis poderes de fuego, antes de que forjara a brillo dorado para contenerlos. Creo que verme le recordaba a la gran serpiente, aunque nunca me lo confesó directamente. —Vant rió tímidamente—. Mi parte favorita era cuando decía que el fuego no era solo destrucción, sino que también era vida. Eso me animaba mucho cuando quemaba las cosas sin querer. Pensaba que yo también era como esa serpiente y que mi fuego era algo incomprendido, pero en realidad era algo bueno.

Zafiro notó que los ojos de Vant se humedecieron un poco, a punto de soltar una lágrima. Sin embargo, no dijo nada y dejó que se le pasara. Al final le tomó la mano y le sonrió con gran ternura.

Para entonces ya se encontraban a medio camino, a varios metros sobre el suelo. No obstante, un tramo del camino estaba bloqueado por rocas, lo que les impedía avanzar. Al parecer, un peñasco se había rodado por la ladera después de un fuerte temblor.

—A un lado, yo me encargaré —dijo Alastor fingiendo una voz más profunda. Después abrió el compás de las piernas y preparó el puño.

—¡Espera! —gritó Nicol.

Pero fue demasiado tarde. El golpe del demonio fue contundente y la roca se rompió en cientos de pedazos que volaron varios metros por la fuerza del golpe. Algunos rodaron por la ladera, arrastrando y desprendiendo más peñascos hacia el suelo. El estruendo agitó el flanco de la montaña y la hizo estremecerse, lo que provocó desde el interior del cráter un estallido de lava que lanzó rocas encendidas por todo el lugar. Incontables proyectiles pasaban velozmente cerca de Nicol y los demás.

—Corran, por aquí —advirtió Nicol al mismo tiempo que se protegía la cabeza; el golpe de una roca podría hacerla caer por la ladera.

La agitación duró varios minutos. Mientras más se acercaban a la boca del volcán más cerca pasabas los proyectiles y más veloces eran. Al cabo de un tiempo, y ya estando a nada de la cima, las rocas dejaron de volar. Entonces, los cuatro aprovecharon para tomar un respiro y revisar que nadie estuviera herido.

—No sé qué es más triste: que ya no me sorprendan tus acciones carentes de sentido común o que no lo preví, Alastor, —dijo Nicol con un dejo de desdén—. Siempre nos pones en peligro.

—No llores, no pasó nada. Además, ya casi llegamos. Nos falta lo último.

En ese momento notaron que el calor era mucho mayor en ese lugar y que el viento soplaba con mayor fuerza. El olor también era más intenso que antes, aunque ahora estaba acompañado por espesas nubes de humo negro formados desde varios escapes que había al final del camino que ascendía escarpado por el último tramo. Afortunadamente para los cuatro, en el último tramo pudieron servirse de sus alas para saltar y llegar hasta arriba.

Ya en el borde pudieron contemplar al fin el pozo de lava ardiente en la cima del volcán que se agitaba con las exhalaciones de humo y los movimientos de la tierra. En su centro descansaba una torre alta, ennegrecida por el tiempo y desgastada por el magma. Sus bordes eran irregulares y daba la impresión de estar ligeramente inclinada hacia adelante, como encorvada. En la punta, una roca enorme se sostenía del resto de la estructura, y al mismo tiempo daba la impresión de estar sobrepuesta. Probablemente era un salón amplio al final de unas sinuosas escaleras. Se presumía la entrada al templo del fuego.

Miraron por todo el borde, pero no lograron encontrar un camino aparente por el cual descender, aunque sí lograron ver un camino de roca que conectaba la pequeña isla donde se encontraba la torre con el borde del cráter, al lado contrario de su posición.

Caminaron con cuidado por la orilla para alcanzar el camino. Pero antes de llegar, miraron de nuevo la solitaria torre en medio de la sofocante lava. Zafiro no pudo evitar notar que la curvatura y la forma en que el cuarto de la cima colgaba daban la impresión de ser una persona, cabizbaja y deprimida. Imaginó en su inocente y creativa mente joven que miraba a un hombre a quien la vida había tratado mal y que se había quedado solo en lamentos en aquel lugar tan desolado. Soltó una pequeña risa inventándole toda una historia y hasta dándole un nombre.

El descenso fue complicado, y más por el calor que subía sin piedad y que calentaba sus armaduras. Ya abajo, pisaron con cuidado el estrecho puente con el temor de que se deshiciera por el peso. Por fortuna, la roca era maciza y apenas se movía. En realidad, el puente consistía en dos rocas alargadas conectadas en el medio por dos curvaturas que se enganchaban entre sí y que sostenían la estructura. Al principio pensaron que el puente se extendía en lo profundo, pero pronto se dieron cuenda que en realidad las rocas flotaban sobre la lava.

De cuando en cuando, pequeñas burbujas se inflaban sobre la superficie de la lava para después reventar y salpicar. A pesar de eso, lograron llegar hasta el otro

373

extremo sin quemarse. Vieron ahí que la entrada era una pequeña abertura no mayor a dos metros de alto y en cuyo borde los mismos símbolos que habían estado encontrando estaban tallados a lo largo de todo el marco.

—Bien, aquí vamos —dijo Vant, aunque con la impresión de hablar para sí mismo.

Al acercarse a la entrada, los símbolos comenzaron a brillar y la puerta se abrió. La primera en entrar fue Nicol, después Alastor, luego Zafiro y por último Vant. Dentro, el calor disminuyó considerablemente, incluso hasta el punto de sentirse fresco. Probablemente, la roca aislaba el templo del ardiente exterior, lo cual era asombroso pues debía ser una roca única y con un grosor extraordinario. De súbito, la puerta se cerró detrás y los dejó en completa penumbra.

De nuevo, igual que en el templo del agua, Vant tuvo que iluminar el lugar para que Zafiro y él pudieran ver sus pasos. Se encontraban en un salón amplio, de techos altos y paredes lisas como un fuerte. Sin embargo, por todo el lugar había rocas, de diferentes tamaños y formas, colocadas sin orden aparente unas sobre otras; llenaban el lugar y apenas permitían espacio para pasar. Algunas eran tan grandes que abarcaban la mayor parte del espacio disponible, llegando incluso a tocar el techo.

Como pudieron, avanzaron entre las rocas, a veces saltándolas, otras rodeándolas por laberínticos pasillos e incluso pasando por aberturas estrechas y apretadas donde cabían de uno en uno. De pronto, algo los detuvo. Un ruido sordo y pesado apareció cerca de ellos. Se asomaron como pudieron, pero no lograron ver nada, y después de un tiempo esperado continuaron. Avanzaron un momento y de nuevo el ruido, ahora más fuerte, los sorprendió.

—¿Quién anda ahí? —amenazó Nicol a la nada—. Sal de una vez.

Nadie respondió.

—No hay nadie ahí —dijo Alastor—, no siento ninguna presencia. Yo creo que estás loca, pero eso ya lo sabías. —Después continuó como si nada.

En cierto momento creyeron haberse extraviado pues no veían una salida e incluso habían perdido la entrada. De pronto encontraron un indicio en una de las paredes: una mano roja tallada en la roca. Desde la punta de cada dedo se extendían por todas direcciones surcos profundos y continuos sin aparente fin.

Largo tiempo observaron el enigma, pero no lograron comprender. A diferencia de las veces pasadas no había inscripción ni pista.

—Es un camino sin salida —exclamó Zafiro decepcionada.

—No, aún no —respondió Vant pensativo—. Solo hay que descubrir de qué se trata.

Nicol miraba con atención, inspeccionando cada centímetro de la roca y de los surcos. Por un momento se le ocurrió que había un objeto mágico escondido en algún lado; tenía sentido pues lo mismo había ocurrido antes, solo que hallarlo sería un mayor reto. Sin embargo, no percibió señales de magia en la roca ni en los surcos. Alastor también miraba la roca, aunque no con atención sino con evidente aburrimiento. De pronto, algo golpeó su cabeza por detrás.

—¿Qué rayos te pasa? —gruño buscando culpables. Miró a sus pies y vio un pequeño guijarro—. ¿Quién fue?

Zafiro y Vant voltearon a ver lo que pasaba.

—No es el momento de bromitas —se dirigió a Vant.

—¿Qué te pasó? —respondió él.

—Pues que me aventaste esto a la cabeza.

—Yo estaba por allá, lejos.

—¿Te gustaría que yo te aventara cosas? —De pronto Alastor invocó una esfera de hielo en su mano—. A ver, esto sí es divertido.

—Oye, tranquilízate. Te juro que no lo hice. Zafiro puede decirte.

—Sí, claro. Se me hace que los dos están contra mí. Desde hace rato que me quieren molestar.

Alastor se veía con gran molestia sin razón aparente y su amenaza parecía en serio. Y de nuevo, una segunda roca golpeó su cabeza con mayor fuerza.

Esta vez los tres voltearon, buscando al agresor. Se acercaron con cautela hacia la oscuridad, pero solo vieron rocas. Entonces, otro guijarro golpeó el estómago de Vant, y después otro cayó en la pierna de Zafiro. Pronto retrocedieron desconcertados. De repente, una roca golpeó la espalda de Nicol interrumpiendo su concentración. Molesta, volteó rápidamente, y sin advertencia, lanzó un rayo oscuro que pulverizó las rocas frente a ella haciéndolas estallar en miles de pedazos. De inmediato, un fuerte temblor sacudió todo el lugar de un lado a otro, como si la torre se retorciera. Fue entonces, en medio de la conmoción, que notaron algo pequeño moviéndose, veloz y robusto. Pero fue hasta que se detuvo la sacudida que Nicol y Vant tuvieron oportunidad de explorar. Entre los escombros, se percataron de que los surcos en el muro pasaban por debajo de las rocas, y que en estos, de hecho, sí habían un rastro de magia, uno pequeño y apenas perceptible para la habilidad de rastreo de Nicol.

—Aquí hay algo —dijo—, pero se desvanece lentamente. Creo que la roca en sí guardaba energía. Y es… magia de fuego. Mira, aquí se ve la combustión. Lo que me extraña es que aún persista. La magia no suele perpetuar en los objetos que no cuenten con una fuente de energía propia.

—Podría estar en otra sala —respondió Vant—. Solo habría que encontrarla.

—No lo creo. Los surcos son circuitos mágicos que terminan aquí, por lo que su función era alimentar la roca. Pero los surcos no tienen magia, ni un poco. Entonces, ¿cómo podían fluir hacia las rocas?

—¿Eso qué significa?

—A juzgar por el remanente de magia: o se acaba de practicar magia con esta roca, lo cual no tendría sentido, o esto es algo vivo. Pero eso solo podría significar que… —Nicol quedó pensativa un momento y en su mirada crecía la incredulidad—. ¡No lo creo! —exclamó con cierto asombro—. Vant, quiero que lances un hechizo de fuego justo en el hueco que vimos hace rato.

Al instante, Vant regresó hasta la placa de la que hablaba Nicol. Sin perder tiempo colocó su mano justo enfrente de la marca y canalizó un poco de fuego en ella. ¡Fignis!, invocó. El fuego de inmediato brilló con un destello en la penumbra y avivó la roca antes muerta. Rápidamente, los surcos se encendieron hasta abarcando cada muro, por detrás y por debajo de las grandes rocas, devolviéndoles también la energía. Inclusive la torre misma volvió a moverse, como incorporándose lentamente. Después, el silencio se hizo de nuevo. Esperaron, pero nada más sucedió. El ruido de antes también se había detenido, y solo entonces supieron que podían continuar. En medio del alboroto, una entrada cerca había aparecido. Se acercaron a ella con la confianza de que el plan de Nicol había funcionado. Vieron ahí una tosca escalera de escalones irregulares y torcidos que los invitaba a subir. Zafiro fue la primera en avanzar, seguida de Vant quien jadeaba por controlarse después de haber usado un hechizo de fuego y después de Alastor. Nicol, al final, subió lentamente al mismo tiempo que observaba con recelo la habitación, segura de que había algo más oculto, aunque convencida también de que no podría saber en ese momento lo que era.

Luego de subir, la entrada detrás se volvió a cerrar. No obstante, la luz en los surcos había subido con ellos iluminando las paredes de esa zona. Probablemente era igual en el resto de la torre.

El espacio en aquel lugar era amplio y tan solo unas cuantas pilas de arena solitarias descansaban apartadas entre sí. No había movimiento ni señales de peligro a la vista. Alastor se adelantó sin miedo ni desconfianza, aunque Nicol sabía que nunca era tan fácil.

—¡Aguarda! —gritó. En ese momento surgió de las paredes un vapor caliente que apestó el aire. Masas sin forma surgieron ardientes de la roca como fantasmas malditos. Luego salieron más, y al instante tomaron forma de criaturas rastreras y de apariencia reptil. Sus cuerpos estaban cubiertos por una sustancia parecida a la lava, pero más brillante y amarillenta. Las había por decenas; parecían no dejar de emerger y todas ellas miraban a los intrusos babeando y hambrientas.

Nicol atacó sin esperar. *Furia congelada,* ¡Aurora glaciar! El gélido aire proveniente de sus manos de inmediato congeló a las criaturas, clavándolas en el suelo como estatuas, debilitándolas. De igual forma, los muros se enfriaron con la magia, deteniendo el surgimiento de más criaturas. Y sin dudar, la íxiren convirtió el brazalete en una lanza larga y afilada. Con ferocidad se lanzó al ataque seguida por Vant, quien empuñaba a brillo dorado, y por Alastor, que empuñaba la espada de orihalcon que le habían prestado.

Una a una sucumbieron las criaturas ante el filo inclemente de las espadas y la lanza. Sus cuerpos eran débiles, pero su número era superior, y al volverse a calentar el lugar, más de ellas surgieron sin control. Nicol intentó lanzar otro hechizo, pero fue atacada y no logro terminar. Vant y Alastor luchaban, pero retrocedían con rapidez. Zafiro observaba la situación y trataba de pensar en una solución, sin embargo, el calor tan sofocante que no la dejaba concentrarse. Intentó atacar. ¡Hidro impulso! Pero nada ocurrió. De nuevo lo intentó y de nuevo su intento fracasó; el fuego era tal que la magia de agua no era suficiente. Entonces, tuvo que moverse rápido pues varias criaturas se habían acercado a ella. Logró repeler a un par con sus puños, pero pronto se encontró perseguida por un grupo grande. Repentinamente, Nicol llegó y la ayudó. Zafiro se acercó a ella para cubrirse.

—Mi magia no sirve —dijo preocupada y agobiada—. Mis nuevos hechizos de agua no funcionan.

—Debes saber que los hechizos de agua son más difíciles de conjurar entre mayor sea la temperatura al igual que los de viento —le respondió Nicol mientras luchaba—. La tierra y el fuego tienen desventaja a menor temperatura. Por eso los elementos se dividen entre fríos y calientes. Los fríos acompañan a la oscuridad y los cálidos a la luz. En este lugar tan caliente te costará conjurar una sola gota.

—Pero tú puedes invocar hechizos de hielo.

—Yo soy una hechicera, por eso mi magia es mucho más fuerte que la de cualquier otro tipo de guerrero. Tú ocupas la magia de agua para potenciar tus artes marciales, por eso no logras conjurar.

De nuevo, Nicol concentró energía en sus manos y la expulsó con fuerza. Las corrientes heladas cubrieron el lugar y los enemigos se detuvieron de nuevo. Esta vez se apresuraron en eliminarlos para así poder pasar. Al abrirse la oportunidad, corrieron hasta el extremo de la habitación donde vieron una pequeña abertura que conducía al siguiente lugar. Sin embargo, les era imposible pasar por el diminuto tamaño. Pronto los enemigos volvieron a aparecer, y fue Vant quien los enfrentó esta vez. Concentró energía en sus manos y lanzó un feroz fuego contra los reptiles. ¡Fignis! En el momento en que la magia alcanzó a uno de los enemigos, este se inflamó y creció rápidamente hasta estallar. Sus restos incandescentes volaron por todo el lugar, y al caer sobre las demás criaturas, estas también se hincharon hasta estallar. Debido a esto, la temperatura se elevó tanto que incluso caminar era insoportable; los muros y el suelo se calentaban. Esto también afectó a las demás criaturas, pues tan pronto sintieron el calor se disolvieron y se fundieron hasta regresar a las cavidades de donde habían surgido. De pronto, un temblor agitó el cuarto con movimientos violentos e inconsistentes igual que antes. No quedaba mucho tiempo y pronto la temperatura sería mortal.

Pero por fortuna, la abertura cercana a ellos se comenzó a expandir, probablemente por efecto del mismo calor, hasta dejar un espacio suficiente para pasar.

Los cuatro corrieron lo más rápido que pudieron hasta salir del lugar, que parecía estar a punto de estallar. Por suerte, alcanzaron a subir por unas escaleras que pronto los alejaron del calor. Arriba, el lugar se sentía más fresco, por lo que solo debieron esperar a que los temblores terminaran.

—No vuelvas a hacer eso —dijo Nicol jadeando, dirigiéndose a Vant—, o nos volarás en mil pedazos.

Vant calló aun jadeaba por controlarse, y evitar que su fuego lo controlara, solo asintió con cierta vergüenza. El templo, el volcán, todo el lugar era volátil, y cualquier descuido podría desencadenar una catástrofe, no solo poniendo en peligro mortal sus vidas, sino provocando también que la llave se perdiera para siempre. Así que debería mantener su poder de fuego controlado.

Después de que todo estuvo en orden, se pusieron a investigar los alrededores. Se percataron de que el piso al que habían llegado era más grande que los anteriores, en especial el techo que se extendía como una torre varios metros hacia arriba, hasta la oscuridad desconocida. Pronto vieron que en el muro había rocas salientes, alargadas, delgadas y un poco curveadas. Las rocas habían sido acomodadas una cerca de la otra, y dibujaban un arco ascendente a lo largo de todo el muro. Al acercarse a la más pequeña, una apenas separada del suelo, notaron que los mismos surcos que habían visto iluminarse antes subían por todo el muro siguiendo el camino de las rocas, cruzándose y volviéndose a separar incontables veces. Sin embargo, estos no habían sido iluminados como los anteriores; eran independientes e incluso se veían tallados de manera diferente.

Vant, al darse cuenta de esto, buscó con apuro otra marca donde usar su poder, mas no logró encontrar nada. Debían subir uno a uno aquellos extraños escalones hacia lo que fuera que les aguardaba arriba. Y así, sin demora, extendieron sus alas Vant, Nicol y Alastor para poder subir pronto. No sabían qué tan extenso era el camino, pero estaban seguros de que se acercaban cada vez más al misterio que guardaba.

Capítulo 42: La cima de la torre

Con un batir de alas discreto y constante, los cuatro se elevaron y ascendieron rápidamente por el camino, más pronto se vieron obligados a detenerse debido a lo pesado que sintieron el aire de repente. Descansaron un momento en una de las rocas de la mitad y luego volvieron a ascender. A poco de avanzar, se detuvieron de nuevo para descansar y respirar un poco. Tres veces más descansaron antes de ver el final del camino. En la última parte, los escalones estaban muy juntos, casi tocándose, por lo que decidieron recorrer el último tramo a pie. En eso, Zafiro se detuvo pues algo había llamado su atención: en uno de los muros vio un símbolo tallado cerca de un surco. Le pareció particularmente interesante pues era diferente a los que habían visto con anterioridad en el templo del agua; se veía toscamente hecho, como golpeado y descuidado. Intentó buscar otro igual cerca del primero, pero no encontró ninguno.

Continuaron por los escalones irregulares que serpenteaban contra la pared, y al llegar a la cima se encontraron en un amplio salón de muros circulares. Los surcos parecían encimarse unas contra otra, todas en dirección de un punto céntrico donde una roca alargada y de base plana yacía misteriosa. O tal vez la roca era el punto de partida y no de término. Sea como fuere, emanaba un tenue y apenas perceptible brillo. Sin embargo, esta se veía fría, casi congelada.

Al acercarse vieron que en gran parte de su superficie había símbolos, los mismos de los templos anteriores, aunque por las marcas, estos daban la impresión de haber sido tallados recientemente. Y en medio de la roca había una placa como la que habían visto en la primera sala. Vant se acercó con intención de activarla como antes. Respiró profundamente, pensando en que debían estar listos en caso de luchar, liberó fuego de su mano y la roca se encendió. Al instante regresó a la vida. Al principio ardió lentamente, como un leño recién puesto al fuego, pero no tardó mucho en que la temperatura subiera drásticamente hasta el punto de encandecer la roca.

De pronto, un movimiento brusco volvió sacudió toda la torre y los sucos se inflamaron con el fuego que se había encendido. Ahora la torre estaba viva y su corazón latía de nuevo. El calor aumentaba más y más, y parecía que pronto se fundiría sobre sí misma. En ese punto, la torre volvió a sacudirse, esta vez con más violencia. Y de pronto se detuvo de súbito y se dejó caer en la misma posición de antes, encorvada y triste.

El silencio se hizo unos segundos hasta que un fuerte golpe lo perturbó. Después otro, luego otro y otro más. De la roca, antes petrificada, habían aparecido cuatro extremidades debajo; cuatro piernas de roca y fuego. Luego, de la parte de arriba, apareció un cuello largo que se irguió y se curveó, y en el extremo levantó una cabeza alargada y de nariz chata.

—Eso es… ¿un dragón? —exclamó Vant mientras retrocedía asombrado.

La criatura medía más de tres metros de alto, y de la cabeza a la cola medía mucho más. Con cada movimiento que hacía el suelo retumbaba y sus garras rompían la roca. Ahí, de pie, el dragón extendió dos alas grandes y rojas que agitó impetuosamente, provocando un terrible vendaval ahí dentro. Los ojos de la criatura centelleaban con rabia y sus afilados dientes chorreaban magma ardiente.

Al ver a la sorprendente criatura, los cuatro no pudieron evitar desenfundar sus armas ante la lucha que se avecinaba.

—Vant, recuerda no usar hechizos de fuego o nos podría traer más problemas —dijo Nicol sin quitar la vista de la criatura—, además aún requieres de mucho esfuerzo para no perder el control cuando lo usas.

También pidió a Zafiro mantenerse alejada lo más posible y no atacara a menos que fuera completamente necesario.

Súbitamente, el dragón rugió con fuerza y furia, después escupió un chorro de fuego terrible sobre sus presas. Vant logró quitarse y Nicol defenderse con ayuda de su magia, sin embargo, el fuego alcanzó a Alastor, o al menos a su ropa pues una parte de su vestido se quemó y se desprendió. Esto enfureció tanto al demonio que atacó sin pensar.

El dragón respondió a la amenaza con un veloz golpe de su cola. Alastor alcanzó a defenderse con su espada, pero no logró evitar el aturdimiento del golpe.

Mientras, Nicol preparaba un hechizo contra el enemigo. *Instrumento de muerte, traspasa el alma de mis enemigos.* ¡Lanza maldita! El rayo oscuro que se formó en sus manos golpeó al dragó en el pecho, lo que desprendió un pedazo de roca que lo cubría. Esto provocó que la bestia se levantara y con enojo sacudiera sus alas como antes. Pero esta vez no fue solo el terrible viento, también lanzó rocas encendidas que se desprendían de sus alas. Nicol alcanzó a invocar magia de hielo para detener la lava.

Cuando el peligro pasó, Nicol salió corriendo desde atrás de la roca endurecida que se había formado frente a ellos y rodeó a la criatura. En ese momento, transformó el báculo en su mano en una lanza, y en el instante en que estuvo en el flanco izquierdo de la bestia, atacó con gran fuerza. Logró golpear el ala del dragón y destrozó una parte de esta. Intentó un golpe similar, pero se encontró con un zarpazo que la arrojó lejos.

Alastor también luchaba. Tomó su espada y la arrojó contra la cabeza del dragón, sin embargo, esta no se encajó y solo impactó contra su nariz. Vant intentó un ataque similar y atacó el cuello, logrando encajar su espada, pero sin herir a la bestia.

Iracundo de las afrentas, el dragón se elevó del suelo y lanzó fuego desde su boca, y sus patas chorrearon magma ardiente que salpicó y se esparció por todo el suelo. Nicol, Vant y Alastor se echaron a volar para evitar la lava, sin embargo, Zafiro tuvo problemas evitando el daño. Por un momento se sintió acorralada, pero para su suerte Alastor se apresuró para salvarla.

—El suelo se cubre con lava. Tengan cuidado con donde pisan —dijo Vant preocupado por la situación.

Cuando el suelo se enfrió lo suficiente, Nicol descendió y transformó su arma de nuevo en un báculo. Apuntó al enemigo y preparó un hechizo. *Furia congelada.* ¡Aurora glaciar! El lugar pronto se enfrió, y las extremidades del dragón de inmediato comenzaron a congelarse. Alastor también lanzó un hechizo de hielo para ayudar a Nicol. Mientras, Zafiro miraba con desconcierto la lucha y se preguntaba qué podría hacer para ayudar. Entonces notó que sus manos estaban frías y una delgada capa de hielo se formaba. Se le ocurrió que podría usar su magia gracias a que Nicol y Alastor habían descendido la temperatura a su alrededor. Miró al enemigo y conjuró su magia. *Gotas de rocío que brillan como estrellas.* ¡Balas de agua! De sus manos se formaron gotas que viajaron velozmente e impactaron contra la cara del dragón, directo en sus ojos. Esto lo cegó y lo irritó hasta el punto de sacudir violentamente su cuerpo, chocando varias veces contra la pared. En ese momento, Zafiro formó algunas gotas del hechizo y en lugar de dispararlas las movió con sus manos velozmente siguiendo el flujo de energía. Era como si el agua formara un guante. Se acercó al dragón y lanzó un veloz y poderoso golpe. ¡Puño veloz de agua! Por el impacto recibido, el dragón quedó inmóvil en su lugar.

—¡Vant, sus alas! —gritó Nicol—. ¡Alastor, sus patas!

A la orden, Vant se lanzó al lomo del dragón. Tomó la base de una de las alas y con un tajo de su espada la arrancó; después arrancó la otra. Alastor se deslizó e hirió de dos tajos las patas de la bestia, haciendo que esta azotara contra el suelo. Al final, Nicol se lanzó de nuevo con su lanza, y con un grito de batalla, clavó la punta justo en el pecho del dragón. La bestia pegó alaridos de agonía y se sacudió de dolor. En lugar de sangre, supuró fuego líquido de las heridas y agitó su cuello con desesperación. Al final, dejó de moverse y su cuerpo solo se apagó y se enfrió. Las rocas que conformaban su cuerpo se desprendieron, pues ya nada las sostenía, y debajo de todo, un esqueleto, chamuscado por el fuego cayó al suelo y se destrozó.

—¿Qué rayos hace un dragón en este lugar? —preguntó Vant después de recuperarse.

—Eso no era un dragón —respondió Nicol—. Bueno, en parte, pero no uno como los que conocemos. Se dice que los seres valerosos y nobles tienen corazón de dragón. Creo que el dicho tiene su origen por los dragones que custodian sus nidos con sus vidas, pero esto es algo diferente, pareciera ser más un autómata, carente de espíritu. —Nicol miró con tristeza la pila de huesos y luego soltó un suspiro—. Es hora de irnos. Creo que ya llegamos a la cima de la torre.

Cuando se recuperaron, los demás la acompañaron, no sin la duda de qué era aquello que la aquejaba tanto.

—Tal vez lo mejor era no saber algunas cosas —pensó Vant.

Al otro lado de la habitación vieron un túnel que conducía a la sala final. Sin embargo, este no tenía escaleras, en cambio, había una pared que ascendía estrecha y recta, y a lo largo, pequeñas rocas incrustadas aleatoriamente.

Con energías aún en sus reservas, volvieron a extender sus alas para llegar hasta el túnel. Así llegaron hasta el último cuarto, la cima de la torre y la promesa de al fin conseguir la llave del fuego. Sin embargo, en ese momento, en pleno umbral, llegaron a la mente de Nicol las palabras de Aurion que advertían solo perdición.

Lo primero que notaron al atravesar la entrada fue la poderosa luz cegadora proveniente de la parte alta de la sala. Una luz amarilla y cálida que abarcaba cada rincón del lugar. Ninguno pudo evitar taparse los ojos ante semejante resplandor. A pesar de esto, notaron que en medio del lugar se alzaba humilde un pedestal, y que, en uno de sus lados, cerca de la cornisa, había una inscripción tallada, una que confiaban les daría la pista necesaria.

Nicol se acercó con cautela junto con Vant, pues la luz era tan fuerte que no podían ver si había algo al frente. Al llegar pudieron leer. La inscripción rezaba: *"Todos los fuegos del mundo reverencian al rey, la llama eterna que da vida al mundo. Contemplad, viajero, el verdadero tesoro del mundo; el descendiente de las estrellas frente a ti."*.

—¿Es eso de verdad un sol? —preguntó Vant sorprendido—. ¿Aquí abajo?

—Brilla como nada que haya visto antes —respondió Nicol—. Pero no veo nada que nos conduzca a la llave.

—Entonces este es el premio para todos los que se aventuran hasta aquí: la muerte definitiva o una absoluta decepción —interrumpió Alastor con pesadez.

—No lo creo —exclamó Nicol retrocediendo, pues cerca de la fuente de luz el calor le resultaba insoportable—. Debe de haber algo más. Nosotros sabemos que hay una llave oculta en este templo, los que vienen aquí por la riqueza no. Ellos no saben qué esperar. Probablemente sea una manera de alejar a los curiosos. Debo acerarme más pues sospecho que hay otra cosa, algo que no cualquiera puede alcanzar.

Nicol se acercó de nuevo hasta el pedestal, pero esta vez intentó llegar más lejos. Debido al intenso calor, cada paso que daba era peor que el anterior. No tardó mucho en comenzar a dolerle la cabeza por la temperatura, y si no tenía cuidado podría perder el conocimiento. Examinó el pilar como pudo, de un lado y de otro, pero no encontró nada. Luego investigó el lado contrario, el que daba directamente hacia la luz, pero esta era tan fuerte que la cegaba. Intentó recargarse sobre la piedra, pero esta estaba demasiado caliente.

Cuando se sintió mal de nuevo, pues era demasiada la pesadez del cuerpo, retrocedió rápidamente. Le costaba trabajo respirar y perdía fuerzas. Aunque se protegía con el pilar, no pudo evitar caer del malestar. De repente, sintió que alguien la tomaba de la mano y la levantaba. Al voltear, notó a alguien junto a ella, una persona cuyo rostro no lograba ver, pero cuya presencia la ayudaba a resistir. Con trabajo se levantó y extendió de nuevo su mano. La colocó sobre la roca para sostenerse, resistiendo la quemadura. Al hacerlo, notó algo muy particular: en la piedra, en el lado que miraba al sol, también había tallado un mensaje, uno que debido a la cantidad de luz no podía verse, aunque sí sentirse. Colocó su mano de nuevo, en un intento por descifrar el mensaje, pero la retiró pronto o se quemaría de gravedad con la roca ardiente. ¿Qué debía hacer? Pensó rápidamente y al fin vino a su mente una idea. De entre sus ropas sacó un rollo de pergamino, simple y en blanco con el tamaño exacto. Lo extendió en su mano y se preparó; debía actuar rápido. Con un movimiento ágil colocó el rollo completamente extendido contra el pedestal, esperó unos segundos, y antes de que esta se quemara, la retiró. Luego regresó con sus amigos.

—¿Estás bien? —preguntó Zafiro.

—Estoy bien. Solo necesito un minuto para enfriarme —respondió Nicol jadeando. Luego mostró su mano.

Vieron todos sorprendidos lo que había quedado grabado en el pergamino. Gran parte del papel se había tornado oscuro, quemado por el calor de la roca, y entre la mancha negra se distinguís claramente un mensaje: "*El fuego más intenso no es el que tiembla con el viento ni el que mira indiferente desde la soledad, sino el que arde para los demás y calienta en lo profundo del corazón*".

—¿Qué significa? —preguntó Zafiro tomando con cuidado el papel—. ¿Es un acertijo?

—Significa que lo que pensamos es falso —respondió Nicol.

—¿Una ilusión? —preguntó Vant.

—No, un acertijo. Ya tuvimos suficientes ilusiones en el templo de la oscuridad, y no tiene la misma naturaleza. Es más, una cuestión sobre lo que uno cree —le respondió a Vant—. La primera placa te dice, te obliga a creer que el sol, el que miramos aquí, es uno irrefutable e incuestionable, como el que vemos en el cielo todos los días, imposible de alterar; el rey en los cielos. Pero la segunda placa te dice que esto es falso, que es de hecho uno indiferente y solitario. También habla del fuego que nosotros manipulamos, que se agita cuando corre el viento, y dice que es débil.

—Luego habla del amor —agregó Zafiro.

—Sí, pero no solo de eso. Siempre se dice que el amor es un sentimiento cálido en el corazón. El texto también dice que el fuego más poderoso es uno que arde, pero que no es propio, sino de los demás.

—¿Y qué es?

—Creo que puede referirse al sacrificio por los demás. Pero no veo cómo podría ayudarnos ahora, por eso no estoy segura.

383

—Yo digo que destruyamos esa cosa —gruñó Alastor—. No creo que aguante un golpe de nuestro poder. ¿Qué dices, niña? ¿Combinamos magia de hielo?

—No creo que sea la respuesta.

Alastor, sin embargo, no hizo caso, y como siempre actuó por su cuenta e imprudentemente. Se acercó hasta la esfera de luz y lanzó uno de sus ataques. *Ríos congelados donde yacen los muertos, necrópolis de frío eterno y sufrimiento absoluto.* ¡Lamento Gélido! Un rayo de hielo cruzó el lugar directo contra la fuente de luz, un hechizo de alto nivel que seguro provocaría un efecto sobre la esfera.

Nicol, Zafiro y Vant observaron, y esperaron con temor lo peor cuando el rayo chocó. Sin embargo, el rayo simplemente desapareció dentro de la esfera, como si el calor se lo hubiera tragado. Inmutable, el pequeño sol continuaba brillando altanero.

—Maldito —gruñó.

—Sorprendente. El calor es tanto que un hechizo de ese nivel no le hizo nada, tan solo se lo tragó —murmuró Vant.

—¿Entonces qué hacemos? —preguntó Zafiro desilusionada—. No se ve que haya nada más, y no podemos acercarnos.

Decidieron todos retroceder un poco más, cerca de la entrada, pues ya no soportaban la temperatura. Nicol se colocó frente a Zafiro para evitar que le hiciera deño, pues su cuerpo zurita era más sensible al calor. Vant tomó el papel para leerlo de nuevo y Alastor decidió descansar.

—Hay otra opción —exclamó Nicol rompiendo el silencio—. Se me ocurre que el texto podría referirse al valor.

—¿El valor? —peguntó Zafiro.

—La ausencia de miedo. Alguien valiente es arrojado y siempre actúa sin titubear. Las personas valerosas suelen ser así por los demás, para protegerlos y para salvarlos, como Tristán. —Nicol bajó la mirada, recordando a su amado—. Él es así. Podría dar su vida por los otros sin dudar. Ya lo ha hecho antes…

—¿Y qué se te ocurre? —Vant se había levantado para escuchar.

—Que debemos ser igual de valientes ante la incertidumbre y ante el riesgo a morir, y dirigirnos directo al sol.

—¡Eso es una locura! Moriríamos. ¿Qué podría haber ahí que nos lleve a otro lado?

—Seguro nos lleva al infierno —dijo Alastor con entusiasmo y diversión.

—No hay ninguna certeza —insistió Nicol—, pero ese es el punto: el valor no responde a la lógica, responde al corazón.

—¿Estás segura? —preguntó Vant.

—Absolutamente no. Es lo más ridículo e irracional que he dicho.

—¿Cómo sabremos que estarás a salvo y no muerta?

—No hay forma, pero es lo que él haría, por eso debo intentarlo.

Vant sonrió con tranquilidad.

—Lo intentaría sin miedo —dijo—. Es verdad.

De pronto Zafiro apretó la mano de Nicol.

—Yo iré contigo —exclamó, casi gritando.

—Claro que no. Si me equivoco tú también morirás.

—Debo hacerlo, debo ser valiente como tú y como Tristán y como Vant. Si no puedo hacer eso, entonces no debería estar aquí. Eso es lo que hacen ustedes, ¿no? Arriesgan sus vidas con valor para salvar a los demás. Yo también debo hacer lo mismo.

Nicol no estaba de acuerdo y no le gustaba la idea de que Zafiro arriesgara la vida, pero al ver sus ojos, supo que no habría manera de hacerla cambiar de opinión, que tenía razón en lo que decía.

—Está bien. Vayamos juntas.

Se levantaron las dos con decisión, se tomaron de las manos y regresaron al cuarto.

—Yo también iré —dijo Vant, acercándose a ellas.

Los tres se pararon frente al pequeño sol. La luz les lastimaba los ojos y les quemaba la piel, pero esto no los detenía, estaban decididos. Nicol apretó la mano de Zafiro con fuerza, y ella la apretó también.

—¿Están listos? —preguntó con voz un poco cortada.

Corrieron rápido hacia la luz con los ojos cerrados. Estando cerca sintieron cómo su carne se quemaba. De nuevo temieron por sus vidas, pero no dejaron de correr. Y juntos saltaron, con los puños apretados y apartando la cara. En la mente de los tres la imagen de Tristán apareció clara, y esto les dio valor.

Capítulo 43: La torre blanca

Después del abrasante calor, los cuatro sintieron un vuelco en los sentidos. El espacio se torció y giró sobre sí mismo. Arriba era abajo y abajo ahora era arriba, y a veces inclusive dejaba de importar. El suelo se extravió por largo tiempo. Y luego, de repente, reapareció, aunque no era el mismo de antes. Era diferente, se sentía ajeno como el calor que los envolvió. Era un calor que nunca se extinguía ni nunca bajaba, definitivamente mágico. Sin embargo, al mismo tiempo, era más tolerable.

Zafiro abrió los ojos y vio que todo estaba blanco. Por un momento olvidó lo que había pasado después de perder el suelo e incluso pensó que había muerto. Pero después de un momento, y de que su vista se aclaró y las formas se definieron, se incorporó con sorpresa al darse cuenta de dónde estaba. Vio una habitación de paredes blancas como la ceniza, irregulares pero que conservaban una forma redondeada definida. Justo al frente había una entrada, un arco simple y tallado con aparente cuidado. No se alcanzaba a distinguir hacia dónde conducía, pero después de escudriñar los alrededores era claro que no había otro camino. No se veía rastro de la luz que los había transportado hasta ese lugar; la habitación estaba totalmente vacía con excepción de sus compañeros que yacían tumbados cerca de ella: Nicol a su lado, Vant un poco más lejos y Alastor del lado contrario, contra uno de los muros.

—¿Dónde estamos? —exclamó con fuerza.

Esto despertó a los demás. Nicol fue la primera en responder.

—¿En la torre? No, es otra torre —dijo.

—Seguramente es otra dimensión —respondió Vant mientras se sobaba los hombros—. Lo mismo nos ha pasado en otros templos, una y otra vez.

—No se siente como otra dimensión.

—Una de fuego. Hace calor.

—Pensé que tú eras el de fuego aquí —bromeó Alastor que también ya se había incorporado—. ¿Cómo es que tienes calor?

Nicol se adelantó y se acercó a uno de los muros, el que tenía más próximo. Tocó la roca con su mano, pero pronto la retiró al sentir que se quemaba. Cerró los ojos e intentó extender su aura por fuera de las paredes, hacia el exterior. Tardó un momento y de pronto suspiró con gran sorpresa.

—Seguimos en el volcán —dijo alejándose de las paredes.

—Pero llegamos hasta arriba de la torre, estoy segura —respondió Zafiro.

—No. Estamos literalmente dentro del volcán, debajo de la lava, de hecho. Esta torre está dentro de la lava ardiente, a varios metros, tal vez kilómetros al interior.

Por esos los muros son de ese color. Además, la gravedad se invirtió. Debemos subir la torre, pero en realidad estaremos descendiendo a las entrañas de la tierra. Ahora las cosas se ponen más peligrosas por lo que no podemos ni acercarnos a los muros o nos quemaremos. No creo que estos se rompan, pero si sucede, seguro entienden lo que pasaría

De pronto Zafiro habló con voz débil y triste.

—¿Este lugar también es un gigante de roca?

—No lo sé. Es posible, considerando que la otra torre lo era. Era sabido que sus cuerpos eran capaces de aguantar temperaturas extremas como esta. Pero no pienses en eso.

Nicol esperaba que su explicación tranquilizara a Zafiro, pero pareció no funcionar. Se dio cuenta que no lograba entender lo que afligía a su joven corazón, así que lo dejó así y cambió de tema.

—Sigamos —dijo al final—. El verdadero templo está por aquí.

Atravesaron el pálido umbral y este los condujo hasta una sala estrecha. El interior estaba vacío y sus dimensiones eran muy pequeñas en comparación con los anteriores cuartos. Y aunque los muros eran del mismo color cenizo, el material del que estaban hechos parecía ser mucho más duro y pulido. Nicol concluyó que era por todo el tiempo que la estructura estuvo debajo de la lava, en temperaturas tan extremas. La roca misma había madurado y había adquirida tal dureza. Esto la intrigaba bastante.

Atravesaron la habitación, pero a la mitad algo los detuvo. En el suelo vieron algo que llamó su atención: huellas, pequeñas y ovaladas recorrían avanzaban sin un orden aparente hacia un pasillo cercano, como si alguien, o un gran número de algo, hubiera estado ahí.

Siguieron las huellas hasta unas largas escaleras empinadas que subían en espiral. A mitad del camino escucharon de pronto un sonido, chillón y lejano arriba. Avanzaron más y el sonido se multiplicó. Supieron enseguida que había algo vivo; criaturas de la torre que aguardaban.

Subieron con la posibilidad de pelear en la mente. En un momento se detuvieron pues notaron que el calor aumentaba, tanto que el último tramo lo subieron más lento.

Al llegar hasta arriba quedaron impresionados al ver un curioso grupo de más de 20 criaturas, diminutas y escuálidas, andando de aquí para allá. Parecían pequeñas flamas de vela de cuyo pabilo eran un par de piernas, y más arriba un par de brazos que se movían con toda naturalidad. Eran enanas y no tenían ni ojos, ni nariz, ni orejas, tan solo una boca que ondulaba con sus movimientos, aunque sin abrirse realmente. Notaron que el sonido que habían escuchado antes provenía de ellos; de sus interacciones, de sus movimientos, de sus formas de comunicarse. Unos les respondían a otros.

—¿Qué son esas? —preguntó Zafiro divertida.

—No lo sé, nunca había visto criaturas como esas —confesó Nicol—. Pero parece que viven aquí, en este pequeño rincón del templo.

—¿Y qué hacen?

—Vivir. Existir como pueden con lo que tienen.

Las criaturas, que parecían sumidas en sus propios asuntos, se alertaron cuando vieron cuatro figuras altas a la entrada de su mundo. Al principio los observaron con curiosidad, acercándose un poco y tratando de comunicarse agitándose y sacudiéndose como si bailaran, pero después comenzaron a actuar nerviosas, caóticas y con aparente agresividad.

Alastor intentó acercarse también, pero Vant se lo impidió.

—Aguarda, no te acerques —dijo extendiendo su brazo y tomando el mango de su espada—. No parecen peligrosas.

Las criaturas, al sentirse en peligro, se asustaron y corrieron agitadamente, como frenéticas, por todo el lugar. En el alboroto, algunas de ellas se acercaron demasiado, y con sus cuerpos ardiendo, agrandados por sus emociones, parecieron atacar a Vant. Sin pensarlo, y reaccionando a la situación, el ángel desenfundó su arma y atacó a los extraños seres. Sus llamas se apagaban al recibir cada corte y solo cenizas quedaban en el suelo.

Al ver a sus congéneres asesinados, otras criaturas se adelantaron con la clara intención de defenderse, pero Vant respondió al ataque de la misma manera, y ahora Alastor lo acompañaba en la masacre. Una a una cayeron las pequeñas criaturas. Las demás parecieron berrear de horror y sus movimientos se volvieron más erráticos.

—¡No, alto! —gritó Zafiro con un nudo en la garganta. Vant y Alastor, sin embargo, no la escuchaban—. Ya paren. —En un momento volteó a ver a Nicol como esperando que hiciera algo, pero ella solo miraba indiferente.

En ese momento, en medio de todo, un temblor sacudió el lugar haciendo tronar las paredes. Un rugido ensordecedor le siguió, uno reverberante, y ante este, las criaturas detuvieron su alboroto un segundo para después salir corriendo hacia las paredes donde parecieron encogerse y meterse en alguna brecha entre el suelo y la roca. En un instante, todas ellas habían desaparecido. Entonces el rugido volvió a escucharse y provenía de una sala superior.

—Estamos listos para ti —dijo Vant con severidad. En su mirada una expresión extraña se dibujó, burlona y cruel, el fuego empezaba a tomar control de él. Luego avanzó, seguido de Nicol y de Zafiro. Al final Alastor caminó, aunque algo detuvo su andar. A sus pies una pequeña criatura se había acercado y baileaba a su lado. Claramente le quería decir algo, algo importante, como si le advirtiera.

Sin embargo, Alastor miró a la criatura con altivez y aplastándola con su pie, terminó con su vida.

El calor seguía subiendo escalón tras escalón y los rugidos eran cada vez más fuetes. Al pisar el último escalón, una bola de fuego casi los impacta. Vieron al frente una gigantesca salamandra, de dos metros de alto y cuyo cuerpo abarcaba gran parte de la sala. Estaba hecha de fuego ardiente y su lengua alargada era de lava. Se encontraba enroscada sobre sí misma, dormida.

—No hablen muy fuerte, no queremos despertarla —advirtió Nicol, escudriñando al mismo tiempo el lugar—. Esperen aquí —dijo y después caminó con cuidado alrededor de la criatura. Dio un vistazo rápido y luego regresó.

—Veo una puerta al otro lado, pero está cerrada —informó susurrando—. Tiene una hendidura circular en medio.

—¿Cómo una llave? ¿Dónde podría estar? —preguntó Zafiro inocente.

—Dentro de la criatura —respondió Alastor—. Hay que asesinarla para poder pasar.

—Estoy de acuerdo, pero hay que planear bien qué hacer. —Nicol pretendía atacar con su báculo convertido en lanza cuando un brazo la detuvo.

—Yo lo haré —dijo Vant con arrogancia adelantándose. Empuñaba a Brillo Dorado y una pequeña llama ardía en su punta.

—No, aguarda.

Y como si se hubiera vuelto loco, casi frenético, Vant lanzó un grito de batalla. La criatura de inmediato despertó por el ruido. Miraba al ángel que tenía casi en las narices mientras se levantaba.

Enfurecida, la salamandra agitó su cabeza y lanzó su enorme lengua de fuego, la cual fue detenida por la mano de Vant sin problema.

—Voy a acabar contigo —amenazó, riendo sin control.

La lengua de la salamandra quemaba su armadura y marcaba en el metal la lava que escurría, más era sujetada sin escapatoria.

Y blandiendo su espada, Brillo Dorado cortó la lengua de la criatura en dos con un rápido movimiento de su hoja. La parte cortada cayó al suelo para después enfriarse, volviéndose al momento una roca mientras que el resto se agitó en agonía para después regresar a su repulsivo lugar.

Iracunda, la criatura comenzó a lanzar bolas de fuego desde su hocico descontroladamente. Vant logró esquivarlas, pero una casi le cae a Zafiro.

—Maldición, Vant, te dije que esperaras —gruñó Nicol quien había invocado su libro en la distracción y se disponía a lanzar un hechizo.

389

Vant se lanzó de nuevo al combate con espada en mano como si nada le importara. Blandió de nuevo su arma y logró cortar una de las patas. Sin embargo, la salamandra reemplazaba sus extremidades con velocidad. Luego contraatacó, y sus ojos brillaron con ira como dos rubíes encendidos.

Vant se interpuso a los ataques sujetando a la criatura por el cuello con sus manos descubiertas; estaba decidido a luchar solo. Con destreza, logró cortarle su cola, la cual se retorció en el suelo hasta desaparecer. Encolerizado, el monstruo se acercó y lanzó un mordisco a Vant, quien apenas logró esquivarlo. La salamandra se movió con rapidez y alcanzó a golpearlo con su cola ya regenerada, lanzando al ángel contra un muro.

Al ver la batalla, Nicol se acercó con su libro de magia con un hechizo preparado. *Furia Congelada.* ¡Aurora Glaciar! De sus manos brotó un gran orbe de hielo que impactó contra el enemigo y lo hizo retroceder.

Alastor también se había unido a la batalla y atacaba con la espada prestada. Logró asestarle otro golpe a la criatura, pero después de responder esta con un mordisco, la espada se melló ligeramente.

—Esta porquería se va a romper, necesito mi espada —dijo. Y después de arrojar el arma lejos, colocó la mano en el suelo. De esta apareció fuego negro y de él Grito Mortal apareció. Ya con el arma, se lanzó de nuevo contra la criatura.

Mientras Alastor lanzaba ataques, una espada de pronto se interpuso contra la suya.

—Dije que yo me encargaría de esto —refunfuño Vant iracundo y casi delirante. Después empujó a Alastor lejos de ahí.

—No te ves nada bien —respondió Alastor con malicia. Pero Vant no escuchó y siguió peleando contra su enemigo.

Zafiro miraba la pelea y sentía miedo de Vant. Recordó que solo una vez lo había visto así: cuando luchó contra Alastor en el templo del agua. Entonces, preocupada, volteó a ver a Nicol.

—¿Qué le pasa? —le preguntó.

—Su poder de fuego surge de nuevo y lo enloquece —respondió ella con tranquilidad—. Debe ser por el templo, por la magia que posee.

—Pero tiene su espada, debería poder controlarlo.

—La espada no lo ayuda a controlarlo, sino a contenerlo. —suspiró—. Pero no hay lugar en el mundo donde la energía de fuego sea más fuerte que aquí, y eso está despertando su poder. —La expresión de Nicol cambió de pronto—. Si no logra controlarse, temo que pueda perderse para siempre.

Para entonces, el enemigo había logrado abatir a Vant. Luego se movió, y viendo a Zafiro cerca, la atacó.

—¡Cuidado! —gritó Nicol mientras tomaba a su compañera y la retiraba del camino. Luego la íxiren atacó, pero la salamandra logró desviar el ataque y arrojarla lejos.

Con mirada asesina, el monstruo persiguió a Zafiro. Ella corrió para evitar el daño, incapaz de detenerla con su magia. Sin embargo, Pronto fue alcanzada por la criatura, quien lanzó de nuevo un ataque exhalando fuego desde su boca. Pero en ese momento, Vant se interpuso y bloqueó el fuego. Esto provocó que su cuerpo fuera severamente quemado, pues su fuerte armadura de la Unión comenzaba a ceder y se despedazaba por el calor insoportable. De su piel lacerada brotó humo negro como un leño puesto en la fogata. Ante el dolor, sus ojos se encendieron como dos antorchas en medio de la oscuridad e incluso Brillo Dorado encandeció con el poder que de su portador emanaba.

Y así, con renovada ferocidad, el ángel de fuego arremetió contra el monstruo, asestándole un golpe tan fuerte que la criatura pareció fracturarse. Después respondió con un corte que logró remover una de las piernas de la salamandra, luego otro y otro. Cuatro de las piernas habían desaparecido, y al final la cabeza fue cortada del cuerpo, el cual continuó retorciéndose en el suelo. Sin embargo, en medio de la agonía, la lava que de las extremidades se había desprendido se arrastró como masas gelatinosas por el suelo en lugar de convertirse en roca, buscando unirse de nuevo con el resto del cuerpo. En eso, Alastor se había acercado con su propia arma para asestar un corte a la cabeza, dejando al descubierto una pequeña roca en medio del cráneo.

—El núcleo —dijo Nicol.

Rápidamente lanzó el báculo de las siete sombras convertido en lanza, el cual voló recto y arrebató el núcleo sin dañarlo de ningún modo.

Entonces corrieron, Nicol y Alastor, para recuperar la roca antes de que el monstruo la reclamara. La masa ardiente se movía apresuradamente para recuperar su núcleo cuando fue detenida por Vant, quien la golpeó una y otra vez con sus manos desnudas, como enloquecido. Esto le dio tiempo a Nicol de tomar el núcleo y colocarlo en la hendidura de la puerta. En ese momento, el cuerpo del monstruo pareció retorcerse y después de soltar un chillido desgarrador hasta dejar de moverse. Así, la lava que formaba el cuerpo se desparramó por el suelo y luego se endureció como roca.

—Que venga el otro maldito —dijo Vant acercándose a la puerta.

—¡Aguarda! —gritó Nicol con fuerza—. Debes controlarte, Tu imprudencia casi hace que nos maten. Si queremos llegar al final del templo debemos actuar juntos.

En ese momento la puerta se abrió, revelando otras escaleras que seguían subiendo. Desde el interior, sopló un viento ardiente.

—No necesito ayuda, yo solo puedo acabar con todos —dijo Vant. Luego salió corriendo para subir.

Los demás corrieron detrás con la intención de detenerlo, con excepción de Zafiro que se encontraba perdida en sus pensamientos.

Subieron lo más rápido por las estrechas escaleras, y al llegar arriba, vieron a Vant de pie frente a una inmensa roca que yacía en medio de la habitación. Al igual que en el cuarto anterior, el camino continuaba por una puerta de roca.

—Detente —insistió Nicol—. Trata de concentrarte.

Vant apretó los puños y después la miró.

—No puedo —dijo con una lágrima corriendo por su mejilla.

Sin esperar más, lanzó un ataque directo contra la roca. Sin embargo, el filo de su arma fue detenido en seco sin lograr hacer daño alguno. Remató de inmediato con otro corte que terminó igual que el primero, y al final lanzó un golpe que hizo temblar el lugar. Fue entonces que la piedra, antes fría, despertó con una exhalación de fuego y humo de su interior.

Pronto, el lugar subió la temperatura, casi al punto de incendiar lo que no estuviera hecho de roca. De ambos lados de la peña aparecieron piernas de lava, cuatro en total, una cola pequeña y una cabeza alargada que se asomó furiosa; parecía una tortuga, aunque mucho más aterradora.

Al ver al fin la forma del enemigo, Vant volvió a encenderse en frenesí. Lanzó cortes con su espada que no lograron alcanzar su objetivo. Dio golpes y patadas, pero en enemigo ni se inmutaba. En cambio, contraatacó exhalando una llamarada desde una abertura en su caparazón de la cual volaron rocas en llamas. Esto despedazó con facilidad el peto de la armadura de Vant, descubriendo su torso quemado.

Nicol intentó intervenir lanzando un hechizo contra la bestia. *Frío intenso, sufrimiento congelado, congela eternamente mientras cortas.* ¡Vórtice congelante! De inmediato la corriente helada voló contra el enemigo. Pero antes de impactar, este escondió de nuevo sus extremidades para soportar el frío, y a pesar de que parte de su coraza fue congelada, logró recuperar el calor rápidamente.

En seguida, de la criatura un espeso humo fue liberado el cual cubrió todo el lugar rápidamente hasta que el aire se saturó y se oscureció. En medio de la confusión, fuertes bólidos de fuego rugieron dentro de la habitación, impactando contra Vant, Nicol y Alastor aleatoriamente.

Cuando el humo se disipó, los tres se encontraban en el suelo con heridas graves.

De pronto, una respiración agitada sonó desde las escaleras: era Zafiro quien llegaba corriendo después de darse cuenta de que estaba sola. Al ver que sus compañeros estaban heridos, y que la criatura avanzaba hacia ella, intentó lanzar un hechizo de hielo, uno de los pocos que sabía. ¡Orbe de hielo! Lanzó un golpe y de este emergió una esfera de hielo que voló rápidamente contra el enemigo. Sin embargo, el calor era tan fuerte y la magia tan básica, que más rápido de lo que se formó, esta se deshizo en el aire.

Al estar de frente al enemigo, Zafiro sintió un profundo miedo por creerse incapaz de superar el peligro que la amenazaba. Como pudo, juntó energía de agua en ambas manos, y con toda la fuerza que consiguió lanzó un golpe. El flujo de agua en sus puños retumbó contra la fuerte coraza, mas no logró hacer daño.

El enemigo alzó su cuello con imponencia y exhaló de su nariz humo negro del enojo que sentía. Se preparaba para lanzar un poderoso ataque de fuego y eliminar a quien invadía su hogar cuando de pronto algo la jaló y la alejó de Zafiro. Vant había tomado la cola de la tortuga y la arrastraba con fuerza por el suelo. Su piel ardía y se quemaba con cada segundo que sujetaban a la criatura, pero aguantaba con entereza.

—Déjala en paz, maldita tortuga —gruñó Vant mientras intentaba aguantar el dolor.

El enemigo de inmediato reaccionó encendiendo su cuerpo, avivando la llama que ardía en su interior.

Ante esto, Vant arrojó rápidamente a la criatura con todas sus fuerzas contra uno de los muros, logrando que cayera boca arriba y dejara de moverse.

—Gracias… —dijo Zafiro temerosa.

—Protegeré a mi gente —respondió Vant como en un trance—. Es lo que decidí. No importa qué, haré lo mejor para los demás. Daré mi vida por ellos, por las personas que me importan. Yo soy un ángel de la Unión, un guardián de la paz.

En ese momento una energía nueva emergió desde Vant y se extendió con rapidez por la cámara. De repente, el calor que antes se sentía insoportable disminuyó y un aura pareció rodear a los cuatro.

Al otro lado de la sala, Brillo Dorado, que había caído durante la batalla, de pronto levitó y se acercó como rayo hasta la mano de su dueño. En ese instante, la hoja se iluminó y a lo largo del filo brotó una luz fuerte y perpetua.

Vant había sellado de nuevo su poder de fuego, por sí mismo. Sus ojos brillaron de nuevo con la voluntad de antes, solo que ahora su luz despejaba la oscuridad.

En eso, el enemigo se recuperó soltando una llamarada de su caparazón. Enfurecida, dejó salir todo su poder, elevando su temperatura de nuevo hasta límites peligrosos. De las comisuras de su caparazón comenzó a brotar magma derretido. Luego se arrojó contra los invasores girando, lo que arrojó la lava por todos lados como una lluvia mortal.

Nicol y Alastor lograron protegerse de las gotas ardientes, y Vant protegió a Zafiro con su cuerpo; el fuego ya no lograba dañar su piel desnuda. Respondió de inmediato arrojándose contra la criatura mientras elevaba a Brillo Dorado por encima de su cabeza preparando una acometida. El enemigo protegió sus extremidades dentro de su coraza, pero esta vez Vant no actuaba ciegamente En lugar de golpear con el filo, colocó la punta de su espada en una de las fisuras por las que brotaba el magma, y de un tirón de palanca, un trozo de roca salió volando, lo que abrió un hueco en el caparazón. La bestia de inmediato soltó un rugido de dolor y después se agitó.

La fuerza bruta e inconsciente no puede contra la defensa más férrea; se requiere de inteligencia, astucia y paciencia para abrirse paso. Vant ahora entendía eso y dirigía toda su atención en lograrlo. Así entonces corrió alrededor de la criatura en una nueva acometida.

El monstruo asomó al ver a su enemigo cerca y encendió de nuevo el fuego dentro de sí. No obstante, Nicol intervino lanzando un hechizo de hielo para frenar a la criatura. Esto dio a Vant la oportunidad de atacar el punto débil. Empero, el enemigo no iba a permitirse ser derrotado tan fácilmente, pues logró cubrirse rápidamente del daño. Al notar esto, Vant rápidamente empleó la misma estrategia de clavar la punta de la hoja y arrancar otra parte del caparazón.

El magma brotó de nuevo de la criatura, pero esta vez se filtraba desde la abertura y sin control. Charcos de lava caían al suelo y se escurrían por doquier. Vapores espesos comenzaron a emerger de la herida.

Notaron que ahora el enemigo se movía más lento, y que parecía mareado; definitivamente se encontraba debilitado. Fue entonces cuando la cabeza de la tortuga fue removida por el filo de Brillo Dorado, y luego cayó al suelo inmóvil. Al momento, Vant dio un salto y lanzó en la caída una última estocada que logó clavarse en la herida abierta del enemigo como una estaca en su corazón. Junto a él, Alastor también encajó su espada dentro de la herida mientras soltaba una risa demencial.

Rápidamente el enemigo perdió su brillo y su fuego se apagó. Sus extremidades también desaparecieron y al final solo la roca fría quedó. Sin embargo, el caparazón volvió a iluminare de pronto pues aún no moría, aunque esta vez el fuego era de un intenso color rojo y crecía sin control.

—Deberíamos alejarnos ahora —dijo Alastor desencajando su espada con toda tranquilidad, luego descendió y se unió con los demás.

—¡Cúbranse! —gritó Nicol. —En cualquier instante ocurriría la explosión.

Sin pensarlo dos veces, Vant soltó su espada y corrió con sus amigos. Al estar con ellos supo lo que debía hacer y confiaba en que le quedaban fuerzas para lograrlo. *Luz celeste de estrellas infinitas, cubre a los heridos y sana su espíritu, que los impíos retrocedan. ¡Bóveda radiante!* Y elevando la mano, invocó luz de ángel que los cubrió a todos dentro de una cúpula de oro brillante.

Vieron entonces como un torrente de fuego y magma estalló con desmedido poder. Las paredes retumbaron y se agrietaron un poco al agitarse el fuego contra ellas y el suelo se encendió mientras una pequeña capa pareció desmoronarse y rajarse con las rocas que volaron por todo el lugar. La esfera de Vant también pareció querer ceder por un instante, pero resistió con gran entereza el estallido.

Al terminar el silencio regresó y Vant pudo detener su magia. Cansado y herido, vio con alivio que todos estaban bien. Avanzó hasta recuperar su espada en el suelo, y vio junto a ella un pequeño diamante que relucía como un rubí. Lo tomó, lo examinó y después se acercó a la siguiente puerta que había permanecido cerrada. En medio había una hendidura que servía como cerradura. Al colocar la roca, la puerta se abrió.

—¿Estás bien? —se acercó Nicol.

—Sí. No pasa nada. Debemos continuar —respondió Vant un poco perdido en sí. Después guardó la espada y se adelantó por las escaleras.

Nicol decidió dejarlo solo para reflexionar acerca de todo lo que acaba a de suceder.

—¿Qué le pasa? —preguntó Zafiro a Alastor.

—Se volvió más fuerte —respondió esbozando una sonrisa—. Eso pasa cuando te pones al límite. Pero déjalo, ya se le pasará.

Zafiro quedó pensativa por un momento: ella nunca había experimentado ese sentimiento del que hablaba Alastor. Desde que se unió al grupo, había enfrentado situaciones peligrosas y había aprendido bastante de ellas, pero realmente no había visto un verdadero cambio en su persona. Se preguntó si de verdad estaba en el lugar correcto o más temprano que tarde comenzaría a ser una carga para los demás. Podría morir si no estaba lista para el peligro, o peor aún, podría provocar que alguien más muriera a causa de su inutilidad. Al pensar en esto una pequeña lágrima rodó por su mejilla.

—Eres un miembro importante del grupo —le susurró Alastor al oído, ¿Acaso habría leído su mente?

—Debemos continuar —exclamó Nicol desde la base de las escaleras.

Zafiro secó su llanto y corrió para reunirse con los. En su mente una vaga idea apareció de pronto: demostraría que estaba a la altura o moriría intentándolo.

Capítulo 44: Aquello que duerme en lo profundo de la tierra

La última escalera que tomaron era mucho más alta que las demás y avanzaba en espiral por varios minutos. Nicol les explicó que al parecer la torre se extendía varios kilómetros hacia el núcleo, el punto más caliente en todo el planeta.

Mientras más descendían, la oscuridad de las profundidades de la tierra los cubría y los envolvía con temor. Sin embargo, llegado un punto del camino un espectáculo sin igual los asombró: a todo lo largo y ancho de la subida, pequeñas rocas cubrían las paredes, cristales que brillaban y palpitaban juntos en armonía; un manto centelleante en las venas solitarias de la tierra. La luz natural que emanaban las rocas permitió a Vant y a Zafiro ver con claridad sin necesidad de magia.

Continuaron subiendo hasta llegar a una habitación que parecía más una cueva habitada por una gigantesca criatura, pues se veía desordenada y maltratada. A cada lado había una abertura tosca en el muro que parecía descender verticalmente. Al otro extremo vieron una puerta, y en el centro la misma hendidura que las demás. Notaron, además, que en el suelo pálido había marcas negras y alargadas. En los muros también las había, pero en mucho menor cantidad.

Los cuatro se adentraron con cautela, Vant por delante, hasta llegar al centro de la habitación. De pronto, como si los esperaran, algo se movió: en uno de los túneles una luz apareció.

—Estén preparados —advirtió Nicol.

La luz se acercaba más y los cuatro miraban con atención al mismo túnel. De repente, un ruido detrás de ellos los sorprendió. Vant fue el primero en darse cuenta, así que giró con gran destreza, e interponiendo su espada logró bloquear el par de enormes colmillos viperinos chorreantes de lava dentro de la boca de una gigantesca serpiente que se había lanzado con toda furia.

El ataque de la bestia había sido repelido, mas esta de inmediato regresó al túnel del que había salido. Su cuerpo estaba hecho de magma y estaba cubierto por fragmentos de roca sólida, igual que con los enemigos anteriores.

Y sin hacerlos esperar, la serpiente saltó desde el otro túnel en un nuevo ataque, aunque esta vez fue Nicol quien la bloqueó. La velocidad de la criatura era extraordinaria veloz y un contraataque contra ella era muy difícil de lograr, pues apenas salía, se volvía a esconder.

Esperaron a que saliera de nuevo, procurando estar atentos a ambos túneles. Pero cuando menos lo notaron, la serpiente cayó en medio de la habitación desde un túnel en el techo que no habían notado. Esto provocó que uno de los colmillos rozara a Nicol, y que la cola golpeara a Vant en la cara. Alastor intentó un ataque con su espada, pero falló por poco. Zafiro intentó retroceder, pero fue empujada por el cuerpo incandescente y cayó al suelo. Rápidamente se incorporó de una pirueta y se puso en guardia, aunque el enemigo se había esfumado para ese momento.

—¿Estás bien? —preguntó Vant socorriendo a Nicol.

—Sí, solo fue un rasguño. No alcanzó a clavarme los colmillos.

—¿Cómo puedo ayudar? —preguntó Zafiro quien se había acercado.

—Mantente a salvo. Si esa cosa te muerde, morirás en cuestión de segundos por tu debilidad al fuego. Nosotros nos ocuparemos de esa cosa.

—¡Ahí viene! —alertó Alastor.

Al instante, el demonio desenfundó su espada y respondió al ataque de la serpiente con una rápida estocada que la hirió de un costado, evitando así que corriera a sus túneles.

Poder infinito, tortura eterna de los malditos consumidos y corrompidos por el odio. ¡Rayos oscuros! Los rayos de Alastor impactaron contra la criatura y la hicieron retorcerse de dolor, mas no herirla. No obstante, esto dio a oportunidad a Nicol de lanzar un ataque. *Furia congelada. ¡Aurora glaciar!* El rayo de hielo voló e impactó contra el cuerpo de la serpiente. Al contacto, el hielo se evaporó en una gran nube de vapor que nubló la visión y permitió al enemigo escapar. Esto hizo enfadar a Nicol.

—No me alcanza la energía —dijo incorporándose.

—Pensé que tu poder había aumentado con el báculo —intervino Alastor como reprochando.

—Aún no domino su poder. Por momentos logró entenderla, pero otras veces es un misterio.

De nuevo un ruido lejano apareció, el enemigo anunciaba su ataque.

—Yo puedo. No tienen que protegerme todo el tiempo —exclamó Zafiro, apretando sus puños con firmeza—. También puedo defenderme. Si no, entonces no sirve de nada que esté aquí.

Diciendo esto, la joven zurita se colocó frente al túnel del que provenía el sonido.

—Sé que puedo, sé que puedo. Yo no vine solo para darles ánimos, yo vine a salvar el mundo junto con ustedes. Vine a buscar un camino que seguir, y me uní al grupo porque pensé que de verdad creían que estaba a la altura. Pero al parecer debo demostrarles de lo que soy capaz. Si ustedes no dudan en dar su vida en la batalla, yo tampoco dudaré en dar la mía.

Desde el túnel, una llama se iluminó. Fue entonces que Zafiro supo que debía actuar. Se concentró y creó un flujo de agua entre sus brazos.

397

—La poca agua que utilizas en tus puños no alcanzará —le advirtió Nicol.

Zafiro no volteó ni prestó atención a lo que le decían; ella tenía un plan.

Esperó, aguardó, calculó el instante, y justo en el momento en que el enemigo atacó, ella logró esquivarlo dando un salto hacia arriba al mismo tiempo que lanzó un fuerte golpe contra el monstruo. El agua logó dañar a la serpiente y el golpe aturdirla. En esa breve oportunidad, Zafiro asestó otro golpe en el costado de la serpiente, logrando herirla.

—No puedo creerlo, lo logré —se dijo.

Vant quedó sorprendido y se sentía orgulloso. Alastor se levantó y se acercó con una sonrisa pícara en su rostro. Nicol, por su parte, se paró junto a Zafiro.

—¿Cuál es tu plan? —le preguntó.

—La de los planes eres tú —respondió Zafiro sonriente. Solo inclúyeme en él. Mi fuerza y mi magia están para ayudarlos en esta misión, no lo olvides.

—Bien, entonces iremos todos juntos —sentenció Nicol pensativa—. Debemos mantenerla aquí para que no regrese a sus túneles.

—Yo me encargo —exclamó Vant.

—Alguien debe mantenerla ocupada.

—Yo lo haré —respondió Alastor.

—Zafiro, necesitaré que uses más de tu magia. Cuento contigo para darnos una oportunidad de atacar.

—De acuerdo —contestó.

Vant tomó su espada y la encendió con poder de luz, después, de un tajo, pulverizó la roca encima de una de las aberturas, logrando así que se colapsara y se obstruyera. Alastor lanzó un hechizo de sombras contra el enemigo en cuanto se mostró para llamar su atención. La velocidad que el demonio mostraba era mucho mayor que la de antes. Nicol, por su parte, preparó un hechizo una vez que ambos túneles fueron bloqueados.

Juntas, Nicol y Zafiro, conjuraron un hechizo a la par. *Poderosas corrientes que desplazan los mares, giros violentos que destrozan todo a su paso, tormentosas aguas que giran sin descanso.* ¡Pilar de Coriolis! Ambas crearon poderosos torbellinos de agua que giraron con gran fuerza, y combinando ambas magias, el agua estaba casi en el punto de congelación, por lo que causaba más daño. Al impactar contra la serpiente, esta se retorcía y chillaba herida y la debilitaba. El enemigo intentó contraatacar, pero su movimiento se había vuelto lento y pesado; el fuego que le daba poder se apagaba al igual que su vida. Los torbellinos gemelos azotaban con gran furia el cuerpo de la bestia, y cada ataque que esta lanzaba era refutado con facilidad.

—No podemos sostenerlo mucho más tiempo —dijo Nicol a Zafiro—. Necesitamos algo con más poder o jamás la derrotaremos.

—Tengo una idea —respondió ella.

De pronto, la magia cesó. La serpiente se recuperó y aumentaba rápidamente su poder. Estaba lista para atacar cuando Alastor se interpuso en su camino. Vant hizo lo mismo.

Nicol y Zafiro corrieron a colocarse cerca de la serpiente, una contraria a la otra. Luego subieron sus manos y conjuraron un nuevo hechizo al unísono.

Tormenta gélida de páramos desconocidos, tumba congelada arrastrada por torrentes inclementes. ¡Tempestad helada!

El aire gélido corrió, impulsado por la fuerza de ambas. Pronto, la serpiente quedó atrapada en un pequeño pero letal torbellino, pero sin llegar a tocarla. El hielo que se formaba era evaporado al instante, y el agua resultante impactaba con la misma fuerza contra su cuerpo para después congelarse de nuevo y repetir el efecto. Así, la serpiente era dañada, cortada, mojada y congelada al mismo tiempo, una y otra vez. Cuando intentaba salir, de inmediato era contenida por las fuertes corrientes de aire. Rápidamente la cola encendida comenzó a enfriarse, y el fuego se consumía, endureciendo el cuerpo como roca. Los colmillos se endurecieron y el magma que brotaba de ellos se detuvo. La criatura se volvió lenta y sus ojos se cerraban más. El chillido amenazante se sofocó y desapareció en el aire como un quedo rumor. Al final, el hechizo se terminó y en medio del aire gélido vieron una criatura de roca, triste y débil que apenas podía alzarse. Y ya sin temor, Zafiro se acercó hasta deplorable despojo, acumuló agua en su puño y de un golpe certero destrozó la roca sin piedad. Los restos del cuerpo se esparcieron por todo el suelo y la cabeza cayó pesadamente contra el suelo, muerta.

Nicol se acercó y notó que uno de los ojos de la serpiente seguía brillando. Al inclinarse vio que de hecho era una roca la que brillaba; la roca que abriría la siguiente puerta. La tomó y de un tirón la arrancó. La miró un momento y se sintió satisfecha de su triunfo. Después se acercó a Zafiro y le entregó la piedra; había demostrado que eran iguales en fuerza.

Zafiro sonrió y aceptó el honor que se había ganado. Luego se dirigió a la puerta y colocó la roca en su lugar. Esta tembló un momento y de súbito se abrió, revelando el camino que los llevaba a continuar. Del interior surgió un aire, pesado y caliente, que pareció colmar toda la torre de inquietud.

—Creo que llegamos a la cima —dijo Nicol con voz grave—, el lugar más profundo bajo la tierra dentro de esta torre. Ya no podemos cometer errores.

Por un momento todos callaron y se miraron los unos a los otros. Después, Vant tomó su arma y cruzó la puerta. Los cuatro avanzaron hacia lo desconocido.

Igual que antes, a lo largo del tramo había cristales luminiscentes incrustados a todo lo largo del túnel como en un vórtice rutilante. Gracias a esto se percataron de que el camino era increíblemente largo y que ascendía por varios kilómetros sin avisar el final. ¿Cómo lograrían salir si algo sucedía? No había otro camino posible ni manera de salir cuando el templo se colapsara. Confiaban en que habría algo que los salvara, pero nada era garantía.

Al cabo de unos minutos caminando, decidieron detenerse a descansar. Esto les daría oportunidad de comer algo y recuperar un poco de la energía que perdieron en la última batalla; debían estar totalmente preparados para que lo que sea que enfrentaran. No hablaron en ese tiempo, pues la pesadez no les daba ánimo. Solo reposaron. Después de un rato, continuaron.

Avanzaron varios minutos más cuando finalmente vieron una salida. Era angosta y la piedra de la que estaba hecha era dura y brillosa. No vieron cerradura o llave que la activara, en cambio una runa dibujada con blanco brillante se dibujaba en el centro, una que se salía de los bordes interiores de la puerta.

—¿Qué es esto? —preguntó Zafiro.

—Un sello, uno muy poderoso que mantiene la puerta cerrada —se adelantó Nicol—. ¿Qué podría haber adentro que necesite algo tan poderoso?

—¿Y cómo lo abrimos? —preguntó Vant desde atrás.

—Muy fácil. Estos sellos solo pueden abrirse desde un lado, y la forma de romperlos es borrando el sello. Para ello solo hay que cambiar su forma. —Nicol tomó el báculo de las siete sombras y lo transformó en una daga. Luego golpeó con el filo la roca de extremo a extremo, lo que dibujó un tajó en el sello que interrumpió su continuidad y lo alteró. En ese momento, las líneas blancas brillaron y después se apagaron para siempre. La puerta por sí sola se abrió un poco.

El mismo aire caliente que sintieron antes volvió a salir, pero mucho más intenso ahora. El olor era penetrante y provocaba un ligero mareo en Zafiro, quien de inmediato lo hizo notar. Era un olor a azufre, aunque combinado con algo más, algo antiguo y peligroso.

—Huele a muerte —bromeó Alastor sonriente.

—La muerte no me asusta —exclamó Nicol empujando la puerta para entrar. Después ingresó Vant, y por último Zafiro y Alastor.

Una vez a dentro la puerta se cerró de golpe detrás de ellos.

No había luz en el lugar, no había cristales en el interior y apenas una pequeña flama se distinguía en la lejanía. Nicol y Alastor inmediatamente advirtieron que había algo dentro, algo poderoso, algo por lo que debían preocuparse. Sin embargo, Zafiro y Vant no lograban ver nada.

—¿Qué es eso? —preguntó Zafiro.

—Shh, guarden silencio —susurró Nicol—, o podrían despertarlo.

—¿Despertar qué?

En el dedo de Vant apareció una pequeña esfera de luz con la que se iluminó todo el lugar. La luz era tenue, pero alcanzaba a penetrar la antigua oscuridad. Gracias a eso pudieron ver a la gigantesca criatura que dormitaba en la penumbra. Exhalaba en suspiros una flama roja, y su cuerpo estaba encogido contra una de las esquinas. Pero que al mismo tiempo daba la impresión, y más con la luz de Vant, de mirar a los intrusos fijamente con terrible maldad primigenia. Sus escamas rojas parecían de roca hinchada y erosionada, y sus garras eran como lanzas melladas y oxidadas. Su cola, la cual estaba enroscada a su alrededor, recordaba a una alta muralla de una ciudad maldita. Aquel era un dragón temible como ninguno que hubieran visto jamás.

—No me digas que la llave se encuentra en su estómago o algo así —refunfuñó Alastor con su negra espada en mano.

—No, está allá arriba.

Nicol señaló hacia el techo y vieron muy en lo alto una esfera de energía, grande y vibrante, aunque oscurecida y sin brillo. Dentro se encontraba la lleva del fuego. Sin embargo, para llegar hasta ahí debían atravesar una trampilla de metal astutamente colocada la cual era necesario romper para lograr pasar. Sin embargo, esto despertaría al dragón. No quedó duda en lo que debían hacer: debían luchar.

—De acuerdo. Hagamos esto —exclamó Vant. La esfera de su mano se hizo más grande y luminosa. Luego la hizo flotar a gran altura para que él y Zafiro pudieran ver sin problemas.

Alastor y Vant tomaron sus armas, y Zafiro apretó sus puños lista para luchar. Entonces Nicol se adelantó, y golpeando el suelo con su vara, provocó un fuerte sonido que de inmediato despertó al dragón.

La respiración se detuvo y un inquietante silencio se elevó. Un horrible ojo negro los miró de pronto; el blanco del globo apenas se veía y la pupila era profunda e insondable. Entonces la bestia se incorporó lentamente; primero movió su cola, revelando su gigantesco cuerpo de serpiente maldita, luego movió las patas cuyas garras rasparon contra el suelo, luego alzó su cabeza y un espeso humo negro voló desde la nariz. Al final se levantó, aunque no completamente, más bien se agazapó como un depredador al acecho.

Y todos se quedaron inmóviles, esperando que alguien se moviera o diera señales de ataque. Ellos miraban al dragón con total atención, y él los miraba de regreso con crueldad. Súbitamente, la lucha empezó. El dragón escupió una llamarada que rápido abarcó la habitación. La única forma en que logaron esquivar el fuego fue extendiendo las alas y elevándose por los aires. Después, Nicol contraatacó con un poderoso Darkalister que impactó contra la bestia, Vant lanzo un Juico Final luminoso y Alastor permaneció a la espera, pues sostenía a Zafiro en el aire.

Con los ataques, la bestia avanzó con intención asesina. Los cuatro descendieron y se pusieron en guardia.

—¡Nicol, hagamos eso! —gritó Zafiro.

—No creo que funcione, no está hecho de fuego —respondió ella.

De pronto el dragón avanzó hacia ellos. El movimiento de sus patas levantaba una ligera capa de ceniza esparcida en el suelo. Luego lanzó un zarpazo veloz que rasgó la roca sólida, pero este fue eludido. Luego, al no golpear nada, lanzó un coletazo que barrió con todo a su alrededor. Vant, Zafiro y Alastor fueron alcanzados y lanzados contra uno de los muros. Después, Nicol convirtió su báculo en un arco y atacó. *Viento desgarrador, ráfaga imparable que arrasas con todo.* ¡Flecha destructora! Del arco fue disparada una flecha de viento que recorrió el lugar, zumbando con fuerza, e impactando contra el dragón. La fuerza del viento logró desprender un par de escamas, lo que hizo enfurecer a la bestia. Nicol preparó pronto un golpe igual, pero justo antes de lanzarlo, el dragón agitó sus alas e invocó un viento de lo más siniestro, tan fuerte que la flecha se desvió y se disolvió. El tornado fue tan grande que casi arroja por los aires a todos de no ser por sus armas clavadas en al suelo, con excepción de Nicol que se encontraba volando; ella fue impactada contra la pared.

El viento cesó, pero de inmediato el dragón volvió a lanzar su terrible fuego. Por fortuna, Vant estaba ahí para protegerlos con su barrera de luz.

En ese momento Nicol, quien apenas se recuperaba del tornado, voló alto para intentar atravesar la trampilla y llegar hasta la llave. Sin embargo, al llegar se topó con que el material del que estaba hecha era orihalcon puro y no cedería fácilmente.

Cuando el dragón se percató de que alguien intentaba robar su tesoro, agitó sus gigantescas alas y se elevó con rapidez. Alcanzó pronto a Nicol y trató de devorarla de un bocado, pero ella se quitó y la bestia golpeó la trampilla.

Desde lo alto, la criatura calló con todo su peso contra el suelo de la torre, y al impactar, la roca tembló y se agrietó.

Por un breve momento, en que el dragón quedó desorientado, pudieron reunirse y reposar. Intentaron pensar en un plan para traspasar la barrera de orihalcon, pero la forma en que estaba forjado y colocado el metal era impecable. No podían decir si había puntos débiles en la estructura si las había. También pensaron en la esfera y lo que podría ser; Vant sugirió que podía ser una última fuente y que debían activarla con magia. Nicol afirmó que podría ser un portal el cual debían activar.

De pronto, escucharon un rugido y se dieron cuenta de que el dragón había despertado. La bestia rugió y su cuerpo se iluminó, como si por sus venas corriera fuego en estado puro. Después desplegó sus alas y se elevó varios metros en el aire. En su interior, el fuego continuaba creciendo hasta el punto de encender sus ojos en un destello cegador. Sus garras, sus alas, sus dientes se iluminaron también.

—¡Cuidado! —gritó Nicol.

Todos intentaron cubrirse, pero fue muy tarde: del cuerpo del dragón emanó una poderosa llamarada, como un rayo celeste que se extendió en todas direcciones. Los cuatro fueron golpeados por la energía y lanzados sin piedad mientras el calor los laceraba. Después, una segunda y más concentrada bola de fuego fue disparada contra Nicol, como una venganza consciente contra ella.

Abatidos, los cuatro yacían en el suelo sin poder moverse. El dragón había aterrizado en el suelo y se acercaba a ellos preparado para dar el golpe final cuando una presencia se sintió. Había alguien más. Alguien se acercaba rápidamente a la habitación con ellos. Era una presencia fuerte, aunque no sentían que fuera peligrosa. Sin embargo, no lograban identificarla. Estaba cerca y se acercaba más y más a cada instante. De pronto, la presencia llegó. Estaba justo ahí, cerca, sin embargo, no se veía nada. Escucharon entonces un sonido extraño proveniente de la nada. Delante de Nicol una abertura en el espacio-tiempo apareció, como si algo hubiera rasgado la realidad, y de esa abertura salía una figura. Era una persona, ahí dentro, aunque no alcanzaban a ver su rostro. Luego, la abertura se cerró una vez que la persona saliera.

Nicol, apenas consciente, percibió su esencia: era familiar, pero al mismo tiempo diferente.

Repentinamente, del hocico del dragón una segunda poderosa bola de fuego volvió a volar. Al impactar esta, la roca de los muros y el suelo estalló, soltando una nube de escombros temible que cubrió buena parte del área. Cuando la nube se disipó, alcanzaron a ver dos siluetas familiares: Tristán de pie sostenía a Nicol entre sus brazos. Y a su alrededor, partículas de agua envolvían en una esfera el fuego que había lanzado el dragón, suspendiéndolo en el aire mientas se movía en su propia furia. Tristán, al ver que Nicol estaba bien, la ayudó a sostenerse. Luego, levantando la mano, devolvió el fuego contra el dragón. Esto no hizo nada más que paralizarlo por unos momentos y enfurecerlo.

—¡Amor mío! —exclamó Nicol, y una enorme sonrisa se le dibujaba en la cara.

—Los encontré —respondió Tristán bajando su mano.

Nicol lo miró y se lanzó a los brazos de su amado, dándole un fuerte abrazo y un beso.

—¿Cómo llegaste hasta aquí? —preguntó Vant acercándose junto con los demás.

—Fue ilaxición, ella me trajo hasta aquí, donde sea que sea aquí.

—¿Dónde te metiste? —demandó Nicol.

—Es una larga historia. Se las contaré cuando todo esto termine, ¿de acuerdo? Por lo mientras díganme, ¿dónde estamos y por qué nos ataca un dragón?

—Bueno, es de entender siendo el templo del fuego —se burló Alastor.

—Estamos dentro de un volcán activo, probablemente varios kilómetros bajo tierra en el templo del fuego —explicó Nicol—. Te evitaste todos los problemas. Estamos por obtener la llave.

Debían tomar acción pronto, pues el dragón ya comenzaba a moverse de nuevo. Así, Tristán se acercó a Nicol, tomó su mano y juntos se dispusieron a atacar. Corrieron de frente al enemigo con armas listas, y cuando este los vio, Nicol saltó con fuerza y lanzó un rayo directo contra la cabeza. Tristán se fue contra el cuerpo.

El Dragón, al ver a Nicol, lanzó un mordisco contra ella, pero en la distracción, fue atacado por Tristán, provocándole un gran corte de agua en el pecho. Del dolor, el dragón se dobló, y en la distracción, Nicol atacó con lanza justo en el rostro de la bestia, lo que la hizo tambalear. Al caer al suelo, los ixírenes lanzaron un poderoso hechizo cada uno: él un Juicio final y ella un Darkalister. El impacto hizo caer de espalda al dragón.

—Es el momento. ¡Ataquemos! —exclamó Tristán. Vant, Zafiro y Alastor se abalanzaron contra el dragón en una última carga por todo o nada. Confiados, atacaron, pero cuando menos lo esperaban, vieron cómo el cuerpo del dragón se iluminó de nuevo.

Esta vez, ante la certeza de la fuerza del golpe, lograron cubrirse de la devastadora energía liberada. Sin embargo, los muros eran destrozados con cada explosión y la lava comenzaba a filtrarse por los muros. Pronto, el suelo estaba cubierto por magma ardiente.

Cuando el peligro hubo pasado, Tristán y los demás se abalanzaron de nuevo contra el enemigo. Sin dudar, y en un acto de instinto, Zafiro lanzó un hechizo de hielo para enfriar la lava y retrasar su avance. Nicol la ayudó en cuanto vio que ella sola no podría con la carga. Juntas lograron frenar la amenaza, pero en la distracción el dragón había vuelto a levantarse.

Tristán, Vant y Alastor intentaron repelerlo, pero seguían débiles del último ataque, por lo que solo pudieron esquivar y atraer su atención. No obstante, si no querían morir ahí, debían darse prisa.

—Debes seguir sola, yo regresaré a la batalla —le indicó Nicol a Zafiro—. Vas bien, solo debes concentrarte y resistir lo más que puedas.

Zafiro le devolvió una mirada llena de preocupación. Entendía que sus amigos la necesitaban y debía mostrarse fuerte de una vez por todas. Al final asintió con la cabeza y aumentó su fuerza lo más que pudo.

Al interrumpir la magia, Nicol corrió a reunirse con Tristán. En eso vio que el enemigo regresaba furioso.

—¿Recuerdas esa vez en Ventópolis? —gritó a su amado—. En la última batalla.

—No pudieron detenernos —sonrió Tristán.

—¿Y recuerdas el templo de la oscuridad, el páramo helado?

—Hablas de cuando nuestros poderes se unieron.

Nicol miró a su amado con férrea voluntad, y él la miró a ella con plena confianza. Al mirarse a los ojos supieron que eran uno. Así, cada uno tomó su arma y se preparó. Cuando el dragón estuvo cerca, ambos lanzaron rápidamente un golpe al vientre de la criatura, logrando desorientarla. Luego lanzaron un corte a los costados y después atacaron las alas. El enemigo intentó contraatacar, pero fue repelido por una descarga de magia oscura y un rayo de luz cegadora de Vant y Alastor.

Los ataques de ambos ixírenes eran contundentes y precisos, y aunque no dañaban demasiado al dragón, sí lograban cansarlo y sacarlo de balance. Al cabo de un rato, la bestia cayó debilitada contra el suelo. Entonces, Tristán juntó energía de luz en sus manos y Nicol energía oscura en las suyas, apretaron los puños y se abalanzaron contra el enemigo en un ataque combinado. Al golpearlo, una inmensa energía se liberó directamente contra el dragón. ¡Darkalister! ¡Juicio final! La magia estalló y el cuerpo del dragón voló por los aires directo contra la trampilla, la cual, al impacto, se rompió al igual que la roca que la sujetaba.

El cuerpo del enemigo cayó directo contra el suelo el cual no resistió más y comenzó a romperse, filtrando más lava dentro del lugar. La bestia moría dentro del magma ardiente de la tierra, pero antes, había decidido matar a todos, pues en su interior un terrible fuego ardió poderosamente: preparaba su ataque final. De pronto, un rayo oscuro, vil y asesino golpeó al dragón y lo hizo interrumpir su carga. Era Alastor quien atacaba con un poder excepcional como no habían visto antes. Su mirada demoniaca infundía miedo y terror, así como gran poder y locura. Al poco tiempo, la criatura había muerto por las heridas y su cuerpo era consumido por la lava.

El daño que recibió la sala era irreparable, y la lava continuaba filtrándose por toda la torre, subiendo y consumiéndolo todo. En ese momento, Zafiro perdió el equilibrio debido al cansancio, pero fue rescatada por Alastor antes de que callera al vacío.

Los cinco se habían vuelto a elevar intentando escapar del magma. Voltearon hacia abajo y vieron que muy pronto todo el lugar sería tragado. En pocos minutos la lava devoraría el templo, y si no encontraban la manera de salir, morirían irremediablemente en aquel lugar tan inhóspito y desesperanzador.

De pronto, una luz brilló en lo alto.

Capítulo 45: Surcando nuevos horizontes

La torre blanca era devorada por el corazón incandescente del interior del mundo, y dentro de la torre, el cadáver del temible dragón desaparecía entre un agitado mar de lava. Sus huesos, su carne, sus entrañas eran consumidas por el fuego, todo con excepción de algo en su pecho, algo que había comenzado a brillar y que no podría ser destruido por el fuego, una luz intensa y cálida. Desde del corazón de la bestia, de entre los huesos decadentes emergió una energía radiante.

Tristán y los demás, que volaban cerca del techo, vieron cómo la luz se elevó y entró dentro del campo de fuerza hasta tocar la llave que guardaba en el interior. En ese momento, se incorporó con la medalla de la llave y el campo de fuerza se encendió para luego desaparecer. La llave del fuego, dorada y reluciente, descendió lentamente y fue tomada por Nicol. De pronto, una luz similar a la de aquel pequeño sol que habían encontrado antes apareció en lo más alto del techo. Esa era la salida, pero debían darse prisa o todo desaparecería en un instante.

—¡Esperen, por ahí no! —gritó Tristán al ver a sus amigos subir—. Morirán.

—Tranquilo. No pasará nada. Confía en mí —le respondió Nicol tomándolo de la mano.

Volaron rápidamente, confiando en que tenían una oportunidad de sobrevivir. Al entrar, sintieron de nuevo cómo una fuerza los arrastraba por el tejido torcido del espacio, a través de los misteriosos confines del abismo hasta llegar a un lugar diferente. Abrieron los ojos y se percataron de que se encontraban de nuevo en la torre negra, en el primer cuarto donde las rocas se encimaban unas sobre otras, frente a la placa de fuego que encendieron al inicio.

—Al fin, algo de suerte —exclamó Zafiro.

Los cinco se apresuraron hasta la salida. Tardaron un momento en llegar, pero al hacerlo, notaron que estaba cerrada. Intentaron abrirla, pero estaba sellada desde que habían entrado.

De repente una nueva sacudida los sorprendió, pero esta fue violenta y estridente, y proveniente del volcán bajo sus pies. Fue tal el movimiento que sintieron cómo el suelo se hundía en lava.

Al notar esto, Alastor corrió hasta donde estaba Zafiro y la tomó con fuerza.

—¡Vámonos! —le dijo.

Ambos corrieron con los demás mientras veían cómo la lava comenzaba a penetrar por las paredes del lugar.

—Esa ya no es la salida, debemos subir —dijo Nicol guiando a los demás hasta las escaleras.

Tomaron a prisa las escaleras que se tambaleaban con cada sacudida y que se desmoronaban con cada pisada. Atravesaron los mismos salones de antes, lugares que se resquebrajaban conforme más era devorada la torre, hasta llegar a la sala del corazón. Estando ahí notaron con terrible sorpresa que la lava ya los había alcanzado; de las paredes salpicaba el magma y les impedía subir con facilidad.

—Nicol, hagamos el hechizo —exclamó Zafiro sin miedo.

Nicol se acercó hasta ella y preparó su magia. *Tormenta gélida de páramos desconocidos, tumba congelada arrastrada por torrentes rigurosos.* ¡Tempestad helada! Las poderosas corrientes enfriaron de inmediato la lava e hicieron detener su entrada. A prisa alcanzaron la siguiente sala, pues la lava no tardó mucho en volver a filtrarse.

Al llegar hasta la última sala, se percataron que ya no ardía ahí un sol como antes, en su lugar vieron una pequeña abertura en el techo por donde podían salir. Uno por uno alcanzaron el exterior solo para darse cuenta de que estaban atrapados: el volcán había estallado con fuerza y la lava había subido hasta los límites del cráter, derramándose por los lados extendiéndose varios metros alrededor. La nube de humo negro era espesa y se alzaba cubriendo el cielo de la tarde. Con cada temblor, los riscos cercanos se desmoronaban y caían hasta las agitadas aguas del mar del norte. De cuando en cuando, el volcán lanzaba al aire gigantescas rocas encendidas que caían lejos y abrían la tierra. A lo lejos las raíces de la montaña estallaban y colapsaban a todo lo largo del estéril valle.

Se encontraban atrapados en medio del caos, pues el insoportable calor del cráter les impedía volar sin arriesgarse a recibir una llamarada y la lava continuaba subiendo. Las tierras cercanas ya habían sido devoradas por la lava y las aguas detrás eran impetuosas y agitadas.

No había escapatoria. No había manera de sobrevivir a la catástrofe.

—No puede terminar aquí —dijo Tristán entre dientes, intentando no perder la esperanza.

De pronto escucharon una voz a la distancia, una que habían escuchado antes. Al voltear, vieron acercarse algo grande que surcaba los cielos.

—¿Es nuestro barco? —preguntó Zafiro estupefacta.

—Es el Durandal —sonrió Tristán.

Era en efecto su barco el que se acercaba velozmente entre el humo. Cuando estuvo cerca, vieron que era sir Eloric, el elfo que los recibió en Aquasol, quien navegaba entre las nubes.

A toda prisa subieron al barco: primero Zafiro, luego Vant, Alastor, Nicol y al último Tristán. Una vez que todos estuvieron arriba, el barco se alejó rápidamente del sofocante humo en dirección de Stonebourgh. Entonces, una gigantesca explosión rugió desde el volcán, una que mandó peñascos ardientes por el aire.

Entre más se alejaban del volcán en erupción, el aire se aclaraba y se sentía fresco. Cuando estuvieron lo suficientemente lejos, disminuyeron la velocidad y sir Eloric pudo reunirse con ellos.

—¿Están bien? —preguntó con el mismo tono sobrio de siempre.

—Apenas. Gracias por salvarnos la vida —respondió Tristán.

Sir Eloric lo ayudó a levantarse. Luego le habló directamente.

—Venga conmigo, le enseñaré a usar el brazalete para llamar al barco. No es muy difícil.

—¿Cómo nos encontraste? —preguntó Tristán una vez repuesto.

—Llegaste en el momento más oportuno —agregó Nicol.

—Se los dije —respondió el elfo—, con el brazalete controlan el barco. —Sir Eloric se alejó un poco para que todos lo escucharan, luego continuó—. Permítanme presentarles al nuevo Durandal, su nuevo barco volador. Como les comenté, estas modificaciones fueron encargadas por el mismo rey de Ventópolis en agradecimiento de lo que hicieron por él. La nave tiene la cualidad no solo de volar por varios días sin temer por vendavales ni por tormentas, sino de poder acudir al llamado del portador del brazalete. No importa cuánto se hayan alejado de su nave, incluso a un mundo de distancia, navegará por sí solo respondiendo al brazalete. Sin embargo, he decidido venir en persona pues asumo que ninguno de ustedes sabe navegar en el aire. Por ello les enseñaré cómo hacerlo, y una vez que hayan entendido, mi trabajo habrá terminado.

Acordaron que Sir Eloric navegaría por un tiempo más en lo que todos descansaban. El elfo les dijo que su destino sería la ciudad de Aquasol, pues debía volver de inmediato a su puesto.

Sobrevolando las áridas tierras de Flare, llegaron a Stonebourgh en unos cuantos minutos.

—Tal vez deberíamos decirle a Aurion sobre el templo —dijo Zafiro de pronto, como pidiendo al navegante que descendiera—. Nos ayudó y no pudimos conseguir nada para él.

—Mejor no. Si no conseguimos nada, mejor que no se dé cuenta o podría enojarse —respondió Alastor riendo entre dientes.

Sir Eloric estuvo de acuerdo en que no podría descender, pues el tiempo apremiaba y tardarían cerca de 8 horas en llegar a su destino. Insistió también en que alguien debía aprender pronto a navegar. Tristán fue el primero en ofrecerse, pero antes pidió unas horas más para descansar. El elfo aceptó y retomó su puesto en el timón.

Zafiro y Vant bajaron a los cuartos y buscaron de inmediato sus camas para descansar. Alastor decidió permanecer en la cubierta del barco; parecía muy interesado en mirar hacia abajo mientras se adentraban en el continente.

Tristán y Nicol bajaron juntos a los cuartos y buscaron el suyo. Al llegar cerraron la puerta y se tumbaron en la cama. Uno frente al otro, se miraron a los ojos por un largo tiempo, aliviados de saber que habían logrado conseguir una llave más.

Después de un momento, Nicol se levantó y se sentó en la orilla de la cama. Se quitó los zapatos y se paró sobre la tersa alfombra de la habitación. Después se dirigió al baño y entró; un gritó se escuchó desde el interior. De inmediato Tristán fue a ver lo que sucedía.

—¡Hay agua caliente! —gritó Nicol emocionada—. Al estar potenciado por un motor mágico probablemente permite que el agua corriente se caliente ¿Quieres darte un baño? Hace tiempo que no nos bañamos juntos y hay que aprovechar. — Nicol no esperó la respuesta de Tristán para retirarse la armadura, soltar los broches de su ropa y dejarla caer sin pena al suelo. Inmediatamente, saltó al baño y cerró la puerta detrás.

Tristán sonrió ante la emoción de su amada. Luego recogió su ropa del suelo, la dobló un poco y la colocó sobre una silla cercana. Después se quitó la ropa, la puso en el mismo lugar y se metió al baño con ella.

Por casi una hora solo se escuchó el sonido del agua caliente en la regadera. El vapor subía y empañaba los espejos. Las paredes escurrían mojadas y chorreaban el suelo ligeramente. Al terminar salieron del baño, ambos con batas que habían encontrado dentro, y se recostaron un momento sobre la cama, ahora totalmente relajados. Miraron al techo por un rato, casi cayendo en el sueño hasta que Nicol volteó a ver a Tristán.

—Ya casi terminamos —dijo con una leve sonrisa—. Un templo más y podremos derrotar a Mefisto. —Tristán también la miraba cálidamente—. ¿Qué tienes? —le preguntó.

—Me preocupa aun consiguiendo la cadena del juicio no podamos derrotar a Mefisto —respondió con voz grave—. No sabemos si podré portarla como tú el báculo. Todo este viaje habría sido en vano.

—Aunque no sea así, y creo que será así —respondió Nicol—, tenemos buenas posibilidades de vencerlo. A lo largo de todo este tiempo hemos mejorado mucho y hemos crecido con todos los peligros que hemos superado. Vi, después de tanto tiempo, ese poder tuyo que permanece oculto, y después de ver de lo que somos capaces juntos, no tengo duda en que saldremos victoriosos.

—¿Lo crees?

—Sin duda, y tú también deberías. Además, no estamos solos, nuestros amigos pelearán a nuestro lado. Todos estamos unidos en un mismo propósito. Así que tranquilo, y confía más en ti, como siempre lo haces. Piensa que por fin estaremos juntos y en paz después de tanto tiempo, como queríamos. —Después de decir eso, Nicol se acurrucó con Tristán y lo abrazó. Los dos cerraron los ojos y se besaron.

—Está bien, confío en que así será —dijo él.

Al cabo de un rato, sin alcanzar el sueño, ambos se levantaron y se vistieron pues el hambre los obligó. Salieron de la habitación y buscaron el comedor del barco. Al llegar, notaron que Zafiro estaba también ahí disfrutando de una sopa caliente que ella misma se había preparado. Olía muy bien, así que le pidieron un poco. Tomaron dos platos y se sirvieron del caldo, luego se sentaron a la mesa con ella.

—¿Cómo te sientes? —le preguntó Tristán.

—Mucho mejor, aunque tengo algo de tos desde que estábamos en el volcán. Creo que fueron los vapores —respondió Zafiro tomando un nuevo bocado.

—Un poco de aire puro y te sentirás mejor.

Después comieron en silencio. Al terminar su plato, Zafiro se levantó y avisó que iría a dormir un poco. Tristán y Nicol siguieron comiendo; él incluso se sirvió un segundo plato. Al terminar, subieron a cubierta.

—Señor Tristán, señorita Nicol —exclamó sir Eloric desde el timón—, me alegro de verlos. Espero que hayan descansado bien. Quería informarles que estamos cerca de Aquasol, a un par de horas. Es imperativo que venga para instruirlo en la navegación. Si gusta, la señorita Nicol puede también venir, a ambos les servirá.

Asintieron los dos y subieron sin demora hasta el lugar del capitán. Ahí, sir Eloric saludó cordialmente y comenzó con la lección. Les explicó brevemente cómo funciona el sistema y cómo invocar el barco con el brazalete: al parecer el mecanismo principal era de ventoflotarum colocado en puntos clave para balancear el vuelo, y los controles solo alteran los valores de energía en el mineral, esto para mandarlos hacia adelante, hacia abajo y hacia arriba según se necesite. El brazalete funciona mediante un hechizo de localización conectado con la mente del portador, por lo que solo deben concentrarse en la orden de "hallar" o "seguir". Luego les mostró los controles detrás del timón, su utilidad y la forma de manejarlos. Nicol fue la primera en entender, por lo que fue la primera en tomar el control. Tristán le siguió, e igual que ella no tardó en dominarlos lo necesario para viajar solos. Una vez que estuvieron familiarizados con su nave, sir Eloric les indicó cómo debían darle mantenimiento y cómo detectar malfuncionamientos. Después de eso, concluyó la lección.

Pasaron dos horas y media, y por fin vieron su destino. Nicol fue la encargada de acercarse al puerto y aterrizar. Estando en tierra, sir Eloric se despidió.

—Les deseo mucha suerte en el futuro —dijo al mismo tiempo que ofrecía una pequeña reverencia—. Si alguna vez necesitan ayuda con su nave, no duden en venir al puerto y solicitarla; sé que la recibirán. —El elfo estrechó las manos de todos a bordo y luego se marchó.

Una vez que se hubo ido, Zafiro, Vant y Alastor se reunieron con sus compañeros.

—Tenemos la llave —dijo Vant orgulloso mientras metía la camisa de algodón que había encontrado en el barco dentro de sus pantalones, pues la parte de arriba de su uniforme había quedado destrozada en el templo—. ¿Qué sigue ahora?

—El último templo, eso lo que sigue —respondió Nicol—. Debemos viajar lo más pronto posible hasta el último de los templos. Y creo que yo sé dónde está.

Nicol se retiró por un momento y bajó a los cuartos, después regresó con el mapa en la mano. Se acercó a una pequeña mesa instalada a un lado del timón y lo extendió. Luego comenzó a explicar.

—En el mundo existen tres masas de tierra, las cuales se dividen en los cuatro continentes conocidos, —Señaló en el mapa varios puntos con anotaciones y marcas a pluma, así como un punteo aproximado de la ruta que habían estado siguiendo desde que llegaron a Ventópolis—. La primera llave la encontramos aquí, en el continente de Andorán, en el bosque Terra. Después fuimos hasta Zeihán; ahí encontramos las llaves del viento y del agua. Después, en el Cinturón del Diablo, otra y en Flare, otra. Si consideramos a Nepgoon, Flare y el cinturón del diablo como una sola unidad de tierra, vemos que son dos llaves en cada una. Eso solo puede indicar una cosa.

—Dos llaves por cada masa continental —dijo Zafiro sin quitar la vista del mapa.

Los demás observaron atentos también.

—Todo parece indicar que regresaremos a casa —dijo Tristán mirando a Vant.

—¿Y a dónde podríamos ir? Hay muchos posibles lugares en este continente —preguntó Vant.

—No estoy muy segura, pero creo que debe estar en la zona norte, ¿Ves cómo el bosque Terra divide en dos el continente? Pese a ser Andorán un solo continente, la parte que incluye el bosque Terra y todo el sur es una zona diferente conocida como Kranigor por los oriundos. Sin embargo, después de la guerra se unificaron ambas partes en una sola, por eso todos estamos acostumbrados a llamar Andorán a toda la masa continental. Y es por eso que estoy 95% segura de que la llave está al norte. Propongo que recorramos cada una de las ciudades; con la nave no nos tomará mucho tiempo.

Nicol tomó una pluma de entre su ropa y comenzó a trazar una ruta. En cada pueblo se detendrían a pedir indicaciones sobre lugares particulares, sucesos poco convencionales e historias asombrosas que la gente tuviera para contar. Tardarían alrededor de tres días en recorrer todo el terreno si no había más contratiempos.

Decidieron partir en media hora, tiempo suficiente para conseguir provisiones y mejorar su equipo.

411

De pronto Vant interrumpió preocupado. Mientras hablaban, había recibido un mensaje telepático urgente, una llamada de sus superiores en la Unión.

—Debemos partir de inmediato —apremió—. Me acaban de informar que Mefisto está atacando un pueblo cercano a la Unión, y me pidieron unirme a la batalla.

—Eso fue fácil —exclamó Alastor—. Ya sabemos dónde está la llave.

—Si está cerca de la Unión no creo que sea el lugar —respondió Vant—. El arcángel no lo habría dejado tan fácil.

—No lo creo —objetó Nicol—. Si te pidieron ir, es importante. No creo que él se dignara a atacar si no tuviera ya ventaja.

—Partiremos de inmediato —exclamó Tristán en apoyo a su amigo y a su amada—. Vant, adelántate a la Unión, te veremos allá.

—No tiene caso, con solo mi poder no haría alguna diferencia. Perdón por insistir, pero debemos ir todos.

—Está bien. Al menos guíanos en la dirección.

Vant miró el mapa, luego al cielo, reflexionó un momento y después le dio indicaciones a Tristán sobre la dirección. Nicol ayudó a definir el curso, y tan pronto como tuvieron una ruta, despegaron.

Hasta el lugar era un viaje de tres horas si apuraban el mecanismo a su máxima capacidad. En el camino tendrían que preparar un plan para enfrentar al demonio: primero, era evidente que, si Mefisto atacaba, era porque había adquirido más poder en todo el tiempo que estuvo ausente, por lo que si luchaban debían ocupar todos los recursos y habilidades que habían adquirido con el tiempo. A Zafiro no la conocía, por lo que intentarían utilizar eso como ventaja. Esto preocupó a la zurita, por lo que decidió ocupar el poco tiempo disponible para entrenar. Segundo, era posible un encuentro con otros enemigos si consideraban la posibilidad de que Mefisto hubiera reunido fuerzas como las que atacaron Aquoria; pero esto indicaría que él mismo no tiene aún tanto poder; en cuyo caso, deberían dividirse para cubrir a los enemigos y no ser acorralados. Y por último, si los ángeles de la Unión no podían contra él, y por ello habían recurrido a todas sus fuerzas disponibles, era probablemente un señuelo para atraerlos a ellos, y por tanto, una trampa. Acordaron, entonces, estar atentos a cualquier actividad inusual, atacarlo si estaba débil, dividirse si tenía refuerzos y confiar el uno en el otro; después de todo, aún les faltaba una llave para asegurar la victoria. Intentaban darse ánimos, pero una sombra de sus derrotas pasadas indudablemente afligía su ánimo.

En el camino Nicol estudió con el báculo para controlar su poder. Tristán practicó con ilaxición, Vant con su poder y Alastor decidió dormir un poco, pues aseguró que era la mejor forma de recobrar fuerzas.

Volaron por sobre las frescas aguas del océano Oligántico que unías ambos continentes un tiempo más. Era sorprendente la velocidad y la estabilidad con la que volaba su barco, pues ni las corrientes de aire más agresivas, ni una poderosa tormenta lograron moverlos de su rumbo.

Pasadas dos horas, al fin vieron su destino.

—Ya veo las costas. Estamos por llegar al norte de Andorán —alertó Tristán—. ¿A qué lugar debemos ir? —le preguntó a Vant quien miraba el horizonte junto con él.

—Es un pueblo a unos 50 kilómetros al noreste desde la capital. Se llama Luz Pura. Se puede ubicar porque está a unos kilómetros al sureste de la ciudad Estela de Luz, capital cultural de esa zona. Espero que no hayamos llegado demasiado tarde; ya no he recibido señales de la Unión.

Vant indicó la dirección y Tristán fijó el curso. Sobrevolaron el bosque Terra y se sorprendieron de lo inmenso que se veía desde arriba. Al pasar, sintieron que el bosque estaba intranquilo, como si algo perverso lo cubriera. De por sí ya era un lugar temible, con el aura que despedía era aún peor. Avistaron, de pronto, un claro entre el follaje y notaron que había criaturas en él, moviéndose salvajemente, atacándose los unos a los otros como en una guerra. Lo que tato temían se volvía realidad: la maldad de Mefisto seguía creciendo. Una vez que cruzaron la zona, vieron los cuarteles de la Unión en Lemsániga.

Sobrevolaron varios metros por encima de la ciudad, y Vant y Tristán se asomaron por el borde para saber si la ciudad capital también había sido atacada. Pero desde el aire todo se veía normal. La gente caminaba tranquila y los cuarteles se veían solitarios, sin agitación, probablemente porque las fuerzas ya habían sido enviadas a la batalla.

Continuaron, y al cabo de un tiempo, vieron, a un par de kilómetros, una nube de humo no muy espesa proveniente de un pueblo pequeño. Vant confirmó que se trataba de su destino. Al llegar, descendieron cerca, en una pequeña planicie, y bajaron pronto del barco. Corrieron a toda prisa hasta llegar a la entrada. En el frete, un letrero clavado en el pasto mostraba el nombre del pueblo como una cálida bienvenida a los visitantes.

Los cinco entraron con cautela pues el humo impedía ver bien. No habían avanzado mucho cuando un sentimiento de intranquilidad los invadió. Escudriñaron sus alrededores y notaron que no había sonido alguno; las nubes a la distancia parecían ennegrecerse rápidamente, como si acabaran de entrar en una pesadilla; el viento corría con fuerza y el frío del norte se volcaba precipitadamente sobre el valle. Sentían estar entando en un mal sueño, una pesadilla. De pronto, un sonido la distancia los alertó; algo definitivamente estaba mal.

Capítulo 46: Antiguos enemigos

Las calles empedradas estaban vacías y los edificios parecían abandonados, desolados. Los faroles solitarios estaban apagados, y los árboles y flores menguaban en un sueño impenetrable. Había pasado ya un rato y no habían visto gente por ahí, ni escondida, ni herida ni muerta. Confiaban en que aquello se debía a que la gente había alcanzado a huir mientras los soldados combatían el peligro; pero esta idea se vino abajo cuando notaron un cuerpo en el suelo más adelante.

Se acercaron y lo examinaron: era un civil, un hombre entrado en años que había sufrido una horrible muerte; y junto a él, otro cadáver, un muchacho de menor edad que había sufrido un destino igual de horrible.

Siguieron caminando hacia el centro del pueblo, conscientes de que los cuerpos era solo el principio, hasta que llegaron a la plaza central. Ahí vieron un noble monumento: una estatua del ángel Rizhiel, erguida después de la guerra, mostraba su majestuosidad de antaño, y al pie de esta había una inscripción: *"El alma de aquel que atraviesa el dolor con la virtud intacta, brilla más que la de aquel que nunca sufrió"*. En frente de esta, una iglesia alta y blanca como las nubes se alzaba hermosa para el pueblo: todo el frente era de cristal, y en el centro un vitral hermoso y maravilloso de muchos y muy hermosos colores brillaba con la luz del sol. En él se mostraban imágenes de los tres arcángeles al frente, y a sus fuerzas celestiales detrás, imponentes después de la victoria contra los demonios.

Sin embargo, la escena no era hermosa y majestuosa, sino terrible, pues en ese lugar más cuerpos, un sinnúmero de cadáveres regados por el suelo. La mayoría eran de soldados de la Unión, muchos de bajo rango, soldados que apenas terminaban su entrenamiento. También había soldados de mayor rango, compañeros de Vant de sus días de entrenamiento. Todos ellos se veían grises y fríos, y su carne estaba seca y consumida. En sus miradas reflejaban profundo dolor. Los restos de la batalla parecían más bien la evidencia de una masacre.

—¡Maldición! —gritó Vant enfurecido—. ¡Llegamos tarde!

—Busquemos sobrevivientes sugirió Zafiro nerviosa—. Tal vez quedó alguien.

—No será necesario —dijo Nicol de pronto.

Su mirada estaba clavada en hacia la parte superior de la iglesia. Los demás también voltearon y vieron lo que habían temido: en la cima de tan bello monumento estaba Mefisto, de pie como una perversa gárgola. Sus intensos ojos amarillos brillaban en lo alto, con maldad y vileza, y sus garras escurrían sangre fresca.

—Me preguntaba cuántos más debían morir para que se aparecieran —dijo el malvado demonio con su voz ronca. Ahora su cuerpo estaba completo y la llave de la luz colgaba de su cuello.

—Me preguntaba cuándo ganarías al menos una, te estabas quedando atrás —dijo Nicol provocando a Mefisto. Este la miró con desprecio, gruñendo como una bestia.

Tristán no hablaba. En sus ojos el ímpetu de lucha lo colmaba y movía sus emociones. Tomó entonces a ilaxición, y la desenvainó con calma y decisión.

—Sus victorias no significan en el resultado final —rio Mefisto altanero; sin duda confiaba en su poder—. Aquí terminan sus vidas y comienza mi reinado. Y tú, miserable íxiren —le habló a Tristán—, la huella de tu vida se ahogará en la nada, la eterna nada.

Mefisto también tomó su arma, horrida hoja de muerte. La agitó ferozmente, provocando a su rival. Tristán deseaba luchar, así que comenzó a caminar hacia él. Mefisto, al ver que lo enfrentaban, dobló las rodillas preparando su embestida.

—Vamos —dijo Vant a sus amigos—, tenemos que ayudarlo. —Sin embargo, Nicol lo detuvo y lo miró con seriedad.

—Aún no es el momento —dijo reconociendo los sentimientos de su amado, incluso a pesar de también sentir el deseo de ayudarlo—. Deja que luche solo por ahora.

En su andar, Tristán arrastraba la punta de su espada en el piso, rasgando la roca, sin quitar la mirada de su enemigo. Luego se arrojó a la carrera; la sangre hervía en su interior. Extendió sus alas y dio un salto con toda su fuerza, blandiendo su arma detrás de su cuerpo para golpear con ferocidad. Mefisto también saltó hacia Tristán en un ataqué despiadado.

El choque de las espadas hizo retumbar el lugar fragorosamente, tanto que el vitral de la iglesia se quebró en miles de pedazos en un estruendo ensordecedor.

Ambos enemigos luchaban en lo alto, entregando todo de sí. Tristán mostraba su dominio sobre ilaxición atacando diestra y velozmente. Mefisto, ahora con mucho más poder que antes, esquivaba los cortes que le eran lanzados con gran facilidad, pero sin responderlos; era claro que tenía la ventaja contra su oponente. Se mofaba y se burlaba de su oponente cada vez que un golpe fallaba, sin embargo, su altanería le duró poco pues Tristán acercaba cada vez más sus peligrosos golpes. Mefisto no tardó mucho en necesitar su espada y contraatacar para no retroceder. Tristán, a pesar de todo, no claudicaba en sus furiosos ataques.

—No sabes de lo que soy capaz —gruñó Mefisto. Luego juntando energía oscura entre sus garras, la liberó con una fuerza aterradora. Tristán apenas tuvo tiempo de defenderse para no recibir todo el daño.

Mefisto no cedía en sus acometidas. Continuó lanzando poderosos ataques contra el íxiren que ya había regresado al suelo. Cuando las arremetidas cesaron, Tristán se encontraba casi tumbado, pero para sorpresa de su atacante, se incorporó rápidamente y con gran constitución estaba ya en guardia. Ya de pie, Tristán extendió de nuevo sus alas y se lanzó al ataque. La hoja de ilaxición brilló con la embestida. El demonio tuvo que dar un salto hacia atrás para no ser alcanzado. Estaba sorprendido por lo rápido que su oponente crecía en fuerza durante la batalla; había perdido la ventaja, así que debía luchar con más coraje. Se alejó lo más que pudo, creando suficiente distancia entre sí y el enemigo. Luego, concentró su poder dentro de sí y un aura maligna creció a su alrededor.

—Mil almas son las que devoré, mil almas las que sufren y agonizan dentro de mí. Su poder es mío y deseo diez mil más. —La boca del demonio supuraba saliva negra mientras hablaba, como el lodo más hediondo, y sus ojos se inyectaban de sangre pútrida. De pronto pareció crecer e imponerse.

Su poder había aumentado terriblemente, al punto de sentirse en el aire como un eco aturdidor. Ya con más poder, se lanzó al ataque. Esta vez fue imposible para Tristán defenderse de la acometida; las garras del enemigo rasgaron su carne y lo hirieron severamente en un costado. Poderes oscuros también llovieron en su contra.

En ese momento, y sin considerarlo un segundo más, Nicol y los demás se metieron en la batalla. La íxiren lanzó un hechizo. *Poder oscuro que gobierna las tinieblas, cántico de la muerte.* ¡Plasma erradicador! El ataque impactó contra Mefisto distraído y lo casi lo hace caer. Antes de recuperarse este, otro ataque cayó desde atrás. *Aurora Glaciar.* ¡Furia Congelada! Alastor había atacado con magia de hielo. Enfurecido, Mefisto atacó, decidido a ocuparse de los demás antes de asesinar a su rival. De repente, un nuevo ataque lo sorprendió. *Gotas de rocío que brillan como estrellas,* ¡Balas de agua! Zafiro golpeaba con fuerza utilizando su magia de agua. Y cuando menos lo esperaba, una poderosa luz cubrió al demonio. *Luz que ilumina la inmensidad,* ¡Destello Sagrado! Vant atacaba desde las alturas. Colérico, Mefisto fue directo contra Nicol, quien se defendió transformando el Báculo de las Siete Sombras en una espada parecida a la de Tristán, aunque más delgada y curveada.

—Al menos tú, a diferencia de tu patético compañero, conseguiste un arma poderosa —dijo, golpeando repetidamente como si sostuviera un martillo.

Vant y Zafiro llegaron de pronto y atacaron por detrás, lo que llamó la atención del demonio. Inmediatamente, Alastor agredió con el filo de su espada.

—¿Por qué peleas con ellos? —preguntó Mefisto mientras forcejeaba—. Únete a mí y los demonios retomaremos este mundo. La fuerza de los ángeles caerá.

—No gracias —respondió Alastor—. No podría soportar a un ser tan horrendo como tú al mando. Además, el camino que tomaste te llevará a tu perdición, la guardia así lo vigila.

Mefisto frunció el ceño ante la negativa, incluso sabiendo que su oferta era un engaño, así que continuó peleando. No tardó mucho en notar que su enemigo era más fuerte de lo que había aparentado.

De pronto, Tristán llegó volando a gran velocidad, y embistiendo a Mefisto, lo arrastró por el suelo varios metros, destrozando las calles cercanas. Aprovechando la ventaja, atacó. ¡Puño Sagrado! El hechizo estalló con fuerza, y el estruendo levantó una enorme nube de polvo por los aires.

Tristán, que había caído cerca, se levantó aturdido. Nicol llegó corriendo de inmediato a socorrerlo.

—Es muy poderoso —dijo sacudiéndose el polvo—. Pensé que ya habíamos superado su poder, pero lo subestimé.

—Creo que se dio cuenta que no podría detenernos si conseguíamos las llaves —dedujo Nicol—. Nos equivocamos: nunca tuvo intención de buscar las llaves, se enfocó en recuperar su fuerza y esparcir su maldad por el mundo. La llave en su cuello fue solo para atraernos hasta él. Nuestra única opción es atacarlo todos juntos.

—Estoy de acuerdo.

—Reunámonos con los demás mientras podemos.

Extendieron sus alas y se apresuraron en salir de ahí, nunca quitando la mirada de la distancia. Rápidamente encontraron a los suyos.

—¿Están bien? —preguntó Vant.

—Debemos planear una estrategia si queremos vencer —respondió Nicol con apuro.

Mientras hablaban, Mefisto se alzó de los escombros y volvió a aumentar su poder. Entonces se elevó al cielo, soltando un alarido de ira descomunal. De inmediato Tristán y Nicol avisaron su presencia.

—No hay tiempo para planes —dijo Tristán tomando su arma—. Debemos pelear juntos. Den lo mejor que puedan y confiemos en que será suficiente.

Sin más espera, Mefisto atacó. *Tinieblas eternas de tierras oscuras, átalos a todos en las sombras.* ¡Dominio oscuro! De los dedos del demonio brotó energía maligna que se esparció como una nube en todas direcciones. La vida que tocaba perecía y se ennegrecía, como devorada por el peor de los males.

Al darse cuenta, Nicol sugirió que se pusieran a cubierta. Sin embargo, Tristán no hizo caso y continuó de frente. Sujetó con fuerza a ilaxición, concentró su energía en la hoja y lanzó un corte que anuló la energía oscura y la eliminó.

—¡Podemos hacerlo! —gritó Tristán. En ese momento se lanzaron todos contra Mefisto.

Tristán, volando rápidamente, fue el primero en chocar contra el demonio. Mefisto bloqueó el ataque con dificultad. Debajo de ellos, llegó Nicol, quien preparaba un hechizo junto con Zafiro. Vant había desenfundado a Brillo Dorado y se preparaba para atacar. Alastor atacaba por el flanco contrario al de Vant.

—¡Después de que termine con ustedes, el mundo sucumbirá ante mí! ¡Dejará de existir, como si nunca lo hubiera hecho! —gritó Mefisto encolerizado, dándose cuenta del ataque que se acercaba. Intentó tomar acción, pero algo lo detuvo de pronto. Una magia helada paralizaba su cuerpo: debajo de él, Nicol y Zafiro conjuraban una poderosa ventisca que lo petrificaba. Sus piernas, su torso, sus brazos pronto habían quedado atrapados en hielo. Entonces no pudo defenderse de los dos cortes de espadas que llegaron al mismo tiempo; una envuelta en energía sagrada cortó en su costado izquierdo, y una oscura desprendió su brazo. Al final, un rayo de luz, una cegadora luz de ángel atravesó su cuerpo y quemó su piel. *Luz que ilumina la inmensidad.* ¡Destello Sagrado!

Dañado, el cuerpo de Mefisto cayó al suelo pesadamente. No se movía y estaba herido.

—Lo logramos —sonrió Zafiro. Pero al voltear vio que sus compañeros no compartían su ánimo.

—No está muerto. Ni cerca —respondió Nicol.

En ese momento la energía demoniaca reapareció y el cuerpo lacerado del demonio se levantó. De nuevo se imbuyó de poder y creció más. Su piel retomó su intenso color rojo, sus alas se expandieron y su brazo reapareció de inmediato entre pútrida sangre negra. Como si nada, el enemigo regresó a su estado anterior.

—Insignificantes escorias —increpó—. Sus vidas no valen nada, sus fuerzas son minúsculas y sus esfuerzos inútiles. Jamás podrán contra mí, ni luchando mil días lograrían derrotarme.

La fuerza de Mefisto era exorbitante después de absorber tantas almas, y entre más luchaba, más parecía aumentar.

—Aunque tengas la fuerza y la experiencia de mil vidas, nuestro ímpetu no decae; nuestra fuerza crece sin par —dijo Nicol con soberbia y confianza—, y nunca dejará de hacerlo.

Levantó su mano y mostró en ella la llave de la luz; en un momento de distracción había logrado arrebatársela al demonio del cuello.

—¡No les servirá de nada! —gritó Mefisto enloquecido.

Nicol entregó la llave a Tristán, sonriente.

—Es tu turno. Nosotros nos ocuparemos de él. Pero date prisa.

Tristán aceptó la llave, asintiendo con decisión y confiando en que funcionaría, que ese era su destino. Nicol y los demás se prepararon para luchar.

Tristán sujetó la llave con fuerza, y de pronto una energía apareció de pronto, dorada y cálida. Luego, de sus bolsillos, las otras dos llaves brillaron armoniosamente, despertando y agitándose con fuerza. Las sacó y estas flotaron juntas frente a él. Los elementos que albergaban en las medallas emergieron de los pequeños cristales que las contenían. Pronto se extendieron, crecieron y tomaron forma en el aire: el fuego ardiente y puro, y la tierra firme e inalterada, dieron ambos forma al contorno de la puerta. La luz cálida y suave formó las tres cerraduras justo en medio del marco. Después, las tres llaves flotaron hasta entrar cada una en su lugar. Giraron al mismo tiempo y la puerta se abrió.

Capítulo 47: La legendaria Cadena del Juicio

Las sirenas de alarma no dejaban de sonar en las calles de Lemsániga mientras el caos y la agitación crecían; una alerta de guerra había comenzado hace apenas unos cuantos minutos Los ciudadanos corrían desesperadamente cargando como podían con sus hijos, sus ropas, sus objetos de valor e incluso con sus armas en mano. Se dirigían a los refugios repartidos a lo largo de toda la ciudad, lo cuales habían sido creados con la intención de salvaguardar a los civiles en tiempos de guerra.

Desde lo alto, ángeles y humanos de brillantes armaduras, colocados en estaciones específicas, gritaban instrucciones para mantener el orden y coordinar la movilización de toda la ciudad. Las órdenes eran claras: no salir de las murallas ya bloqueadas para ese momento, dirigirse lo más pronto posible a los refugios, no cargar con cosas innecesarias y mantener la calma en la medida de lo posible. El frenesí, no obstante, parecía crecer y el miedo extenderse.

Mientras, en el interior de los cuarteles, la situación no era muy diferente; ángeles, demonios, humanos y criaturas mágicas corrían aceleradas con la emergencia. Se escuchaban órdenes a gritos, algunos incluso reñían en la confusión. Todos ellos hacían su trabajo como podían, aunque era difícil sin saber con exactitud qué sucedía, pues de los superiores solo había llegado la instrucción de una alerta de máximo nivel.

Detrás de las puertas de los líderes, en la sala de juntas, se escuchaba una discusión de lo más inquietante. Los dos arcángeles debatían sobre la situación. El arcángel Daniel y el arcángel Rizhiel estaban solos pues ni siquiera a su consejo de ángeles y demonios se le había permitido ingresar.

—¡No podemos hacer una cosa tal! —gritaba Daniel intentando pensar en una solución.

—Hermano, por favor, debes ser razonable —respondía Rizhiel quien trataba de mantener la calma—. Mefisto está atacando cerca de aquí y un escuadrón no será suficiente.

—Son mis mejores hombres los que fueron a pelear, son ellos de quienes dudas. También ponen sus vidas en riesgo y les importa demasiado como para dejarse perder. Además, él aún no recupera todo su poder, ambos lo sabemos, lo podemos sentir.

—Por eso mismo hay que mandar más de nuestras fuerzas. Si está débil y está tan cerca, un ataque frontal con todo lo que tenemos tal vez funcione. Debemos despertar a Luminel. Los tres juntos sin duda ganaremos, como hace tantos años.

—¡Aunque supiera cómo hacerlo, jamás lo despertaría! —gritó Daniel dando un golpe contra la mesa—. Olvidas, hermano, que el mundo ya no es el mismo. No podemos actuar igual que antes, eso no funcionará.

—Pero ahora tendrás una ayuda invaluable.

—No confío en los ixírenes. Si han logrado conseguir las llaves es solo porque tú los ayudaste. Tú hiciste los templos, tú pusiste los desafíos; en tu interior preparaste todo para que ellos salieran exitosos, solo no lo recuerdas. Ellos no pueden contra Mefisto, nunca lo han hecho. Y lo que es peor: de no ser por ellos no estaríamos en esta situación.

—Tú no confías en ellos porque no los conoces como yo, pero sé que cooperando podemos detenerlo. Además, tu capitán estrella está con ellos, están al nivel.

—No, no es suficiente.

El arcángel Daniel parecía desesperarse con cada segundo que pasaba, sobre todo con los llamados constantes desde atrás de la puerta. Sin embargo, él no atendía, cosa que lo estresaba aún más. Apretaba los puños y respiraba agitadamente.

—Escúchame bien —exclamó apuntando con el dedo—. Te aseguro que todo este alboroto es innecesario. Tu forma de actuar es exagerada y esa estúpida alarma que activaste me está sacando de quicio. Mandaremos a los civiles a los refugios y aumentaremos la cantidad de guardias en la muralla, pero no mandaré tropas solo así.

—Cometes un error. Lo estás subestimando.

—Y tú me subestimas a mí —dijo Daniel, confrontando a su hermano directo a los ojos—. No lo recuerdas, pero en aquella guerra, el mundo por poco desaparece. Mefisto arrasó kilómetros y kilómetros de tierra, devasto ciudades y aldeas en un instante, incluso hizo desaparecer zonas enteras. Pero ahora es diferente, y eso es porque le das más crédito del que merece.

—¿Por qué insistes en tu ceguera?

—Porque hay cosas más importantes que atender. Tú no lo sabes porque te alejaste del deber. Ya no atiendes a la Unión y yo lo permití porque te convertiste en héroe de guerra después de perder tanto. Quise estar contigo y apoyarte, pero no puedes venir ahora y decirme cómo administrar este lugar, cómo actuar. Yo tengo ojos en todos lados, en todo el mundo. Si de verdad hay un peligro yo lo sabré.

—Yo creo que toda esa responsabilidad te ha hecho menos observador. Estás siempre tan ocupado en todo que no logras ver las cosas más simples, con la mente calmada y fría. Pero te pido que confíes en mí y que atiendas la amenaza de Mefisto. Si me equivoco, no perderás nada, pero si tengo razón, lamentarás no haberme hecho caso.

—Incluso si tienes razón, yo sabré qué hacer. Siempre he tenido que hacer lo necesario.

—¿Y hasta cuándo reconocerás que tenemos un problema? ¿Hasta que las montañas estallen? ¿Hasta que puedas verlo desde aquí?

De pronto la puerta se abrió y un ángel de armadura brillante, uno de los mayores rangos, entró a prisa.

—Señor, tenemos nuevos informes —dijo inclinándose en disculpa por su interrupción.

—¿Qué quieres, Morten? —dijo Daniel con voz profunda—. Pedí que no me interrumpieran.

—Disculpe la molestia, pero algo importante ha sucedido. Afirman que el portal a la Cadena del Juicio fue abierto.

—¿Cómo es eso posible? ¿Quién dio el informe?

—Uno de nuestros demonios ubicado en uno de los puntos de vigilancia cerca de Luz Pura. Afirma haber visto una luz y luego vio abrirse un portal. Cree que las llaves a la cadena abrieron un portal.

De pronto, el arcángel Rizhiel se levantó de su asiento.

—Deben ser ellos —dijo—. Lograron juntar las llaves. ¿Te das cuenta ahora de lo que digo, hermano? Pelean y nosotros debemos ayudarlos.

Daniel no volteó, pero sin duda sus palabras lo molestaron.

—Teniente —dijo, dirigiéndose siempre a su subordinado—, mande un equipo de vigilancia a explorar junto con el demonio que lo vio. Infórmenme en cuanto tenga más detalles.

—Si señor —respondió enérgicamente el ángel. Después se retiró.

—Deberías desplegar a las tropas —insistió Rizhiel—. Entre más te tardes, peor será.

—Mantendré a esos dos y a su grupo vigilados hasta estar seguro de lo que sucede. Las tropas permanecerán aquí hasta que yo lo diga, y no quiero escuchar una sola palabra más. Si quieres ayudarlos ve tú mismo.

Y con esas palabras el arcángel Daniel salió de la sala, azotando la puerta detrás de sí, dejando a su hermano solo, pensativo. Rizhiel sabía que la situación era complicada y que necesitaba actuar de inmediato. Respiró profundamente, se talló la cara con las manos, terminó su té y se levantó decidido. Caminó hasta la puerta y la atravesó con calma. Afuera, notó que todos seguían agitados y apurados con sus deberes frente a la crisis. Se dio cuenta también que, en efecto, nadie de los presentes pedía su consejo como lo pedían a su hermano. Entendió que era verdad: por mucho tiempo había desatendido sus deberes por permanecer sumido en la tristeza; los soldados no lo veían como una figura de autoridad más allá de su fama y su rango.

Triste, aunque no rendido, caminó a prisa entre la multitud. Tomó unas escaleras al fondo de un pasillo vacío que subían desoladas hasta un ala de la Unión muy tranquila. El lugar estaba oscuro y tan alejado que pronto el bullicio dejó de escucharse. A mitad de la escalera, se topó con movimiento a sus pies; un pequeño gato caminaba indiferente por ahí. Rizhiel lo miró y posó su mano un momento sobre su lomo. Luego continuó subiendo más hasta llegar a una habitación moderadamente iluminada. En las paredes colgaban decenas de mapas, diagramas e imágenes históricas sorprendentemente detalladas. En el fondo de la habitación, sobre un gran escritorio igual de solitario, había un gran desorden de libros, herramientas y papeles con dibujos desconocidos. Detrás de todo eso, un ángel encorvado y de mirada absorta trabajaba tranquilamente.

Rizhiel se quedó parado justo frente a las escaleras, observándolo, con cierta satisfacción. Luego caminó entre los papeles y se acercó al escritorio. Al cabo de un momento, el ángel se percató de que alguien lo visitaba. Se le veía molesto, pero al darse cuenta de que era el arcángel en persona quien lo buscaba, su expresión cambió a una de sorpresa.

—Rizhiel, ¿qué haces aquí? —le preguntó con toda naturalidad, como amigos de toda la vida. Sobre su regazo, otro gato más descansaba—. Hace mucho que no vienes. Pasa. Ignora el desastre.

—Veo que has estado ocupado —respondió el arcángel, notando que boceteaba una bella pintura.

—Siempre estoy ocupado, pero así me gusta. ¿Qué puedo hacer por ti?

—¿Sabes lo que sucede justo en este momento en Luz Pura?

—Por supuesto que no, y bien sabes que no me importa. Pero debe ser importante si viniste hasta aquí.

—Necesito tu ayuda para reunir un grupo de soldados y partir lo más rápido posible.

—Claro, le diré a nuestros amigos.

Lejos, en el campo de batalla donde los elementos se unían, Tristán ingresaba al templo donde el arma legendaria de los ángeles reposaba. Al entrar al portal vio un majestuoso y muy hermoso castillo de oro brillante sobre las nubes. Pilares de blanco mármol, altos como torres, se abrían enfilados en los maravillosos salones perfumados de esencias celestiales. En lo alto, una pintura mostraba sublime la divinidad de la estirpe de los ángeles por milenios. A los lados descansaban reliquias de belleza similar: vasijas, bustos, armaduras embestidas de oro instruían en la historia de los ángeles y arcángeles. Y al final de la alfombra de terciopelo, reposando sobre un trono de seda púrpura, estaba la legendaria arma de los ángeles: la Cadena del Juicio. Era de oro sólido y estaba decorada con joyas como luz de estrella. El arma empuñada por el mismo arcángel Daniel hace tantos años.

423

Tristán, embelesado, se acercó a la imponente arma. Subió los escalones que lo recibían y se paró para contemplar la reliquia. La tomó con delicadeza. Al instante, como si tuviera vida propia, está se enredó alrededor de sus brazos pasando por su espalda. En ese momento, la luz, el brillo del universo entero, acudió de inmediato a él y se volvieron uno. En el interior del íxiren refulgió un sentimiento de poder que se alineaba con su alma para siempre. Había sido aceptado como su digno portador.

Sin demora, Tristán bajó corriendo los escalones, cruzando de nuevo los majestuosos pasillos y avistó la salida a la distancia. Repentinamente notó que algo se aproximaba con gran velocidad hacia la entrada desde el otro lado. Era Mefisto quien ingresaba por el reluciente portal e ingresaba en el sagrado templo en persecución del íxiren. A toda velocidad el demonio lo tomó por el torso con sus garras y lo levantó junto hasta los altos techos del lugar que simulaban un cielo rosicler por la tarde.

Tan pronto como Tristán se percató del ataque, agitó la cadena en su mano y la azotó contra Mefisto. Este tomó el extremo evitando así el golpe. Sin embargo, en el momento en que el oro tocó la piel del demonio, esta ardió quemada por el brillo del metal. Así, sin más remedio, el demonio soltó la cadena.

—¿Cómo te atreves a entrar aquí? —increpó Tristán mientras forcejeaba contra uno de los altos muros.

Detrás, como una ráfaga, apareció también Nicol, volando a través del portal. Ubicó pronto a los rivales y voló hasta donde estaban. Transformó su arma en una lanza y golpeó a Mefisto directamente. Con gran fuerza, lo lanzó contra una de las bellas cúpulas. Esta se quebró con el impacto, aunque no fue suficiente para quitarse de encima a su enemigo, quien de inmediato contraatacó lanzando todo su cuerpo contra los dos.

Los tres volaron furiosamente por todo el lugar. Se lanzaban ataques entre sí, destruyendo en la lucha varios pilares blancos, luego otro de los muros e incluso el altar mismo. Todo el lugar era ya un lamentable desastre.

Pero aquello no duró demasiado, pues súbitamente Mefisto se detuvo, inclinándose sobre el suelo, cansado y debilitado. La energía del templo, su aura divina y celestial afectaba al malvado demonio y lo dejaba sin aliento. Si permanecía ahí por más tiempo terminaría por perder su energía y su rigor.

Al darse cuenta, Tristán y Nicol se abalanzaron sobre él en un intento por someterlo. Mefisto, sin embargo, extendió sus alas y voló a prisa fuera del templo, fuera del portal sin que lo pudieran alcanzar.

—¿Estás bien? —preguntó Tristán.

—Te dije que funcionaría. Te aceptó —respondió ella, jadeando un poco.

—Sí lo dijiste. Debí hacerte caso desde siempre.

—¿Confías en mí? —preguntó Nicol al mismo tiempo que tomaba la mano de su amado. En ese momento el Báculo de las Siete Sombras y la Cadena del Juicio brillaron juntas.

—Con mi vida —respondió Tristán luego besándola con gran amor—. Vamos, acabaremos con todo esto.

Los dos corrieron hacia la salida del templo, ambos con sus reliquias en mano. Al salir, el portal se cerró, los elementos que la componían se disolvieron y las llaves cayeron al suelo. Buscaron de inmediato a sus amigos y no tardaron mucho en ubicarlos: peleaban contra Mefisto a unos metros de ahí. Así que extendieron sus alas y se apresuraron.

Mientras, Alastor luchaba contra Mefisto, muy parejos en poder. Vant curaba a Zafiro quien había sido herida severamente durante el combate.

La situación se veía desfavorable, y aunque Mefisto requería gran esfuerzo para combatir, no tenía igual. Desde el cielo, aterrizaron Tristán y Nicol junto a sus compañeros. Él, en su mano derecha, empuñaba a ilaxición, y en la izquierda colgaba la Cadena del Juicio como fundida a su brazo, inseparable. Los ojos del íxiren miraron a su enemigo encendidos en cólera y ferocidad. El momento había llegado, la batalla que decidiría el destino del mundo recién comenzaba.

Capítulo 48: Tristán el íxiren

Al norte de Lemsániga, la capital del mundo, en el continente de Andorán, una terrible batalla se libraba en el pequeño pueblo Luz Pura. La tierra retumbaba y el cielo se oscurecía ante el estrepitoso enfrentamiento entre las fuerzas de la luz y la oscuridad. En esa remota parte del mundo, el desastre se cernía con cruel azote.

Nicol, quien empuñaba la legendaria arma de los demonios, el Báculo de las Siete Sombras, enfrentaba al antiguo enemigo que hace 500 años trajo ruina al mundo. Cuando se acercaba, atacaba de frente con su arma en forma de lanza, pero cuando se alejaba, lanzaba poderosos hechizos con ayuda de su mágico libro. Junto a ella luchaba Vant, quien con gran poder lanzaba luz sagrada contra su adversario cuando no empuñaba a Brillo Dorado en la esgrima. Alastor, por su lado, blandía su oscuro sable con terrible mano, y aunque su oponente equiparaba su habilidad, apneas lograba bloquear y esquivar los ataques que le eran lanzados. Cerca de ahí estaba Zafiro, el miembro más joven del grupo; utilizaba hechizos de agua para potenciar los golpes aplastantes que lanzaba con gran habilidad. De vez en cuando se unía a Nicol, y juntas proferían magia de gran poder.

Mefisto, quien había absorbido el poder de cientos de almas, no retrocedía ni se rendía ante las amenazas. Su poder era claramente superior, aunque sabía no debía subestimar a sus oponentes.

De pronto el cielo se estremeció, y un fuerte ruido se escuchó a lo lejos, como si el cielo se hubiera partido a la mitad. Desde lo alto, a gran velocidad llegó volando Tristán, empuñando su espada que se había fundido con la Cadena del Juicio, reliquia sagrada de los ángeles, enroscada en sus brazos. En su rostro brillaba el vigor de su alma, y sus fuerzas se habían renovado.

—Este es tu fin, Mefisto. Hoy termina el terror que desatas por el mundo —dijo Tristán apuntando con su arma.

—Los pocos seres que sobrevivan, recordarán solo su muerte a manos mías —amenazó Mefisto—, sin importar cuánto luchen.

—Ya te derrotaron antes con estas armas y de nuevo caerás ante ellas —replicó Tristán listo para pelear.

—Qué ingenuo eres. No tienes ni idea de lo que pasó hace más de 500 años; detrás de mi derrota hay mucho más de lo que se cuenta. No comprendes lo complicado que es el mundo y las indescifrables fuerzas que lo gobiernan. Tú no eres ni la sombra de lo que era el arcángel Daniel en ese entonces; no eres capaz de utilizar la cadena con todo su poder. Y yo ahora soy mucho más poderoso de lo que él jamás será.

Tristán quedó pensativo: las palabras de Mefisto eran realmente un enigma para él y sabía bien que apenas podía aspirar a ser como sus superiores. Sin embargo, en ese momento no podía detenerse, las cartas estaban sobre la mesa y la lucha que enfrentaban era inevitable.

—Hacemos nuestra propia historia —respondió al final.

De pronto, el íxiren se lanzó con todas sus fuerzas contra su adversario. Mefisto resistió la embestida y forcejeó, pero la cadena que blandía su adversario, estirándose infinitamente, sujetó su brazo ventajosamente. En ese momento el brazo de Mefisto ardió y su piel se quemó al contacto con la sagrada cadena. Esto permitió a Tristán lanzar un segundo corte con ilaxición que hirió al demonio.

—Maldito seas —gruñó Mefisto—. No me fastidies con eso.

Entre sus terribles garras la, energía oscura aumentó y se concentró en un ataque. ¡Darkalister! Un rayo oscuro tronó al volar. Sin embargo, Tristán logró repeler el ataque con un movimiento de ilaxición. Luego, otro ataque oscuro le fue lanzado, pero al esquivar, giró la cadena en su mano y la lanzó con fuerza. Así logró sujetar el cuello del demonio con la dorada reliquia. Mefisto chilló de dolor y rabia mientras trataba de zafarse, pero su intento se vio impedido por un golpe furtivo de parte de Vant.

—Aquí estoy, amigo —le dijo a Tristán.

Juntos atacaron con una combinación: Vant blandía su espada brillante mientras Tristán repelía los ataques que el enemigo lanzaba utilizando la Cadena del Juicio. De esa forma lograban debilitar a Mefisto cada vez que lanzaba un ataque para quitárselos de encima.

Inesperadamente, en una de esas Mefisto logró liberarse con un veloz movimiento de la cadena que lo limitaba. Ya libre, agitó sus alas y liberó un terrible vendaval. *Viento infernal que arrancas la carne de los huesos malditos, destroza a mis enemigos.* ¡Ráfaga diabólica! El aire se tornó oscuro alrededor de las alas de Mefisto y corrió con toda inclemencia por aquellas tierras. Los árboles del pueblo fueron arrancados de sus raíces y las ventanas de las casas se rompieron estruendosamente. Varias casas también fueron arrastradas por los aires.

Tristán y Vant no lograron evitar ser arrastrados estando tan cerca y salieron volando hasta impactar contra un pequeño molino al oeste. Nicol y los demás se cubrieron detrás de la torre de un campanario que logró resistir bien. Cuando la ventisca terminó, el pueblo había casi desaparecido: solo la mitad de las estructuras habían permanecido de pie.

—Los mataré a todos. Sufrirán el filo de mi espada —amenazó Mefisto.

De pronto, el cuerpo de Mefisto expulsó más poder como si reventara desde el interior. De las llagas brotó su sangre, chorros y chorros de lodo oscura. Del charco que se formaba en el suelo, algo comenzó a crecer y a tomar forma: dos brazos esqueléticos, dos piernas escuálidas, dos alas horadadas y alargadas, y dos cuernos sobre una despreciable cabeza; Mefisto había creado una copia suya. Inmediatamente, a su horrenda creación le sucedió lo mismo y otro dos aparecieron, luego tres, después cinco más y al final ocho más. En un instante un ejército completo los amenazaba.

427

—Debemos permanecer juntos —dijo Nicol, por primera vez preocupada.

Ella, Alastor y Zafiro corrieron, buscando un terreno alto donde pudieran encontrar ventaja. Llegaron hasta una pequeña una colina. Casi de inmediato, los ataques llegaron: cuatro demonios atacaban de frente con sus inmensas garras afiladas; dos de ellos concentraban energía oscura para atacar. Nicol logró golpearlos con un Darkalister antes de recibir los ataques mágicos. Alastor bloqueó el ataque del uno de ellos. Zafiro combatió al último, logrando interponer a tiempo un rápido golpe traicionero. Resistieron. Desafortunadamente, al instante llegaron más copias. En la desesperación, Zafiro tuvo que retirarse para reponerse, sin embargo, dos enemigos la siguieron de cerca y no la dejaron cubrirse. Alastor decidió quedarse a luchar contra los restantes haciendo gala de sus poderes, pues con espada en mano y su magia de demonio logró hacer frente a la amenaza.

—Estos feos solo tienen una fracción de tu poder —advirtió Alastor al tiempo que acertaba una estocada mortal a uno de sus atacantes.

—¿Quién eres tú? —preguntó Mefisto intrigado. Aquel demonio, congénere suyo, no había causado problemas antes. Lo había derrotado con facilidad anteriormente, pero ahora luchaba a otro nivel e incluso su semblante se veía diferente.

—Solo una semilla de muchas; pero no es algo que te interese —respondió Alastor con una perversa sonrisa debajo de un par de ojos temibles.

Pronto, Alastor acabó con las copias de Mefisto, mas no decidió luchar contra el original bien por cansancio, bien por alguna razón que el enemigo desconocía.

A pesar de todo, Mefisto decidió continuar con el ataque. De nuevo expulsó sangre fétida de su cuerpo e invocó cinco copias, luego tres, después dos y una al final. Ahora su objetivo eran Nicol y Zafiro. Ambas encararon a los enemigos unos metros más adelante. Pero cuando los enemigos volaban para atacar, fueron bloqueados por Tristán y Vant, quienes ya se habían recuperado y estaban listos para continuar.

Vant cortó a dos de ellos con su espada, aunque con eso no logró derrotarlos; fue necesario que utilizara un hechizo de luz para hacer desaparecer los cuerpos. Tristán, por su lado, los enfrentó con ataques de luz para provocarles más daño. Al final los remató con cortes de ilaxición y también los hizo desaparecer. Mientras, Nicol y Zafiro habían logrado deshacerse de sus atacantes.

—Están muertas —exclamó Mefisto con voz agria.

Repentinamente, por la espalda del demonio llegó Tristán. Utilizando la Cadena de Juicio atrapó a Mefisto inmovilizándolo de todo su cuerpo, quemándolo al mismo tiempo. Sin embargo, esta vez el demonio no gritó, ni siquiera se movió a pesar de las heridas, estaba como perdido, ensimismado dentro de su terrible mente.

Tristán apretó más, con todas sus fuerzas para evitar que Mefisto lograra liberarse.

—Este es tu fin, te venceremos.

Nicol, que se había acercado, tomó el báculo ente sus manos y preparó un hechizo que concentrara todo su poder. *Muerte silente, vacío siniestro, corta hasta el destino.* ¡Hoja de las sombras! Del báculo salió disparado una cuchilla hecha de oscuridad que voló con la intención de asesinarlo.

Con Mefisto inmovilizado y recibiendo un ataque del Báculo de las Siete Sombras la victoria se veía inminente. Pero un poder surgió de repente, uno oscuro como nunca se había sentido antes. Provenía de Mefisto. *Agitación incesante, creación absurda que ha de desaparecer para siempre. Reduce todo a la nada.* ¡Eterno Vacío! Al recitar el hechizo, una onda oscura se expandió por todo el lugar rápidamente, marchitando la poca vida que aún quedaba a kilómetros alrededor. Una enorme liberación de poder agitó la tierra, y el cielo se nubló y se oscureció. Vant y Zafiro tuvieron que huir de ahí rápidamente al peligrar sus vidas. Nicol y Tristán intentaron resistir, pero incluso para ellos era demasiado.

Con la onda de muerte, Mefisto logró liberarse de la Cadena del Juicio y recuperar su poder. De pronto, centenares de almas brotaron de su cuerpo maldito, como espíritus en pena que claman por un fin absoluto. Flotaban erráticos los fantasmas de todas las criaturas que había absorbido. Todo ese poder, toda la magia liberada respondían a un solo deseo. Repentinamente, el cuerpo del demonio cambió: sus cuernos crecieron y se encorvaron, sus patas se alargaron al doble y sus garras saltaron hasta sobresalir de su roja piel en llagas supurantes. Sus alas se abrieron más y sus huesos se rompieron y se volvieron a soldar. Su rostro se alargó, como el de una bestia carroñera, y su cuello se curvó; todo su cuerpo se llenó de heridas y cicatrices. La apariencia de Mefisto se tornó mucho más nefasta, y su poder creció aterradoramente.

—Yo soy el fin de la vida, hijo de la muerte y del terror.

Con cada paso que daba, la tierra se ennegrecía, y cada aliento era una nube de ácido pestilente.

Al ver el poder que emanaba del demonio, Nicol lanzó de nuevo un hechizo. Este impactó, pero no logró hacerle nada. Tristán también intentó atacar con la Cadena del Juicio, pero esta fue detenida con gran facilidad; su poder ya no afectaba al enemigo igual. Vant atacó también con poder de luz, pero al igual que con la magia de Nicol, fue resistido.

En su grotesca forma, Mefisto solo se quedó quieto, callado, respirando fuerte y agitadamente. Los miraba a todos, atento como un depredador desesperado. En un movimiento fugaz, se acercó hasta Zafiro, y sujetándola de la cara con su garra, la levantó. Ella gritó horriblemente por el filo que se enterraba en su carne y la hacía sangrar. Intentó golpear el brazo con su veloz puño de agua, pero no lograba soltarse.

Nicol y Alastor intervinieron tan pronto notaron la situación: ella transformó su báculo en lanza y arremetió varias veces contra el cuerpo de Mefisto, aunque sin éxito. Alastor atacó con su espada, abriendo grandes heridas en el demonio; pero esto tampoco lo hizo moverse. Fue solo hasta que le cortó el brazo de un tajo que logró que la soltara. Entre gritos y maldiciones, Mefisto levantó su otra mano contra los tres y lanzó un rayo oscuro que abrió la tierra y la hizo estallar.

Tristán se acercó a prisa en cuanto vio la situación. Allí vio, en el suelo, a su amada y a sus amigos, heridos y debilitados. Vant, al llegar y ver el desastre, no pudo evitar encender su poder con locura y atacar a Mefisto de frente. Disparó a Brillo Dorado con toda su fuerza, como una estela incandescente. Al impactar, el enemigo se tambaleó un poco, pero resistió. En el contraataque, el demonio logró golpear a Vant justo en el rostro y azotarlo contra el suelo sin piedad.

De pie solo quedaba Tristán. Sus cuatro amigos yacían convalecientes en el suelo; no habían tenido oportunidad contra su formidable enemigo. Entonces, Mefisto volteó a ver a su rival; sus ojos se pelaron y su hocico se abrió.

—Romperé tus huesos y masticaré tu carne —rio salvajemente, luego avanzó lentamente hacia su presa.

Al verlo, Tristán sujetó con fuerza a ilaxición, confesando a su espíritu que tenía miedo. Sin embargo, la espada no le respondió, aunque honestamente no esperaba que lo hiciera. Recordó que debía luchar con valor y confiar en su propia fuerza como antes; la vida de sus amigos y la paz en Ixcandar dependía de ello. Con eso en mente, concentró su energía de íxiren y atacó. El rápido corte logró alcanzar el pecho de Mefisto y abrir una herida como de milagro. En ese momento, Tristán creyó que podría vencer. Pero sin notarlo, la garra de Mefisto lo había tomado del cuello y lo sujetó con fuerza, obstruyendo su respiración. En un intento por zafarse, golpeó el brazo, atacó con magia, pero no funcionó. El apretón lo hacía perder la fuerza, y si no hacía algo, pronto perdería el conocimiento. Intentó tomar la garra que lo sostenía, aunque para ello tuvo que soltar la espada, y con todas sus fuerzas tiró para librarse. Pero tan pronto hizo fuerza, la presión de la garra aumentó. No tardó mucho en que la cabeza le diera vueltas y perdiera el control de sus brazos. Trataba de jalar aire, pero no podía, y al cabo de poco tiempo, desistió de sus esfuerzos.

Con sus últimas fuerzas, Tristán alcanzó a mirar a sus amigos, gravemente heridos y desfallecidos como él. No podía creer que todo terminara así. Después de los peligros y los desafíos que habían superado; y no había sido suficiente para superar el último. Sintió que la vida se le escapaba del cuerpo y el fuego de su interior se extinguía. A su mente llegó de pronto su pueblo, el lugar donde había vivido por tanto tiempo. Recordó a sus padres y a sus vecinos. También recordó su vida antes de su muerte hace 500 años: la guerra que había enfrentado junto a su amada. Pensó también en el mundo de ilaxición; lo vio claramente, y por un instante creyó haberlo alcanzado; pero no encontró a su espíritu por ningún lado. Levantó la vista y vio la cara de Mefisto. Recordó a los enemigos que había enfrentado: a Lord Draco, al terrible dragón del templo del fuego, la horrible momia del templo de la oscuridad, y también recordó a Kaín, el caballero negro. Recordó que ya una vez se sintió como ahora: al borde de la muerte. Sin embargo, no recordaba lo que había hecho para sobrevivir. Tenía la memoria de sensaciones, sentimientos invasores: un calor, una luz que lo embotaba y lo envolvía; pero también había otra cosa, algo que había reprimido por mucho tiempo por considerarlo peligroso. Era una oscuridad, profunda y abismal que lo miraba y lo atravesaba, una oscuridad que existía al mismo tiempo que su luz, aunque no como opuestos, sino como iguales, como complementos, lo que Nicol era a él, dos partes de la misma cosa, del mismo todo que se imponía en el universo. En el pasado no había aceptado esa oscuridad interior. La había rechazado por no entenderla, le temía, pero nunca la había podido expulsar. ¿Y cómo si la necesitaba? La recordaba; desde su primer respiro estaba ahí. Siempre quiso creerse un ser de luz, pero aquella era una visión incompleta. Debía confrontar esa parte. Dentro de sí la percibió, y le hablaba, aunque no con palabras; jamás se había ido. Dentro del abismo se reconoció a sí mismo como aquel vacío insondable. Vio ahí también a Nicol, formarse claramente de sombras. Pero también vio a su amigo Vant dentro de la oscuridad. Vio a Zafiro, a Alastor, a Zayrus, a Lord Draco y a cada persona que había conocido desde hace mucho tiempo. También vio una figura que no pudo reconocer, una terrible y misteriosa. Entendió entonces, al final, lo que era aquella oscuridad interna, y comprendió el poder que de ella emanaba. Así, el fuego de su vida reapareció, claramente lo sentía arder en su interior. Pero no vio únicamente la luz que emanaba, sino también la sombra que reflejaba, y solo en ese momento la sintió crecer, inflamarse y expandirse sin límite.

Mefisto apretaba el cuello de Tristán, y entre más fuerza imprimía, más sus ojos se abrían ansiosos por ver a su presa morir y su sangre regarse. De pronto, a segundos de ver su venganza realizada, sintió una repentina energía aparecer y emerger, primigenia y abrumadora, tanto que rivalizaba con la suya. Miró a su enemigo a la cara y los ojos de este se habían abierto súbitamente con un brillo abrumador. Lleno de ira y de repentino temor, Mefisto encendió fuego del infierno en su oponente. Si no podía estrangularlo hasta arrancarle la cabeza, al menos lo haría cenizas.

Sin embargo, Tristán pareció no inmutarse. Apretó los puños y sus músculos se tensaron mientras su armadura ahora caía desarmada en piezas por el calor. Sus alas, antes ocultas, se extendieron orgullosamente detrás de él brillando con intensidad en medio de la desesperanza: cuatro alas magníficas a su espalda, erguidas vigorosamente; dos negras del lado izquierdo, dos blancas en el derecho; las de arriba emplumadas y las de abajo sin plumas. De nuevo, el íxiren tomó la garra de Mefisto con sus manos, y haciendo fuerza logró abrirla, liberándose de su apretón. Luego, propinándole una patada a la cara de Mefisto, quedó libre de las garras de la muerte. Ya libre, sus cuatro alas se extendieron aún más. Luego se cerraron lentamente hasta cubrir su cuerpo desnudo como un capullo a una oruga, Al extenderse de nuevo, una gabardina blanca sin mangas cubría nuevamente el cuerpo de Tristán. Debajo, un pantalón negro y unas botas negras altas, de tacón grueso y alto lo vestían. A su cintura, una cinta azul colgaba suavemente de lado derecho. Junto con sus alas majestuosas ahora ondeaban largos cabellos azules detrás de un par de ojos verdes como esmeraldas. Aquella era su apariencia real, no atada a las cadenas de la luz o la oscuridad: el equilibrio puro de los ixírenes.

Capítulo 49: El peor de los males

En un desolado paraje de Ixcandar, las nubes grises eran acarreadas por los altos vientos del cielo del norte. Las últimas luces del sol desaparecían desvanecidas, y la oscuridad se acentuaba mientras el frío se imponía sobre el pueblo Luz Pura. Ahí no quedaba brillo y el verde a varios kilómetros alrededor se había marchitado, dejando una mancha decadente en el territorio. Solamente una luz brillante y enérgica se alzaba a la distancia, calentando el frío viento. Cuatro alas brillantes, blancas, negras, con plumas y sin ellas se alzaban hacia el cielo majestuosas.

—Íxiren —gorjeó lentamente Mefisto con la cara hinchada y sangrante.

Tristán, quien permanecía erguido en medio del campo marchito, miraba a su enemigo penetrando a través de su perversa alma. En su mano derecha sujetaba a ilaxición que había recuperado del suelo, y enrollada en sus brazos, cruzando su espalda entre sus alas, la Cadena del Juicio unida a la espada colgaba de su mano izquierda como si fueran, y siempre hubieran sido, una sola arma.

Ambos enemigos se observaron por largo tiempo, esperando al primer movimiento del otro. Fue solo hasta que la tensión de la batalla los rebasó que se abalanzaron el uno contra el otro con absoluta ferocidad.

Mefisto tomó su espada, que había mantenido encajada en su espalda, y se dispuso a blandirla en un ataque mortal. Tristán, sin embargo, giró su brazo en dirección contraria y lanzó su espada directamente contra Mefisto, quien fue tomado por sorpresa y recibió todo el daño directamente. Gracias a estar unida la Cadena del Juicio con la espada Ilaxición, Tristán balanceó su brazo, tomando la cadena con su mano derecha, y giró la espada en el aire como péndulo para golpear de nuevo al demonio con su filo. Luego el arma regresó a su mano con ayuda de la cadena, como si cooperaran entre sí. Podía aprovechar la capacidad de la Cadena del Juicio de extenderse y retraerse infinitamente.

La fuerza de Tristán había aumentado. Su agilidad y destreza se mostraban superiores. En un abrir y cerrar de ojos, un tercer ataque cayó sobre Mefisto; esta vez ilaxición se inflamó en fuego antes de golpear al demonio y sumirlo en la tierra.

A pesar de sentirse abrumado, Mefisto no estaba dispuesto a darse por vencido. Con un movimiento veloz se colocó detrás de Tristán y le asestó un golpe con su arma el cual alcanzó a ser bloqueado. La fuerza del impacto fue tal que el suelo a sus pies se agrietó. Desquiciado, Mefisto comenzó a conjurar rayos oscuros y a lanzarlos contra Tristán. En la confusión, el íxiren no se percató del golpe directo que recibió en el rostro.

De inmediato, el íxiren se levantó y se propuso a contraatacar, pero cuando buscó a su enemigo no logró verlo por ningún lado. Cerró los ojos y rápidamente logró sentir su presencia, aunque no era capaz de ubicarlo; estaba cerca pero no sabía dónde con exactitud.

Con las devastadoras fuerzas que se liberaban, las nubes se juntaban entre sí como atraídas por el caos. Aquella parte del continente se oscurecía más y más, casi como si la noche cayera.

De pronto, una sombra se deslizó por el suelo, entre las grietas y la suciedad, con gran velocidad hasta colocarse debajo de Tristán. De ella apareció un brazo largo que lo atrapó y lo sujeto con gran fuerza. Luego otro brazo apareció y después el cuerpo de Mefisto emergió. Este abrió su boca como una serpiente, y entre los colmillos repugnantes apareció una esfera de energía oscura que creció rápidamente; era un ataque del demonio.

Tristán se agitaba para liberarse, pero estaba atrapado. Así que concentró todo su poder, y en una explosión de energía, extendió sus cuatro alas radiantes con tal fuerza que Mefisto tuvo que soltarlo. Gracias a esto, el rayo oscuro falló su objetivo, y en su lugar atravesó el cielo en un rugido ensordecedor.

Una vez libre, Tristán balanceó de nuevo a Ilaxición, esta vez imbuyendo la hoja con magia luminosa. Al atacar, logró cortar al demonio de la cintura para abajo. Sin piernas, Mefisto se agitó y maldijo horrendamente. Sin embargo, y a pesar del daño, logró arrastrar sus piernas mutiladas debajo de la profunda herida y unir ambas mitades en un momento.

Mientras tanto, Nicol y los demás se levantaban del suelo, confundidos y con terribles dolores por todo el cuerpo. No tardaron mucho en darse cuenta de la situación. Después de asegurarse de que todos estuvieran bien, se dirigieron de inmediato a la batalla. Vieron ahí con gran asombro que Tristán luchaba parejo contra Mefisto, y con más asombro aún, que su cuerpo había cambiado.

—¿Es ese un íxiren en equilibrio puro? —pregunto Alastor sorprendido.

—Según las leyendas —respondió Nicol—, eso parece. Pero no creo que lo sea, al menos no en su totalidad. Son cuatro las alas en su espalda, no ocho. —Nicol calló de pronto; recordaba la vez que lucharon contra el caballero negro. En ese entonces estaba segura de haber visto ocho alas en la espalda de Tristán, por un breve instante al menos—. Aún no alcanza su máximo poder, pero sin duda ha logrado aumentarlo.

—¿Todos los ixírenes pueden hacer eso? —preguntó Zafiro entusiasmada.

—No hay evidencia de alguno que lo haya logrado —volvió a explicar Nicol—. Existen teorías de que Tristán y yo podríamos llegar a ello por tener almas realmente Íxiren y no solo cuerpos ixírenes como los demás, pero nadie ha visto algo similar.

—¿Y tú también puedes hacerlo?

Nicol suspiró; creía que ella y Tristán eran capaces de lograrlo, que eran diferentes y que algún día podrían alcanzar ese poder. Sin embargo, un sentimiento acongojador le oprimía el pecho cada vez que pensaba en ello.

—Debemos ayudarlo, no podemos esperar —interrumpió Vant al mismo tiempo que tomaba su espada—. Vamos.

Pero Nicol lo detuvo.

—No podemos hacer mucho por ahora. Mefisto ya nos derrotó una vez; si nos acercamos seremos un estorbo para Tristán. Deja que se encargue.

—¿Entonces lo dejarás solo? —preguntó Vant irritado.

—Yo no dije eso. No lo haremos por el momento. Primero debemos recuperar energía, y de ser posible, pensar en un plan. Además, me gustaría obtener datos de todo lo que es capaz esa transformación.

—Ni se molesten en meterse —rio Alastor. Nicol y Vant voltearon—. Es obvio que no le ganarán; él está en otro nivel. Mejor aprende a usar el báculo ese para ayudarlo de verdad, niña, aunque creo que será en unos 10 o 15 años. —Alastor rio de nuevo. Los demás le miraron extrañados; muy duras palabras para lazarlas a sus amigos—. O podrías intentar liberar esa forma también — remató con una sonrisa malévola en su rostro.

Aunque les pesaba, sabían que Alastor tenía razón: no tenían el poder para ayudar. Enfrentar a Mefisto era un suicidio, y no podrían ayudar a Tristán sin la posibilidad de estorbarle. Así que decidieron permanecer mirando.

Para ese momento, ambos combatientes desataban una serie de ataques mágicos contra el otro que volaban y chocaban en el aire. Mefisto atacaba con oscuridad y su poder no parecía tener fin. Tristán golpeaba con tierra, fuego y luz, y aunque no era un mago particularmente excepcional, con el poder que de él emanaba sus hechizos multiplicaban su poder.

De repente, ambos se lanzaron contra el otro. Chocaron y se elevaron como dínamos mientras forcejeaban. Ascendieron varios kilómetros en las alturas sin ceder al otro. En un arrebato de técnica, Tristán atacó con su espada y logró herir a Mefisto en el cuello. Esto provocó que el demonio volara y se alejara a toda velocidad. Aunque Tristán no permitiría que escapara. Así que voló detrás de él, blandiendo su espada magníficamente por el cielo. De vez en vez, se encontraban e intercambiaba golpes y cortes ferozmente. Luego volvían a perseguirse hasta luchar de nuevo. Las nubes se agitaron con violencia por la colisión de ambos y el viento arreció. El medio del paraje, un tornado apareció impulsado por el intenso movimiento. La tierra fue levantada vertiginosamente.

A pesar del caos, Tristán y Mefisto no paraban de luchar. Sus fuerzas estaban muy iguales, aunque no sería así por mucho tiempo.

—Es ahora o nunca. Voy a ayudarlo —gritó Nicol. Y sin esperar más, extendió sus alas y voló hacia la batalla.

—No. Espera. No lo hagas —dijo Alastor con indiferencia y prácticamente sin moverse.

Pronto, Nicol llegó hasta el lugar de la batalla; pero el viento era tan fuerte que no lograba acercarse más. Pensó en cómo podría ayudar y decidió transformar el báculo en un arco, largo y brillante, para poder lanzar hechizos a distancia. Concentró su poder en el arma y formó una flecha de magia oscura. Esperó el momento y una flecha salió volando e impactó directo contra una de las alas de Mefisto, haciéndole perder el balance y dándole una oportunidad a Tristán de contraatacar.

—¡Bien! Puedo seguir así —se dijo Nicol a sí misma. Luego preparó otro ataque igual. Sin embargo, la lucha crecía en intensidad y el clima también lo hacía.

De pronto, de las espesas nubes en lo alto, rayos y relámpagos estremecedores aparecieron, cayendo por todo el lugar. Debido a esto, Nicol se tuvo que alejar lo suficiente para no ser alcanzada por uno, aunque por culpa de esto, su puntería se vio afectada y comenzó a fallar varios tiros. Uno de ellos, incluso pasó cerca de Tristán.

La tormenta crecía sin control y el viento infernal desgarraba los cielos. A pesar de esto, ambos enemigos luchaban sin parar, dando todo y arriesgando todo. Las sombras alrededor de Mefisto cubrían y tragaban lo rodeaban, pero la luz que de Tristán emanaba se esparcía y se regaba cálidamente por el territorio.

La lucha entre la luz y la sombra, dos auras tan poderosas, comenzó a ocasionar un desbalance en la energía por todo el lugar. La tensión aumentaba, el espacio se doblaba de forma impredecible, la materia sucumbía y se torcía. Un tropiezo, un desliz, un error que alguno de cualquiera de los dos provocaría un desbalance en la energía y con ello destrucción inimaginable.

En medio de la lucha, Mefisto se vio debilitado por la cadena del juicio, antiguo verdugo de su levantamiento; la energía de la cadena crece junto con la de su portador, y al ser Tristán quien la utilizaba, esta se imbuyó de un aura inmensa. El demonio por primera vez se sentía en sus límites hasta que, debilitado, no pudo más y perdió el control. Esto ocasionó que recibiera un corte de ilaxición directamente en la frente, lo que abrió una gran herida en medio de su rostro. En ese momento, la energía acumulada durante la pelea se alteró y se desordenó, liberándose fuera de control en un estallido colosal.

—¡Cúbranse rápido! —gritó Vant con todas sus fuerzas al darse cuenta de lo que sucedía. De inmediato Zafiro y Alastor se acercaron a él, y conjurando su magia creó una barrera de luz que los resguardara.

Nicol, quien se encontraba muy cera de la pelea, invocó un escudo mágico lo más rápido que pudo.

La explosión fue tan grande que pudo verse desde varios kilómetros a la distancia, y la onda de choque hizo temblar la tierra en casi todo Andorán. La pequeña ciudad fue reducida a polvo y todo rastro de su existencia desapareció súbitamente, dejando solamente una gran mancha negra en el centro del territorio, una herida en el mundo que tardaría siglos en sanar. Lo único que había permanecido en pie fue la estatua del arcángel Rizhiel, que continuaba alzándose sola y triste en medio la destrucción.

Cuando el caos terminó y la nube de escombros bajó, Vant y los demás salieron a buscar a sus amigos; la barrera de luz logró protegerlos lo suficiente. Lo mismo sucedió con Nicol, aunque la explosión la había dejado un poco desorientada.

—¿Dónde está Tristán? —preguntó Vant después de que sus amigos se reunieran con ella—. No lo veo.

De repente escucharon un sonido cercano, algo se alzaba de entre la tierra y la ceniza. Era Tristán, lastimado y agotado, pero bien y consciente.

Nicol fue la primera en acercarse, y abrazándolo fuertemente, se encontró con él.

—Lo lograste, Terry. Lograste derrotarlo —dijo Vant quien también se había acercado. Sin embargo, el rostro de Tristán reflejaba gran preocupación.

—Me temo que esto no ha terminado —dijo—. Mefisto sigue vivo.

Lentamente, Tristán se incorporó. Se sacudió el polvo, respiró profundamente e intentó recuperarse.

De repente, para maldición suya, a lo lejos el enemigo se alzaba también: desde debajo del suelo, voló y ascendió Mefisto, cubierto de sangre y de nuevo sin sus piernas. El temible demonio había sido superado una vez más, humillado y miserable. Había repetido sus dos grandes fracasos: su derrota ante la Cadena del Juicio y su derrota ante los ixírenes

—Estás acabado —exclamó Tristán, amenazando con su arma—. Tu influencia en el mundo se terminó.

—El miedo en los corazones de los seres en el mundo jamás desaparecerá —chilló Mefisto—. Aunque yo desaparezca, nunca dejarán de temer.

—Pero ahora la maldad que esparciste se irá —respondió Vant—. Ya nadie enloquecerá. Cuando mueras ya no podrás controlar a nadie.

—Jajaja. Qué estúpidos son —rio Mefisto maliciosamente—. Han mirado todo el tiempo en la dirección equivocada—. De pronto, el demonio tosió y vomitó una sustancia verde y espesa—. Yo no soy el único mal en el mundo.

Como un rayo, un sentimiento de terror recorrió el lugar y una sombra pareció deslizarse en el suelo y silbar en el viento. Con ello, energía de Mefisto volvió a crecer, como antes, pero esta vez era diferente; no era magia oscura normal, era corrupta y vil como ninguna otra.

—¿Cómo se atreve? —murmuró Alastor al sentir la energía.

Súbitamente, el cuerpo de Mefisto comenzó a agitarse; estaba por regenerar su cuerpo. Aunque había algo diferente esta vez, algo perverso emergiendo. Sus ojos felinos se tornaron rojos y su iris desapareció. Ahora todo su cuerpo sangraba y apestaba más que nunca. Entonces algo comenzó a crecer debajo, una protuberancia negra y deforme. Creció rápido y de forma exorbitante hasta hincharse diez veces su tamaño. Luego brotaron un par de cuernos en esa masa amorfa, torcidos y abominables a cada lado; después cuatro ojos rojos y desorbitados debajo, una boca llena de afilados dientes y un hocico que babeaba sangre. Una cabeza gigante de cabra se había formado y flotaba vilmente, separada de su cuerpo como cercenada de tajo. Y en la frente una protuberancia se balanceaba: era el resto del cuerpo de Mefisto, inconsciente.

Al verlo, Tristán y los demás sintieron un escalofrío que les recorrió la espina: un miedo antiguo y profundo que los paralizaba.

—¿Qué rayos... es eso? —titubeó Tristán sin poder quitar la mirada.

—Algo que no debería estar aquí —respondió Alastor, quien a pesar de todo no mostraba temor, probablemente por ser parte también de la familia de los demonios.

—Es Mefisto, el verdadero —dijo Nicol.

En ese momento la cabeza caprina soltó un alarido, y sus ojos apuntaron hacia los cinco. El poder que emanaba era inmenso; un terrible mal sin par había despertado.

Capítulo 50: Comienza a llover

El poder que Mefisto había desatado sobre Ixcandar era uno desconocido para la mayoría de los seres que habían conocido la paz durante tanto tiempo. Ahora, con la oscuridad creciendo en el continente, la amenaza de Mefisto terrible como nunca antes, y los desconocidos peligros salvajes que emergían con mayor frecuencia, la esperanza parecía desvanecerse.

La monstruosa cabeza que había aparecido de los restos del demonio flotaba inerte sobre el páramo estéril y desolado que había quedado tras la batalla. Tristán observaba intranquilo, preocupado de lo que debían enfrentar. Nicol y los demás también observaban con temor, en especial Zafiro, que incluso se había cubierto los ojos ante tal horror, pues siendo una niña no tenía aún el estómago para ver algo tan aterrador.

—¿Qué es esa cosa? —preguntó Vant tragando saliva.

—Es Mefisto, ¿no escuchaste? —respondió Alastor fastidiosamente.

—Vant, conoces la forma misterio de los arcángeles, ¿no? —dijo Nicol de repente con un nudo en la garganta—. Pues eso es el equivalente en los demonios. Es su forma bestia. Hace mucho tiempo que no se veía algo así, y menos en un demonio. Fue el arcángel Rizhiel el último en liberar su forma misterio, antes de la fundación de Lemsániga cuando purificó este continente. Esa estatua fue erigida en memoria de esa hazaña.

—Dicho de otra forma: es Mefisto totalmente al desnudo —rio Alastor.

—Es horrible —chilló Zafiro—, es asqueroso.

Nicol tomó su mano intentando consolarla.

—Así es como son, gigantescas y grotescas por todo el poder que liberan —respondió Nicol—. Y cada uno tiene una forma diferente. El del arcángel Luminel, por ejemplo, se manifiesta como enormes anillos de oro repletos de ojos que giran alrededor de un núcleo etéreo. Los textos antiguos las ilustran; son algo increíble sin duda.

Súbitamente, un ruido terrible proveniente de la gigantesca cabeza se escuchó, como un quejido opaco y grave que reverberó por largo tiempo. Después, una espesa sustancia negra chorreó del cuello; sangre tóxica que al caer hirvió y deshizo la tierra en el momento de tocar el suelo. La podredumbre se esparció con rapidez por el lugar, creando un gigantesco charco púrpura negruzco. Solo entonces, la cabeza comenzó a avanzar hacia sus enemigos.

—Hay que detenerlo aquí y ahora —exclamó Tristán desenfundando su espada y extendiendo sus alas—. Algo tan vil no puede recorrer el mundo.

—Yo no haría eso si fuera tú —respondió Alastor recargándose en él—. Esa cosa supera por mucho tu poder. Si peleas, seguro morirás.

Pero Tristán no prestó oídos a tales palabras, pues no permitiría por nada, ni siquiera por su propia vida, que Mefisto continuara esparciendo su maldad por el mundo. Nicol, quien también había tomado su arma, extendió sus alas y se dispuso a acompañarlo. Sin miedo ni titubeo, se lanzaron ambos a la carga.

—Mejor ni lo pienses —reprimió Alastor a Vant quien también se disponía a volar—. Si ellos morirán, tú solo harás el ridículo. Mejor vayámonos de aquí, ya después veremos qué hacer.

Vant dudó; el miedo lo invadía de solo pensar pesar en involucrarse.

—La Unión ayudará —respondió repentinamente. Pensaba que un peligro tan grande para el mundo sería atendido por los arcángeles. Lo único que debía hacer era contactarlo telepáticamente.

Se alejó un momento y se concentró. No tardó mucho en responder.

—Capitán, hace tiempo que no se reportaba —respondió el arcángel con un evidente tono de molestia—. Si desea reportar sus avances le informo que no es el mejor momento.

—Señor, la misión nos ha traído de vuelta al continente, a la ciudad Luz Pura en el norte. Ha ocurrido una tragedia: Mefisto ha aparecido y todo el lugar fue devastado. Ahora se dispone a destruir el mundo; pido su ayuda de inmediato.

—¿Y los ixírenes? —preguntó Daniel estoicamente, casi indiferente como ignorando su apuro—. ¿Siguen contigo?

—Así es, señor, ambos luchan contra Mefisto. Lograron encontrar las reliquias sagradas, pero me temo que no será suficiente. Por favor ayúdenos.

El arcángel calló. Una voz ininteligible se escuchó de fondo y luego este respondió.

—Entiendo que me ha fallado una vez más, capitán. Era su deber informarme sobre el avance de Nicol y el otro íxiren. Si lo hubiera hecho habríamos podido prever todo esto con más tiempo. —La voz del arcángel Daniel era profunda y severa—. Estamos enterados del ataque de Mefisto y ya hemos enviado tropas a detenerlo, pero no se involucrarán a menos que los ixírenes se detengan. Si de verdad está ahí, le ordeno que cumpla con su deber y los detenga para que podamos hacernos cargo. Y si muere, le prometo que honraremos su servicio. Pero si no, lo veré tan pronto como este termine.

—Pero ¿qué podemos hacer, señor? ¿De qué forma nos defenderemos?

—Eso es asunto suyo. Fue entrenado para esto, resuélvalo.

Después de eso no se escuchó nada más; el enlace se había roto.

—¡Señor! ¡Señor, responda! ¡Señor, necesitamos ayuda! —insistió Vant, varias veces, pero ya no obtuvo respuesta; se habían quedado solos. Decepcionado, levantó la mirada, vio a sus amigos y se acercó a ellos.

—No vendrá nadie...

—¿Qué? ¿Por qué? —reprochó Zafiro—. ¿Qué pasará con nosotros?

—No lo sé.

—¿Y los demás arcángeles? Dijeron que había más. ¿No pueden ayudar?

—No puedo hablar con ellos.

De pronto un estallido los regresó a la realidad, seguido por una fuerte sacudida que casi los derriba. Mefisto avanzaba y del hocico salían disparadas esferas de energía oscura que destruían y agrietaban la tierra donde impactaban. Tristán y Nicol volaron para evitarlas, pero rayos oscuros lanzados desde los ojos de la cabeza los comenzaron a perseguir, casi alcanzándolos. Con cada ataque del demonio, el suelo se abría peligrosamente. Con su avance, Mefisto amenazaba los alrededores; si no lo detenían, todo el continente corría peligro.

—Estamos acabados —dijo Vant dejándose caer desasosegado sobre sus rodillas—. Él ha ganado.

—Jaja. Yo siempre pensé que eso no les importaba —exclamó Alastor ruidosamente. Luego lo miró a los ojos—. Hubo al menos una docena de veces en que pudieron morir, pero no lo hicieron; las he contado. Incluso pensé que les gustaba la sensación de peligro y muerte, como un placer malsano.

—Lo importante era salvar el mundo —respondió Zafiro—. Pero eso ya se perdió.

—Yo aún lo veo vivo a él, y los veo vivos a ustedes. Es estúpido decir que ya se acabó.

—Tú dijiste que era un suicidio pelear, que no podremos ganar. Tenías razón—respondió Vant desde el suelo.

—Ahh, y lo es. Pelear es sin duda es una completa locura. Uno tiene que estar desquiciado para atreverse a siquiera pensarlo.

—¿Entonces por qué debemos hacerlo?

—Porque todos aquí estamos desquiciados, ¿no? Un cadáver de hace 500 años, una niña psicópata, un salvaje reprimido, una niña super ruda, y *moi*, la promiscuidad hecha escultura. Pensé que estaba claro desde el principio.

Vant miró a Zafiro confundido, y ella lo miró a él. Extrañados se dieron cuenta de que Alastor estaba en lo correcto: en ningún momento les había importado perder sus vidas o resultar heridos. Templo tras templo habían luchado y arriesgado todo, incluso a pesar de la muerte, incluso a pesar del dolor y el sufrimiento.

441

—Esos estirados de la Unión te dejaron solo. ¿Y qué? —continuó Alastor—. Pero vamos, siempre lo has estado; a ellos no les importa. Te mandaron a seguir a tu amigo y a su novia, para espiarlos. Te ordenaron que los traiciones.

—¿Por qué te importa a ti? —riñó Vant con un nudo en su garganta.

—No me importa. Pero a mí no me importa nada. No obstante, yo pensé que a ti sí y a tus locos compañeros.

—Entonces, si no te importa nada, ¿pelearás con nosotros? —saltó Zafiro llena de decisión.

—Ye te dije que es una completa locura… —Alastor sonrió.

Y tomando sus armas, Vant a Brillo Dorado y Alastor a Grito Mortal, se acercaron a la batalla. Zafiro se apretó los guantes resuelta a darlo todo.

Para ese momento, Mefisto había continuado con su avance y nada de lo que habían hecho los ixírenes lo había frenado. Tristán había intentado varias veces concentrar su poder en ilaxición, pero la piel de la cabra era fuerte y estaba colmada de energía oscura. Nicol lanzaba flechas, conjuraba hechizos de magia oscura, de viento y de hielo, pero nada había resultado efectivo, y con los constantes ataques apenas podía intervenir.

Entonces, una voz se escuchó en el aire, una tosca y horripilantemente profunda, que provenía de la cabeza y que hablaba lentamente. En la parte de arriba, el cuerpo de Mefisto, la mitad que había quedado estaba despierta y se movía compulsivamente. Su voz era apenas comprensible.

—Almas, yo quiero almas. Devoraré este mundo y tragaré todas las almas. Mi cuerpo debe llenarse, la bestia debe ser alimentada.

En ese momento, Mefisto se detuvo y del cuello de la bestia volvió a brotar sangre sucia. Debajo, de la carne abierta, comenzó a crecer lentamente una protuberancia.

—Quiere completar su forma —apuró Nicol algo cansada—. Debemos detenerlo antes de que lo logre.

—¡Maldito seas! —gritó Tristán con furia.

En ese estado, Mefisto no estaba realmente consciente. Sus palabras eran cavilaciones dentro de su retorcida mente, un diálogo interno.

Los ixírenes se preparaban para seguir luchando, pues ahora iban contra reloj. Un estruendo sonó desde arriba, como un trueno, y una lluvia de fuego calló sobre la cabeza de Mefisto. Luego, un rayo oscuro chocó y después un rayo de hielo. Los demás se unían a la batalla. Tristán y Nicol, inspirados por sus amigos, blandiendo de nuevo las poderosas reliquias legendarias; ella conjuró un poderoso rayo oscuro con su báculo. *Poder oscuro que gobierna las tinieblas, cántico de la muerte* ¡Plasma erradicador! Y él giró la cadena y atacó con su espada al mismo tiempo que conjuraba un rayo de luz. *Luz divina que ilumina los jardines, agua de la vida* ¡Rayo divino! Con los ataques combinados, el rayo blanco con azul, y el rojo con negro, lograron frenar el avance de la bestia, y aunque no lograban hacerle mucho daño, sí llamaban su atención.

De nuevo, los rayos oscuros volaron, lanzados de los ojos de la diabólica cabra. Sin embargo, eran tantos los objetivos que los ataques no lograban atinar.

—Ataquemos los ojos, podrían ser su punto sensible —advirtió Vant quien se disponía a atacar desde arriba. Voló en picada con Brillo Dorado en sus manos. Certeramente, logró que uno de los ojos se cerrara, lo que hizo a la bestia lanzar un alarido.

Al notar que el ataque resultaba efectivo, los demás intentaron lo mismo. Nicol fue la primera: lanzó con su arco un ataque que logró impactar otro de los ojos. Alastor y Tristán hicieron lo mismo: se lanzaron directamente con sus espadas y lograron dañar al enemigo.

Con los cuatro ojos cerrados, la bestia se agitó. Abrió su hocico y dentro juntó una gran cantidad de poder para después lanzarlo como un rayo inmenso que impactó contra una de las montañas en el horizonte, haciéndola volar.

—¡Cúbranse! —gritó Tristán, notando que otro rayo igual iba a ser lanzado.

De nuevo el infierno se desató, pues las tierras lejanas eran destruidas en un momento con cada impacto de energía que volaba por kilómetros. Bosques, planicies y colinas desaparecían del mundo consumidas por el fuego. Después de eso, la cabeza volvió a avanzar.

—Se dirige al norte —indicó Nicol desde atrás—. La siguiente ciudad es Estela de Luz, a un par de kilómetros de aquí.

—¿Por qué no va a la Unión? —preguntó Tristán mientras se acercaba lo más que podía—. Yo pensé que buscaría su venganza.

—Creo que primero va a completar su forma bestia —respondió Nicol—. Con todo su poder buscará atacar las ciudades principales. Pero si la Unión no hace algo pronto, no tardará mucho en llegar hasta ellos.

—¿Por qué no habrán hecho nada más aún? Solo un destacamento fue enviado y eliminado.

—Tal vez buscan algún tipo de ventaja estratégica.

—¿No saben que estamos aquí?

—Yo creo que sí...

443

Una vez que los rayos cesaron, los cinco aprovecharon para atacar de nuevo. Esta vez, no obstante, su ataque fue respondido por Darkalisters provenientes de la frente de la cabra; el cuerpo demoniaco de Mefisto, ahora consciente, los atacaba despiadadamente.

Alastor voló rápidamente hasta él, decidido a enfrentarlo directamente. Desenfundó su espada y la blandió contra Mefisto quien, al notarse en peligro, desapareció hundiéndose dentro de la frente de la cabeza de la bestia. Mientras, los ojos del monstruo se habían abierto de nuevo y atacaban como antes.

—¡No funciona! —gritó Zafiro desde al suelo—. ¿Qué hacemos?

En ese momento, del cielo gris y oscuro comenzaron a caer gruesas y pesadas gotas de agua. La lluvia auguraba una tormenta. En ese momento, Zafiro se dio cuenta de que era su oportunidad de atacar. Era el momento de intentar un hechizo que había estado practicando desde hace poco, aunque no estaba segura si funcionaría. Así que se alejó un momento, y con su mano trazó un círculo mágico sobre la tierra, luego, cuando la lluvia arreció más, conjuró. *Cólera de los grandes maestros, domina sobre las primordiales aguas del cielo. ¡Lluvia arrasadora!* Y tomando control de la lluvia, las gotas comenzaron a caer arrolladoramente. Pronto la caída simulaba puntas de flecha lanzadas desde el cielo que agraviaban al enemigo y lo hacían rugir. Vant, siguiendo el ejemplo, se apresuró a trazar un círculo mágico en el cielo. Así, el agua se volvería sagrada al pasar por el círculo, aumentando el daño contra el demonio debajo de él.

Pronto, y para su sorpresa de todos, lograban poco a poco ganar ventaja contra Mefisto, quien no solo se había detenido nuevamente, sino que había detenido sus ataques.

Aprovechando el momento, Nicol se acercó hasta uno de los flancos de la bestia, el opuesto donde se encontraba su amado.

—¡Amor, lánzame la cadena! —le gritó de pronto. Y él, dándose cuenta de que Nicol tenía un plan, hizo lo que le pidieron. Tomó un extremo de la cadena, y la lanzó por encima de Mefisto extendiéndola para que pudiera ser atrapada por el arma de Nicol que se había transformado en un gancho. Después, Nicol voló deprisa por debajo de la cabeza, evitando la lluvia de balas. Tristán, al darse cuenta de sus intenciones, voló también por debajo de la bestia, terminando cada uno en el lado contrario. El movimiento resultó en la gigantesca cabeza rodeada y apretada por la Cadena del Juicio que, con su brillo celestial, quemaba al enemigo y lo hacía sucumbir.

Al lograr tal hazaña, vieron más cerca que nunca una oportunidad de vencer; si actuaban juntos, en equipo, no había quien los parara. Vant se había acercado y concentraba luz en su espada en un ataque final. Alastor hacía lo mismo con su sable y Zafiro, quien aún no soltaba la magia a pesar de su evidente desgaste, confiaba en que podría ser la clave para vencer. Nicol y Tristán jalaban de la cadena con fuerza, impidiendo que Mefisto se zafara.

444

—Mi amor, ve con ellos y da el golpe final —exclamó Tristán con la intención de no perder el beneficio sobre la batalla—. Yo lo sostendré.

Nicol dudó un momento, pero al final decidió confiar en él. Soltó la cadena, cuyo extremo no cayó ni se colgó, sino que rodeó por encima de la cabeza hasta regresar con su dueño, como movida por mente propia. De esa forma, Tristán podía contener a la bestia mientras Nicol preparaba un poderoso hechizo de gran nivel. El plan debía apurarse o no podría sostenerlo por mucho tiempo.

Y en un movimiento simultáneo, los cinco liberaron magníficos poderes contra su enemigo: la luz eterna y sagrada que quema sin piedad, la oscuridad profunda inclemente y mortal, el agua copiosa y agobiante imbuida de poder sagrado, el báculo de los demonios hecho de plata maldita y la cadena celestial de oro inmortal. La explosión fue extraordinaria y su brillo comparable con un volcán en ingente erupción. El viento sopló con fuerza, la tierra se estremeció de nuevo y las nubes se agitaron. Aunque la lluvia no cesó.

Después de esperar a que la nube levantada se desvaneciera, Tristán, quien continuaba sujetando la cadena, sintió alivio al notar que el enemigo había dejado de forcejear, señal de que lo habían golpeado. Cuando la visión se aclaró y la primera silueta se dibujó, vieron entusiasmados que, en efecto, la gigantesca cabeza de bestia de Mefisto había sucumbido ante sus ataques. La carne se le había desprendido y el pelo se le había chamuscado. El hueso se notaba en algunas partes y los cuernos se habían agrietado. De la boca colgaba la lengua inmóvil y los ojos habían perdido sus órbitas. La sangre chorreaba fuera de las heridas hasta el suelo.

—¿Lo logramos? —se atrevió a preguntar Zafiro en voz baja.

—Creo que sí —respondió Vant, intentando percibir si quedaba energía en Mefisto.

En efecto, para su sorpresa no quedaba rastro de su poder y la energía que antes emanaba se había silenciado. Solo entonces Tristán soltó las ataduras. Los extremos de la cadena se contrajeron de nuevo hasta sus brazos, y Vant y Zafiro enfundaron sus armas.

Los cinco corrieron a reunirse y se abrazaron con sonrisas en sus rostros, de tranquilidad y satisfacción. Zafiro incluso se tumbó en el suelo del cansancio sin importarle lo sucio que estaba. Nicol y Alastor, sin embargo, se quedaron en su lugar, mirando con atención la decadente figura.

—¿Qué sucede, mi amor? —preguntó Tristán sin dejar de sonreír. Ella no respondió. En cambio, voló lentamente hasta la cabeza y la examinó tanto como pudo.

—Hay algo raro —respondió ella al final—. Dos cosas de hecho. Primero, el cuerpo de Mefisto, la mitad que quedaba encima ya no está.

445

—Seguramente se desintegró con la explosión.

—Y segundo, ¿por qué la cabeza sigue flotando en el aire?

Tristán enmudeció y su ceño se frunció de pronto. No lo había considerado, se había confiado del hecho de no percibir energía proveniente de la cabeza. Además, el sentimiento de intranquilidad también se había esfumado.

—No creerás que...

En ese momento los ojos de la cabra giraron hacia Nicol quien se encontraba justo en frente. Una fuerza increíble la jaló de pronto contra la carne expuesta de la bestia al igual que a Alastor, y los oprimía con fuerza. Tristán y los demás, que se encontraban más lejos, sintieron también esa fuerza, más lograron resistirse a ella aferrándose con las uñas al suelo. Era tal la fuerza que incluso la sangre que había caído se levantó de prisa.

—¡Resistan! —gritó Tristán intentando no ser arrastrado mientras lanzaba los extremos de la cadena para intentar asir a su amada y a Alastor. Sin embargo, ellos se sentían sometidos, casi aplastados, contra el duro hueso del enemigo.

De pronto, y casi sin avisarlo, de la herida sobre la frente de la cabra emergió la mitad del cuerpo de Mefisto que había desaparecido, herida, pero aún con vida.

—¡Malditos! ¡Malditos sean todos! ¡Los mataré, los aniquilaré y beberé su sangre hasta la última gota! —gritaba frenético, colérico y agitado el demonio, embriagado por el odio y la locura.

Súbitamente, la energía que había acumulado fue liberada de golpe, sacudiendo con terrible furia maldita todo aquello que lo rodeaba. Tristán y los demás cayeron contra el suelo con terrible fuerza, resultando gravemente heridos. Nicol y Alastor recibieron el mayor impacto, pues salieron volando violentamente a la distancia e inconscientes. Al caer ya se encontraban graves, casi al borde de la muerte. Solo Alastor seguía consciente.

—¡Nicol! —gritó Tristán con todas sus fuerzas al ver a su amada en ese estado. Se levantó como pudo y se apresuró a reunirse con ella. Al llegar, levantó su cabeza y sujetó su rostro mancillado. Seguía viva, pero estaba muy mal.

—Fuimos lentos —dijo Alastor con lamento en su voz.

No podían creer que después de estar tan cerca, habían fallado. Mefisto los había derrotado al final. El mundo se encontraba al borde de la destrucción.

¿Era ese su destino, el destino que el universo con tanto misterio les guardaba? ¿Era así como su historia terminaba y el último capítulo de sus vidas se escribía? Aquel fuego, tan cálido y eterno que una vez sintió y que con tanto amor había encomendado a la divinidad más alta, ¿había sido una mentira cruel? Tristán se lamentaba y se afligía y se torturaba con todas esas preguntas. Viendo a sus amigos caídos maldecía al universo dentro de sí, y lloraba de impotencia a merced de la desesperanza.

—Muere —gimió Mefisto mientras juntaba de nuevo energía oscura en su cuerpo; se preparaba para terminar con todo de una vez.

Tristán se levantó movido por el enojo. Apretó los puños, en uno de ellos sujetando a Ilaxición, y miró su empuñadura. Enfurecido, maldecía su existencia y el momento en que había llegado a sus manos. Suplicaba en momentos por escuchar de nuevo su voz explicando por qué sucedieron así las cosas; pero la espada permanecía callada y silenciosa. Así que tomó toda su ira, toda su rabia y las depositó en la hoja de la espada: en la cruz llena de sangre, en el pomo brillante, en los surcos del grabado y en el filo de la hoja, todo al mismo tiempo. Entonces una voz dentro de la espada resonó lejana, la voz de Ilaxición. "Así comienza", le decía.

De pronto, una gota de sangre que había escurrido por su mejilla fuera de su párpado cayó sobre su mano; su ojo derecho sangraba, tornando carmesí su visión. Sobre su iris verde como la esmeralda brillaba un círculo de fuego rojo como el atardecer. La hoja de Ilaxición brillaba con el mismo fulgor.

¨El ojo de Ix ha despertado. El ojo de las tinieblas responde a tu oscuridad interior¨, se escuchó desde la espada.

Tristán miró a su enemigo con una ira tal que su cuerpo entero comenzó a moverse motivado por el odio. Se acercó a él sin miedo, sin emociones, como poseído, con la mirada clavada y enrojecida, pero sin perder el equilibrio que colmaba su cuerpo.

Mefisto abrió el hocico, perdido en pensamientos de destruirlo todo, dispuesto a continuar atacando y destruyendo sin misericordia.

Sin aviso, la tierra comenzó a retumbar debajo de la bestia. Luego una fisura apareció. Una pequeña flama negra se encendió en ella y creció rápidamente. La grieta volvió a crecer y el fuego se extendió como si toda el área se consumiera por el fuego, creando un abismo profundo y misterioso. Un sonido aterrador se escuchó desde la fisura, como el de una criatura inconmensurable y hambrienta que dormitaba en el olvido. De aquel oscuro agujero surgieron de pronto largas extremidades negras y repletas de llagas sangrantes. Los tentáculos se enredaron y sujetaron la cabeza de la bestia, impidiendo que lanzara su ataque.

Los monstruosos tentáculos arrastraban a Mefisto hasta su abismo insondable. Él intentaba resistirse. Tristán, quien se había acercado más, desenfundó su espada, listo para atacar. Sin embargo, en su mirada algo había cambiado radicalmente: era el aro de fuego sobre su iris que había comenzado a parpadear intensamente mientras apuntaba al abismo. Era él quien había invocado ese horror debajo de su enemigo. Desataba fuerzas que ni él mismo conocía, fuerzas con el poder destruir mundos. Aquella era la fisura del infierno, la habilidad secreta del ojo de las tinieblas.

Mefisto luchaba con todas sus fuerzas intentando liberarse. Pero viendo la situación, Tristán tomó la Cadena del Juicio y la extendió alrededor de su enemigo, sometiéndolo aún más. Y por si no fuera suficiente, del abismo emergió de pronto una gigantesca llamarada, aunque no luminosa, sino oscura e infernal, que quemó y cercenó la carne que le quedaba a la cabeza gigante.

Mefisto no podía contra tal poder y pronto sería tragado por el abismo. Así que, en un desesperado intento por zafarse, juntó energía, toda la que le quedaba, justo entre sus colosales cuernos caprinos.

Tristán apretó su espada con fuerza, sin soltar la cadena con la que aprisionaba a su enemigo. Luego corrió enérgicamente hacia el demonio para después dar un salto que lo impulsó directamente contra él. La energía vil que Mefisto había juntado fue lanzada como un rayo fino y devastador que voló y chilló directo contra el corazón de Tristán. Sin embargo, ya en el aire y sin quitar la mirada, Tristán giró y esquivó el mortífero rayo en un movimiento fugaz. Luego se elevó con ayuda de sus cuatro alas por sobre Mefisto, levantó su espada, aún brillante, y cayó en picada con fuerza imparable directo contra el demonio. El corte descendente silbó con fuerza, trazando con su luz una estela a través de las sombras y la luz, justo a la mitad de la terrible cabeza, hasta terminar debajo de ella, todo en un instante tan breve que parecería que nunca ocurrió. En ese momento, los terribles tentáculos soltaron a su presa y regresaron hasta su inefable agujero.

De nuevo, el silencio sepulcral se hizo hasta que un crujido lo interrumpió. Mefisto, con la boca abierta y los ojos bien pelados, soltó un quejido seco y débil, y su cuerpo se partió en dos, de extremo a extremo. La sangre negra calló como cascada, seguida por ambas mitades que azotaron contra el suelo. Un charco de sangre y sesos llenó el cráter provocado por la caída, y cubrió el cadáver. Mefisto, el temible demonio de eras antiguas había muerto sin remedio. Las almas que había consumido por tanto tiempo volaron atropelladamente, unas sobre otras, liberadas a los cielos hasta que una nueva fuerza las atrapó; todas ellas, las mil almas que el demonio dijo haber devorado, entraron sin alternativa dentro de la hoja de Ilaxición.

Al final, Tristán, de pie y ensimismado, miró al cielo. Luego, como si hubiera recibido una señal, volteó de nuevo a ver a Nicol aún inmóvil en el suelo. Caminó hasta ella, perplejo, perdido, y al llegar se detuvo. Soltó la espada en su mano y la dejó caer sobre el suelo gris; luego se dejó caer también sobre sus rodillas. Levantó de nuevo a su amada, con amor y ternura, y la abrazó fuertemente. Levantó su mano y la colocó suavemente sobre la herida mortal que le había atravesado el corazón en ese último ataque conjurado por el enemigo.

Un grito desgarrador, de dolor y pena, resonó terrible en aquel paraje sombrío y funesto. Por el rostro de Tristán corrieron lágrimas sin parar, lágrimas amargas que se mezclaban con la fría lluvia que desde el cielo caía en lamento y que lloraba por la tragedia de un corazón deshecho: Nicol había muerto frente a sus ojos.